CW00468987

Aragon

LE MONDE RÉEL

Aurélien

roman

Gallimard

VOICI LE TEMPS ENFIN
QU'IL FAUT
QUE JE M'EXPLIQUE... [1]

1. *Bérénice*, acte II, scène II.

On m'a souvent demandé de m'expliquer sur *Aurélien*, on m'a pris à parti sur le personnage, les personnages d'*Aurélien*, et j'ai laissé longtemps parler, puis j'ai fini par avoir envie de répondre. Fragmentairement. Pour me débarrasser des gens. A la fin, sur un ou deux sujets, je me suis décidé à placer les critiques et les commentateurs devant quelques notions dont ils fussent obligés de tenir compte. Cela ne couvrait pas tout. Parce que dans ce que j'ai écrit, *Aurélien* ne soulève pas que la question d'Aurélien et de ses comparses, mais en général la question du roman, de l'invention des personnages, de leur ressemblance avec des modèles multiples, des motifs profonds de l'auteur pour se livrer à ce mélange d'aveux, de portraits, de mensonges et de masques. Depuis plusieurs années, je ne fais en réalité que répondre aux questions que pose *Aurélien* à qui sait lire. Aussi en écrire la préface me semble-t-il une entreprise risquée : non pas aux yeux des autres, mais aux miens. Par où prendre le problème... il m'est brusquement venu à l'idée qu'il s'agissait moins de le poser que de partir d'où j'étais arrivé, au moins récemment, par exemple parlant d'*Aurélien* avec Francis Crémieux, au milieu de mille choses dans les *Entretiens* radiophoniques que j'avais eus avec

9

lui d'octobre 1963 à janvier 1964 et qui furent par la suite publiés en livre chez Gallimard (juin 1964). Deux fragments de ces entretiens me serviront ici d'amorce à cette introduction, à ce que j'ai l'envie de dire comme à ce que j'ai l'envie de taire.

C'est dans le *Troisième entretien (Les personnages de mes romans et la réalité)* que l'on trouve le premier de ces fragments. Francis venait de me faire remarquer qu'on avait dit successivement, d'abord qu'Aurélien, c'était moi, et puis que c'était Drieu La Rochelle. Je répondais :

A. — *On a dit essentiellement que c'était moi et c'est moi qui ai dit que c'était Drieu La Rochelle. Drieu a été un ami de ma première jeunesse, dont je me suis trouvé séparé, et quand je parle de Drieu, je ne parle que de cet ami que j'ai eu, je ne parle pas de ce qu'il est devenu, ce sont deux êtres incompatibles. Drieu est aujourd'hui effectivement très à la mode, on donne de lui les images les plus diverses et les plus folles qui n'ont aucun rapport avec l'homme que, pas seulement moi, tous ses amis ont connu. Et je pense qu'Aurélien est un portrait plus fidèle de Drieu, bien que ce ne soit que partiellement un portrait de Drieu. La chose était indiscutablement dans ma tête. Il va sans dire que bien des traits d'Aurélien viennent de moi, parce que je n'étais pas dans Drieu et que, quand je mettais Drieu en face de certaines situations, c'était en moi que se trouvaient les solutions et les pensées. Mais Aurélien n'était pas plus, au fond, Drieu La Rochelle que moi-même. Il y a un troisième facteur qui est une composante du personnage d'Aurélien, c'est qu'Aurélien, plus que tel ou tel homme, est avant tout une situation, un homme dans une certaine situation. C'était avant tout pour moi l'ancien combattant d'une génération déterminée au lendemain de l'armistice, en 1918, l'homme qui est revenu et qui ne retrouve pas sa place dans la société dans laquelle il rentre. Et que ce côté « ancien combattant » ait existé chez*

Drieu comme chez moi-même, avec des formes différentes, cela est certain. S'il relève de quelque chose dans le personnage d'Aurélien, c'est surtout d'une image littéraire qui existait déjà à cette époque (sans être entièrement approfondie) de l' « ancien combattant » et qui m'avait beaucoup frappé alors : image que j'ai eue constamment dans la pensée en écrivant Aurélien. Je veux parler du personnage de Chéri, non pas le Chéri de Chéri, mais celui de La Fin de Chéri. Et je reconnais qu'Aurélien doit énormément au roman de Colette. Sans doute, Colette ne portait-elle pas ce qu'elle sentait fémininement, à propos de La Fin de Chéri, jusqu'aux conséquences que moi, qui étais un homme plus jeune et animé d'autres préoccupations, je voulais souligner. Mais quand même, on ne peut admettre qu'Aurélien soit telle ou telle personne, et oublier cette lumière particulière qui me venait de Colette et dont je lui rends volontiers... dira-t-on la paternité ou la maternité ?

Peut-être faudrait-il ajouter à ceci quelques précisions : Aurélien n'est ni Drieu ni moi, si j'ai pourtant cherché dans l'un et dans l'autre une sorte de vérification du personnage créé. Par exemple, quand j'ai commencé à écrire Aurélien, en faisant d'Aurélien un homme de la classe II qui avait achevé sa guerre à l'Armée d'Orient, je pensais certainement à Drieu. Mais j'avais alors sous les yeux le développement du personnage, dans Drieu homme de Doriot, écrivant dans L'Émancipation nationale un article de dénonciation contre moi. Mon propos était bien de mener, par la logique de sa vie et de l'histoire, ce personnage, montré d'abord dans sa jeunesse comme un Drieu, inspiré de celui qui avait été mon ami, jusqu'à en faire un homme de Vichy : mais, d'emblée, j'avais décidé de maintenir cette évolution dans des limites autres que celles de la vie, de m'en tenir à un Drieu qui n'irait pas jusqu'à l'horreur du doriotisme, simplement devenu par la force des choses, sa famille, un industriel croyant à la nécessité d'en passer par les voies prescrites par le Maréchal.

Ceci tenait à une idée que je me fais du roman : au contraire de ces écrivains pour qui l'art consiste à grossir, à accuser les traits, à mettre dans son jeu (à des fins de démonstration) des cartes irrécusables, à présenter les êtres fictifs sous un jour qui en aggrave les traits, j'estime pour ma part que le roman exige qu'on rende vraisemblables les individus et les faits en les ramenant à des proportions plus tolérables que celles de notre vie, des proportions qui ne soient pas celles des *traîtres* du mélodrame, mais qui correspondent à l'âme du lecteur plus qu'à la psychologie supposée du *méchant*. D'aucune façon, il ne s'agissait pour moi de *condamner*, voire de *dénoncer* Aurélien. Je voulais montrer en Aurélien, par Aurélien comment l'homme d'hier, un soldat de l'autre guerre, arrivé à l'âge de la responsabilité, n'a pas reconnu le destin auquel il était à nouveau entraîné. Et pourquoi il ne pouvait pas le reconnaître, pour quelles raisons anciennes, que cachait la jeunesse, et comment il était à nouveau à la merci des raisons qu'on lui donnerait d'accepter le malheur français ainsi qu'il avait par deux fois accepté la guerre. Et, écrivant ceci aujourd'hui, vingt-deux ans après avoir achevé *Aurélien*, j'en regarde encore le personnage sans haine, avec le respect dû à l'être humain, à un être humain que j'ai cherché à comprendre, même si derrière Aurélien Leurtillois se profile un paysage atroce. Même si Aurélien Leurtillois, qu'il le veuille ou non, devait au delà du roman devenir l'instrument de tout ce qui m'est ennemi. Avouerai-je que je crois ainsi rendre plus impossible que par la caricature la formation future des Aurélien Leurtillois? Le recours à la caricature dans le roman me semble une des pires formes du désespoir. Non que je sois incapable de désespérer.

12

Mais je disais que je crois nécessaire de montrer les hommes avec, en eux, une confiance qu'il m'importe peu au bout du compte d'avoir mal placée. De laisser à mes personnages les proportions humaines. Même si j'écris *contre* mes personnages. Enfin j'ai toujours prétendu qu'il fallait non point regarder la réalité à la loupe, mais au contraire la *sous-écrire*, se refuser à prendre argument des traits monstrueux de la réalité. Ce que je dis ici vaut, aussi bien que pour Leurtillois, pour les autres figures du roman. Si l'envie me prenait de vous raconter la vie réelle, la biographie des modèles ou pilotis d'après lesquels j'ai inventé les comparses d'*Aurélien*, on serait sans doute extrêmement surpris de constater que tout mon effort a été pour les *banaliser*. Le difficile, disait Paul Valéry, est de « faire le gris ». Si pas du tout de la poésie, cela est vrai, au premier chef, du roman; et c'est en quoi le roman ne ressemble pas au théâtre, parce que le roman n'a pas besoin du grossissement nécessaire à la scène.

Je ne parlerai pas ici des sources de mes personnages secondaires, parce que cela exigerait de parler d'une certaine façon de gens réels, qui sont encore de ce monde, ou du moins, pour certains, toujours vivants dans l'esprit de gens qui furent les leurs et leur ont survécu. *Aurélien* n'est pas un livre à clefs. Ou tout au moins, c'est un livre à fausses clefs. Drieu est une fausse clef d'Aurélien. Mais peut-être puis-je aujourd'hui me permettre de parler de Bérénice, sans livrer l'original à la curiosité des lecteurs. Que Bérénice a été écrite, décrite à partir d'une femme réelle, je n'en disconviens pas. Mais *à partir*. Que ce soit à partir d'une jeune femme qu'à peu près au temps d'*Aurélien* j'ai rencontrée, et j'ai aimée, ou cru aimer, à en être malheureux, cela, pourquoi le dissimulerais-je? Il n'y a rien eu entre elle et moi. Il n'y a rien eu entre Bérénice et Aurélien. Mais tout le développement (l'aventure) est ici entièrement inventé. Comme, peut-être, à l'épilogue, cette idée que Bérénice a toute sa vie pensé à Aurélien, est en réalité une sorte de revanche, assez gratuitement prise par moi sur la vie. Pour autant que je sache, la vraie Bérénice a aimé un homme qui n'était ni Drieu ni moi, avec lequel elle a, comme on dit, fait sa vie. Je ne l'ai jamais revue. J'ai toujours pensé à elle avec une certaine tendresse, qui n'a rien à voir avec l'amour. C'est qu'elle est plus que toute autre chose, à mes yeux, une image de ma jeunesse, une image de la jeunesse. Plus qu'une image d'un amour, au fond, qui est inventé ici de toutes pièces. Mais elle avait la passion de l'absolu. Cela, oui. Et je n'étais, *et nous n'étions*, tous les Aurélien, pas pour elle l'absolu.

De plus, il est vrai qu'écrivant *La Défense de l'Infini*, ou tout au moins ce fragment qui en a survécu *(Le Cahier noir)*, je pensais à elle, bien que l'anecdote du *Cahier* fût purement imaginaire. Je ne crois pourtant pas, entreprenant *Aurélien*, avoir songé à ce texte ancien dont je n'avais plus copie dans les conditions de l'exode ni m'être dit que Bérénice allait être Blanche reprise, puisque leur modèle *physique* commun était la même femme. J'avais *oublié* cette Blanche. Au point d'appeler la femme d'Edmond Barbentane Blanchette, dès *Les Beaux Quartiers*, mais le diminutif même marque l'écart entre Bérénice et Mme Barbentane, l'écart entre une existence relative et le goût de l'absolu. C'est peut-être pourquoi dans *L'oubli*, comme on le verra, j'ai repris le nom de Blanche (pas seulement) comme le nom passe-partout de mes imaginations, parce que dans *L'oubli*, venant après *La Mise à mort*, il me fallait donner une preuve, par le nom même de la femme, que je ne parlais pas de toi, proclamer que cette femme n'était pas Elsa, au contraire de ce que j'ai fait pour Fougère.

Quand Francis Crémieux m'interrogeait, je venais de publier *Le Fou d'Elsa*, dont la moralité même, l'horizon, est le couple de l'homme et de la femme, en quoi *Le Fou* voit le bonheur de l'homme ou tout au moins son avenir. Aussi mon interrogateur était-il tout naturellement amené à supposer la vie telle qu'elle apparaît dans mes romans avec cet idéal du *Fou*. Notamment dans *Aurélien*, qui semble fonder comme un principe l'impossibilité de la formation du couple. Cela se trouve dans le sixième entretien *(Il n'y a pas d'amour heureux)* où le poème qu'a popularisé Georges Brassens est le point de départ de la discussion, pour cette raison que de tout ce que j'ai écrit, c'est ce qui semble sous ma plume même m'apporter la plus évidente contradiction. On en était donc venu à nouveau à *Aurélien* comme exemple. Et je répondais à Francis Crémieux :

A. — *L'impossibilité du couple est le sujet même d'Aurélien. Il y a une grande différence entre ce livre et les romans qui l'ont précédé : c'est qu'ici, entre le commencement de la vie d'Aurélien et le moment où nous le prenons dans le roman, est intervenue la rupture de la guerre de 14. (J'entends dans le roman même, mais on notera que cette rupture fait image avec ce qui s'est aussi produit pour l'auteur, la rupture de la guerre de 39 entre* Les Voyageurs *et Aurélien.) Et sur Aurélien Leurtillois, sur la femme qu'il aime, le poids de la guerre récente pèse lourdement. L'homme, ici, n'a pas mis en cause les idées qui étaient celles des siens, les idées reçues de son milieu, bien qu'il vienne d'en être séparé pendant toutes les années de la guerre. Le sujet du livre est l'impossibilité du couple précisément du fait que la femme, elle, a eu une certaine continuité de pensée malgré la guerre, à cause de la continuité de sa vie, sans l'entracte des tranchées, et qu'elle est de ce fait même à un autre stade de pensée qu'Aurélien. Bérénice ne peut pas s'entendre avec Aurélien: et, bien que la question ne soit nullement soulevée dans le corps du livre, dans l'épilogue où Aurélien retrouve Bérénice aux jours de l'exode et de la retraite, aux dernières heures de la guerre de 40, éclate le divorce des vies des deux protagonistes, et le divorce de leurs idées. Voyez-vous, l'impossibilité du couple, même s'il s'agit ici d'un roman qui se déroule pour l'essentiel au début des années 20, je n'ai éprouvé la nécessité de la décrire que bien plus tard. Dans les années qui marquèrent le fond de l'abîme, au delà de la défaite. Dans les années 42-43.*

C. — *C'est dans ces années-là que vous avez écrit* Aurélien?

A. — *C'est dans ces années-là que j'ai écrit* Aurélien, *à l'époque même où j'ai aussi écrit* Il n'y a pas d'amour heureux.

C. — *Pendant ce temps-là, Elsa Triolet terminait* Le Cheval Blanc.

A. — *Aussi peut-être ne manquera-t-on pas de dire que si, mari et femme, nous pouvions être alors deux écrivains travaillant côte à côte, c'est la preuve du contraire de ce que je viens d'avancer. Ce serait ici s'en tenir à l'allure extérieure des choses. J'ai écrit, effectivement,* Aurélien *quand j'ai vu Elsa commencer à écrire* Le Cheval Blanc. *C'est ce spectacle, pour moi extraordinaire en 1941-1942, qui m'a donné le courage d'entreprendre autre chose que les poèmes directs de la période dans laquelle nous étions. Et j'ai essayé d'écrire, comme une sorte de contrepoint du Michel du* Cheval Blanc, *le personnage d'Aurélien, l'ancien combattant de la guerre de 14-18, comme en réplique à Michel Vigaud, l'homme qui devient le combattant de la drôle de guerre de 39. Le sujet en a été pour moi constamment éclairé à cette lumière d'Elsa. Et cela est si vrai que l'on trouve même le nom du* Cheval Blanc *dans* Aurélien, *jeu que personne n'a sans doute remarqué. C'est où est décrit l'intérieur d'une femme qui a décoré son appartement avec toute sorte d'objets blancs, opalines, simples plastrons de chemise d'homme, qu'on change quand ils sont sales, aux murs de la salle à manger, enseignes d'auberges ou de cabarets* Au Cheval Blanc...

C. — *Mais ça, c'est un clin d'œil que l'on peut...*

A. — *Et ce clin d'œil apparaît aujourd'hui un peu plus qu'un clin d'œil. L'obsession du* Cheval Blanc *n'a cessé de m'occuper l'esprit pendant que j'écrivais* Aurélien. *Vous me direz alors que c'est là-même la preuve du couple, l'union d'esprit entre Elsa et moi dans ces années. Mais j'ajouterai pour vous que j'ai écrit ce livre sur l'impossibilité du couple, dans un moment où il y a eu une sorte de drame entre nous. Et ce drame, c'était le drame même qu'exprime le poème* Il n'y a pas d'amour heureux.

C. — *Qui en est donc vraiment contemporain?*

A. — *Je vous l'ai dit. Ce poème est des premiers jours de 1943. A cette époque, Elsa a voulu me quitter. Je peux vous raconter pourquoi et comment, cela n'est pas d'un caractère tellement intime. Il y avait alors, dans les mouvements de résistance auxquels nous appartenions, une loi à laquelle on ne pouvait manquer et qui voulait que deux personnes, le mari et la femme, ou quels que soient leurs rapports, travaillant dans ces mouvements, n'eussent pas le droit de continuer à habiter ensemble parce qu'ils multipliaient ainsi par deux les possibilités d'amener la police à leurs trousses, de mettre ainsi en danger un nombre plus grand de personnes, et par là le mouvement même. Je croyais avoir justement transposé la chose, moi qui travaillais, comme on disait par raccourci, en essayant de persuader Elsa que ce qu'elle écrivait était suffisant comme travail social. Elsa ne le pensait pas et elle me disait: « Je ne peux admettre l'idée qu'on arrivera à la fin de cette guerre et que quand on me demandera: Et vous qu'avez-vous fait? je devrai dire: Rien. » Et puisque, si elle travaillait, nous ne pouvions rester ensemble, elle avait décidé de me quitter. Ça a été pour moi... bien sûr, je sais, je le sais! il y avait certainement dans mon esprit un double point de vue: si je faisais honnêtement état de cette règle des mouvements de résistance et de la sécurité, en même temps il y avait chez moi le désir de protéger Elsa, d'éviter qu'elle eût à payer pour ce* travail, *qu'elle tombât victime de l'occupation et de la lutte policière contre la Résistance. Mais, quoi qu'il en fût, la question se posait, si elle voulait travailler, que nous nous séparions. Ce drame entre nous s'est réglé par simple insubordination aux règles de la sécurité: Elsa donc a travaillé, j'ai continué de le faire et nous avons continué d'habiter ensemble. Seulement, nous avons pris les précautions nécessaires pour que ceci ne soit un danger pour personne. Et, effectivement, il n'y a eu jusqu'à la fin de l'occupation aucun accident ni d'un côté ni de l'autre. Cependant, l'essentiel de cette histoire est ailleurs: Elsa m'avait arraché mes lunettes masculines, ces préjugés de l'homme qui, sous le prétexte d'assumer toutes les responsabilités du couple, confine la femme à n'être que sa femme, son reflet. Ceci dit, vous aurai-je bien fait comprendre que, précisément, il ne s'agit aucunement, ni dans* Aurélien *ni dans ces poèmes de moi que l'on trouve bien pessimistes, de je ne sais quelle attitude esthétique de ma part. Tout cela traduisait exactement, et simplement la vie, notre vie.*

A relire tout ceci, je mesure combien l'interview radiophonique est tout de même un genre faux. Parce que le désir de « faire tenir » dans le temps alloué ce qu'on exprime vous entraîne à simplifier, à constamment compter, aux dépens de ce qu'on dit, avec ce qu'on va dire après. Mais pourtant, au delà de ces simplifications forcées, la dernière phrase me ramène à l'essentiel, à ce qui devrait être le sujet même de cette introduction au roman, de quoi j'avais l'impression d'avoir parlé : à la vie, *notre vie,* Elsa. Il faudrait que celui ou celle qui va lire *Aurélien* puisse voir s'y développer le roman, comme il s'est écrit, dans notre vie. Et comme notre vie, c'est-à-dire la chose la moins préméditée, la moins préméditable, me dictait *Aurélien* au cours des jours et des événements. En ce temps-là, j'en avais déjà conscience, mais je tenais alors pour nécessaire au roman que, si la vie, les événements (l'histoire) me dictaient le roman, tout fût fait pour les effacer, ne laisser que leurs reflets indirects dans la chose inventée, la péripétie imaginaire. Aujourd'hui, et c'est là sans doute en quoi la vie et l'histoire m'ont profondément changé, j'ai tendance à penser que ce qu'il y a de précieux dans le roman, c'est tout juste le lien entre le romanesque et le réel, ce qu'il y a dans le journal et ce qu'il y a dans une chambre quelque part entre un homme et une femme, par exemple. Cela m'entraînerait trop loin de développer cette donnée, on en trouverait peut-être les reflets plus ou moins inconscients dans tous les romans que j'ai écrits, à partir d'*Anicet* même, mais c'est précisément pour développer cela que j'ai écrit *La mise à mort* qui a paru huit mois avant l'instant où j'écris ceci, et que j'écris actuellement *L'oubli*, dans l'intention d'achever ce roman au cours de cette année 1966 où nous sommes. Il ne faut pas mettre les bouchées doubles.

Revenons-en, veux-tu, à la vie, notre vie de 1942 à 1944, quand tu as écrit *Le Cheval Blanc*, et que je me suis mis à écrire *Aurélien* parce que tu avais écrit *Le Cheval Blanc*.

Tu avais achevé les nouvelles de *Mille regrets* à Villeneuve-lès-Avignon, après notre retour de Paris en août-septembre 1941 (avec *Le Destin personnel*). Le fait que le livre allait paraître, bien que tu n'y crusses pas d'abord, t'avait sans doute donné l'assurance nécessaire pour aborder le roman. Cependant, si je m'en souviens bien, les premières pages du *Cheval* n'ont été écrites qu'en novembre, fin novembre, ou début décembre. Sans doute sur quelque confirmation du destin de *Mille regrets* (qui ne parut qu'au début de mai 1942). J'ai un point de repère, c'est la foire qui est venue s'établir sur la partie couverte du Paillon, à Nice où nous habitions, et où tu as vu ce qui est devenu vers la page 78 du livre le *Trio de la Mort, l'échafaudage rond, avec deux escaliers pour monter sur une galerie faisant le tour du puits construit en l'air...* où les frères Sagoin proposent à Michel d'être le troisième du trio, qui se lance en trois motos sur la paroi verticale du puits. La foire avait ouvert en décembre. Pour autant que je m'en souvienne, tu en étais alors seulement à l'aventure de Michel qui vient juste après la mort de sa mère, l'histoire d'Adèle, la gérante du café à Auteuil, c'est-à-dire à un peu plus d'à mi-chemin d'où le *Trio* apparaît dans *Le Cheval Blanc*. Précisions qui peuvent paraître oiseuses; mais il faut comprendre que ce début de l'hiver 1941-1942 m'a laissé dans la gorge et les poumons un sentiment de brûlure comme lorsqu'on a avalé une trop grande bolée d'oxygène. C'étaient peut-être pour moi les jours les plus noirs de l'occupation, les Allemands devant Moscou, Léningrad assiégée, il fallait avoir le cœur bien chevillé pour croire à un renversement du destin. L'oxygène pourtant, ce sentiment de la vie plus forte que la mort, m'est venu de toi. De ce courage en toi, en un tel moment, pour donner vie à ce jeune homme qui semblait tomber des nuages. Et je comprenais vaguement, ignorant où tu allais, car tu gardais jalousement pour toi *le sens* de ce livre entrepris, que l'introduction du *Trio de la Mort* dans le roman, de ce spectacle que nous avions eu un jour de fin d'automne sur l'esplanade du Paillon, par un ciel bouché comme semblait l'avenir, une lumière de désastre, c'était pour Michel (pour toi) le refus du courage inutile à la fois et la tentation du courage... comment exprimer cela? Il me semblait pressentir ce que serait Michel, et ce qu'il devient effectivement au bout de cinq cents pages,

dans ce temps où les Michel en France étaient
loin d'avoir tous accepté le danger. J'étais pris
dans cet engrenage que tu venais d'inventer;
et c'est cet engrenage que l'on a appelé, plus
tard, un roman picaresque, une sorte de cascade
d'événements qui ont la couleur du hasard, et
qui sont aussi bien les marches d'un escalier où
Michel a beau faire, il ne peut que descendre
comme poussé par les épaules, sans connaître
son but, vers ce but de lui-même. N'importe
qui, te suivant, comme je faisais, pas à pas,
aurait en ce temps-là écarquillé les yeux sans
comprendre, devant cet acharnement à décrire
ce personnage allant de fille en fille, et d'aventure
douteuse en erreur manifeste. Ce livre qu'on a lu
par la suite dans les prisons et les camps comme
une sorte d'encouragement clandestin, moi,
j'ai été le premier à en subir le bizarre enivrement. Et cela, en un temps où mes amis, mes
compagnons, mes complices dans cette grande
conspiration de nos ténèbres exigeaient le plus
généralement qu'écrire fût, et uniquement,
une part de cette conspiration, je veux dire
l'expression directement, *apparemment* utile de
cette conspiration, de ses buts immédiats, le
reflet des tâches à entreprendre, l'encouragement
à cela et à rien d'autre. Et sans doute que je
m'efforçais de répondre à cette exigence : puisque
c'est alors que j'ai *inventé* une certaine sorte de
poème, qui répondait à cette exigence. Mais, en
même temps, j'ai commencé (au printemps 1942)
à écrire *Aurélien*. Elsa venait de me donner
l'assurance, me donnait chaque jour par ce
qu'elle me lisait du *Cheval Blanc* l'assurance
de ce que, même dans les conditions du désastre
français, le roman, c'est-à-dire l'écriture indirecte, demeurait la seule expression valable de
l'espoir, la preuve de la croyance profonde
en la possibilité de changer le monde.

Écrire *Aurélien*, c'était renouer avec ce dessin
entrepris en 1933, le cycle du *Monde réel*. C'était

renouer avec moi-même. J'avais laissé mon travail, après trois romans, sur les dernières phrases des *Voyageurs*, c'est-à-dire à l'aube de la guerre de 14, *Oui, mais Jeannot, lui, eh bien il ne connaîtra pas la guerre! Pascal pendant quatre ans et trois mois a fait pour cela son devoir...* Il y avait eu entre ces phrases et *Aurélien* la guerre de 39-40, la défaite, l'occupation, les Allemands aux portes de Stalingrad, aux portes du Caucase... C'est dans ce temps-là, dans cet été terrible, que tu achevais *Le Cheval Blanc*. Écrire *Aurélien*, cela voulait dire placer, entre nous, entre ce destin comme le ciel tombé sur la tête, et cette phrase dernière des *Voyageurs*, placer le roman qui serait l'explication des hommes sortis de la première guerre mondiale et amenés devant le drame, l'énigme de la seconde. Il fallait entre Pascal Mercadier et Michel Vigaud faire la place d'Aurélien Leurtillois. Ceci a été pour moi une entreprise consciente, formulée. *Le Cheval Blanc* est parti pour sa destinée sensiblement à l'heure où nous devions abandonner la vie d'apparence légale que nous menions à Nice. *Aurélien* n'était encore qu'à peine entrepris, je crus que les conditions de l'illégalité allaient me forcer à l'abandonner. Tout au contraire, elles devaient se montrer favorables à l'écriture. J'ai repris *Aurélien*, en novembre, dans cette maison que nous avons appelée *le Ciel*, qui est décrite au début des *Amants d'Avignon*, dans la montagne, avant que tu sois même venue m'y retrouver : pour t'attendre. Le reste du livre, le grenier de Monchat, la petite maison de Saint-Donat m'ont donné pour lui de longues heures, et je n'ai peut-être jamais écrit *si tranquillement* quoi que ce fût, que cette part, la majeure, d'*Aurélien*. Si je compare l'écriture d'*Aurélien* à celle des *Voyageurs* (qui a, on le sait, nécessité des remaniements fondamentaux du langage même, dans ce roman si insatisfaisant pour moi, à relecture, avant de le donner aux

22

Œuvres croisées), je comprends que, pas seulement en raison du « roman » à proprement parler, *Aurélien* ait toujours été pour moi dans ce que j'ai écrit un livre de prédilection. En fait, à quelques retouches près, et l'épilogue, je l'ai terminé en 1944, probablement au mois de mai. En tout cas, avant le débarquement de juin. Suffisamment avant, pour que j'aie pu remplir deux petits cahiers, dont je ne connaissais pas encore le destin, qui n'avaient rien à faire avec *Aurélien*, et qui se trouveront à côté du manuscrit d'*Aurélien* dans cette grosse boîte à biscuits emportée par nous, avec un minimum de bagages (le mot même me paraît ridicule d'importance) quand, quelques jours après le débarquement de Normandie, a eu lieu cette expédition *punitive* des Allemands sur Saint-Donat (juste après la nuit du parachutage décrite dans *Le premier accroc...*). Nous avions dormi, quoi? une heure, deux heures, après un long jour et une longue nuit, revenant du parachutage. Pas même. Il y a là-dessus deux, trois pages dans *Le premier accroc*. Tu n'as pas raconté ces deux jours dans la ferme sur le plateau où nous avons attendu le départ des Allemands et les nouvelles du pays. Je ne vais pas le faire ici. Car, ici, tout ce qui m'importe, c'est la combe, — dans le Soissonnais on disait une *creute*, comme il me souvient de 1918, — à contre-pente de la ferme, dans le vallon au-dessous d'elle, une combe de sable où les paysans garent leur moisson. Les nôtres, de paysans, ceux chez qui nous avaient laissés les gars du maquis, partis pour garder la route vers Tain-l'Hermitage, je dois dire qu'ils ne nous inspiraient pas grande confiance, avec une certaine venette de notre présence, mécontents que nous écoutions la radio, prétendaient-ils pour le prix de l'électricité, regardant avec méfiance mon rasoir électrique, — ça aussi, ça coûte! — et nous avions, en cachette d'eux, porté nos manuscrits dans la combe, enterré nos boîtes de fer dans le sable. Ce n'était pas *sous un pêcher* comme les cahiers de Louise Delfort, mais les nouvelles du *Premier accroc* et *Aurélien* étaient là et, avec, les deux petits cahiers de quoi je ne savais trop ce qui sortirait, et qui contenaient en réalité deux chapitres de ce qui devint *Les Communistes* cinq ans plus tard. Il manquait cependant à *Aurélien* son épilogue. J'avais reculé à l'écrire, cela demandait à l'homme de 1944 une difficile accommodation du regard. Peut-être les pages sans but encore par quoi j'étais revenu à 1939, à la défaite espagnole, ces minutes de l'exode des Républicains vers la France, avaient-elles pour inconsciente intention de me rendre possible ce retour en arrière dans ma réalité, qui se présentait comme un bond en avant du roman.

Quand il ne fut plus nécessaire d'enterrer des boîtes à biscuits dans les combes, je donnai sa fin à mon roman, cette image de juin 40. Pour qu'ici soit complète l'histoire du « croisement », j'attirerai l'attention sur un fait que cet épisode de notre exode à nous, écrit tout juste deux ans après que tu eus achevé les dernières pages du *Cheval Blanc*, avait pour but d'aligner dans le temps *Aurélien* (et tout *Le Monde réel*) sur la fin du *Cheval:* car, mises à part les quatre pages finales de celui-ci qui sont là pour amener la lettre par quoi nous apprenons la mort de Michel Vigaud, le roman à proprement parler se termine avec le chapitre antérieur, quand Simone en juin quitte Paris : *L'embouteillage épais comme la nuit commençait à la Porte...*

C'est dans cet embouteillage épais qui se prolonge à travers la France que Bérénice et Aurélien se retrouvent, et que Bérénice meurt, comme il fallait bien que mourût Michel. Mais cet épilogue est écrit au moment où l'on voit le bout du tunnel, entre les deux débarquements. A cette minute où l'exaltation s'empare d'un peuple, et la France trouve son épilogue à une

période, à un *roman* de son histoire, j'avais
pleinement notion d'écrire cette fin à *Aurélien*
comme un pendant, une réponse à la fin du
Cheval Blanc. On peut y voir comment *le goût
de l'absolu* chez Bérénice s'est, avec la vie,
transformé en cette conscience, que vous l'appe-
liez morale ou politique, qui lui fait dire   *Il
n'y a vraiment plus rien de commun entre vous et
moi, mon cher Aurélien, plus rien...* Je dis ceci
pour les critiques *de gauche* qui m'ont été faites
de cette introduction d'un concept aussi peu
« scientifique » (c'est bien comme ça qu'on dit?)
que le goût de l'absolu, dans *Aurélien*. Et le
parallèle en cela se fait non point entre Aurélien
Leurtillois et Michel Vigaud, mais entre Bérénice
et Michel. D'ailleurs ne sont-ils pas de la même
génération? A deux ans près, je ne vérifie pas,
ils ont le même âge. L'un comme l'autre auront
en fait perdu la vie pour rien... je veux dire pas
pour une victoire. Pour quelque chose tout de
même, car Michel, ceux qui vont, deux, trois ans
après sa mort, reprendre le combat verront
en lui leur grand frère, et Bérénice est morte
pour donner couleur à ce que devient Aurélien.
Par un autre chemin que l'insulte ou la lutte
armée. Bérénice sait qu'il n'y a plus rien de
commun entre elle et Aurélien. L'abîme s'est
creusé entre eux, voilà ce qu'elle proclame à la
dernière minute. Aurélien, c'est celui qu'elle a
aimé, et dont l'histoire a fait cet homme, qui est
étranger à son amour.

Et, à côté du manuscrit d'*Aurélien*, il y avait
dans la combe, aux derniers jours du drame
commencé par la mort de Michel et la mort
de Bérénice, les graines d'un autre roman[1].
Comme la dernière phrase des *Voyageurs*, trop
amère pour demeurer la dernière, appelait cinq
ans plus tôt cet *Aurélien* dont je n'avais pas idée.

---

1. *Les Communistes.*

I

La première fois qu'Aurélien vit Bérénice,
il la trouva franchement laide. Elle lui déplut,
enfin. Il n'aima pas comment elle était habillée.
Une étoffe qu'il n'aurait pas choisie. Il avait des
idées sur les étoffes. Une étoffe qu'il avait vue
sur plusieurs femmes. Cela lui fit mal augurer
de celle-ci qui portait un nom de princesse
d'Orient sans avoir l'air de se considérer dans
l'obligation d'avoir du goût. Ses cheveux étaient
ternes ce jour-là, mal tenus. Les cheveux coupés,
ça demande des soins constants. Aurélien n'aurait
pas pu dire si elle était blonde ou brune. Il
l'avait mal regardée. Il lui en demeurait une
impression vague, générale, d'ennui et d'irritation.
Il se demanda même pourquoi. C'était disproportionné. Plutôt petite, pâle, je crois... Qu'elle
se fût appelée Jeanne ou Marie, il n'y aurait pas
repensé, après coup. Mais Bérénice. Drôle de
superstition. Voilà bien ce qui l'irritait.

Il y avait un vers de Racine que ça lui remettait dans la tête, un vers qui l'avait hanté pendant la guerre, dans les tranchées, et plus tard
démobilisé. Un vers qu'il ne trouvait même pas
un beau vers, ou enfin dont la beauté lui semblait

douteuse, inexplicable, mais qui l'avait obsédé, qui l'obsédait encore :

Je demeurai longtemps errant dans Césarée...

En général, les vers, lui... Mais celui-ci revenait et revenait. Pourquoi? c'est ce qu'il ne s'expliquait pas. Tout à fait indépendamment de l'histoire de Bérénice... l'autre, la vraie... D'ailleurs il ne se rappelait que dans ses grandes lignes cette romance, cette scie. Brune alors, la Bérénice de la tragédie. Césarée, c'est du côté d'Antioche, de Beyrouth. Territoire sous mandat. Assez moricaude même, des bracelets en veux-tu en voilà, et des tas de chichis, de voiles. Césarée... un beau nom pour une ville. Ou pour une femme. Un beau nom en tout cas. Césarée... *Je demeurai longtemps...* je deviens gâteux. Impossible de se souvenir : comment s'appelait-il, le type qui disait ça, une espèce de grand bougre ravagé, mélancolique, flemmard, avec des yeux de charbon, la malaria... qui avait attendu pour se déclarer que Bérénice fût sur le point de se mettre en ménage, à Rome, avec un bellâtre potelé, ayant l'air d'un marchand de tissus qui fait l'article, à la manière dont il portait la toge. Tite. Sans rire. Tite.

Je demeurai longtemps errant dans Césarée...

Ça devait être une ville aux voies larges, très vide et silencieuse. Une ville frappée d'un malheur. Quelque chose comme une défaite. Désertée. Une ville pour les hommes de trente ans qui n'ont plus de cœur à rien. Une ville de pierre à parcourir la nuit sans croire à l'aube. Aurélien voyait des chiens s'enfuir derrière des colonnes, surpris à dépecer une charogne. Des épées abandonnées, des armures. Les restes d'un combat sans honneur.

Bizarre qu'il se sentît si peu un vainqueur. Peut-être d'avoir voyagé au Tyrol et dans le

Salzkammergut, d'avoir vu Vienne à cet instant quand le Danube charriait des suicides, et la chute des monnaies donnait un vertige hideux aux touristes. Il semblait à Aurélien, non qu'il se le formulât, mais comme ça, d'instinct, qu'il avait été battu, là, bien battu par la vie. Il avait beau se dire : mais, voyons, nous sommes les vainqueurs...

Il ne s'était jamais remis tout à fait de la guerre. Elle l'avait pris avant qu'il eût vécu. Il était de cette classe qui avait fait trois ans, et qui se sentait libérable quand survint août 1914. Près de huit ans sous les drapeaux... Il n'avait pas été un jeune homme précoce. La caserne l'avait trouvé pas très différent du collégien débarqué de sa famille au Quartier Latin à l'automne de 1909. La guerre l'avait enlevé à la caserne et le rendait à la vie après ces années interminables dans le provisoire, l'habitude du provisoire. Et pas plus les dangers que des filles faites pour cela n'avaient vraiment marqué ce cœur. Il n'avait ni aimé ni vécu. Il n'était pas mort, c'était déjà quelque chose, et parfois il regardait ses longs bras maigres, ses jambes d'épervier, son corps jeune, son corps intact, et il frissonnait, rétrospectivement, à l'idée des mutilés, ses camarades, ceux qu'on voyait dans les rues, ceux qui n'y viendraient plus.

Cela faisait bientôt trois ans qu'il était libre, qu'on ne lui demandait plus rien, qu'il n'avait qu'à se débrouiller, qu'on ne lui préparait plus sa pitance tous les jours avec celle d'autres gens, moyennant quoi il ne saluait plus personne. Il venait d'avoir trente-deux ans, oui, ça les avait comptés en juin. Un grand garçon. Il ne pouvait pas tout à fait se prendre au sérieux et penser : un homme. Il se reprenait à regretter la guerre. Enfin, pas la guerre. Le temps de la guerre. Il ne s'en était jamais remis. Il n'avait jamais retrouvé le rythme de la vie. Il continuait l'au-jour-le-jour d'alors. Malgré lui. Depuis près de trois ans, il remettait au lendemain l'heure des décisions. Il se représentait son avenir, après cette heure-là, se déroulant à une allure tout autre, plus vive, harcelante. Il aimait à se le représenter ainsi. Mais pas plus. Trente ans. La vie pas commencée. Qu'attendait-il? Il ne savait faire autrement que flâner. Il flânait.

...Je demeurai longtemps errant dans Césarée...

C'était peut-être le sens de cette réminiscence classique... Il avait rapporté le paludisme de l'armée d'Orient où il avait fini la campagne. Il se rappelait avec une certaine nostalgie cette facilité de Salonique, les femmes grecques, les faux romans qui ne trompent personne, la diversité des races, ce maquerellage intense, partout, dans la rue, aux bains... Aurélien était d'une taille au-dessus de la moyenne, avec des sourcils noirs épais qui faisaient leur jonction entre les yeux, et des traits grands, une peau inégale, marquée. Alors il portait la moustache, mais il l'avait rasée à son retour. Non pas que quelqu'un le lui eût demandé. Non. On l'avait demandé à quelqu'un d'autre devant lui. A un dîner de salle de garde, où l'avait invité un ami, externe des hôpitaux. C'était le frère d'un écrivain, qui aurait sans doute été un grand écrivain s'il avait vécu, et avec qui Aurélien s'était trouvé à la guerre. Ce qui faisait que son frère, frais débarqué à Paris, fréquentait un milieu littéraire, le fond de ses invités ce soir-là. Il y avait une très jolie femme, et très insolente, qui dit qu'elle ne regardait jamais les hommes à moustaches. Disait-elle cela pour Aurélien? Il ne le pensa pas, mais l'externe se retira un instant et revint ayant sacrifié ses moustaches. L'histoire n'est pas surprenante, et de plus elle est connue, parce qu'il y avait à dîner avec la dame un éditeur qui la raconta, et plusieurs de ses auteurs la mirent dans leurs livres avec des variantes. On se demande pourquoi. Il y a des vulgarités qui retiennent. Celle-ci n'est donc pas même inédite et il faut

s'en excuser. Mais personne ne remarqua qu'Aurélien se rasa la lèvre supérieure huit jours plus tard.
On n'en fit pas un conte. C'est qu'Aurélien n'intéressait personne. Un étudiant en droit qui ne
passe pas ses examens et traîne dans le bureau
d'un avocat très recherché sans doute, mais pas
un de ces hommes brillants qui font la gloire des
assises. Pourtant cette histoire montre mieux
qu'autre chose la lenteur des réactions d'Aurélien.
Et qu'il avait dans la vie l'esprit de l'escalier.

Ce ne fut même qu'un mois plus tard qu'il se dit
que sans doute son ami l'externe faisait probablement la cour à cette belle femme insolente. Cela
ne l'avait pas frappé tout d'abord. Ni que cette
femme lui avait plu, à lui, Aurélien. Il le fallait
pourtant, qu'il se fût ainsi inconsciemment rasé
pour elle. Et c'était un peu comme elle, une brune
assez élancée, mais blanche et luisante comme un
caillou bien lavé, qu'il se représentait une femme
qui se fût appelée Bérénice. Alors quand Barbentane lui avait parlé de sa cousine Bérénice, il se
l'était représentée ainsi (bien qu'il y eût près de
deux ans de l'épisode de la moustache).

D'où une certaine désillusion. Il cherchait d'ailleurs à se rappeler les traits de cette Bérénice.
S'il n'y arrivait pas, il retrouvait désagréablement
le dessin de l'étoffe de son costume. D'un vilain
beige, avec cette côte pelucheuse... Qu'est-ce que
ça pouvait bien lui faire?

Il passa ses doigts longs dans ses cheveux frisés,
comme un peigne. Il pensait aux statues qu'il y a
sur les places de Césarée : ces Dianes chasseresses,
rien que des Dianes chasseresses à l'air hagard.

Et des mendiants endormis à leurs pieds.

II

Il n'aimait que les brunes et Bérénice était blonde, d'un blond éteint. Il aimait les femmes longues à sa semblance, elle était petite sans avoir cet air enfant que cela donne parfois. Ses cheveux coupés étaient raides, son teint pâle, comme si le sang n'eût pas circulé sous la peau. Sans avoir le front bas, cette frange qu'elle portait le diminuait trop. Ce qui déconcertait dans ce visage aux pommettes saillantes, c'étaient les yeux, les yeux noirs derrière les cils sans couleur, qui ne tiraient pas tant leur étrangeté de leur noirceur que de ce caractère bombé, comme chez les biches. Et de l'arcade sourcilière fuyant vers les tempes, presque asiatique. La bouche aussi surprenait : les lèvres si hautes, on n'osait pas penser épaisses, et naturellement rouges dans ce visage de pâleur. Avec de subits mouvements fibrillaires, où les pointes s'abaissaient dans une expression de douleur que rien ne justifiait. Des lèvres de fille, pensa Aurélien. Le nez mince et court, avec des ailes trop marquées que la moindre émotion rendait palpitantes. Il semblait que les traits ici réunis appartinssent à plusieurs femmes distinctes. Ce qui leur donnait quelque unité, c'était purement ce lisse des méplats, cette obliquité des joues où la lumière frisante atteignait un dessin parfait, mais bizarre comme si le sculpteur se fût passionné aux joues, au fini des joues; et cela au mépris de tout le reste.

Quand Aurélien cherchait à se représenter le corps de Bérénice, il ne pouvait y parvenir. Il se répétait qu'elle était petite, et c'était tout ce qui avait su se fixer d'elle dans sa mémoire. Il eût remarqué si elle avait été contrefaite sans doute, ou bien qu'elle avait la poitrine forte. Enfin, en se forçant, il retrouvait la couleur de la robe, rien de plus. Encore une fois, elle n'évoquait pas l'idée d'une petite fille, ce corps devait être formé, devait vivre. Mais comment? Les jambes qui étaient fines, Bérénice les affublait ce jour-là de bas de laine, ce qui parut affecté à Aurélien. Désagréable.

La seule chose qu'il aima d'elle tout de suite, ce fut la voix. Une voix de contralto chaude, profonde, nocturne. Aussi mystérieuse que les yeux de biche sous cette chevelure d'institutrice. Bérénice parlait avec une certaine lenteur. Avec de brusques emballements, vite réprimés qu'accompagnaient des lueurs dans les yeux comme des feux d'onyx. Puis soudain, il semblait, très vite, que la jeune femme eût le sentiment de s'être trahie, les coins de sa bouche s'abaissaient, les lèvres devenaient tremblantes, enfin tout cela s'achevait par un sourire, et la phrase commencée s'interrompait, laissant à un geste gauche de la main le soin de terminer une pensée audacieuse, dont tout dans ce maintien s'excusait maintenant. C'est alors qu'on voyait se baisser les paupières mauves, et si fines qu'on craignait vraiment qu'elles ne se déchirassent.

Il faut dire encore que Bérénice avait un mouvement des épaules comme pour empêcher de glisser un châle, qui la tirait généralement d'affaire quand elle ne voulait pas poursuivre une conversation, ou qu'elle voulait en changer le cours.

« Vous n'avez guère l'air d'une Provençale », lui avait-il dit. Il y avait dans sa voix une pointe, non d'accent, mais d'accent corrigé, une incertitude. Elle répondit que cela n'avait rien d'extraordinaire : sa mère était de la Franche-Comté et elle n'avait de son père que les yeux noirs.

Edmond Barbentane l'agaçait, Aurélien, avec ses questions : « Alors, tu as vu ma cousine Bérénice? C'est tout ce que tu en dis? » et cent autres à quoi il fallait lui répondre quelque chose du style : « Elle est charmante... curieuse personne... mais oui, mais oui, elle me plaît bien... » Parce que de dire qu'elle lui déplaisait, ce qui était le vrai, eût demandé qu'on s'expliquât, qu'on parlât sans fin.

Edmond rigolait. Qu'est-ce que ça pouvait lui faire, après tout, ce qu'Aurélien pensait de sa cousine? Elle était descendue chez les Barbentane à Paris, elle allait repartir pour sa province. Le hasard seul avait voulu qu'Aurélien désœuvré fût venu voir son ancien camarade du front. Il était toujours gêné par le luxe de cet intérieur. Il appréciait la fine de Barbentane et son cynisme. Ils étaient sortis ensemble après le déjeuner et ils redescendaient de Passy vers la ville par les quais, le Cours-la-Reine. Il faisait beau et un peu froid. L'air et la rue étaient nets, soignés comme Edmond Barbentane dont on s'étonnait toujours qu'il allât à pied. Malgré lui, Aurélien regardait toujours derrière son ami, pour voir si sa voiture ne le suivait pas. Avec pourtant une allure de joueur de football.

« Alors, c'est tout ce que tu dis de Bérénice? »

Une manie. Il n'avait rien à en dire. Mais puisque n'en rien dire allait entraîner Edmond à des conclusions, bon : « Elle a l'air extrêmement douce. Ça doit être un repos dans une maison, la présence d'une femme comme ça... »

Il avait cherché plus à dire quelque chose de pas banal, après quoi on le tînt quitte, que quelque chose de vraiment réfléchi. Mais enfin, pour de la douceur, il lui trouvait de la douceur, à cette petite provinciale. Il paraît que ce n'était pas là ce qu'il fallait dire. Enfin vous savez comme sont les gens, ils se sont fait de quelqu'un une idée qu'ils ont formulée dix fois, et ils n'ont pas rencontré d'opposition, ou même on les a approuvés. Alors cela a pris valeur de lieu commun. Edmond n'échappait pas à ce mécanisme. Il pouffa. Ah, pour une bourde...

« Douce? Bérénice? Douce? Eh bien, mon vieux, je t'en souhaite à la douzaine des douces comme ça! La chose la plus drôle que j'aie jamais

entendue! Tu veux rire. Tu ne l'as pas regardée?
Comme repos, alors c'est soigné. Le diable dans
le bénitier, tu veux dire... L'enfer chez soi! »

Aurélien releva ses sourcils de surprise. Quel
diable? Quel bénitier? Quel enfer? Il ne voulait
pas dire ce qu'il pensait surtout, c'était qu'elle ne
lui semblait en rien bien remarquable, cette Bérénice, et que le diable tout de même... Enfin on
n'est pas mis en présence du diable sans éprouver
un petit frisson. Il marmonna quelque chose en
ce sens qu'Edmond ne releva pas. C'était un jour
de fin novembre tout ensoleillé. Les autos rou-
laient sur le macadam sans bruit, sans poussière.
Les arbres sans feuilles dessinaient leur lacis noir
au-dessus des allées, comme un travail d'orfè-
vrerie niellée. Tout était parfaitement propre et
luxueux, même l'affreux Petit-Palais qu'Aurélien
regarda comme un ennemi personnel.

Toujours pour dire quelque chose, il dit :
« Explique-toi... » et le regretta aussitôt, parce
qu'Edmond en déduisit qu'il s'intéressait à sa
cousine, et les dénégations ne firent que l'ancrer
dans cette certitude. Aussi se jeta-t-il à lui expliquer Bérénice.

« Mais enfin, c'est bien évident. Cette femme
brûle. Comme une damnée. L'enfer, c'est probablement sa vie. Une petite vie calme, en effet, aux
pommes, je ne te dis que ça. La province. Un mari
qui est aussi un peu mon cousin. Le genre brave
garçon. Un esprit assez curieux, mais borné, dont
elle s'était éprise enfant, ou qui s'était épris d'elle.
Est-ce qu'on sait?... Enfin une histoire ancienne
dans quoi elle s'est empêtrée, dont elle n'a pas
voulu démordre parce que la famille s'était
d'abord opposée à ce mariage... Et puis dès vingt-
deux, vingt-trois ans, il avait épaissi, enlaidi,
enfin je ne sais pas, moi, mais ce couple fait mal à
voir... Elle l'avait voulu, elle n'est pas revenue sur
sa parole... Ils se sont mariés après la guerre. Il
représentait sans doute pour elle, dans leur petite
ville, la vie intellectuelle, les romans qu'il lui

passait, la philosophie qu'il lisait et qu'elle ne comprenait pas, ou dont tout au moins elle ne retenait que des images sans lien... Et puis elle est trop fière pour reconnaître que là est le drame. Elle s'est entêtée et elle s'entêtera. Elle poursuit ce mariage absurde. Elle affirme qu'elle adore son mari et peut-être qu'elle l'aime... Il fait collection d'assiettes, le mari. Très intelligemment d'ailleurs. Il est curieux à entendre sur ce sujet. Les spécialistes sont toujours intéressants quand ils parlent de leur spécialité. Les assiettes!... C'est une spécialité un peu étroite... Ah! Il est pharmacien, naturellement... Mais ôtez-le de ses assiettes, il n'en reste rien... Un véritable imbécile... »

Ils se quittèrent place de la Concorde. Il n'y a pas au monde un endroit plus luxueux, plus exagérément luxueux. Aurélien songea qu'on y remarquerait un grain de poussière. Bien plus que de Bérénice, il était possédé par une idée du luxe, par une idée tyrannique du luxe. Il regarda s'éloigner Barbentane et son costume bien taillé, ses souliers chers, sa carrure d'athlète mondain. Il se le rappelait dans la boue en Champagne, informe, couvert de lainages disparates, pas rasé, sale, et qui buvait de l'élixir parégorique comme du petit lait pour se couper cette chiasse rebelle qui lui faisait les jambes en pâté de foie. Aurélien haussa les épaules.

III

La carrière d'Edmond Barbentane avait été rapide et brillante. Elle avait mal commencé, mais enfin à trente ans tout était rentré dans l'ordre et la situation singulière de ce jeune homme ne soulevait plus aucune des critiques que sa jeunesse avait comportées. La guerre aussi avait passé là-dessus, mettant les distances nécessaires. Qui aurait eu encore à voir aux histoires anciennes? Il suffisait que les Barbentane fussent tous les deux, Edmond et Blanchette, des gens bien élevés, à leur aise, et d'un commerce plaisant. Au demeurant assez difficiles sur leurs relations.

Débarqué de sa province aux alentours de 1910, Edmond, fils d'un médecin de province qui faisait de la politique de clocher, avait dû au hasard de devenir le secrétaire, et bientôt l'homme de confiance de Quesnel, le grand Quesnel, le magnat des taxis, dont les affaires de terrain étaient considérables. On disait qu'en particulier Edmond avait eu la chance de prouver à son patron que ses hommes d'affaires le grugeaient; et Quesnel, qui venait de réaliser un gros coup au Maroc, avait vu dans ce jeune secrétaire, qui plaisait terriblement aux femmes, le continuateur de son œuvre. C'était au moins ce que l'on racontait, et que Barbentane avait montré du cran en abandonnant sa médecine pour se jeter dans les affaires. Au vrai, on voulait oublier qu'Edmond était l'amant de la maîtresse de Quesnel, une très belle fille, une Italienne, et que Quesnel le savait, et avait voulu assurer leur bonheur en faisant la fortune d'Edmond. On n'avait d'ailleurs aucune raison de s'en souvenir puisque finalement Carlotta s'était fait épouser par Quesnel quand elle avait compris qu'Edmond lui échappait, car il était tombé amoureux de la fille du patron; et Blanchette Quesnel, violente et obstinée, avait forcé son père à accepter qu'elle devînt Mme Edmond Barbentane. Puis il y avait eu la guerre. Quesnel mourut. Carlotta avait donné sa maison du cap d'Antibes à la Croix-Rouge, et son dévouement aux blessés lui avait valu la Légion d'honneur. Sa belle-fille, qui n'était presque plus jalouse du passé, la voyait rarement, parce que Carlotta voyageait constamment du Caire à Londres, de Venise aux Indes. On avait vendu l'hôtel du Parc Monceau pour payer les frais de succession, considérables : et ni la veuve ni ses beaux-enfants n'en voulaient. Le jeune couple habitait, rue Raynouard, deux étages d'une maison avec une terrasse. L'été ils étaient dans leur villa de Biarritz, comme vous l'aurait appris le Bottin. Edmond siégeait de temps en temps dans un conseil d'administration. Il y représentait sa femme et sa belle-mère. Il était du golf de La Boulie. Il prenait tout cela un peu comme une blague. Très drôle quand il en parlait. Il ne croyait pas à ces opérations magiques d'où pourtant sortait sa fortune. Pratiquement le consortium des taxis n'avait plus besoin de lui, il avait grandi comme un champignon au-dessus de ses fondateurs. La nouvelle génération de ses maîtres n'y apportait pas le soin direct de Quesnel et de ses partenaires. On avait des administrateurs habiles, une sorte d'appareil dépersonnalisé. Si même Barbentane avait gardé un bureau (l'ancien bureau de Quesnel) auquel il était censé passer régulièrement, il était assez évident que c'était plus pour garder sa liberté que pour la sacrifier aux affaires. Le consortium, pour éviter les inconvénients de la capitalisation, faisait des affaires de terrains, bâtissait, et c'était à l'*Immobilière-Taxis* qui en dépendait qu'Edmond avait son bureau. En fait, il se bornait à être riche et à trouver ça farce.

Aurélien aimait assez ce ton que prenait Barbentane pour parler des choses de l'argent. Pas dupe pour un sou. Pas sérieux. Le contraire du pontife. Et même *un côté* prestidigitateur... Aurélien se surprenait à penser cette expression *un côté*, si commode, applicable à tout lorsqu'il s'agit de définir ce qu'on ne sait pas définir, ce qui n'est pas tout d'un. Elle était alors à la mode, terriblement à la mode. Cela venait du monde « Bœuf-sur-le-Toit », du public Ballets Russes. Aurélien, qui n'en était guère, subissait la contagion par des porteurs de germes, comme ce petit externe dont nous avons déjà parlé. Un côté prestidigitateur, donc. Naissance et alchimie de l'argent. Un amour bizarre, des messieurs autour d'une table, l'un d'eux lit un rapport que personne n'écoute, on échange des signatures, et l'accouchement se fait à des guichets de banque, comptes spéciaux bien entendu, au premier étage, pas où attend le *vulgum pecus* assis sur un banc de chêne, un numéro de cuivre dans les doigts.

Il était presque impensable que cet homme jeune, sportif, si bien habillé, eût quoi que ce fût à faire avec les personnages mystérieux et sans figure qui constituaient pour l'imagination d'Aurélien le monde de la haute finance, ces bonshommes d'annuaires qu'on suit à la trace, de l'électricité aux mines, et du textile aux chemins de fer, dans le répertoire des sociétés par actions. Cela l'effrayait un peu quand il y songeait, et puis ça l'attirait, parce que ça touchait à un monde inconnu. En même temps il se disait aussi que c'était un effet de la guerre, une sorte de rajeunissement de la société, un signe... Il avait été élevé avec le regret de l'époque napoléonienne et des généraux de vingt-cinq ans.

Un soir d'été 1916, dans les Hauts de Meuse, le sous-lieutenant Aurélien Leurtillois avait vu débarquer un médecin auxiliaire fraîchement nommé, affecté au bataillon du *n*e d'infanterie où il était chef de section à la 13e compagnie. Une compagnie de durs, avec un capitaine sorti du rang, tous buvant sec, coureurs de filles, aimant le chahut, et des croix de guerre faut voir. On y avait cassé quatre petits médecins, un tué, les autres qui n'avaient pas tenu le coup, avec les sales blagues, l'alcool, le qui-vive perpétuel; le dernier n'aimait pas les coups de main qu'on attend au petit poste, avec ces bruits que font les grenouilles dans le barbelé, on croit toujours à une contre-attaque, une patrouille; il en avait eu une maladie de cœur. Aussi voyait-on s'amener le nouveau venu avec l'esprit critique. Un étudiant en médecine qui avait abandonné son métier et qui s'était souvenu de ses inscriptions en pleine guerre pour se tirer d'un bataillon de chasseurs où il était deuxième classe. Ça lui avait déjà servi en temps de paix pour le sursis, d'ailleurs. On allait être bien soigné. Puis il avait une bonne gueule, ce Barbentane, et une jolie voix. A la popote, il chantait au dessert; on lui avait collé le rôle de popotier, et il s'en tirait pas mal. Il recevait des foies gras par la poste. Il n'était pas sans courage. On l'avait adopté.

Bien qu'ils fussent du même âge, de la même classe, il avait fallu près d'un an pour qu'Aurélien se liât avec lui. Et cela juste avant son départ pour Salonique. En 17. A l'époque où il y avait eu des troubles. En ce temps-là, Aurélien ne croyait plus à rien. La guerre durait trop longtemps. Augmentée pour lui de cette caserne qu'elle avait dans le dos. L'état d'esprit était déplorable. Les hommes, mais aussi les officiers. A force d'entendre dire que les Fritz bouffaient des briques et de recevoir des parpins sur la gueule. Et puis ce décor toujours le même, Verdun, l'Artois ou la Champagne. Avec l'hiver qu'on avait eu. C'était même ce qui l'avait fait s'inscrire, Aurélien, quand on avait demandé des volontaires pour l'Orient. Malgré l'histoire des Dardanelles. Tout de même là-bas le paysage devait avoir une autre gueule. Est-ce qu'il avait jamais cru à quelque chose, à vrai dire?... Enfin il vaut mieux ne pas trop s'interroger. Ceux qui se mettent la tête à l'envers, un jour ou l'autre ils se laissent glisser. C'est comme ça qu'on se fait bousiller. On commence à se ronger. On se dit qu'on n'en sortira pas. Toutes les histoires qu'on entend à ce sujet. Des coïncidences peut-être. Mais si on vit dans un monde de coïncidences. Un homme et une balle qui se rencontrent, c'est une coïncidence.

C'est alors que la bonne humeur et le genre « un homme prévenu en vaut deux » du médecin auxiliaire Barbentane avaient eu raison des préventions du sous-lieutenant Leurtillois. Plus il avait le cafard, et plus il était sans défense contre la sympathie envers ce type qu'il aurait trouvé à la fois superficiel et affecté, s'il en eût été encore à s'arrêter à des choses semblables quand on se sentait si vivement tous candidats macchabées. On ne choisit pas plus ses camarades à la guerre que ses amis dans la paix. Il fallait à cette minute qu'Aurélien eût quelqu'un à qui se raccrocher. Ils jouaient aux échecs ensemble. Mal tous les deux. Cela avait commencé comme cela. Puis ils s'étaient perdus de vue. Il avait fallu cette blessure tout à la fin de la guerre, ce long voyage sur un bateau, le retour sur la Côte d'Azur, et l'hôpital, pour que le hasard encore le remît en contact avec cet ami de Vauquois qu'il avait un peu oublié. L'hôpital où on l'avait soigné avec sa jambe dans le plâtre, et la plaie du côté qui n'en finissait pas de cicatriser, se trouvait être la maison de Mme Quesnel, la belle-mère d'Edmond. Cela lui avait paru un signe. Il avait écrit à son ancien médecin auxiliaire. Peut-être avec le secret espoir d'être un peu gâté, mieux soigné. On s'était revu. Et de fil en aiguille.

IV

Le fait est qu'Aurélien aimait peu qu'on lui parlât de la guerre et qu'il craignait la faconde de ceux qui l'avaient faite comme la curiosité malsaine des autres. Il n'aurait pas su expliquer la conséquence logique de ces choses, mais la politique de l'après-guerre l'ennuyait à peu près de la même façon. Il n'avait pas répondu aux invites des sociétés d'anciens de ses régiments. Sollicité par plusieurs associations, il n'était entré dans aucune. Il promenait avec lui, et pour lui seul, sa guerre, comme une plaie secrète. Il savait très mal ce qui se passait, les élections, les ministères. Il ne lisait jamais cela dans les journaux, y préférant les sports, les drames. Il écoutait distraitement ce qu'on lui en disait, et deux ou trois mots qui lui étaient tombés des lèvres alors, trahissant son ignorance, l'avaient fait classer par ses amis comme un homme de droite. Bon, va pour la droite. Toi qui es un homme de droite... Aurélien qui est de droite...

Il ne se remettait pas de cette longue maladie. Il n'arrivait pas à faire le point de ses pensées; il ne trouvait pas l'emploi de son énergie; plus exactement, il ne savait pas vouloir. Curieux effet d'un état violent qui semble l'école du courage et de la résolution virile. Mais le soldat ne décide pas par lui-même ou il ne décide que dans le cadre d'une action qui lui est imposée. Aurélien se disait que la guerre n'avait pas dû jeter tout le monde dans cette irrésolution, et il en accusait sa nature. Il ne savait pas qu'il participait d'un mal très répandu.

Encore eût-il eu besoin de travailler pour vivre, la faim, la misère auraient remplacé ses chefs, elles lui eussent dicté l'ordre de route nouveau; mais il avait ce doux malheur de ne pas avoir à songer au lendemain. L'héritage de ses parents, divisé à leur mort entre lui et sa sœur aînée, avait laissé l'usine à celle-ci, dont le mari la dirigeait en fait depuis près de vingt ans, et il avait eu la terre de Saint-Genest que faisaient valoir d'excellents métayers; le fermage s'ajoutant à ce que le mari d'Armandine lui envoyait chaque année lui faisait dans les trente mille francs de rente. C'était alors l'aisance, que traduisaient sa garçonnière de l'île Saint-Louis, et la petite cinq-chevaux, son idée de la liberté.

Pure concession à l'opinion publique s'il avait fini par s'inscrire à la Faculté de Droit. Il n'avait pas l'intention d'y user ses fonds de culotte. Il avait fait cela bien plus pour se chercher un alibi, une réponse aux questions des camarades d'enfance retrouvés. Il avait vraiment eu le temps d'oublier ce qu'il avait appris avant guerre, avant le service même. Songez donc, une brèche de huit années. Il avait alors passé ses examens de deuxième année. Il n'en fit jamais davantage. Sur les bancs de la Fac, il lia surtout amitié avec des jeunes filles qui s'échappaient de chez elles sous le prétexte des cours. Il toucha ainsi à des milieux divers; il s'intéressait bien plus à la diversité des êtres, des mondes, qu'aux lois qui les régissaient. Peu à peu, peut-être parce qu'il avait épuisé les possibilités de l'école comme celles d'un café où on a eu ses habitudes, il abandonna les cours, les petites filles qu'on y rencontre. En général, il se sentait très vieux au milieu de ces jeunes gens qui étaient de dix ans ses cadets. Et le stage qu'il faisait chez Maître Bergette n'avait jamais eu de sérieux. Le grand avocat l'avait pris en surnombre parce qu'il avait bien connu les parents Leurtillois. Il avait toujours su qu'Aurélien n'était qu'un amateur. Intelligent sans doute, ce garçon. Il débrouillait très bien l'histoire d'un client, mieux d'ailleurs d'une cliente. L'envoyer interroger quelqu'un avec un papier et un crayon, c'était gagner du temps, il trouvait tout de suite le point vif. Oui, mais il était irrégulier. On ne pouvait compter sur sa présence. Maître Bergette, d'ailleurs, le comprenait : pas ambitieux pour un sou, et avec des rentes... Il ne lui fit pas la morale, cessa de le considérer comme un collaborateur et l'invita à dîner. Finalement, sans conversations ni débats, Leurtillois avait abandonné l'étude. Il ne faisait plus rien.

Son oisiveté se nourrissait d'une inquiétude assez semblable à celle qu'il avait connue dans les longs loisirs des tranchées. Celle-ci, sans doute, avait ouvert les voies de celle-là, rendu en lui naturelle cette attente sans objet, cette absence de perspectives. Avec cette essentielle différence qu'il pouvait maintenant se croire le maître de sa vie.

Que lui fallait-il donc de plus ou d'autre? On

aurait tort de juger si vite Aurélien, et de le croire
satisfait, ou de conclure de son inquiétude à des
ambitions plus hautes, à de la cupidité. La vie qui
lui était faite, ce confort, cette apparente sécurité,
il n'y était pour rien, il ne les avait pas recherchés,
désirés. Il avait trouvé tout cela à son retour, et
même son appartement, c'était celui d'un ami
gêné qu'il avait repris pour rendre service, sa voiture lui avait été vendue par un camarade qui
débutait dans la représentation. De la confection :
il n'avait même pas eu à aller chez le tailleur. Il
n'avait même pas cette initiative qui vient aux
gens qui aiment bien manger. La nourriture lui
était indifférente. Il se contentait très bien,
n'ayant rien installé pour ça chez lui, du petit
bistro sur le quai de Bourbon, un restaurant bon
marché où mangeaient les mariniers. Depuis trois
ans, il campait ainsi. Si l'on songe que ces trois
ans-là étaient au fond toute sa vie, après huit
années de service, et les jours irresponsables du
Quartier Latin au sortir du lycée, on comprendra
qu'il eût trente ans et qu'il fût si peu entré dans
l'existence, qu'il se sentît encore à trente ans dans
les vêtements d'un autre, comme un intrus dans
le monde, et un peu un enfant qui s'est introduit
dans les pièces de réception d'une demeure de
province, avec ses persiennes baissées et les
housses sur les meubles.

L'étrange de l'histoire était seulement qu'il en
fût venu là par les terribles plaines de Champagne et d'Artois, par le soleil de Thrace et la violence meurtrière. L'étrange était qu'il eût vécu
dans les sapes crayeuses, dans la boue, dans la
terre et le destin, avant d'échouer dans ce per-
choir tenu par Mme Duvigne, la femme de ménage.
L'étrange était sa force endormie et le souvenir en
lui de ceux qui étaient morts de ses mains. Il n'y
pensait guère, on écarte les images pénibles d'un
temps révolu que rien ne contraint à reparaître :
elles passent insensiblement au rang des rêves, à
l'incertitude des rêves anciens, avec leur impres-

sion de déjà vu, de déjà rêvé. Aurélien n'était pas très sûr, par exemple, de certains épisodes de son enfance, des disputes entre son père et sa mère dans cet appartement de la rue de Courcelles où ils étaient venus s'établir sitôt que Jacques Debrest avait pu assurer la marche de l'usine, sans la présence perpétuelle de M. Leurtillois, le père. De nombreuses choses de son enfance avaient ainsi le vague et l'incertitude des songes, peut-être même est-ce beaucoup dire : il avait gardé plus vivement la mémoire de certains épisodes que de sang-froid il était certain d'avoir rêvés... Par exemple que des cambrioleurs se fussent habituellement introduits dans sa chambre d'enfant, par le balcon, avec des craquements de parquet chaque nuit, et ce battement de cœur qu'il devait retrouver plus tard couché dans les fils de fer cisaillés, aux Éparges...

M. et Mme Leurtillois s'étaient fort mal entendus sans jamais se séparer. Les mêmes causes ont ou semblent avoir des effets opposés. Les disputes familiales avaient précipité Armandine dans le mariage, pour y échapper. Aurélien, lui, prétendait que s'il n'avait pas de liaison sérieuse ou s'il ne se mariait pas, cela devait être à cause de cette expérience du ménage qu'il avait eue sous les yeux. Le mot ménage dans sa bouche prenait un goût amer. Comme beaucoup de mots du reste. Après tout, *prétendait*. Pour être sincère avec lui-même, il s'avouait que c'était là un argument commode, un beau jour inventé, et répété pour se débarrasser des questionneurs, des importuns. On est habitué qu'à trente ans un homme se soit déjà déclaré, que sa vie ait pris la tournure de celle des autres. Plus ou moins. Ceux qui ne se plient pas à cette règle sont irritants, ils inquiètent. C'est-à-dire, s'ils n'ont pas quelque infirmité apparente, une insuffisance qui se devine. Puis il y a les maris qui la trouvent mauvaise. Un célibataire sans liaison est un diable. Il n'y avait d'ailleurs qu'à voir Aurélien appuyer son regard sur une femme pour comprendre le danger. Il n'était pas un Don Juan sans doute, mais les autres n'en savaient rien. Et une certaine disponibilité permanente, chez un homme, se fait sensible à la fois et presque intolérable pour ceux qui ne sont pas comme lui, surtout s'il a sept ou huit centimètres de plus qu'eux, les épaules assez larges et l'air de ne tenir à rien.

Il faut toujours se rappeler que, pour fixer cette destinée, il n'y avait eu que trois ans de libres. Trois ans où d'abord Aurélien avait aimé faire l'expérience du temps perdu, non plus dans l'engrenage militaire, mais pour son compte propre. Sa sœur avait tout de suite voulu le marier. Sa sœur en général adorait marier les gens. La vie en dehors du mariage lui paraissait inimaginable, elle s'était jetée à Jacques Debrest dès sa majorité, résolument, et s'en trouvait bien. Elle avait un goût solide de l'amour, un besoin de l'homme qui était le fondement de son univers. Aussi cette honnête femme ne comprenait-elle point qu'on ne se mariât point, si ce n'était par détestable esprit de libertinage Elle n'avait, il faut le dire, aucune influence sur son jeune frère, et toutes ses entreprises échouèrent, et même écartèrent si possible, encore, Aurélien Leurtillois du mariage. Ils étaient trop dissemblables, lui et Armandine, il suffisait qu'elle pensât d'une façon pour qu'il se portât à une décision inverse.

Cette dissemblance entre eux n'était pas que morale. Ils n'avaient au physique que la taille commune. C'était une grande femme qu'Armandine Debrest, mais grosse à l'opposé d'Aurélien, avec une sorte de plénitude rassasiée, une peau tendue sur des chairs rebondies, qui faisaient qu'on ne lui avait jamais donné vingt ans et qu'elle n'en parut jamais quarante. Blonde aussi, d'un blond raisonnable qui contrastait avec les cheveux noirs de son frère. Aussi lisse qu'il était frisé. Calme, puissante. La femme enfin qu'il fallait à ce Jacques Debrest sanguin, sanglé, qui maintenait

46

à force de gymnastique l'allure alerte d'un corps guetté par la graisse, avec les cheveux et la moustache en brosse, le menton énorme, et le cou tel qu'on ne pouvait lui trouver de chemises. Il la trompait d'ailleurs copieusement, Armandine. Mais il était de ces hommes à qui une femme ne suffit pas, même pas une gourmande comme la sienne.

Dans les disputes de M. et Mme Leurtillois, cette différence physique entre leurs deux enfants était un thème qui revenait à plaisir, car Armandine tenait de son père, certes, mais Aurélien ne ressemblait ni à M. Leurtillois ni à la jolie mère qu'il avait, si frêle, si légère, et menue comme tous ceux de sa famille, de son côté. On assurait que le testament et le partage de la fortune Leurtillois s'expliquaient par là, et que M. Leurtillois eût laissé l'usine à sa fille, et non pas à son garçon. La terre de Saint-Genest venait du côté maternel. Parfois Aurélien avait pensé qu'il n'était pas un Leurtillois, que sa mère avait eu un amant, un grand type noir dans son genre. Des braves gens d'ailleurs le lui avaient laissé entendre. Un marin, paraît-il. Enfin pas grand'chose. Il y avait chez Aurélien assez de négligence pour n'avoir jamais cherché à tirer cette histoire au clair. Parfois cela ne lui déplaisait pas de penser qu'elle était vraie. Il avait assez aimé cette mère futile et déraisonnable, bien qu'elle eût donné si peu de temps à son grand fils tombé du ciel.

Armandine avait huit ans de plus que lui. Il avait treize ans quand elle s'était mariée. Elle n'avait guère joué la grande sœur qu'à son retour de la guerre, pour lui présenter des jeunes filles qu'elle patronnait et qu'elle aurait bien vues ses belles-sœurs. On l'avait mis pensionnaire quand il était au lycée, parce qu'il devenait gênant pour son père et pour sa mère. Un sujet de continuelles rancœurs, et Armandine mariée, n'est-ce pas, il suffisait à déranger la vie mondaine de la belle Fernande Leurtillois. Il l'aimait, sa jolie Maman, à sa manière. Elle avait été sa première idée de la femme. A cause de la complication extraordinaire de sa toilette, des soins qu'elle prenait d'elle-même. Il n'aimait pas son père, si pareil à Armandine que c'en était gênant. Avec ses longues moustaches et son monocle. Le jeune Aurélien était au régiment, à Commercy, quand il apprit le dénouement brutal de la longue histoire de ses parents, tués dans un accident d'automobile, tous les deux, sur la route, près d'Avignon. Un accident. Jamais Aurélien ne put se persuader tout à fait qu'il s'agissait vraiment d'un accident. Son père conduisait. La voiture s'était jetée à une allure folle sur un arbre. Il conduisait très bien, son père. Rien n'expliquait cette folie, cette vitesse déréglée, ce saut soudain hors de la voie où personne ne passait. Peut-être la colère, une dispute. Fernande Leurtillois avait quarante-huit ans alors. On parlait encore de ses toilettes. Aurélien, invinciblement, pensait à son père mort comme à un assassin. Il y avait vingt ans qu'il avait dans les yeux une lueur de meurtre. Un jour qu'ils étaient rentrés seuls, le père et le fils, quand Aurélien avait cinq ans...

Quand votre père et votre mère sont tués en automobile, on vous donne une permission pour l'enterrement. L'enterrement s'était fait à Avignon par un mistral terrible, en plein hiver de 1912. Il y avait là, accouru, un vieil ami des Leurtillois, que les enfants appelaient l'oncle Blaise, bien qu'il ne leur fût vraiment rien. Et sa femme, une brave qui avait peut-être été belle quarante ans plus tôt, avec sa grosse voix, ses cheveux tirés. Ils reçurent Aurélien, l'entourèrent. Ce n'est qu'au convoi qu'il vit sa sœur qui avait attendu vingt-quatre heures son deuil pour venir. Debrest et sa femme, arrivée déjà dans du crêpe, suivaient les deux cercueils, avec ce grand garçon, militaire, et l'avoué de la famille. Debrest tenait Armandine par le bras pour l'empêcher de sangloter, et avec sa poigne d'homme d'affaires, il l'écrasait, ce bras, si bien que le soir il avait dû pouvoir compter sur la peau de sa femme les consolations de ses cinq doigts. C'est alors qu'Aurélien sut définitivement qu'il n'y aurait jamais rien de commun entre lui et ce couple, sa famille.

Mais si l'insistance des Debrest à le marier l'avait éloigné du mariage, peut-être qu'il aurait pu assez vite lier sa vie hors du mariage à une femme, à une femme comme il la rêvait, ou à une femme à laquelle il aurait plu, à une de ces femmes auxquelles il plaisait bien. Car il plaisait. Il n'avait jamais fait les quelques gestes qui retiennent une femme. Tout ce qui s'était noué entre lui et ses conquêtes — il y a dans ce mot quelque inexactitude pour Aurélien — s'était toujours très vite dénoué parce que les femmes ne supportent pas cette inattention respectueuse qu'il leur portait. Il était déjà un célibataire aussi, à cause de toutes ces années sans personne; et dès le premier matin les femmes se sentaient des intruses chez lui. Elles ne le lui pardonnaient pas.

Pourtant... Il avait parfois pensé de deux ou trois amies, qu'elles auraient pu rester là, ou revenir, revenir de plus en plus souvent, jusqu'à ce que... C'étaient des rêveries mal formées, indécises. Aurélien craignait de mentir aux femmes. De devoir leur mentir. Il n'avait jamais dit à quelqu'un *Je vous aime*, bien qu'il eût essayé de le penser. Il avait une idée très haute de l'amour, et aussi cette pudeur de le reconnaître qui mieux que tout sait l'empêcher de naître. Il n'avait jamais aimé. Si évidemment qu'on ne l'avait jamais aimé non plus. On peut dire de certaines femmes qu'elles s'étaient envoyé Aurélien. Rien de plus. En cela, il était comme ces jolies filles qui ont tant de succès, mais pas d'attachements. C'était même un sentiment qu'il avait souvent donné à ses maîtresses, que

49

c'était lui qui était la fille dans leur aventure. Elles en étaient tout ébranlées, surtout en raison de son physique à lui, si peu mièvre. Elles se détachaient d'elles-mêmes, un peu déçues, sans beaucoup lui en vouloir, heureuses qu'il n'insistât point, et vexées. Un drôle de corps.

Il gardait des amitiés féminines quand il perdait des amours. Il devenait même un confident commode. Enfin, il ne tirait pas à conséquence; cela était surprenant, car il savait donner le vertige, mais une fois. On ne recommençait guère, sans qu'on pût s'expliquer pourquoi.

V

« Voyons, mon cousin, il ne m'a pas regardée! » dit Bérénice. Et elle eut un air d'extrême contrariété qui sembla accroître encore sa pâleur. Barbentane poursuivit : « Puisque je te répète que tout le long du chemin il n'a fait que parler de toi, poser des questions indirectes, avec le ton de quelqu'un qui a peur d'être deviné...

— Vous êtes absurde, mon ami, de taquiner Bérénice, — interrompit Blanchette. — Vous voyez bien que cela lui est désagréable...

— Et qu'y a-t-il de désagréable à plaire, et à plaire à un garçon comme Aurélien, qui n'est ni mal élevé, ni mal de sa personne? Si Bérénice y attache autant d'importance, je vais croire qu'elle aussi... »

Bérénice se leva et traversa le salon. Elle avait vraiment l'air au martyre, et Edmond la suivit des yeux entre les poufs et les fauteuils, comme une barque au milieu des récifs. Trois larges marches menaient à la bibliothèque avec son plafond de cuir de Cordoue or, rouge et noir.

Mais ce n'était pas à un livre que la jeune femme, dans sa robe bleue, allait demander diversion. De la bibliothèque, on passait sur la terrasse. Le vent qui s'engouffra dans la pièce témoigna qu'elle avait ouvert la fenêtre.

Blanchette avait alors vingt-sept ans. Elle avait gardé ses nattes blondes de pensionnaire roulées en macarons sur les oreilles. Elle avait le visage long de son père, et cela lui allait bien d'avoir légèrement engraissé. Presque toujours habillée de noir. Elle eut ce geste familier, des deux mains ouvertes, présentant les paumes et s'écartant, dont Edmond la plaisantait.

« Là, là, vous l'avez encore bouleversée... Vous savez bien qu'elle est nerveuse. Elle vient chez nous se changer les idées, et vous allez...

— Mon petit blanc-bec, qu'est-ce qui change mieux les idées d'une femme qu'un homme qui lui fait la cour?

— Mais il ne lui fait pas la cour...

— Il la lui fera.

— Qu'est-ce que c'est, un complot?

— Non, une idée. »

Sur la terrasse venteuse, Bérénice s'épouvantait de toute la quincaillerie des toits au-dessous d'elle : chapeaux de zinc, casques à fumée. Chevaliers et Don Quichotte... cheminées... D'où y a-t-il au monde une vue plus émouvante que du haut de ces immeubles de Passy qui sont grimpés au-dessus d'autres, et forment comme un New York qui se perd dans des terrains vagues?

On dominait la Seine, l'aqueduc et le pont du métro avec le Trocadéro, le Champ-de-Mars, la Tour Eiffel et toute la ville, toute la ville achevée en blanc, là-bas, comme une mariée, par le Sacré-Cœur, et de loin un éclat d'or sur un dôme au soleil d'hiver. Profondeur des rues comme des failles.

Bérénice ne pouvait s'empêcher d'allier à Paris frémissant, inconnu, mystérieux, ce grand garçon silencieux qui n'avait rien fait pour l'importuner, qui lui avait tout juste passé les plats à table, mais dont elle avait une fois rencontré le regard. Le vent sur la terrasse renversa un pot de terre qui se brisa, et Bérénice, épouvantée, en eut soudain les larmes aux yeux. Un présage? Non, il ne faut pas se laisser aller aux présages, comme jadis dans la grande maison. Il ne faut pas. Paris, tout autour d'elle, immense, inhospitalier, avec de grandes lueurs roses sur sa gorge grise. Il s'appelait Aurélien.

Marie-Rose et Marie-Victoire entrèrent dans le salon avec Mademoiselle; Marie-Rose avait sept ans, née en 1915, quand Blanchette était restée sans nouvelles d'Edmond qui était à Verdun. Marie-Victoire avait l'âge de la victoire, trois ans et demi. Toutes les deux en blanc, avec les cheveux ramenés sur le dessus de la tête par un chou de rubans roses; toutes les deux pareilles à leur mère et au grand-père des taxis.

« Je vais les mener au Ranelagh », dit Mademoiselle.

Mais Blanchette regardait son mari qui jouait avec le téléphone.

« Qu'est-ce que vous avez, mon ami? (Bien, mademoiselle, vous pouvez les emmener). A qui voulez-vous téléphoner sans que j'entende? »

Elle le connaissait... Ce qu'elle le connaissait... Il rougit, contrarié, d'être encore deviné.

« Oh, sans que tu entendes! Eh bien, Marie-Rose, on n'embrasse pas son père? Je n'ai rien à dire à Mme de Perseval que tu ne puisses... Bien, bien, bonne petite fille. Et toi, ma Victoire? » (Il éleva d'une main la toute petite, à bout de bras, comme pour la faire danser dans la lumière, et la reposa à terre. L'autre main n'avait pas quitté le téléphone.)

« Ah! c'est à Mme de Perseval...? »

Mademoiselle, effacée, sans couleur, ramassait les deux enfants, et les ramenait à la porte. Quand elle fut sortie :

« C'est une scène? — dit Edmond.

— Une scène? Mon Dieu, non. Il y en a parmi vos maîtresses qui me donnent de la jalousie, mais pas la Perseval, qui a bien...

— Trente-six ans.

— Qu'elle dit! et qui remonte dans vos folies à... voyons... à...?

— Mil neuf cent dix-huit, ma chère, — dit Edmond, en détachant les syllabes. — Vous étiez enceinte, et les permissions étaient courtes.

— Je ne vous reproche rien.

— Il ne manquerait plus que ça... A propos, le secteur téléphonique, tu te souviens, Passy ou...

— Ternes, voyons, vous devriez savoir cela mieux que moi! »

Il demandait le numéro à Ternes. En l'attendant, la main sur l'appareil, il murmura, à demi tourné : « Je ne puis pas me mettre dans la tête que, rue des Belles-Feuilles, on puisse avoir Ternes pour secteur... »

Mme de Perseval n'était pas chez elle.

« Bon, j'y passerai », dit-il, Et Blanchette : « Portez-lui des violettes, elle aime ça, et c'est la saison... »

VI

Quand Leurtillois reçut l'invitation de Mme de Perseval, une carte mauve, avec, gravé, un isard qui saute d'une petite montagne sur une autre sous une banderole où l'on lit : « *Je perce val* », il la retourna dix fois dans ses doigts à se demander ce que cela voulait dire. Il avait été présenté six mois plus tôt, il ne savait trop par qui, au Bois, à la veuve de l'auteur dramatique qui avait fait les beaux jours du Boulevard avant guerre. Puis, tout d'un coup, elle l'invitait.

Ce n'était pas le bristol avec « recevra ». Non, un mot de sa main : *Vous souvenez-vous de moi seulement??? J'ai quelques amis jeudi soir, faites-moi l'AMABILITÉ, Cher Monsieur, de vous joindre à eux vers dix heures. Tenue smoking parce que ça vous va bien!!! sans obligation... Soyez là plutôt cinq minutes en avance, je voudrais vous parler avant que les gens arrivent. Si vous voulez absolument m'apporter quelque chose, que ce soit un tout petit bouquet de violettes, pas des Parme, des simples violettes. Je n'accepte jamais rien d'autre de qui j'aime bien!!! Mary de Perseval.*

Il la revoyait, pas grande, on n'aurait pas dit petite, avec une assez grosse tête, des cheveux au henné, des façons de vaisseau qui fend la mer, de belles jambes qu'elle aime à montrer, mais une maturité des bras et des seins un peu trop accusée... Et cette bouche, mince, avide.

Il regarda encore la carte mauve, et fut frappé de l'abondance des points d'exclamation, d'inter-rogation, doubles et triples, et cette *amabilité* capitale...

« Je n'irai pas », pensa-t-il, et il regarda son carnet... Jeudi, il était libre.

Robert de Perseval était très vieux pour sa femme, quand il mourut en pleine guerre, ce qui le priva des nécrologies qu'il était en droit d'attendre dans les journaux. Aux jours de l'offensive Nivelle. La mort semblait un peu démonétisée. Mais cela tombait juste à temps pour qu'il ne déshéritât pas Mary, qui aimait les aviateurs, les Tommies, et même les civils, bien qu'ils fussent de fait séparés après un semblant de scandale. Les Américains n'arri-vèrent que plus tard; un mouchoir rayé avec des étoiles fait très joli dans des voiles de veuve. C'est ainsi que les droits d'auteur de *Fais risette à Bébé*, *Une pantoufle et un cœur*, *Nini, baisse ta jupe* et de tant d'autres succès éclatants rendirent la vie possible à cette femme encore jeune qui ne dépassa jamais ses trente-six ans. Elle avait fait de l'appartement de la rue des Belles-Feuilles un bric-à-brac d'objets baroques, tous blancs, couronnes mortuaires, bouquets de mariée, enseignes d'auberge « Au Cheval Blanc », vases d'opaline blanche, caniches de faïence, petites villas de porcelaine anglaise, un nègre de foire habillé de blanc, grandeur nature, à la porte de la salle à manger, et dans la salle à manger la plus extravagante collection de plastrons, de chemises blanches, avec tous les gaufrages, toutes les rayures, tous les filetés qu'on fait en blanc sur blanc, du pays de Caux aux Landes, en passant par les galas du Grand Opéra.

Dans les vases, un peu partout, des violettes et des fleurs d'église, dorées. Les meubles dorés, ce qui ne se faisait plus, et du satin blanc sur les fauteuils, le canapé, les rideaux blancs doublés d'or aux fenêtres.

Cette folie avait beaucoup fait parler et même écrire. Il y avait eu là-dessus un petit billet dans le *Figaro*. Mme de Perseval disait que puisque d'autres mettaient au mur les assiettes qui auraient dû être sur la table, elle ne voyait pas pourquoi elle n'y mettrait pas, elle, des chemises d'homme. On disait que c'étaient les chemises de ses amants. La vérité est toujours plus simple.

Au-dessus du quart-de-queue, un Érard blanc, on pouvait voir le portrait de la maîtresse de maison par Van Dongen. Avec d'immenses cernes verts sous les yeux, les cheveux rouges, les jambes croisées qui sortaient de la robe orange par un audacieux raccourci, et une cigarette à la main, avec sa fumée bleue. Le rapport de l'original au portrait était assez fait pour la méditation. Comme celui de ce qui passe à l'éternel, sans doute.

Aurélien arriva à dix heures vingt-cinq, avec bien l'idée que c'était ridicule. Il ne savait pas si on l'invitait après un dîner ou si la soirée commençait là. A vrai dire, il n'y avait personne, et le domestique homme l'introduisit dans le grand studio qui baignait à demi dans l'ombre, au milieu des fantômes blancs, des objets de deux sous amoncelés. Le nègre veillait à la porte d'une pièce basse, où il aperçut les verres, les assiettes, les piles de sandwiches, le caviar, les bouteilles, le shaker. Là-dedans, il y avait une lumière chaude.

Il attendit bien vingt minutes avec son bouquet de violettes, pris du sentiment de l'absurde, surtout à cause de la profusion déjà des violettes dans les pots. Ce qu'il devait y en avoir des gens qu'elle aimait bien, Mme de Perseval...

Une voix qui tombait de la galerie, en haut, derrière lui, le tira de cette rage grondante à laquelle il était en proie.

« Monsieur Leurtillois! Je savais que vous viendriez! »

Elle descendait l'escalier dans une robe d'or, montante, sans manches, qui faisait fourreau, et elle portait sur ses cheveux un petit bonnet doré, avec des sortes de courtes ailes sous lesquelles bouffait la chevelure de feu sombre. Aurélien eut cette impression que dans le visage très blanc on ne voyait que la bouche, qui était comme un trait fin de rouge. Elle arrivait la main droite tendue, la gauche soulevant légèrement la robe courte, mais à traîne. Elle montrait, ce faisant, ses jambes. Mais quand elle fut enfin descendue, Aurélien la vit avancer avec saisissement, car elle ne marchait pas, elle avançait. Avec cette autorité du corps, cette façon dansante des petits souliers or et noir aux talons à défier l'équilibre qui rend certaines femmes irrésistibles. Il pensa, assez irrévérencieusement : « La voiture de Madame est avancée »... et ses yeux tombèrent lourdement sur cette gorge apprêtée, tendue, qui venait vers lui dans sa gaine d'or.

« Ah, monsieur Leurtillois, j'ai un tel plaisir de vous voir ici que vraiment il fallait que je sois folle... ou distraite, pour ne pas vous avoir demandé plus tôt d'y venir... Il a apporté un bouquet de violettes! »

Elle le lui prit rapidement, comme il se relevait d'un baise-main qui lui laissait aux lèvres l'impression des bagues appuyées, et elle le porta comme une chose très précieuse, très rare, jamais vue. Devant elle, pour ne pas le perdre de vue, le menton tendu vers une chose blanche qu'elle tira de l'ombre, au-delà des lampes. Et elle dit : « Ce qu'il est chou, tout de même! »

Aurélien se demanda s'il s'agissait bien du bouquet, et s'étonna un peu, comme du théâtral avec lequel elle revint du pot de fleurs jusqu'à lui. Elle le fit asseoir près d'elle, sur une causeuse, où l'on était à la fois en face et à côté l'un de l'autre. Il sentit son parfum, et elle le remarqua : « Ne me demandez pas le nom de mon parfum! — s'écria-t-elle. — Nous devrions commencer notre amitié par un refus de ma part, et cela serait mauvais signe! Le parfum d'une femme, c'est son secret. Le dévoiler, c'est se déshabiller devant le premier venu... »

Et elle eut l'air de remarquer ce que ce propos avait de désobligeant, et posa sa main sur la main d'Aurélien. Il en sentit encore les bagues : « Vous n'êtes pas le premier venu... »

Il le pensait bien, et songea que s'il lui demandait de se déshabiller, leur amitié risquait de ne pas commencer par un refus. En général, à quoi tout ceci rimait-il? Il hésitait entre la froideur et l'insolence; la nécessité de dire quelque chose le fit l'emporter à l'insolence :

« Je me demande, chère madame, comment vous vous êtes soudain souvenue de moi... Si j'ai bonne mémoire, c'est au Bois de Boulogne que j'ai eu l'honneur... — Il s'inclina légèrement : — Alors...

— Alors, quoi? cher monsieur? croyez-vous

57

qu'on vous oublie davantage pour vous avoir vu
au Bois?

— Non... enfin... Comment pouviez-vous savoir
que le smoking m'allait bien? »

Elle le regarda, interdite. Puis se souvint, se
renversa pour mieux rire, et rit enfin, d'un rire
aigu...

« D'abord, il faut toujours dire ça aux hommes;
ça les intrigue, ça les flatte, ça leur fait plaisir,
et puis, qu'est-ce qu'on risque? le smoking
leur va toujours mieux que le veston... »

Elle eut un regard en dessous pour voir s'il
était désappointé. Il n'était pas désappointé,
il souriait, peut-être un peu mal à l'aise. Il avait
d'ailleurs saisi son manège, cet œil oblique.
Elle changea ses batteries :

« Mais pour ce qui est de *vous*, je vous avais
vu en smoking deux ou trois fois, de loin, avec
Mme de Nettencourt... »

Il accusa le coup d'un « Ah? » gêné, qui fit
reprendre le rire, et Mary de Perseval éprouva
qu'elle devait accroître cette gêne...

« Oui, et naturellement, vous n'aviez pas
remarqué ma présence, habitué que tous les
yeux soient sur vous...

— Je vous jure que vraiment... si, je me
rappelle... au concert Stravinsky...

— Non... au Bœuf.

— Oh, c'est une telle cohue...

— Et à la soirée de cette danseuse dadaïste... »

Il se réfugia à nouveau dans l'insolence :

« Au récital Caryatis? Possible... mais j'étais
en habit... »

Mme de Perseval eut l'œil du chasseur sur le
gibier qui vient de faire un bond, inutile peut-
être, mais retardant le coup de feu :

« Jolie, Diane de Nettencourt... bien qu'un
peu courte intellectuellement... Vous l'aimez
bien, je crois? »

Aurélien voulut dire : « C'était l'année dernière... — se trouva lâche et formula sa pensée :

58

— C'est une femme charmante, je vous assure.

— Oh, je la connais. Nous sommes de la même génération. »

Encore une fois, Aurélien pensa en marge de ce qu'il disait : « Hem,... la même génération... c'est bien élastique... » Peu importe ce qu'il avait dit, cela avait dû faire pour son interlocutrice à chaque fois comme un éclairage des yeux sitôt éteints, témoins de ce monologue intérieur. Elle croisa les jambes, et l'or découvrit ses genoux. Elle savait ce qu'elle faisait, les yeux d'Aurélien se baissèrent.

« Diane, — reprit-elle, — fait très jeune pour ses trente-six ans. Au fond, toutes les deux, nous aurions pu être des amies de Madame votre mère.

— Ma mère aimait beaucoup les toutes petites filles...

— Flatteur...

— J'ai trente ans... »

Il se mordit les lèvres : ceci était de trop. Il se laissait détourner de son but qui était de savoir pourquoi cette femme l'avait fait venir. Il fronça les sourcils : « Tout ça, chère madame, nous éloigne du smoking... Qu'est-ce donc qui vous a si heureusement pour moi rappelé mon existence? »

Elle éluda la réponse et tira sa robe, comme si les regards d'Aurélien l'alarmaient.

« Oh, je sais bien pour qui vous êtes venu ce soir!

— Par exemple!...

— Vous voyez bien, imprudent, que ce n'est pas pour moi! »

Il se sentit tout sot. Il protesta.

« Non, non, — dit-elle. — Je sais qui vous occupe en ce moment, et ce n'est pas Mme de Nettencourt... Allez, vous la verrez... Je serai votre complice, puisqu'il le faut! »

Elle soupira. Il se fâcha, redouta de le montrer, et s'exclama : « Vous me parlez malgache! Mais si, je suis venu pour vous voir... j'ignore absolument qui vous pouvez attendre, d'ailleurs...

— Oh, bien, rassurez-vous : *elle* viendra.

— Qui ça, elle? Il n'y a pas d'elle, je vous assure...

— Oh, très bien, très bien, soyez discret! Quel gentleman! Mais ne dites pas que c'est pour moi... »

Il faillit lâcher quelque chose d'irrésistible, de démonstratif pour prouver sa bonne foi : la vérité d'ailleurs... Qu'il n'était pas venu pour Mme de Perseval mais pour ses points d'exclamation. Curieux de connaître la femme qui prodiguait ainsi les points d'exclamation. Cela n'eût peut-être pas été bien pris. Mais il l'aurait fait quand même si quelqu'un n'était entré.

Un jeune homme qui avait de peu dépassé vingt ans, en veston gris clair, assez mal soigné, les souliers sales, pas de pli au pantalon. Avec cette maigreur de l'âge, des grands cheveux rejetés en arrière, et une tête pâle très mobile.

« Vous arrivez bien tard, et vous ne vous êtes pas habillé, Paul, — dit Mme de Perseval en lui abandonnant ses doigts. — Vous ne vous êtes jamais rencontrés? Paul Denis, le poète... M. Aurélien Leurtillois...

— Monsieur... Vous savez bien, Mary, que mon smoking est immettable...

— Non, qu'est-ce qu'il lui est arrivé?

— Voyons, je vous l'ai dit trois fois... Je l'ai brûlé dans le dos avec un bec Bunsen...

— Enfin, qu'est-ce que c'est que cette idée?

— Ce n'est pas une idée... avec un bec Bunsen...

— Les smokings et les becs Bunsen, Paul, n'ont aucune raison de se rencontrer hors de la poésie moderne...

— Je vous ai expliqué que c'est l'autre soir, au labo...

— Vous vous mettez en smoking pour aller au laboratoire maintenant? »

Elle se tourna vers Aurélien : « Paul Denis ne se borne pas à être poète. Il fait geler toute sorte de poissons et de serpents à l'Institut d'océanographie...

— J'étudie le point cryoscopique des liquides internes des animaux », expliqua le nouveau venu, à l'usage de Leurtillois, avec un ton de voix confidentiel très différent de celui qu'il reprit pour dire : « Je m'étais habillé pour n'avoir pas à retourner à Asnières et ne pas vous faire attendre... surtout que je suis obligé de rester jusqu'à huit heures du soir à ce labo avec ces axolotls de malheur... Puis en venant vérifier que j'avais tout rangé, je me suis retourné... et il y avait un bec Bunsen en veilleuse...

— Bon, passe pour le smoking... mais vous avez un veston bleu, et tant que je ne vous donnerai pas une nurse, vous sortirez fripé comme je ne sais quoi... et ces souliers... Mon cher, allez à la cuisine, on vous donnera un coup... j'ai du monde ce soir... »

Le jeune homme marmonna quelque chose sur le ton furieux, mais s'en fut par une petite porte au fond de la salle à manger, en chipant un sandwich au passage, avec un air d'habitué qui renseignait tout de suite sur son rôle dans la maison. Mary de Perseval l'avait suivi des yeux.

« Vingt-deux ans, imaginez-vous! Quatorze ans de moins que moi... il a beaucoup de talent... Et pianiste! Vous l'entendrez! Mais quatorze ans!... Enfin... Cela me fait drôle, c'est que j'ai un grand fils de quatorze ans, monsieur Leurtillois, moi, un grand fils de quatorze ans! N'est-ce pas incroyable?... »

Elle attendit qu'il dît « Incroyable! » Il ne le dit pas. Elle reprit :

« Je me suis mariée très jeune... Mais c'est extraordinaire d'avoir un fils qui est déjà presque... presque... Vous me comprenez? Évidemment, vous ne vous imaginez pas...

— Je pourrais avoir un fils de quatorze ans... J'ai été précoce...

— Non? Mais il aurait fallu... Voyons...
Que vous ayez quinze ans...

— Je ne les avais pas tout à fait...

— Quelle horreur! Quand je pense que peut-
être Max... C'est mon fils... Ah! vous ne savez pas
ce que cette idée-là est intolérable à une mère...

— J'ai eu une mère, chère madame... »

Paul Denis rentrait, très content de ses pieds.
« Ça brille assez? » dit-il.

« Sale gosse! Jouez-nous quelque chose pour
vous faire pardonner! »

Il fit des mines, puis souleva le couvercle du
quart-de-queue, s'assit, et se mit à plaquer des
accords, à ne rien jouer, à enchaîner n'importe
quoi.

« Insupportable, Paul, vous êtes insupportable
ce soir... Jouez quelque chose, à la fin! »

Il s'amusait à faire jazz, sans plus. Et je te
syncope, et je te syncope.

« N'y prêtons pas attention, — dit-elle à
Aurélien, — c'est le meilleur moyen d'obtenir
quelque chose de lui. Oui, imaginez-vous ce
grand Max que j'ai... Quatorze ans... Un littéraire... Il tient de Perseval, bien sûr... Il fait
aussi des vers... Un peu influencé par Jean
Cocteau, peut-être... Mon Dieu, pourquoi pas?
Paul Denis ne m'entend pas, heureusement...
Il ne peut pas voir Cocteau en peinture... C'est
un genre dans son milieu... Quand ils en parlent,
on dirait vraiment... Moi, j'aime bien Jean,
il est drôle, il a des idées, de l'esprit... Vous le
connaissez? »

Aurélien l'avait vu, mais ne le connaissait pas.

« Tenez, quand je vous le disais! Il joue maintenant... *La Gazza Ladra*... Ah! j'adore Rossini,
Donizetti... *L'Élizire*... Tous les gens de ce
temps-là d'ailleurs... Vous connaissez *L'Italienne
à Alger*... et *Norma*... de nos jours plus personne
ne sait chanter *Norma!*... »

Aurélien se demandait qui il devait rencontrer
ce soir-là chez Mme de Perseval, peu attentif à

cette musique italienne qu'il n'aimait guère, quand ce fut successivement une série d'entrées, tandis que Mary changeait l'éclairage, faisait apparaître d'un coup des petites lampes à toutes les hauteurs, comme des étoiles dans le studio, et une sorte de grand projecteur blanc sur le plafond, au-dessus d'une zone d'ombre.

Il y avait eu d'abord un couple âgé, la dame avec un turban vert sur ses cheveux gris, une robe pailletée, et l'homme, un colonel, très colonel, moustache en brosse, le cheveu qui refuse de s'en aller. Puis les présentations pas achevées, les Barbentane avec leur cousine de province... et une demoiselle grecque en noir, tout grand, le nez, les yeux, les pieds, ses bras nus qui ne rattrapaient pas une écharpe claire. Mme de Perseval s'affairait : « Tout le monde se connaît?... M. Leurtillois... Le Colonel et Mme David... Mlle Agathopoulos... Tout le monde connaît les Barbentane. Non? Je m'excuse... Edmond Barbentane... Mlle Agathopoulos, Mme Barbentane... Oh! Suis-je bête! Et la plus ravissante, votre charmante cousine... Madame... Madame... »

Bérénice se trouva le centre de l'attention.

« Mme Lucien Morel... — dit promptement Blanchette Barbentane.

— C'est cela... Mme Morel... Où ai-je la tête? Moi qui n'ai donné cette soirée que pour elle, que pour elle!... Est-elle charmante! Montrez-vous... qu'on vous regarde, madame, quelle jolie robe! »

Oui, c'était une jolie robe, noire dans le bas, avec un dessin de raies blanches de plus en plus larges en montant, comme des halos autour d'une pierre jetée dans l'eau, et qui finissait blanche sur le décolleté de Bérénice, plus blanc que le satin même, avec un petit mantelet noir jeté sur les épaules. Peut-être était-ce la robe, peut-être était-ce la femme qui retenait, ce corps plus charnu, plus plein que ne le faisait attendre un visage sans harmonie. En tout cas,

63

Mlle Agathopoulos pinça les lèvres, et tous les hommes regardèrent Bérénice (Mme Lucien Morel, pensa Aurélien). Elle dit, comme une petite fille, avec une subite résolution et un mouvement de la bouche qui ressemblait à un baiser :

« Lotus... »

Mme de Perseval s'étonna : « Comment? Que dit-elle?

— Lotus... »

On avait bien entendu. La maîtresse de maison, de cet air des grandes personnes qui renoncent à comprendre un enfant, tourna son interrogation muette vers Mme Barbentane, laquelle était habillée d'un fourreau gris avec le dos nu, et une de ces petites traînes qu'on faisait alors, carrée, juste assez grande pour qu'on s'y prît les pieds.

« Elle dit *Lotus*, — expliqua Blanchette, — c'est le nom de la robe dans la collection du couturier...

— Ah bien... C'est de chez qui...

— Poiret! »

Bérénice avait crié le nom avec une précipitation qui lui fit monter le rouge aux joues. Elle était fière d'avoir une robe de Poiret. Les yeux brillants, Mme de Perseval hocha la tête :

« J'aurais dû m'en douter... »

Aurélien sentit ce qu'il y avait dans ce bout de phrase de critique et de mésestime pour cette petite provinciale qui court naturellement chez Poiret. On ne pouvait pas savoir que c'était une idée de Blanchette qui avait donné cette robe à la cousine de son mari, tout exprès pour cette soirée.

« Je regrette, chère amie, mais vous m'avez oublié... Vous ne me présentez pas... »

C'était Paul Denis, surgi de son piano comme Lazare ressuscité.

« Oh, c'est vrai, Paul... Paul Denis, le poète... Mme Barbentane, Mme Morel... »

Déjà Mlle Agathopoulos papotait avec Mme David et le colonel et Edmond entraînait dans un coin Mme de Perseval. Bérénice dit tout bas à Blanchette, avec animation : « Le poète! C'est un poète! Tu as lu ses vers? » L'autre la fit taire. Aurélien suivait le manège. C'était curieux... L'autre fois, elle lui avait déplu. Décidément ça devait être la robe...

« Eh bien, vous êtes content? C'est ce que vous désiriez? » demanda Mme Perseval à Barbentane.

« Oui, chère amie, vous n'avez pas changé... toujours aussi intelligente dans l'amitié que dans le plaisir...

— Taisez-vous... Si Paul vous entendait... Mais, vous savez, j'y ai du mérite, il me plaît, à moi, votre Aurélien...

— Vous l'aurez quand vous voudrez, Mary, car Bérénice... enfin elle n'est que pour peu de temps à Paris... et si je désire qu'elle en emporte un souvenir à quoi repenser, ce n'est pas pour qu'elle en garde un chagrin...

— Je ne vous comprends pas.

— Oh bien, le bel Aurélien, c'est connu, ne tire pas à conséquence. Ses aventures se dénouent comme elles se nouent, et sans drame. C'est ce qui me convient pour ma cousine. Une passade...

— Je vous admire, Edmond, je vous admire : vous disposez d'elle, et de lui... D'abord, ce n'est pas encore fait...

— Ça se fera...

— Admirable! mais il faut encore que ça ait juste la température qui vous convient... une flamme pas trop longue... et puis, ffft! vous soufflez dessus quand vous jugez que cela doit s'éteindre... C'est dangereux, vous savez!

— Allons donc! Vous parlez de ces choses-là comme une pensionnaire. Bérénice est tout juste mûre pour tromper son mari... et imaginez-vous que je n'en suis pas fâché, un imbécile, ce Lucien...

— Quel besoin alors avez-vous, mon cher, de ce M. Leurtillois? Vous êtes assez grand garçon vous-même...

— Vous n'y pensez pas... Bérénice est ma cousine... et puis il y a Blanchette...

— Pour ce que cela vous gêne...

— Mettons que ça ne me dit rien... »

Mme Barbentane s'avançait vers eux.

« Je disais à votre mari, ma chère, que je trouve Mme Morel tout simplement délicieuse... et qu'à sa place... mais il n'a d'yeux que pour vous...

— Croyez-vous vraiment? » dit Blanchette. Et elle s'assit à côté d'eux avec son genre le plus mondain, le mieux à l'aise, et se jeta dans une conversation sur les conquêtes d'Edmond qui le fit rapidement s'enfuir.

Aurélien, comme d'habitude, avait mis quelque temps à se dire que la question posée à Mary de Perseval trouvait dans les faits mêmes sa réponse. Elle ne s'attendait à ce qu'il fît la cour à Mlle Agathopoulos ni à Mme Barbentane... Alors. Évidemment. D'ailleurs, n'avait-elle pas dit que la soirée était en l'honneur de Bérénice... de Mme Lucien Morel? Mais enfin que diable cette femme avait-elle en tête pour croire qu'il était venu pour Bérénice?

Elle parlait avec le poète, Bérénice. Et le poète avec ses airs de gamin vicieux semblait assez heureux d'être distingué par ce lotus, et aussi avait l'air de trouver ça tout naturel. Des gens du même âge. Bien que Bérénice eût peut-être vingt-quatre ans... ou vingt-trois.

« J'ai une plaquette, — expliquait-il, — qui vient de sortir au Sans-Pareil, et un manuscrit chez Kra... oui... Non, pas des poèmes, cette fois...

— Un roman?

— Non, non, je n'ai même qu'une peur, c'est qu'on prenne ça pour un roman... C'est une sorte de promenade-rêverie, un truc inclassable, avec des digressions dans tous les sens, un peu Jean-Jacques, un peu Sterne... Oh, puis zut, c'est trop bête de s'expliquer... d'ailleurs vous vous en fichez!

— Je ne m'en fiche pas du tout. Ça m'intéresse. Vous savez, je lis, je dévore... Une promenade-rêverie... Où ça?

— Si nous parlions d'autre chose? Qu'est-ce que vous aimez? Qu'est-ce que vous connaissez d'abord?

— Oh, vous allez me juger bien bête... *Le Grand Meaulnes*, et puis Charles-Louis Philippe... Rimbaud, naturellement...

— Ah? Rimbaud? »

Il changeait de ton. Il devenait intéressé à son tour.

« Vous ne voulez pas un sandwich, un peu de gin? Et vous aimez Apollinaire? »

Aurélien s'aperçut qu'il ne parlait à personne, et qu'il regardait Bérénice. Par exemple, est-ce qu'il allait tomber dans les filets de Mme de Perseval, comme ça? Ou était-ce Mme Morel qui avait voulu le revoir? Ça n'en avait pas la tournure. Brusquement il se révolta. Pour une raison mystérieuse on voulait qu'il s'intéressât à cette Bérénice. Eh bien, non. Il s'occuperait plutôt de... de qui? De Mlle Agathopoulos par exemple. Il fallait l'arracher au colonel, au couple colonel. Il s'avança vers le trio.

« Est-ce que je ne vous ai pas rencontrée, mademoiselle, chez les Schœlzer, il y a trois mois?

— Mais oui... mais quelle mémoire! Il y avait tant de monde... Je venais d'arriver à Paris... »

Elle grasseyait désagréablement. Le colonel dit :

« Ah, la Grèce! Vous devez vous sentir parmi nous comme tombée de l'Olympe... L'Acropole... Renan... »

De sous le turban vert, la voix profonde et légèrement alsacienne de Mme David sortit comme un escargot :

« Ne parlez pas de la Grèce à Mademoiselle, mon ami, elle la connaît mieux que vous... Vous avez été en Grèce, monsieur Leurtillois? »

Il parla de Salonique. Il regardait la partenaire qu'il venait de se choisir. Ça pouvait faire une mauvaise soirée. Drôle de corps, et, en fait de Grèce, elle était dessinée comme les personnages des tapisseries de Bayeux. Une femme toute en genoux. Mais, du coin de l'œil, il aperçut Mme de Perseval qui le surveillait. Après tout, se dit-il, il y a dans cette grande fille disproportionnée quelque chose d'excitant... Le colonel agrafait Barbentane. Sa femme eut une expression qui alla au cœur d'Aurélien : elle se sentait en tiers entre lui et la Grecque, et abandonnée par son mari... Là-dessus, la voix du piano s'était élevée à nouveau et on pouvait voir le calice noir et blanc de Bérénice penchée sur la musique, et Paul Denis qui jouait, avec de petites grimaces inconscientes dans le visage, qui traduisaient l'effort des doigts. Ce mouvement des épaules, et de tout le corps, au balancier des bras qui semblent tresser de la paille. Il jouait des blues.

« Monsieur Barbentane, — disait le colonel, — comment va le sénateur?

— Je vous remercie. Mon père est toujours le même. Une activité folle. J'ai entendu dire qu'on le considérait comme tout à fait ministrable. Moi, ça me fait l'effet d'être le fils d'un conspirateur...

— Il ferait un excellent ministre de l'Hygiène... »

Bérénice suivait la musique sur le visage de gosse de Paul Denis. Cette bouche boudeuse et drôle. Il s'était mis à jouer quelque chose de bizarre, de gai. Elle eut plaisir à reconnaître le morceau : « Poulenc! » dit-elle.

L'autre, étonné, leva son menton : « Vous connaissez ça? Ça vous plaît? »

Elle fit oui de la tête, les yeux grands, et elle ajouta : « Ça fait rire... », ce qui fit pincer les lèvres du pianiste. Il se demandait s'il fallait trouver cette provinciale singulière, ou la snober. Il se mit à jouer quelque chose de bizarre, d'assez dissonant :

« Et ça, vous connaissez aussi? Qu'est-ce que

68

vous en dites? (Non, Bérénice ne connaissait pas). C'est de Jean-Frédéric Sicre... un jeune... un grand musicien... »

A comme il avait dit *un jeune*, on pouvait comprendre que Poulenc, qui devait alors avoir dans les vingt-trois ans, n'en était déjà plus un pour lui.

Tout d'un coup, il y eut comme un grand vent dans le studio, Bérénice vit dans les yeux de Paul qu'il se passait quelque chose.

Le cyclone, c'était une femme qui venait d'entrer. Il y avait un homme derrière elle, mais c'était une femme qui venait d'entrer. Pas tant un cyclone que quelque chose comme l'air de la mer. On n'aurait pas su dire ce qu'il y avait de si différent en elle des autres gens, mais oh lala ce que c'était différent! Elle était encore tout silence, encore pas très délivrée de la nuit et de la rue, avec les épaules hautes d'avoir à peine quitté un manteau si nécessaire par le froid qu'il faisait, elle ne cherchait pas à s'imposer par un éclat. Elle avait ses yeux de myope aux longs cils à peine fendus, la tête en arrière rejetée, le menton assez fort pointant, et cet immense cou qui semblait, à cause du décolleté étroit de la robe, descendre entre les seins, entre l'emplacement des seins.

« Comme elle est belle! » murmura Bérénice. Ce n'était pas du tout le mot, mais la langue est si pauvre, et il ne s'en présentait pas d'autre. Une grande femme, longue plus que grande, une longue femme blonde, cendrée, fardée de façon à paraître très pâle. Elle était de l'âge qui est au-delà de la jeunesse, et on ne pouvait s'empêcher, quand on se demandait « Quel âge a-t-elle? », de penser qu'elle avait l'âge de l'amour.

« J'étais bête! — se dit Aurélien. — Ce n'était pas de Bérénice qu'il s'agissait! »

Il savait qui elle était, cette dernière venue dans sa robe de velours vert d'eau, plus longue qu'on ne les portait cette année-là, une robe qui

69

aurait fait de toutes les autres femmes un paquet, avec ses plis tout autour de la taille, tout de suite lâchés et allant se briser aux chevilles comme la pierre des statues. Et ce ruban noir qui encerclait les cheveux coupés, ces cheveux de garçon fou dont on se souvenait à cause de d'Annunzio, de la célèbre scène au Châtelet à la fin de son dernier triomphe où elle tenait en l'air sur le dessus de la tête une mèche enroulée à sa main gauche : tout le monde la connaissait, même Bérénice qui ne la reconnaissait pas. Mme de Perseval se portait vers elle, et il y avait évidemment, dans le mouvement double de ces femmes, une rivalité, une lutte, qui résumait une amitié et mille jalousies. Aurélien pensa qu'elles allaient se dévorer, elles s'embrassèrent.

« C'est Rose Melrose », souffla Paul à Bérénice. Elle dit : « C'est donc ça qu'elle est si belle ! — et demanda : — Et le monsieur ? — Son mari... »

Il avait l'air de s'excuser d'exister; il était plus grand qu'elle, mais il s'arrangeait pour que ça ne se vît pas. Il devait penser qu'il était utile comme un ornement typographique sur ses pas. Il aurait porté sa traîne, si elle avait eu une traîne. Il passait par-dessus le marché dans son entrée. Peut-être allait-il emporter les chaises, lui faire place, et revenir avec un cerceau d'or, une bicyclette, une table rouge, un mouchoir...

« Ma Rose, — s'écriait Mary de Perseval, — ma Rose! Quelle robe incroyable... incroyable... l'antique! tout simplement l'antique... Vionnet comme toujours? Je m'en doutais... Il n'y a qu'elle... Moi, si j'avais une robe comme ça, j'aurais l'air d'une marchande des Halles... Mais cette Rose! Elle la porte comme si de rien n'était! »

Alors Rose Melrose produisit son effet, seulement alors, après qu'on avait cru revenir de toute surprise. Sa voix fit son entrée, il n'y a pas d'autre manière de dire. Une voix retenue, chaude à la fois, et semblable à un frisson.

« A boire! — dit-elle, — à boire, Mary, quelque chose, un peu d'alcool, n'importe... Il fait affreux... Je mourais dehors... »

Tout le monde s'empressa, les hommes. Mais le mari les avait devancés.

Cette discrétion, ce grand front, ces yeux de jais... Le mari était un homme assez maigre, probablement plus jeune qu'il n'en avait l'air, avec son front calme ravagé, son masque mondain, cette lenteur de mouvements démentie par l'adresse rapide avec laquelle il venait de servir sa femme. Il y avait quelque chose de pathétique dans le soin que révélait toute sa personne. De tous les hommes qui étaient là, il était le seul à se soucier si évidemment de sa propre élégance. Il n'y avait rien de particulier dans son smoking, ou peut-être l'étroitesse des manches; pourtant ce smoking avait l'air *pensé*. Son visage avait tendance à l'embonpoint d'une manière inattendue. Rien que son visage. Pas joli garçon pour un sou. Il avait l'air d'être quelqu'un, mais il aurait pu être le contrôleur du théâtre que Rose aurait amené par fantaisie. Il devait le savoir. Il en jouait.

Le brouhaha soulevé par les premiers mots de Rose ne retomba pas : il y eut les chassés-croisés des hommes qui venaient saluer la grande actrice et leur hâte maladroite à faire oublier aux autres femmes cet instant pendant lequel ils les avaient négligées avec, au-dessus de tout, la voix faite aiguë de Mme de Perseval qui recommandait la fine et le caviar, bien que pour son compte elle préférât les sandwiches à la salade et le whisky irlandais. Paul Denis avait abandonné le piano et faisait la jeune fille de la maison, avec des assiettes à crouler et trois verres dans une main. « Attention, ma robe! » lui cria Mlle Agathopoulos, mais c'était une fausse alerte. Elle se calma et vit alors qu'Aurélien, d'à côté d'elle, n'avait plus d'yeux que pour Rose. Elle dit, avec une expression comique et amère de sa grande bouche : « Allons, bon! J'ai perdu ma chance, ce soir; je le vois bien! » Elle avait appuyé ses doigts sur la manche de Leurtillois. Il se tourna vers elle, interloqué. Laide peut-être, mais pas bête. Il rougit un peu : « Que voulez-vous dire? » comme s'il n'avait pas compris. Elle secoua la tête. « Vous irez tout de même encore bien me chercher une flûte de champagne? » Il se précipita, confus, passa entre Blanchette et le mari de Rose qui se parlaient dans l'entrée de la salle à manger, entendit, une fois près de la table, Barbentane qui expliquait au colonel : « ... Elle a épousé son médecin... de guerre lasse... Le docteur Decœur insistait tellement depuis des années... Il l'adore... Il veille sur son corps, son visage, sa gloire et sa jeunesse... Il lui fabrique des laits, des crèmes... Je l'ai un peu connu jadis... »

Et comme il revenait avec le champagne, il fut arraché à Mlle Agathopoulos par Mary qui semblait s'être allumée soudain, réveillée au besoin de plaire, par la menaçante apparition de Rose. La Grecque prit le verre au vol, et eut sa bouche de clown triste, comme pour dire à Aurélien : « Vous voyez? » Il tâcha de répondre *non* des yeux, mais Mme de Perseval abrégea cette dénégation l'entraînant.

« Qu'est-ce que vous faites à perdre votre soirée avec ce grand cheval, cher monsieur, vous êtes attendu, voyons...

— Vraiment, vous êtes trop bonne, il n'y a guère eu de temps gâché...

— Les hommes sont insensés; j'arrange une rencontre... et puis...

— Les femmes sont singulières : pourquoi faites-vous ça?

— Dites merci, et n'en demandez pas plus. Mais j'aime bien Zoé... Mlle Agathopoulos... Seulement vous aurez des bleus rien que de parler avec elle...

— Je ne suis pas de votre avis... Elle a un

charme... Vous savez ce que l'on dit des femmes
au grand nez...

— Vous êtes indécent... Il ne s'agit pas de ça.

— Et de quoi s'agit-il, chère madame? Avec
moi il s'agit toujours de ça... Quand je vous
regarde, je me dis...

— Ne me le dites pas surtout! Enlevez donc
Mme Morel à ce petit mufle de Paul Denis... par
amitié pour moi...

— Jalouse?

— Dites donc! Mais où a-t-il été élevé, ce sauvage! Elle vous attend.

— Qui ça? Bérénice? »

Il se mordit les lèvres :

« Je veux dire : Mme Lucien Morel...? Vous plai-
santez! Vous croyez que je n'ai pas compris?

— Quoi donc?

— Que c'est pour vous, pour vous seule, que
vous m'avez fait venir... »

Il avait dit cela en se penchant sur elle, avec
une méchanceté de jeune premier. Et par-delà
Mary, il regardait Rose assise sur un pouf dans un
halo de pénombre, causant avec Barbentane
debout.

« Vous êtes un fat, — dit Mary, heureuse. —
Vous êtes un fat qui croit que toutes les femmes
sont à ses pieds et qu'il n'a qu'à choisir. Mais tout
de même, choisir Zoé!

— Quand il y a trop de femmes, je me perds,
et on peut être sûr que je prendrai la négresse...
ça s'explique...

— Dites donc, vous, ma maison n'est pas un...
comment dit-on ça correctement? un lupanar...

— J'aime mieux être incorrect...

— Pas de risque! Allez donc retrouver Mme Morel!

— Mais enfin, quelle insistance! Si vous croyez
que je m'y suis trompé longtemps... Soyez gentille... »

Mme de Perseval se méprit au sens de ces derniers mots, et elle ferma les yeux.

« Soyez gentille... Est-ce elle qui vous a demandé de nous faire rencontrer?

— Mme Morel? (Les yeux s'étaient rouverts.) O Dieu, non!

— Assez de plaisanteries... pas Mme Morel... Mme Melrose...

— Rose? Ah par exemple, ça, je vous le défends bien... Qui vous voulez, mais pas Rose! Je le prendrais mal.

— Faites l'innocente...

— Je vous jure... c'est idiot... J'adore le docteur... Son mari... et quant à elle, ça, je vous avertis, je suis jalouse... »

Plus elle protestait, et plus Aurélien se félicitait de sa perspicacité. Allons, cela crevait les yeux. C'était pour Rose qu'elle l'avait fait venir. D'abord il se faisait une idée des actrices. Et puis Mme de Perseval était une rouée : elle imaginait de le pousser ostensiblement à une autre, parce qu'elle avait découvert en lui cet esprit de contradiction, qui avait failli, pour rien, par méfiance, jouer contre Bérénice... Mais pour une fois, il avait l'envie de se laisser un peu faire violence... Il avait la curiosité de cette Rose...

« Pas Rose, mon petit, pas Rose! J'en ferais une maladie. Nous nous adorons, vous comprenez... C'est une longue histoire... Déjà avec Perseval... Remarquez que ça m'était égal, Perseval... C'est une femme extraordinaire... Je ne devrais pas vous dire ça, je suis une sotte... Je ne sais pas être injuste... Vous comprenez, chaque fois qu'un homme me plaît... De toutes les femmes, on peut se défendre... Mais celle-ci a du génie... Du génie... C'est une chose traîtresse, le génie chez une femme... Et puis, qu'elle me laisse... Elle a son art, ses triomphes, elle. Vous ne me ferez pas ça! Voyez, je ne suis pas exclusive : qui vous voulez, Blanchette, Zoé; tenez, Zoé, puisqu'elle vous dit... »

Aurélien faisait mine de ne pas remarquer que Mary se jetait à sa tête ni le ton soudain pris de la conversation. Les choses subitement admises entre eux, comme posées. Elle lui faisait la cour... On eût dit qu'il y avait des semaines d'explications, de rendez-vous manqués, des lettres, des fâcheries, qui leur avaient déjà permis d'en arriver là... Mais Leurtillois savait bien qu'il y avait dans tout ceci deux plans contrariés, deux thèmes qui se succédaient, comme dans une fugue... La rusée, la rusée! Tout cela pour le jeter mieux à cette femme... Il demanda : « Quel âge a-t-elle? »

Mary, surprise, tourna la tête par deux fois : « Qui? Rose? Ah, non, je dis mon âge, mais pas celui de mes amies... On peut se faire une idée... Ses succès sont d'avant-guerre... Ses premiers succès...

— Elle était peut-être très jeune...

— Oui, bien sûr... Nous étions toutes très jeunes avant guerre... toutes... enfin Rose aussi... Elle est à peine mon aînée... à peine... C'est délicat de se souvenir...

— D'ailleurs d'après son mari...

— Oh, le docteur Decœur est beaucoup plus jeune qu'elle! Il doit avoir trente-trois ans... au plus... Je ne sais pas quelle différence cela fait... mais bien dix ans, bien dix ans... Pourtant Rose n'a pas quarante ans... Est-ce qu'on a jamais quarante ans quand on est Rose? Il l'adore, vous savez. Ça me fait mal parfois. Parce qu'elle a son art, vous comprenez. Tout ce monde à elle où il n'entre pas. Il doit bien souffrir certains jours... »

Il la laissait parler. Il commençait à sentir sa présence, même en pensant à Rose. Il commençait à comprendre comment elle devait être au lit. C'était ce qu'il avait vaguement deviné dans sa lettre... les points d'exclamation... Il se surprit dans sa songerie. Quelle inconséquence! Comme le chasseur qui change sans cesse de gibier. Il pensa même de façon assez caustique à une de ses contradictions les plus frappantes : tout à l'heure il se détournait de Bérénice parce qu'il croyait qu'on le précipitait vers elle, et maintenant, mieux il découvrait le double jeu de Mary, mieux ses dénégations habiles le fixaient sur Rose, et plus il se laissait faire, plus il aidait cette pente sous ses pas...

Paul Denis interrompit Mary qui parlait toujours de Rose et de son mari. Un visage de méchante humeur, la bouche d'un enfant qui va pleurer, ses cheveux châtains plus très en ordre. Il avait un peu trop bu en servant les autres.

« Qu'est-ce que ça veut dire, madame? De toute la soirée vous ne m'avez pas adressé la parole... J'arrive, je vous trouve avec Monsieur... »

Il parlait assez fort, et il faisait des gestes, Mary l'arrêta : « Qu'est-ce que vous avez, Paul? Une scène? Nous ne sommes pas seuls...

— Je m'en fiche... Vous vous moquez de moi... Vous me laissez tomber... Vous ne quittez pas Monsieur... » Comme la fois précédente, un grand geste désignait Aurélien qui se mit à rire.

« Je pourrais facilement vous dire, mon petit Paul, que vous n'avez pas quitté Mme Morel de la soirée...

— Alors, c'est de la jalousie? Ne trichez pas, Mary. C'est moi qui suis jaloux, c'est moi qui ai le droit...

— Vous avez le droit de vous taire ou d'aller vous coucher... Vous m'excusez, monsieur Leurtillois? » Elle entraînait son poète par le bras. Aurélien s'éloigna, alluma une cigarette, hésita entre deux directions. Vers Rose ou vers Bérénice. Il pencha vers Bérénice parce que c'était sans danger, mais se heurta dans Barbentane qui avait laissé sa femme avec Rose, et Mme David avec le docteur. Le jeu de la permutation circulaire voulait que Bérénice dans son coin parlât avec le colonel.

« Dis donc, Edmond, explique-moi un peu le colonel David? Qu'est-ce que c'est? Que font-ils ici, ces gens-là?

— Ils passent une soirée... comme nous. A part

ça, le colonel a joué un certain rôle politique... pas possible que tu n'en aies pas entendu parler... Il était tout à fait du groupe du général Picard au début du siècle... Par la suite, ça lui a joué des tours. Il aurait dû avoir les étoiles... on lui faisait marquer le pas... Enfin il y a des gens qui racontent la chose autrement... Il a quitté l'armée, il a été chef de cabinet à la Guerre, ou quelque chose comme ça, et on prétend qu'il s'est bien vengé de ses chefs... je ne sais pas, je l'aime bien, c'est un homme charmant, il y en a de tous les bords... Il travaille avec Briand... Ce qui est curieux pour un colonel, c'est qu'il est apôtre fervent du désarmement... un pacifiste... »

Aurélien se renfrogna : « Un colonel pacifiste? Quelle absurdité!

— Tiens, — remarqua Barbentane, — voilà l'ancien combattant qui reparaît en toi! Je ne t'avais plus vu cette figure-là depuis Verdun...

— Fous-moi la paix avec Verdun... mais le désarmement! Le jour où on quittera le Rhin...

— Oh, tu sais, avec quatre ans, j'en ai ma claque! Passons la main, et occupe-toi des jolies femmes... Si c'était un effet de ta bonté, tu arracherais ma cousine au colonel... bien que, la drôle de fille, elle ait l'air de s'amuser énormément avec lui... » (La malice éclata sur son visage régulier, bien tendu :) « ...A moins que je ne te rende à Mlle Zoé Poulos... Tu paraissais en tenir sérieusement pour cette bringue...

— Laisse donc! D'où sort-elle, celle-là?

— De la propriété de monsieur son père qui a hébergé Mary quand elle a fait une croisière dans les Cyclades, l'autre année... Et tu sais où il a sa propriété, le papa? A Lesbos. Ça explique tout... »

Il le poussa d'une bourrade vers Bérénice. Aurélien pencha pour s'en retourner vers Rose. Mais à ce moment, tandis que Paul Denis se versait un grand whisky d'un air rageur, Mme de Perseval s'avançait vers Rose avec les mains tendues, disant de sa voix la plus haute :

« Notre grande Rose ne nous refusera pas...
n'est-ce pas, Rose? puisque tout le monde...
M. Leurtillois par exemple... »

Il se demanda pourquoi elle prononçait son
nom, il avait mal entendu les premiers mots...

« Et tous... tous... cet insupportable petit
poète... Le colonel... Je ne vous parle pas des
femmes, Rose, je vous connais... Vous allez nous
dire quelque chose ! »

On entendit s'étrangler Paul Denis dans son
whisky et une rumeur de supplications s'éleva.
Mais si... mais si... oh, je vous en prie... pourquoi
non..., tandis que Rose affirmait qu'elle avait trop
fumé, qu'elle n'avait plus de voix, fatiguée... Tout
à coup, Aurélien se sentit toucher le bras. Il se
retourna et vit Bérénice : elle faisait une mimique
qui désignait l'actrice par la grandeur des yeux.
Aurélien ne put s'empêcher de penser à la ressemblance de la jeune femme avec une bête des bois.
Elle paraissait surgir sous des feuillages avec son
regard de biche, ce diamant noir sans facettes...
Il l'interrogea. Elle souffla : « Demandez-lui...
vous... à vous, elle ne refusera pas...

— Quelle idée !

— Je ne pourrais pas, moi... », dit-elle, et brusquement elle se rejeta en arrière, effrayée de cet
aveu.

De son côté Blanchette s'adressait au docteur
Decœur :

« Docteur ! Dites-lui... elle vous écoute...

— Quelle erreur, madame ! Je suis sans pouvoir
sur Rose Melrose... »

Paul Denis avec son verre se glissait auprès
d'Aurélien. Il murmura : « Dites donc, vous vous
rendez compte, on est en 1922... Et Madame va
dire des vers... dans un salon... dommage qu'il n'y
ait pas de cheminée pour son coude... »

La grande actrice s'était laissé convaincre. Elle
se leva, elle tenait son cou dans ses mains, comme
pour chauffer sa gorge, avec un geste des épaules
qui voulait sans doute dire : ça ira comme ça ira...

Elle était à côté d'une haute lampe sur pied, dont l'abat-jour blanc et or laissait passer d'en dessous un jour filtré vers sa figure. Mais son corps inondé directement de lumière semblait dans les plis de la robe l'essentiel, l'inconscient essentiel des paroles qui venaient de la tête. Il y eut le bruit de soie précipité que fit la robe de Blanchette s'asseyant, le vague oscillement des hommes pour mieux voir, et un crépuscule d'attention descendit sur les visages.

Rose ferma les yeux et prit profondément sa respiration comme un soupir. On vit frémir ses seins, ses bras lentement s'allonger le long de son corps, les mains en arrière. Il y eut une grande gêne dans l'air. On entendit le silence. On remarqua le tic-tac jusque-là imperceptible d'une pendule. Où était-elle, cette pendule? Puis toute la statue s'anima par frissons, les plis vert d'eau se déplacèrent à peine, les bras remontèrent, se croisèrent comme s'ils cherchaient sur les épaules un voile invisible. La statue se serrait dans ses propres bras. Les yeux lentement s'ouvrirent, la bouche se tordit un peu, prit la forme vide d'un baiser, qu'emplit la voix, la voix frémissante, la voix incomparable :

« *J'ai embrassé l'aube d'été... Rien ne bougeait encore au front des palais. L'eau était morte. Les camps d'ombres ne quittaient pas la route des bois. J'ai marché, réveillant les haleines vives et tièdes ; et les pierreries regardèrent, et les ailes se levèrent sans bruit...* »

Aurélien ne pouvait détacher ses yeux des mains pâles de Paul Denis qui se crispaient autour de son verre. On pouvait craindre qu'il le brisât, les doigts nerveux grimpaient et descendaient. Le jeune homme, tout à fait mal à l'aise, pris d'une espèce de pudeur furieuse, baissait le nez et ne regardait pas l'actrice. Aurélien, surpris, n'avait jamais vu sur une face humaine une expression si intense, si pure, de la haine. Cela avait quelque chose de si hors de toutes proportions avec la scène qu'il

prêta au poème une attention médiocre, en rete-
nant sans savoir pourquoi ce murmure argenté
qu'il a vers son centre, là où le mot *Wasserfall*
fait un bruit étrange...

« *En haut de la route, près d'un bois de lauriers,
je l'ai entourée avec des voiles amassés, et j'ai senti
un peu son immense corps. L'ange et l'enfant tombèrent au bas du bois... Au réveil il était midi.* »

La voix s'était enflée comme un triomphe, et la
petite phrase courte qui fait chute à la fin du
poème éclata comme un carillon métallique. On
s'étonnait de ne pas entendre les douze coups. Les
rumeurs de l'auditoire délivré, appréciatif, nuancé,
l'émerveillement qui s'exprima, l'horreur des
compliments, le ton faux des adjectifs... Aurélien
dit à l'oreille de Paul Denis : « Dominez-vous.
Cela se voit... »

Ce fut comme si l'on avait tourné un commutateur. Le sang reprit sous la peau du visage. Les
yeux s'animèrent. Les mains se rendirent compte
que c'était un verre qu'elles tenaient. Paul soupira légèrement et se pencha vers son voisin :
« ...La garce... Je ne peux pas supporter ça... Avec
tout ce qu'elle voudra, mais pas avec ça... pas
avec ça... pas avec Rimbaud...

— Ah, — dit Aurélien qui n'avait pas reconnu,
— c'était Rimbaud ? »

Il pensait de Rose qu'elle était splendide, et un
peu grotesque comme tout ce qui touche au tragique. Il était sensible à ce qui faisait grincer les
dents au jeune homme. Mais aussi à la femme
debout devant lui, à ce sens prodigieux de l'immobilité, et du trouble. Paul dit encore : « La garce... »
et but une grande gorgée de whisky. Les gens
étaient pressés autour de Rose, à la supplier d'en
dire encore un autre, ce qu'elle voulait... Paul
suggéra pour Aurélien : « Le loup et l'agneau... »
Et se permit un petit rire : « Elle se fait prier pour
dire sa fable ! » Aurélien éprouva un peu d'agacement à être associé à cette moquerie. Il se
détourna. Ses yeux tombèrent sur Bérénice. De

longues larmes sillonnaient ses joues. De grosses larmes, non retenues. Les yeux ailleurs. Comme s'ils suivaient une chanson.

A la demande du docteur, à sa suggestion c'est-à-dire, la grande actrice commençait un poème de d'Annunzio. Ce poème à la France qu'elle avait dit dans le monde entier...

VII

Aurélien connaissait en lui ce défaut, ce trait de caractère au moins, qui faisait qu'il n'achevait rien, ni une pensée ni une aventure. Le monde était pour lui plein de digressions qui le menaient sans cesse à la dérive. Les volontés les mieux formées, les décisions échouaient là devant. Ce n'était pas de l'irrésolution. Mais sollicité par tout, à quoi se serait-il borné? Il ne s'était pas plus tôt formulé une vérité certaine, que l'incertain lui en paraissait, qu'il était prêt à parier contre lui-même, à épouser la certitude inverse.

Toute cette soirée chez Mme de Perseval, dominée par l'irritation d'une manœuvre qui lui échappait, dont il se persuadait, l'avait trouvé ainsi partagé entre des mouvements divers : le sentiment le plus habituel, qui était de résister à ce qu'on voulait lui faire faire, était bien près de céder chez Aurélien à la simple curiosité de s'abandonner à un jeu où il n'avait pas donné les cartes. Mais plus forte que toutes les tentations, il y avait la diversité des femmes. Aurélien était porté de l'une à l'autre par sa nature, tout aussi capable de vertige avec cette maigre et disgracieuse Zoé qu'avec Rose, si harmonieuse, si évidemment savante des choses de l'amour. Il pouvait s'imaginer, avec Zoé dans des draps, les gestes de hâte qu'elle aurait pour éteindre l'électricité, comment elle aurait quitté sa robe. Mais il remportait de la rue des Belles-Feuilles surtout l'obsession de Mary. Pour ce que cela avait d'offert. Un homme ne laisse jamais passer une femme sans une horrible sensation de gâchis, de ratage. Celle-ci, il en revoyait les jambes, les souliers de chez Helster, il en ressentait les mains pleines de bagues.

Pourtant Rose... Le visage presque immobile de Rose. Sans âge comme l'amour. Cette statue sortie des doigts habiles du masseur. Cette chair macérée de laits et de pensée. Le mystère... Qu'elle eût été la maîtresse de Gabriele d'Annunzio ne lui faisait pas battre les champs. Ça l'agaçait même un peu. Il l'eût aimée plus voisine de l'anonymat. Mais il y avait pourtant cet attrait du théâtre, à qui le connaît mal. Un parfum de légende...

Au milieu de tout cela, plus il s'en écartait, et plus une autre image se faisait pressante, mieux elle effaçait les autres femmes. A peine femme elle-même, à peine image. Elle trouvait dans peu de chose sa force, son pouvoir de diversion. Une expression fugitive, que la mémoire dénaturait, la fixant. Ce mélange d'enfantillage (Lotus!) et de feu... ce naturel, c'est-à-dire... car de toutes les femmes de ce soir-là, elle était la seule qui se fût assise ou levée pour se lever ou s'asseoir, la seule qui respirât sans ruse... Encore était-ce bien sûr? Il revit les larmes sur son visage, et il en fut plus bouleversé que quand elles coulaient pour de vrai... Rose devait savoir merveilleusement pleurer, mais *savoir*...! Enfin pourquoi se cacher de quoi était faite surtout cette hantise de Bérénice? Aurélien connaissait sa propre vanité. Quel orgueil fou il faut avoir pour n'être pas pétri de vanité! Un homme que ne trouble pas l'aveu d'une femme, pris comme une chose due... Ça n'existe pas. Aurélien entendait Bérénice, distinctement, comme si les mots étaient prononcés à la minute : « ...*Je ne pourrais pas, moi...* » Et cette fuite des yeux de la biche traquée au bout de la phrase. Qu'avait-elle exactement voulu dire? Il aurait fallu retrouver le contexte avec certitude. Il était tout de même possible qu'elle eût voulu dire qu'elle n'oserait pas, elle, affronter Mme Melrose... Tout simplement. Comment cette idée n'était-elle pas venue à Leurtillois? Explication naturelle. Il se sentait un peu honteux de ne la trouver ainsi qu'après coup. Fallait-il qu'il fût plus vain encore qu'il ne le croyait? Tant pis. Et pourtant...

Pourtant il n'avait alors pas hésité sur l'interprétation possible. Pour que l'ambiguïté ne lui en eût même pas apparu, il fallait qu'il y eût eu alors un autre élément, depuis perdu, une lumière d'évidence qui accompagnait la parole... Il écoutait dans sa mémoire l'accent qu'y avait mis Bérénice... ce n'était pas ça... Il se trichait pour de sûr... il se trichait... L'écho trompeur faiblissait à plaisir. « Je ne pourrais pas, moi... » C'était sa voix, à lui, et non sa voix à elle. Il voulait à toute force lui faire dire ce qu'il avait entendu sans réfléchir. Qu'était-ce donc qu'il avait compris? « *Je ne pourrais pas, moi* », oui, cette fois, c'était cela... Plus ou moins... Avait-elle vraiment voulu dire... je ne pourrais pas, moi, vous refuser à vous... si vous me le demandiez... quelque chose... quoi que ce puisse être... moi, Bérénice... à vous, Aurélien... Il se trouva ridicule : ce démembrement de la petite phrase le ramenait à l'école... les analyses... pourrais... première personne du conditionnel présent du verbe pouvoir... Assez! Parce qu'aussi bien cela pouvait signifier : « Je ne pourrais pas, moi, refuser cela à un homme... quelconque... enfin à quelqu'un... je ne sais pas refuser... » Alors pourquoi ce retrait brusque? Tiens, elle avait compris, après avoir parlé, l'autre sens que la phrase prenait pour lui... De toutes façons, il était chassé de la phrase... Il n'y était pas d'ailleurs explicitement inclus : « *Je ne pourrais pas, moi...* » Ah, cette fois, il l'avait retrouvée cette accentuation passagère! Ce n'était plus lui qui pensait, mais Bérénice... Quelle douceur il mettait à ce nom... Il se surprit. Sans doute cette douceur

83

allait-elle plutôt à la reine de Césarée qu'à
Mme Lucien Morel. Ce n'était pas la première fois
qu'il se reprenait ainsi pour l'appeler par le nom
de son mari. Comme s'il se fût réprimandé de sa
familiarité, ou qu'il l'eût crainte, qu'il eût craint
quelque chose de cette familiarité Absurde. Il
se répéta : Bérénice... pour se convaincre de son
sang-froid. Bérénice... Bérénice... Et voilà qu'il
revit les larmes... Mme Lucien Morel Bon. Qu'est-ce
que c'était que ce masochisme? Si le nom de Bérénice lui plaisait... Il voulut s'éprouver tout à fait,
et dit à mi-voix, persuadé d'avoir bien à lui le
secret de l'intonation juste : « Je ne pourrais pas,
moi... » Mais ce n'était plus qu'Aurélien qui parlait, sa voix d'homme... A quoi vas-tu penser?
« Garçon, un sidecar! »

Aurélien était accoudé au bar du Lulli's, à
Montmartre. Il avait échoué là, machinalement,
après la rue des Belles-Feuilles. Il y avait quelque
chose qui lui enlevait l'envie de dormir. Toutes
ces femmes peut-être. Ou l'une d'elles. C'était le
vice d'Aurélien que d'être noctambule. Il aimait
à traîner dans ces lieux de lumière où la vie ne
s'éteint pas, quand les autres sont endormis. Il
avait ici ses habitudes. Il ne fallait pas tellement
chercher dans la soirée chez Mary les raisons de
ce vagabondage. Il était venu ici la veille, et le
lendemain pouvait encore l'y ramener. L'y ramener comme la mer une sorte de noyé, une manière
d'algue.

« Tu es tout seul? »

Il se retourna et sourit à Simone. Elle en avait
assez de danser avec les clients. Elle s'accouda
près de lui.

VIII

Les Parisiens n'ont jamais de leur ville le plaisir qu'en prennent les provinciaux. D'abord, pour eux, Paris se limite à la taille de leurs habitudes et de leurs curiosités. Un Parisien réduit sa ville à quelques quartiers, il ignore tout ce qui est au-delà, qui cesse d'être Paris pour lui. Puis il n'y a pas ce sentiment presque continu de se perdre qui est un grand charme. Cette sécurité de ne connaître personne, de ne pouvoir être rencontré par hasard. Il lui arrive d'avoir cette sensation bizarre au contraire dans de toutes petites villes où il est de passage, et le seul à ne pas connaître tous les autres. Mais songez ce que c'est quand cet incognito vous livre cette forêt de pierres, ces déserts de macadam.

Bérénice savourait sa solitude. Pour la première fois de sa vie elle était maîtresse d'elle-même. Ni Blanchette ni Edmond ne songeaient à la retenir. Elle n'avait pas même l'obligation de téléphoner pour dire qu'elle ne rentrait pas déjeuner quand l'envie lui prenait de poursuivre sa promenade. Oh, le joli hiver de Paris, sa boue, sa saleté et brusquement son soleil! jusqu'à la pluie fine qui lui plaisait ici. Quand elle se faisait trop perçante, il y avait les grands magasins, les musées, les cafés, le métro. Tout est facile à Paris. Rien n'y est jamais pareil à soi-même. Il y a des rues, des boulevards, où l'on s'amuse autant à passer la centième fois que la première. Et puis ne pas être à la merci du mauvais temps...

Par exemple l'Étoile... Marcher autour de l'Étoile, prendre une avenue au hasard, et se trouver sans avoir vraiment choisi dans un monde absolument différent de celui où s'enfonce l'avenue suivante... C'était vraiment comme broder, ces promenades-là... Seulement quand on brode, on suit un dessin tout fait, connu, une fleur, un oiseau. Ici on ne pouvait jamais savoir d'avance si ce serait le paradis rêveur de l'avenue Friedland ou le grouillement voyou de l'avenue de Wagram ou cette campagne en dentelles de l'avenue du Bois. L'Étoile domine des mondes différents, comme des êtres vivants. Des mondes où s'enfoncent ses bras de lumière. Il y a la province de l'avenue Carnot et la majesté commerçante des Champs-Élysées. Il y a l'avenue Victor-Hugo... Bérénice aimait, d'une de ces avenues, dont elle oubliait toujours l'ordre de succession, se jeter dans une rue traversière et gagner l'avenue suivante, comme elle aurait quitté une reine pour une fille, un roman de chevalerie pour un conte de Maupassant. Chemins vivants qui menaient ainsi d'un domaine à l'autre de l'imagination, il plaisait à Bérénice que ces rues fussent aussi bien des morceaux d'une étrange et subite province ou les venelles vides dont les balcons semblent avoir pour grille les dessins compliqués des actions et obligations de leurs locataires, ou encore l'équivoque lacis des hôtels et garnis, des bistros, des femmes furtives, qui fait à deux pas des quartiers riches passer le frisson crapuleux des fils de famille et d'un peuple perverti. Brusquement la ville s'ouvrait sur une perspective, et Bérénice sortait de cet univers qui l'effrayait et l'attirait, pour voir au loin l'Arc de Triomphe, et vers lui la tracée des arbres au pied proprement pris dans une grille. Que c'est beau, Paris ! Là même où les voies sont droites, et pures, que de tournants... Nulle part à la campagne, le paysage ne change si vite ; nulle part, même dans les Alpes ou sur les bords de la mer, il n'y a de si forts aliments pour le rêve d'une jeune femme désœuvrée, et ravie de l'être, et libre, libre de penser à sa guise, sans se surveiller, sans craindre de trahir sur son visage le fond de son cœur, de laisser échapper une phrase qu'elle regretterait parce qu'elle aurait fait du mal à quelqu'un...

Parfois l'envie lui prenait de changer de ville. Elle sautait dans l'autobus, n'importe quel autobus, et gagnait l'autre bout de Paris. Elle aimait rester sur la plate-forme, bousculée par les gens qui montent et ceux qui descendent, sensible aux densités variables des quartiers. Elle ne se lassait pas d'éprouver les transformations autour d'elle. Qu'après les Champs-Élysées, la Concorde, la rue de Rivoli parût si étroite, suivant tout à fait comme une idée les étapes d'un raisonnement vers son but; d'abord le long d'un jardin, comme si l'imagination des arbres libres tout à l'heure eût été maintenant retenue derrière ces grilles noires, et envahie peu à peu de statues pour préparer Bérénice à longer un palais. Les arcades, de l'autre côté, ajoutaient leur caractère de décor logique à ce développement de pierre. Puis après le palais, les arcades cédaient très vite, et la rue devait alors abandonner l'imagination pour la raison, des maisons de part et d'autre, des maisons comme toutes les maisons. L'orgueil du commerce, avec la Samaritaine pour monument, la Samaritaine qui remplace le Louvre. Le trafic des Halles à travers la rue. L'échappée d'arbres encore offerte quand on passe à hauteur du Châtelet, vers la rive gauche et ses rêveries. Puis c'est fini. Passé l'Hôtel de Ville, la rue va s'étrangler, se poursuivre par la rue Saint-Antoine lourde de souvenirs, grosse de menaces, jusqu'à ce qu'enfin l'autobus atteigne cette place énorme, cette réplique de l'Étoile où s'élève la colonne de Juillet.

Là le jeu pouvait recommencer... Bérénice se perdait à nouveau de la rue de la Roquette au boulevard Henri-IV, du faubourg Saint-Antoine au canal Saint-Martin...

Pour ne rien dire du Quartier Latin. Son mystère est grand pour une femme de la province, qui le voit avec tout ce que les romans en ont dit, le charme de la convention. Et puis il y avait les grands libraires, pleins de nouveautés qui valaient les fruits d'Édiard, place de la Madeleine. Boulevard Saint-Germain, chez Crès, où on pouvait flâner des heures, à lire les livres et les revues entre les pages non coupées. Une petite boutique grise dans la rue de l'Odéon, dont elle aima les femmes qui la tenaient. L'une d'elles, la blonde, lui dit qu'elle était Savoyarde et lui vendit une première édition de Jules Romains, et le livre du petit Paul Denis, *Défense d'entrer*. C'était déconcertant, un peu court. Les livres sous les galeries de l'Odéon avaient un attrait différent. On n'était pas sûr d'avoir le droit de les regarder.

Merveille de Paris. Ne plus penser. Ne plus se sentir courbée par la bonté, par la pitié. Être à nouveau comme jadis la petite fille qui sautait à la corde sans se poser de questions. Elle pouvait rire sans raison. Personne ne l'embarrasserait, demandant de la meilleure foi du monde : « Qu'est-ce qui te fait rire ? » Elle pouvait regarder les gens ou les ignorer. Elle pouvait oublier Lucien sans se le reprocher. Il y avait les Grands Boulevards et il y avait le Luxembourg, il y avait la gare de l'Est et il y avait Montrouge. Changer de quartier n'était une infidélité à personne : les Invalides ne la gronderaient pas du temps passé aux Buttes Chaumont.

Elle rentrait rue Raynouard, heureuse, assouplie, avec des joues roses comme si elle avait couru tout le jour dans les champs. « Il y a une lettre pour toi... », lui criait Blanchette. Elle enlevait son chapeau, soudain sérieuse, prenait la lettre. Elle s'en allait la lire sur la terrasse, au-dessus de ce Paris qu'un jour ou l'autre il faudrait perdre. La lire lentement, en appuyant chaque mot contre son cœur, cette lettre affectueuse, gentille, bonne, qui lui donnait l'envie de mordre et de sangloter.

« Qu'est-ce que te dit Lucien ? — demande Blanchette à table.

— Oh rien, comme d'habitude... de bien

m'amuser... des choses pour vous... ma mère a eu
une crise de rhumatismes...

— A propos, — coupe hors de propos Edmond,
— j'ai rencontré Leurtillois... »

Blanchette fronce le sourcil. Elle n'aime guère
Aurélien, c'est visible : « Et alors?

— Alors... rien... j'ai rencontré Leurtillois, je te
dis que j'ai rencontré Leurtillois... »

Bon. L'incident est classé. On entend le bruit
des fourchettes. Là-dessus Edmond a l'air de
répondre à une question.

« Avenue du Bois... Il était à pied. Je l'ai
ramassé et remis chez lui... Sa garçonnière est
vraiment charmante... »

Ce n'est pas que Bérénice ait l'envie de faire la
conversation, mais elle sent qu'il y a quelque chose
qui ne va pas entre ses cousins. Aussi pose-t-elle
une question, sans s'intéresser à la réponse, pour
entretenir la conversation, laisser à Blanchette la
possibilité d'être énervée sans éclat : « Où habite-
t-il? » demande-t-elle.

Edmond lève le nez, regarde Blanchette, puis se
tourne vers sa cousine : « Dans l'île Saint-Louis...
Deux pièces et une cuisine... Mais tu ne peux pas
t'imaginer... »

Blanchette se rappelle soudain qu'elle a oublié
de dire quelque chose à Mademoiselle... à propos
des enfants... Elle se lève, fait tomber sa chaise...
la ramasse... sort...

« Qu'est-ce qu'elle a? — dit Bérénice. — Vous
aurez été méchant avec elle, mon cousin... »

IX

Quelle belle journée! Il y avait longtemps qu'on
n'avait pas vu un hiver pareil... Quand il se mêlait
comme ça de faire sec, avec ce soleil tout traversé
de gel, les environs de Paris et leurs jardins

dépouillés, les murs gris soudain fleuris de lumière, les forêts croisant les x et les y d'une géométrie de bois et la surprise à un tournant d'un feuillage persistant, d'un vert stérile, le contraire d'un produit de serre... qu'il était délicieux de rouler avec la cinq-chevaux en pleine semaine, quand on ne risquait pas de rencontrer tout le monde sur les routes ou dans les stupides « hostelleries »! Évidemment, avec une machine plus puissante, comme la Bugatti de Schœlzer, on pouvait aller plus loin, s'enfoncer dans le pays...

« Avez-vous remarqué, chère amie, qu'au fur et à mesure qu'on s'éloigne de Paris, il semble aussi qu'on s'écarte dans le temps? A cinquante kilomètres on est au dix-neuvième siècle, mais à cent on rattrape le dix-huitième... Ça fait des zones... On arrive ainsi à gagner le Moyen Age... »

Il aimait, il connaissait ces petites routes par où l'on se sort du charroi habituel des Parisiens, casaniers comme personne, pour qui le hic, le fin du fin, en matière de tourisme automobile, demeure la route de Quarante-Sous. Ou bien ces gens-là voulaient à tout prix avoir un but, aller visiter quelque chose... rendre l'hommage de leurs roues caoutchoutées à un paysage classé. Aurélien se pencha un peu vers sa compagne, lui montrant de la main la plaine qu'ils traversaient, légèrement bosselée, nue à plaisir, sans rien de ce qui retient l'œil, de ce qu'on a appris à regarder grâce à des générations de peintres. La terre tout bêtement, remuée ici, abandonnée là, avec des glacis de mauvaises herbes, de petits tas de bois mort... et le tout d'une couleur de lièvre qui aurait plusieurs ventres...

« Vous êtes un drôle d'homme », murmura Mary de Perseval qui ne voyait pas ce qu'il y avait à voir, mais qui sous la couverture de fourrures rousses se serrait contre son voisin. Il la regarda : elle faisait une expression amoureuse, la bouche levée vers lui. Elle ne comprenait rien à ce qui plaisait à Aurélien, c'était clair. Mais le lui demandait-il? Non. Femme pour villes d'eaux et Riviéra. Je parie qu'elle raffole des palmiers. Tant pis, tant mieux... Elle soupira : « Chéri... » Ça venait comme les cheveux sur la soupe, avec ce petit froid coupant dans le nez.

Ils traversaient maintenant par une route bombée une sorte de hallier broussailleux bordé de fil de fer avec des écriteaux : *Chasse gardée*, en veux-tu en voilà.

« Chéri, — gémit Mme de Perseval, d'un air de reproche, — quand je pense qu'on affirme que j'ai les plus belles jambes de France et de Navarre, et que tu ne m'en as pas fait le plus petit compliment... »

Aurélien d'un coup de volant contourna une charrette qui se refusait à se ranger, et redressa. Il fourragea poliment sous la couverture, histoire de parcourir un peu de la main les jambes en question jusqu'où s'arrêtait le bas, puis regarda le soleil qui déclinait : « Pourquoi vous dire ce que tout le monde vous a dit... ce que vous savez fort bien... D'ailleurs ce n'était pas une découverte : vous me les aviez déjà montrées... tandis que les miennes... vous ne m'avez rien dit des miennes... »

Elle rit d'une façon très mondaine. Réfléchit un peu. Puis se scandalisa : « Mon cher, c'est incroyable comme vous êtes... les hommes de cette génération... des filles... vraiment des filles... On ne dirait jamais que vous avez fait la guerre... Occupés de vous, et si peu galants...

— Vous croyez que ça rend galant de faire la guerre?

— Je ne sais pas, moi... vos aînés avaient une tradition, une délicatesse... »

Il haussa les épaules. Il aurait facilement dit des gros mots, mais il craignit de lui plaire. Elle dit encore : « Vous nous maltraitez...

— D'abord j'ai horreur de ces pluriels... Je te maltraite, je vous maltraite... Mais *nous*, *vous*... qui ça, *nous*, *vous?* Ou si c'est pour me mettre dans le même panier que le petit Denis...

— Tu es stupide! D'abord ne dis pas de mal de Paul, ce n'est pas parce que je l'ai trompé avec vous... il a beaucoup de talent... des promesses, mais enfin du talent... Tu n'as pas lu *Défense d'entrer*, naturellement... et de grandes qualités de cœur... »

Aurélien fut pris d'un de ces fous rires idiots auxquels on ne peut rien. Il s'excusa. Comme on sait, les excuses aggravent les choses. Enfin ça se calma : « Je vous demande pardon, je n'ai pas voulu vous blesser...

— Tu ne me blesses pas... mais tu es injuste avec ce petit, et tu pourrais être plus généreux... après ce qui s'est passé...

— Quoi? — dit-il de la meilleure foi du monde, — que s'est-il passé? »

Ce fut son tour à elle de se payer un fou rire, mais un fou rire de piano mécanique. Le paysage changeait. Un village. De grandes affiches d'apéritifs et d'huiles pour autos. On prit une route plus large. Des voitures. Mary méditait, enfoncée dans la couverture. Aurélien en profitait pour lui voler quelques moments de solitude. Elle poursuivit enfin ses pensées à haute voix, comme si un long détour l'avait ramenée au début de cet après-midi...

« Il était vraiment merveilleux le petit coin où tu m'as menée... Cet hôtel... Est-ce que tu crois que beaucoup de gens le connaissent? J'ai eu l'impression que non... c'est peut-être naïf... ou c'est enfin que tu me troublais...

— Merci.

— Non, c'est moi qui te remercie de me l'avoir indiqué...

— Oui, comme ça il pourra vous resservir une autre fois... »

Quel insolent. Elle s'écria : « Quel insolent! Et d'ailleurs pourquoi pas? Nous y reviendrons...

— Oh, — dit-il, — s'il n'y a que cela pour vous faire plaisir... »

Elle resta muette un instant encore, puis elle revint à la charge : « Polisson, vous êtes venu dans cette auberge avec toutes les dames de la terre... »

Il fit la grimace. Il n'aimait pas beaucoup ce vocabulaire. Il la punit : « Toutes... non. Une douzaine... »

Il s'était payé sa curiosité de celle qu'il appelait pour lui-même la veuve Perseval. Plus il la connaissait et plus elle était la veuve Perseval. Par exemple cette réflexion sur le manque de galanterie des hommes de sa génération... Il avait couché avec un monde et pas avec une femme... Un monde un peu démodé. Avec ses habitudes, ses traditions. Même quand il s'agissait de se faire... Ah, ça, il pouvait dire maintenant à quoi correspondaient les points d'exclamation! Bien qu'à vrai dire, il avait failli ne pas faire honneur à cette dame poudrée, qui avait grand soin de ses seins dans le moment même où elle s'abandonnait, lorsqu'elle avait eu la malencontreuse idée de lui gémir à l'oreille : « Tout ce que tu voudras... mais pas d'enfant! » De rage à ce souvenir déplaisant, il appuya brutalement sur l'accélérateur, la voiture fit un bond.

« Qu'est-ce qu'il vous prend? — cria Mary.

— Je me venge! »

Elle ne demanda pas de quoi. Au loin on apercevait Paris.

Ils roulèrent un moment sans se parler. Puis elle n'y tint plus :

« Je vous trouve bien détaché.

— Toujours les traditions, hein?... Vous aimez les mensonges.

— Vous pourriez ne pas mentir...

— Je pourrais aussi mentir...

— Vous êtes bizarre aujourd'hui...

— Je suis à mon habitude...

— C'est bien ce que je vous reproche, méchant! Comme s'il ne s'était rien passé.

— Que s'est-il passé?

— Encore! Grossier!

— Je suis grossier? Je croyais être discret de ne pas trop me rappeler...

93

— Ça, par exemple! Savez-vous que des hommes m'ont suppliée dix ans pour ce que je t'ai accordé du premier coup?

— Vous le regrettez?

— Tu me le ferais regretter...

— Lequel des deux? Les dix ans ou le premier coup?

— Insupportable... Est-ce que je vais me toquer de vous, que je vous passe vos sottises. Dieu! Je ne le souhaite pas! — Elle attendit une phrase qui ne vint pas : — Est-ce que c'est moi qui vais avoir à me conduire avec vous comme font les hommes avec nous? Est-ce que je devrai trembler pour te retenir? T'attendre, imaginer ce qui peut te faire plaisir... te donner des cravates...

— Mais non... mais non... je ne suis pas Paul Denis, je vous dis...

— Tu veux que je te le sacrifie?

— Ciel! n'en faites rien! Pas de sacrifices, ma chère Iphigénie...

— Parce que si tu me le demandais, ça, je te le refuserais tout net... Pour un sans-cœur comme toi, je n'irai pas faire souffrir cet enfant... oui, c'est un enfant pour moi... autant qu'un homme... Je sais bien ce qui nous sépare, que ça ne durera pas toujours... je n'y tiens pas, d'ailleurs... mais enfin qu'il garde de nos jours un souvenir... un souvenir... »

Leurtillois remettait le bon d'essence à l'octroi de Paris. Il restait juste assez de jour pour le haut du ciel, les maisons déjà baignaient dans un air Parme.

« Je vous remets rue des Belles-Feuilles?

— Déjà? — dit-elle, et elle lui prit le bras. — Déjà? Écoute... sois gentil... Montre-moi ta garçonnière... ça me fait envie... et je n'ai plus rien à craindre...

— Si vous voulez... sauf qu'on risque de vous rencontrer...

— Tant pis... Nous nous hâterons dans l'escalier! »

Ils gagnèrent l'ombre de vitesse. Ils arrivèrent à l'île Saint-Louis avant la nuit qui montait du fleuve. Mme de Perseval, qui venait de se refaire le visage, s'entortilla dans sa grande écharpe de laine anglaise, de telle sorte qu'il n'en sortait que les yeux.

« Aussi, — dit-elle, — on n'a pas idée... aller habiter dans une maison de Paris où on connaît tout le monde... Et à quel étage est-ce?

— Tout en haut.

— Tout en haut? Mais c'est fou! Une garçonnière, ça se tient au rez-de-chaussée... l'entresol, à la grande rigueur...

— Ce n'est pas une garçonnière, c'est un point de vue... »

La maison faisait la proue de l'île, vers l'aval, où la rive se termine par un bouquet d'arbres, et un tournant solitaire et triste où viennent s'accouder les amoureux et les désespérés. Ils montèrent. Aurélien regardait les guibolles qui se dépêchaient à grimper quatre à quatre. Oui, des jambes pas mal, mais il ne faut rien exagérer.

Au passage, la concierge, reconnaissant son locataire, avait donné de la lumière dans l'escalier. Mary qui ne s'y attendait pas avait accentué son emmitouflage et hâté encore le pas. Au quatrième elle s'arrêta, le cœur battant : « C'est ici? » Non. Il y avait là un petit escalier qui prenait de côté et on grimpait encore un étage et demi... Elle se jeta dans l'appartement, la porte à peine ouverte : « J'avais une de ces peurs de croiser le prince R... dans l'escalier! Tu le connais?

— Nous nous saluons sur le palier. »

Elle courait dans les pièces, faisant petite fille : « Mais c'est charmant... charmant... Un vrai pigeonnier... mais charmant! »

A vrai dire, elle regardait très peu les choses. Elle devait avoir une idée de derrière la tête que Leurtillois devinait dans la pénombre avec un certain ennui. Ah non, il ne faut rien exagérer. Il ouvrit la fenêtre large et basse, et dit :

« Regarde... » Il l'avait poussée un peu, sur le balcon. Ce n'était pas ce qu'elle attendait. Elle dit encore avec un coup d'œil vers le sofa beige : « Quand je pense à ce qui a dû se passer ici!... » Mais sa phrase n'était pas achevée qu'elle eut un petit cri d'admiration.

Le dernier lambeau du jour donnait un air de féerie au paysage dans lequel la maison avançait en pointe comme un navire. On était au-dessus de ces arbres larges et singuliers qui garnissaient le bout de l'île, on voyait sur la gauche la Cité où déjà brillaient les réverbères, et le dessin du fleuve qui l'enserre, revient, la reprend et s'allie à l'autre bras, au-delà des arbres, à droite, qui cerne l'île Saint-Louis. Il y avait Notre-Dame, tellement plus belle du côté de l'abside que du côté du parvis, et les ponts, jouant à une marelle curieuse, d'arche en arche entre les îles, et là, en face, de la Cité à la rive droite... et Paris, Paris ouvert comme un livre avec sa pente gauche plus voisine vers Sainte-Geneviève, le Panthéon, et l'autre feuillet, plein de caractères d'imprimerie difficiles à lire à cette heure jusqu'à cette aile blanche du Sacré-Cœur... Paris, immense, et non pas dominé comme de la terrasse des Barbentane, Paris vu de son cœur, à son plus mystérieux, avec ses bruits voisins, estompés par le fleuve multiple où descendait une péniche, une longue péniche aux bords peints au minium, avec du linge séchant sur des cordes, et des ombres qui semblaient jouer à cache-cache à son bord... Le ciel aussi avait son coin de minium...

Et tout d'un coup, tout s'éteignit, la ville devint épaisse, et dans la nuit battit comme un cœur. La péniche fit entendre une longue plainte déchirée. Des voitures cornèrent. Mary remarqua les clignements de chats-huants des fenêtres éclairées, plus nombreuses. Elle se tourna vers Aurélien, et vit qu'il avait le regard perdu suivant le fleuve, comme s'il cherchait là-bas à reconnaître au moins le pont Alexandre III : « Quel endroit merveilleux!

— dit-elle, et sa propre voix lui parut étrange.

— N'est-ce pas? Voici bientôt trois ans... et je ne m'y habitue pas... Barbentane qui m'a ramené ici l'autre jour m'a dit de ce lieu quelque chose qui l'éclaire un peu pour moi... drôlement...

— Quoi donc? » D'avance elle était jalouse d'Edmond.

« Que j'habitais ici au pli du coude du fleuve, dans son M veineux...

— C'est joli... ça fait Paul Morand...

— Je ne trouve pas. Ça me trouble.

— Edmond est toujours un peu resté carabin. C'est même curieux qu'il ait abandonné... Son beau-père qui l'a voulu... Il en a comme ça des relents... »

Aurélien coupa sèchement : « Je vous dis que ça me trouble... de penser que je suis ici à l'M veineux de la Seine... Ça bouleverse ma façon de regarder ce qui n'a jamais pu tout à fait me devenir familier... ça change si terriblement avec les heures et les saisons... et ça chante une chanson toujours la même... Mais pour en revenir à l'M veineux... je ne sache pas qu'on se tue en se tranchant le pli du coude comme on fait le poignet quand on est philosophe et qu'on a une baignoire...

— Taisez-vous!

— La Seine parle tout le temps, tout le temps du suicide... Ce qu'elle roule... et ces cris des chalands... Ce qui me bouleverse, c'est de devoir maintenant... pour me conformer à cette image de l'M veineux... me représenter le sens, continuellement, de cette eau qui coule, de ce sang bleu, devant moi... Je saisis bien qu'il vient de derrière, et qu'il s'en va vers l'aval, vers la mer... Mais les veines, Mary, les veines du coude viennent de la main, remontant vers l'épaule, vers le cœur... J'aurais eu tendance à me représenter les choses à l'inverse... Le cœur dans les montagnes... Il faut croire que le cœur c'est la mer, quelle hypertrophie! Et que les doigts sont comme des racines avec des glaciers aux ongles... »

Il était parti si loin d'elle, dans la nuit tombée, complètement tombée, que Mᵐᵉ de Perseval en eut presque l'envie de pleurer. Il lui paraissait bizarre. Ce langage qu'elle n'attendait pas de lui... de cet amant cynique... si *matter of fact* comme elle se le formulait, parce que les choses intolérables l'étaient moins pour elle quand elle les traduisait en anglais... « J'ai froid... », murmura-t-elle.

Il ne l'entendit pas ou ne voulut pas l'entendre. Il se tut. Il s'emplissait les yeux d'ombre. Comme d'une provision magique. Elle comprit qu'elle gagnerait à s'esquiver, mais elle voulait encore donner un coup d'œil à son installation, elle rentra dans la pièce, qui était une chambre, et un bureau à la fois, beige et brun avec des meubles de chêne clair... Lui, Aurélien, s'éternisait au-dehors... Elle l'appela, ne trouvant pas le commutateur électrique.

« Excusez-moi, — dit-il d'une voix toute changée. — Je ne me sens pas très bien...

— Qu'est-ce que vous avez, mon ami? »

Il tournait le bouton d'une lampe sur la grande table. La lumière lui vint d'en dessous. Elle fut effrayée de l'altération de ses traits, et répéta : « Qu'avez-vous donc? » Ce qu'il y avait en elle de maternel...

Son visage portait une expression intense de malaise, il avait subitement vieilli, et malgré le froid, il suait manifestement. Le teint avait foncé, et c'était comme s'il eût mis, ou plutôt laissé tomber un masque. De petites rides autour des yeux. La bouche à demi ouverte, la respiration difficile. Elle lui avait pris la main, qui était glacée et mouillée. Elle le sentit frissonner. Il redit : « Je ne me sens pas bien... »

Elle s'effraya.

« Mais allongez-vous, mon petit, voyons... qu'est-ce que c'est? Vous avez des frissons... Qu'est-ce que je peux faire pour vous? Vous avez de l'alcool? Un grog peut-être? Comme c'est ennuyeux... Je ne connais même pas la cuisine...

— Non, — dit-il, — rien, laissez-moi, Mary...

Il s'était laissé aller sur le sofa à demi allongé, à demi assis. Elle lui tassait les coussins derrière la tête, tout en parlant :

« Là... là... vous aurez pris froid... peut-être à l'hôtel... tu as marché pieds nus... Il y a de mauvaises grippes, m'a-t-on dit...

— Non... non... ce n'est rien... laissez-moi, Mary, je sais ce que c'est... J'ai besoin d'être seul... ça se passera... »

Ses dents claquaient. Il était secoué de fièvre. Il rapprocha ses épaules comme pour laisser passer un orage.

« Il faut vous coucher... Je ne vais pas vous laisser comme ça... Un médecin...

— Je vous dis que je sais ce que c'est... Les fièvres... J'ai ramené ça d'Orient... »

Elle avait tiré la couverture de voyage, découverte dans le sofa, elle l'enveloppait. Il se laissait faire à demi : « Je veux être seul... » Elle lui enlevait ses souliers. Elle lui prit les pieds dans les mains : « Vous tremblez de fièvre, et vous avez les pieds glacés... Il faut vous coucher... »

C'était drôle, tout d'un coup, elle venait de comprendre quelque chose : il n'osait pas se déshabiller devant elle, se déshabiller comme un malade... Elle haussa les épaules à ses propres pensées et, avec toute sorte de prévenances un peu maladroites et un peu bourrues, le bruit agaçant de ses talons sur le plancher, manquant de tomber pour les avoir pris dans la frange absurde d'un tapis, elle l'amenait à se défaire, elle enlevait la housse d'apparat du sofa, elle découvrait la literie, les draps, elle entrait par effraction dans son intimité de célibataire. Quand il fut couché, elle vit le téléphone sur la petite table basse à côté du sofa. Elle demanda un numéro :

« Qui appelez-vous? — demanda-t-il faiblement.

— Le docteur Decœur... si, si... ne faites pas l'enfant.

— Je n'ai pas besoin de médecin... J'ai de la quinine...

— Taisez-vous!... Wagram trente-sept... Ah, c'est vous, docteur! Je reconnais votre voix! oui... Mary... Mary... Non, ce n'est pas pour Rose... J'ai un malade... Bien sûr... Merci...

— Voyons, ne le dérangez pas, je vous dis...

— ...Je vous attends... C'est dans l'île Saint-Louis... »

Le malade s'agitait, de mauvaise humeur. Elle alla lui chercher du whisky dans la petite armoire qu'elle arriva à se faire indiquer. Le docteur serait là dans quinze minutes... si, elle allait l'attendre... Elle n'avait pas de secret pour le mari de Rose... D'ailleurs, il s'agissait bien de ça... Où sont les verres?

Comme elle versait l'alcool, elle leva les yeux et vit au mur quelque chose qui l'arrêta dans son geste. Un plâtre. Une tête de femme. Enfin le masque seulement. Un masque comme on les moule sur les morts. Cette chose blanche aux yeux fermés était accrochée là, à une place choisie. De son lit, ce devait être elle qu'il voyait en premier le matin. Brusquement Mary sentit la jalousie, la vraie. Elle eut envie de crier, et se mordit les lèvres. Quelle révélation! Seul un homme éperdument amoureux pouvait vivre ainsi en face de ce visage qui semblait avoir cessé de souffrir, de ce visage où le sourire reprenait au-delà de la douleur. Qui était cette femme? Elle fit un pas vers elle, versant consciemment le whisky, qui faisait un bruit singulier dans le verre. Elle regarda mieux ce visage aux yeux fermés. Elle le reconnut. Et alors elle souffrit vraiment.

Elle donna la quinine à Aurélien, et attendit le docteur. Au-dehors, la ville faisait son accompagnement nocturne à des pensées toutes nouvelles dans cette tête frivole. Elle se dit, regardant l'homme malade, pelotonné dans ses draps et

secoué par la tempête de la malaria : « Comme
j'ai vieilli... comme j'ai vieilli... »

Enfin on sonna à la porte.

X

Il y a toute sorte de gris. Il y a le gris plein de
rose qui est un reflet des deux Trianons. Il y a le
gris bleu qui est un regret du ciel. Le gris beige
couleur de la terre après la herse. Le gris du noir
au blanc dont se patinent les marbres. Mais il y a
un gris sale, un gris terrible, un gris jaune tirant
sur le vert, un gris pareil à la poix, un enduit sans
transparence, étouffant, même s'il est clair, un
gris destin, un gris sans pardon, le gris qui fait
le ciel terre à terre, ce gris qui est la palissade de
l'hiver, la boue des nuages avant la neige, ce gris à
douter des beaux jours, jamais et nulle part si
désespérant qu'à Paris au-dessus de ce paysage de
luxe, qu'il aplatit à ses pieds, petit, petit, lui le
mur vaste et vide d'un firmament implacable, un
dimanche matin de décembre au-dessus de l'avenue du Bois...

Ce dimanche-là, au pied de ce rideau d'Apocalypse, la mince et longue bande de l'avenue
avec ses arbres dégarnis, ses pelouses sans gazon,
ses blanches cavernes pour troglodytes million-
naires, emportait sur ses larges terre-pleins toute
une écume frissonnante de promeneurs, et dans
le vent des chevaux le sable meuble et le crottin
de l'allée cavalière faisaient devant la statue
d'Alphand, debout dans son amphithéâtre cal-
caire, une ponctuation de nuages aux sabots des
montures, dont chacune portait une fortune ou
une ruine sur son dos. Le monde habillé, on ne
peut vraiment dire élégant, qui venait ici montrer
ses costumes tailleur, ses renards argentés, ses

pékinois ou ses setters, devenait dense surtout au-delà de l'avenue Malakoff. Ce fragment de l'avenue s'était depuis la guerre substitué au sentier de la Vertu pour les promenades dominicales des jeunes filles, des vieilles dames et des messieurs bien mis. Il y avait ici le mélange du monde, le vrai, le demi-vrai, le faux comme on voudra, et de ceux qui venaient s'y frotter. Le moment chic, ou passant pour tel, était midi, et presque midi tapant. Il y avait des dames qui seraient mortes de honte d'avoir été vues avenue du Bois à midi moins cinq. Il y avait des jeunes gens mélancoliques ou gloutons qui traînaient là depuis dix heures du matin, n'ayant rien à faire, dans l'espoir de ce midi et de ce qu'il supposait de femmes fleurant bon, habillées cher, fouettées d'air frais, avec lesquelles leurs pauvres têtes de calicots, d'étudiants ou de cadets bâtissaient par avance sur un regard hypothétique des romans où se retrouvaient tous les auteurs de Select-Collection, et Baudelaire, et *La Vie parisienne* à son plus Fabiano. Il y avait la sortie de la messe à Saint-Honoré d'Eylau.

Il avait plu le matin de bonne heure, mais Dieu merci il faisait presque beau depuis neuf heures, c'est-à-dire qu'il faisait ignoble mais qu'on ne pataugeait pas. Seule la terre de l'avenue gardait un souvenir de la pluie, pas de flaques, rien que, sous le gravier disséminé, un foncement du terrain tirant vers la couleur carton. Il passait des files piaillantes de jeunes personnes qui devaient se pencher pour se parler, celles des bouts, par-dessus leurs compagnes centrales. Sur les chaises de fer jaunes à trou-trous, des dames âgées se défaisaient comme des gâteaux de la veille. Tous les gens avaient l'air d'être là pour quelque chose, mais ils ne savaient pas trop quoi. C'est comme leur allure pressée : évidemment décembre était vif, mais non, ce n'était pas la faute de décembre. A tout autre mois de l'année, ils auraient gardé ce pas de gens qui se rendent quelque part, alors que c'était ici même leur seul but. Cela faisait partie du cérémonial, donner l'idée qu'on était venu en toute hâte, en passant, en allant ailleurs ou en venant d'ailleurs, parce qu'on l'avait promis à quelqu'un, par condescendance. Personne n'avait jamais formulé cette loi de la promenade, non plus que la défense pourtant absolue de traverser, à l'entrée du Bois, et d'atteindre le pavillon Dauphine, alors qu'il était permis toutefois de s'engager dans ce vestibule du Bois, jusqu'au premier tournant... Cela se faisait, voilà tout, et de soi-même, sans que l'on sentît l'absurde, de ces quelques pas fatidiques après la porte. Il est vrai que ces quelques pas-là ne dépassèrent pas 1922, et qu'en 1923, ils vous auraient déjà fait prendre pour un malotru. Alors, on s'arrêta sur le terre-plein devant la gare. Mais alors seulement. Naturellement, il y avait à Paris des gens de la même espèce que ceux qui venaient friser sur l'avenue, mais qu'on n'y voyait jamais, eux : parce qu'ils *savaient* un peu mieux, pas beaucoup, mais un peu mieux, et qu'on les aurait hachés menu plutôt que de les faire venir.

C'est ce que Blanchette avait expliqué en d'autres termes à Bérénice, comme elle l'eût initiée à la terminologie des étoffes à la mode cette année-là. Et elle avait ajouté sans penser à mal que, l'avenue du Bois, c'était un peu province.

« Mais justement, — dit Bérénice avec cette adorable façon qu'elle avait de ne pas se fâcher des choses fâcheuses, — c'est bien parce que je suis une provinciale que le dimanche matin avenue du Bois m'intéresse... Tu l'as toute l'année, toi, si tu veux... tu peux le mépriser... Mais moi... t'imagines-tu ce que c'est que ma petite ville qui n'est pas même une sous-préfecture, tout en ayant plus d'habitants que la plus grosse sous-préfecture du département...

— Allons, puisque ça te fait plaisir... »

Elles avaient laissé la voiture sur l'avenue Malakoff, la grande Wisner, sous la garde de Jean,

le chauffeur. Les petites couraient devant, toutes
roses, allumées par des jeux improbables que
Marie-Rose inventait pour émerveiller Marie-
Victoire. Bérénice était aux anges. Elle dévorait
tout des yeux. Elle voyait tant de jolies femmes
que Blanchette lui dit que s'il y en avait tant,
ça se saurait. Les robes la jetaient dans des
folies de curiosité, elle forçait Blanchette à
revenir brusquement sur ses pas pour mieux
voir un petit ensemble ravissant, mais ravissant.
Elle répétait des phrases chipées au passage et
tentait de s'imaginer ce que les gens pouvaient
se raconter. Comme ces savants qui vous reconsti-
tuent un mammouth sur une molaire trouvée
dans un morceau de pain de l'époque. Blanchette
riait de tout ça. Elle sentait mollir en elle une
résistance, elle s'abandonnait.

Deux ou trois fois, Bérénice s'éclaira tout à fait
comme si elle avait reconnu quelqu'un. C'était
toujours une erreur. Mais sa cousine à ces instants
passagers vit comme elle pouvait être soudainement jolie, comprit ce qui en elle pouvait plaire.
« Ah, c'est ainsi... », pensa-t-elle, et en même
temps elle perdit un peu de son laisser-aller. Elle
avait supposé le charme de Bérénice s'exerçant
sur Edmond. C'était parfaitement absurde,
mais qu'y faire? Tout ce qui était du charme des
femmes aux yeux des hommes se rapportait
toujours à Edmond. Bien que...

« J'ai encore cru que c'était M. Leurtillois. »

La phrase avait échappé à Bérénice, et elle
rougit. Blanchette avait blêmi. Cela lui avait fait
un coup. Juste à cette minute. Une simple
coïncidence. Mais enfin. Elle avait senti ce choc
dans le foie que vous flanque la sonnette d'un
réveil. Ce n'est rien. Cela passe. Elle demanda
d'un ton tout à fait calme, et un peu sarcastique :
« Ah? c'était donc ça? Tu reconnaissais quelqu'un
tous les dix pas, aussi...

— Oh, ma cousine, tu sais bien que je ne peux
rien cacher : l'autre jour, Edmond a dit qu'il

avait rencontré M. Leurtillois avenue du Bois...
Alors, tout naturellement, je me disais... si
c'était son lieu de promenade habituel... Et
puis il y a un tas de jeunes gens comme lui,
parmi les passants... grands, minces, avec des
épaules... enfin beaux garçons. »

Blanchette se mordit les lèvres. Voilà donc
pourquoi Bérénice avait si vivement tenu à aller
avenue du Bois... Voilà donc pourquoi.

« Si je comprends bien, — dit-elle, — M. Leurtillois te plaît? »

Les petites, riant, se poussant, revenaient
vers leur mère en pleine course. De fut comme un
tourbillon de gaîté qui laissa à Bérénice le temps
de réfléchir.

« Oui, — dit-elle à la fin. — Il me plaît... Il
n'est pas comme les autres...

— Non? Et en quoi?

— Il ne fait pas des phrases. Il a l'air d'avoir
une histoire, une histoire qu'on ne connaît pas...

— Oh, — s'écria involontairement Blanchette,
— en tout cas il n'est pas amoureux!

— Vrai? »

C'était sorti si vivement de Bérénice, avec la
vivacité du plaisir, que Blanchette en resta
confondue.

« Ça t'aurait déplu qu'il eût aimé quelqu'un?

— Non... Mais ça me l'aurait changé... »

Elles se turent et marchèrent un peu. Blanchette s'assombrissait. Bérénice recommençait
à parler des passants, des toilettes. Mme Barbentane l'interrompit :

« Écoute-moi, Bérénice, je veux te parler
sérieusement... Écoute-moi... Écoute-moi...

— Mais je t'écoute, tu es drôle!

— Bérénice, tu aimes ton mari... tu aimes
Lucien?

— Mais certainement... mais qu'est-ce que...

— Chut... laisse-moi te dire... tu aimes ton
mari, Bérénice, et tu es ici pour quelques semaines,
quelques jours... Ces jours passés, tu retour-

nes à Lucien... à ton amour... à son amour...
Non, ne m'interromps pas... ne souris pas comme
ça... ne m'interromps pas ! »

Près d'elle, une Bugatti de course, toute
bleue, s'arrêta en pétaradant au milieu d'un vol
de jeunes filles bruyantes qui se précipitaient
sur le conducteur, habillé comme pour Paris-
Pékin.

« Ne laisse pas aller ta tête, Bérénice... pour
ces quelques jours... pour l'imprudence de ces
quelques jours, c'est la vie entière qui serait
gâchée, salie... Ne souris pas comme ça... Je ne
te fais pas la morale... Je ne me crois pas au
temple... Une aventure, ce n'est rien... du moins
on le croit... ça s'oublie... du moins on le croit...
Ce n'est pas l'aventure, vois-tu, qui est sale...
qui tache... et pourtant... Pourtant, par la suite,
on y repense malgré soi, et le reste, tout le reste,
l'important, ce à quoi on tenait, ce qui est la
vie... son véritable amour... eh bien, que veux-tu,
on lui en veut de durer quand le reste s'est
évanoui... et ce n'était pas grand'chose... C'est
lui qui est sali, c'est lui... »

Bérénice, saisie, la laissait parler. Elle crut
voir que sa cousine avait les yeux humides.
C'était le froid peu-être. Car il ne pouvait rien
y avoir de personnel dans tout cela : Blanchette
ne vivait que pour Edmond, le drame était là,
qu'Edmond... Bérénice s'en était rendu compte :
« Enfin, — dit-elle, — M. Leurtillois... je ne lui
ai pas dit trois mots. Je ne suis pas éprise de lui,
je t'assure. Il me plaît assez. C'est peut-être la
personne que j'ai vue chez vous qui m'a le mieux
plu... J'aurais aimé lui parler... Certainement...
Rien que pour pouvoir ensuite, en rêvassant,
lui donner un peu plus le ton de sa voix dans ces
histoires que je m'invente quand je suis seule... et
à quoi je mêle les gens que j'ai rencontrés... sans
plus... Pour me rappeler le petit Denis j'ai son
livre... ses vers... M. Leurtillois comme un autre.

— Comme un autre ? Crois-tu bien ?

— Je t'assure... tu es sotte! Tiens, je me souviens à peine de lui. Je ne sais pas comment il est fait... je t'assure... C'est si vrai que ça fait un tas de petits godelureaux que j'ai pris pour lui... je crois le reconnaître tout le temps... »

Elle disait cela en toute innocence. Cela n'eut pas l'air de convaincre Mme Barbentane.

« Ainsi tu voudrais, quand tu seras seule, pouvoir mieux te souvenir de lui... Imprudente!

— Mais, mais, Blanchette! Je suis si souvent seule, si longtemps seule, là-bas, chez nous... il faut bien que je m'occupe la tête...

— Et le cœur?

— Le cœur? Vois-tu, je n'ai pas de cœur... enfin je n'en ai plus... il y avait Lucien... il l'a pris... il n'y en a plus...

— Je n'en jurerais pas, ma petite... Oh, ne fais pas des mines! Est-ce qu'on sait si on a un cœur? »

Bérénice n'écoutait pas, n'écoutait plus. Cette fois, elle avait reconnu des gens pour de vrai. Elle avait reconnu des gens avenue du Bois. Comme elle se sentait parisienne! Et ce n'était pas une erreur... Deux femmes qui venaient au-devant d'elles, l'une grande, l'autre presque petite. Et habillées. Et arrangées. Cela sortait de chez le coiffeur, de chez le couturier, des mains du masseur, c'était poudré, avec des couleurs merveilleusement artificielles et délicates, c'était repassé de frais, c'était à peine si on avait posé les pieds par terre, ça avait encore le pli de la femme de chambre de grande maison... Enfin, Mary de Perseval et Rose Melrose avec des parapluies roulés sous le bras, comme les officiers portant des sticks.

« Oh, quelle surprise! — dit Mary toutes dents dehors. — Nous quittons à l'instant M. Leurtillois... »

Le ciel gris, le ciel immense et vide, le ciel à couper au couteau, reprit d'une seule envolée toute son importance d'accablement, et les

gens, cette poussière des gens, avec leurs têtes
de fourmis folles, qui ont brûlé des heures devant
le miroir pour passer ici quelques minutes, les
gens redevinrent minuscules, avec les petits
arbres, les petits chevaux, les petites maisons,
les petites pelouses, sur la fresque de mauvais
goût qui allait de l'Étoile au Bois. Il était midi
vingt d'ailleurs... L'heure de rentrer : « Marie-
Rose! voyons, Marie-Rose! »

XI

Les deux grands marins américains entrèrent
dans le bar comme s'il y avait eu un tangage
de tous les diables. Leurs rires à roulettes firent
se retourner les femmes, qui regardèrent leurs
visages de soleil sombre, tannés, sous les cheveux
de paille, courts. Des géants. Luigi, le danseur
professionnel, qui ressemblait à un plumier de
laque noire, se fit tout petit pour passer à côté
d'eux sans prendre son smoking dans leurs pieds,
et murmura avec son anglais du Lido : « Beg
your pardon, Sir! » Il allait inviter une dame
mûre au dancing.
Simone soupira : « Il n'y a pas à dire... Ils sont
soûls, mais ils sont beaux, ces types-là... ça, ils sont
beaux... Le malheur, ils ne savent pas se tenir...
Sans ça... Tu comprends, Lulli, lui, la tenue...
Si on lève un de ces oiseaux-là, tout de suite ça
se voit... et tu sais qu'il ne plaisante pas, Lulli...
Une fois sorties, tout ce qu'on veut... Mais dans
la maison, pas de retape... J'ai eu quinze jours
de mise à pied l'autre mois... Tu parles si j'ai
envie de recommencer! »
Elle sirotait une orangeade à côté de deux
messieurs en veston, debout, accoudés à la rampe
du bar. Un boyau plaqué d'acajou, ce bar. Le

décor des bouteilles mêlées de petits drapeaux de toutes les nations. Les deux barmen blancs qui vont et viennent, et, vers la porte qui donne sur le dancing, la caissière, Mme Lulli, elle-même, une grosse Vénitienne couverte de bagues, qui vérifie ses comptes toute la nuit, une machine à additions. Il pouvait être minuit et demi, mais le temps était uniforme sous les lumières roses dissimulées dans les corniches, baignant les fétiches accrochés aux murs, poupées, insignes de clubs américains, drapeaux d'universités, réclames de champagnes, tableaux laissés pour compte par un Uruguayen, et les deux machines à sous que secouait de temps en temps un client légèrement schlass. Une demi-douzaine de femmes qui ne dansaient pas pour l'instant y prenaient un verre ou bavardaient simplement avec des hommes qui se changeaient les idées, après une station au dancing, ou simplement qui n'allaient pas s'asseoir, n'étant pas habillés, et au bar le champagne n'est pas de rigueur. Au bout du bar, une Anglaise, un peu partie, perchée sur un tabouret, le menton posé à côté de son verre parlait de très près à un Argentin en habit. De temps en temps, elle laissait tomber son sac, sa houppe à poudre, et l'Argentin les ramassait sans presque se baisser, d'un geste qui avait un naturel confondant. Tout le tableau mariait les vêtements sombres des hommes aux couleurs d'arc-en-ciel des robes du soir, saumon, pistache, framboise, aigue-marine, blanc taché de pail-lettes, et les lamés de métal, les écharpes roulant des fumées roses ou des eaux bleues sur les décolletés pêche ou laiteux, ou chair de brioche, ou mousse au champagne... Quelle drôle de chose, ces petites queues rajoutées aux robes du soir, mi-courtes! Ça donnait un scintillement embar-rassé aux démarches, une importance bizarre aux souliers de soir qui avaient l'air de vouloir s'y prendre, les déchirer... Le docteur promena longuement son regard sur ces dos jeunes et peu

farouches. Puis se tournant vers Leurtillois :
« Un autre verre? » Aurélien fit « Pourquoi
pas? » des épaules : « Barman! La même chose...
pour deux... » C'était un spectacle de le voir
verser dans le shaker.

Simone dit à Aurélien : « Vous remettez ça?...
Qu'est-ce qu'il s'enfile, ton ami! » Cette dernière
phrase à mi-voix. Et puis encore, coquette : « Tu
ne m'as pas présentée... » Aurélien effaça son
torse et fit le geste de la présentation entre ses
voisins de droite et de gauche : « Docteur, Simone,
une amie... Un de mes amis, Simone...

— Monsieur est médecin? demanda-t-elle,
intéressée.

— A mes heures, mademoiselle, oui... » répondit l'autre avec cette espèce de ton persifleur
et humble, qu'il prenait de temps en temps avec
les gens les plus inattendus.

Depuis que le mari de Rose Melrose était venu
chez Leurtillois, pour cet accès de paludisme,
il s'était formé entre les deux hommes une espèce
d'amitié complice assez bizarre, assez rapidement
établie. Ils s'étaient beaucoup vus par hasard,
un hasard légèrement aidé. Pour l'instant Rose
jouait à Bruxelles : *Gioconda*, la *Gioconda*
d'Annunzio, un grand rôle, où la Duse avait été
incomparable, un précédent dangereux... Le
docteur Decœur n'avait pas accompagné sa
femme. Il se sentait très seul. Alors il se laissait
entraîner dans l'orbe d'Aurélien. C'était vrai
qu'il buvait ferme. Des grands verres de gin.
« Tu as une cigarette? » demanda Simone. Leurtillois sortit son étui d'or. Et d'un geste du
poignet, tandis que Simone tapotait la sienne,
offrit ses Lucky Strike à Decœur. Ils tirèrent
en silence les premières bouffées, puis :

« Simone est une vieille amie —, expliqua
Leurtillois...

— Une copine... —, rectifia-t-elle.

— ...Et quand je viens le soir ici, achever
une soirée, oublier un peu les gens... nous passons

toujours un moment ensemble... je lui paye un verre...

— Un seul, — dit Simone sérieuse. — Vous comprenez, docteur, c'est mauvais pour l'estomac tout ce qu'on avale ici... Oh, je ne veux pas dire... non! Mais nous autres, de dix heures du soir à cinq heures du matin, il faut bien prendre quelque chose de temps en temps, et puis, aux tables, si peu qu'on avale de champagne... il faut bien... les clients... Alors, une orangeade, vous voyez... ça, c'est l'orangeade à mon petit copain! »

Elle rit un peu niaisement, et fit une chatouille à l'oreille d'Aurélien. Elle ajouta : « Frère et sœur », cligna de l'œil, puis, sérieuse et confidentielle : « Ça fait diablement longtemps... Tu ne me raccompagneras pas un de ces soirs?... J'habite toujours au même endroit... »

Le docteur la regardait curieusement. Elle était si pleinement, si uniquement ce qu'elle devait être. Une fille plutôt grande, blonde, avec ses cheveux coupés bien soignés, roulés en boucles sentimentales, autour d'un visage de chatte, avec le nez court, retroussé, entraînant la lèvre supérieure qui découvrait un peu des dents petites et très blanches. Les yeux qu'elle avait très fardés, les paupières bleuies, avaient une perpétuelle expression interrogative, un genre ou pure bêtise. La gorge et le dos pas mal, les bras ronds, mais une mauvaise habitude la faisait se tenir les épaules relevées, s'engonçant en arrière, avec l'air perpétuellement de ramasser sa robe, ses voiles, comme des draps, surprise au lit. Ça lui creusait un peu la poitrine. Avec ça, la robe, assez pauvre quoique chère. Comme on en voyait dans les devantures de la rue Pigalle ou de la rue Fontaine. Rose, des plumes teintes un peu plus foncées autour du décolleté. Un œillet frais sur l'épaule, avec du feuillage de ce style aérien que les fleuristes ont la rage de coller aux boutonnières...

« Ah, je te quitte un instant... Tu m'excuses?
— Toujours le coup d'œil complice : — Business...
Vous permettez, docteur?

— Je vous en prie...

— Il va y avoir l'exhibition... le numéro,
vous savez... Allez le voir... il n'est pas mal... »
Sur ce conseil elle s'éloignait, ramassant
toujours autour d'elle, de ce geste machinal, la
pudique protection d'une literie ambulante...
Dans le silence que ramena ce départ entre les
deux hommes, on entendit mieux, plus précisément, le tumulte du lieu, ce fond de bruits si
propice à l'isolement, avec le double chahut des
conversations du bar, et l'orchestre qui jouait
un tango à côté, bruit des danseurs, clameurs
de gaîté, et la voix de Lulli qui dans l'entrée
criait par moments : « Ollé! Ollé! » avec un geste
approprié, histoire d'encourager l'atmosphère
espagnole. Les deux marins, entourés d'un
groupe de dames, payaient à boire à tire-larigot
et, sourds à ce qui se passait, réunissaient leurs
têtes pour pouvoir chanter, à la joie de leur
auditoire, la chanson de Johnnie et Frankie.

« Qu'est-ce que vous voulez? — dit Aurélien,
répondant à une question non posée... — J'ai
encore la compagnie de ces filles. Cela change.
Cela délasse. Oh, pas pour coucher. Mon Dieu!...
mais non... C'est vrai que ça m'arrive bien
rarement. Leur vie est triste, et au fond toute
simple. Il ne faut pas les voir dans le grand jour.
A moins qu'on ne soit dans une de ces séries où
on a envie de chialer... leurs mensonges, à elles,
ne sont pas des mensonges. Ce sont des conventions très respectacles. De pauvres petites
conventions. Je m'y sens à l'aise. Sorti de ce
monde dont elles n'ont pas idée, et où il se trouve
que je vis. Pas de micmacs. Si on a envie...
et puis après, frère et sœur, comme dit Simone...
J'aime beaucoup cet endroit absurde... où on est
presque sûr de me rencontrer vers cette heure-ci...
parce que je suis le plus généralement affligé

de dames mariées qui m'abandonnent à mon sort, pauvre célibataire, pour aller retrouver leur propriétaire patenté... ou enfin...

— C'est moi qui vais m'apitoyer sur le pauvre célibataire...

— Personne ne peut s'apitoyer que sur soi-même, c'est entendu... Je vis, c'est-à-dire je m'endors chaque nuit et chaque jour je me réveille entre les bras de la Seine...

— Un grand bébé!

— Rigolez, rigolez... entre les bras de la Seine comme un noyé... A la longue, cela devient une obsession... J'ai vu trop de morts dans ma vie... A cette image de fleuve qui se mêle à mes rêves, comme l'image des avalanches, je suppose, aux rêves des montagnards, il faut opposer quelque chose... une atmosphère de la fête. Les paysans dansent pour n'avoir plus peur des forces naturelles...

— Vous, vous avez le Lulli's... Ollé, ollé...

— Parfaitement... et j'ai mêlé toutes mes histoires à ce lieu... J'y ai mené toutes mes amies... si bien que ma petite copine Simone les connaît toutes de vue... et qu'elle me dit : « Tu ne la revois plus, la grande rousse... ou la petite brune qui ne supporte pas le champagne... »

— Ah, bon à savoir, quand vous ferez de trop près la cour à Rose... je saurai où me renseigner... »

Un roulement de tambour annonçait l'exhibition.

« On y va, docteur?... Non... d'accord... On est bien mieux ici...

— Vous êtes un drôle de corps. Leurtillois... Plus je vous connais, et plus je vous trouve différent de ce que j'imaginais... Vous avez une réputation de Don Juan... Et puis maintenant je me demande... Pourquoi est-ce que vous n'êtes pas marié, avec des enfants... des enfants en fait de dancing... Je vous vois très bien comme ça...

— Peut-être, Doc, peut-être... mais voilà... en fait d'enfants... »

Il voulait dire quelque chose qui tourna court. Pudeur peut-être. Ses yeux rêvaient très loin. Decœur, lui, ricanait en dedans à se voir l'apôtre du mariage. Pendant un instant, toutes les choses pour lui s'embuèrent d'une grande forme vague et harmonieuse. Il lui sembla entendre une voix connue, profonde, une voix aimée et déchirante... Il fut rappelé soudain au Lulli's par celle d'Aurélien, heureux de le voir parti à la dérive, parce que cela dissimulait sa propre fuite passagère : « Bon, voilà que vous pensez encore à Rose! »

Le docteur se secoua, et dit : « Non... si... on ne peut rien vous cacher... Je me demandais comment ça se sera passé à Bruxelles... Et vous, si vous croyez que je n'ai pas vu que vous étiez ailleurs! »

Aurélien sourit et avala une grande gorgée de gin.

« Drôle de chose, mon cher, que nos soirées... Nous faisons de bons camarades précisément pour ça... parce qu'on peut se taire ensemble... ou parler sans que l'autre vraiment écoute... Pensez à Rose, mon vieux, pensez à Rose, ne vous dérangez pas pour moi...

— Je pense toujours à Rose, même quand je parle de n'importe quoi... on ne peut pas me la voler... J'ai l'habitude de penser à Rose devant n'importe qui... Mais tout de même, vous, Leurtillois, où aviez-vous fichu le camp encore? Vous ne pensiez pas à Rose, vous...

— Non, Doc, non. Je vous dirais à quoi je pensais, ça vous paraîtrait de mauvais goût... C'était comme ça, je ne sais pas pourquoi... J'ai oublié le chaînon... oui, l'idée sur laquelle j'ai fait fausse route et qui m'a rejeté à ces vieilles histoires... Voyons, de quoi parlions-nous?

— Du mariage.

— Ah, c'est ça... du mariage... les enfants...
alors tout d'un coup j'ai revu un coin de Champagne... avec une netteté extraordinaire... l'odeur
de la terre... l'humidité profonde... la lumière...
il y avait dans les barbelés un cadavre qu'on
n'avait pas pu enlever depuis des jours et des
jours... » Il se tut à nouveau. Le temps dura.
Puis : « Je me demandais aussi... Vous avez dû
faire la guerre... Où ça? »

Le visage pâle de Decœur se marqua un peu.
Il dit avec un calme parfait, ce calme qui lui
donnait le genre film américain : « Oui... comme
embusqué... » On entendit les applaudissements.
Les danseurs russes venaient de finir leur numéro.

« Voyez-vous, — dit timidement Aurélien
avec un certain sentiment d'infériorité, — je ne
suis jamais tout à fait sorti de la guerre... je ne
m'en suis jamais tout à fait débarrassé... Je me
réveille encore la nuit avec la peur des minen,
comme en 1915... Il y a beaucoup de cela dans
cette vie absurde... La guerre... c'est encore elle
que je fuis au Lulli's... » Il eut brusquement
assez de parler de cela, il chercha violemment
la digression nécessaire. Elle lui vint de son
compagnon.

« Oui, — disait le docteur, — nous fuyons
tous quelque chose... une pensée pour le plus
souvent pas formulée, une obsession. Je n'ai
jamais pu rentrer chez moi quand Rose est
absente... Je traîne des nuits... le gin n'est pas
une mauvaise chose... Rose, mon cher, Rose...
Ah, vous ne pouvez pas comprendre, vous
n'avez jamais été amoureux... Comment vous
dire? Rose, pour moi... Rose, c'est ma guerre à
moi... cela vous dira peut-être un peu plus
qu'autre chose, ma guerre à moi, ma grande
guerre! » Il eut son rire mondain, et redescendit
sur la terre, avec le nez d'un monsieur qui vient
de dire quelque chose d'un peu recherché, d'un
peu cubiste, ne trouvez-vous pas...

« Qu'est-ce que vous voulez, — poursuivit-il,

— les gens qui sont leurs maîtres, qui ont des rentes, peuvent aisément se maintenir dans cette atmosphère de haute intellectualité... Baudelaire, Rimbaud, Verhaeren... où Rose se trouve si naturellement chez elle pour des raisons de génie... Mais les pauvres bougres comme moi! — Il avait repris ce ton d'insolence et d'humilité. — Je vous dis qu'elle est ma guerre... toute la guerre... Au lycée, on nous a appris que la guerre est la loi de la vie... qui disait ça? Héraclite, mon cher. Mais un homme qui épouse une femme riche, très vite on oublie la différence entre sa femme et lui... Regardez Barbentane... Je l'ai connu à la Faculté, jadis... Qui est-ce qui lui reprocherait son auto? Ce n'est pas la même chose quand la femme gagne sa vie, et d'une façon voyante... théâtrale si j'ose dire... Vous pouvez vous échiner... vous n'avez même pas le droit de parler de l'amour... vous êtes un vulgaire maquereau...

— Doc, vous exagérez... vous avez votre profession...

— Oui, parlons-en... j'aurais pu être médecin... un vrai médecin... avec une carrière... Barbentane vous le dirait... Mais j'ai tout quitté pour elle... impossible de s'installer quelque part avec cette nomade.. cette fugitive... Les premiers temps... Et puis c'était trop atroce... j'y ai renoncé...

— Mais vous exercez, voyons!

— J'exerce, j'exerce... L'été, je fais une saison dans une ville d'eaux... On m'y prend, je le sais bien, à cause d'elle... Rose fait une cure pour rester mince... Quelle réclame pour l'établissement thermal et le casino! Impossible dans le reste de l'année d'avoir un cabinet, quelque chose de fixe... Alors je m'arrange... Comme je suis devenu le médecin de Rose avant tout, que c'est moi qui ai le soin total de sa beauté... d'ailleurs je n'aurais jamais supporté qu'un autre... c'est curieux, la jalousie... qu'elle

ait des amants, mon Dieu... mais ça... rien
que d'y penser j'ai froid... Qu'est-ce que je
disais? Ah oui, alors peu à peu j'ai glissé dans
cette spécialité peu recommandable, pas très
scientifique... soins de beauté, massage, régimes
pour rester jeune et belle... avec naturellement
à côté de moi cet admirable exemple... cette
preuve de mon savoir-faire. Rose toujours...
Vous voyez bien que dans mon métier même,
je me nourris de Rose... Vous croyez que le
théâtre, le génie, cela paye quelqu'un comme
Rose. Il faut de l'argent comme à tous ceux qui
ne savent pas ce que c'est... dans cette atmosphère
de haute intellectualité... Alors j'invente des
trucs... Je me suis acoquiné à une dame russe...
oh, la meilleure aristocratie, l'exil, ça ne mange
que dans les assiettes du tsar... elle fabrique des
produits de beauté... Je les recommande... Ça
continue à marcher quand je suis obligé de
courir sur les pas de Rose au Brésil ou dans les
Balkans... Des crèmes qui vous retendent la
peau... Il y en a une, c'est comme de la merde
pour la couleur et l'odeur... vous vous mettez
ça sur le visage et ça brûle, du feu tout simplement... puis ça se calme... vous lavez avec un
produit à moi... vous avez une peau de quinze
ans pour douze heures... On a imaginé de mettre
la photo de Rose sur le pot de crème... »
     Ils avaient repris un verre. Aurélien écoutait
son compagnon, et il pensait à Rose. Il la revoyait
chez Mary dans sa robe de velours vert d'eau,
il revoyait sa bouche. Étrange d'apprendre
ainsi l'envers de cette beauté... Le plus étrange
était que le docteur par de tels moyens la rendît
plus attirante encore... excitât la curiosité.
Aurélien repoussa l'idée qui entrait perfidement
en lui. Évidemment Rose quand ils avaient dîné
tous les trois avait été singulièrement encoura-
geante... Mais l'amour de cet homme pour sa
femme était si grand, unique...
     « Comme vous l'aimez! — murmura Leur-

tillois. — Ce doit être une chose bouleversante que l'amour, l'amour des livres... et qui dure... des semaines... des mois... des années... le bonheur... »

Decœur ricana : « Le bonheur! Ah oui... les gens heureux n'ont pas d'histoire... La belle blague... Il n'y a pas de bonheur. Il y a la guerre... cher vieil Héraclite!... la guerre... »

Aurélien pensa : « Ah... voici venir le développement... » Il regarda le visage long, moins maigre que l'homme même, le grand front bombé, les cheveux lisses presque bleus, les yeux noirs, cette expression maîtrisée de l'amertume... Il ne pouvait se décider à considérer Decœur comme un être fabriqué, mais si tout cela était naturel, quelle horreur!... La modération de cette lèvre amère devait être le résultat d'années et d'années de souffrance.

« Rose, mon ami, c'est une conquête perpétuelle... Il y a les revers... On ne gagne pas toutes les batailles... Il y a des moments où, pour mieux gagner, il faut perdre... abandonner du terrain... ruser... Le monde n'est pas vide, non plus... Il y a d'autres êtres... Des hommes, des femmes : des monstres... Rose est libre... Quelqu'un d'aussi exceptionnel... De quel droit exigerais-je qu'elle se refuse ce qui la tente?... Le génie a ses droits... Il faut seulement être plus fort que ce qui tente... être ce qui dure... Elle me revient... »

Comme Aurélien se haïssait lui-même! Ce qui l'habitait, à son jugement, n'était pas beau... Toute son estime allait à cet homme, à cet ami nouveau... Mais l'image de Rose emplissait le bar, avec la fumée tournante des cigarettes. Ce frissonnant éveil de la vie en elle, toujours, quand elle passait du silence à la parole. Il la voyait tendre sa bouche pour demander du pain, simplement du pain. Comme si elle avait quêté un baiser. A nouveau le docteur reprit ce ton humble, plein d'arrière-pensée, qui était ce qu'Aurélien n'aimait pas en lui : « Tenez, l'autre soir... je regardais Rose vous regarder... Ne protestez pas, je la connais... Pendant une minute elle vous a regardé comme un objet dans une vitrine... Je sais ce que ça veut dire... Oh, ça s'est passé, naturellement... Je ne sais pas pourquoi je vous dis ça... Parce que ça, c'est ma vie... le bonheur... la guerre... Vous êtes aussi de ceux qui peuvent se confiner à une atmosphère de haute intellectualité... Vous ne mêlez pas votre amour au commerce... à la vente des crèmes... aux conseils hygiéniques... Vous êtes un privilégié... »

Aurélien brusquement se mit à détester le docteur. A penser du coup à Rose avec une précision cruelle. De nouvelles gens étaient entrés dans le bar où dans un coin les marins maintenant dansaient la gigue, accroupis, aux applaudissements des filles et des clients.

« Il y a aussi, — dit Decœur, — que vous ne savez pas ce que c'est que Rose... Mais j'en parle stupidement... Qui sait, vous avez peut-être déjà couché avec elle ! » Il devait se faire joliment souffrir en disant ça. Il y avait de la panique dans son œil. Il attendait une réponse. Aurélien lut dans son regard que le silence l'affolait. Le docteur devait penser que son compagnon cherchait à éluder la question indirecte. Aurélien arqua les épaules, il sentit sa force et sa méchanceté : « Pas encore... » dit-il. Simone entrait en trombe avec son danseur, une tête de marchand de bœufs, et des perles au plastron. Sans le lâcher, elle dit au passage, très excitée : « Il y a des amies à toi dans la salle, tu sais... — Aurélien fronça les sourcils, qui ça? — Trois dames et deux messieurs... »

Il en avait assez du spectre de Rose, et Decœur n'était plus très drôle, vraiment. Il lui dit : « Si nous allions y voir, Doc?... Vous savez, les gens viennent un peu ici avec l'idée de me rencontrer... » Ils passèrent au dancing.

XII

Du rose, ils tombèrent dans le bleu. L'orchestre jouait une valse anglaise que fredonnaient des femmes autour des tables dans l'éclairage quasi nocturne qui venait d'être rétabli, tandis que les couples tournaient comme des amants de cartes postales *(Vous êtes vraiment si jolie — Que je vous aime à la folie...).*

Le Lulli's, derrière ses portes vitrées battantes aux rideaux orangés, commençait par une sorte de vestibule, ou d'arrière-pièce, sur laquelle à gauche s'ouvrait le bar, à droite les toilettes, et qui communiquait largement avec le dancing. Ce vestibule était le marché de tout ce qui se vendait ici, des cœurs et des cigarettes, et d'autres choses moins définies. On y trouvait en permanence des gens qui se parlaient de près, consommateurs un instant à l'écart, poules bavardant entre elles, ou rejoignant des jeunes gens qui ne les reconnaîtraient plus tout à l'heure en dansant, personnages agités et pâles dont la discussion s'éteignait à l'approche d'un couple ou d'un maître d'hôtel. Il y avait aussi là, dans le coin, le vestiaire avec sa tenancière sentimentale, et à côté des toilettes, d'où sortaient les rires de ces dames, la porte des cuisines d'où s'échappaient les welsh rarebits et les poulets, entre les seaux à champagne.

« Vous voulez une table? »

M. Lulli en personne, un Italien d'Amérique, ventru mais solide, les muscles voisins du smoking, et ce qu'il lui restait de cheveux noirs frisant autour de sa calvitie, serra la main de M. Leurtillois, un habitué.

« Merci... Nous avons des amis... »

La valse baignait la salle. Une valse qu'Aurélien, en 1919, à Londres, avait dansée de night-
club en night-club avec cette amie d'alors, qui
s'était noyée dans la Tamise une nuit... à la suite
d'un pari stupide. *Whispering*... Il ferma les
yeux. Mais il ne revoyait pas Londres, il pensait
à la Seine autour de l'île...

Le dancing de Lulli était une grande salle
carrée avec un balcon tout autour, sous les
piliers duquel s'enfonçaient quatre rangées de
tables, avec la piste de danse au centre. Dans le
fond, une autre pièce, semi-circulaire, l'agran-
dissait, où se tenait l'orchestre, et d'autres
tables encore, comme une grotte. Il y avait
rarement du monde aux tables discrètes du
balcon, où l'on accédait par deux escaliers de
chaque côté de la salle. Le tout dans une lumière
qui laissait des ombres au-dessus d'elle, vers
l'invisible plafond, avait un pseudo-style mauresque, bleu, rouge, or, qui tortillait de stuc les
piliers du balcon, la grande loggia du fond.
Les tables sous le balcon étaient légèrement
surélevées de deux marches. Et tout cela jonché
de serpentins envoyés par les soupeurs deux ou
trois danses plus tôt comme un grand gâteau
décoré de crèmes de couleur. Les garçons glissaient entre les tables, les plats dangereusement
en équilibre au-dessus des têtes, c'était plein à
craquer, on avait rajouté des guéridons sur les
pieds des danseurs, qui tournaient au milieu.
Le clair de lune artificiel allait à la musique
comme ce décor d'Abencérage aux filles de
Montmartre.

« Voilà vos amis... », murmura le docteur.
Il regardait vers la gauche, au centre, en bordure
des danseurs. Aurélien suivit son regard. La
première personne qu'il vit fut Bérénice, dans la
robe de lotus qu'elle avait chez Mary. Et près
d'elle Paul Denis, Blanchette, Barbentane.

Le docteur hocha la tête. N'avait-il pas été
appelé par Mme de Perseval chez Aurélien

malade? Simone la connaît aussi, Mary, pensa-t-il. Il songea, gagnant la table, que Leurtillois si discret par ailleurs ne considérait pas Simone comme impliquée dans les règles de sa discrétion.

« Ah! docteur! Leurtillois! »

Barbentane s'était levé et les accueillait, cela dérangea un peu les danseurs au passage, deux chaises franchirent les têtes. Ils se trouvèrent installés.

« Célibataire, ce soir? » cria Mary au docteur, à faire tinter le cristal au passage. Il était en train de baiser la main de Blanchette, toute en satin noir sauf les bras nus et les six rangs de perles qu'elle avait hérités de sa mère...

Bérénice sourit à Leurtillois : « Mme de Perseval l'avait bien dit qu'on vous trouverait ici... », et rougit. On versait dans les verres des nouveaux arrivants les dernières gouttes de champagne. Barbentane frappa dans ses mains : « Deux bouteilles du même! » Les garçons s'empressaient. La musique s'arrêta, les danseurs aussi avec ce désappointement qui s'adresse à la fois à l'orchestre et à leur compagne. Les musiciens reprirent *Whispering*. Aurélien sentit une main sur son bras, c'était Blanchette. « Vous ne voulez pas valser la reprise? » Il eut un regard d'excuse vers Bérénice, et suivit Mme Barbentane. Il vit du coin de l'œil que Mary se levait avec Decœur. Il pinça légèrement les lèvres.

« J'ai dansé ceci pour la première fois à Londres... en 1919... — dit-il à sa danseuse.

— Ah! »

Elle avait la tête ailleurs. Elle faisait un visage plus sévère encore qu'à l'ordinaire. Sa lèvre inférieure tremblait un peu : « Écoutez... Aurélien... je vous ai demandé cette valse, je voulais vous parler...

— Mais je vous en prie, chère madame... »

Il s'amusait à voir Mary les surveiller tout en valsant. Il regarda vers la table : Paul Denis semblait très empressé auprès de Bérénice. Barbentane achetait des cigarettes au chasseur.

« Aurélien... je vous en prie... il en est temps encore... laissez Bérénice en paix... » Ils évitèrent de justesse un couple maladroit.

« Qu'est-ce que vous voulez dire, Blanchette? Mme Morel... »

Elle s'emporta : « Ne mentez pas... croyez-vous que je ne vois pas votre jeu... et celui d'Edmond...

— Mais, ma chère amie, quelle est cette plaisanterie?

— On vous rencontre à chaque pas... comme par hasard... On vous jette à elle... et vous n'en sauriez rien...

— Je vous assure...

— Aurélien, c'est mal... c'est très mal...

— Chère amie, Mme de Perseval nous regarde! »

Ils tournèrent. Elle reprit : « Croyez-moi, Aurélien, croyez-moi... c'est mal... très mal...

— Mais...

— Taisez-vous... écoutez-moi... oh, écoutez-moi... Bérénice est jeune... heureuse... oui, elle n'en sait rien... mais elle est heureuse... elle a un mari qui l'adore... évidemment une vie un peu... un peu plate... en province... naturellement... mais un mari qui l'adore...

— C'est très bien ainsi, et je ne vois pas...

— Taisez-vous! Oh, si vous avez encore quelque chose d'humain, rappelez-vous... rappelez-vous ce qui s'est passé entre nous... le mal que vous m'avez fait...

— Voyons, Blanchette, il ne s'est rien passé... ou si peu...

— Oui, si peu pour vous! Mais assez pour détruire cette paix... ah, vous le savez, j'aime Edmond, j'aime et je hais Edmond...

— Je vous assure, chère madame, que Mme de Perseval ne nous quitte pas des yeux... »

Il se demandait ce que pouvait avoir Blanchette. Jalousie? Enfin, elle aimait son mari, et pour quelques baisers un soir... plus par dépit bien sûr des frasques de Barbentane, qu'autre chose.

« Écoutez, — dit-elle, encore, — je connais Bérénice... Vous la détruirez tout simplement, si vous poussez plus loin.

— Mais je vous jure...

— Vous, les hommes, vous ne savez pas ce que c'est que la fidélité... la vraie... la profonde... Parfois je voudrais être morte à cause de vous... de ces quelques minutes... de ce rien... »

Il la raccompagnait à la table. Le grand éclairage était revenu, le bruit des rires et des conversations. Un fox-trot remplaçait la valse. Aurélien se trouva assis à côté de Mary. Une Mary en perles de cristal, décolletée dans le dos au-delà du soutien-gorge.

« Vous valsez comme un dieu, mon cher, — lui murmura-t-elle. — Je vous regardais...

— Ça se voyait... »

Elle rit de son ton mécontent : « Oh, ne craignez rien ! »

Entre ces deux femmes, il eut une révolte, et se tourna vers Bérénice, par défi, pour l'inviter... Mais elle venait de se lever avec Paul Denis. Manqué.

« Mon vieux, — dit Barbentane, — je t'avouerai que nous sommes venus ici surtout pour toi... On avait été aux Ballets... puis à la sortie au Bœuf... C'était sinistre, ce soir, on se demande pourquoi... Alors quand Mary a proposé...

— Oh, — s'esclama Mme Barbentane, — Mary, Mary a bon dos ! »

Mme de Perseval eut son petit rire de tête : « En tout cas, dit-elle, je profite de l'équivoque... Vous n'êtes pas galant, monsieur Leurtillois, vous ne faites danser que Mme Barbentane... »

Il se leva, cérémonieux. Mary le suivit et ils dansèrent.

« Je n'aime pas les fox-trots —, dit-il en manière d'excuse.

— Oh, ne te donne pas la peine, voyons...
Tu n'as rien à craindre, je sais bien que c'est
fini... je ne me cramponnerai pas... »

Il se crut obligé à une pression polie de la
main, genre passionné. Elle rit encore. Elle riait
tout le temps, ce soir.

« Idiot! Ne fais pas semblant.. Tu vois bien
que je te l'ai amenée...

— Qu'est-ce que tu veux dire?

— Allons! innocent... Tu peux cacher cela
à qui tu veux... mais pas à moi... Enfin, puisque
tu l'aimes...

— Je l'aime? Mais, bon sang...

— On jure maintenant? Mon cher Aurélien,
je suis au courant... Edmond m'avait d'ailleurs
laissé entendre...

— Je vous assure, Mary, qu'il n'y a jamais
rien eu entre Blanchette et moi...

— Blanchette? Ah non, c'est un peu usé...
Je te l'ai amenée, ce soir, la petite Morel...
elle en avait assez envie... vous pouvez compter
sur ma complicité... puisque c'est tout ce que tu
veux de moi... »

La petite Morel... Il tombait vraiment des
nues. Enfin, qu'est-ce qu'elles avaient toutes...
Blanchette tout à l'heure... Mary maintenant!
Les dénégations n'y changèrent rien. « J'ai été
chez toi... — dit Mary de Perseval... — j'ai été
chez toi, voyons, j'ai vu... »

Cette phrase lui avait paru bouffonne. Il y
resongeait soudain quand ils se furent assis, mais
les circonstances se prêtaient mal aux explications. Il se promit de ne pas inviter Bérénice.
Il entendit que Paul Denis lui parlait peinture.
Il haussa les épaules. Barbentane dansait avec
une dame du lieu.

Blanchette se rabattait sur Decœur : « Alors...
Mme Melrose est à Bruxelles, docteur? Vous ne
l'avez pas accompagnée? »

Qu'est-ce que répondit le docteur? Il avait
repris son genre humble et persifleur. Il disait

quelque chose des êtres d'élite qu'on ne peut retenir...

« Monsieur Leurtillois! »

C'était Bérénice qui s'adressait à lui.

« Est-ce que vous avez vu les Ballets, cette saison, monsieur Leurtillois? Départagez-nous... M. Denis et moi, nous ne sommes pas du même avis... »

Il entra donc dans la conversation sous le regard de Blanchette. C'était une conversation pour lui sans intérêt, mais où Bérénice mettait un feu extraordinaire, elle pour qui toute chose à Paris avait des couleurs neuves et vives, un parfum de l'exceptionnel. Et Paul Denis l'y aidait, parce que tout ce qui touchait à l'art, au théâtre, aux décors de Picasso et de Derain, à la musique, l'agitait au-delà du raisonnable. Il n'avait pas aimé les Ballets sans Massine, est-ce que *La Belle au bois dormant* c'était une nouveauté? Tombé là-dedans, Aurélien s'étonnait de cette frénésie. Il ne la partageait pas, mais insensiblement il en subissait l'influence. Il se rappelait avoir trouvé laide cette jeune femme. Il se souvint aussi d'un mot d'Edmond à son sujet : le diable dans le bénitier... Il y avait du feu en elle, certainement. Quelque chose, ce soir-là, semblait souffler sur ce feu, l'aviver. Peut-être la vanité de Paul Denis... Il lui faisait la cour, ce petit, sans souci de Mme de Perseval. Aurélien songea que ce n'était pas très gentil pour Mary de s'associer encore à cela... Il voulut réparer cette incorrection. Mais Mary maintenant dansait avec Barbentane. C'est-à-dire que le temps avait passé vite à cette conversation superficielle, qui semblait faite pour recouvrir quelque chose d'autre, mais quoi : c'était ce que Leurtillois se demandait. Mary avait bien dit que Mme Morel... enfin, c'étaient des idées : « Voulez-vous danser? » dit-il.

Bérénice le regarda, et répondit : « Volontiers... mais pas la java... je ne sais pas... »

Il se mordit la lèvre. Il avait décidé de ne pas danser avec elle, et puis voilà... Ça lui avait échappé. Était-il fat! Il avait un instant pensé que Mme Morel était venue pour lui au Lulli's. Paul Denis parlait pour eux trois, pour tout le monde. Le champagne sans doute lui montait à la tête et le rendait loquace. Simone passait près de la table. Aurélien leva les yeux vers elle : « Compliments! » lui jeta-t-elle. Il fronça les sourcils. Bérénice dit : « C'est une amie à vous? » Il se récria. Mme Morel était pleine d'indulgence, et elle aurait jugé ça tout naturel. Paul Denis sentait sa voisine qui lui échappait. A l'en croire, il détestait le Lulli's, Montmartre, et en général ces filles de dancing.

« Eh bien, pas moi! » dit Mme Morel. Aurélien en fut un peu désappointé. L'aurait-il voulue jalouse? De qui d'ailleurs? Allons, tout cela n'était qu'imagination, coquetterie des deux autres femmes. Qu'est-ce qu'elle avait voulu dire, Blanchette, à propos d'Edmond?...

Un roulement de tambour... Les danseurs regagnaient qui les tables, qui le vestibule, qui le bar. Le tambour dominait le brouhaha, annonçant une exhibition. Lulli, comme tous les soirs, devant l'orchestre, faisait comiquement mine des deux bras tendus, les mains agitées, de conduire au paroxysme le roulement annonciateur, puis avec son accent mêlé de Chicago et de Florence il annonça Tommy, l'unique Tommy, le meilleur « drummer » du monde. Tandis qu'avec sa caisse et sa batterie, un petit nègre pâle et gros, aux cheveux ras blanchissants, aux yeux étonnés, le plastron faisant un angle dans les saluts, Tommy s'installait dans un croisement de projecteurs, l'ombre s'empara des tables, propice aux mains qui se nouèrent, aux mots murmurés sur l'épaule nue des femmes, Barbentane avait *in extremis* reconnu des gens de l'autre côté, et leur faisait, à la limite d'un pinceau de lumière, un geste amical de la main, Blanchette, qui n'avait pas vu qui il saluait, marmonna quelque chose à côté d'Aurélien : « Vous dites? — Non, rien... »

Tout d'un coup il eut le sentiment que Bérénice était tout contre lui, il n'osa pas tourner la tête. On s'était serré pour mieux voir Tommy qui, avec toute sorte de jongleries de ses bâtons et de ses petits balais métalliques, jouait seul, sans accompagnement, du tambour, des cymbales, des clochettes... avec un grand rire muet dans le visage, et un tempo de vitesse croissante qui peuplait l'air comme font les alcools après une certaine quantité... Tout contre lui, un souffle, Aurélien entendit la voix de Bérénice :

« C'est bien ma chance... j'attendais tellement cette danse avec vous... » Brusquement il sentit une grande chaleur en lui, une ivresse. Peut-être était-ce l'alcool du « drummer », peut-être... Mille choses prenaient un sens. Il n'avait pas réfléchi, il avait posé sans voir sa main sur la table, et sous sa paume et dans ses doigts il emprisonnait une petite main dont il n'avait que deviné la présence, et qui voulait se retirer, mais qu'il retint longuement, longuement, tandis que les yeux blancs du nègre, et ses bâtons dansaient dans l'air et, comme des farces d'enfant qui fait claquer des amorces, éclataient les cymbales au passage, tandis qu'en sourdine l'orchestre jouait un rag-time, maintenant, un rag-time que Paul Denis reconnut, content de lui-même : « Il est merveilleux! » soupira-t-il vers Bérénice.

Elle dut avoir peur, Aurélien sentit qu'elle avait peur, il ne lâcha pas la main prisonnière. Il entendit une voix bouleversée, très basse, qui disait : « Vous n'êtes pas raisonnable... »

Et il sentit l'insensé de sa conduite, et il voulut relâcher la main, et il ne le put pas; il lui eût semblé, à le faire, renoncer à tout au monde, à tout ce qu'il pouvait y avoir de précieux, à tout ce qui pouvait valoir la peine de vivre. La caisse battue, les cuivres secoués, résonnaient au centre de la salle sur un rythme précipité, et les bras et les pieds de Tommy volaient autour de la caisse, caressaient la batterie, avec des gestes de poule effrayée de faire tant de bruit, le cou roulant sur lui-même dans les plis de graisse sombre blessée par le faux col immaculé.

Aurélien comprit à un moment donné que la main qu'il tenait se résignait, ne s'abandonnait pas, mais se résignait. Il eut honte de sa conduite. Cependant, impossible d'en changer. Allons, bon, il s'était jeté dans cette aventure, comment reculer? Il lui allait falloir faire la cour à sa voisine. Il chercha à mettre une expression dans la pression de sa main sur la main blottie. Déjà mentir... Elle avait tellement attendu cette danse... Le bruit fantastique, entêtant, enflé, les enveloppait dans des sentiments divers. Elle, avec cette peur inexplicable de la soudaineté, cette crainte d'un geste qui aurait rendu impossible son immobilité. Et lui prêt déjà à ne pas supporter l'échec, le refus, l'affront.

Là-dessus Blanchette qui était de l'autre côté lui dit quelque chose. Il pencha la tête, et se fit répéter avec cette expression de souffrance que donne l'attention arrachée : « Mon sac, s'il vous plaît... là, sur la table... » Il la maudit, attrapa le sac, manqua renverser deux verres, le passa à Mme Barbentane.

Il n'avait pas lâché la main de Bérénice.

Avec deux baguettes à la main, d'un geste d'aile de papillon, ou mieux de coiffeur faisant tournoyer les ciseaux, Tommy portait au maximum le tonnerre romantique qu'il avait déchaîné. Il jouait de tout son corps, des pieds, des oreilles, de la peau mobile de son front, il sautait avec sa chaise et retombait dans un délire qui gagna l'assemblée. Quand l'air se tut, qu'on comprit que le plafond ne s'écroulerait pas et que Tommy saluant, en nage, souffla comme un phoque assis dans une automobile d'enfant, les applaudissements éclatèrent, les *bis*, tout le monde debout.

Derrière les autres, seuls, d'une solitude de forêt, ils demeuraient assis tous les deux, et tremblants. Il dit avec cette voix profonde des hommes ramenés au mystère premier de leur être : « Nous danserons la première danse? » Elle frémit. Il vit ses yeux noirs, ses yeux traqués. Elle faisait non de la tête, et de tout son corps. Il la sentit près de pleurer : « Nous danserons la première danse », affirma-t-il.

La lumière revenait, leurs mains se séparèrent.

Un nouvel orchestre s'installa. Des Argentins. Un va-et-vient désordonné sillonna la salle, des gens s'en allaient, d'autres s'amenaient, précédés de Lulli qui affirmait à chacun que c'était la meilleure table, la meilleure... Le chef d'orchestre violoniste, serré dans sa ceinture noire avec ses pantalons de soie blanche évasés du bas, sa chemise violette, donna de l'archet le signal du tango. Un tango comme tous les tangos, banal, banal à souhait, racoleur au possible, avec son charme bon marché, ses accents prostitués.

« Vous m'avez promis cette danse... », dit Leurtillois, debout. Mais Bérénice, rejetée sur sa chaise, secoua la tête. Non, non. Il insistait : « Faites danser Blanchette », soupira-t-elle. Il se rassit. Avait-il été trop vite? Avait-il rêvé? Qu'est-ce que ça pouvait lui faire tout ça? Cette petite sotte... Cette provinciale... Il savait qu'il se mentait, qu'il ressentait terriblement cette déception. Il s'en voulait surtout, il s'en voulait. Mais l'atmosphère n'y était plus. Ce n'était ni le même lieu ni la même femme ni le même rêve. Il y avait renoncé, d'ailleurs. Tout simplement.

C'est alors qu'il entendit Bérénice qui disait : « Je ne vous ai pas fait de la peine, au moins? » Il n'en crut pas ses oreilles. L'avait-elle bien réellement dit? Il la regarda. Il vit ses yeux noirs, obliques, bombés. Quels yeux étranges... Y avait-il seulement quelqu'un derrière ces yeux-là? Il voulut dire que non, qu'elle ne lui avait pas fait de la peine, mais il ne put pas. Cela ne lui était jamais arrivé, d'avoir ainsi une timidité pareille devant une femme, à peine une femme, une petite fille. Ils se turent longuement. Les autres dansaient. Ils étaient sans le savoir restés seuls à la table. Elle le remarqua soudain, gênée : « Dansons, voulez-vous? » proposa-t-elle. Il sourit, un peu tristement, eut un mouvement gêné des épaules.

Ils dansèrent.

Ce n'était plus ça. Ce n'était plus du tout ça. La convention de la danse, de cette danse dont ils avaient eu peur un instant, l'un et l'autre, la convention de la danse était entre eux. Cette fausse intimité rétablissait les distances. Ils ne se parlaient pas, de peur que les mots plus encore que les gestes du tango ne les séparassent. Ils sourirent au passage à Mary et Edmond qui dansaient ensemble. De plus en plus gênés. « Ça, mon cher, si vous dansiez comme M. Leurtillois! — dit Mme de Perseval. — Le tango, ça n'a jamais été votre fort... » Edmond, vexé, se mit à faire des figures comme on le lui avait appris avant la guerre chez Mirchine. « Hé là, hé là, — s'écria Mary. — Qu'est-ce que c'est que ces fantaisies? Vous voulez me vieillir!... Mme Morel a l'air d'avoir passé la vie dans ses bras, ne trouvez-vous pas? »

Au vrai, Bérénice dansant n'avait pas de poids, elle pliait à la pression la plus légère. On eût dit qu'elle était la musique, tant elle s'y mariait. Aurélien craignit de ne pas danser assez bien pour elle. Il le lui dit. Elle ferma les yeux. Alors, se penchant sur elle, il la vit pour la première fois. Il régnait sur son visage un sourire de sommeil, vague, irréel, suivant une image intérieure. Ce qu'il y avait de heurté, de disparate en elle, s'était fondu, harmonisé. Portée par la mélodie, aban

donnée à son danseur, elle avait enfin son vrai
visage, sa bouche enfantine, et l'air, comment
dire? d'une douleur heureuse. Aurélien se répéta
qu'il n'avait encore jamais vu cette femme qui
venait d'apparaître. Il comprit que ce qui la lui
avait cachée, c'étaient ses yeux. Quand elle les
avait fermés, elle n'avait plus été protégée par
rien, elle s'était montrée elle-même. Ils se rouvrirent, plus noirs que jamais, plus animaux
qu'Aurélien ne s'en souvenait.

Quand il lui dit : « Je vous remercie », après cette
danse, s'inclinant devant elle, comme à un bal de
famille, Bérénice porta la main sur son cœur. Elle
était toute pâle. Elle s'assit précipitamment et
s'absorba devant un petit miroir, à refaire son
visage. Il vit bien que c'était histoire de dissimuler un trouble. Il voulut lui parler. Elle lui
dit tout bas, très vite : « Laissez-moi, oh! laissez-
moi, je vous prie... » Elle n'était pas bien, cela se
comprenait. Elle avait le sein trop rapidement
soulevé, elle dissimulait son visage... « Qu'y
a-t-il? » demanda Aurélien. Elle le poussa un peu
du coude : « On nous regarde, voyons... »

Là-dessus, Barbentane ramenait avec lui d'au-
delà des danseurs l'homme à qui il avait fait tout
à l'heure des signaux, Zamora, le peintre Zamora,
vous savez... Paul Denis connaissait Zamora, ils
étaient du même bateau, malgré la différence
d'âge. Zamora avait bien cinquante ans, petit,
engoncé dans son ventre, le visage spirituel, brun
comme un Espagnol qu'il était, avec de l'argent
aux tempes, tout rasé, et mobile comme s'il avait
été mince, des pieds d'une petitesse invraisemblable. Il se croyait le rival de Picasso, et cela
l'avait jeté au dadaïsme, histoire de le dépasser.
Il était méchant et drôle, trouvait tout affreux,
pouvait tomber d'accord avec le pire philistin
pour faire un mot d'esprit, faisait des tableaux
métaphysiques en baleines de corset et n'aimait
au fond que les jolies femmes, les tableaux de La
Gandara, le luxe et les petits chiens. Il était de

l'autre côté de la salle avec deux princesses et une Américaine. Pourquoi ne pas aller ailleurs tous ensemble? Il connaissait une boîte.

Aurélien pensait pendant ce temps à ce que lui avait dit Blanchette. *Vous la détruirez tout simplement...* Il ne savait rien au fond de Bérénice. Qu'est-ce que c'était que ce mari en province? où ça, d'ailleurs? Un pharmacien, je crois. Elle, pharmacienne! Il essayait de se la représenter entre les bocaux, faisant les additions, comme Mme Lulli au bar. Dans quelles complications allait-il se lancer, dans quel inconnu? Et ces palpitations qu'elle avait pour un rien. Oh lala. Il devinait confusément un piège. Une femme pour un homme, c'est d'abord un miroir, ensuite un piège... Un monde de complications. Un monde. Non. Mille fois non. Se reprendre avant d'être dans l'engrenage. D'ailleurs quelle futilité, cette femme! Elle interrogeait Paul Denis sur Zamora... et Paul, agacé, ou craignant que Zamora ne l'entendît, faisait l'important... Pour comble, Mary souffla à l'oreille d'Aurélien : « Attention, mon cher, cela se voit! » Cela suffisait.

Quand on demanda le vestiaire pour continuer la nuit avec Zamora, Aurélien s'excusa. Je reste, j'attends quelqu'un. Bérénice ouvrit la bouche comme pour dire quelque chose, puis s'arrêta. Non, non, cher docteur, allez, allez, je n'ai pas besoin de vous. Mes hommages, chère madame... Il ne lui avait pas même demandé de la revoir. Bérénice partait, emportée dans le mouvement des autres, comme au milieu d'un cauchemar.

Quand ils disparurent entre les portes aux rideaux orangés, Leurtillois eut le désir brusque de se jeter à leur suite. Quel imbécile! Quel imbécile! La laisser partir comme ça... Ce n'est même pas humain... c'est grossier d'abord... Bon. On se dit ces choses-là pour se permettre les bêtises. Bien qu'après tout qu'est-ce qu'il craignait? Qu'est-ce qu'il avait à craindre?

Au bar, il retrouva Simone : « Dis donc, ma

petite, tout à l'heure tu me demandais quand je te raccompagnerais chez toi... Veux-tu ce soir? » Il lui tripotait le coude. Elle rit : « Ça tombe mal! J'ai quelqu'un... » Et après un regard circulaire, à voix basse, confidentielle : « Un des marins américains, tu sais... mais faut pas le dire! »

Qu'est-ce que j'ai? Qu'est-ce qui me prend? Tout le passé qui me remonte, une marée. Les moments de la vie qui ressemblent à une marche manquée. Comme demander pardon à quelqu'un dans la foule, par hasard bousculé. Le temps vient d'avoir un geste de chauffeur de taxi vers son drapeau noir où, sans doute, Alfortville ou Clichy, un mot blanc explique son refus. Nulle part comme ici, ce clinquant, ses fausses pierres, tout le trompe-l'œil, je n'aurai nulle part comme ici été le jouet de moi-même. Aurélien regarde une femme, celle qui est là. Sur un tabouret, la tête couchée sur le bar, un visage de masque fondant, est-ce l'heure ou la tristesse, une femme à laquelle il est absolument inutile de parler. Une étrangère? Il n'y a pas besoin de langage entre un homme et une femme. Mais celle-ci, ce n'est pas la parole qui lui manque. C'est d'être. Ce n'est pas une femme, c'est l'absence. Inutile de lui sourire. Elle est ailleurs, elle est l'ailleurs, la fin muette de la nuit...

XIII

Ce vent! ce vent! Monsieur ne se fait pas une idée! Cela fait combien de fois que je traverse la Seine? Cent, qu'est-ce que je dis, trois cents, mille fois! Jamais vu un vent pareil. Le pont... C'était à rebrousser chemin. Non, Monsieur ne se fait pas une idée... Ah, si ce n'était pas Monsieur... Monsieur peut rire, qu'est-ce qu'il deviendrait sans moi? Un vrai voyage... Ces courants d'air à traverser... Ça se comprend... la Seine... Je n'ai jamais travaillé que sur la rive gauche... Il fallait que ce fût pour Monsieur... Et encore Monsieur habiterait la rive droite, je ne sais pas si... Non. Je ne crois pas. Je ne suivrais pas Monsieur sur la rive droite! Parce qu'encore un pont, encore une Seine! Non, monsieur, non. Est-ce que si Monsieur allait habiter l'Amérique, j'irais le retrouver tous les matins de la rue du Cardinal-Lemoine, comme ça, à pied, avec mon pauvre fichu sur la tête pour lui donner son petit déjeuner au lit? Eh bien, alors... Bien que je ne sais pas ce qu'il ferait sans moi, Monsieur... Regardez-moi un peu ce désordre... Et comme Monsieur jette son pantalon... Cette fois je le repasse... parce que le porter tout le temps chez les Pressing... Ah, ils s'en payent, ceux-là! Ils nous mangent la laine sur le dos. Ils ont encore augmenté... Autrefois, il n'y avait pas de Pressing... on repassait tout soi-même... Où Monsieur a-t-il bien pu fourrer ses chaussettes? J'ai rapporté le raccommodage... Monsieur ne se fait pas une idée, ce vent! »

Elle porta sa main à sa joue, et balança la tête, les yeux au plafond. Mme Duvigne, la femme de ménage d'Aurélien, avait l'âge canonique qui lui permettait, sans faire jaser, de servir un homme au lit. Petite, brune, avec des fils d'argent, un tas de peignes dans tous les sens pour tenir les cheveux relevés tout autour, les cordes du cou saillantes, peut-être un peu goitreuse, les yeux lui sortant de la tête, et d'une expression qui passait du confidentiel à l'extrême sérieux, au dramatique, sans nuance. Le menton tout à fait séparé du visage, on ne sait pourquoi ni comment. La joue gauche beaucoup plus grosse que l'autre. Mais ça, disait-elle, c'est dans la famille. Ma sœur, mon pauvre père... Qu'on la laisse s'engager sur cette voie-là, elle avait des tantes, des cousines, et de fil en aiguille, la joue d'abord, puis l'emphysème d'un oncle, les malheurs de la grand'mère,

le mari de Germaine qui a filé avec la caisse, et le
défunt M. Duvigne, dans les Pompes Funèbres de
père en fils, et son frère, le beau-frère de Mme Duvigne auquel il en est arrivé une bien bonne...
« Mme Duvigne, il n'y a jamais eu de pharmacien
dans votre famille?

— De pharmacien? Quelle idée! Non, monsieur,
non. Il y a eu un peu de tout dans la famille... un
adjudant de la coloniale, des épiciers, une cousine,
je ne devrais pas en parler, enfin... un peu de
tout... mais de pharmacien, ça, jamais, monsieur,
jamais. Je puis vous le jurer! — Elle avait tiré
de l'armoire l'appareil à cravates, et elle arrangeait la collection multicolore d'Aurélien, elle
s'interrompit : — Mais Monsieur ne prend pas
son petit déjeuner! C'est bien la peine que je
traverse la rivière, que je m'expose à ce vent, pour
que Monsieur ne mange pas chaud... L'œuf est
mollet... Comme Monsieur l'aime... »

Le plateau sur la table basse à côté du divan,
avec ses toasts grillés, le café, le lait, les œufs, un
déjà ouvert, attendait en effet qu'Aurélien sortît
d'une rêverie à laquelle il s'abandonnait. Leurtillois s'assit dans les oreillers, tira le drap, regarda
autour de lui : c'était vrai qu'il y avait un désordre
insensé dans la pièce... Quelle heure pouvait-il
être? Onze heures. Il avait traîné, cette nuit, en
rentrant, lu un peu, cherché mille raisons de ne
pas se coucher, et puis le sommeil était tombé sur
lui tout d'un coup, il avait tout laissé en l'air,
arraché ses vêtements, perdu ses vêtements autour
de lui, par terre, sur le tapis cloué couleur tabac...
Pour comble il n'avait pas ouvert la fenêtre... Il
attrapa le plateau.

« Ah mais, qu'est-ce que je dis! — s'écria
Mme Duvigne... — Je ne sais plus où j'ai la tête,
Monsieur me le pardonnera...

— Quoi donc, Madame Duvigne?

— Mais le pharmacien, monsieur, le pharmacien! Comment est-ce que je n'y ai pas pensé?

— Quel pharmacien, madame Duvigne?

— Mais le pharmacien que Monsieur me demandait! Monsieur sait bien... Monsieur ne sait pas? Monsieur dort encore pour sûr! Monsieur me demandait s'il y avait eu un pharmacien dans ma famille... et moi, vieille bête, je disais à Monsieur qu'il n'y avait jamais eu... eh bien! Où est-ce que j'ai la tête?

— Il y a eu un pharmacien dans votre famille, madame Duvigne?

— Oui... enfin... c'est-à-dire... pas tout à fait un pharmacien... Le cousin Camille... Plus maintenant... Mais il y a une dizaine d'années... C'est pour ça que je l'oubliais... Il faut vous dire que le cousin Camille n'était pas mon cousin... C'était le mari de ma cousine... Oui... Elle me ressemblait beaucoup, ma cousine Lucie... Même que le cousin Camille... Mais c'était un mauvais sujet... Enfin... Oui, Lucie. Nous nous ressemblions... Elle était restée fille jusqu'à quarante ans, imaginez-vous... Ça lui avait troublé l'esprit... Un jour, j'étais chez eux... On lui dit : « Il n'y a plus d'huile, Lucie, descends donc chercher de l'huile... » Elle se lève... et puis croyez-vous qu'elle a été chercher de l'huile? Jamais de la vie! Elle a pris l'arrosoir avec lequel elle arrosait ses plantes sur le balcon, elle y a mis de la térébenthine, et elle l'a versée sur la salade, et puis elle a brûlé le tout sous le prétexte que c'était de la frisée... Vous parlez d'une peur que ça nous a fait... On l'a enfermée... Le médecin disait : « Il faut la marier, il n'y a que ça qui peut la guérir... Ça lui doublerait les sangs... » Ici un geste vigoureux et farouche du poing comme pour fermer une porte à clef... « ...Le terrible, c'était de trouver un mari... mettez-vous à sa place, monsieur... Il y avait le risque à courir... et si les sangs ne s'étaient pas doublés? Alors on ne pouvait pas se montrer difficile... et puis Lucie avait quarante ans... C'est grand'mère qui a trouvé le cousin Camille... Un Alsacien... Schuwer, son nom... C'est drôle, ça se prononce comme un chou vert, mais ça s'écrit... enfin ça s'écrit autrement... Il a bien voulu, Camille...

— Et Lucie a eu les sangs doublés?

— Oui, monsieur, ça vous pouvez le dire! Doublés, ce qui s'appelle doublés. Plus folle du tout. Et qui tenait son ménage faut voir... vous auriez mangé par terre... les casseroles! Ça, je n'ai jamais rien vu de pareil, même sur les Grands Boulevards! Le docteur avait eu raison... C'est comme ça que le cousin Camille était devenu mon cousin...

— Et il était pharmacien...

— Pharmacien? Monsieur veut rire! Pharmacien, Camille?

— Mais vous disiez vous-même, madame Duvigne!

— Qu'est-ce que je disais? Ah oui, Monsieur a raison. Mais enfin Camille n'était pas pharmacien à vraiment parler... Non. Il était dans la pharmacie, voilà...

Alors, il était pharmacien...

— Il était dans la pharmacie sans être pharmacien... Garçon livreur... dans une grosse pharmacie du boulevard Sébastopol... Avec un triporteur... oh, on ne pouvait pas se montrer bien difficile... C'était déjà joli qu'il ait bien voulu épouser Lucie... qui mettait le feu à la salade... Avec un triporteur... Dans cette maison-là, ils ont des commandes dans tout Paris... Camille roulait toute la journée... Ça donnait le temps à Lucie pour les casseroles... Mais un vrai pharmacien, ça non, monsieur, pas de ça dans la famille! — Tout en parlant, elle enlevait la poussière sur les meubles, déplaçait les objets sur la cheminée, arrangeait les rideaux, puis s'arrêta, rêveuse :

— Pas le plus petit pharmacien! »

Aurélien se demanda comment les choses s'arrangeaient dans la tête de Mme Duvigne. Est-ce qu'elle aurait trouvé ça une honte, un pharmacien dans la famille, ou quoi? Comme si elle l'eût suivi sur ce point, elle s'expliqua : « Nous sommes des gens simples, nous autres, des petites gens, comme on dit... pourquoi est-ce qu'un pharmacien aurait épousé Lucie? Un pharmacien, c'est un monsieur... — Ah voilà. Un pharmacien, c'est un monsieur. — Si Monsieur veut prendre sa douche? J'ai allumé le chauffe-eau. L'eau doit être chaude... »

Ceci dit de la pièce voisine, où Mme Duvigne avait fort à s'occuper. Aurélien passa dans son cabinet de toilette. Ouf, que ça fait du bien, l'eau chaude! Dans les rideaux de l'appareil à douche le long corps nu cabré se secouait avec le savon dans les yeux.

Mme Duvigne était déjà oubliée. Et ses histoires. Aurélien était repris par l'obsession de la nuit. Sa première pensée du matin. Bérénice. Il ne savait rien de Bérénice. De sa vie. Quelque part en province. Un mari pharmacien. Le diable dans le bénitier, disait d'elle Edmond. Cette phrase, il ne pouvait s'en défendre. Elle était si prodigieusement à l'opposé de ce qu'il avait pensé d'abord de Mme Morel. Il se dit qu'il était toujours le même : un détail absurde le faisait battre la campagne. Les points d'exclamation dans la lettre de Mary de Perseval, par exemple. Cette phrase d'Edmond jouait le même rôle avec Bérénice... Il revoyait le visage de Bérénice les yeux fermés. La femme d'un pharmacien... Au fond c'était pour lui aussi exotique que pour Mme Duvigne. Il n'y avait pas de pharmacien dans sa famille. Il était rouge du gant de crin.

« Et alors, madame Duvigne? — dit-il, quand il revint dans sa chambre, drapé dans son peignoir couleur de sable. — Qu'est-ce qu'il est arrivé par la suite à votre cousine Lucie? »

Mme Duvigne joignit les mains. Le balai lui en échappa, elle le ramassa précipitamment, le posa soigneusement de côté, puis, reprenant son geste où il en était, elle rejoignit les mains, élevant les coudes horizontalement au niveau de sa poitrine, et tourna vers le ciel un regard de pitié : « Lucie? Ah misère de nous! Lucie! Monsieur! Lucie est redevenue folle, mais cette fois folle à lier!

— Comment? Mais est-ce qu'elle n'avait pas eu...

— Les sangs doublés... si, bien sûr... mais c'est là le malheur! Ils se sont dédoublés, son mari, figurez-vous, le pharmacien, Camille enfin, à force de rouler en triporteur dans Paris, et toujours ces maisons où il allait, il y avait des femmes... des clientes... les bonniches... le pire ce sont ces bonniches... il faut vous dire que cette pharmacie est une pharmacie de spécialités... vous me comprenez... de spécialités... enfin... des mauvaises maladies... boulevard Sébastopol, forcément... Alors, petit à petit, Camille, eh bien, il délaissait son ménage... Elle avait beau frotter les casseroles, Lucie, et le linoléum donc... rien n'y fit... Alors il l'a quittée pour une pas grand'chose... Cette Lucie faisait peine à voir! Les sangs se sont dédoublés... Elle se croyait un petit chien... Elle vous courait après... ouah-ouah... oui, monsieur, ouah-ouah! Une pitié. On lui a mis la camisole!... Ah, Seigneur Dieu tout-puissant! » Ce dernier cri parce qu'Aurélien ayant ouvert la fenêtre un coup de vent la lui avait refermée sur les doigts avec un bruit de tous les diables. Leurtillois se tenait là debout, secouant sa main, et sautant d'un pied sur l'autre, comme un gosse qui s'est fait mal. Ça saignait. Mme Duvigne se saisit de la main meurtrie : « Pauvre Monsieur! Pauvre Monsieur! Cette sale baraque! Monsieur devrait habiter dans une maison neuve! Ça n'arrive que dans les vieilles maisons... Heureusement que ça saigne... ça fait moins mal... ça va se calmer... la main gauche, c'est pas comme la droite... Il faudrait mettre de l'arnica... au moins de la teinture d'iode... » Il n'y avait ni arnica ni teinture d'iode. Mme Duvigne dit que c'était là des idées de jeune homme, une maison sans teinture d'iode, sans arnica... «Bon, — dit Aurélien le doigt dans un mouchoir, — j'irai chez le pharmacien chercher de la teinture d'iode. »

XIV

Qui n'a pas éprouvé ce sentiment étrange de se
retrouver en face d'une inconnue à un rendez-vous
d'une femme passionnément aimée, dont on était
tout entier occupé, mais qu'on connaissait encore
à peine? Il avait suffi d'un changement léger de la
coiffure, d'une robe différente, ou de l'atmosphère
d'un lieu public pour rendre méconnaissable celle
qu'on croyait déjà à jamais fixée dans la mémoire.
Qui n'a pas éprouvé ce désappointement ne sait
rien du véritable amour.

Aurélien l'éprouvait rien qu'à imaginer Bérénice, sans avoir besoin de la voir. Mais comme il
n'avait jamais aimé, il ne savait pas que cette
irritation devant l'image évoquée, l'insatisfaction qu'elle lui apportait, c'était autre chose que
l'effet d'une observation distraite. Il ne rêvait
pas que ce pût être l'amour.

Il se gourmandait d'être si mauvais à rétablir
une physionomie, n'importe quelle physionomie.
C'était pour lui soudain un dogme établi qu'il
avait ce défaut. « C'est cela, — pensait-il, — je ne
suis pas physionomiste. » En réalité, il avait plusieurs instantanés de Bérénice, mais si divers qu'il
n'arrivait pas à les concilier. Il ne lui semblait
pas que ce fût la même femme. Ces lueurs qu'il
avait d'elle étaient discordantes, comme ses traits,
même au vrai. Mais c'était cela qu'il acceptait
quand il la voyait, parce que la vue ne se discute
pas; et qu'il rejetait dans ses souvenirs, parce que
la mémoire a la réputation d'être infidèle, et que
tout le monde sait qu'elle embellit ou qu'elle est
incapable de reproduire ce qui fait le charme d'un
visage. Ce rien fugitif...

Alors il se prenait à reconstituer par le détail ces

traits auxquels il prenait un si inexplicable intérêt. Il tenait le menton, les pommettes, le front, l'auréole des cheveux, la lèvre, le sourire, un geste, il n'y manquait presque plus rien quand il retrouvait les yeux : et les yeux venaient tout détruire. Ils s'éveillaient dans ce visage, ils l'éclairaient, de leur clarté noire, plus grands que nature, comme des charbons polis, non, plus brillants que cela. Cette lumière anéantissait le reste, elle devenait l'essentiel, elle faisait disparaître l'essence...

Il se disait qu'il ne l'avait vraiment bien vue qu'à cette minute, en dansant, où elle avait les yeux clos. La femme aux yeux ouverts venait à chaque instant s'interposer entre lui et la femme aux yeux fermés, celle de qui l'image pour quelque trouble raison lui paraissait se prolonger dans son propre passé, dans des rêves, des fantaisies de son cœur et de ses sens. Il cherchait à la localiser dans ce passé, il n'y parvenait pas. A qui ressemblait-elle? De laquelle de ses amies se rapprochait-elle? A quels désirs anciens était-elle toute mêlée? De quels plaisirs portait-elle le reflet ou la tache? Personne pourtant, personne... Aucune silhouette, aucune ombre... et le sentiment de quelque chose qui transparaît au fond du miroir... une buée...

Quelqu'un de plus prévenu, et de moins sûr de soi, aurait sans doute chassé tout de suite cette obsession de peur d'y succomber. Mais Aurélien n'y songeait même pas. Il ignorait qu'il pût y avoir un danger dans le mirage d'une femme. On le lui eût dit, qu'il se fût d'ailleurs entêté...

Pour l'instant, ce n'était pas plus grave qu'un air qui vous poursuit, qu'on a essayé de chasser par toute sorte de stratagèmes, et qui s'est montré plus fort. Alors, comme ça ne servait de rien de s'en chanter un autre (il dégénérait) ou de se raconter une histoire (elle tournait court), on s'est décidé une bonne fois à s'abandonner à cette scie, à la laisser vous occuper la tête. Voilà qu'on ne l'en chasse plus, et qui pis est, qu'on n'en retrouve qu'une phrase et qu'on se met les méninges à l'envers, la répétant sans cesse, pour retrouver comment ça continue.

Il la rencontrerait dans la rue, il ne la reconnaîtrait pas.

Cette idée assaille Aurélien, le déconcerte, l'inquiète, puis le rassure. Il en est à se rassurer. Il ne sait pas ce qu'il y a de sérieux à en être là. Mais cela fait des heures qu'au milieu des gestes naturels, d'un jour vide comme tous les autres jours, il ne pense qu'à Bérénice. Il ne la reconnaîtrait pas. Est-ce bien certain? Est-ce possible? Il ne la reconnaîtrait pas. Est-ce que vraiment il ne la reconnaîtrait pas?

S'il la rencontrait dans la rue. Au fait, il ne l'a jamais vue dans la rue. Ou même en costume tailleur. En costume tailleur. Dans la rue. Est-ce qu'il ne la reconnaîtrait pas?

Parce que dans la rue, en costume tailleur, il faut imaginer, non plus seulement le visage, bouleversé par ces longs yeux obliques, noirs, bombés, mais aussi l'allure générale, c'est-à-dire le corps, qu'il ne connaît pas, qu'est-ce qu'il en sait? ce corps si léger de danseuse, sans poids, sans réalité, si différent quand il marche dans la rue certainement... et pas seulement le corps, mais le corps en mouvement, l'allure, cette chose impondérable, l'allure... dans la rue, en costume tailleur...

Et de nouveau Aurélien revoit le visage, la lèvre inférieure qui a l'air de souffrir et de sourire, ce patinage de la lumière aux pommettes, les cheveux sur le front, les yeux fermés... mais les yeux s'ouvrent et tout se brouille... Dans la rue... Il regarde les femmes, celles qui ont à peu près sa taille... Cela pourrait être celle-ci, celle-là... Mais non, ce n'est aucune, aucune ne chasse tout à fait son fantôme... même celles qui sont jolies.

Peut-on dire de Bérénice qu'elle est jolie? Il l'avait trouvée laide, d'abord. Il l'avait mal regardée. La question n'est pas qu'elle soit jolie.

Elle est mieux que jolie. Elle est autre chose. Elle a un charme... Voilà ce qu'il y a... il retrouve bien les traits, mais pas le secret de leur charme... comme un mot qui échappe... on sait comment il est fait... à peu près... s'il a des *r* dedans... combien de syllabes... on lui trouve ou des rimes ou des équivalents... mais le vrai mot, le mot qui chante...

Voilà ce qu'il y a : il ne retrouve pas ce qui chante en elle.

Il est sûr pourtant qu'il y a quelque chose qui chante en elle. Quoi? Ah dame! Quelque chose qui chante comme son nom. Bérénice. Il se souvient d'avoir sur ce nom en toute innocence rêvé. Il l'avait mal vue alors. Il rêvait sur son nom sans vraiment penser à elle. Un nom qui fait rêver d'ailleurs. Mais elle est au delà de son nom. Son nom fait rêver à elle. Elle a effacé toutes les Bérénices possibles, il n'y a plus qu'une Bérénice possible, plus qu'une Bérénice, une seule Bérénice, elle... Il ne retrouve pas ce qui chante en elle, le cœur de son chant.

Avec une inquiétude croissante, il cherche où le chant a son cœur. Il cherche à se souvenir. Que faut-il se souvenir d'elle, avant tout, surtout? Est-ce cette passante imaginaire, en costume tailleur? Ou plutôt cette danseuse qu'il a tenue dans ses bras, cette danseuse légère, et ses bras se souviennent, et se désespèrent en même temps de ne pas se souvenir... Pour la première fois, il vient de sentir son absence. Il vient de sentir son absence dans ses bras.

Mais est-ce bien là le chant de Bérénice? Faut-il pour l'éprouver la tenir dans ses bras, comme n'importe quelle femme, ou son charme n'est-il pas ailleurs, dans sa gaîté, dans son silence, dans ses yeux fermés, dans ses yeux ouverts? Tout à coup Aurélien retrouve l'émotion de cette main dans sa main, de cette main prisonnière, comme un oiseau qui frémit, et ce n'est pas l'oiseau qui est pris, c'est l'oiseleur.

Il frotte la paume de sa main et s'étonne. Une brûlure. Une présence. Une absence. Les deux à la fois.

Une chanson.

XV

Non, non, non et non. Je ne suis pas amoureux. Tout ça, ce sont des histoires. Je m'en fiche. Naturellement, si on se laisse aller... A force... Mais je m'en fiche. Je n'y pense plus. C'est comme la peur... si on commence à se dire qu'on a peur... Prendre l'air me fera le plus grand bien. »

L'air était moins froid que le matin, parce qu'il avait plu, et le vent était tombé, et Leurtillois avait un bon pardessus en grosse cheviotte. Il changea l'angle de son melon qui lui pesait un peu sur le front, et enfonça ses mains dans les poches de son pardessus. Il avait déjeuné chez les Honfrey, qui habitaient au Palais-Royal, un appartement sur le jardin. Charles Honfrey s'était marié il y avait six mois. Cela avait interrompu leurs vieilles relations datant du lycée. Ils n'appartenaient pas au même monde, Charles était entré dans la maison de soieries de son père, Honfrey-Lévy-Casenave et Cie. Le mariage avait consacré cela. Parler devant la jeune Mme Honfrey devenait impossible; cela avait l'impolitesse des choses rétrospectives auxquelles elle était trop étrangère, tu te souviens le jour...? et qu'est-ce qu'il est devenu ce gros comment donc, tu sais bien! qui disait toujours : Enlevez, c'est baisé... Et dès qu'on en venait à des considérations plus actuelles, c'était alors Aurélien qui se sentait un étranger chez eux.

Il n'avait pas pris la cinq-chevaux : de l'île Saint-Louis au Palais-Royal! et puis ça fait du bien de marcher de temps en temps. Quelle triste couleur ont les jours d'hiver! Dès trois heures de l'après-midi, on sent la nuit, le faux jour. Il y avait un faux jour dans les idées d'Aurélien. La pluie, mais alors, là, cinglante, tout à coup le jeta sous les arcades de Rivoli où, s'étant pris à regarder les femmes, il avait retrouvé, très affaiblie d'abord, l'obsession de Bérénice. Il tâcha de s'en distraire avec les marchands de colifichets, de bibelots, de bijouterie fausse. Les bibelots minuscules qui représentent des chiens savants ou des marquises, des officiers de Napoléon, des pâtres d'Arcadie. Il passa en revue les collections de cuillers de vermeil illustrées d'émaux où Henri IV voisinait avec Mme Récamier, Washington avec Jeanne d'Arc. « Qu'est-ce qui peut bien acheter tout ça? » pensait-il. Ou du moins se forçait-il à penser. Car, en vérité, il était habité d'une hantise, et ce qu'il aurait dû dire aux cuillers, pour être honnête, c'était : « Reverrai-je Bérénice? » ou : « Comment revoir Bérénice? »

Il ne se le disait pas, puisqu'il s'en fichait, puisque tout ça, ce n'étaient que des bêtises, qu'il n'y avait qu'à penser à autre chose, *et cœtera*. Soudain il sentit sa main gauche qui se rappelait à son bon souvenir. Ah oui, cette idiotie avec la fenêtre. Tiens, si j'achetais de la teinture d'iode pour faire plaisir à Mme Duvigne? Il pleuvait déjà plus raisonnablement. Leurtillois tourna dans la première rue venue et gagna la rue Saint-Honoré, encombrée de voitures, de triporteurs, de fourgons de livraison, qui faisaient une clameur désordonnée. Des piétons cherchaient vainement un taxi. Tous pas libres.

Aurélien entra dans la première pharmacie venue. Une boutique sombre, silencieuse après le hourvari de la rue. Au milieu des boiseries foncées, avec les rayonnages chargés de vénérables pots de faïence historiés de noms latins, il ne distingua d'abord personne. Puis derrière les comptoirs à colonnettes, surmontés de lampes de bronze à grosses boules dépolies avec des étoiles taillées, entre les vitrines bondées de spécialités, il aperçut un petit homme dans sa blouse blanche, avec une calotte noire, des lorgnons à chaîne et une barbe rayée, pas encore blanche, mais déjà de toutes les couleurs. Quand le pharmacien lui demanda ce qu'il voulait, Aurélien se sentit tout à coup désorienté. Il avait oublié ce qu'il venait faire ici, il était persuadé de n'y être entré qu'à cause de Bérénice. Il demanda des boules de gomme. Il regardait vers les coulisses et les placards de ce théâtre minuscule, y cherchant une femme absente. Le pharmacien lui parla avec sévérité. Quelle espèce de boules de gomme? Et puis quelle quantité? Enfin, il s'en sortit avec un petit paquet dans sa poche. Évidemment, la femme du pharmacien ne se tenait pas dans la boutique. C'est évident. Mais, sur la porte, il remarqua un bouton de sonnette, avec écrit : *Sonnette de nuit*. Ah par exemple! Voilà le lien. Le pharmacien et sa femme doivent habiter là, au-dessus. Il lut le nom en lettres dorées plates sur la vitre : *Cotre*, *Ph^{ien}*, et en dessous : *Devambèze, Suc*. Le vieux monsieur devait être M. Devambèze. La pluie redoublait, Aurélien se mit à l'abri sous la porte de l'immeuble. Tout à coup, une bizarre impulsion : il a poussé la porte vitrée de la concierge, toqué, et passant obliquement son melon dans la loge : « Il n'y a personne? » Une voix répond : « Qu'est-ce que c'est? » Il allait battre en retraite, se trouvant trop stupide, quand est apparue une femme sans âge avec un nez rouge, une pèlerine de laine noire et un tablier gris : « Vous demandez, monsieur? » Il murmura : « Mme Devambèze... » Le nez rouge répond sèchement : « M. Devambèze est à la pharmacie pour l'heure... — Oui, je sais... mais *madame* Devambèze...? »

Tout d'un coup il se passe quelque chose d'extraordinaire. Le nez rouge s'agite, la pèlerine se tourne de tous les côtés, deux mains s'élèvent comme dans la tragédie antique et un cri de tête sort du tout : « Comment? Vous ne savez pas? Mais voyons, mon pauvre monsieur! »

Aurélien voulait seulement se faire confirmer que la femme du pharmacien habitait bien la maison. C'était tout. Il est un peu ennuyé du tour que cela prend.

« Ainsi vous ne savez pas? Ah, je n'aime pas annoncer ces choses-là! Vous n'êtes pas un parent au moins? Non? Alors ce n'est plus la même chose... Voilà six mois Mme Devambèze est morte... Après une très longue maladie. Ce qu'elle a souffert! Je lui posais des ventouses. M. Devambèze n'est plus le même. Je l'entends marcher parfois la nuit... »

Aurélien s'est précipitamment retiré. Ce n'était pas cela qu'il cherchait. En passant dans la rue, par la porte de la pharmacie, il voit vaguement à l'intérieur la silhouette de M. Devambèze, et voici qu'un vers de Lamartine :

Un seul être vous manque et tout est dépeuplé

revient à la mémoire de Leurtillois. C'était Honfrey qui citait ça à tout bout de champ. Drôle. Il a repensé à Bérénice. Il n'a pas cessé de penser à Bérénice. S'imaginer ainsi son destin : quand son veuf dans la boutique sera plaint de sa concierge. Il hausse les épaules.

Leurtillois déjà ne parvenait pas à faire l'effort nécessaire qui l'eût mis de plain-pied avec son vieux camarade Honfrey, la femme de Charles, parce que leur vie, le commerce en gros de la soie, lui était du chinois. Et il voulait se représenter l'existence de Bérénice, pas rue Saint-Honoré, non : en province, dans une ville qu'il ne connaissait pas, les gens qu'elle voyait, ce mari qui ne devait pas avoir la barbe, les lorgnons et l'âge de M. Devambèze. Il pleuvait maintenant d'une façon régulière, obstinée. Les doigts d'Aurélien rencontrèrent un paquet dans sa poche. Les boules de gomme. Machinalement, les doigts déplissèrent le sac, prirent une, deux boules. Aurélien pensa :

« Mais je ne suis pas enrhumé! » Ce qui ne l'empê-
cha pas de les sucer. Ça lui faisait une grosse joue,
comme à Mme Duvigne.

Ah, bon Dieu! C'était de la teinture d'iode qu'il
avait voulu acheter! Il se le rappelait maintenant.
Tant pis. Quelques pas plus loin, il pensa : « Pourquoi tant pis? » Comme si on ne pouvait acheter
la teinture d'iode qu'à M. Devambèze! Dans une
rue latérale, il regarda avec, vaguement, l'espoir
d'apercevoir une pharmacie. Eh bien, justement,
il y en avait une. Pas du tout le même style que
la précédente. Peinte en gris. Il y entra. Ici, c'était
plein de monde, et malgré les trois potards qui
servaient, et le monsieur de la caisse, dont on
comprenait que c'était inutile de le déranger,
Aurélien dut attendre son tour. Bien qu'il fît
encore jour, on avait allumé, et Leurtillois se prit
à regarder les lampes à réflecteur qui éclairent par-
derrière les bocaux rouge et vert de la devanture
comme s'il surprenait un secret de la science. La
boutique, grande, large, avec ses placards ouverts,
et tout un étalage de parfumerie, poudres, pâtes,
vernis à ongles de tous les acabits occupant un
coin. Des affiches expliquant des produits pour
la gorge, les règles, les souffrances des pieds. Là-
dedans le petit monde du quartier, avec le sac
à provisions, venu entre deux courses, une fillette
et sa maman, une dame pincée et absente, le
plombier voisin, un monsieur du type retraité, les
uns debout, les autres assis, attendant le moment
de demander à voix basse un produit dont les
potards répétaient à tue-tête le nom honteux. Pas
plus de femme ici que dans l'autre boutique. Les
yeux d'Aurélien s'attachèrent à l'un des vendeurs.
Un jeune homme mince, qui aurait paru grand à
tout autre qu'Aurélien qui trouvait tout le monde
petit. C'était un garçon qui aurait pu aussi bien
être coiffeur, sauf pour cette indifférence du
visage, ces yeux perdus. Un étudiant sans doute.
Blond, les cheveux ondulés, le visage assez
décharné, mais si jeune. Il lui manquait un rien

pour être joli. Dans l'ensemble il devait plaire aux femmes, bien qu'il eût encore cette insuffisance d'étoffe, qui n'en faisait pas tout à fait un homme aux yeux d'Aurélien. Il ne regardait absolument pas les pratiques, et il avait un petit tic de la bouche, il se mangeait la lèvre supérieure. Ce qu'il devait s'ennuyer, le pauvre type! Une jeune fille entra. Elle n'était pas belle, mais enfin c'était une fille, on pouvait la regarder pour cela. Le petit pharmacien se retourna avec une grande impertinence pour la personne âgée qu'il servait et avança une chaise vers la jeune fille avec un sourire. Ce sourire-là aux yeux d'Aurélien ouvrait un monde. Il pensa que, dans la pharmacie Morel, il devait y avoir un jeune potard comme ça, qui prenait soin de ses cheveux et méprisait les clientes, mais qui s'illuminait quand Bérénice entrait dans la boutique pour venir dire un mot à son mari. Peut-être lui faisait-il la cour... Et si elle était sa maîtresse? Car elle aussi devait s'ennuyer dans son entresol au-dessus de la pharmacie. Je suppose que c'est l'entresol. Il revit le visage aux yeux fermés pendant la danse. Tout cela peut-être pour un gosse comme ça. Qui sait si ce n'était pas à lui qu'elle pensait alors, au Lulli's, dans ses bras? Désagréable. Ce n'est pas de la jalousie, se dit-il, c'est de la vanité vexée. Je me fiche de cette femme comme de colin-tampon.

« Un flacon de teinture d'iode... »

Cette fois il ne s'était pas trompé.

XVI

Il ne pleuvait plus. Les premières lumières des étalages se reflétaient dans la rue mouillée. Les gens marchaient vite à cause du froid. Aurélien se trouva sur le trottoir avec les boules de gomme dans une poche et la teinture d'iode dans l'autre. Sans réfléchir, il prit la direction de chez lui, comme si quand on s'est chargé de boules de gomme et de teinture d'iode on n'avait plus qu'à rentrer à la maison. Comme il arrivait place du Théâtre-Français, il se rendit compte de ce qu'il y avait d'imbécile et de machinal dans sa conduite. Il se surprit encore à se mettre une boule de gomme entre les dents, et en fut agacé. Il se sentit plus désœuvré que nature et craignit un retour offensif de Bérénice. Allez! se dit-il, sur le ton des grandes décisions.

Ce *Allez!* c'était un signal qu'il se donnait toujours quand il décidait de jouer à un jeu qui peuplait sa solitude dans les rues. Tous les hommes connaissent ce jeu-là : on suit la première femme un peu possible qu'on a rencontrée, qui venait à votre rencontre, jusqu'à ce qu'elle tourne par exemple à gauche. Alors, à la première femme sans contre-indication qui vient en sens inverse, on quitte la toute première, et on suit la nouvelle en revenant sur ses pas. Ça peut naturellement se faire à droite comme à gauche. Se compliquer aussi d'un tas de règles qu'on s'invente, qu'on garde deux mois, trois mois, puis qu'on abandonne pour de nouvelles. Aurélien, qui, en tout ça, était resté très potache pour ses trente ans, était capable de tourner ainsi des heures et des heures dans Paris. Pour l'instant, suivant une grande bringue mal habillée, assez osseuse, mais joliment brusque dans ses mouvements, il se donnait la preuve qu'il ne pensait pas à Bérénice.

Jamais on ne peut bien détailler une femme comme on le fait en suivant une inconnue. On a à peine vu son visage, on essaye de se le figurer quand elle tourne légèrement la tête, et puis le peu de joue qu'on voit alors n'est gâché par rien, c'est facilement joli chez la femme cette attache du cou et de l'oreille. De dos, on possède vraiment une inconnue, elle n'est pas défendue par son expression, il n'en reste que l'animal, la bête à courber; on la soumet déjà à fixer son attention sur la nuque, la racine des cheveux. La démarche trahit la femme, son intimité. Puis il y a la croupe, les jambes. Aurélien se plaisait infiniment à déshabiller les femmes dans sa tête, à imaginer leurs dessous, sans rien embellir, avec une certaine cruauté. Il y a des femmes par exemple, on sait tout de suite que leur lingerie tient à une épingle anglaise.

Hop! ce *hop*-ci signifiait : on change de main, à la suivante de ces dames, etc... La suivante était une petite blonde, un peu souffreteuse, mais très jeune, avec un sourire étonné une fois pour toutes sur le visage. Elle était habillée simplement avec une robe un peu longue pour la mode, probablement de l'année précédente. Elle était chargée de paquets, et manquait perdre son parapluie tous les dix pas. De dos, elle n'était pas très symétrique, l'épaule droite plus développée.

Ce n'était pas le seul jeu d'Aurélien dans la rue. Il s'amusait aussi à classer, et à compter les femmes rencontrées. C'est-à-dire pas celles qui étaient tout à fait impossibles. Mais il se disait : « Voyons, d'ici la Concorde, par exemple... combien est-ce que je rencontrerai de femmes, qui soient des femmes, quoi! » Il y avait plusieurs catégories à retenir comme femmes. Par ordre progressif, il y avait d'abord les excitantes. Ensuite les aimables. Enfin les folies. Ce petit vocabulaire secret n'avait jamais dépassé les lèvres d'Aurélien. Il se l'était constitué vers les quinze ans. Les excitantes, on voit ce qu'il voulait dire. C'était moins que les aimables, qu'il se laissait aller à nommer d'un adjectif plus direct, il fallait entendre aimable au sens plein. Les folies, il voulait dire par là des femmes pour lesquelles on ferait des folies. Catégorie assez rare. Il était intéressant de compter pour voir la proportion des excitantes et des aimables.

Elle n'était pas toujours la même, parfois elle se renversait. C'étaient de bons jours quand les aimables l'emportaient. Il y avait même eu dans l'existence des matins extraordinaires où, dans les quartiers les moins attendus, Aurélien avait rencontré tant de folies, que c'était à n'y pas croire. Peut-être l'appréciation manquait-elle d'objectivité. Dans une certaine mesure tout au moins qu'Aurélien était bien sûr de contrôler. Bien sûr... et puis pas si sûr que tout ça.

Il aimait aussi diviser ses rencontres en deux grands groupes : les femmes qu'on déshabille, et celles qu'il vaut mieux ne pas déshabiller. C'était là un critérium excellent, et qui donnait champ à l'imagination. Un homme jeune ne s'ennuie jamais dans une grande ville avec de semblables passe-temps. Hop!

C'était une femme entre deux âges, très poudrée, brune, avec un tailleur de soie un peu fatigué et un petit feutre sur l'œil, légèrement boudinée, qui regardait par-dessus son épaule si ce grand type qui avait fait demi-tour en la croisant était toujours sur ses trousses. Je connais ça, — pensait Aurélien, — ça retire sa jupe, ça la plie sur le dossier de la chaise, et ça crie : *Attention mes bas...*

Il eut brusquement une lassitude de cette zoologie féminine. La monotone variation infinie des femmes, leur fausse diversité, la possibilité de toujours les ramener à une brève série de types déjà rencontrés. Il eut conscience que cela tournait autour d'une image centrale, fuyante et présente à la fois. Histoire de se désenvoûter, il voulut profaner cette image. Excitante? aimable? Il alla même jusqu'à se demander si Bérénice ne serait pas plus plaisante habillée. Il avait été trop loin. Il eut honte de lui-même. Il se rappela comme il lui avait tenu la main. Tiens, avec cette main qu'il avait prise dans la fenêtre. Ça vous avait l'air d'une punition. Le sûr, il avait beau suivre des dames à la piste, sa hâte ne suivait que Bérénice. Comment se se changer les idées? Hop!

Une jolie fille, cette fois. Terriblement coquette. Bien mise, trébuchant sur ses hauts talons. Avec des fourrures. Dans le genre cher. Elle s'arrêtait aux étalages, exactement comme si elle s'était pris le pied dans un grillage. Alors Aurélien la regardait de profil en faisant mine de s'absorber dans la contemplation des sacs à main, des chemises-culottes, des dentelles. Un autre jour, il l'aurait peut-être classée dans les folies, enfin il devait y avoir des gens pour qui elle était une folie... Elle lui fit traverser les magasins du Louvre et ça, je dois dire, c'était quelque chose : cette façon de toucher les étoffes, de sauter d'un objet à l'autre, de revenir sur ses pas pour rien, de bondir vers n'importe quoi comme si c'était la terre promise, pour regarder autre chose, et de bousculer les gens avec le plus grand naturel! A la sortie, du côté de l'amiral de Coligny, elle prit un taxi à l'instant le plus inattendu. Assez, se dit Aurélien, et il marcha vers chez lui en suçant des boules de gomme. S'il y avait quelque chose de certain, c'était qu'il n'avait pas fait le plus petit plan, l'ombre du plus petit plan pour revoir Bérénice. La preuve qu'il s'en fichait. Il se rappela cependant qu'Edmond lui avait dit : « Téléphone et viens déjeuner quand tu veux ». Évidemment, mais ce n'était pas lui, Aurélien, qui avait provoqué ça. Et même il l'avait complètement oublié. Ainsi. Est-ce qu'il téléphonerait le lendemain? Non. Quel manque de dignité! Si on veut une femme, il faut se faire un peu désirer. Oui. Si on la veut. Mais si elle vous est parfaitement indifférente? Et puis zut!

Il arrivait sur la place de l'Hôtel-de-Ville, il faisait tout à fait nuit. Il tâta la teinture d'iode dans sa poche. Rentrer? Pourquoi rentrer? L'autobus « Q » passait sur la place. Ça, c'était une idée! Nager! Il rattrapa l'autobus et sauta en marche sur la plate-forme. Pour chasser l'ombre de Bérénice, rien de tel que de nager. C'est souverain. Il y avait longtemps qu'il n'avait pas été à la piscine Oberkampf. Il avait bien songé à faire une petite visite à l'oncle Blaise, qu'il n'avait pas revu depuis des âges. Mais non. Nager. Va pour Oberkampf.

Il acheta un journal du soir à un camelot dans l'autobus. Et se jeta dans les nouvelles sportives. L'autobus remontait vers les boulevards extérieurs. Et dans tout ça pas de Bérénice.

Pas de Bérénice du tout.

XVII

« Ton père ministre! Grotesque! Le ciel nous préserve! »

Mᵐᵉ Philippe Barbentane, la femme du sénateur, repoussa légèrement son assiette, sa main maigre fit se choquer le couteau à dessert contre son verre d'eau de Vichy, et tournant son visage tourmenté de son fils Edmond vers *l'invité* qui lui faisait face, elle exprima à la muette la difficulté qu'il y avait à poursuivre une pareille conversation devant un étranger; puis, ceci fait, avec cette inconséquence, et la passion que trente années de ménage et de haine lui donnaient, elle poursuivit sa pensée en s'adressant cette fois à sa belle-fille, à sa droite : « Dieu merci, le sénateur n'a pas la plus petite chance d'entrer dans le gouvernement! Il ne manquerait plus que cela! Il a assez fait de mal dans sa propre famille pour ne pas en faire au pays!

— Tu exagères, maman, — dit Edmond, — avec un clin d'œil à l'intention de Leurtillois. — D'abord papa a mis de l'eau dans son vin depuis la guerre. Il s'est rapproché de Poincaré...

— Oui... et quand on songe! Au début de l'année, Briand l'a bien envoyé promener... Maintenant il compte sur Poincaré... Mais ce sont des idées à lui : on n'a pas besoin de lui au ministère! Il faudrait un bouleversement pour qu'il ait une chance, si je peux appeler ça une chance : avec les bonnes Chambres que nous avons, il peut bien y mettre le nom de la violette! »

Aurélien regardait avec ennui la mère d'Edmond. Il ne s'était amusé qu'un instant de son accent méridional. Rien n'était resté de la beauté d'Esther Barbentane, on voyait bien encore la parenté de la mère et du fils, mais depuis cette opération qu'elle avait eue, elle s'était absolument desséchée et, à cinquante ans à peine passés, elle avait l'air d'en avoir soixante. Un pruneau qui se ratatine. Bien que ce fût une grande femme violente, avec les cheveux encore très noirs. Mais ces poches sous les yeux, et ces orbites excavés au fond desquels se réfugiaient les yeux bleus qu'elle avait donnés à son fils, un tas de rides déjà, et surtout l'absence totale de poudre, de rouge aux lèvres, cette mise provinciale, le deuil perpétuel dont elle s'affligeait grâce à la multiplicité des cousins qui mouraient, tout faisait d'elle une vieille femme. Jusqu'à la petite croix d'or à son cou.

A part lui, Leurtillois pestait. La carrière du sénateur Barbentane lui était fort indifférente. Mais Aurélien, prenant Edmond au mot, s'était invité à déjeuner chez lui à la dernière heure. Or, Mme Morel, qui était sortie ce matin-là se promener avec le petit Paul Denis, avait téléphoné qu'elle ne rentrait pas, qu'on se mît à table sans elle. Délicieux! Qu'est-ce que ce jeune homme venait faire là-dedans? Où avaient-ils été se promener? Pourquoi prolonger cette promenade? Ils déjeunaient ensemble, de toute évidence. Charmant. Quel naïf je fais! En attendant, me voilà tenu à donner la réplique à cette vieille bigote, et à Edmond, et à Blanchette.

Blanchette lui avait murmuré en lui passant les olives : « Pas de chance, mon pauvre Aurélien... » avec ce petit pincement des lèvres. Que voulait-elle dire? Il s'en doutait. Il décida d'ignorer ce propos.

« Là où il n'y a pas de religion, — poursuivait Mme Barbentane, — c'est l'enfer, ni plus ni moins, l'enfer! Philippe a fait le malheur des siens avec sa façon d'élever ses fils, à tourner toujours devant eux les choses sacrées en ridicule... »

Blanchette secoua la tête : « Vous savez bien, maman, que personne ne peut rien contre la Vérité.

— Petite huguenote! » dit la belle-mère, et elle reprit de la salade.

Cela avait été le rêve de toute la vie du docteur Philippe Barbentane de se débarrasser de cette ombre, de ce reproche vivant. Il avait toujours imaginé que le jour où les électeurs l'enverraient à Paris, Esther, sa femme, demeurerait dans leur maison de Provence, toute à sa dévotion, tandis qu'il connaîtrait enfin la liberté dans la capitale. Mais la vie se joue des rêves. Sénateur, très vite il avait senti la nécessité d'avoir un bel appartement, de recevoir, s'il voulait devenir au moins sous-secrétaire d'État. Il fallait une maîtresse de maison à son installation de l'avenue de l'Observatoire. Et puis Esther n'était-elle pas une Rinaldi, et son cousin Charles, devenu président de la commission des Finances de la Chambre, était tout à fait dans les eaux de la majorité. Le cas échéant, si on se résolvait à une de ces combinaisons panachées qui sauvaient périodiquement la République, la parenté de Barbentane avec Charles Rinaldi pouvait être une indication pour un président du Conseil qui a un maroquin de trop... Enfin le sénateur s'était résigné à Esther, il l'avait fait venir auprès de lui. Elle brûlait des cierges à N.-D. des Champs pour la longévité des ministères, voilà tout.

Aurélien rongeait son frein. Allons, ces sorties avec Paul Denis, le premier venu enfin... Fallait-il... Cette fois, il était bien guéri. Une petite provinciale qui a envie de voir Paris, c'est tout. Vraiment il avait failli s'en mettre la tête à l'envers... Ce qui est passé est passé. Le curieux, c'est que jamais ça ne m'était arrivé. Il pensa soudain que c'était pur dépit de sa part et qu'au fond il était jaloux. Jaloux, moi? Un comble. Il tâcha d'être très aimable avec Blanchette. Puis se rappela qu'il ne fallait pas être trop aimable avec elle. Il ne songeait qu'à partir, au fond. Tout de même, on ne peut pas s'en aller au dessert.

Ils prirent le café dans la bibliothèque. Sous prétexte de cigares, Edmond fit passer Leurtillois sur la terrasse. Ils regardèrent les toits, la Tour Eiffel, les Invalides. Il faisait assez froid. Un ciel gris sans maille.

« Qu'est-ce que c'est que ces Leurtillois-là? — demanda Esther à Blanchette... — Un seul sucre, vous savez bien... Ceux de la chicorée?

— Non. La chicorée, ce sont des cousins, beaucoup plus riches. Ceux-ci, ce sont les Leurtillois-Debrest... Ils sont dans le textile.

— Ah bien... je croyais que c'étaient les autres! Le textile, la chicorée, ce sont toujours de leurs industries du Nord... Je veux vous dire quelque chose, ma petite Blanchette : vous regardez un peu trop ce M. Leurtillois... Chut, chut, ne protestez pas... Je vous dis ce que je vous dis... rien de plus...

— Je vous assure, maman, que c'est une idée bizarre.

— Mais, ma chère fille, je ne vous dis rien de plus. Il nous arrive, sans penser à mal... et je suis sûre que c'est le cas... que nous regardons un peu trop un homme... Je vous le dis pour que vous vous surveilliez.

— Enfin, maman!

— Je ne vous en aurais même rien dit, si vous aviez eu un confesseur, mais vous avez le malheur d'être de la religion réformée...

— Oh, le malheur, maman, le malheur!

— Oui, le malheur, Blanchette... C'est notre soutien à nous, honnêtes femmes, un confesseur... un homme à qui parler... dans le cœur de qui on se débarrasse de pensées qui ne sont dangereuses que parce que nous les gardons pour nous, quelqu'un qui nous guide, qui nous aide à voir clair en nous-mêmes... Oh, souriez, ma petite, souriez, mais savez-vous combien de femmes n'ont dû qu'à cela de faire leur devoir?

— Ce n'est pas un devoir pour moi —, et Blanchette s'étonna elle-même de ce qu'il y avait de peu convaincant dans sa phrase, aussi ajouta-t-elle : — Parce que moi, j'aime Edmond.

— Quand on a des enfants, ce n'est pas indispensable d'aimer son mari. Tout de même, ce doit être un grand bonheur... Avec l'amour de Dieu de part et d'autre naturellement... Je me reproche souvent de vous avoir donné un fils qui ne croit à rien! Je ne fais pas grand cas de vos pasteurs, mais vous-même, vous devriez aller plus souvent au temple...

— Ma mère, vous savez très bien que ma religion pour ne pas être démonstrative... Chacun a sa façon de comprendre ces choses-là : les uns aiment à extérioriser... Pour moi, certains sentiments gagnent à l'intimité.

— Ce sont des points de vue de parpaillot. Mais c'est bien la peine de lire tout le temps la Bible, comme vous autres, pour ne pas savoir qu'on n'honore vraiment le Seigneur que dans les lieux saints! »

Mme Barbentane posa sa tasse et scruta l'effet de ses paroles sur sa belle-fille. Elle vit que Blanchette regardait vers la terrasse, et fit marcher ses sourcils. Bien qu'après tout, Edmond fût aussi sur la terrasse.

« Tu n'as pas eu de chance, mon vieux »,

disait justement Edmond à Aurélien. Celui-ci tiqua :

« Qu'est-ce que vous avez tous à me dire la même chose?

— Tous?

— Oui, enfin ta femme. Je ne comprends pas de quoi il s'agit.

— Ah? Blanchette... Ne fais pas l'enfant. Nous savons très bien que tu venais pour Bérénice, et tu vois, Blanchette...

— Enfin, c'est insensé! Je viens ici pour vous, pour toi... quoi... je suis venu d'autres fois quand je n'avais jamais vu ta cousine...

— Ne te défends pas... Je n'y vois pas de mal. J'aime bien mieux ça que si tu venais pour Blanchette, par exemple! (Il rigola) Bien que... Après tout, Blanchette est libre...

— Tu es stupide. Laisse ta femme tranquille. Et ta cousine aussi.

— Tu les mets sur le même plan? Voilà qui ne me rassure qu'à demi.

— Edmond, de quel pied t'es-tu levé?

— Parce que tu sais bien que Blanchette a un faible pour toi...

— Tu es fou! Elle ne voit que toi au monde. Et puis, veux-tu, parlons d'autre chose!

— Mais non, mon vieux, mais non! Tu as l'air de te défendre. Tu as tort, je suis tout à fait tranquille. Je sais bien que Blanchette n'aime que moi, mais elle a un petit faible à ton endroit... et pourquoi pas? Ça n'a rien de méchant. Mais n'empêche que tu n'es venu ici ni pour elle ni pour moi... aujourd'hui... mais pour Bérénice... et puis, pas de Bérénice! Pas de chance, que veux-tu!

— Tu es horripilant!

— Avoue qu'elle te plaît...

— Ta femme? Beaucoup.

— Mais non, idiot, Bérénice...

— Je m'excuse, mon cher, de filer comme ça, sans avoir achevé mon cigare... mais je suis attendu... et je m'en voudrais de faire attendre...

— Bien, bien... Don Juan, va! C'est elle, en tout cas, Bérénice, qui sera triste...

— Ne sois pas ridicule. Mme Morel aura passé une excellente matinée avec Paul Denis...

— Et jaloux? Paul Denis... Ah, mon petit, s'il n'y a que Paul Denis pour te chiffonner! »

Ils rentraient dans la bibliothèque.

On avait amené les enfants à leur grand'mère. Les deux petites qui riaient et babillaient se figèrent à la vue d'Aurélien.

« Dites bonjour au monsieur... »

Leurtillois, tout de suite, prit congé.

« Déjà? » s'exclama Blanchette, mais elle s'arrêta pile. Elle avait rencontré les yeux de sa belle-mère.

« Je descends en même temps que toi, — dit Edmond. — Je dois passer au bureau... »

Dans l'escalier, sur un ton tout différent, il continua la conversation interrompue : « Écoute, sans plaisanterie... puisqu'elle te plaît, Bérénice... le cas échéant... tu peux compter sur ma complicité... »

Aurélien, qui descendait le premier, se retourna : « Tu es incroyable! A la fin, pourquoi veux-tu absolument me flanquer ta cousine dans les bras?

— Je n'y tiens pas essentiellement... mais puisqu'elle te plaît... Ne fais pas le discret ni l'insolent, hein? Je te connais, mon bonhomme. Tu étais déjà comme ça dans les tranchées... Eh bien, si tu veux, c'est que j'aime bien Bérénice, que je n'aime pas son mari... je t'en parlerai... qu'elle a bien le droit à un peu de bon temps... et qu'avec toi ça ne tire pas à conséquence... »

La dernière phrase fut extrêmement désagréable à Aurélien. Il laissa passer quelques instants, et sans regarder Edmond : « C'est ce qu'il te paraît.

— Comment? Ah oui? Je t'ai vexé? Je sais

bien comment tu te comportes avec les femmes...
J'apprécie beaucoup ça chez toi... — Encore un
silence, les choses marchèrent dans la tête
d'Edmond, et ce fut lui qui ajouta : — A moins
que je ne me trompe du tout au tout... »

Ils se quittèrent songeurs tous les deux,
Edmond au volant de sa granche machine,
Aurélien dans sa cinq-chevaux.

XVIII

Mlle Suzanne ramena le chariot de la machine
à écrire, leva les yeux et soupira. Elle n'arriverait
jamais à attirer l'attention de M. Arnaud.
Les autres machines pianotaient derrière le
comptoir. M. Simoneau, dans son costume gris
clair, avec son nez Bourbon, sa barbe en pointe,
son ventre et son crâne chauve, venait d'apporter
des papiers à taper à M. Le Beaudouin. Dans la
salle, trois ou quatre personnes attendaient.
Avec cette lumière de neige, il allait falloir
éclairer de très bonne heure. La rue Pillet-Will
est étroite.

C'est à Simoneau qu'Adrien Arnaud demanda :
« Le patron est là? » Il ne l'aurait pas demandé
à une dactylo. Simoneau n'était-il pas le secrétaire
du patron, et autre chose qu'un secrétaire,
l'homme de confiance, qui avait la signature...
Depuis trente-cinq ans dans la maison. Déjà
quand c'était encore l'*Immobilière du Maroc*.
Secrétaire du vieux M. Quesnel. Un héritage,
quoi.

Simoneau regarda M. Arnaud avec tout le
sérieux que cela comportait. S'il avait dit oui,
sans savoir si M. Barbentane voulait ou non
recevoir M. Arnaud, cela aurait pu, peut-être
pas lui coûter sa place, mais enfin il avait trois

filles, et une femme. Surtout trois filles. Bien que
M. Arnaud ne fût pas seulement un homme de la
maison, mais un ami du patron. « Je vais voir »,
dit-il. Adrien haussa les épaules avec une certaine impatience, tandis que le vieux monsieur
solennel disparaissait par la porte directo-
riale.

Il avait été assis là, lui aussi, derrière le
comptoir, Adrien, lors de ses débuts. Il avait
tout fait en trois ans à l'*Immobilière-Taxis*.
Edmond l'avait mis à toutes les sauces. Qu'est-ce
qu'il serait devenu d'ailleurs, après la faillite
des magasins paternels, riche de ses galons de
lieutenant de réserve, à titre temporaire, et de
ses trois palmes, une fois démobilisé? Il faut
reconnaître qu'Edmond avait voulu qu'il connût
la boîte de haut en bas. Et non seulement la
boîte, puisqu'il avait fait le taxi, été surveillant
de garage, travaillé à l'atelier des réparations.
Puis à l'*Immobilière*... Jusqu'à ce qu'il ait eu
cette idée.

Simoneau lui faisait signe d'entrer. Mlle Suzanne
regarda M. Arnaud disparaître. Ah, un bel
homme! De taille moyenne, bien pris. Une
stature d'officier. Avec ses cheveux bruns frisés,
qu'il portait si courts sur les côtés. Pas la figure
de n'importe qui, ce nez long, ces yeux rapprochés, petits et noirs. Ça ne le gâtait pas, ce petit
peu de couperose précoce aux pommettes.
Les gens se moquaient de comme il roulait les
hanches en marchant. Oh, pas très haut. Un
athlète. Mlle Suzanne était partiale : elle aimait
justement ça en lui. M. Simoneau passait entre
les dactylos : « Monsieur Simoneau? — Quoi
donc, mademoiselle Suzanne? — M. Arnaud
est toujours aux immeubles du XVIIIe? — Mais
non, mais non, mademoiselle Suzanne... Il
s'occupe de cette affaire d'essence, vous savez
bien... » Ah! Mlle Suzanne pensait à la petite
moustache étroite, en pinceau, qui lui faisait
toujours regarder la lèvre supérieure de

M. Arnaud. Il devait savoir embrasser. Bon
je me suis trompée. Elle prit un nouveau car
bone.

Edmond n'avait rien changé au bureau de son
beau-père. Le même acajou à cuivres. L'armoire
à grillage. Le drap vert de la table, et les lampes
à aigles. Il avait essentiellement gardé tout
ceci comme une preuve de la continuité des
affaires et de sa propre activité. Avec Simoneau
qui faisait tout, en n'ayant l'air que d'appartenir
au mobilier. C'était une partie de la légende
qui voulait que Quesnel eût mis là son gendre
pour ses mérites en affaires. L'*Immobilière du
Maroc* avait pu se transformer en *Immobilière
Taxis*, tandis que bourgeonnaient les filiales
avec chaque affaire qui ouvrait des quartiers
de Paris à la prospection de ces messieurs
qui faisait disparaître un peu des bénéfices de
l'ancienne Compagnie des Voitures, les mêlait
à des apports nouveaux, croisait les intérêts
d'entreprises diverses, où répparaissait tout un
personnel plus ou moins lié avec les Quesnel
les Wisner, les Barbentane, les Schœlzer. C'était
dans cet énorme enchevêtrement financier qui
avait un prolongement dans les autobus en
Languedoc et en Provence, un autre dans les
pétroles de Roumanie, des terrains près des Inva
lides et à la porte de Clignancourt, au Trocadéro
et à Vincennes, qui touchait aux caoutchoucs
de Malacca et aux pneus hollandais, qu'Adrien
Arnaud cherchait à se nicher, à se faire la place
d'avenir que le patron, son ancien camarade
d'enfance, lui permettait de se tailler, tout à fait
comme jadis, à Sérianne-le-Vieux, quand il
lui offrait sa revanche aux boules, le cochonnet
lancé...

Pour l'instant il avait l'air aux affaires que
c'était un beurre, le patron. Avec son visage
cuit, tendu, où les yeux bleus enfoncés faisaient
cette clarté qui en imposait pour de la pensée
Adrien jalousa le veston de Barbentane. Il se

déplume tout de même un peu, pensa-t-il, assez content. Les cheveux plats d'Edmond faisaient comme des rayures propres, où l'on apercevait le cuir chevelu, net. Ce n'était pas encore être chauve.

Le courrier du jour s'amoncelait sur la table. Il était clair que Barbentane n'y avait pas touché. Qu'est-ce qu'il y comprenait d'ailleurs? Ah, s'il n'avait pas eu Simoneau! Il serra la main d'Adrien. Une cigarette? Merci. Lui fumait. Adrien, comme toujours, allait droit au fait. L'autre avait la tête ailleurs. C'est désagréable, ces gens qui ne vous écoutent pas.

« Voyons, Edmond, c'est sérieux... »

Barbentane eut l'air de chasser des nuages.

« Tu dis?... Excuse-moi... Je t'ai assez mal suivi...

— J'en ai peur... Si tu ne te donnes pas la peine de me comprendre, c'est à l'eau... Tu sais bien que Wisner ne marchera que si tu insistes... et le consortium suit ses petites idées... Il y a là ce clan Palmède...

— Oh, qu'est-ce que Palmède peut?

— Oui... Aveugle comme les autres. Tu sais bien qu'il a placé partout son gendre... à l'*Immobilière du XVIII*e, aux *Transports Provençaux*... D'ailleurs la question n'est pas là... Si le consortium n'accepte pas ma proposition, c'est un an de boulot à la dérive... De l'argent jeté. Ça crève le cœur.

— Tu es admirable... Ce n'est pas ton argent.

— C'est le tien, et il s'agit d'ailleurs de l'avenir. Nous avons fait le nécessaire à la Compagnie des Voitures. Les pompes sont installées. L'essence achetée. Mais si les autres compagnies n'acceptent pas le principe... il faut obtenir d'elles qu'elles imposent une fois de plus aux chauffeurs d'acheter l'essence dans leurs garages, comme nous le faisons... sans ça pas moyen d'obtenir que ça marche chez nous... Remarque, si seulement on y a pensé, leur intérêt est évident : toute cette essence qui se brûle à Paris, chaque jour, dans nos voitures... Pourquoi s'achèterait-elle chez n'importe qui, pas chez nous? C'est un bénéfice considérable qui leur passe sous le nez, et à nous aussi... Si le consortium consent, nous lui fournissons l'essence... Tu saisis? Nous gagnons par tous les bouts... Au fond, c'est le même système que notre association avec Wisner, pour l'usure des voitures... en rachetant les taxis chez lui nous gagnons sur les achats que nous faisons puisque nous sommes actionnaires des autos... Alors pour l'essence...

— Tu me fais tourner la tête... Mais qu'est-ce que Palmède vient faire là-dedans?

— C'est ce que je me tue à te dire. J'ai su par un homme très sûr, un petit courtier qui m'est dévoué, que Palmède rachète en sous-main près des portes de Paris des postes d'essence... Avenue Malakoff, avenue d'Orléans, la semaine dernière... Tu vois ça d'ici? Alors, il y a à craindre... »

Edmond ne l'écoutait plus. Il rêvait. Cet acharnement d'Adrien. Quelle vocation bizarre il avait, ce garçon. Il était presque gosse quand il avait organisé pour le chocolatier Barrel cette société de gymnastique pour ses ouvriers. Il avait été se jeter dans des entreprises singulières rien que par goût de commander... Si le père Arnaud ne s'était pas fait chiper à maquiller les prix dans son bazar de Sérianne-le-Vieux, pendant la guerre, Adrien aurait hérité des magasins, et tout ça se serait peut-être tassé. Mais, ruiné par son père, et sortant de la guerre comme de la vie normale pour laquelle il était fait, Arnaud arrivait à trente ans les dents longues... Qu'il était différent d'Edmond! Edmond le sentait. Lui, il avait été à l'argent, à la puissance, par le chemin qui lui était naturel, les femmes. Le plus rapide. Et une fois maître de la fortune, il n'avait plus qu'un souhait, qu'elle durât aussi longtemps que lui-même. Ce n'était pas que ses besoins fussent illimités : au fond ils vivaient, les Barbentane, sur un très petit pied, par rapport à ce qu'ils avaient. Quelle distance de l'hôtel du parc Monceau où régnait Quesnel à ce morceau d'immeuble à Passy où ils demeuraient! Et enfin, ils n'avaient pas des valets de pied en livrée... Six domestiques seulement. Naturellement il y avait les deux propriétés... Le pavillon près de Liesse n'était qu'un pavillon, mais avec les terres, la chasse..., cela ne comptait pas... Les propriétés, c'était la maison de Biarritz et celle qu'ils avaient fait construire sur un morceau de la propriété au cap d'Antibes, aujourd'hui à Carlotta, qui avait coûté plus qu'elle ne valait... Que ça dure, et c'est tout... S'il avait fallu *encore* travailler pour multiplier sa richesse! Ah zut! L'argent n'était qu'un moyen de ne plus avoir à penser à l'argent. Quand on avait atteint une certaine hauteur, on se trouvait dans un air plus pur. Inutile de replonger vers les profondeurs où l'argent se fait, par le travail mesquin des autres, de ceux qui n'ont pas pu s'élever. Sur les hauteurs, Edmond enfin avait acquis le droit aux sentiments humains, à la complexité des sentiments humains, plus embrouillés, plus extraordinaires que toutes les affaires de l'argent. Il s'y perdait, s'y débattait, s'en enivrait. Avec quelle horreur il songeait au passé, à son passé d'étudiant, quand il se demandait comment arriver propre chez des gens le soir, où une femme l'attendait, une femme avec des diamants... Et pas un sou pour le taxi. Aujourd'hui il était le maître de tous les taxis. Il n'en prenait plus d'ailleurs. Les petites gens n'ont pas le temps de connaître leur cœur. Ni le désir même. Ils sont prisonniers de petits calculs, d'obsessions sordides. Adrien était-il encore à ce stade? Il gagnait bien pourtant, et même il devait grappiller... Non, Adrien Arnaud resterait toujours comme ça, même arrivé... Il tenait de son père... Il voudrait avoir toujours plus, toujours plus... Il réinventerait l'argent au lieu de le flanquer par les fenêtres... Un drôle de rapace... Pas mal de sa personne... Il aurait pu faire un joli mariage...

« Pourquoi ne te maries-tu pas, Adrien?... »

L'autre parut au comble de l'exaspération, mais se refréna « Écoute, Edmond, écoute... je te parle de Palmède... et toi... »

Edmond rit doucement : « Alors, quoi, Palmède?

— Pour la troisième fois, je t'explique... »

Il recommençait par le menu. Au fond, c'étaient des gens comme ça qui faisaient les grandes affaires. J'ai eu raison de me l'attacher, — se dit Edmond. — Le tout, c'est qu'il ne travaille pas que pour lui, mais pour moi aussi. Entre les mains des uns les biens se dissipent, entre celles des autres ils se forment... Je suis de ceux qui transforment tout en nuées. Edmond aimait à penser cela. Il y trouvait sa justification. Le cynisme de ses jeunes années s'était amolli dans la fortune. Il aurait bien voulu s'intéresser aussi à cette histoire de postes d'essence. Mais il avait la tête à autre chose. Il se rappelait le vieux Quesnel, quand il l'avait connu. Comme il lui avait semblé bizarre parce que, pris dans la dualité de ses affaires et de sa vie privée, il paraissait parfois se perdre dans un troisième univers, alors fermé à Edmond. Le monde de la vraie richesse. Toute spirituelle. Edmond se rappelait toujours avec horreur cette anecdote qui est quelque part dans un livre de Charles-Louis Philippe, je crois : un mioche d'une famille de pauvres qu'on mène à la foire et qui meurt d'envie de monter sur les chevaux de bois, et il a les deux sous dans la main, que son père lui a donnés pour ça, mais il est si pauvre *en dedans* qu'il ne peut pas... Horrible histoire. Pour la richesse, c'est la même chose : on peut avoir de l'argent tant qu'on veut, le tout est d'être riche *en dedans*. Edmond était riche en dedans. Il pouvait s'abandonner. Se recréer d'autres malheurs. Il avait surmonté la malédiction divine : Tu gagneras ton pain à la sueur de ton front. Celui qui n'a pas ressenti cet orgueil, Dieu vaincu, même s'il ne croit pas en Dieu, celui-là n'est pas tout à fait un homme. « Entendu, Adrien. Tu me feras une petite note sur toute cette affaire, et tu la donneras à Simoneau... Je dirai ce qu'il faut au consortium... et que Palmède ne t'empêche pas de dormir! »

XIX

Après le départ d'Adrien, Edmond essaya bien de parcourir le courrier. Tout se brouillait. Trois fois il reprit la lettre des Assurances sociales avec lesquelles l'*Immobilière-Taxis* discutait d'un terrain au centre de Paris. Sa propre vie dansait devant ses yeux. Le passage de ce camarade d'enfance dans son bureau, peut-être, et aussi des pensées qu'il avait eues pendant le déjeuner, tout le poussait à une nostalgie incompatible avec les affaires. C'est probablement une chose décevante, anormale, pour un homme jeune, en pleine possession de son corps et de sa force, que d'avoir déjà atteint tout ce qu'il désirait, tout ce qu'il se savait capable de désirer. Il se souvenait de cette rage en lui, jadis, devant la richesse des autres, le luxe, les femmes, les bijoux. Il regrettait cette rage. Alors la violence de ses sentiments parfois l'étonnait. Elle l'emportait de façon si soudaine. Il se souvenait. Il se souvenait de cette femme dans sa chambre d'étudiant un soir, à l'hôtel, qui avait eu l'imprudence d'apporter ses diamants avec elle, et de l'impulsion qu'il avait ressenti, de cette chaleur qui lui était montée, de l'envie qu'il avait eue d'étrangler cette femme. A quoi cela tient-il que nous versions dans le crime?

Voyons, qu'est-ce que c'est que cette histoire?
Des difficultés avec le Conseil municipal de Paris...
« Simoneau! » Il sonna. La barbiche blanche, le nez
bourbonien, le crâne chauve, le ventre du secrétaire apparurent dans la porte. « Voyons, Simoneau, de quoi s'agit-il? »

Un instant, Barbentane s'est efforcé de suivre
les explications. Puis les choses ont repris un
caractère plus général. Les bâtons dans les roues
qu'on leur mettait à propos d'une autorisation de
construire, les servitudes invoquées par la Ville,
toute une procédure de précédents cachant le
pot de vin, la bataille de clans, la concurrence, se
réinscrivaient dans la rêverie montante d'Edmond
comme le filigrane du mensonge qui est au fond de
toute certitude. On croit avoir vaincu, posséder.
Tout le monde autour de vous en est persuadé,
vous êtes le maître. Puis, soi, soi-même, on commence à sentir profondément qu'il n'y a ni victoire ni possession. L'ennemi, l'adversaire, qui
n'est pas seulement ce personnage défini, cette
société qui a pignon sur rue, mais une puissance
philosophique, se réfugie au cœur même de sa
défaite. Il se reforme dans ce qu'on croyait dominer. Posséder... Quelle illusion! Les biens fondent
aux mains qui les tiennent. Mystère de l'or, des
terres, des femmes. C'est quand on croit tout à fait
tenir, que cela vous échappe... « Bien, Simoneau,
préparez la réponse comme vous le disiez... cela
m'a l'air très habile, très juste... Au fond, vous
auriez dû être un homme d'affaires... vous seriez
riche aujourd'hui... Je signerai... »

Il repoussa les lettres. Simoneau demeurait,
légèrement courbé, laissant passer l'éloge, attendant les ordres. Il y eut un silence. Edmond pensait à Blanchette avec une certaine irritation.
Avec les années passées, il sentait croître en elle
l'ennemi. Qui n'aurait pas ri de cette idée? Cette
femme si évidemment amoureuse de son mari, qui
avait tout vaincu pour être à lui et à lui seul...
Bien entendu. Mais l'ennemi grandissait en elle.

Il y avait les enfants, il y avait la vie. Il y avait
même la vertu. Sur ce point, on peut se tromper.
C'est le propre des maris de ne rien voir... Je suis
assez peu mari en cela : « Simoneau!

— Monsieur?

— Voulez-vous me rendre un service? Appelez
chez moi au téléphone... Oui, je vous prie... Ne
dites pas que c'est moi... Demandez si Mme Barbentane est chez elle...

— Mais, monsieur, si on me demande...

— Répondez que je suis sorti il y a une demi-
heure et que vous me cherchez... »

Simoneau n'essaya pas de comprendre. Cela ne
le regardait pas. D'ailleurs, Mme Barbentane
n'était pas chez elle. Elle était sortie tout de suite
après Monsieur... Il congédia Simoneau.

Qu'est-ce que cela prouvait? Ça ne cherchait
d'ailleurs à rien prouver. Il pensa à d'autres
femmes, à toutes les autres femmes. Ces heures
de l'après-midi sont lourdes. Si cela avait été le
printemps, il se serait promené sur les boulevards.
Il imagina vaguement des maisons qu'il connaissait, l'atmosphère chaude des couloirs, les femmes
qu'on y trouvait. Il laissa flotter un peu son
esprit, hésitant des Ternes à Montmartre, du
quartier de Lorette au Palais-Royal. A côté de la
Madeleine... Il savait encore être aimé pour lui-
même. Nulle part la démonstration n'en était
plus certaine, et il se formulait la chose : *plus
élégante*, que là même où, l'amour n'étant pas en
jeu, il renaissait comme une surprise. Le seul
hommage certain qu'un homme puisse recevoir
vient de la prostituée qui refuse l'argent. Cela,
c'est clair.

Quand il fut dans sa voiture, après la manœuvre
difficile pour sortir de cette fichue rue Pillet-Will,
toujours si encombrée, il ne sut plus trop de quel
côté tourner. Il faisait froid et sombre, les réverbères s'allumaient. Il piqua vers l'Opéra, par la
rue Lafayette, comme on se laisse aller sur une
pente. Il suivait celles de ses pensées qui au

passage s'étaient accrochées à une devanture de tableaux modernes et de là l'avaient ramené à Paul Denis. Qu'est-ce qu'elle avait besoin, cette pètite sotte de Bérénice, de traînailler avec ce garçon? C'est son affaire, bien sûr. Mais cette bohème-là... Ils adorent le scandale. S'ils peuvent compromettre une femme, c'est pour eux une aubaine. Évidemment Lucien n'en saurait rien, il était trop loin, mais il y a de ces hasards... Avec ça que quand un Paul Denis quelconque s'avise de croire qu'il s'agit du grand amour... Les imbéciles...

Il avait été surtout guidé par les encombrements. Il les évitait, sans trop savoir où il allait. Il se trouva rue des Belles-Feuilles. Il arrêta sa voiture devant la maison de Mary de Perseval, assez surpris de son inconscience : « J'ai besoin de me faire psychanalyser! » murmura-t-il, assez ironiquement. Il s'assura qu'il n'y avait pas d'erreur, et que ce n'était pas du tout un revenez-y. Bon, je vais lui dire de faire attention à son poète. C'est pure charité de ma part. Elle vieillit, cette brave Mary.

XX

Il y avait du monde chez Mme de Perseval. Dès l'entrée, Edmond entendit le piano. Paul Denis entraînait dans des variations un thème de Manuel de Falla et les airs de *Phi-Phi*. On avait allumé les lampes, mais quelque chose de l'atmosphère disait que les gens avaient été là en plein jour et ne s'étaient que tardivement résignés à l'artificiel des lumières. On avait beaucoup fumé. Il y avait des verres sur les tables, une espèce d'intimité, où Barbentane se sentit vivement, et tout de suite, un intrus. On ne l'attendait pas. Il

tombait dans des conversations que les gens voulaient poursuivre, avec des histoires ébauchées,
abandonnées pour une digression, une autre, et
qu'on reprenait tout de même à cause de plusieurs
heures de complicité, et un étranger soudain
dérangeait tout...

Il n'y avait pas tant de monde que ça. A part le
pianiste, trois personnes : Mary, Bérénice, et le
peintre Zamora. Ils se tournèrent vers Edmond
qui entrait, Zamora s'arrêta au milieu d'une
phrase, Paul Denis continua de jouer en se dres-
sant pour voir qui c'était, et Bérénice se leva d'un
bond pour embrasser son cousin.

« Ah, Edmond, Edmond, quelle journée délicieuse j'ai passée! Imagine-toi... ce matin avec
M. Denis, qui m'a menée chez Picasso... oui, chez
Picasso... J'ai vu ses tableaux, son drôle d'appartement... et quel homme charmant! Et puis Paul
m'a ramenée à déjeuner chez Mme de Perseval...

— Dites donc Mary —, dit Mary.

— ...Chez Mary (et ceci avec la plus adorable
mimique de Bérénice la main sur l'épaule de son
cousin, qui se tournait à demi pour désigner les
gens dont elle parlait, comme si elle les présentait)... et chez Mary, qui a bien voulu de moi, il y
avait M. Zamora, qui raconte les histoires, mais
qui raconte les histoires! Je n'ai jamais entendu
quelqu'un raconter comme ça les histoires!

— Eh bien, je vois que nous nous en payons,
— dit Edmond en baisant la main de la maîtresse
de maison. — Comment trouvez-vous ma petite
cousine? (Ceci s'adressait à Zamora).

— Mme Morel et moi, nous faisons déjà une
paire d'amis. Une paire à trois... » Cette galanterie
était destinée à Mme de Perseval, et s'accompagnait du plus espagnol des pétillements dans les
yeux noirs du petit homme bedonnant. Il avait
des gestes de main d'un autre siècle, et de petits
rires qui se moquaient de lui-même, de ce qu'il
venait de dire, et de son interlocuteur, qui jetaient
le doute sur toute chose.

« A quatre! — cria Paul Denis de son tabouret.

« Tiens, — dit Mary, — vous êtes toujours là, vous? Je vous croyais dans vos croches...

— Et la jalousie, Mary, qu'est-ce que vous en faites?

— Il est jaloux, — s'exclama Zamora, — et de qui?

— Tu sais, — confiait Bérénice à son cousin, — M. Zamora veut faire mon portrait...

— Ton portrait? Habillée en carburateur? Je serais toi, je ne serais pas tranquille...

— Vous êtes bête, Edmond, — protesta Mary, — vous n'avez pas vu les têtes de femme que fait Zamora peut-être...

— Si, si. Mais seulement les Bretonnes, je crois...

— Vous ne croyez pas si bien dire, cher monsieur, — dit Zamora, mi-figue mi-raisin. — Mme Morel a une singulière construction du crâne. Elle est très suffisamment bretonne pour moi. Et puis mon époque bretonne commence à tirer en longueur... J'ai une exposition ces jours-ci. J'espère que vous viendrez au vernissage... »

Ça, Bérénice était ravie qu'on fît son portrait. Et de l'attention que lui donnait le peintre. Elle ne pouvait savoir qu'il voulait faire le portrait d'une femme qui avait été le matin même chez Picasso. Ni que s'il avait été si brillant dans la conversation, c'était pour lui faire oublier Picasso. Cela n'était pas tout à fait réussi.

« Oh, si tu voyais, si tu voyais ce qu'il a chez lui, Picasso!

— Oui, — dit Zamora, — un très joli Douanier Rousseau... »

Bérénice continua, sans percevoir ce trait de perfidie : « Des tableaux dans tous les coins... on retourne un arlequin, une guitare... tous plus merveilleux les uns que les autres... ces extraordinaires grosses femmes... Il y a un portrait inachevé, sa femme, je crois... »

A propos de portrait, Zamora expliqua qu'il

trouvait Mme Morel très intéressante parce qu'elle
avait des yeux volés, des yeux qui appartenaient
à un autre visage, et que par conséquent, quand il
la peindrait, il aurait deux modèles, celui qu'on
voit et celui qu'on ne voit pas; qu'il la peindrait
à la fois avec les yeux ouverts et les yeux fermés,
pour qu'on vît les deux êtres qui se battaient dans
son visage, comme un battement de paupières...

« Eh bien, ça va être mignon », murmura
Edmond entre haut et bas. Zamora l'amusait,
mais il n'aimait pas sa peinture. Paul Denis s'était
lassé de jouer l'*Othello* de Verdi pour prouver qu'il
était la jalousie incarnée, et aussi à l'adresse de
Zamora, qu'il connaissait bien.

« Racontez donc, cher ami, votre rencontre
avec Cocteau... » Ils échangèrent un coup d'œil
complice. Zamora était en excellents termes avec
Cocteau, ce n'était pas comme Paul Denis... mais
personne ne savait le déchirer comme lui, l'imiter... Bérénice riait de bon cœur Les enfants
aiment le guignol.

« Vous prendrez bien quelque chose, Edmond? »
Mme de Perseval l'entraînait vers la salle à
manger. Edmond fit mine de dire bonjour au
nègre de bois qui en gardait la porte, puis, quand
elle lui versa un whisky, il dit, montrant la collection de plastrons dont le mur était décoré : « Je
voulais toujours vous demander, ma chère
Mary... Comment faites-vous? Quand vos chemises sont sales, vous les nettoyez avec de la mie
de pain?

— Idiot! Elles s'enlèvent tout bêtement, et je
les envoie à la blanchisseuse... J'en ai deux jeux.
Ma salle à manger change de chemise comme
vous... »

Il prit de la glace : « Dites, Mary... vous devriez
faire attention... Paul Denis et ma cousine Bérénice...

— Quoi? Vous déménagez.

— Enfin des jeunes gens comme ça... qui
passent toute la journée ensemble...

— Chez Picasso, mon cher... et puis il n'a rien eu de plus pressé que de me l'amener... elle grillait d'envie de connaître Zamora...

— Celui-là et ses Bretonnes... Pourquoi des Bretonnes... quand on est Espagnol au surplus!

— Vous ne vous demandez pas pourquoi Gauguin a peint des Tahitiennes? Et des Bretonnes du reste.

— Gauguin, Gauguin... A votre place, je ne serais pas rassuré.

— Mon cher, Paul Denis est très content comme ça. Il n'est pas amoureux de moi. Mais je le flatte. Et puis il y a la maison, il vient déjeuner presque tous les jours, je le mène au théâtre... Pourvu que je ne le contredise pas quand il dit que Jean-Frédéric Sicre a du génie... Il n'a pas un tempérament démoniaque... comme vous... (Petit salut d'Edmond.) Au fait, qu'est-ce qui me vaut l'honneur de votre visite?

— Mary, je voulais vous parler... mais vous avez de ces associations d'idées!

— Je vous connais, beau masque! Rien de sérieux?

— Enfin... rien... et puis...

— Vous êtes bizarre, ces temps-ci. Vous dirai-je que je ne comprends pas très bien ce qui vous prend avec votre petite cousine (elle est charmante vraiment)... Vous lui cherchez des amants et puis vous la surveillez... cette arrivée à l'improviste... vos remarques sur Paul Denis...

— Ce que je vous en dis, c'est pour vous. Et puis, est-ce que je savais que Bérénice était chez vous?

— Tutt tutt... Votre sollicitude me touche, mon cher, mais je n'y crois pas... Ce qui me gêne avec vous, Edmond, c'est que je me demande à quoi vous avez la tête cette saison... Chut, ne m'interrompez pas! Je vous connais! Toujours quelque femme sous roche. Glissant comme une anguille... et puis on vous rencontre... vous disparaissez... enfin, vous êtes comme un homme qui a une liaison... quand vous mentez, c'est qu'il y a à mentir... Tandis que depuis quelque temps...

— Eh bien, quoi, depuis quelque temps?

— Vous mentez pour des raisons incompréhensibles. Si, si. Comme vous respirez. Et ce n'est pas pour sauver l'honneur d'une dame, ou dissimuler l'emploi de votre temps... On ne vous voit pas là où vous ne devriez pas être... Vous avez subitement l'air d'un homme marié... Sincèrement, mon cher, vous m'inquiétez...

— Riez bien, mauvaise langue. Je suis naturellement un homme marié.

— Et qui ne trompe pas sa femme?

— Et qui ne trompe pas sa femme.

— C'est à moi que vous venez raconter ça? Depuis quand lui êtes-vous fidèle? Huit jours... quinze jours... plus? pas possible! Mais qu'est-ce qui vous prend? Amoureux de votre femme? How smart!

— Non, Mary, je ne suis pas amoureux de ma femme... J'en suis jaloux, c'est bien pire... »

La foudre n'aurait pas fait plus d'effet entre les plastrons de la salle à manger. Mme de Perseval regarda Barbentane avec stupeur : « Écoutez, mon ami, vous êtes timbré! Jaloux de Blanchette? Cette sainte? Et cette sainte qui crève doucement d'amour pour vous? Vous avez perdu la boule. Taisez-vous. Je sais ce que je dis. Je ne réponds ni de vous ni de moi. Mais de Blanchette! Ça!

— Oui, je me dis aussi que c'est insensé. Mais c'est ainsi. Je la sens qui m'échappe. Je ne sais pas ce qui se passe en elle. Vous comprenez, c'est comme si j'étais attaqué au cœur même de ma tranquillité. Notre vie est basée sur des choses qu'on ne remet jamais en question. Mes rapports avec Blanchette... »

Mary le regardait avec ahurissement. Elle lui mit la main sur le front comme pour voir comiquement s'il avait la fièvre. « Edmond, si vous êtes dans votre bon sens, c'est que vous cherchez

à me cacher quelque chose avec cette histoire mal
inventée... Tiens, que devient Mme Morel dans
cette histoire? Vous n'êtes pourtant pas amoureux d'elle... vous vous employez au profit de
M. Leurtillois... Vous devenez trop compliqué
pour moi.

— A propos de Leurtillois, Mary, vous jouez
un double jeu avec moi... Je vous demande de
m'aider, que faites-vous? Vous vous jetez à la
tête d'Aurélien... Je n'ai pas de mauvais yeux,
moi non plus...

— Et s'il me plaît à moi, votre Aurélien?
D'ailleurs rassurez-vous, c'est déjà fini, de son
côté...

— A la fin, qu'est-ce que vous lui trouvez donc
toutes à ce garçon? »

Il avait dit cela avec une telle brusquerie, une
telle fureur que les choses s'éclairèrent soudain
pour Mme de Perseval : « Ah! — dit-elle, — je
vois ça : c'est d'Aurélien que vous êtes jaloux... »

Il haussa les épaules : « Qu'est-ce qui vous fait
dire cette stupidité? Vous savez bien ce que c'est,
nous autres hommes, nous ne pouvons jamais
comprendre ce qui fait le succès d'un autre... »

Paul Denis parut sur le pas de la porte, les
sourcils froncés : « Dites donc, vous deux, ça
commence à devenir scandaleux, vos messes
basses! Vous oubliez que vous avez une cousine,
monsieur Barbentane... Elle voudrait que vous la
rameniez chez elle... »

XXI

Il tombait une neige fondue sur le pavé gras et
sale. Aurélien arrêta sa voiture en haut de la rue
Oberkampf, presque aux boulevards extérieurs.
Cette partie de Paris, avec son petit négoce

délabre, la tristesse des étalages, les maisons
lépreuses, déshonorées par des réclames si vieilles
qu'on ne les voit plus, est un serrement de cœur
pour les hommes qui ont l'habitude des quartiers
de l'ouest, du cœur élégant de la capitale. Elle
n'a pas le romantisme du Marais, les souvenirs
historiques du quartier Saint-Honoré, le lyrisme
de la place des Victoires. Il n'y a rien pour y sauver la rêverie. Rien n'est ici le monument de
quelque chose : pourtant il a dû s'y passer des
événements, dans les convulsions de la ville et de
l'histoire. Mais, comme on ne se souvient que de
ce qui est arrivé aux grandes familles, ces rues
populaires n'ont rien gardé pour la légende. Ou si
elles portent un secret, c'est bien enfoui, bien
perdu. Enfin, c'est à d'autres gens que cela fait
battre le cœur.

La piscine municipale s'ouvrait au fond d'un
boyau noir où sommeillaient au soir encore les
poubelles. Il y avait alors très peu de piscines à
Paris. Les Tourelles n'avaient pas encore ouvert.
A part la rue de Chazel et le Claridge, il n'existait
que quelques piscines dans les quartiers populeux.
Si petit que fût l'espace, Aurélien préférait encore
celles-ci aux cuvettes pour gens chic qui lui étaient
toujours suspectes pour la propreté. Ici, un écriteau : *Passer sous la douche avant d'entrer dans
l'eau*, édictait une loi implacable qui n'eût pu
s'imposer à ce public qu'on supposait posséder
des salles de bains. L'étroit balcon entouré de
cabines de bois peint rouille ruisselait d'hommes
qui s'ils venaient ici le faisaient par goût de la
nage et du bain, et pas pour des affaires conti-
nuées au bar en peignoir, avec des femmes far-
dées, des messieurs équivoques, des colliers de
perles et des maillots américains. Ce public-ci, à
part un ou deux gros hommes qui avaient
emprunté à la caisse des maillots rayés, se baignait
muni du petit caleçon blanc ou du simple cache-
sexe qu'on vous donnait à l'entrée. C'était un
boyau d'eau verte, assez propre, bien éclairé,

faisant sur le côté un coude avec une branche latérale pour le petit bain, où allaient les enfants et les
gens qui ne savent pas nager. L'eau était légèrement chauffée et cela faisait un peu de buée en
l'air. Le maître nageur aux cheveux ras, un type
roux, carré d'épaules, aux muscles longs dessinés,
et du poil sur la poitrine, la gueule camuse, traînant ses sandales de bois, surveillait les plongeurs
qui éclaboussaient l'air. Il y avait une dizaine de
nageurs, à part ceux qui se reposaient devant les
cabines, qui debout, qui assis à terre, les genoux
dans les bras. La jeunesse du quartier sortant des
ateliers, des usines. Des garçons solides, turbu-
lents, rigoleurs, des petits, des gros, des grands.
Les cheveux mouillés qui retombaient dans les
yeux. D'autres avec un élastique pour les tenir.
Les plongeurs avec le bonnet. Bruns et blonds,
rendus pareils par l'eau, et ne commençant à se
diversifier que lorsqu'ils remontaient aux échelles
de fer. Visages de la santé, plaisamment vulgaires,
encore peu marqués par la vie. Les dents souvent
gâtées pourtant, et des cicatrices aux bras, aux
mains, des doigts manquants, ou privés d'une
phalange. Le détail touchait à la misère, mais au
coup d'œil d'ensemble on ne voyait que la force
et l'agilité.

Aurélien, dans la cabine étroite, avec ses grands
bras, ses longues jambes, se déshabilla maladroite-
ment, comme toujours ne sachant trop où pendre
les choses, gêné à l'idée de son portefeuille, à cause
de la petite mention : *La maison n'est responsable
que des objets déposés à la caisse*... Comme si on
allait se faire remarquer à porter ça... D'ailleurs
ces gens-là sont honnêtes... toujours plus qu'au...
L'idiot, c'est d'avoir une perle dans sa cravate
quand on vient ici. Aurélien la piqua sous le revers
de son veston, bourra ses chaussettes dans les
souliers respectifs, pour les avoir ensemble en se
rhabillant, sans les chercher partout. Dans le petit
caleçon coulissant qui faisait des plis autour du
ventre, Aurélien se sentit plus nu que dans sa

nudité. Quand il poussa la porte et tira de sa boîte son anatomie osseuse où les muscles faisaient des cordes, il reluqua, désapprobateur, les poils de ses jambes, vérifia d'un regard ses pieds légèrement marqués par les chaussures, et constata, de l'autre côté de la piscine, vis-à-vis, que les clients en général ne s'embarrassaient pas d'autant de pudeur que lui, et se déshabillaient la porte ouverte, bavardaient en liquette, s'essuyaient les pieds les fesses à l'air, etc. Il se sentit un peu honteux des mœurs hypocrites qu'il apportait avec lui d'un autre monde, de son manque de naturel. Il se compara aux autres avec une certaine timidité. A part deux bonshommes assez épais et déjà chauves, il était parmi les aînés. Ce n'était pas la première fois qu'il se trouvait ici, il y était venu l'avant-veille encore, mais il y retrouvait toujours ce dépaysement secret, cet anonymat social qui lui plaisait, et qui réchauffait en lui certains sentiments endormis, liés à la guerre. Alors aussi, parfois, il avait éprouvé parmi les hommes ce plaisir, ce contentement qu'il retrouvait à cette heure : d'être, sans que personne s'en aperçût, introduit là où il n'avait pas le droit de se trouver, de ne pas se distinguer de ces gens d'habitude lointains, mystérieux, interdits... La nudité rétablissait le miracle de l'uniforme. Il sentait ce qu'à rebours on imagine qu'un homme du peuple pourrait ressentir, brusquement transporté dans une société choisie, élégante, riche, éblouissante... Dire qu'il avait pensé cela à Verdun! Ce n'était pas affaire que d'uniforme : là-bas il y avait la terre comme ici il y avait l'eau.

L'eau. Il passa sous la douche. Les pieds sur le grillage où nageait un bout de savon. On ne sait jamais régler ces trucs-là du premier coup, on se brûle, on se glace. Le maître nageur le guignait du coin de l'œil. Aurélien se frotta consciencieusement. L'eau... Sous la pluie cinglante devenue d'une température égale, il écoutait la chanson de l'eau. Pourquoi tout ce qui touchait à l'eau avait-il donc pour lui ce charme prenant, cette poésie? L'eau...

Il plongea. Il aimait ouvrir les yeux sous l'eau, et déplongeant, repiquer entre deux eaux, comme un dauphin. C'est inouï en plein Paris, la caresse, l'enveloppement de l'eau. L'eau. L'eau. Il lui en était entré dans les oreilles, il la chassa. Merveille de la solitude : ici, dans cette grenouillère, avec les cris de deux gosses qui se poursuivaient et s'attrapaient par les pieds, par la tête, il se sentait vraiment, totalement seul, plus que dans cet appartement à la pointe de l'île, quand il ouvrait sa fenêtre sur les arbres, le fleuve, et la hantise des noyés qui passent dans la Seine. Il fit longuement la planche, se guidant du mouvement seul des jambes, tournant d'un coup de rein quand il arrivait au bout de ce jardin vert de la solitude. Il se donnait en fermant à demi les yeux l'illusion de l'immensité.

L'autre fois, il était venu se jeter à cette eau tiède pour y fuir l'image de Bérénice, mais il l'y avait retrouvée, attachante, imperdable. Il s'était abandonné à elle, vaincu. Bérénice mêlée à la caresse de l'eau, à la souplesse de la nage, à cette intimité solitaire de son corps nu, à cette paresse jointe à l'effort, à toute la merveille de la rêverie et du mouvement. Cette fois, il était revenu avec l'idée de la retrouver, une Bérénice plus vraie que celle qui se promenait avec Paul Denis, une Bérénice avec laquelle il avait ici rendez-vous. Très vite, il éprouva sa présence, son entière présence dans le songe. Il se retourna, nageant, comme on fait dans un lit dormant avec une femme; et dans cet enroulement d'un corps d'homme et d'une image, elle le suivit comme fait la femme, inconsciente, qui épouse la courbe du dormeur. Cette imagination de Bérénice, et non plus seulement du visage, du visage aux yeux fermés qu'il aimait tant, plus réel que l'autre, mais de Bérénice entière l'enivrait dans sa force, lui donnait le goût de la dépense musculaire, et il nagea le crawl avec vio-

lence, sans ménagement, évitant de justesse ses
compagnons de baignade. Qu'y a-t-il de mal à ce
qu'un homme jeune qui pense à une jeune femme
l'imagine tout entière, et nue comme il est lui-
même? Rien sans doute. Pourtant Aurélien en
était brûlé, et seule la vitesse de la nage lui permettait de ne pas se reprocher de le faire.

Pour aller plus vite, il essaya d'une brasse qu'on
lui avait montrée à Salonique... puis, dans une
heureuse fatigue, se laissa aller soudain, détendu,
et comme une épave flottante s'accrocha à la
rampe d'un escalier de fer. De l'eau dans les yeux,
dans le nez. Il s'ébroua. « Qu'est-ce que c'est que
cette nage-là, mon pote? » dit une voix au-dessus
de lui : un type dans les vingt-quatre ans, debout
sur l'escalier, les mains sur les hanches. Un gaillard, pas très grand, mais bien planté. Des pattes
velues, un thorax imberbe, les bras et les épaules
d'un homme qui aurait eu la tête de plus. Les
mains, des battoirs. La gueule sympathique,
rieuse, sous des cheveux blonds encore enduits de
brillantine, le nez court, épaté, une bouche un peu
de traviole, une mâchoire d'équilibriste avec, aux
joues, des muscles saillants et rayés. Un tatouage
bleu et rose, assez effacé, au bras gauche, une rose
des vents : « Je te regardais faire... — reprit-il.
— Qu'est-ce que tu tricotes avec les pieds? J'ai
pas très bien saisi... »

Aurélien souffla un peu, et expliqua : « C'est
une nage grecque... On m'a appris ça à Salonique,
pendant la guerre...

— Ah... tu étais à l'armée d'Orient? Moi je suis
de la classe 18... on est arrivé en ligne...
bonsoir... trois jours après plus de pastis... on n'a
pas demandé son reste! Tu veux me montrer, dis?
ton trucmuche...

— Volontiers. »

Il fit sa démonstration. Lui-même, il ne savait
plus trop ce qu'il fabriquait avec ses pieds. Il
essaya de décomposer le mouvement. Tout d'un
coup, il sentit que l'autre était à ses côtés qui

l'avait rejoint dans l'eau. « Comme ça, hein?...
Non?... Tu passes le bras par-dessus la tête? Et
puis après... Ah, j'ai pigé... On va vite... » Les voilà
liés. Ils nagent de conserve : « Attention, ton
souffle... dit Aurélien. — Eh bien quoi? — Tu
places mal ton souffle... — T'en fais pas pour
Riquet!... Mon souffle... Tu me verrais sur cent
mètres... » Ils font la course. Riquet... c'est Henri
qu'il s'appelle... « Et toi? » a-t-il demandé... Aurélien sait que son nom soulève des histoires, il a dit
Roger, ce qui est son second nom à l'état civil, et
va pour Roger... Donc Riquet est certainement
plus entraîné que Roger. Mais il n'a jamais eu de
maître véritable, il n'a pas de style. C'est dommage, il pourrait faire un vrai nageur. « Ce n'est
pas mon cas, — dit Aurélien. — Je me suis beaucoup perdu. Je nage tous les trente-six du mois...
— Et puis tu commences à dater », dit l'autre
sans méchanceté, en rigolant bien.

Riquet est ajusteur-monteur dans une usine
près des Buttes-Chaumont. « Et toi? Tu es du
quartier? » Roger répond évasivement. Il ne peut
pas dire qu'il ne fout rien, qu'il a une voiture à la
porte, ce serait la malédiction qui lui retomberait
dessus. Il avoue seulement : « Non, j'habite près
de l'Hôtel de Ville... »

Tout de même, il place mal son souffle, Riquet.
« Écoute, tu devrais faire comme je te dis... tiens,
regarde...

— Ah mince... tu l'es bassin... on t'a pas
attendu pour faire la baleine... » Et en matière
d'illustration, il saute hors de l'eau comme un
phoque : le saut périlleux à la renverse... « Tu
sais-t-il faire ça, avec ton souffle, eh, Roger? »

Ils ont eu tout de suite cette camaraderie que
donne le même effort partagé, la compétition. Ils
s'asseyent un moment sur le bord du balcon, les
jambes pendantes. Riquet commence à se raconter. Il est du Havre. Il travaillait déjà à douze ans.
Au port. C'est comme ça qu'il a commencé à
nager. Il adore ça. A Paris, alors, c'est pas com-

mode. Avec ça, qu'on est claqué en sortant de l'usine. Tout de même... Il a pris part à des compétitions... « Oh, je ne suis pas un champion, les champes, il faut qu'on les ait poussés... mais tout le monde n'a pas besoin d'être un champion, pas vrai? Dans les coupes, il y en a des tas, des mectons qui font la foule... Il en faut, pas? Ça, c'est mon genre... Je sais bien que j'arriverai derrière, avec le gros... mais ça fait rien, on se débrouille... et puis si on n'était pas là... eh bien, les champes, ils se laisseraient aller, pas vrai? » Quand il rigole, il fronce le nez, ce nez trop court, et les joues deviennent dures comme des balles.

« Ah, — dit-il, — au printemps, il y a la Seine... Port-à-l'Anglais... Tu n'as jamais été à Port-à-l'Anglais... C'est avant Paris, ça fait qu'on se dit que c'est plus propre... Tu prends le tram... »

Finalement, Riquet que ça travaille a décidé son nouveau copain à faire un cent mètres. « La piscine a douze mètres... alors, sept fois... huit fois... ça fait quatre-vingt-seize, pas d'erreur... autant dire cent... quatre fois aller et retour. Tu y es? ».

Malgré son style, Aurélien s'est fait battre. Riquet est tout heureux. « C'est pas tout ça... Ma femme m'attend... » Ce gosse a une femme. « On est pas marida... tu piges... mais c'est ma femme... Allez, rhabille-toi, je t'offre un verre en face... A la Chope du Clair de Lune... »

Dans sa cabine, Aurélien fait son nœud de cravate. Il sait bien que tout est du faux-semblant. Sa vie. La piscine. Riquet. La guerre. La Chope du Clair de Lune... le drôle de nom... Tout ça, ce sont des raisons qu'on se donne, des contretemps qu'on s'invente. Plus il se détournera de Bérénice, et plus elle reviendra, vivante, triomphante...

Quand Riquet a revu son nouvel ami habillé, lui qui avait son vieux pantalon rayé, tout esquinté, et une veste bleue, et la casquette, il a fait entendre un sifflement. Désappointé. « Moi qui t'offrais... qui vous offrais à boire! » Il n'en revient pas de la gaffe. Il lui dira *vous* maintenant, on ne l'en fera pas démordre. Il y a quelque chose de cassé. Enfin, parce qu'il ne sait plus comment s'en sortir, il se laisse tout de même traîner à la Chope du Clair de Lune, qui s'appelle plus précisément *Brasserie de la Chope du Clair de Lune*. Un café pâle comme son nom. Presque désert. C'est haut, ça fait vide. Au comptoir, un byrrh à l'eau... Riquet louche sur les fringues de son compagnon : « Alors on est capitaliste?... » Dit comme ça, ça a l'air moins grave. Oui. Pas vraiment? Si vraiment... « Et à quoi vous travaillez? » Voilà le difficile à expliquer. S'il lui dit qu'il ne fait rien... Ça le dégoûte de mentir : « Je vis de mes rentes... » Ça a eu un effet absolument inattendu. Un effet de comique nerveux qui ne s'arrête plus. Il en pleurerait de rire, Riquet. Rentier! Monsieur est rentier! Puis il se rappelle que ce rentier lui paye un verre. Il s'excuse, il devient la politesse même, il boit son verre d'un air appréciatif, pour faire honneur. Il reparle de la nage. De cette nage turque... non : grecque, que Monsieur m'a montrée... « Ah bien, Riquet, si tu m'appelles Monsieur parce qu'on s'est fringué... tu ne me tutoies déjà plus... » *Fringué* est clairement un mot dit pour se mettre à la portée de Riquet. Celui-ci le sent. Il dit que ce n'est pas parce qu'on s'est *rhabillé*, et il souligne de la voix le *rhabillé*, qu'il dit monsieur à Roger... et le nom de Roger tombe comme un raffinement d'amabilité, tandis qu'Aurélien en rougit un peu... mais s'il lui dit monsieur à Roger, c'est parce que Roger est un monsieur, voilà tout : on n'y peut rien, on est un monsieur ou on n'est pas un monsieur... Tout de même, intéressé, il retrouve le tutoiement pour lui dire : « Mais alors, explique un peu... Tu ne fais rien, rien du tout toute la journée?... Vrai?... A quoi alors tu passes ton temps? Moi, je ne pourrais pas. J'ai été chômeur... Il faut de la santé pour être chômeur toute la vie... »

Quand Aurélien reprend sa bagnole, après avoir

serré la main de Riquet, il se sent tout à fait mal à l'aise, malgré le plaisir du bain, le plaisir qui suit le bain et la nage. Il s'en va dans la nuit, et il ne remarque pas qu'il ne pense plus à Bérénice. A quoi songe-t-il au vrai? A un taillis de souvenirs et de hantises, à rien très précisément, mais tout est traversé comme d'une lueur blessante, un remords. Puis peu à peu, comme il redescend vers la Seine, les rêves reprennent le dessus, noient le monde, et Riquet, et de vieilles histoires d'enfance, et il entend la voix de Bérénice qui disait : « Quand j'étais petite, j'habitais une grande maison pleine de fantômes... »

XXII

Ah enfin! te voilà! Je t'ai attendu deux heures. Ça faisait trois fois que je revenais. La concierge m'a prise en pitié, elle m'a fait monter. »

En rentrant chez lui, Aurélien avait trouvé de la lumière, et sa sœur, assise, qui lisait *Vogue* comme chez le dentiste. Armandine Debrest était déjà toute prête à gronder son frère, comme s'il eût été encore un garnement qui se met en retard pour dîner. « Tu m'excuseras, — dit-il sur un ton assez sec, jetant son chapeau sur le lit, ses gants fauves, et il revint dans la première pièce, embrasser sa sœur distraitement. — Tu ne m'avais pas prévenu de ton arrivée...

— Évidemment. Je suis à Paris depuis ce matin, ton téléphone ne répondait pas, je suis venue, tu n'étais pas là, je suis revenue...

— Tu l'as déjà dit. La concierge t'a ouvert.

— Non, pas à la seconde fois. A la troisième. Je me demandais ce que tu pouvais faire.

— Je nageais...

— Par ce froid? Tu te payes ma tête?

— Je te jure sur tout ce que tu as de sacré que je ne fais pas cette folie! Je nageais tout simplement...

— Tu as toujours fait des plaisanteries que personne ne comprend. Tu crois te rendre intéressant.

— Tu es venue trois fois me relancer, exprès pour m'engueuler?

— Mon Dieu, Aurélien, quel vocabulaire! Je ne sais pas si c'est de l'armée d'Orient que tu as ramené ces manières...

— Qu'est-ce que j'ai dit? »

Il s'étonnait de bonne foi, tout d'un coup l'armée d'Orient lui revint sur le cœur et il ajouta : « Tout le monde ne pouvait pas être au ministère du Blocus... » Pan dans les gencives, pour son embusqué de beau-frère... Armandine haussa les épaules, ses belles épaules flamandes. Elle avait encore grossi, ma parole. Vraiment mal habillée. Elle dit sèchement : « Il fallait bien des gens dans les ministères, peut-être... »

Il ne poursuivit pas cette histoire. Il aurait bien dit : « Il en fallait aussi à l'armée d'Orient... » Mais il prenait du bois dans le coffre, un vieux journal, du margotin, et se mettait en devoir de faire une flambée. Armandine remarqua : « Du feu? Tu fais du feu? Tu as pourtant le chauffage central... » Il répondit sans se déranger, flambant l'allumette : « J'aime qu'il fasse chaud à en crever... et un feu de bois, ça fait gai...

— Tu ne te refuses rien », dit-elle. Repartir que non, il ne se refusait rien : où irait-on comme ça? Il méprisait assez sa sœur pour ne pas jouer ce jeu-là.

Armandine pinça ses lèvres sans rouge, et fit de ses yeux bleus une expression résignée. Elle avait, dans le visage rond et plein, une lenteur qui donnait à son frère par comparaison un air de vivacité surprenante : « Je ne voulais pas me défaire, — dit-elle, — mais puisque tu fais du feu... Après ça, je prendrais froid en sortant... »

Il l'aida à enlever son manteau de drap noir avec un col d'astrakan gris, et des poignets, des revers aux poches de la même frisure. Elle resta dans un tailleur souris, d'une correction à pleurer. Avec une chemisette tout ce qu'il y a de plus chemisette. « Et puis tant pis... j'ôte aussi mon chapeau ! » Aurélien s'empara de cette cloche de feutre noir qui faisait éteignoir sur les cheveux lisses, blonds, dégageant bien la nuque, et mal ramenés en arrière dans un chignon très simple d'où s'échappaient une ou deux mèches. Comme il emportait le tout dans sa chambre, elle haussa la voix, sa mauvaise humeur de l'attente sous les armes probablement dissipée : « C'est tout de même gentil chez toi... Le feu prend bien... Tu devrais rajouter une bûche tout de suite... pas trop grosse... »

Il connaissait ces sautes d'humeur, ces apaisements difficiles à suivre. Il lui fallait toujours deux ou trois répliques de plus qu'à elle, pour perdre ce ton d'aigreur qu'elle avait d'abord introduit.

— Tu ne me dis pas ce qui me vaut l'honneur de ta visite?

— J'étais à Paris... alors. Je suis venue, profitant de ce que Jacques était allé à Bruxelles pour affaires...

— Au fait, comment va-t-il, Jacques?

— Très bien, je te remercie. Un peu surmené. Les vacances de Noël ne seront pas un mal... Qu'est-ce que je disais? Oui... je voulais voir ma modiste, pas moyen de trouver des chapeaux à Lille, tu penses... et justement avec Noël qui approche, le Jour de l'An, j'avais des emplettes à faire... des cadeaux... les enfants...

— Et les petits vont bien, eux, je pense?

— Pierre et Raymond sont de vrais diables, mais Bébé a eu un petit rhume. .

— Rien de grave?

— Est-ce que je serais ici? J'ai couru les magasins, je suis morte. C'est tellement difficile, les jouets. On en fait de tout nouveaux, comme nous n'en avons jamais eu, nous autres, et je ne sais pas si ça les amusera. Avec cela, la qualité des jouets se perd : c'est tout carton, les couleurs sont vilaines, on croirait que c'est fait plutôt pour les grandes personnes... enfin j'étais pleine de doutes... j'ai couru des Galeries aux Trois Quartiers, au Louvre, au Bon Marché... Au Nain Bleu, rue Saint-Honoré... Il faudra que je retourne aux Trois Quartiers demain...

— Tu restes plusieurs jours à Paris?

— Oh non, je pars demain après-midi. Mais le matin je voudrais passer au cimetière... J'aurais volontiers fait un saut chez l'oncle Blaise... Je crains de ne pas avoir le temps. Comment va-t-il?

— Mais bien, je pense...

— Je pense? Tu ne le vois donc plus?

— Si... tu sais que je l'aime bien... mais enfin il y a une quinzaine, trois semaines...

— Oh, ce n'est pas le goût de la famille qui t'étouffe! Pour une fois, pourtant, puisque ce n'est pas *vraiment* la famille... »

Elle avait dit ça avec une agressivité réelle. Il haussa les épaules. Elle regardait autour d'elle. Ses yeux s'arrêtèrent sur un tableau assez confus, au mur.

« Tiens, tu as accroché cette machine? Je préfère l'oncle à sa peinture. Enfin ça fait une tache de couleur... Oui, c'est très agréable chez toi, au bout du compte. Bien qu'il y manque, qu'il y manque un je ne sais quoi d'un peu vivant... Toujours content de ta femme de ménage?

— Ravi...

— Allons, tant mieux... Mais ça ne remplace pas une femme!

— Tu viens, je parie, me faire connaître une candidature...

— Quel langage, Aurélien! Tu ne te décideras donc jamais? Non, par hasard, je n'ai personne dans ma manche pour l'instant. Mais je sais bien qu'il suffit que je te propose une jeune fille pour qu'elle ait le nez trop long, les pieds tordus, l'air bête.

— Pourquoi les choisis-tu si mal, aussi?

— Non, mon pauvre ami, je me suis faite à cette idée, tu choisiras ta femme toi-même. C'est très bien d'ailleurs. Jacques dit toujours : « Aurélien, il a l'esprit de contradiction, donnez-lui du sucre, il mettra du sel dans son café! »

— Comme Jacques me connaît! Où donc a-t-il pris ces leçons de psychologie? Au Blocus?

— Laisse donc Jacques tranquille! Tu m'asticotes toujours avec Jacques.

— Par exemple, c'est toi...

— Je parlais de ton mariage... tu as trente ans passés...

— A peine...

— Ne discute donc pas. Tu choisiras ta femme toi-même, mais tu ne devrais pas trop attendre... On se fait vieux garçon, et après ça, on a des manies, on ne s'en sort plus...

— Peut-être est-il déjà trop tard...

— Tu es ridicule, mon cher, tu es ridicule. Pourquoi ne veux-tu pas te marier?

— Je ne suis pas l'homme d'une seule femme...

— Qu'est-ce que cela fait? Tu crois que les hommes mariés ne se payent pas de temps en temps une petite fantaisie?

— Ah, pas possible? Alors Jacques...

— Laisse donc Jacques tranquille. Jacques, c'est autre chose. Mais enfin, le mariage n'est pas la même chose pour un homme que pour une femme. Il y a des accommodements... une femme intelligente ferme les yeux... c'est sans suites...

— La modiste est peut-être mauvaise à Lille, grande sœur, mais la morale! Mes compliments. Malheureusement, que veux-tu, je n'aime pas tromper, je préfère être libre...

— Libre, libre! Qu'est-ce que ça veut dire? Enfin, c'est par vertu que tu ne te maries pas!

— Peut-être... »

Ils s'étaient assis à côté du feu. Malgré le ton

persifleur d'Aurélien, ne l'avait-il pas appelée grande sœur, comme autrefois? Elle lui prit les deux mains :

« Tu nous caches quelque chose, Frérot... Ne dis pas non... Est-ce que c'est naturel qu'un homme comme toi, qui a eu tout le temps de s'amuser, de faire ses expériences, reste seul comme ça? Je parie que tu manges toujours dans ce sale petit restaurant...

— Aux Mariniers? On n'y mange pas mal du tout.

— Enfin, ce n'est pas chez soi... Tu avoueras que c'est un paradoxe que ce soit moi qui sois là à te pousser à faire une fin...

— Jolie expression, comme tu dirais si bien...

— Ne nous attachons pas aux mots. Tu devrais me dire merci de ne pas chercher à te garder célibataire...

— Pourquoi ça par exemple?

— Mais voyons, et mes intérêts? J'ai des enfants... Un jour viendra, fatalement, où nous serons habitués, Jacques et moi, à considérer que tu ne te marieras pas... fatalement, à la longue... alors si tout à coup tu te mets en tête d'épouser une demoiselle, eh bien, nous verrons ça d'un mauvais œil, mon garçon! Je n'en suis pas encore là, mais ce sera de ta faute... Ne nous y pousse pas... J'ai des enfants... »

Aurélien riait doucement.

« Il n'y a là rien de drôle, mon garçon, rien de drôle. C'est comme ça que les querelles entrent dans les familles. Et nous sommes les deux derniers Leurtillois. C'est toi qui portes le nom de notre père...

— Sur ce chapitre...

— Ne m'interromps pas! Remarque, nous savons très bien, Jacques et moi, que tu as abandonné ton droit, le cabinet de Me Bergette... Nous ne t'en avons jamais fait aucun reproche, nous te laissons maître de ta vie... bien qu'enfin, ce soit préoccupant, l'argent ne garde pas toujours sa

valeur... il y a les maladies... les guerres... pas de
sitôt sans doute... mais sait-on jamais?

— Et alors?

— Alors il est naturel de souhaiter que les siens
prospèrent... tu me le concéderas... Tu aurais pu
te faire une situation, accroître ta fortune... Même
si tu ne te maries pas... Par considération pour tes
neveux... Mais enfin, je te l'ai dit, nous ne sommes
pas de ces familles directement intéressées...
Qu'est-ce que tu veux, c'est anormal de vivre
comme tu vis, un homme solide, bien portant...
seul... qui ne fait rien, que flâner... Tout le monde
travaille... Si ton beau-frère était comme toi! Il
le dit, Jacques : il ne te comprend pas... Moi non
plus, du reste : à quoi passes-tu tes journées? Il
faut bien travailler... »

Aurélien, qui avait pris son parti de laisser parler sa sœur, la regarda soudain, avec étonnement.
Il murmura : « C'est singulier... tu dis la même
chose que Riquet...

— Riquet?

— Oui, enfin... Un ami...

— Tu vois, tu vois, les gens te le disent! On
pense comme nous. Tout le monde pense comme
nous. M. Riquet a raison. Un véritable ami doit
dire ces choses-là... »

Aurélien chassa de la main toute sorte de
mouches imaginaires. Tout demandait trop
d'explications. Cependant il dit : « Travailler...
vous avez peut-être raison, et M. Riquet comme
tu dis, a sûrement raison... Seulement à quoi? Si
je devais gagner ma vie, si je n'avais rien, mais
rien du tout, je regarderais le problème bien
différemment... Il y aurait toute espèce de travaux que j'envisagerais, peut-être sans joie, mais
enfin comme un devoir... un devoir d'homme...
J'aurais été élevé pour cela... Des travaux qui
méritent leur nom... Je *ferais* quelque chose... Une
de ces choses qu'un homme de notre monde, de
notre fortune, n'entreprendrait pas, parce que ce
n'est pas drôle, que de gaieté de cœur... et d'ail-

leurs je vois d'ici votre tête, à tous les deux Jacques... Mais qu'est-ce qui s'ouvrait à moi? Le droit, le Palais... Soyons sérieux, ce n'était qu'une façade, l'air de faire quelque chose...

— Tu aurais pu te faire une situation, et avec nos relations... tu avais de quoi t'établir...

— Tiens, en deux mots, tu y es! Nos relations, avoir de quoi... Tu ne me comprendrais pas. Parlons d'autre chose.

— Si le Palais ne te disait rien, tu pouvais rentrer dans les affaires... avec Jacques... à l'usine... ou quelque chose à côté...

— Dire que vous appelez ça travailler! J'aimerais mieux me couper la main droite...

— A la fin, tu me fâches. Tu n'es pas d'une autre pâte que les autres. Ce qui est assez bon pour Jacques...

— Laissons Jacques, veux-tu... J'ai fait huit ans de service, tu sais... j'ai vécu dans un monde dont ni toi ni Jacques ne vous faites la plus petite idée... La guerre...

— Allons, bon, tu vas encore accuser mon mari de s'être fait embusquer! J'en ai assez.

— Je ne l'accuse pas. Mais, vois-tu, Armandine, quand je pense à tous ces garçons, mes camarades, ceux avec qui on s'est fait casser la gueule, dans la boue, dans la saloperie... Non, que veux-tu, il y a des choses qui sont possibles à Jacques, et que je ne peux pas faire... Je ne dis pas ça contre Jacques. J'ai peut-être tort...

— Ah, tu vois! Ça ne t'empêche d'ailleurs pas de te marier... »

Brusquement il se fâcha. Cette insistance de goutte d'eau. Il voulut en finir. Il y eut un grouillement d'images, de pensées ébauchées dans sa tête. Trop de choses qu'il voulait dire, sans pouvoir, sans vouloir même les formuler. Il aurait fallu ouvrir la vie comme le ventre d'une poupée. Et qu'est-ce qu'Armandine y aurait compris? Toutes ces dernières années lui remontaient d'un coup, avec des silhouettes, des phrases, le souvenir des caresses fausses, les lassitudes, les quelques moments d'un bonheur négatif. Il chercha les mots irréparables qui auraient arrêté pour toujours ces discussions périodiquement reprises. Il se jeta à l'eau : « Je ne me marierai pas, — dit-il, — parce que je suis amoureux. »

Et la chose dite, il écouta descendre la pierre dans le puits. Bien droit, bien loin. Que lui importait maintenant Armandine, et le : « C'est donc ça! » qu'elle laissait échapper? Il était seul, seul dans la pièce et dans l'univers, il n'écoutait plus que cet abîme en lui, il n'écoutait plus que lui-même, le mot lâché, le mot immense et soudain... Il venait de choisir sa route, subitement. C'était sans appel. Il en avait décidé. L'amour. Ce serait donc l'amour. C'était l'amour. Un bouleversement total, une agitation intérieure. L'amour. L'étrange nouveauté de ce mot lui serrait le cœur. Il détourna la tête et regarda le feu. Le feu, les flammes. Des détails infimes de la bûche ardente, avec une frange de cendres blanches sur le bord grillé, l'intéressèrent au-delà de la raison. Et très doucement il retrouva le nom, puis le visage... Bérénice...

Pendant ce temps Armandine parlait d'abondance. Elle avait déjà fait le tour de la situation, examiné les possibilités. La première était qu'Aurélien épousât la femme qu'il aimait. Mais comme il ne semblait pas l'imaginer, c'était évidemment que c'était une de ces femmes qu'on n'épouse pas. Maintenant, Aurélien en était-il bien sûr? Armandine, et Jacques, étaient des gens très larges d'esprit, ils comprendraient, ils accepteraient, ils passeraient sur bien des choses, si c'était le bonheur d'Aurélien : « Seulement réfléchis bien, mon petit... Tu ne dis rien? Alors, c'est que c'est pire que je n'imaginais! Quel malheur! Voyons, voyons, il faut réfléchir! »

Elle allait et venait. Aurélien tisonnait la bûche. Soudain, Armandine se souvint de quelque chose qu'elle avait remarqué pendant sa longue attente.

Quelque chose qui avait poussé au mur depuis sa dernière visite. Elle leva le nez et regarda une nouvelle fois le masque de plâtre. Cette femme... Ça ne pouvait être qu'elle... « C'est elle, n'est-ce pas? » Il ne répondit pas. Elle répéta : « Cette femme... c'est elle? » Il ne comprenait pas de quoi elle parlait. Il tourna la tête, suivit son regard, vit le masque et dit : « Ah, elle est bien bonne! — Puis songea à couper court à tout par un aveu bouffon : — C'est elle... si tu veux!

— Je l'avais deviné, — murmura la sœur, avec une haine, une jalousie profondes. — Alors... c'est ça? » Et pensa : « Pas même jolie... »

La plaisanterie du premier moment s'était évanouie en Aurélien. Plein de cette chanson secrète qu'il surveillait au profond de lui-même, n'attendant que le départ de cette sœur, de cette étrangère, pour s'abandonner à la nouveauté de ces sentiments, à cette révélation arrachée, à cette passion impatiente, il regarda le masque blanc pour en demander pardon à Bérénice. Pour demander pardon à Bérénice de ce faux aveu blasphématoire en un pareil instant. Il regarda le masque. Comme s'il le voyait pour la première fois. Pour la toute première fois. Avec inquiétude. Avec une inquiétude croissante. Il douta de ce qu'il pensait. Ce visage... Il était si bien possédé de l'image de Bérénice qu'il la revoyait partout, voyons. C'était bien simple. Ces yeux fermés... La confusion provenait de là, de la hantise qu'il avait du visage de Bérénice les yeux fermés, ce soir-là, au Lulli's. Mais aussi la structure du front, les pommettes... « Tu ne veux pas dîner avec moi? Il se fait tard... » La voix d'Armandine l'arracha à cette analogie stupéfiante, jamais remarquée, peut-être irréelle. Il aurait dû dîner avec elle. Elle était seule à Paris, fatiguée. Il ne put pas se faire à cette obligation, avec ce qu'il avait dans le cœur : « Non, — dit-il, — excuse-moi... Je suis attendu... »

Elle n'eut pas de peine à le croire. Après ce

qu'elle avait appris. Elle se rhabillait. « Alors, je file, il est plus de huit heures... Je vais passer chez Pauline... Si je donnais un coup de téléphone? » Pauline était là. Mais bien sûr, bien sûr. On mettrait un couvert.

« Une bonne chose que d'avoir une amie! » dit Armandine sur le pas de la porte, tendant à son frère sa joue pâle. Il ne releva pas cette phrase. Dès qu'elle fut partie, il poussa une chaise contre le mur, grimpa dessus, détacha le masque et, le tenant à deux mains, s'installa près du feu, dans les reflets dansants des flammes, regarda longuement ce visage de plâtre, ce visage sans yeux, son mystérieux sourire d'au delà de la douleur... « Bérénice... », dit-il, et il retrouva le chemin de Césarée.

XXIII

Il fut tiré de sa rêverie par la sonnerie du téléphone. C'était Barbentane. Il demandait à Aurélien d'accompagner ces dames au Casino de Paris. La loge était prise, et puis à la dernière minute, lui devait se rendre ailleurs; si Leurtillois n'était pas libre, Blanchette et Bérénice n'iraient pas, parce que deux femmes seules... Mais Aurélien était libre. Si, si. Enchanté. Quelle heure est-il? Le temps de m'habiller. « Mon vieux, — dit Edmond, — je te remercie... ça m'aurait ennuyé de leur gâcher leur soirée... Ah! ne prends pas ta puce... je vous laisse la grande Wisner et le chauffeur. Dépêche-toi, ça commence à la demie!... »

Aurélien raccrocha. Dans une hâte fébrile, il se jeta sur le placard, en tira ses vêtements. Était-il assez bien rasé? Oui... enfin. Pas le temps de faire mieux. Ni de dîner. Tant pis, tant pis. Tandis qu'il passait son carcan de soirée, c'est le diable, ces faux cols! il continuait à regarder le masque blanc posé à plat sur le sofa, sur la couverture brune. Il parlait à mi-voix, à son adresse. Il se pressait. Il délirait un peu.

Cependant, rue Raynouard, une scène assez vive opposait Edmond et Blanchette. « Comment, — disait-elle, — qu'est-ce que j'entends? Vous nous laissez tomber?

— Ce n'est pas le mot... vous aurez un cavalier...

— Aurélien, n'est-ce pas? Vous ne nous avez pas demandé même si ça nous plaisait.

— Je le savais de reste.

— Mais enfin, qu'est-ce que ça veut dire? A midi, c'était entendu. Aurélien déjeunant ici... vous ne lui avez rien dit... Je ne vous demande pas où vous allez... mais enfin!

— Mais enfin, tu me le demandes quand même, n'est-ce pas? Je croyais que nous avions nos conventions? Je suis libre, tu es libre... En paroles, bien entendu. En fait...

— Je ne vous demande rien. Je n'ai pas envie d'aller au théâtre sans vous.

— Là, de façon à ce que je me sente un bourreau! Tu n'as pas honte? Tu oublies Bérénice qui est à Paris pour peu de temps, qui se faisait une fête d'aller au Casino...

— Je ne me sens pas bien. Qu'elle aille sans moi!

— Allons, tu sais pertinemment qu'elle n'ira pas... Je n'aime pas beaucoup qu'on ait ses vapeurs sur commande...

— Vous êtes sans pitié...

— La pitié n'a rien à voir... Si ça peut calmer ta migraine, j'ai à travailler avec Adrien... une affaire d'essence, de postes de distribution, à mettre sur pied avant la réunion du consortium...

— Je ne vous crois pas...

— Je ne te demande pas de me croire... et si ça te fait plaisir de te mettre la tête à l'envers, pense que je vais retrouver ma folle maîtresse et n'en parlons plus... Mais pour ce qui est de Bérénice, tu la prives d'un plaisir...

— Oh, Bérénice, toujours Bérénice...

— Ce n'est pas très chrétien de ta part, ma chère... Enfin, si tu insistes, bien que ce soit fort peu correct, je la persuaderai d'aller seule avec Aurélien...

— Non, — s'écria Blanchette, — j'irai... puisque tu l'exiges! »

Il la regarda bizarrement : « Je me demande, dit-il avec une lenteur appuyée, lequel de nous deux ment le plus mal...

— Qu'est-ce que tu veux dire?

— Rien... » Bérénice entrait. Elle vit qu'on s'était disputé. Elle avait cette robe du soir que Blanchette n'avait pas voulu lui laisser mettre pour aller chez Mme de Perseval; une tunique sable sur le fourreau de soie beige, et les bras nus, pas décolletée du tout. Cela faisait province, jeune fille, Bérénice avait cherché à l'arranger avec une grosse fleur d'or sur l'épaule, assez laide, mais qui lui allait bien par une de ces réussites dans l'absurde. Blanchette ne la trouva pas à son avantage, eut peur de s'en réjouir et dit : « Edmond nous fait faux bond...

— Oh, et le théâtre? » Cela lui était sorti du cœur. Edmond se mit à rire. « M. Leurtillois, — dit Blanchette, — le remplacera...

— M. Leurtillois? » Pauvre Bérénice, qu'elle savait peu dissimuler! Elle s'était éclairée, brusquement en elle quelque chose avait fleuri. C'était si éclatant que Blanchette pensa : « Après tout, cette robe n'est pas si vilaine... » Edmond regarda les deux femmes, cherchant à deviner ce qui se passait en elles à cette minute et précisa : « Je rentrerai tard... Si le cœur vous en dit, Aurélien vous mènera quelque part à la sortie... un noctambule comme lui... Ne vous occupez pas de moi... »

Bérénice aperçut soudain l'émotion de Blanchette. Elle lui prit gentiment la main à la dérobée et la baisa. Il y avait chez elle un charme d'enfance qui vous achetait. Mais Blanchette retira sa main assez sèchement, et s'adressant à son mari : « Puisque vous disposez ainsi de nous, vous qui aimez tant votre liberté, nous tâcherons de nous amuser... Mais je ne crois pas que je tienne plus longtemps que le spectacle avec ce malaise...

— Vous n'êtes pas bien, ma cousine? — s'inquiéta Bérénice...

— Ce n'est rien, — dit Edmond, — ça passera. Je vous laisse... »

Blanchette l'accompagna comme il prenait son chapeau, son pardessus : « Je voudrais tout de même savoir, — dit-elle, — pour quelle raison, mon ami, vous avez choisi Aurélien pour nous accompagner...

— Vraiment? tu voudrais vraiment le savoir?

— Nous ne l'avons jamais tant vu... tu nous mènes au Lulli's pour le voir, le surlendemain il déjeune ici, le soir même...

— Tu sais bien que Bérénice lui plaît...

— Bérénice lui est indifférente.

— Mais lui, est-il indifférent à Bérénice? Où as-tu les yeux?

— C'est toi qui fais naître les occasions, qui les jettes l'un à l'autre...

— Blanchette, quelle passion! Je ne sais que comprendre... Cela t'est donc si désagréable? Pour quelle raison?

— Ah, vous êtes un monstre!

— Tu es libre, d'ailleurs... Non, ne mens pas... Bonsoir. » Le baiser qu'il lui mit sur le front avait une ironie que les mots n'ont pas. Blanchette se sentit tout à fait mal. Elle se vit dans une glace et se trouva à faire peur. « Mon Dieu! — soupira-t-elle, — de quoi ai-je l'air? » On sonnait. Aurélien? Elle se sauva : juste le temps de passer une autre robe...

XXIV

Derrière les deux femmes, Aurélien dans la profondeur de la loge, ne parvenait pas à suivre sérieusement le spectacle de la scène. La musique, les chansons, les costumes, les plumes de couleur, les girls, les décors changeants, tout s'enchaînait si mal, faute de l'attention nécessaire aux articulations artificielles des tableaux, que Leurtillois était comme un homme qui sans cesse croit avoir passé une page du roman qu'il lit. Il y avait en lui le plus grand désordre. Le rideau, la rampe, les frissons, le rire incompréhensif de la salle, tout ce qui était le théâtre même ne formait plus pour lui que le paysage d'une scène où il y avait une femme, plus délicieuse d'être mal habillée, avec ses bras imparfaits et charmants, l'épaule mordue par la fleur d'or comme par un insecte, la nuque où les cheveux coupés accentuaient le sentiment qu'il avait de faire une chose défendue, et le visage dissimulé par le plaisir du spectacle, que de soudains mouvements lui livraient un peu. L'ombre noire de Blanchette, ses cheveux blonds, accrochés à contre-jour, d'un peu de la lumière lointaine, était à peine une présence. Aurélien, déconcerté du voisinage de Bérénice, déconcerté au possible, timide comme un collégien, se disait : « C'est elle... » et ce « c'est elle »-là signifiait mille choses incroyables, que c'était celle à laquelle il pensait tout à l'heure, contemplant le masque, que c'était aussi celle qu'il avait toujours attendue, sans le savoir, celle vers qui toutes ses pensées dix ans auparavant, douze ans, se formaient, se dirigeaient, s'orientaient. Celle à qui pour la première fois de sa vie, il dirait

Je vous aime. Celle que j'aime. Il se répétait ces mots qui signifiaient, enveloppaient, résumaient tout. Celle que j'aime. Il tremblait. Il se demandait ce qui lui arrivait. Un homme enfin... un grand garçon comme lui. Il sentait ce qu'il aurait fallu faire pour s'arrêter sur cette pente, pour en finir avant d'avoir commencé... Voyons, c'est bien simple, c'est facile... Il savait qu'il pouvait encore détourner le cours de ses pensées... il était encore son maître... bientôt il ne le serait plus... Il suivait la lumière sur les bras de Bérénice. L'éclairage changea. Bête comme un clair de lune. C'en était un d'ailleurs. Aurélien pouvait aussi changer l'éclairage, il le pouvait... Il ne le voulait plus. Tout se précipitait. Quel chemin parcouru déjà depuis cet instant, tout à l'heure, quand l'aveu lui était sorti des lèvres en parlant avec Armandine, sans qu'il l'eût même pensé! Cette femme immobile, étrangère, si voisine et si lointaine, cette silhouette encore non familière, cet être à peine vivant pour lui. Il ne la reconnaissait pas, il ne la reconnaissait même pas. Il n'avait même pas pour elle un grand entraînement. Le vertige était ailleurs. S'il avait envie pourtant de l'entourer de ses bras, de la serrer contre lui, de fermer ses bras sur elle, ce n'était pas comme avec les autres femmes, un besoin de prendre, cette sauvagerie qui pousse à mordre, à étouffer. Non. C'était comme la faim, une faim négative, un manque atroce, un désespoir. S'il l'avait prise dans ses bras, peut-être, au moins le pensait-il, ce feu se serait apaisé, cette irréalité aurait pris fin, ce malaise. Il se répéta qu'il était encore temps de se ressaisir. Il sut au même instant qu'il n'en était plus rien. Il eut peur. Il se sentit tomber. Des idées ébauchées où il cherchait à démêler les principes physiques de la chute des corps, le coefficient d'accélération de la chute des corps, se croisèrent dans sa tête comme des algues autour des yeux d'un noyé. Il se dit : « Encore les noyés, je ne peux pas me débarrasser des noyés maintenant. » La musique sentimentale d'une romance se mêla à ses hantises : la Seine, le masque blanc, l'ombre des eaux vertes sur son visage en plongée et le bruit des chalands qui s'en vont sur le fleuve. Il sentit qu'insensiblement, inconsciemment il avait rapproché sa chaise de celle de Bérénice. Il se penchait entre les deux femmes pour voir le spectacle qu'il ne regardait pas. Il y avait maintenant un ensemble, avec des femmes nues ou presque, le gigotement des longues belles jambes sur des halos blancs de plumes, des habits noirs qui glissaient... Le bras d'Aurélien posait sur le dossier de la chaise de Bérénice, la main s'appuyait à la cloison de la loge. Il sentit le léger parfum de foin coupé qui venait des cheveux voisins. Cette ombre qu'il appelait son amour insensiblement s'animait, elle avait une respiration, un cœur, un souffle, et le souffle d'Aurélien se retenait, son cœur battait, sa respiration s'altéra... Soudain il sut qu'il n'était pas seul à ne pas suivre le spectacle. Il tourna la tête, et vit Blanchette qui le regardait.

Il y avait un bon moment que Blanchette observait Aurélien. Elle avait beau faire comme si elle ne l'avait pas cru, elle avait su dès le premier mot d'Edmond à quel martyre elle allait en acceptant cette soirée à trois. Partagée entre des sentiments contradictoires, elle n'avait pas eu la sagesse de s'y soustraire. Les soupçons de son mari avaient le don de l'affoler. Elle s'était dit, le temps d'un éclair, que tout refus les préciserait : à chaque fois qu'il était question de passer une soirée avec Aurélien, de le rencontrer, ses inexplicables appréhensions avaient été remarquées par Edmond. Maintenant elle reconnaissait, comme un péché, le prétexte de cette crainte couvrant le désir inavoué de passer quelques heures avec Leurtillois, dût-elle en souffrir, dût-il donner toute son attention à une autre, ignorer sa présence. Si elle hésitait encore, l'idée qu'Aurélien pouvait demeurer en tête à tête avec Bérénice l'avait subitement décidée. Elle savait bien que les convenances n'y étaient pour rien. Quelle fièvre elle avait mise à se faire belle, déchirée de savoir qu'ils étaient tous les deux dans la bibliothèque sans lle! Elle avait mis sa robe noire, presque pas de bijoux. Ainsi, elle était sûre que des gens qui les regarderaient prendraient Bérénice pour quelque dame de compagnie. Elle avait défait les macarons qu'elle portait sur ses oreilles, dégagé sa nuque, et enroulé les nattes autour de sa tête. Elle était très fière de ses cheveux longs, et cette coiffure qu'elle se faisait parfois attirait les regards parce qu'elle était impossible à la plupart des femmes. Bérénice ne l'avait jamais vue ainsi et, quand Blanchette entra dans la bibliothèque, ce fut elle et non pas Aurélien qui s'exclama : « Oh, elle a changé de coiffure! » avec cette joie enfantine qui éclate devant une robe nouvelle, un restaurant qu'on ne connaissait pas, les meubles déplacés dans une pièce.

Au théâtre, comment se serait-elle nourrie de ces jeux de lumières et des corps, de ces musiques sans cervelle, qui n'étaient qu'une aggravation de sa solitude? Dans le demi-jour de la loge, Bérénice retrouvait l'avantage qu'une robe mal faite lui enlevait. Aurélien... impossible de ne pas voir qu'il était aveugle et sourd à tout ce qui n'était pas Bérénice. Jusqu'alors Blanchette avait voulu, contre son inquiétude profonde, prétendre que l'attrait de Leurtillois pour la petite cousine était une fantaisie d'Edmond. Elle était arrivée à le prétendre pour elle-même aussi bien que pour Edmond. Mais ce soir, elle savait qu'elle allait souffrir. Elle ne savait pas qu'elle allait souffrir autant. Elle cherchait la diversion dans une autre douleur. Edmond. Il fallait chasser les fantasmagories, les rêveries sans corps. Elle n'aimait qu'Edmond. Elle n'avait jamais aimé que lui. Mon Dieu, mon Dieu, quand il avait fallu l'arracher à Carlotta! Le passé lui offrait les souvenirs d'une jalousie, d'un désespoir si grands que ce n'était vraiment rien que cette épreuve d'un soir à traverser... d'où elle sortirait guérie d'une chimère... toute ramenée à son Edmond, à ce méchant Edmond, aussi difficile à garder qu'à conquérir. Edmond. Où passait-il la soirée? Il avait menti. Pas une seconde elle n'avait cru à cette histoire d'Adrien, qu'il lui avait jetée comme un os à ronger. Il avait menti. Pourquoi? Elle ne lui demandait rien. Et tant de fois, avec cette cruauté terrible qu'il y mettait, qu'elle haïssait et qu'elle adorait de lui, il lui avait dit, sans qu'elle la demandât non plus, la vérité, la vérité atroce... Alors pourquoi mentir, ce soir précisément? Pour mieux la torturer par l'incertitude peut-être... Il se vengeait. Quelle pénétration! Il avait saisi l'insaisissable, ce qu'elle n'osait s'avouer elle-même, et il se vengeait... Où était-il? Que faisait-il? S'agissait-il pour la première fois de quelque chose de si grave qu'il dût mentir? Lui échappait-il vraiment? Elle songea à ses enfants. Seigneur, faites que ce soit un mauvais rêve. Je vais m'éveiller, rien de tout cela n'aura été. Le jeu allait un peu loin. Il dépassait le malheur, son malheur à elle, peut-être nécessaire au bonheur d'Edmond. Il y avait les enfants. Il y avait les enfants. Comme elle se détournait de ce ballet de fleurs, où les couleurs et la joie, les pirouettes des danseurs, l'éclat des cuivres, tout lui était insupportable, elle vit l'expression sur le visage d'Aurélien, et elle en resta saisie. Oh, cela était pis encore qu'elle ne l'avait éprouvé! Il l'aime. Il l'aime. Il l'aime. Les deux douleurs se fondaient, prenaient l'une et l'autre une insupportable intensité. La femme dédaignée pouvait maintenant sans péché regarder Aurélien, puisque, ce qu'elle pleurait avec des yeux secs, c'était Edmond aussi bien qu'Aurélien.

Quand Aurélien surprit le regard de Blanchette, elle eut la crainte qu'il y lût comme y lisait Edmond. Heureusement pour elle l'ombre dissimulait le feu de ses pensées. Elle n'était pour cet homme que le spectre élégant du monde. Elle n'était qu'une troisième personne. Elle n'avait ni un cœur ni un corps. Elle était le premier plan de ce tableau dont la figure centrale était Bérénice, le fond cette musique et les jongleurs comiques qu'elle accompagnait. Blanchette détourna ses yeux inutiles où montaient enfin les premières larmes. Tout se brouillait.

Aurélien sut aussitôt qu'il n'avait plus à craindre ce témoin. Il sut qu'elle feindrait de suivre le spectacle. Elle avait dû confusément comprendre ce que Bérénice ignorait encore. Mais l'ignorait-elle? Pas un mot entre eux, même quand ils s'étaient trouvés seuls tout à l'heure dans la bibliothèque, n'avait fait allusion à ces minutes l'autre nuit, où il avait tenu sa main dans la sienne. Sa main dans la sienne... Il s'assura que Blanchette, vaincue, ne le regardait plus et, doucement, il approcha sa main du bras nu de Bérénice. Tout en lui était en éveil. Il sentait chaque point de son être. Il allait toucher ce bras. Il allait oser cela. Cette audace pouvait tout détruire. Il pensa retirer sa main. Il ne la retira pas. Parce qu'on ne peut pas être lâche. Dans cette loge de Paris, où tout si banalement se passait entre un homme et une femme, après tout, il reconnut ce sentiment qui lui faisait battre le cœur : il se revit ainsi, la nuit, dans un petit poste en Argonne, derrière les arbres brisés... Sa paume prit le bras de Bérénice et, doucement, le serra. Un frémissement lui répondit. La surprise. Il sut que si l'étreinte se relâchait, tout était perdu, le bras se dégagerait.

Il fit glisser sa main comme pour une caresse et emprisonna le coude. Il attendit. Le frisson s'était calmé. Le bras demeurait immobile, d'une immobilité surprenante. Les cheveux de Bérénice touchaient, effleuraient la visage d'Aurélien. Ah, dans cette minute, elle était à lui, comme un oiseau fasciné. Tout pouvait rompre le prodige. Le prodige durait.

C'était alors qu'il aurait fallu lui dire : *Je vous aime.* Alors. Mais Aurélien ne le pouvait pas. Il avait peur des mots murmurés. Et de ces mots-là surtout, si nouveaux, si difficiles. Le finale de la première partie faisait feu d'artifice sur la scène : les vedettes revenaient entre les girls, les danseurs à petites vestes courtes, les robes pailletées... L'orchestre envoyait des baisers sonores, et entraînait de plus en plus vite les acteurs trépidants répétant à l'envi leurs gestes parallèles, croisant les bras et entrechoquant leurs genoux en mesure. La lumière allait revenir. Je vous aime... Il n'avait fait que le penser.

Bérénice eut ce geste des épaules par quoi elle semblait souvent essayer de rattraper un châle en train de tomber, et sa main à la dérobée prit la main d'Aurélien, très doucement, et la détacha de son coude, comme elle eût fait d'une feuille, accrochée en traversant une forêt.

Les spectateurs, le rideau tombé, se levaient et se portaient vers le foyer. Du milieu de l'orchestre, des gens faisaient des signaux. « Qui est-ce ? — dit Bérénice. — C'est pour nous, je crois... » Blanchette souriait et saluait, en effet. C'était le Colonel et Mme David. Ils vinrent au bord de la loge, et leur conversation allégea cet entracte que Leurtillois avait redouté. Tout en parlant, il regardait distraitement de l'autre côté le flux des gens, attirés par un jazz au foyer. Dans le promenoir soudain, une silhouette familière Il faillit s'exclamer. Il se retint. Ses compagnes n'avaient rien vu. Il n'y avait pas de doute, c'était bien Barbentane. Dissimulé d'ailleurs, et regardant de ce côté-ci. Qu'est-ce que cela voulait dire? Barbentane qui devait être... S'il s'était libéré, il les aurait rejoints, et puis il était là au promenoir. Qui les épiait, ou en avait tout l'air. Aurélien fit mine de poursuivre la conversation. Le Colonel trouvait la revue excellente, mais Mme David disait que vraiment on ne peut pas appeler ça une revue, c'est fait pour les étrangers, pas une parole, pas un couplet spirituel (vous rappelez-vous Rip avant la guerre?)... c'est de la féerie, voilà tout.

« Eh, la féerie a du bon! — dit le Colonel.

— Oh vous, mon cher! — Mme David, dépitée, expliqua pour M. Leurtillois : — Le Colonel... du moment qu'il y a des jambes! »

Aurélien souriait. A la dérobée, il recherchait des yeux Barbentane. Il ne le trouva plus. Le promenoir était cependant presque vide : « Vous m'excusez? — dit-il, — je vais acheter des cigarettes... Non, merci, mon Colonel, je préfère les Gauloises... Je profite de ce que ces dames ne sont pas seules... »

Ni au promenoir ni au foyer ni passé les portes vitrées, à l'entrée du théâtre, parmi les gens qui fumaient, le brouhaha des spectateurs, les tables où consommaient des Américains du Sud, des Anglais, des Scandinaves, le public des petites places descendu, les filles, nulle part il ne retrouva Edmond. Il revint vers la loge, se disant que Barbentane s'y était peut-être rendu. Mais non. Parti, probable. Il hésita, regarda Blanchette. Mieux valait ne pas parler de cela. S'il s'était trompé d'ailleurs? Les David regagnaient leurs places.

Blanchette passa sa main sur son front, soupira, se remua un peu comme si elle ne se décidait pas à dire quelque chose, puis le dit : « Excusez-moi, Aurélien, je ne suis pas bien... ne m'accompagnez pas!

— Vous voulez rentrer, Blanchette? — s'exclama Bérénice.

— Je vous en prie, mes amis. Bérénice, je ne veux pas gâter ta soirée... ça ne change rien... Je n'aurais pas dû venir...

— Mais je vais vous raccompagner, — dit Aurélien.

— Non, non, je vous en supplie! Bérénice ne peut pas rester seule ici... J'ai la voiture, le chauffeur. Je vous les renverrai... Je l'avais dit à Edmond... Je ne suis pas bien... Je ne peux pas rester... Il faut... Mais je vous assure... »

Il n'y eut rien à faire. Elle voulait partir seule. Elle leur faisait violence. Ils restèrent donc. Aurélien la suivit quelques pas : « Cela m'ennuie de vous laisser aller comme ça... Nous aurions pu...

— Soyez gentil, Aurélien, continuez cette soirée... J'ai si mal à la tête! Menez Bérénice quelque part après le spectacle... Cela lui fera plaisir... Elle va retomber dans sa province... »

Cette dernière phrase couvrit les autres pour Leurtillois. Bérénice allait s'en aller, retourner chez elle... quitter Paris...

Quand Blanchette se jeta sur les coussins de la Wisner, elle sentit qu'elle allait pouvoir enfin pleurer. Elle éteignit la lumière qu'avait allumée le chauffeur. « A la maison! » dit-elle, et la voiture l'emporta, qui offrait au ciel le sacrifice consenti. Elle s'était punie de n'avoir pas voulu laisser Bérénice et Aurélien seuls. Elle s'était forcée à le faire. Mon Dieu, en échange de ce tourment, me rendrez-vous Edmond? Elle marchandait avec le Seigneur, mais ne retrouvait ni la paix du cœur ni l'espoir. Elle connaissait trop Edmond. Elle trembla connaissant aussi l'injustice du ciel.

XXV

La disparition de Blanchette eut pour effet de faire naître entre Aurélien et Bérénice une gêne inattendue. Cette présence avait accru l'audace d'Aurélien, rassuré assez Bérénice pour qu'elle gardât cette immobilité qui était presque une soumission. Mais quand ils se trouvèrent seuls, et maintenant côte à côte au premier rang de la loge, tout leur parut si grave, si engageant qu'ils restèrent longuement séparés, avec une angoisse l'un de l'autre, la tête à des rêves disproportionnés.

Bérénice n'avait jamais vu Mistinguett, et les scènes réalistes, musette, mouchoir rouge, java, cibiche, entôlage et surin sous le réverbère, prirent pour elle une poésie difficilement accessible à qui n'avait ni sa fraîcheur ni sa merveilleuse ignorance. Elle ne voulait aucunement en être distraite, elle sentait de façon fébrile le lent travail de résolution qui la guettait dans l'ombre, l'approche de son voisin. Il avait murmuré quelque chose, elle se retourna, un doigt sur la bouche, faisant : chut! et ses deux mains, avant qu'Aurélien eût bougé, s'abattirent sur les deux poignets de l'homme, et les immobilisèrent comme des liens de fleurs. Elle se détourna, le tenant. Dans ces menottes troublantes, le prisonnier cherchait vainement à exprimer la tendresse qui soudain l'envahit. Elle s'était écartée, la rusée, et il la sentait toute au spectacle, à la promenade de la vedette sur le proscénium.

« Elle est extraordinaire, — dit Bérénice.

— Qui ça?

— Mistinguett... »

Il sentait l'ironie de cette transposition des mots. Il voulait lui dire : *Je vous aime*, et elle lui parlait de Mistinguett. Comme les poignets avec ses petites mains, elle immobilisait les paroles naissantes d'Aurélien avec des mots sans force, amis, qui avaient le charme de sa voix. Tout de même, cette défense, c'était l'acceptation d'un fait, de cette entreprise commencée de lui à elle, sans mot dire, avec des gestes de conquérant, pensa-t-il. Il perdait pied. Jamais il n'avait été si désarmé devant une femme, et celle-ci toute faiblesse... Avait-elle ainsi, déjà, retenu, plus que tenu, les mains d'un autre homme? et de quel homme? Il ne savait rien d'elle. Une inconnue. L'inconnue. A quel point il ne savait rien d'elle. Elle était mystérieuse comme l'innocence. Mais peut-être s'était-elle laissé faire cent fois par d'autres, et n'avait-elle inventé cette résistance que pour lui. Ou c'était l'étape classique qu'elle imposait avant de permettre un peu plus... Il ne voulut pas penser à cela, il se serait battu de le penser... Il souffrait mille jalousies. Il ne pouvait tout de même pas se débattre ici, dans cette loge... Il était infiniment sensible au ridicule. Le temps passait, lui échappait. Trop tard. Quand il se serait dégagé, maintenant, qu'il aurait repris sa maladroite offensive... Il n'y avait plus le temps. Le spectacle allait finir. Il faudrait tout de suite se lever, s'habiller, sortir. Il restait donc sans mouvement, à sa merci, dans le cercle des doigts frêles. Il voyait les seins de Bérénice soulevés par la respiration, l'animation du spectacle à ses joues. Il était pareil à un amoureux de quinze ans. Jamais auprès d'une femme il ne s'était senti si loin des représentations du plaisir. Il n'aurait pas su l'embrasser, il ne l'imaginait pas contre lui. La fleur sur l'épaule, la robe... tout arrêtait Aurélien. Une timidité peu croyable. Et toujours ce parfum de foin coupé qui venait de Bérénice, qui résumait Bérénice, qui le pénétrait de Bérénice.

Elle, que pensait-elle, l'inconnue? Qui eût pu le savoir, le deviner? Il se flattait qu'elle était troublée. Il l'avait sentie légèrement frémir, légèrement frémir les mains de Bérénice sur ses mains à lui. Ils quittèrent la loge dans un parfait désordre qui leur imposait le silence, ou du moins des phrases courtes, utiles. Inutiles aussi bien, mais courtes toujours. Dans l'écoulement du public, il retrouva un peu de son assurance. « Où voulez-vous aller? » — demanda-t-il. — A cette heure-ci, le Lulli's...

— Oh non, — dit-elle. — Je dois rentrer... Blanchette...

— Blanchette n'a pas besoin de vous, elle a dit elle-même...

— Oui, mais le chauffeur... pensez donc... il est tard...

— C'est son métier, il a l'habitude... et d'ailleurs si vous voulez, je peux le renvoyer, nous prendrons un taxi...

— Non, non... qu'est-ce qu'il penserait? Je vais rentrer...

— Je vous en prie... accordez-moi quelques instants...

— Mais je vous assure qu'il vaut mieux...

— Savez-vous que je n'ai pas dîné, et que j'ai une faim de loup? Vous me tiendrez bien compagnie, vous ne me laisserez pas souper tout seul? »

Elle faiblit. Mais alors, juste le temps de son souper. Puis elle rentrerait. Où allait-on? Aurélien connaissait un endroit pas loin... « Vous préférez un lieu bruyant ou un lieu calme...? » Calme. Pour ça, oui. Calme. Bien, alors l'endroit que je disais...

Une surprise les attendait au-dehors : le sol était blanc, et il neigeait. Les rues qui montent à Montmartre sont encaissées, et la neige leur donne un silence et une lumière fausse, où les sorties de théâtre s'enfoncent comme un cauchemar des fées. Les voitures filaient, les taxis. Une foule entourait l'auto où montait comme une reine Mistinguett qui riait fort et qu'accompagnait un jeune homme brun. Ils eurent quelque peine à retrouver le chauffeur. Aurélien donna l'adresse. C'était à deux pas, mais il fallait tourner vers le haut de la rue Blanche, suivre le flux des voitures, pour redescendre de la place Pigalle et revenir tout près du Casino, dans le bas de la rue Pigalle, à cette petite oasis de lumière, à demi vide, faite de deux pièces, l'une en contre-bas de l'autre, ni café ni boîte de nuit, une sorte de refuge en marge des dancings, des bars, où quelques professionnels venaient manger un morceau, entre leurs numéros faits ailleurs, et des amoureux se parler à voix basse en se tenant les mains, tandis qu'un pianiste anglais jouait des airs enchaînés les uns aux autres, comme les heures de la nuit. Cela avait des sièges de cuir usés, et de maigres vases à fleurs sans fleurs. On se serait cru à Londres.

« Vous prendrez bien quelque chose avec moi? »

Bérénice regardait la carte, indécise. Elle voyait bien que ce qui lui paraissait si surprenant, si inusuel, devait être l'habitude de ce monde qui l'entourait. Elle n'osa pas demander un « B.B.B. and B.B.B. [1] ». Les œufs brouillés sur toast lui réservaient moins de danger. Lui, Aurélien, prenait du rosbif, avec du stout. N'ayant jamais bu de stout, elle trempa ses lèvres dans son verre, cette encre mousseuse. Cela lui parut extraordinaire et mauvais, mais elle en commanda aussi.

Il devait avoir vraiment une faim de loup. Il se jetait sur la nourriture, Bérénice n'avait pas voulu s'asseoir à côté de lui. Elle le regardait par-dessus la table, elle avait comme jamais ce sourire du masque, semblable à la fin d'une

---

1. *Boston Beans-Bacon* et *Butter-Bread-Beer*, c'est un plat du corps expéditionnaire américain dans la première guerre mondiale, dont la tradition a été gardée au *Luigi's Bar*, rue du Colisée, à Paris.

longue histoire. Il demanda du catch up. Elle n'avait jamais appelé ainsi la sauce tomate. Ils évitaient de concert les mots attendus, les mots inutiles. Ils savaient tous les deux ce qui se débattait entre eux sans avoir à l'exprimer. Rien n'avait été dit, tout avait été dit. La situation était acceptée, établie.

Il mangeait. Il regardait sa viande. Il la coupait. C'est à elle qu'il s'adressait, disant au bout du compte : « Et quand vous partirez, qu'est-ce que je vais devenir? »

Elle l'avait parfaitement compris. Mais elle ferma les yeux, et alors, car elle avait pâli, la ressemblance fut à son comble. Le silence ne pouvait durer. Le trouble. Les yeux se rouvrirent comme des fenêtres sur une nuit plus profonde, la voix prenante, chaude mais tremblée, murmura, avec un essai d'enjouement : « Eh bien... vous irez sagement vous coucher, je pense?

— Non, dit-il... quand vous partirez pour de bon... pas cette nuit... quand vous quitterez Paris... bientôt, paraît-il...

— Ne parlons pas de cela, — répondit-elle, — cela me rendrait très triste... et je suis si heureuse, ce soir!

— Est-ce bien vrai? »

Elle fit oui de la tête, les yeux devenus immenses. Il voulut demander s'il était pour quelque chose dans ce bonheur. Il ne le put. Son propre bonheur était trop fragile, il était prêt à le protéger d'une équivoque : « Mais pourtant... j'ai besoin de savoir... vous allez partir?

— Dans huit... dix jours... »

Il but une grande gorgée de stout, s'essuya les lèvres avec la serviette de papier : « Dix jours... c'est une minute... et songez à tout le temps perdu... pourquoi avons-nous perdu tout ce temps? »

Elle hésita, avant de répondre. Elle sentait bien qu'accepter de répondre, c'était tout accepter, c'était l'irréparable. Elle leva sur lui ses diamants noirs : « Nous ne l'avons pas perdu » dit-elle et sur la table sa main droite se posa sur la main gauche d'Aurélien. Il tressaillit, et ils se turent. Ils goûtèrent cet instant banal comme peu de choses dans leur vie. Enfin, Aurélien, le premier, murmura : « Je ne savais pas, Bérénice... j'ai mis très longtemps à savoir... »

C'était une excuse. Elle ne demanda pas ce qu'il avait mis si longtemps à savoir. Elle le savait. Elle venait de lui donner le droit de l'appeler Bérénice. Il reprit : « Pour la première fois de ma vie... »

Ces mots-là étaient trop forts pour elle. Ses lèvres eurent ce tremblement qui en faisait apparaître les sillons délicats. Il crut qu'elle allait retirer sa main qui était comme une feuille. « Je ne vous crois pas », dit-elle, et il n'éprouva pas le besoin de dire : *Croyez-moi, je vous en prie*, parce qu'il sut que cela voulait dire : *Je vous crois*. Il fit tourner son poignet, glissa sa grande main sous la main frêle et creusa sa paume pour la recueillir comme une goutte d'eau. Ses doigts allongés dépassèrent la main, remontèrent sur les douces cordes qui soulèvent la délicatesse des veines. Il les appuya. Il sentit le sang battre. Il songea qu'il touchait le lieu saint des suicides, bleu comme le ciel, bleu comme la liberté : « Je ne voulais pas y croire, — dit-il encore, — c'était si nouveau... Cela doit être terrible pour un aveugle la première fois qu'il peut voir le jour...

— Et avec cela, qu'est-ce que ce sera? — dit le garçon.

— Du chester. Et une fine. Et vous, Bérénice?

— Moi? oh, rien!

— Je vous en prie... Vous aimez le chester? oui, alors...

— Mais sans fine!

— Vous prendrez un peu de la mienne. — Le garçon s'éloignait. — Il faut me promettre, Bérénice... — Il abusait de ce droit nouveau, prononçant ce nom délicieux toutes les fois qu'il pouvait. Il se répéta : — Il faut me promettre, Bérénice, de me donner tout votre temps, pendant ces pauvres merveilleux dix jours...

— Il ne faut pas voir plus loin, — dit-elle.

— Vous me le promettez? »

Elle hésita. Elle pensa : « C'est déraisonnable... » Elle dit : « Je vous le promets, Aurélien... — Jamais il n'avait trouvé son nom si beau, si pur, si sombre, mais elle se corrigeait : — Seulement j'ai promis à Zamora de lui laisser faire mon portrait... je dois aller demain...

— Déjà! Voyez-vous... Vous vous reprenez, vous me disputez ces minutes, ma vie...

— Oh, votre vie...

— Ma vie!

— Je vous en prie, j'ai promis, cela me plaît qu'on fasse mon portrait... Vous viendrez me chercher chez lui...

— Vous chercher? Vous m'y autorisez?

— Je vous le demande. Tenez, j'ai son adresse. Dans mon sac. Passez-moi mon sac... — Elle en sortit un calepin. — Voilà... rue César-Franck...

— Vous allez chez lui... »

Ce ton de reproche la fit rire.

« Vous êtes stupide. Un peintre...

— Un peintre est un homme. Viendriez-vous chez moi?

— Vous n'êtes pas un peintre, c'est différent... puis pourquoi pas?

— Vous viendriez! »

Soudain elle pâlit d'émotion, comme si elle s'était souvenue de quelque chose qu'elle avait totalement oublié depuis un bon moment...

« Non, oh, non!

— Pourquoi pas?

— Parce que c'est vous... j'irai chez n'importe qui... pas chez vous... »

Il but le lait amer de cette victoire. Il y avait le reste du monde, et il y avait lui pour elle. « Vous viendrez chez moi, — dit-il.

— Peut-être... oui... un jour...

— Ce soir... » Elle fit non de la tête, et il vit bien qu'il avait failli tout compromettre. Il serra la petite main, il demandait pardon.

« D'abord, — enchaîna Bérénice, — ce n'est pas chez Zamora, rue César-Franck... c'est chez son amie...

— Mrs Goodman? Je la connais. Une très jolie femme...

— Vous viendrez me chercher vers cinq heures...

— Vers cinq heures seulement?

— Bon, vous pouvez être légèrement en avance! Il veut essayer de joindre mon portrait à son exposition, dont le vernissage est annoncé... vous savez... un vernissage pas ordinaire... à minuit...

— Je hais cet homme... je n'aime pas sa peinture... il va vous défigurer... de quel droit...

— Ne commencez pas à faire comme tout le monde! »

Comme tout le monde? Il n'en fallait pas plus pour le rendre tout interdit. Il regarda profondément cette petite femme devant lui avec d'autres yeux. Comment, comme tout le monde? Après tout, elle ne lui avait pas dit que c'était la première fois de sa vie, à elle... Elle ne lui avait rien dit du tout... Et lui-même, il avait connu des femmes, un monde aussi. Alors? Comme tout le monde... Sans le savoir, il s'était construit une Bérénice qui ne cadrait pas avec ces quatre petits mots qui faisaient flèche en lui. Une rafale de jalousie le traversa : « Je voudrais tuer votre passé, — dit-il.

— Pourquoi ça? Je n'aurais plus rien à vous raconter... à vous sacrifier... »

Oh, pour ce mot-là, que n'aurait-il payé, que n'aurait-il souffert? Il lâcha la main de Bérénice, porta ses deux mains sur son visage, devant ses yeux, qu'il comprima du bas de ses paumes. Impossible de supporter à la fois cette phrase et la lumière. Il entendit Bérénice qui

217

disait : « Vous viendrez me prendre rue César-Franck? »

En doutait-elle? Il rit. Elle s'étonna de son rire. Il demanda : « Je voulais vous demander... vous avez dit tout à l'heure... que ce soir, vous étiez heureuse? Est-ce que je peux penser que j'y suis pour quelque chose... pardon... Me permettez-vous de le penser? — Ce fut à son tour, à elle, de rire. Alors, il leva les yeux, chercha les siens, et dit : — Je vous aime... »

Elle reçut le double choc des mots et du regard. Elle s'adossa à sa chaise. Elle eut ce geste frileux des épaules qu'il avait plusieurs fois remarqué. Elle joua sans rien dire avec son sac brodé bleu et or, à grosses fleurs roses. Ses mains se joignirent sur la table, et le geste qu'elles firent déchira le cœur d'Aurélien : il vit qu'elle tournait à son doigt un anneau de mariage... devina où étaient parties ses pensées... Il n'eut plus de confiance qu'en ces trois mots, jamais prononcés, qui venaient de dépasser ses lèvres, et en ce nom qui était ce qu'il avait d'abord aimé en elle. Il répéta : « Je vous aime, Bérénice... »

Elle laissait se prolonger cet écho. Sa main droite cacha sa main gauche. Aurélien regardait le mouvement précipité de ce sein charmant, petit, bouleversé. Une voix toute changée rompit leur silence : « Maintenant, il faut que je m'en aille... Il se fait tard... Il faut...

— Bérénice!

— Soyez raisonnable, Aurélien... C'est mieux, croyez-moi...

— Pas comme ça!

— Pourquoi non? Que dirions-nous maintenant, mon ami, que dirions-nous après ce que vous venez de me dire? Tout serait faible... Je vous en prie... Épargnez-moi...

— Vous ne me croyez pas? Je ne l'ai jamais dit à personne.

— Laissez-moi partir... j'ai besoin d'être seule... d'y penser... J'ai besoin d'y penser

longtemps... Laissez-moi emporter ma richesse...
— Bérénice!
— Non, n'ajoutez rien...
— Vous ne m'avez pas répondu...
— Il n'y avait pas à répondre...
— M'aimez-vous ? »

Elle s'était levée : « Je prends la voiture. Ne m'accompagnez pas. Nous ne pouvons pas nous trouver dans la voiture... maintenant... Soyez raisonnable... Il ne faut pas gâcher notre soirée... Je ne l'oublierai jamais... Pardonnez-moi de vous forcer à prendre un taxi, avec cette neige... »

Elle ne voulait pas attendre qu'il payât. Tête nue, il sortit derrière elle. Les gens les regardèrent traverser la pièce vers la porte, et quand la porte tomba sur eux, et qu'ils retrouvèrent la neige, et un groom avec un parapluie rouge entre eux et le silence et l'amour, ils surent pour la première fois que toute cette scène s'était déroulée sur un fond de musique, comme une légère griserie qui se dissipe et devient alors consciente, sur le chant mélancolique d'un piano débitant des romances dont ils ignoraient les paroles étrangères, qui suivaient la cadence pourtant de leurs cœurs.

Elle monta dans la voiture où le chauffeur s'était endormi. A la dernière minute, elle se pencha vers Aurélien, et murmura : « Merci... »

XXVI

La neige et la nuit. La neige et la nuit. Aurélien, le col de son pardessus relevé, la réflexion le courbant un peu, les mains enfoncées dans les poches, remonte tout naturellement la rue Pigalle, à grands pas lents, comme s'il aimait à voir ses vernis noirs s'enfoncer dans la blancheur. La rue est vide et sombre. Elle ne prend vie que plus haut, où les enseignes lumineuses blessent l'ombre.

Pour rien au monde il ne serait rentré se coucher. Il a tourné le dos à l'île Saint-Louis, il s'est dirigé vers ses habitudes d'hier, vers ces dernières braises de la ville, où il réchauffera son secret comme autrefois sa solitude. Il n'imagine rien de l'avenir. Sinon ce rendez-vous à cinq heures, rue César-Franck. Cette soirée efface d'un coup tout le passé. Qu'a-t-elle mis à sa place? Rien encore, et c'est déjà beaucoup qu'elle ait été. Ceux qui jamais ne furent saisis par un amour ne comprendront pas Aurélien. Ce recommencement d'Aurélien. Il n'y a peut-être pas au monde de sentiment plus vif, comme le vent au visage, que celui de ce renouveau, qui vient d'avoir dit à une femme : *Je vous aime.* En même temps, Aurélien retrouve l'estime de lui-même. Il vient de légitimer, mieux que d'excuser, sa vie. Cette flâne, cette irrésolution s'expliquent. Il attendait cette minute. Il lui fallait sa raison d'être. Il avait dû profondément savoir qu'un jour Bérénice viendrait... et elle est venue. Il ne pouvait jusque-là orienter cette existence sans risque : il l'eût engagée en dehors de Bérénice. Au fond, le siècle d'Aurélien s'écrit en deux mots : il y avait eu la guerre, et il y avait Bérénice. Qu'importaient ces trois années de transition! Maintenant il était un homme, il avait un but, et le plus haut, l'amour... Ah que ce mot neuf, dit à voix haute, sonne étrangement sur la neige : l'amour...

Par une singularité du sort, la même journée avait formulé devant Aurélien l'accusation, qui lui apportait la victorieuse défense. Il pouvait maintenant répondre à ses propres scrupules, à ses doutes, et à l'expression de hasard que leur prêtaient ou Riquet ou Armandine. L'amour! Est-ce qu'il est donné à chaque homme? La plupart des gens ne sont-ils pas tels qu'était

Aurélien jusqu'à ce soir? Celui à qui vient l'amour, le grand, l'amour qui possède et ravage, se doit de faire place nette à tout ce qui n'est pas ce cyclone, cette tyrannie. Je me suis gardé pour Bérénice. Je me suis confusément gardé pour elle. Aurélien, cette nuit, s'approuve. Tout lui devient logique, signe de son amour.

Jusqu'à cette neige qui s'accroche à ses cils.

Il a hésité à la quitter, à déserter sa blancheur. Sur le seuil du Lulli's pourtant, il s'ébroue. Retrouver ici les nuits perdues... il faudrait réinventer les lieux, rapprendre... N'a-t-il pas reculé devant le sommeil, parce qu'il craignait le vieux mécanisme de ses rêves, parce qu'il ne savait pas encore accorder les songes et l'amour? Il y a la foule, et la lumière, la fumée, l'épaisse chaleur de la danse et de l'alcool, tout l'assaille comme une trahison. Mais n'est-ce pas ici que pour la première fois il a tenu la main de Bérénice... et Bérénice s'empare du Lulli's, l'emplit et le transforme, il n'y a plus qu'elle ici, et c'est elle qu'il retrouve dans cette fournaise, dans cet enfer...

Il vient du dancing une tempête de folie. Des mirlitons, des serpentins, des petites trompettes, l'orchestre déchaîné dans un fox-trot de fantaisie, des gens frappant des mains en cadence autour d'un gros monsieur et d'une petite dame qui font des excentricités au milieu des danseurs, des pas inventés, des figures bouffonnes. Et Lulli en personne plus *Ollé* que nature battant la mesure, se pliant en deux devant une table, bousculant en douce les maîtres d'hôtel. Le tout rayé de projecteurs dans la respiration chaude des clients, le rire des dames en peau, le va-et-vient vers les toilettes, les fleuristes, le champagne réclamé à grands cris, et l'odeur de grillades qui sort des cuisines dans un battement de portes.

« Je ne sais pas ce qu'ils ont ce soir, — dit la dame du vestiaire qui est à son plus maigre, en prenant le pardessus d'Aurélien. — Depuis onze heures, c'est comme ça... On ne s'entend plus... Je n'ai pas une minute pour lire! » Elle a repris son roman après un sourire à Leurtillois. Cet habitué lui plaît. C'est un homme distingué au moins...

Au bar, on ne peut même pas s'accouder. L'étroit boyau est plein de gens debout. Les rires, les éclats de voix. Tout cela parle l'anglais. Il fait chaud. Ça ressemble un peu au métro. En plus bruyant. « Sorry... » Un Américain du type Apollon du Far-West, les mains chargées de verres et de bagues, s'excuse d'avoir flanqué son coude dans le ventre d'Aurélien. Il y a de la fine dans le dos d'une poule, qui piaille. L'autre l'invite, tout s'arrange...

« Roger! »

Aurélien se retourne. C'est Simone. Pour elle, comme pour Riquet, il s'appelle Roger. Mazette, elle a une robe neuve. La couleur à la mode... le bleu Patou... et des perles fausses. Ça doit être le marin de l'autre soir... Elle a pu se jucher sur un tabouret, elle. Elle fait déplacer son voisin, un type chauve avec du poil aux oreilles (c'est mal distribué, pense Aurélien), pour permettre à son AMI, dit-elle, de venir lui parler... « Qu'est-ce que tu prends? Pour une fois, c'est moi qui offre! »

Il siffle d'admiration : « Tu es pleine aux as, alors? Quelle robe, ma chère! »

Elle est toute contente qu'il l'ait remarquée : « Fameux, hein? Un modèle de grande maison... Je ne sais plus trop. C'est rue de Clichy, tu sais, cette boîte où ils ont des modèles portés par les mannequins... Alors, moi, tu comprends, j'ai la taille qu'il faut... Et si j'ai de la perlouse, dis donc! C'est le grand chic, cette saison... Même les personnes qui en ont des vraies, des perles, eh bien, elles les ont remplacées par des au mètre... oui! Dis donc, Freddie, c'est pour demain? (Ceci au barman) Alors, qu'est-ce que tu prends? Un side-car, toujours? Un side-car, et un verre de champagne... C'est moi qui paye... »

Comme Aurélien rentre facilement dans ce vieux vêtement abandonné! Lui seul sait qu'il n'est pas le même homme. Lui seul, qui se grise de la disproportion de ce cadre et de son secret. Il se laissera bercer, porter, bien avant dans la nuit, par ce vulgaire alcool, ce vertige usé, machinal... La joie de perruche de Simone, qui raconte sa nuit précédente, un type gentil, mais alors gentil, et pas exigeant... Elle parle, et il aime qu'elle parle, c'est la vraie solitude, où monte la romance profonde, inentendue, la chanson de Bérénice... A côté de lui des dames du Massachusetts, avec des pince-nez, et décolletées jusqu'au nombril, mangent debout un mutton-chop avec des frites... Et comme cette statue de Condillac qui n'avait encore de sens que l'odorat était tout entière odeur de rose, lui, qui ne sent point les frites, est odeur de foin coupé, et rien d'autre... Jamais il n'avait eu d'hallucination de ce genre... Il songe à ces mirages du désert... Ici, dans la foule, c'est un parfum qui est comme l'eau fraîche de l'illusion... c'est la hantise d'un parfum qui fait régner Bérénice.

« Tu me raccompagnes, ce soir? »

Il a regardé Simone avec surprise. Elle s'explique : « L'autre soir, j'avais Bob, le marin américain, tu sais? Je n'étais pas contente, après, de t'avoir refusé... Enfin on est de vieux amis... on ne se vexe pas... Mais ce soir, je suis libre, et puis après cette chance d'hier... on peut bien avoir une fantaisie... un copain... pas vrai? Tu me payeras une aile de poulet... oh, pas ici ! C'est cher, et pas meilleur... Freddie ne m'a pas entendue, j'espère?... Non, à côté, à la pâtisserie tu sais... Alors, oui? »

Aurélien s'étire un peu. Il regarde Simone. Il est gêné d'avoir l'air pas galant : « Pour le poulet, d'accord... mais tu m'excuses, j'irai me coucher...

— Tout seul? Oh, c'est pas gentil! »

Il lui baise la main : « Ça ne s'arrange pas, mon petit... Je vais te dire...

— Tu as quelqu'un?

— Non... je suis amoureux... »

Elle s'est retournée vers lui et ouvre des yeux comme des soucoupes : « Ça, par exemple! Tu m'en bouches un coin! Amoureux, toi? Depuis quand?

— Je ne sais pas... huit heures du soir...

— Ah, bien. Ah, bien! En voilà des nouvelles! — Elle n'en revient pas. Ça l'agite. — C'est tout nouveau, alors... Mais tu es sûr, au moins? On se dit parfois... Et puis le lendemain... — Il fait non de la main. — Alors, c'est sérieux...? Tu te mets en ménage? Non? Ce n'est pas comme ça? Elle ne veut pas? Qui c'est?... Bon, bon, tu n'es pas obligé de répondre... Roger amoureux! Jamais je n'aurais cru... Remarque, tu as raison... Ah, si je tombais encore amoureuse... Moi, c'est fini... C'était il y a deux ans... Deux ans, c'est pas trois jours... Maintenant, c'est fini... »

Il pense à Bérénice. A quoi la mêle-t-il? Il ne la mêle pas. Il ne peut pas faire autrement. Il n'a d'ailleurs aucun mépris de cette fille à côté de lui. C'est un être humain. Il est probable qu'elle sait vraiment ce que c'est que d'aimer... Elle hoche la tête : « Pincé, Roger, pincé... Alors, du coup, il couche tout seul... Tu sais, au fond, il n'y a pas de rapport... Moi, quand j'étais amoureuse... je couchais bien avec un copain pour parler de lui... est-ce que ça compte? Mais... les hommes... c'est peut-être différent... Tu es heureux, ou malheureux? — Il fit un geste vague. — C'est vrai, — fit-elle. — On ne peut jamais dire... Dis donc, regarde derrière toi... »

Il se retourna. Barbentane était là, avec un sourire.

« Je te demande pardon... pardon, madame... Qu'as-tu fait de mes femmes, mon vieux? Je pensais les retrouver ici avec toi...

— Ta femme ne se sentait pas bien, elle est rentrée...

— Ah bon! Si le cœur t'en dit, joins-toi à nous... Je suis avec Decœur et Rose... J'ai été libre plus tôt que je ne croyais... J'ai pensé à les prendre à la sortie de l'Opéra des Champs-Élysées où Rose jouait pour une fête de bienfaisance... Nous fêtons notre association... je t'expliquerai ça! Madame...

— C'est bien, je vais venir dans un instant... »

Edmond parti, Simone eut l'air pensive. Puis elle dit : « Ah, bien... c'est le mari? Alors, tu ferais mieux d'y aller... il pourrait se faire des idées... »

Inutile de la dissuader. Aurélien rejoignit donc Barbentane et ses hôtes.

« Oh, mon cher! fidèle au poste? — s'exclama Rose, en lui tendant sa main à baiser, avec toujours la tête renversée en arrière, le long regard de ses yeux de myope, le menton tendu, toutes les dents dehors. — Mais quel dommage que Mme Barbentane vous ait laissé tomber! Je me réjouissais de la voir... de lui dire comme nous avons trouvé ça gentil, nous avons trouvé ça chic... à M. Barbentane... à Edmond, je veux dire, puisqu'il faut bien vous obéir, mon ami...

— Rose, — fit observer le docteur, — Leurtillois n'est pas au courant!

— On l'y mettra, — dit Edmond. — Mais qu'il boive d'abord! »

L'Ayala versé : « Comment était Bruxelles? » demanda Aurélien, se tournant vers Mme Melrose.

— Ah, c'est vrai, nous ne vous avons pas revu depuis? Jicky m'a dit comme vous avez été sympathique à sa solitude... J'aime ça... Quand je le laisse, j'ai des remords... »

Jicky, c'est-à-dire le docteur, prit dans le verre de sa femme l'instrument à faire mousser le champagne, le mania nerveusement.

« Oui, — dit Edmond, — c'est un souper

d'affaires... Rose Melrose et compagnie... »

Rose rit très haut, mais avec une affreuse distinction. Aurélien la regardait, et se disait que l'autre soir chez Mary il avait pu la trouver belle, désirable, attirante... Belle, elle l'était. Mais dire que c'était d'elle qu'il eût pu être amoureux et non de... A vrai dire, cela n'aurait eu rien de singulier, elle était bien plus proche de son *type* que ne l'était... Il évitait de penser le nom aimé.

« Oh, — soupira-t-elle, — un blues...

— Voulez-vous danser? » demanda Edmond.

En se levant, elle passa la main dans les cheveux de son mari. Il eut un petit rire pâle, et les regarda s'éloigner, en passant son peigne de poche dans ses cheveux.

« Qu'est-ce que c'est que cette histoire de compagnie? — interrogea Leurtillois.

— Une idée de Barbentane... Les produits de beauté, la crême, les fards, la pâte anti-rides... Vous comprenez, mon cher, qu'avec nos petits moyens... C'était un travail d'artisan... j'avais une princesse russe et un chimiste arménien... tout cela fabriqué dans le salon de la princesse... entre l'argenterie du tsar, l'authentique, et de faux Gobelins... Avec les mortiers à poudre et les éprouvettes sur la cheminée, et une icône dans le coin...

— Et alors?

— Eh bien, Barbentane a proposé à Rose de lancer l'affaire... Il met des capitaux... On aura un laboratoire... des boîtes avec le portrait de Rose Melrose, des affiches avec le portrait de Rose Melrose... Ça change tout, n'est-ce pas? Nous passons à une autre échelle... »

Quelle grâce et quelle majesté avait Mme Melrose! Des gens la reconnurent, et, discrètement, l'applaudirent. Enlacée par son danseur, un bras abandonné, dans sa longue robe grise, personne ne portait le gris comme elle, on la retrouvait comme dans ce film espagnol... où elle faisait une

Américaine... vous savez bien... Un beau couple d'ailleurs. Qui est-ce, le danseur, avec ce teint brûlé, ces beaux yeux clairs, cet air de champion sportif? Un peu jeune pour elle, peut-être, mais avec le talent, le charme qu'elle a...

« Je ne vous ai pas assez dit merci, Edmond.. non, ne protestez pas! C'est vraiment chic, ça a de la branche, comme ça, tout d'un coup! Et vous n'avez même pas attendu Noël!

— Si je vous ai fait plaisir, je suis mille fois récompensé, Rose!

— Naturellement, vous m'avez fait plaisir! Mais c'est surtout pour Jicky... c'est pour Jicky que je suis heureuse... Il est si ombrageux, imaginez-vous, il n'accepte rien... et puis il se ronge... l'idée qu'il ne peut pas tout me donner... Une idée d'infériorité aussi... à côté de moi... une folie au fond...

— A côté de vous, qui ne se sentirait...

— Ne dites pas de bêtises! Mais vous dansez comme un dieu! Une telle délicatesse de votre part d'avoir compris la situation, comme ça, d'emblée...

— Il aura une façade sociale... bien méritée d'ailleurs... les produits sont excellents... oh, je me suis renseigné! J'ai des amies femmes...

— Ça se voit, beau monstre!

— C'est une bonne affaire que je fais, je vous assure... pas besoin de me remercier... Aïe, vous avez parlé trop tôt! Je vous ai marché sur le pied...

— Je dois dire... Le ciel soit loué! Vous êtes un dieu de chair et d'os... Vous me serrez un peu fort... On nous remarque... »

Ils revinrent à la table. « Regardez-la, mon cher. Est-ce que ce n'est pas à se damner? » Leurtillois, sur cette invitation de Decœur, sortit de sa rêverie, et pour un instant se sépara de Bérénice. Il fut frappé du sourire d'Edmond. Il se rappela l'apparition de Barbentane, tout à l'heure, au promenoir du Casino : les gens sont compliqués!

Rose, à son retour, se pencha sur son mari : « Eh bien, monsieur le Directeur, — dit-elle, — avez-vous vu comme votre commanditaire danse? Il a pris des leçons chez Mitchine, tout s'explique... » Et Barbentane : « Sans parler de la leçon que je viens de prendre... »

Il fallut bien que Leurtillois dansât avec Mme Melrose. Elle n'avait pas de poids, étonnamment pas de poids, pour une grande femme. Une intelligence du corps qui surprenait, qui devançait le danseur, lui faisait croire à son pouvoir sur elle. C'était elle pourtant qui guidait, quand elle semblait suivre. Il devait en être de même dans la vie. Elle avait ce talent, ce don rare dans la danse, de demeurer lointaine de l'homme et proche du danseur, et par là même semblable à un appel d'air. Une retenue, une pudeur de jeune fille, et la pire provocation, celle à laquelle on ne croit pas, qu'on imagine avoir inventée, le frôlement sitôt démenti, qui fait que l'homme craint sans cesse avoir outrepassé sa consciente audace. Soudain, tournant entre les tables, Aurélien rencontra les yeux de Simone sur eux. Il rougit. Il avait un instant oublié Bérénice.

« Je ne connais pas de danseur plus silencieux que vous...

— Pardonnez-moi...

— Pourquoi? Si vous n'êtes pas causeur... Rien d'horrible comme les hommes qui se forcent... »

Elle ne put se rasseoir, Edmond la prit au vol, ils redansèrent.

« Séduisant, hein? Leurtillois... — dit-il.

— Pas mal...

— Oh, voyons, mieux que ça! Toutes les femmes en raffolent...

— Pas moi... Je ne sais pas de quelles femmes vous parlez... Moi, je lui trouve les traits trop grands, trop... enfin un peu vulgaires...

— Vous êtes difficile...

— Je suis difficile... Je préfère les hommes,

comment vous dirai-je? mieux en chair... Vous
savez, qu'on ne peut pincer nulle part tant c'est
dur... Tout muscle...

— Il est solide, Aurélien... Et élégant...

— Oui, il porte bien les vêtements... Mais ce
qui me plaît, c'est qu'on soit beau sans rien... Au
fond, je suis une femme pour les marlous, moi...

— Quel malheur pour les autres! »

Il éprouva soudain très vivement sa présence.
Avec ce génie d'actrice qui la forçait à tout instant
à jouer un rôle, à incarner un personnage, Rose
avait *involontairement* perdu de sa distinction : elle
s'était faite fille... Elle murmura :

« Est-ce que tu te prends pour un miché, par
hasard?... »

XXVII

Mme Duvigne ronchonna : « Ah, si ce n'était pas
pour Monsieur! » Le temps était dégoûtant : il
avait dégelé, à Paris la neige ne tient pas; et
pataugeant dans la boue infecte que ça faisait,
avec un coup d'œil superstitieux sur la Morgue,
qui se trouvait encore à cette époque à la proue
de la Cité, la femme de ménage pensa que c'était
drôle, on avait toujours plus froid quand ça dégèle
que quand il gèle bien. Cette humidité désagréable! Elle serra son fichu de laine noire et hâta
le pas. Elle s'était un peu attardée avec l'autre
ménage qu'elle faisait sur la rive gauche, avant de
se rendre chez M. Leurtillois dans l'île Saint-
Louis. C'est un des grands charmes de Paris que
ses quartiers déchus. Ils sont nombreux qui sont
ainsi tombés de la noblesse au commerce, aux
logements du petit peuple, en gardant les fron-
tons, les portes, les cours, les escaliers de leur
grandeur nostalgique. Mais chaque vestige de cette
splendeur alors banale prend d'une enseigne, d'une

mutilation, d'une humiliation un sens et une valeur que la beauté seule, ou l'âge, ne lui aurait point donnés. Dans l'île, où peu de maisons ont été bâties depuis les jours de son faste, l'isolement du fleuve a dans une grande mesure préservé ce vaisseau de pierre des dégradations commerciales. Le négoce de la grande ville ne l'a point touché, et le village de l'île, pour ainsi dire, les boutiques nécessaires à sa vie, se sont cantonnées à sa rue centrale, la rue Saint-Louis-en-l'Ile, qui, étroite et cachée, a l'air honteux d'un intestin traversant un corps noble. Là, demeurent les boutiquiers, les gens de métier, le peuple. De part et d'autre les courtes rues qui mènent aux quais, les quais eux-mêmes, sont presque entièrement constitués de vieux hôtels encore habités par des familles tombées mais dignes, une bourgeoisie qui a le mirage secret de l'aristocratie, des artistes, des hommes de loi, des Américains amenés par le cours du dollar; et au milieu de ces bâtisses loties entre des locataires disparates, joie du décorateur et de la pauvreté qui attend un héritage, ont poussé au dix-neuvième siècle, ou ont été aménagés quelques immeubles de rapport dont l'exemple est celui qu'habitaient Aurélien, le prince R..., la poétesse Marie de Breuil, l'ancien ministre Thibault de Lacour, et dix autres personnes *qu'on connaît.*

Mᵐᵉ Duvigne, avant d'y entrer, courut dans la rue Saint-Louis. On était dimanche, il y avait plein de gens dans les boutiques. Elle prit des œufs chez le crémier, et en profita pour payer le lait. Tout le monde y parlait d'une histoire à laquelle elle ne s'intéressa qu'une fois chez le marchand de couleurs où elle avait fait un saut, affaire d'acheter une curette pour ses casseroles, la vieille n'était plus possible : enfin, des mariniers avaient retiré de l'eau une pauvre femme, dans une robe de bal, figurez-vous, et il ne devait pas y avoir longtemps qu'elle était dans la Seine, ici des détails techniques qui s'étaient déformés de bouche en bouche, et elle avait un doigt coupé, pour lui prendre une bague, probable. Alors, c'est un crime? Mme Duvigne n'avait malheureusement pas le temps d'en écouter davantage. Une rafale. Ah, quel fichu temps! Elle s'arrêta devant la loge. Le concierge lavait sous la voûte : « Bonjour, monsieur Michu! » C'était un homme de cinquante et des années encore vert, excessivement poilu, de taille moyenne, avec un nez tout crevassé, une moustache grise tombante, et une envie violacée, grosse comme une pièce de vingt sous, sur la joue droite. Depuis qu'il avait quitté les tramways, où il était percepteur, il aidait Mme Michu. Il aurait bien voulu travailler pour M. Leurtillois, mais son locataire avait une femme de ménage. Aussi M. Michu détestait-il Mme Duvigne. Il grogna en touchant sa casquette, sa façon d'être aimable, à celui-là! N'empêche qu'il dit : « Encore une de repêchée dans la Seine, Mme Duvigne!

— On m'a dit chez le marchand de couleurs... » Mme Duvigne avait sa dignité. M. Michu lui cria : « J'ai monté les journaux! Y avait pas de courrier! » Il tenait à marquer qu'il faisait son service.

La cuisine de la garçonnière donnait sur le même palier que l'entrée; pas d'escalier de service à cet étage-là. Mme Duvigne montait l'escalier de service jusqu'au palier précédent, où elle rejoignait par une porte, à demi-étage, le petit escalier qu'empruntaient les maîtres. Elle prit les journaux en équilibre sur la poignée de cuivre, le pain et le lait à côté du paillasson, et entra dans la cuisine, fronçant les sourcils comme toujours : car elle se demandait ce qui l'attendait sur la table.

C'était une convention qu'Aurélien mettait un bout de papier avec un mot sur la table, quand il désirait quelque chose, surtout de n'être pas dérangé. Soit qu'il voulût dormir, soit qu'il eût *quelqu'un*. Parfois il écrivait : « Madame Duvigne, préparez le déjeuner pour deux dans la pièce. »

La pièce, c'était par abréviation, celle qui n'était pas la chambre. Quand il n'y avait rien, Mme Duvigne entrait chez Monsieur, ouvrait les persiennes et lui portait son petit déjeuner au lit. Mme Duvigne appréhendait toujours qu'il y eût *quelqu'un* chez Monsieur. Non pas qu'elle en fût choquée : quand on sert chez un garçon, on sait à quoi on s'expose. Et puis à l'âge de Monsieur. Mais enfin, ces matins-là, elle se sentait mise de côté, plus de conversation... Gênée, tout de même, et peut-être un peu jalouse. Elle regarda donc sur la table en entrant : rien. Elle soupira, enleva son châle, alluma le fourneau à gaz, mit de l'eau à chauffer, coupa le pain en tranches minces pour le faire griller, prit le moulin à café... Une chance, il y a encore assez de café pour aujourd'hui... moi qui avais oublié d'en racheter! Où j'ai-t-il la tête, bon sang...

Quand elle ouvrit les rideaux, Aurélien dormait encore; il se retourna dans le lit, enfonça son nez dans l'oreiller, puis sortit ses grands bras, et regarda le jour blafard avec stupeur. La pendulette de cuir rouge marquait onze heures. « Ce qu'il est tard! Bonjour, madame Duvigne! » Il passa ses doigts dans ses cheveux pour les peigner.

« Bonjour, monsieur... Monsieur dormait si bien, je m'en voulais de le réveiller...

— Il faut bien se lever, madame Duvigne...

— Quand on a à faire, bien sûr... Mais qu'est-ce qui force Monsieur? Et un dimanche encore! »

Elle plaçait le plateau sur la table. Les œufs à la coque, le café, le lait... Aurélien regardait toutes les choses familières avec une sorte d'hébétude. Mal tiré du sommeil, il retrouvait sa vie comme un tiroir mal rangé, où il fallait mettre d'abord de l'ordre, avant de savoir ce qui peut y rentrer. Mme Duvigne, les œufs à la coque... Soudain il se souvint de la journée précédente. Elle l'inonda comme une lumière. Les plus petits détails de cette journée. La conscience, aussi, confuse, de l'importance de cette journée. De quelque chose qui affectait toute sa vie. Qui changeait toute sa vie. Il s'entendit, qui disait à sa sœur : *Je suis amoureux*. Amoureux... il l'avait dit. Était-ce bien sûr? Était-ce croyable? Alors, rien n'était plus à sa place, rien n'était plus comme avant. On est prisonnier de ce qu'on a dit, de ce qu'on a pensé. Amoureux... L'image de Bérénice mit un certain temps à monter dans ses pensées, à s'y former, à en écarter les broussailles, les ramifications des rêves et de la nuit. Elle n'était pas absente pourtant des souvenirs vagues et sans lien du jour précédent qu'il avait d'abord retrouvés. Mais l'accent alors n'était pas sur elle. Le nom et l'image de Bérénice ne coïncidaient pas tout à fait. Il y avait quelque chose de douloureux dans cette clarté croissante, cette blancheur... Bérénice... Est-ce que je l'aime vraiment? Qu'est-ce que c'est que cette folie? Il est temps encore d'arrêter tout ça. Soudain il eut le sentiment de sa vie continuant comme par le passé, sans Bérénice, le cœur vide, le temps perdu... La phrase de Mme Duvigne : « *Quand on a à faire, bien sûr!* » lui revint comme un reproche. Le néant de sa vie lui apparut, et il se demanda pourquoi il se levait tous les jours. Il baissa les yeux et, par la porte de la pièce, il vit le masque au mur. Comment avait-il pu lui trouver la moindre ressemblance avec Bérénice? Il ne le voyait plus, mais tout, même la dissemblance, le ramenait à Bérénice. Il se raccrochait à cet amour, à l'amour, comme un homme qui se noie. Que disait Mme Duvigne? « En robe de bal, imaginez-vous, monsieur... Décolletée, ce qu'elle a dû avoir froid! Une dame... pas ce que Monsieur pourrait croire... une dame qui portait des bijoux... ce qui fait qu'on lui a coupé le doigt... »

Il n'avait pas entendu le début. Il ne posa pas de questions sur cette histoire sauvage. Brusquement il s'était souvenu du rendez-vous rue César-Franck. Aujourd'hui, à cinq heures. Cela avait tout changé. Il s'assit sur le lit et demanda le plateau.

« Madame Duvigne, vous descendrez m'acheter du jambon... Y a-t-il encore des confitures? Je déjeunerai ici...

— C'est tout ce que Monsieur veut? Je pourrais lui faire une purée de pommes de terre... Une salade?

— Si vous voulez, Madame Duvigne... Aujourd'hui, dimanche, les Mariniers sont fermés, et je ne veux pas courir avec ce temps-là... je sortirai seulement dans l'après-midi...

— Ah, Monsieur a bien raison! Cette gadoue par terre! Monsieur veut que je reste pour le servir? »

Non. Monsieur préférait que Mme Duvigne laissât tout dans la cuisine, il avait l'intention de faire longuement sa toilette, et de manger à sa guise, sur le coin de la table, à n'importe quelle heure, il était déjà si tard... Non, non, laissez : vous ferez le ménage à fond demain... Je ferai mon lit... Oui, merci. Elle ne s'en ira pas? Il l'entend fureter dans *la pièce*, qui met de l'ordre, ramasse des vieux journaux, prépare le feu (il n'y aura plus qu'à passer l'allumette)...

« Alors, je descends, monsieur... Je mettrai tout dans la cuisine...

— Ne me dérangez pas en remontant... ce n'est pas la peine... »

Mme Duvigne a un peu pincé les lèvres : « Monsieur n'a rien à craindre... » Allons, bon, elle se vexe, maintenant! Mais enfin le silence et la solitude sont retombés. Aurélien sort du lit d'un bond, il a failli jeter par terre le plateau, et le restant de café. Il se voit dans la grande glace, long, dans son pyjama à raies gris perle et gris fer, tout chiffonné, le visage gras du sommeil, mal rasé, les cheveux en désordre. Il regarde avec désapprobation ses ongles douteux. De l'eau, de l'eau!

Le système de la baignoire n'était pas des plus jeunes. Aurélien l'avait trouvée installée, et c'était tout juste ce qui l'avait toujours agacé : le bain mettait un temps fou à couler, et l'eau chaude avec l'appareil à gaz, qui a de brusques ressauts inquiétants, ne permettait pas de faire couler l'eau froide sans le surveiller. Il fallait être dessus tout le temps. Pendant que le bain coulait, Aurélien, suivant une vieille routine, se lavait les dents avec acharnement, en commençant par celles du haut. Puis la pâte dentifrice en équilibre sur la brosse, il allait jeter un coup d'œil à la baignoire.

Maintenant il avait retrouvé le secret de sa folie. Il ne doutait plus d'aimer. D'aimer Bérénice. Cette Bérénice dont il ne savait mille fois rien. Il sortait son linge, il le regardait avec un soin minutieux, pas cette chemise, celle-ci peut-être... Allons, le bain allait être trop chaud. Il laissa les caleçons sur une chaise, enleva son pyjama. Bon, pas de savon. Cette Mme Duvigne ne pense à rien... Il dut courir nu dans la chambre, chercher dans le placard un de ces gros savons en'boule noire qu'il aimait, et qu'on lui apportait de Londres. Il s'arrêta encore devant la glace, et se regarda longuement, le savon à la main. Comme s'il avait regardé un étranger. Il hocha la tête, et revint rêveur vers la baignoire. Qui sait? Les femmes nous voient tout différemment. Avec une rage minutieuse, il se mit à nettoyer ce corps qu'il n'avait pas choisi.

Il pouvait vraiment passer des heures à cet exercice, il n'était jamais content de lui. Le monde se rétrécissait, comme son champ optique. Tout dépendait de la propreté d'un carré de peau. Le gant de crin ne suffisait qu'à dégrossir, à préparer ce massage au savon qui n'a pas de raison de s'arrêter, la pierre ponce sur les peaux mortes, la brosse qui entre dans les pores, ces soins passionnés par lesquels il se traitait comme un plancher, une chaussure, un de ces objets que les maniaques astiquent avec une vanité puérile. Il n'avait pas plus tôt achevé un coin, qu'il se demandait s'il avait suffisamment nettoyé ceci ou cela où il était déjà passé, et ce travail de proche en proche avec des repentirs se prolongeait bien au delà de la raison, laissant la peau rouge. « Monsieur! »

C'était Mme Duvigne qui frappait à la porte. Il lui avait dit pourtant de ne pas le déranger. « Qu'est-ce qu'il y a encore?

— J'ai tout préparé dans la cuisine, Monsieur. Monsieur n'aura qu'à égoutter les pommes de terre... Elles mijotent sur le feu... Et à mettre un morceau de beurre... La salade est faite... Monsieur n'aura qu'à la retourner...

— Bon. Ça va. Merci. »

Il plongea sa tête dans l'eau, les doigts dans les oreilles, et en ressortit en soufflant. Quel crampon, cette Duvigne, alors! Il aurait bien aimé la remplacer par un homme. C'est plus commode pour bien des choses, et puis ça tient mieux les affaires. Encore l'autre jour, comme elle lui avait mal fait le pli à son pantalon d'habit en le repassant! Seulement, allez trouver un homme, quand on ne le loge pas. Il y avait bien le concierge, qui s'était proposé, mais Aurélien n'aimait pas sa gueule, cette pièce de vingt sous sur la joue, il n'était pas très propre, et certainement de la police... Enfin tout pour lui...

Si je mets cette chemise-là, je prendrai le costume gris-bleu, et la dernière cravate de chez Pile... Non, je n'ai pas de chaussettes qui aillent bien avec... Alors si je prends la foncée de Hilditch and Key... Après tout, pour qui est-ce que je m'habille? Pour moi ou pour elle? Qu'est-ce qu'elle aime, Bérénice? Je n'en sais rien. Je ne sais rien d'elle. Les chaussettes écossaises vont lui paraître excentriques. Il y a moins de risque avec les tons éteints, une cravate foncée...

Sorti du bain, il s'épongeait. Il se dit qu'il ne pensait qu'à lui-même. Bérénice était un simple prétexte qui le ramenait toujours à ce miroir de l'imagination où il ne voyait qu'Aurélien, Aurélien et toujours Aurélien. Pourtant il aimait Bérénice. Il se le répétait. Il se disait avec ironie la phrase de Mme Duvigne : « *Quand on n'a rien à*

236

faire, bien sûr! » Ah, aujourd'hui, il avait à faire. Il était occupé jusqu'au fond du cœur. Tout prenait une importance formidable. Tout tournait autour de ce rendez-vous de cinq heures, préparait le rendez-vous de cinq heures. Et il n'y avait pas tant de temps d'ici là, pas de temps à perdre. Un homme qui aime est un homme occupé. Terriblement occupé.

Il se coupait les ongles des orteils, assis sur une serviette, la langue entre les dents, avec une attention intense. Il y avait une légère buée en l'air. Ce labeur achevé, il eut encore des doutes à propos des chemises, oublia qu'il s'était lavé les dents, recommença de le faire, s'en aperçut comme il était en train et se moqua de lui-même. Un coup de torchon sur la glace obscurcie de vapeur... Se raser maintenant...

Bérénice... Il tournait autour d'elle, autour du souvenir qu'il avait d'elle, avec cette délicatesse, cette prudence d'approche, qu'ont les hommes auprès d'une femme. Il l'évitait même, de peur de gâcher quelque chose. Il traçait autour d'elle un vaste cercle de pensées qui ne semblaient nullement la concerner, et qui le ramenaient à elle, qui le préparaient à elle. L'extraordinaire chose que l'amour d'un homme : si semblable, si enfantinement semblable à l'amour des oiseaux et des ours, des insectes et des loups. Même quand il s'agit de tout autre chose, ils ne peuvent jamais l'imaginer que comme la préparation de l'acte même, et leurs pensées sont un printemps de la forêt, ils se choisissent les couleurs de leurs plumes, exercent leurs gorges à des musiques qui ne tirent leur mélodie que de l'instinct, préparent le nid, le lit ou la bauge où attirer celle qu'ils jureraient leurs grands dieux n'avoir jamais rêvé toucher du bout des doigts. La contradiction, l'hypocrisie sont les éléments constitutifs du véritable amour, on ne pourrait les en arracher sans le tuer.

A demi habillé, Aurélien cherchait partout les

souliers qu'il avait décidé de mettre. Où diable cette Duvigne les a-t-elle fourrés? Comme un fait exprès, tous les autres sont là... Elle vous change les choses de place, au bout de deux ans, un beau jour, comme si elle avait deviné qu'on en aurait besoin ce jour-là. Ah, bon, elle les a mis en bas du placard. Pourquoi ça? Naturellement, pour cacher qu'elle ne les avait pas faits! Maintenant il faut que je m'appuie de frotter ces godasses, et me salir... Oh, non, à la fin, il faudra que je trouve un homme...

Il passa dans la cuisine, vit le déjeuner préparé, et s'attendrit sur Mᵐᵉ Duvigne. Elle avait mis le couvert, et des fleurs dans un petit vase de porcelaine. A côté la salade, le sel, le poivre et le sel de céleri La serviette pliée en bonnet d'âne. Il se mit à rire. Brave mère Duvigne! Et fit ses souliers avec ardeur.

Comme il achevait de s'habiller, dans la *pièce*, ses yeux rencontrèrent le masque une autre fois. Cette fois, c'était vraiment Bérénice... un moment de Bérénice, quand le sang sous une émotion disparaissait de ses joues. Quelle peau merveilleuse elle a! Transparente, vivante, si vivante qu'elle fait penser à la mort...

Qu'est-ce que c'était que cette histoire de noyée qu'elle racontait, Mᵐᵉ Duvigne? Une robe de bal, une bague, un doigt coupé. Il reconstitua le fait divers qui n'était pas venu tout à fait à sa conscience, et se mit à la fenêtre.

Longuement il regarda couler, jaune, trouble, froide, équivoque, la Seine. Une robe de bal... pourquoi? Quel drame d'ombre et de scintillement au fil de l'eau, quel mystère vulgaire et profond? Quel besoin de robe ont donc les noyées? N'est-on pas nu dès qu'on est enveloppé par le fleuve, n'est-on pas dans la mort comme dans l'amour? Les draps sont froids aussi où l'on entre à deux. Et voilà qu'il se fâche contre lui-même : qu'avait-il eu besoin de renvoyer Mᵐᵉ Duvigne sans que le ménage fût fait? Et si par impossible... Oh, il n'y

avait pas la plus petite chance, mais enfin... si
pourtant... Il mit des draps propres au lit et
balaya. Il détournait les yeux du masque là-haut,
si blanc, si pur, si lointain.

XXVIII

L'appartement de Mrs Goodman, rue César-
Franck, était bien ce qu'il y avait de plus loin,
dans l'esprit de Bérénice Morel, de l'atelier du
peintre ou même du genre artiste. C'était ce que
l'on trouvait dans toutes les maisons neuves
d'alors, et par neuves on entendait bâties depuis
1900, l'appartement à trois chambres, avec salon,
salle à manger : des pièces petites, de couleur
claire, avec des pâtisseries Louis XVI et des glaces
sur les cheminées. Ce qu'on appelait le salon, et
qui était aussi où Zamora travaillait, était une
pièce assez étroite, et encore encombrée par le
chevalet sur lequel était posé un tableau disproportionné au lieu, de la manière dadaïste du
peintre, qui avait l'air laqué, et montrait une
machine compliquée aux rouages incapables de
tourner, couleur d'acier avec des parties noires.
Cet écran opaque divisait la pièce mieux qu'un
paravent et faisait paraître singuliers, minuscules,
antédiluviens, les sièges cannés genre Trianon,
les bergères couvertes de soie rayée vert et blanc,
la console d'époque, la table de marbre.
Il faut dire que Zamora, ses toiles entassées dans
un coin par terre, son chevalet, ses pinceaux, des
cartons, des crayons, des pots de couleur, était
venu camper là-dedans sans rien changer de la vie
courante. La belle Mrs Goodman, Betty, une
grande blonde, au visage de Vierge, tout ce qui
se fait de plus préraphaëlite, absolument impassible, les paupières extrêmement bombées, comme

un prolongement du front, tant elle avait les sourcils pâles, avait accepté cette installation comme
toutes les choses de la vie, et semblait trouver tout
naturel, et les tableaux de Zamora et Zamora et
la transformation de son salon en atelier. Dans
cette pièce pourtant jouaient habituellement les
deux enfants de Mrs Goodman, un garçon et une
fille de cinq et sept ans, de petits anges irrésistibles et blonds, s'asseyait aussi pour coudre,
réparer le linge de maison, le linge de sa maîtresse,
une grosse négresse coiffée d'un madras noué vert
à pois rouges, qui était supposée garder les enfants.
Et défilaient sans fin les amis de Zamora, ses relations disparates, des jockeys célèbres, des
duchesses, des littérateurs, des hommes riches
et désœuvrés, des jolies femmes de toute espèce,
des joueurs d'échecs, des connaissances faites en
voyage, sur les transatlantiques, dans les hôtels,
tout comme les amis de la famille de Zamora qui
était une famille tout à fait assise, dans le commerce international des grains, avec des cousins
dans la haute Église d'Espagne.

Quand Bérénice que Paul Denis avait été chercher rue Raynouard était arrivée avec le petit
poète, dans ce capharnaüm que complétait une
tête d'enfant par Houdon sur la cheminée, elle y
avait trouvé, sans compter la négresse et les
gosses, Mrs Goodman et Zamora, le couturier
Charles Roussel, un homme de soixante ans, la
barbe en collier, les cheveux blancs, lisses, grand
et n'ayant pas oublié qu'il avait été un bel homme,
soigné comme un caniche et habillé avec une
recherche qui frisait le mauvais goût à force de
distinction. Il était venu, sans avoir l'air de rien,
voir les tableaux de Zamora à l'heure du café,
sur l'avis d'un jeune écrivain qui le conseillait
pour ses achats, un ami de Paul Denis. Charles
Roussel ne portait pas que la gloire de sa maison
de la rue de la Paix, mais aussi celle de ses collections promises au Musée du Louvre, peintures
modernes, statues archaïques chinoises. Il s'exta-

siait devant une série d'aquarelles abstraites, ou plus ou moins abstraites, où le dessin d'ingénieur, au lavis rehaussé d'une ou deux couleurs, se mêlait à des inscriptions relevant de la poésie provocante de ce temps-là. Ses éloges avaient un peu du cache-cache de la critique. Il ne voulait ni avoir l'air de ne pas comprendre ni avoir l'air d'être dupe. Avec Zamora, il avait adopté le ton très libre de l'homme du monde qui comprend toutes les mœurs, s'il ne les pratique pas; et il mêlait ses commentaires de galanteries à Mrs Goodman, qu'il trouvait mal habillée, mais charmante.

« C'est tout à fait curieux... tout à fait curieux... — disait-il. — Cela a un charme de... une simplicité de... Cela me rappelle des choses que j'ai vues en Italie, imaginez-vous... surtout celui-ci avec ce rouge, là... Vous savez, Zamora, en Italie il y a des murs sur lesquels il ne reste presque plus rien... Une couleur, une courbe de... Ça vous prend, on se demande... » Zamora faisait une bouche en cul-de-poule, et on sentait qu'il rigolait à la fois et qu'il prenait le compliment comptant.

« Tch, tch, tch, tch! Hou, hou, hou! »

La petite voix du garçon habillé d'une salopette bleue, qui se traînait par terre, dans les pieds de tout le monde, avec une locomotive couleur boîte de sardines, fit tourner les yeux de Bérénice sur ce miochon tout gras, tout blond, un visage rond, les paupières de sa mère et pas de nez du tout. La sœur, tout à fait insupportable, dans le genre petite mère, avec son tablier rose, se tortillant, maigrichonne, mais avec un visage délicieux, se précipita sur son frère et essaya de lui arracher la locomotive : « Oh! Washington! Washington! Don't be silly, Washington! » Mrs Goodman vit les yeux de Bérénice. « La petite ne veut jamais appeler son frère que comme ça... son nom d'ailleurs... moi, je lui dis Georgie... Georgie, voyons! »

M. Roussel tournait les grandes feuilles dans

un carton à dessin : « Ça me rappelle, — dit-il, — mon voyage en 1890... était-ce 90? J'ai rencontré justement Anatole France... Il avait l'air gêné... il regardait des Djiottos avec moi... on l'appelle : *Monsieur France! Monsieur France!* et je vois tout d'un coup une espèce de guenon, fagotée! Une mégère de... Je regarde Anatole. Il me regarde. Il hoche la tête : « Voilà, cher ami, — me dit-il, — c'est comme ça, que voulez-vous! » Elle agitait une ombrelle. C'était la mère de Caillavet...

— Très joli! » dit poliment Zamora qui s'en foutait. Mrs Goodman eut son rire étonné, qui lui était de si haute utilité avec son peintre. « Tch! Tch teuf, tch teuf! » faisait l'enfant sur les sou liers de daim de l'amateur d'art. Un paquet rose lui tomba dessus : « Washington! » Et la négresse plongea du madras vert et rouge pour repêcher les enfants.

M. Roussel leva un pied après l'autre comme s'il avait marché sur des Zamora : « Des enfants ravissants... Une fraîcheur de... Mon cher Zamora, devant vos aquarelles, je vous surprendrai peut-être...

— Mais non, mais non!

— ...Mais je prononcerai deux noms... deux noms... Djiotto, Tchimabou... »

Paul Denis souffla à Bérénice : « Il veut dire Giotto, Cimabué. »

Mrs Goodman s'excusait entre haut et bas auprès de Mme Morel. Il était clair qu'il n'y en avait plus pour très longtemps. Elle était sûre que Mme Morel comprenait. Mme Morel comprenait à merveille. Paul Denis lui avait expliqué la situation. Mrs Goodman avait un mari diplomate qui avait un peu apparu à Cannes, à Biarritz, revolver au poing, puis avait été rappelé par son gouvernement aux États-Unis. Assez content d'être libre. Il avait laissé les enfants à la mère, mais n'envoyait plus d'argent, ce qui était incommode. Zamora en avait, mais il en dépensait davantage... C'est cher de peindre.

Pour l'instant, Charles Roussel cherchait le moyen de se tirer de là sans rien acheter. Zamora, voyant le coup, le ramenait devant les tableaux, le grand du chevalet, d'autres entassés contre le mur. Des pièces pour lesquelles, affaire de taille, on ne pouvait pas offrir deux sous. « Je m'excuse, — dit le collectionneur, — je me sauve... Un rendez-vous de... C'est toute une histoire, imaginez-vous ! »

Bérénice vit les yeux tristes de Mrs Goodman, n'entendit pas l'histoire, parce qu'avec Paul Denis elle feuilletait à son tour les aquarelles... Sur le pas de la porte, pourtant, le couturier qui sentait le besoin d'être homme du monde, dit : « Alors envoyez-moi cette petite chose... c'est une bicyclette, n'est-ce pas ?... avec le rouge...

— *Le calcul approximatif*, vous voulez dire...

— Ça s'appelle comme ça ?... enfin la bicyclette... Et joignez-en deux autres à votre goût... ou plutôt au goût de Mrs Goodman... — Avec un salut, et un geste de la main vers elle... — Les femmes ont toujours un sens de... Elles savent ce qu'on peut mettre chez soi sans avoir des histoires... »

Il jetait un dernier regard sur l'énorme machine qui obstruait le salon. Zamora le raccompagna.

« Ouf ! — soupira Mrs Goodman. — God bless me... Ça fera toujours cinq cents francs s'il en prend trois... Je lui mettrai *La proxénète hermaphrodite* pour amuser Mme Roussel ! »

La proxénète hermaphrodite était très chaste à regarder, elle ressemblait à s'y méprendre à une montre, mais elle avait des aiguilles noires qui disaient midi dix, tandis que d'autres, vertes, marquaient neuf heures moins vingt-cinq.

Zamora revenait, les épaules grasses secouées de petits rires, et faisant des mines avec les mains : « Tchimabou... Djiotto... Tchimabou ! » Il prit Bérénice par les poignets et la regarda. « Allons, — dit-il, — ce n'est pas tout ça... au travail ! Asseyez-vous là... — Et se tournant vers

243

Mrs Goodman : — Une tête intéressante, n'est-ce pas? »

L'autre fit marcher ses ombrelles à yeux : « Ravissante... Elle a l'air d'un gros poisson... »

Zamora gloussa et se tournant vers Bérénice : « Voilà... elle est comme ça, vous avez l'air d'un gros poisson pour elle... »

Bérénice riait, un peu étonnée. Paul Denis voulut arranger les choses : « Il y en a de très jolis, — dit-il, — La dorade...

— Non, — dit catégoriquement Mrs Goodman, — elle, c'est le poisson-chat...

— On ne sait jamais de quoi on a l'air pour les autres, — reprit Denis. — Il y a des gens...

— Ça ferait un petit jeu de société : de quoi ai-je l'air pour vous? A quoi Betty ressemble-t-elle pour Paul? Lui, je lui trouve un genre tri-porteur qui a mal tourné... » Il éclata de rire, et Paul Denis fronça légèrement les sourcils.

Zamora s'installait avec un grand bloc de papier Wattmann, des crayons, de l'encre de Chine, des godets, un peu d'eau : « Vous pouvez vous moquer du papa Roussel, — dit-il. — Il est absurde natu-rellement... Mais qu'est-ce que nous ferions sans lui? Je veux dire Picasso, Derain, moi... »

Il se mettait à l'échelle de la célébrité. Il n'avait jamais admis de rester comme ça, un peu en marge. Il se savait plus intelligent que les autres peintres, et une bonne fois pour toutes, il avait posé que le talent est affaire d'intelligence. « Quels yeux elle a! — dit-il en prenant les pro-portions. — On me dira encore que c'est mal dessiné, si je les fais comme ils sont... Ou bien on croira que c'est une *déformation*... c'est leur grand mot maintenant... Ils voient tout déformé... Ils ont ruminé Manet, vous comprenez... bouffé de l'Olympia... Si je mets ma langue dans ma joue, comme ça, ce n'est pas une déformation pourtant, c'est un geste... Mais vous savez, quand on fait le portrait de quelqu'un il n'a pas le droit d'éter-nuer... ça ne se fait pas... »

Paul Denis s'était mis derrière le peintre : « Ça ne vous gêne pas? — dit-il.

— Pas du tout. Je n'ai pas de pudeur. Les vrais peintres, paraît-il, détestent qu'on les regarde faire... ils doivent être gais en amour! »

Mrs Goodman, continuait son idée : « Vous lui enverrez *La proxénète hermaphrodite*, mon ami, et cet autre, que je n'aime pas... how do you call it?... Sixty-nine...

— Non, *Six-cent-six!* — Il gloussa, il avait vraiment l'air d'une poule, lui, pensa Bérénice. — Ce que j'aurais voulu, — continua-t-il, — c'est qu'il nous débarrassât d'un grand machin... une toile... bien que je ne peigne jamais plus sur une toile, c'est ennuyeux... Naturellement, c'est idiot de parler de Giotto pour ces petits lavis... Mais pour les grands trucs... Alors on peignait des sujets religieux parce que c'était nouveau... comme aujourd'hui un phare, une auto. Les gens ne comprennent pas pourquoi je peins de belles machines neuves. Ils veulent bien des machines... en action avec des flammes... de la fumée... le genre titan verhaeréniaque... Mais propres comme ça, nickelées, fi donc!

— Avec quoi est-ce que vous peignez ça? — dit Paul Denis, en désignant le grand tableau. — Ça fait vernis...

— Ça? De la laque à carrosserie. Toute la question de la peinture est celle du médium... Quand on a trouvé l'huile on a cessé de peindre sur les murs. Les peintres broyaient leurs couleurs, leur secret était là-dedans. Et puis de nos jours on a méprisé le travail des couleurs. Picasso se vantait de peindre avec les couleurs de Félix Potin... Seulement vous verrez... ça ne tiendra pas... Tandis qu'avec ça, c'est pour la vie... enfin les siècles! Nous peindrons désormais nos tableaux, nos voitures, et nos femmes de la même façon! »

Bérénice regardait au mur une des fameuses têtes de Bretonnes dont Zamora avait fait sa dernière manière. Impossible d'imaginer rien de plus sage, le métier à peu près des dessinateurs de *L'Illustration*. Un simple dessin à l'encre de Chine, assez épais, comme décalqué, le trait continu, toute la couleur pour le bonnet, type Bigoudenne, un frottis de rose aux joues, les lèvres bien rouges, en deux tons pour l'ombre, et un frottis pour amorcer les vêtements sous le cou. Bérénice se demanda s'il la ferait comme ça, ou comme *l'Hermaphrodite*. Elle rit un peu. Zamora s'arrêta, et la regarda. Elle demanda, effrayée : « Il ne fallait pas rire?

— Si... au contraire... je n'y avais pas pensé... Le portrait se met tout à coup à rire, vous voyez ça d'ici... — Plaisantait-il? Était-il fâché? Il reprenait son monologue autant pour Paul que pour elle : — Les gens ne savent pas ce qu'ils veulent... Ils ont déclaré que ce n'est pas ce qu'on peint qui compte, mais la manière de le peindre... Ça aurait pu les mener loin, ça ne les a menés qu'à peindre des pommes et encore des pommes... Alors quand je peins des machines, on me dit : Faites comme Cézanne... »

Georgie-Washington Goodman se rappela à l'attention générale avec sa petite voix aiguë : « Mêde pou Cizanne! Mêde pou Cizanne!

— Ho, ho! — s'exclama la mère. — Ce petit!

— Il veut qu'on lui donne des pommes », expliqua Zamora plus gloussant que jamais.

Dans son enthousiasme, Washington s'accrochait à la robe de Bérénice, et répétait : « Mêde pou Cizanne! » menacé par sa prude sœur. Bérénice le ramassa et lui sourit : « Il sera peintre, — dit-elle, et se tournant vers la fillette : — Et toi, qu'est-ce que tu veux être? »

Le visage de madone de l'enfant se tourna vers la dame. On ne peut rien imaginer de plus pur : « Moi, — dit-elle avec ce ton d'extase qui suit une longue réflexion, — quand je serai grande, je serai putain... »

L'hilarité de Paul Denis couvrit celle de

Zamora, et les cris faussement effarouchés de la mère, tandis que l'impassible négresse promenait sur le tout un bon sourire incompréhensif.

« Il faut l'excuser, elle répète ce qu'elle entend dire! — dit Mrs Goodman.

— Vraiment, chère madame? » Paul Denis en avait les larmes aux yeux.

« Vous aggravez votre cas, Betty... », fit observer le peintre.

Mrs Goodman rougit un peu et se tourna vers Mme Morel, qui passait la main dans les cheveux du petit : « Vous aimez les enfants, madame?

— Oh, oui! — Elle sentit qu'elle avait un peu trop ouvert son cœur, et rectifia : — Enfin pas tous... ça dépend des enfants... quand ils sont gentils...

— Vous aimez les enfants? Eh bien, pas moi! » s'exclama Paul Denis très sévèrement. Il était visible que Bérénice venait de dire, à son sens, quelque chose de tout à fait incorrect. Elle leva les yeux sur lui, et lentement : « Ah, je vois, — dit-elle, — mon petit... ça ne se fait pas dans votre milieu d'aimer les enfants! »

Paul pinça les lèvres, et Mrs Goodman s'illumina, avec une soudaine sympathie vers Mme Morel : « Vous avez deviné... C'est très mal vu... Il faut se cacher...

— On est libre, — proféra Paul avec un sérieux déconcertant, — d'aimer la marmaille, les ordures ménagères, tout ce qu'on veut... »

Ça se gâtait. Zamora coupa court : « Moi, j'aime les enfants quand ils sont à moi... d'abord j'adore les faire...

— Be careful! » menaça Mrs Goodman. Bérénice rêvait à travers les propos de Paul Denis, elle avait un peu deviné ce qu'était ce monde de jeunes artistes, d'écrivains qui aimaient l'excès, où il vivait. Il y régnait des idées toutes faites, pas les mêmes qu'ailleurs, mais toutes faites quand même, et aussi tyranniques. Dommage pour Paul Denis, c'était un bon petit, il avait un certain don

247

poétique, mais cette peur du qu'en-dira-t-on pour
trois personnes et un morveux! C'était là ce qui
l'asséchait, ce qui faisait que sa poésie brillait sans
toucher, sans atteindre le cœur. Elle le plaignait,
comme elle plaignait ces gosses chiens savants, à
qui on parlait de Cézanne avant de leur avoir
appris à se moucher. Elle sortit son mouchoir et
essuya le nez de Washington.

La lumière d'hiver faiblissait sur la conversation. D'ailleurs, il y avait quelque chose qui
n'allait pas très bien entre Paul Denis et Zamora.
Le cinéma était venu sur la sellette, et le peintre
disait : « Vous n'avez pas vu le dernier Harold
Lloyd? Allez voir ça, madame, c'est autrement
mieux que Charlot... » Ce qui fut le commencement d'une dispute, car pour Paul il n'avait rien
au-dessus de Charlot, et pas seulement au cinéma.
Quant à Zamora, toute gloire établie l'irritait, il
fallait toujours qu'il lui opposât quelqu'un. Il
avait même dans sa manche, en musique, en
pcésie, en boxe, en médecine, quelques héros de
rechange que personne ne connaissait sauf lui, et
dont le nom bien jeté coupait les discussions,
créait même des mythologies, de vagues amis
qu'il avait à New York ou à Séville, à Mexico ou
à La Havane, et qui ne se doutaient pas de la
réputation de bon aloi que leur faisait à Paris cet
homme qui leur aurait si facilement marché
dessus.

Mais on ne pouvait, avec Zamora, s'écarter très
longtemps de sa peinture. Le tableau sur le chevalet refit les frais de la conversation. Zamora
avait déchiré une ou deux feuilles de Wattmann,
et pour l'instant il décalquait une esquisse faite
sur une troisième, pour la reporter sur une quatrième, où Bérénice apercevait qu'il y avait déjà
quelque chose... Paul Denis poussait de petits oh,
oh, hochant la tête. Bérénice l'interrogeait des
yeux; il répondit par des gestes évasifs, des sou-
rires en se rongeant un peu les ongles. Zamora
en était toujours au tableau que ne lui avait pas

acheté Charles Roussel : « Quand je pense au Matisse qu'il a chez lui! Presque deux fois aussi grand... Un bocal avec des poissons rouges, croyez-vous! Des poissons rouges de cinquante centimètres, ça n'a pas de sens! Mais il paraît que ce n'est pas choquant tandis qu'une machine... Celle-ci, tenez, vous savez ce qu'ils ont tous contre?

— Non...

— Que les roues dentées sont bloquées et ne peuvent pas tourner! Comme si, dans le cas où elles seraient débloquées, des roues peintes pourraient tourner! Comique... On croirait qu'ils achètent un tableau pour le faire copier, se faire faire un moteur, un carburateur... Vous voyez d'ici un amateur qui s'est payé un Renoir et qui veut que la baigneuse... ou un Poussin pour le faire reproduire dans son jardin...

— Comme si, — surenchérit Paul, — ce qui fait la beauté de la machine ce n'était pas son inutilité...

— Bien sûr! C'est ça, le luxe...

— Les gens ne méritent pas le luxe où ils vivent! »

Ici l'affaire dérailla encore entre les deux interlocuteurs. Le luxe, pour Paul Denis, c'était une idée analogue à ce qu'André Gide appelait *l'acte gratuit*, l'acte pour lui-même, sans profit, sans plaisir, sorte d'achèvement d'une morale bizarre qui avait alors grands succès parmi la jeunesse. Mais Zamora ne pouvait pas sentir Gide, et voulait qu'on lui fiche la paix avec les actes gratuits.

« Tenez, — dit-il, — au fond je suis bien content que Roussel ne m'ait pas acheté ce tableau... Il me sert à découvrir les imbéciles... Quand un imbécile entre ici, dès qu'il a regardé ce tableau, il dit : *Mais les roues ne peuvent pas tourner...* C'est fatal. »

Bérénice, doucement, se glissa dans la conversation : « Pas besoin, — dit-elle, — des actes gratuits pour expliquer ce que vous dites... C'est une idée déjà exprimée ailleurs : *le plaisir nouveau et toujours délicieux d'une occupation inutile...* »

Tout le monde la regardait comme si elle eût fait une incongruité, la bouche ouverte. Dans le système de ce monde-là, les femmes ne devaient pas savoir grand'chose, et encore moins le dire. Avec cela que les citations, en général, étaient mal vues. Bérénice toussa un peu et s'excusa : « C'est Henri de Régnier...

— Régnier? ricana Paul Denis. Vous savez du Régnier par cœur?

— Oh, un peu par hasard, à cause de la musique...

— ...La musique?

— C'est cité par Maurice Ravel en épigraphe aux *Valses nobles et sentimentales*...

— Ah, bien... »

Déjà Zamora enchaînait. D'une part, il lui paraissait peu plaisant que ses idées eussent un écho chez Henri de Régnier, de l'autre, il avait retenu de tout ceci le nom de Ravel. Il pensait toujours un peu ainsi, par accrochage : « Ravel? Vous savez ce qu'Erik Satie en a dit?

— Non, — dit Denis.

— *Ravel a refusé la Légion d'honneur, mais toute sa musique l'accepte...*

— Oh, oh! — dit Mrs Goodman avec un sourire étonné.

— Très joli, — apprécia Paul Denis. — Et vrai... »

Zamora avait l'air d'être l'auteur de ce mot. Denis s'adressa à Bérénice : « Vous ne trouvez pas ça drôle?

— Si, — dit-elle, — mais je vais vous paraître idiote : qui est-ce qui a raison, Ravel ou sa musique?

— Par exemple!

— Nous ne le connaîtrions pas sans elle », dit-elle encore. Et Zamora : « Tout ça dépend de ce qu'on pense de la Légion d'honneur. »

Là-dessus, Denis et lui échangèrent un clin d'œil. Encore une idée reçue. Zamora s'écarta pour juger de l'effet de son dessin. On sonnait à la porte. Les enfants se précipitèrent. Mrs Goodman alluma l'électricité. Tout sembla s'animer dans la pièce.

C'était M. Leurtillois, qui s'excusait de venir à l'improviste, mais Mme Morel l'y avait autorisé... Un brouhaha : Paul Denis, Mrs Goodman, Bérénice parlaient à la fois, et le peintre était déjà tout coquetterie pour le nouvel arrivant.

Celui-ci regardait le tableau sur le chevalet. Il hocha la tête, murmurant une phrase polie. Puis soudain : « Mais pardonnez-moi... ces roues ne peuvent pas tourner... »

XXIX

« Comment avez-vous trouvé mon portrait? »

Ils étaient assis au Bar de la Paix, place de l'Opéra. C'était alors le lieu le plus calme de Paris, surtout un dimanche soir vers six heures. Tout en panne jaune avec des moulures Louis XVI, une double pièce ouatée, avec ses tapis, sa douceur d'avant-guerre, le conventionnel des amours parisiennes. Les garçons comme des ombres. Trois ou quatre couples dispersés qui se parlaient à voix basse. Un vieux monsieur tenait les mains d'une jeune fille. Un aviateur seul, sur un tabouret du bar, regardant sa montre.

Bérénice n'avait pas voulu aller dans l'île Saint-Louis. Non, pas ce soir. Gardons quelque chose pour la suite... Vous ne me connaissez pas encore, Aurélien. Il sourit à son nom. Comme ils ne pouvaient pas longtemps errer sous la capote de la cinq-chevaux, avec la pluie qu'il faisait, il l'avait amenée ici.

« Mon Dieu! lequel de vos portraits? Parce qu'il y en a trois... et chacun n'est peut-être pas mal... mais comme il les a superposés sur le même papier, ça ne fait qu'un chaos de lignes.

— Vous n'êtes pas juste, mon ami... Zamora a voulu donner le mouvement des yeux et de la bouche... comme sur ces photos bougées, vous savez... C'est curieux... je me demande si c'est ressemblant... »

Aurélien croque des chips. Il dit très sérieusement : « Zamora a voulu vous voler votre secret... celui qui vous fait si différente quand vos yeux sont ouverts et quand ils sont fermés... mais voilà, ce secret-là n'est pas pour lui...

— Pour qui est-il?

— C'est que je voudrais savoir. »

Elle ne répondit pas et ferma les yeux. Il la regardait : « Voilà... voilà... — murmura-t-il. — Le mystère s'opère, Bérénice... Tout le monde au monde peut vous voir ainsi, sauf vous. Sauf vous. Vous êtes alors sans défense. Vous avouez quelque chose que vous teniez caché. C'est la secrète Bérénice... Non, ne rouvrez pas vos beaux yeux noirs... restez comme cela, livrée... Vous me disiez en venant que je ne vous connais pas... Je ne connais pas l'autre... celle qui a les yeux ouverts... mais celle-ci, la Bérénice aux yeux clos, comme je la connais! Et depuis longtemps... Ne souriez pas... C'est l'autre qui sourit ainsi... pas la mienne, ma Bérénice... parce que son sourire à elle... Vous ne me croyez pas? Vous viendrez chez moi, et je vous montrerai son sourire.

— Vous divaguez un peu, Aurélien, mais j'aime ça, — dit-elle. — A combien de femmes avez-vous parlé ainsi? »

Il fut tout déconcerté de cette phrase si simple, si attendue pourtant, qu'avec aucune femme au monde on ne franchit le seuil de l'intimité sans l'avoir entendue, sans avoir juré... Elle le lui faisait observer, voyant son trouble, s'excusant aussi d'une telle banalité. Pour lui, il n'y avait là rien de banal. Jamais il n'avait dit à une femme les choses qu'il lui disait. Jamais il ne s'était fait auprès d'une femme amoureux de cet amour. Ça n'avait pas de vraisemblance. Là était le malheur.

« Je ne trouve pas ça si affreux que vous repreniez des mots qui ont déjà servi, si les mots sont jolis, Aurélien... — Elle multipliait les occasions de dire Aurélien, comme lui Bérénice. — ...Mais je ne voudrais tellement pas que vous me mentiez, vous, avec ce peu de temps que nous avons... Le mensonge prend une place terrible entre deux personnes... Après on ne retrouve plus que lui...

— Pourquoi vous mentirais-je? — s'exclamat-il, elle secoua la tête.

— Pourquoi en effet? Pourquoi? Mais hier soir à peine m'aviez-vous dit... m'aviez-vous dit... enfin cette chose... »

A ce souvenir elle sembla éprouver un grand trouble. Il lui prit la main. Elle la dégagea doucement. Il répéta, pour qu'elle sût qu'il avait compris, à voix chuchotée : « Je vous aime, Bérénice... »

Elle fit oui de la tête et continua, avec un geste des épaules frissonnantes : « A peine m'aviez-vous dit cela... qui était pour moi... Vous ne pouvez pas savoir... vous avez été retrouver votre amie au Lulli's...

— Mon amie? Je n'ai pas d'amie!

— Ne mentez pas! Oh, si vous alliez mentir! Edmond m'a dit... elle s'appelle Simone...

— Mais, Bérénice! Edmond est fou... Ah bien, merci à lui! Simone est simplement une fille du Lulli's avec qui je fais la conversation... une vieille copine de bar...

— Je ne vous reproche rien, Aurélien... Quand ce serait votre amie? Vous ne me connaissez pas... Je ne vous ai rien demandé... Vous n'avez rien promis...

— J'ai tout promis!

— Chut... laissez-moi dire... Seulement hier soir, il y avait entre nous ces trois petits mots après lesquels les lumières mêmes pour moi étaient cruelles... Je voulais tellement vous croire, puis Edmond...

— De quoi se mêle-t-il? Moi je ne pouvais pas rentrer chez moi, dormir, voilà tout... J'avais besoin du bruit, de la foule, des lumières, de la musique... Où aller à cette heure-là? J'ai l'habitude du Lulli's. J'avais peur de m'endormir, de vous perdre en dormant... Il y a de terribles étrangères dans les rêves... — Il se fit un grand silence entre eux, puis Aurélien dit avec toute la profondeur de sa jeunesse : — Bérénice... De la vie, je n'ai jamais, jamais dit à une femme que je l'aimais... »

Les mots entrèrent en elle, forts, chauds, chantants. Elle soupira : « Comment est-ce possible? — dit-elle, et aussitôt elle le crut, et reprit : — Moi non plus, je ne sais rien de vous... sinon que vous êtes un grand garçon noir, vers lequel... on ne doit pas dire ces choses-là... vers lequel je me suis sentie attirée, dès le premier jour... et surtout ce soir chez Mme de Perseval... »

Il savait qu'elle disait vrai. Il se souvenait de ce mouvement vers lui qu'elle avait eu, juste avant que Rose Melrose ne dît du Rimbaud... Ils étaient tout près l'un de l'autre, il chercha à prendre son bras.

« Restez tranquille, Aurélien... Ne me touchez pas quand je vous avoue ma faiblesse... Ce n'est pas généreux... Là, sage... Je ne veux pas avoir à me défendre contre vous. Est-ce que je ne peux pas être votre... copine, comme Simone?

— Non, — dit-il, — honnêtement pas. »

Elle couvrit ses yeux de ses mains et murmura : « Quel malheur!

— Ne m'avez-vous pas compris? Je vous ai dit que jamais je n'avais dit à une femme...

— Ah, répétez-le.

— Je vous aime... »

Elle écarta ses mains et tint ses tempes. L'oblique de ses yeux par ce geste encore s'exagérait, elle isolait des deux petits doigts joints, ses cheveux blonds de son visage. Comme eût fait un turban. C'était la Bérénice de Césarée enfin : *Dans l'Orient désert*... « Vous changez, Bérénice, comme un paysage avec le vent... vous n'êtes pas une femme... vous êtes une foule... toutes les femmes...

— J'ai peur que vous ne vous y perdiez!

— Ne raillez pas! Je vous dis que jamais...

— Jamais! — Elle le croyait, elle le croyait, elle dit pourtant : — C'est peu croyable... Comment avez-vous fait dans la vie? Même par erreur... Une seule fois...

— Jamais.

— Ah, c'est trop doux, ça me grise... dites-le encore...

— Je vous aime...

— Mon Dieu, mon Dieu, je me demande si c'est aussi grave pour vous que pour moi! — Il voulut dire quelque chose, elle l'arrêta : — Peut-être ne l'avez-vous pas dit... mais n'y a-t-il pas eu de femme qui ait compté dans votre vie, toutes ces années? »

Il secoua la tête et rit : « Je n'ai eu qu'un seul, terrible et long collage...

— Collage? » Le mot l'avait choquée.

Il s'expliqua : « La guerre... — Elle sourit, du sourire du masque cette fois. — Là, — dit-il... — oh, ça s'est évanoui!

— Quoi donc?

— Rien... mon secret à moi! Oui, il n'y a eu que l'enfance et la guerre, et puis quelques femmes, pas une femme...

— Je redoute déjà ces quelques-là, mon ami. Un jour si je figurais parmi elles... »

Un geste brusque d'Aurélien, et elle sentit sur sa main la bouche de l'homme. Humble, passionnée, jeune. Elle laissa sa main. A cet instant, elle sut qu'il était à elle.

« La guerre... — dit-elle. — Ça me fait trembler de penser que vous avez été là-dedans, un homme parmi les autres, avec les dangers, les saisons, la pluie... Vous me parlerez de votre guerre, n'est-ce pas, sans quoi trop de vous me resterait inconnu...

— Je n'aime pas en parler... tout lui est bon pour revenir... Il ne faut pas lui donner l'occasion de me poursuivre, à cette vieille maîtresse. Elle me fait horreur... Moi-même, parfois... Quand je regarde mes mains et que je pense à ce qu'elles ont pu faire... ces mains-là... »

Il les montrait comme des témoins tragiques. La femme, doucement, les caressa. De ses mains à elle, faibles, satinées... soignées... Il y vit l'alliance, et il tressaillit : « Mais vous, Bérénice...? »

Elle avait vu son regard. Elle retira ses mains.

« Cela, — dit-elle, — nous n'en parlerons pas entre nous...

— Pourtant...

— Je vous en prie. »

Il baissa la tête.

Elle le regardait ainsi. Elle sut qu'il pouvait être malheureux, et cela le lui rendit très proche. Elle le revoyait tantôt, arrivant chez Mrs Goodman, et tombant, désarmé, dans le piège inventé par Zamora, sous le coup de cette opinion publique arbitraire, injuste. Ah oui, comment les autres nous voient-ils? Quelle horreur... Mais elle avait pris le parti d'Aurélien. Elle savait qu'elle pourrait le défendre. Elle détestait maintenant ce peintre, le petit Denis, ces gens de l'art, prisonniers de leurs goûts, de leurs façons... Comme il était grand à côté d'eux! Grand et faible... Tout ce qu'il y avait en elle de maternel s'éveillait. L'idée de la maternité même naquit en elle, l'éleva, la pétrit. Elle ferma les yeux. Elle lutta contre la douleur, elle sourit...

« Bérénice! Cette fois... — Elle sursauta, et le vit, à demi dressé, contre elle. — A quoi pensiez-vous? Vite... »

Elle hésita, puis dit : « Cela est peut-être mon secret... »

Il se fâcha. Elle faisait comme toutes les

femmes, elle se dérobait, elle réservait des zones d'ombre. Pour quelque mystère à la noix. Il s'en voulut aussitôt de l'avoir pensé. Il suivait sur son visage la lumière jaune thé qui venait des fleurs de verre dépoli.

En attendant, elle lui glissait entre les doigts comme une anguille. Les minutes passaient, il n'apprenait rien d'elle. Sentait-elle en lui cette irritation? Croyait-elle mieux le dominer ainsi? Il y a chez les femmes un goût insensé de cette maîtrise d'un homme... Elle eût voulu rester pour lui une apparition qu'elle n'eût pas fait autrement. Cependant elle était merveilleusement humaine... Il faut, pensa-t-il, prendre les taureaux par les cornes : « Bérénice...

— Mon ami?

— Votre cousin m'a dit... Pourquoi êtes-vous venue à Paris et pourquoi n'y restez-vous pas davantage?

— Parce que... — Elle rougit violemment et s'interrompit : — J'ai failli vous mentir... Ne cherchez pas à me faire dire ce qui sans doute m'écarterait de vous...

— Moi, m'écarter!

— Oui. La vérité vous écarterait de moi. Et je ne veux pas, je ne veux pas vous perdre... Maintenant! »

Ce *maintenant*-là fit battre le cœur d'Aurélien. Il eut peur d'être dupe du ton. Il voulait une certitude froide : « Que voulez-vous dire par *Maintenant?* »

Cette question agita Bérénice. Elle but un peu de son orangeade. Elle passa ses doigts sur ses lèvres. Sa joue frémit.

« Je veux dire... je veux dire... Ne m'en demandez pas trop! Voyez, j'ai failli vous mentir, et j'en suis bouleversée... Je ne voudrais pas plus avoir à vous mentir que je ne voudrais que vous me mentiez... Ah, Aurélien! Qu'il y ait au moins dans la vie une chose grande, et pure, et propre... au moins! Je veux croire en vous, Aurélien... »

Elle déplaçait la question. Mais il eut peur de l'expression qu'elle avait prise. Il se dit bien : « Elle me joue! » Il ne pouvait se résoudre à l'admettre. Et s'il avait ici touché à un drame, à une plaie? Elle faisait tout pour qu'il le pensât. Sans le dire. Est-ce qu'on sait où commence le mensonge?

« Il faut me ramener rue Raynouard...

— Comment? Déjà? Nous ne dînons pas ensemble?

— Mes cousins ont du monde... Non, je ne peux pas... C'est assez pour un jour... Je ne peux pas en supporter davantage... Vous m'avez fait un si grand cadeau... Oui, de me dire... Il faut que je sois seule pour y penser... Ne vous fâchez pas, mon ami! Ne me demandez rien! Songez, déjà, que j'accepte ce que vous me donnez... Je ne devrais pas, peut-être... Mais comment faire? comment refuser? D'ailleurs, peut-être que je me trompe, Aurélien... J'avais rêvé qu'un jour quelqu'un me sacrifierait tout, me donnerait tout ce qu'il a dans son cœur... comme ça, on ne sait pas pourquoi... sans rien demander... sans rien... Vous voyez bien que je suis folle, qu'il ne s'agissait pas de cela!

— Bérénice!

— Nos rêves, nos rêves! Vous devez bien rire de moi. Cette petite provinciale, vous vous dites...

— Bérénice!

— Comme dans les livres, n'est-ce pas? Eh bien, non! C'est précisément ce qu'il n'y a jamais dans les livres... J'avais rêvé, je vous ai vu... Et vous avez dit les mots que je n'attendais pas... les mots terribles.

— Bérénice, je t'aime... »

Elle reçut le tutoiement en plein cœur. Sa main levée maintint le long silence. Au bar, l'aviateur à qui on avait posé un lapin payait son verre, avec, devant lui, l'ennui d'une soirée vide.

« Ramenez-moi rue Raynouard...

— C'est impossible!

— Soyez raisonnable. Demain je vous donnerai toute la journée. Vous me prendrez à dix heures. Nous déjeunerons ensemble...

— Qu'est-ce que je vais faire ce soir? »

Il regardait l'aviateur qui sortait. Une bouffée humide et noire vint par le tambour.

« Vous penserez à nous, Aurélien... Allez au Lulli's si vous le voulez, et je vous permets de passer un moment avec Simone... Vous voyez : j'ai confiance. »

Il remarqua seulement alors qu'elle avait la robe qu'elle portait à leur première rencontre. Cette robe qu'il avait trouvée laide. Comment avait-il les yeux ce jour-là?

Le chemin de l'Opéra à Passy, avec l'obsession de conduire, le verglas, les voitures, leur parut à la fois si long et si court. Aurélien se sentait comme quand il était enfant et qu'on revenait du théâtre. Une angoisse, une peur du gâchage. Quelque part, dans l'avenue du Trocadéro, il faisait si sombre, il se jeta sur elle. Elle le repoussa.

« Non, non, je ne veux pas! je ne veux pas! — Elle le battait de ses poings frêles. — Cessez, ou je ne vous verrai pas demain! »

Il eut honte de lui-même, balbutia, reprit le volant, roula.

« Me pardonnerez-vous? »

Dans l'ombre, silencieusement, elle appuya sa joue contre l'épaule de l'homme.

XXX

Pourtant Bérénice avait menti à Aurélien. Oh, sur une question secondaire : il n'y avait personne à dîner rue Raynouard, un dimanche soir, les domestiques congédiés. Les deux cousines prirent seules un repas froid. Il devait y avoir un drame. Blanchette avait les yeux rouges, et dit : « Edmond ne rentre pas... » Il était évident qu'avec son chagrin, elle regardait encore par en dessous Bérénice, et qu'elle faisait des suppositions.

Bérénice, toute à son chant intérieur, feignait d'adorer jouer à la dînette, avec des maladresses subites. Un verre et une assiette y passèrent. « Où ai-je la tête! » dit-elle imprudemment. « Je me le demande », répondit sèchement Blanchette. Et Bérénice, avec gêne, vit qu'elle se le demandait vraiment.

« J'ai été embrasser les petites tout à l'heure... elles ne dormaient pas encore... Elles ne voulaient plus me laisser partir...

— Elles t'adorent, c'est bien simple, — dit la mère avec ses lèvres pincées. — Mademoiselle me dit que le matin Victoire demande d'abord sa Nice, puis son petit déjeuner, puis sa maman...

— Tu ne vas pas être jalouse de moi?

— Jalouse de toi? Ah par exemple! » Le rire de Blanchette était inexplicable. Elle dut le sentir, se troubla. Et dit la dernière chose à dire : « Ah... de Victoire, tu voulais dire!

— De qui croyais-tu donc... »

Elles se turent toutes les deux, émiettèrent du pain, se proposèrent du porto, du jambon.

« Pas d'Edmond, tout de même! » s'exclama bien tard Bérénice.

L'autre haussa les épaules : « Nous disons des bêtises... »

Ce fut au tour de Bérénice de mal rire. Qu'est-ce qu'il pouvait y avoir entre Blanchette et...? Elle ne se prononçait pas le nom.

La salle à manger, vide, avec sa table pour je ne sais combien, ses bougies électriques à fausse cire sur un coin, l'apparat de la desserte, et les deux couverts, les deux femmes, une demi-Perrier... Une pièce toute en longueur, rouge et or, avec des fleurs sans tiges dans des coupes, et des chaises laquées, chinoises, de chez Martine. Un petit gong à côté de Blanchette, qu'elle ne frapperait pas, puisqu'il n'y avait personne à l'office.

Bérénice crut bon de s'excuser : « Tu sais, j'aime tant les enfants, ils le sentent... »

Blanchette pensa qu'il y avait là un reproche indirect à sa façon d'être avec ses filles et dit : « C'est trop naturel... après ce qui t'est arrivé...

— Elle vit avec satisfaction que sa phrase pinçait le cœur de sa cousine, s'en voulut aussitôt de cette satisfaction. — Tu m'excuses... je n'aurais pas dû dire ça...

— Oh, laisse donc... tu as raison... Dans mon goût pour les deux petites, il y a beaucoup de ma déception... Pour toi, les petites, c'est quelque chose de tout simple, de tout normal. Pour moi...

— Puis, comme pour se punir de ce qu'elle avait pensé, elle revint donc à ce qui la faisait souffrir.

— Tu ne devrais pas en être triste... tu es jeune, tu plais, toi...

— Tu crois? »

Elle avait dit ça trop vite, Bérénice. Blanchette sourit. Il y avait un fantôme dans ce sourire. Il flottait entre elles deux, indécis à se fixer sur les lèvres de l'une ou les lèvres de l'autre. Que la pièce était longue, et vide, et de bon goût, quel dimanche soir! Le feu follet tomba sur la langue de Blanchette : « Et tu l'as vu ajourd'hui... Aurélien? »

Le cœur de Bérénice battit trop fort. Il y avait quelque chose entre Aurélien et Blanchette. Elle eut beaucoup de peine à trouver dans sa gorge l'aisance et le détachement désirés :

« Aurélien... Je ne me souviens pas de te l'avoir dit ce matin. Oui... je l'ai vu... comment sais-tu? »

Ce n'était pas la peine de feindre, il n'y avait personne, les petits couteaux à dessert luisaient au bout de la table. Blanchette se leva et marcha vers la desserte : « Tu veux des poires, Nice? »

Elle lui donnait le petit nom que ses enfants avaient choisi pour leur grande amie. Elle n'était pas jalouse. Elle était triste. Elle se retourna sans attendre la réponse : « Si nous ouvrions une bouteille de champagne? Qu'est-ce que tu en dis? Cette pièce est sinistre... On peut bien faire une folie, toutes les deux... »

Bérénice ne sut pas refuser. Ni l'une ni l'autre n'avaient envie de ce champagne, qui n'était pas assez froid. Elles montèrent dans la bibliothèque avec les flûtes et la bouteille. Cela faisait petites filles qui désobéissent. Elles s'en donnèrent un peu la comédie, avec des rires, pas trop bruyants, comme s'ils eussent pu attirer l'attention des parents endormis, ou qui jouent au bridge dans une autre pièce. Chacune se demandait si l'autre était dupe.

« Tu veux aller au cinéma? — dit Blanchette.

— Oh non, il fait mauvais, je suis sortie tous les soirs.

— Parce que, tu sais, si tu veux aller au cinéma...

— Ça te ferait plaisir, à toi?

— Moi, non... je disais ça pour toi... parce que si tu veux aller au cinéma...

— Moi? pas du tout... mais si toi... Je disais ça parce qu'on m'a dit tout à l'heure...

— On t'a dit... Si c'est Aurélien, il ne comprend rien au cinéma.

— Pourquoi Aurélien? Non, ce n'est pas Aurélien... mais ça m'est égal.

— Parce que si tu veux aller au cinéma... »

La bibliothèque était aussi inhospitalière que la salle à manger. Avec le regard de tous ses livres sur les deux femmes, la grande échelle chêne naturel où on l'avait laissée, après avoir cherché un bouquin, là-haut, près des grands Maupassant... La voix de Blanchette répéta comme une horloge détraquée : « Parce que si tu veux aller au cinéma... » C'était fou, l'effet que lui faisaient trois gouttes de champagne. Bérénice eut un peu d'impatience : « Mais non, je n'en ai aucune envie... d'abord j'ai mal à la tête... Je te demande pardon, je vais aller m'étendre un moment dans ma chambre... »

Blanchette la regarda partir. Hocha la tête. Se versa une nouvelle rasade. Et dit à haute voix, seule maintenant au milieu des livres : « Parce que si tu veux aller au cinéma, tu peux y aller toute seule, ma petite, moi, je déteste le cinéma! » Les choses se brouillaient un peu. Le champagne ou les larmes? Ainsi Bérénice avait revu Aurélien. Ils s'étaient quittés passé minuit, pour se revoir dans la journée. Le monde va comme ça. On se quitte la nuit, on se revoit le jour. Quel plaisir trouvent-ils ensemble? Car, il n'y a rien encore entre eux...

Alors Edmond a une maîtresse. C'est le plus clair de l'histoire. Et cette fois c'est sérieux, parce qu'il devient méchant. Diabolique. Qu'est-ce qu'il a été imaginer? Il sait ce qu'il fait. Il la connaît bien, sa femme. Elle est sa femme. Elle n'y peut rien... Diabolique.

Elle éteint les lumières, sauf une, une petite lampe de bronze. Elle s'assied sur le canapé, le champagne à côté d'elle, elle boit un peu. Elle songe. Elle est triste, et le champagne n'y fait rien. Ce diable d'Edmond. Il sait prendre barre sur elle. Il la devance toujours quand il faut marquer un avantage. Elle est sans défense devant lui. Il lit dans son cœur. Comment a-t-il découvert Aurélien dans son cœur? Elle n'en sait rien. Maintenant il a cet avantage sur elle. Elle se dit : « Je suis stupide de me laisser faire. » Mais elle se laisse faire. Pour ça, elle se laisse faire.

Entre eux, c'est comme quand les enfants jouent. C'est le premier qui dira chat. Il dit toujours chat le premier. Où est-il ce soir? Avec cette femme. Quelle femme est-ce, cette fois? Elle croyait, les autres fois, souffrir de savoir. Cette fois, elle souffre de ne pas savoir. Il a inventé ça, ne pas lui dire. Après avoir toujours dit ce qu'elle ne lui demandait pas, après l'avoir martyrisée de tout lui dire. Cette fois... Qu'est-ce que ça signifiait de ne plus rien dire? Quelle méchanceté à lui! Comme s'il la punissait d'Aurélien...

Mais enfin Aurélien... D'abord c'était Edmond qui l'avait poussée vers Aurélien... Et puis il n'y avait rien eu entre eux, rien... Elle passa ses mains sur ses lèvres comme pour les écraser. Tu appelles ça, rien, ma fille? Elle s'entendait rire d'un rire d'idiote. Il l'avait embrassée un soir... et puis après? Elle fermait les yeux. Ah, il l'embrassait encore...

Elle se rappela l'existence de Bérénice. Et pleura. Longuement, longuement, sur le canapé, toute seule, avec sa flûte de champagne, et le silence de la maison où battait le cœur d'or d'une horloge, tic, tac, tac, tac... Comme si Edmond avait le droit de la martyriser à cause de ce seul baiser un soir... et de fonder sa trahison sur cette infidélité imaginaire, sur ce mensonge d'intention... sur ce mensonge qu'il lui jetait à la figure... Ah, comme il la connaissait, le monstre, et ses scrupules, sa maladie de scrupules, ce sens atroce du péché...

L'idée du péché la ramena soudain à Dieu. Elle y pensa avec terreur. Elle était une femme perdue. Elle reprit un peu de champagne.

XXXI

Dans sa chambre Bérénice se déchire. Cette joie était trop forte, cet homme trop grand. Ce n'était pas possible. Est-ce que ces choses-là arrivent? Est-ce qu'on peut longtemps soutenir une pareille douceur? On quitte l'être qu'on aime, ne serait-ce que pour un instant, et on retrouve le monde, le temps qu'il fait, le froid, l'inexplicable diversité, des gens, des objets, cette maison de désolation, cette image de ce que devient un amour, Blanchette... Elle était grise, cette femme.

Bérénice sait bien que si elle pense *cette femme* de sa cousine avec cette violence, cette amertume, ce n'est pas qu'elle se soit grisée. Il y a ce spectre derrière elle. Est-ce vrai? Elle en doute maintenant. Tout à l'heure, elle en avait la certitude : tout dans l'attitude de Blanchette, hier soir au théâtre, ce départ subit... Aurélien ne l'avait pas aimée. Quelle différence alors cela faisait-il? Il y avait eu des femmes dans sa vie. Naturellement. Mais elle ne les connaissait pas. Tandis que Blanchette... se trouver en face de Blanchette. Et Blanchette l'aimait encore. Moi qui jugeais Edmond... On ne peut juger personne. Elle est malheureuse, Blanchette...

Il y a aussi que Bérénice a menti à Aurélien. Un mensonge sans importance, mais un mensonge. Quelle horreur, ce sans importance-là! Si elle a menti, elle, lui ne pouvait-il pas mentir, ne mentait-il pas? On ne peut pas plus croire que juger. On se laisse aller au bonheur, quelle stupidité... Elle ne le verra pas demain. Il faut arrêter cela avant qu'elle ne puisse plus se reprendre. Elle ne le verra pas demain. Mais il doit venir la prendre ici... comment faire? Téléphoner au matin. Si elle entend sa voix, elle est perdue. Elle le sait. Faire téléphoner... Quelle cruauté!... Il faut qu'elle le voie encore, encore une fois, simplement pour lui dire, pour remettre les choses à leur place... Ce serait un tel manque de courage que de le fuir sans plus, sans ces quelques mots auxquels il a droit. Car, enfin, il n'a rien fait de mal. Qu'est-ce qu'il a fait de mal? Elle ne veut pas lui faire du mal.

Elle va partir. Il faut savoir partir. Savoir partir proprement. De toute façon elle devait partir, elle partait. Mais il y a partir et partir. Partir vraiment. Brûler derrière soi ce qui reste de soi. C'est plus facile quand il s'agit de vieilles lettres, de souvenirs. Où serait le mérite si c'était facile?

« Je ne veux pas avoir du mérite, je veux être heureuse... »

Elle a dit ça à haute voix dans la solitude de la chambre, et sa voix l'a surprise. Une voix étrangère. Elle ne reconnaît plus sa voix, elle ne se reconnaît plus, elle ne retrouve plus le chemin frayé de ses pensées. L'image d'Aurélien s'est emparée d'elle. Son visage, son allure, son corps. Où qu'elle tourne ses yeux vers l'ombre, c'est lui qu'elle retrouve et qui l'entoure et la poursuit. C'est bien de dire qu'on part, mais si on part pour emmener avec soi ce dont on part? Aurélien, Aurélien. Ah, c'est insupportable! Comment ne plus le voir, comment renoncer?

Elle avait goûté à cet alcool profond et sombre, elle en gardait l'ivresse, elle ne pouvait se faire à l'idée de renoncer à ce vertige, même si ce n'était qu'un vertige. Elle s'était allongée sur son lit. Il n'y avait que la lumière de la lampe basse à côté du lit. Toute l'ombre était pleine d'Aurélien. Toute l'ombre se resserrait sur elle. Aurélien... Aurélien... C'était la faute de l'ombre, il fallait chasser l'ombre pour chasser Aurélien. Elle hésita. Le chasser? Ah, elle n'avait vraiment ni dignité ni courage. Elle se leva, marcha vers les commutateurs de cuivre. Ils étaient trois. Un, deux, trois. La rampe du plafond dans la corniche, les appliques près de la glace, le cabinet de toilette dont la porte était ouverte et qui fit une blancheur blessante. Elle marcha vers la table à écrire, et alluma encore la lampe dont les rayons tombèrent sur le buvard ouvert où il y avait une lettre pour Lucien, commencée et interrompue.

Toute la lumière... Il n'y avait plus de spectre. Il n'y avait plus qu'Aurélien. Bérénice vit sur une chaise la robe qu'elle avait retirée tantôt et qu'elle n'avait pas rangée, son chapeau, ses gants sur la table. Un désordre de dimanche soir. La femme de chambre n'avait pas passé par là. Depuis le matin, ou tout au moins depuis le déjeuner, des sièges déplacés, une chemise dépliée, des bas qui avaient une maille partie, les escarpins marron...

Elle mit de l'ordre. Les gestes machinaux de l'ordre ressemblent à ceux du départ, aux bagages préparés. Elle avait été au grand placard, elle avait touché à une de ses valises, pensé qu'il fallait acheter du parfum avant de partir, il lui en restait bien encore, mais puisqu'elle quittait Paris... C'était ennuyeux de voyager avec son manteau neuf, si elle le portait sur le bras? Mon Dieu, pour ces quelques heures de voyage! N'empêche que cela mettrait de l'irréparable entre elle et... Il lui écrirait. Elle savait qu'il lui écrirait. S'il allait vouloir venir... Non, il y a des choses impossibles... Elle quittait Paris... et avec Paris cet enivrement, cette chaleur... Il n'y avait pas de place là-bas pour...

Elle quittait Paris. A l'idée d'abandonner Aurélien, elle n'avait trouvé que sa fureur de se faire mal, de s'arracher le cœur. Mais elle quittait Paris, et elle sentit à ses yeux des larmes. Elle revoyait ces rues, ces quais, ces jardins... Paris... L'ennui terrible de la province. Les gens retrouvés. Les journées, les interminables journées. Et ce que celui-ci a dit, et ce que celle-là pensera. Les femmes des médecins, les amis de Lucien, sa mère. Elle retrouvait Montrouge et Passy, les Batignolles, le Quartier Latin... Fini. Les Tuileries comme une joue caressée... Peu à peu dans la profondeur insinuante de Paris renaissait l'image d'Aurélien. Elle rencontrait Aurélien dans des lieux où elle avait été seule, où elle ne l'avait pas vu, où elle ne s'attendait pas à le découvrir. Paris la prenait en traître et se confondait doucement avec celui qu'elle fuyait. Elle essuya ses larmes, se vit dans la glace, ses cheveux en désordre, elle prit son peigne et se peigna.

267

Jusqu'à quel point l'amour d'Aurélien était-il en elle pur de tout alliage? Était-ce vraiment cette chose violente, absolue, irrémédiable, qu'elle avait crue? Elle s'accusait de ne pas aimer que lui, de ne pas aimer en lui que lui-même. N'était-ce pas Paris, ses illusions, ses lueurs, sa vie changeante, ce pullulement d'inconnus et de célébrités, les grands hommes et les passants, les toilettes, les étalages, les concerts, le théâtre, et les quartiers vides où l'on ne rencontre que le vent? N'était-ce pas tout cela qui cherchait à s'accrocher à quelque forme humaine, à lier sa nostalgie à un regard, à une voix, à la pression vivante d'une main? N'était-ce pas le regret de tout cela qui la persuadait qu'elle aimait Aurélien? Aimait-elle Aurélien? Elle se le demandait pour la première fois. Elle s'effraya de penser qu'elle se le demandait pour la première fois.

Pourtant qu'il fût possible qu'il ne l'aimât point comme elle l'avait cru, comme elle avait la naïveté de le croire, cela la bouleversait, c'était intolérable, intolérable... Elle ne pouvait se représenter la vie, demain, après-demain, si elle cessait d'y croire, si elle s'était trompée, s'il l'avait trompée... J'ai bien vécu jusqu'à maintenant sans cela, qu'y a-t-il de changé? On se le dit sur un faux ton tranquille. On se le dit parce qu'on a peur. Bérénice avait peur d'elle-même, plus que d'Aurélien. Peur de la blessure terrible d'une désillusion. Elle savait ce qu'est le puits d'une désillusion. Elle savait ce que c'était que d'en sortir. Assez pour deviner comment il était possible qu'on n'en sortît pas.

Elle était toujours devant la glace, et elle se peignait interminablement. Il pouvait bien être onze heures. Au-dehors le vent soufflait. Aurélien, Aurélien. Le vent disait : Aurélien! Elle se peignait devant la glace. D'un geste inconscient, et consciencieux. Elle changeait sa coiffure, puis s'impatientait, défaisait ce qu'elle avait fait, remettait ses cheveux dans leur pli d'habitude, et se peignait, et se peignait. Il arrive un moment où le peigne n'accroche plus dans les cheveux interminablement démêlés... Aurélien...

Si pourtant tout cela n'était qu'une illusion des loisirs, de leurs loisirs à tous deux, et de Paris, de Paris si bien peigné, si propre, où rien n'accrochait l'oisiveté de leurs deux cœurs, le vide immense de leurs cœurs? Si tout cela n'était qu'une illusion de plus dans cette vie qui se poursuit, qui se prolonge, où l'enfance s'est abîmée, où la jeunesse lentement se brûle, et qui ne laissera plus tard que les traces d'amertume qui font les rides du cœur et du visage, les rides qu'elle imagine lentement naissantes au fond du miroir?

Aurélien...

XXXII

« Tu as aimé ton dimanche? »

Rose ne répondit pas. Elle regardait son dimanche.

A midi, elle était entrée au Ritz par la rue Cambon. Au bar, Edmond l'attendait. Ils avaient traversé les salons, le restaurant. C'est bien agréable quand on peut dîner dans le jardin... En cette saison... Edmond était habillé avec un raffinement extrême. Les femmes le regardaient au moins autant qu'elles regardaient Rose. « Dites donc, c'est Rose Melrose... Qui est ce beau gosse avec elle? »

Elle souriait. Il n'y avait pas de table qui lui plaisait. Edmond se pencha vers elle : « Si vous ne craignez pas le mauvais temps, j'ai laissé ma bagnole place Vendôme... je connais un restaurant très bien... »

Ils sortirent par la place Vendôme. La voiture d'Edmond, longue, haute, verte et doublée de rouge, éclipsait ceux qui y montaient. Elle prit d'un bond une vitesse stupéfiante et douce. A ne pas croire qu'on traversait une ville. Rose se blottit sous la couverture de zibeline.

« Mais où me mènes-tu, Mondinet? Ton dada crache le feu! Pas de blague, hein? » Ils roulèrent à travers le Bois. Elle ferma les yeux.

« Tu conduis comme tu danses, monstre à sa Rose! Et tu danses comme tu... » Il lui ferma la bouche d'un baiser. Il avait dans la vie l'aisance des grands fauves. Au volant, on ne savait plus à qui on avait affaire, au magnat des taxis ou à un voleur de grand chemin. Il la menait à Versailles. Encore une fois...

Le palace donne sur le parc, il est presque dans le parc. Les rois d'aujourd'hui viennent aussi passer le week-end chez le Roi Soleil. Tout le confort, tout le luxe et la discrétion. On est connu sans trop l'être. Et puis quel service! La voiture se cabre dans la cour, et d'un coup de main Edmond l'arrêta devant le perron : « Ma suite est prête? »

Le monsieur des entrées, le portier, les valets : « Appartement 15! » Le groom porte la couverture de fourrures. Monsieur et Madame traversent le hall, l'ascenseur...

« Tu avais téléphoné, — souffla Rose. — Et tu faisais semblant... »

Elle pense qu'il a dû préparer une surprise. On leur ouvre l'enfilade de trois pièces. Au premier coup d'œil elle aperçoit la débauche de roses blanches et de roses pâles. C'est-à-dire qu'il y en a pour... Elle calcule le prix. C'est fabuleux. Tout disparaît sous les roses. Et à la veille de Noël. Elle se retourne, et avec sa plus belle voix de théâtre : « Mon ami, vous êtes vraiment extravagant! »

Le maître d'hôtel qui les a accompagnés s'incline : « La collation est prête dans la salle à

manger... comme Monsieur l'a demandée... si
Madame désirait...

— Merci, Marcel, je sonnerai... »

Quelle température douce, égale, et ce parfum! Rose a pris des fleurs et les fait neiger :
« Mon Dieu, Edmond, que tu es impossible!
Une fortune quand il y a des gens qui crèvent
de faim et de froid! Une fortune de fleurs!

— Toutes les roses pour ma Rose... »

Il l'aide à enlever son manteau. Ce qu'il est
jeune, et fort, et beau. Ah le monstre, et si
riche...

« Ce que j'aime, — dit Mme Melrose, — dans
notre aventure... c'est qu'elle est si parfaitement
de mauvais goût! »

Edmond se plaît avec Rose parce que c'est
une vraie femme, qui ne recule devant rien,
qui aime ça et qui sait ce que c'est. Depuis
Carlotta, il n'a jamais trouvé une maîtresse
qui fût autant à son affaire. Si le miracle de sa
jeunesse est assez évidemment un miracle,
c'est là encore pour lui une raison de s'attacher
à cette femme qui a roulé sa bosse, et qui a des
points de comparaison pour un homme. Il adore
les compliments qu'elle lui fait.

— Je n'ai jamais vu, — dit-elle, — quelqu'un
qui ait du linge comme toi... Tu dois passer ta
vie à choisir tes caleçons, misérable...

— A quoi veux-tu que je la passe?

— Comme si tu avais le temps, avec toutes
tes affaires, tes combinaisons! »

C'est aussi une chose établie entre eux qu'il
ne sait où donner de la tête avec ses taxis, ses
maisons, la Bourse, les caoutchoucs, le pétrole,
enfin tout. Rose a bien remarqué qu'il ne déteste
pas être vu par elle comme un personnage
important, un formidable businessman, c'est
le mot. Et elle le lui rappelle, de temps en
temps. Mais il est de fait qu'il a les plus beaux
caleçons des deux mondes. Sans parler des
chemises, des chaussettes. Avec ça qu'il est soigné

comme une fille et musclé comme un charretier.

« Je me demande à quelle heure tu t'es levé, Mondinet... parce qu'enfin avec le travail qu'il y a sur ton corps... cette façon que tu as de te préparer pour être regardé sur toutes les coutures... Tu es comme un mollet de coureur cycliste, de bout en bout... La matinée ne doit pas y suffire... Ah, tu me fais mal, espèce de brute! »

Il n'y a pas à dire, c'est agréable, un maquereau millionnaire. Surtout un type intelligent comme Mondinet. Avec lui, pas la peine de se faire plus jeune qu'on est, c'est ça qu'il aime. Et elle est assez fine pour le sentir, pour parler de son âge, pour se déprécier, un peu triste, n'est-ce pas? et jamais elle ne fait éprouver à ce beau garçon qu'elle le tient, qu'il est à elle, puisque, au contraire, elle feint à chaque fois de croire que c'est la dernière, sa dernière fantaisie pour elle, incompréhensible, et elle ne le retiendra pas d'ailleurs, elle comprend trop bien.

« Mon sauvage, — murmure-t-elle, — mon criminel! Mais tu couches avec ta mère, voyons! Il ne sait pas ce qu'il fait, et il est beau que c'est un péché... Ça ne te fatigue pas d'être beau comme ça tout le temps! » Ça n'a pas l'air de le fatiguer.

Ils ont dévoré le foie gras et dévasté les roses. Rose adore le foie gras. Elle regarde, du grand lit aux draps fins, Edmond qui va et vient, tout nu, de la chambre à la salle de bains. L'eau chante. Il joue à refaire sa toilette devant elle... « Quel splendide exhibitionniste, mon cher! Viens ici, que je t'aie un peu à moi... Vos jambes, monsieur, ne sont pas faites que pour les yeux... »

Il triomphe. Avec d'autres femmes, il avait toujours des doutes. Les doutes de l'homme qui sait trop ce qu'est l'argent qu'on gagne au lit. Avec celle-ci, il éprouve qu'il est l'homme qu'elle se serait bien payé, s'il avait été dans ses prix. Et c'est Rose Melrose, la grande Rose... Il la fera encore crier.

« C'est incroyable... tu es toujours tanné du
soleil d'août... en cette saison de l'année! Comment
fais-tu? Tu as l'air de sortir de chez Hermès...
Et ce poil soyeux... c'est presque indécent...
Je n'ai jamais vu de messieurs avec du poil
comme ça! J'ai l'air d'un navet à côté de toi... »
Elle sait bien qu'elle est merveilleusement
blanche, elle sait bien qu'en fait de cousu main
il n'y a pas mieux que ses seins qui ont l'air
petits et qui ne le sont pas, et qui ne semblent
ne s'écarter tant que pour faire le passage de
l'homme.

« Quand je pense, — murmure-t-elle, — que
tu as une femme toute jeune, ravissante... et
que tu es là, dans mes bras... Ah, menteur!
menteur! Comment veux-tu que je te croie?

— Tu sais bien que je ne l'ai jamais aimée...

— Tu l'as épousée pourtant...

— J'aime le linge, que veux-tu, et je ne
pouvais pas m'en payer! »

Elle raffole de son cynisme : « Ma canaille! »
Elle rêve un coup à cette Blanchette pour
qui elle est si généreuse en paroles, mais dont
le visage est un peu long, les mains pas très
belles...

« Dis donc, petite vache... ta femme...

— Quoi, ma femme, Rosette?

— D'abord tu te cachais d'elle... tu ne voulais
même pas que notre chère Mary sache... à cause
d'elle... puis tu as changé...

— C'est la situation qui a changé...

— Comment? »

Il s'assied dans le lit, les genoux repliés, les
bras autour des jambes, ses épaules font une
voûte redoutable d'où la tête, petite, avec ses
cheveux un peu clairsemés, les yeux profonds,
a l'air de viser sa proie. Les belles dents. « Voilà »,
dit-il.

Elle l'écoutait sans l'écouter. Enfin elle suivait
ce qu'il disait dans les grandes lignes, car il
avait pris ce ton qu'elle connaissait bien qui

lui servait quand il faisait de la psychologie. Il aimait la psychologie, c'était un petit ridicule qu'on pouvait passer à un homme fait comme lui. Rose, la psychologie la barbait. Alors elle prenait cet air de profonde attention qu'elle avait pioché quand elle jouait Racine, et qu'elle avait à écouter cent vers d'un trait, et à ne pas se faire oublier du public. Vaguement elle comprit de quoi il s'agissait.

En gros, dans les premières années de leur mariage, l'assujettissement de Blanchette à Edmond était tel que le mari n'avait aucunement à se soucier des suites de ses actes. Blanchette qui avait dû arracher à Carlotta cette proie vivante était trop heureuse encore que son mari ne retournât pas à cette femme, sa grande peur, même après que le père Quesnel l'eut épousée. Il y avait une grande ressemblance entre Quesnel et sa fille : sachant qu'il ne pouvait garder Carlotta pour lui seul, le vieil homme jadis avait accepté le partage de sa maîtresse avec celui qui devait devenir son gendre. Blanchette, par une même humilité, acceptait comme une fatalité que son mari ne fût pas à elle seule. La guerre, avec cette séparation forcée, avait établi plus clairement cette situation, que la franchise d'Edmond accusait encore : franc, par roublardise et par dilettantisme, il infligeait ses maîtresses à sa femme parce qu'il aimait la torturer, et parce qu'elle ne pouvait pas lui reprocher ce qu'il ne lui cachait pas.

Mais, les années passant, il avait commencé à sentir en elle une résistance sourde, informulée. Elle acceptait toujours qu'Edmond gardât sa liberté. Elle continuait à en souffrir de cette souffrance continuelle. Seulement, dans cette solitude prolongée, où il la retrouvait quand il voulait, Blanchette changeait. Oh, très lentement. Elle s'habituait à avoir des pensées à elle. Edmond soudain devina qu'elle allait lui échapper. Avant qu'elle le sût. Elle était toujours amoureuse de lui. Trop religieuse pour le tromper. Une petite aventure eût moins gâché les choses. Il y avait même pensé pour elle. Il lui suffisait qu'elle regardât un amant comme un pis-aller. Ce qu'il voulait, c'était qu'elle ne le quittât pas, qu'elle ne le laissât pas sur le pavé. Allez retrouver une fortune pareille! Il y avait les enfants, c'est sûr, c'était une garantie : il était le père, alors. Mais les années, les années... ça vous change un homme et une femme... « Tu ne m'as pas connu, Rosette, quand j'avais vingt ans... Alors, je ne craignais personne... Oui, garde tes flatteries. Un homme de trente ans, s'il se néglige... Je me surveille, bien sûr : le punching ball le matin, la salle d'armes deux fois par semaine...

— Ça c'est vrai, tu fais bien : il ne faudrait pas que tu engraisses...

— Merci... tout de suite! Je n'en suis pas encore là, mais chaque jour qui passe me rend moins certain de pouvoir tenir toujours ce rôle... être toujours en représentation... Un moment viendra où la peur de vieillir sans être aimée sera plus forte chez Blanchette que ce pouvoir que j'ai encore sur elle... »

Les yeux mi-clos, ses beaux yeux de myope, Rose suivait le jeu des lèvres de son amant. Il se plaignait des premiers signes de déchéance. Et puis la guerre l'avait abîmé, affirmait-il, le ventre... Quel coquet! « Si tu crois que c'est bon pour la beauté, les tranchées, les sapes et le reste. Deux hivers dans l'eau et la boue!

— Des gens payent cher les bains de boue pour leurs rhumatismes...

— Eh bien, moi, ils m'ont donné des rhumatismes... regarde, ça se voit un peu à ma cheville...

— Heureusement qu'il y a eu la guerre, — soupira-t-elle, — sans ça tu aurais été infernal! » Ce qu'il pouvait parler de lui, ce type-là!

« Blanchette, — dit-il, — a vingt-huit ans... Il pousse en elle inconsciemment la conscience d'un autre âge... Ce n'est plus la gosse que je dominais... Pour la faire marcher droit, il faudrait s'en occuper... et j'ai autre chose en tête, pas, madame? Sacrifier ma liberté et veiller sur ma fortune, très peu pour moi... Je t'ai dit que j'avais pensé qu'une petite aventure... » C'était comme ça qu'il l'avait jetée dans les bras d'Aurélien. Il connaissait Aurélien. Ce garçon ne tire pas à conséquence. Il ne chercherait pas à lui soulever sa femme non plus. Ce n'était pas son genre, et puis il y avait entre eux les souvenirs du front...

« Ta femme a couché avec Leurtillois? »

Pour le coup, elle s'intéressait.

« Tu veux rire? Ils se sont un peu tripotés... Oh, je sais à quoi m'en tenir! J'avais tout fait pour ça. Blanchette n'a pas su, que veux-tu? Elle m'a toujours dans la peau, et puis mère avec ça! Sans parler du protestantisme qui tient sa part là-dedans... »

Rose cessa de s'intéresser. Ces femmes qui ne couchent pas, c'est sale. Petites natures, peut-être. Oui, mais Edmond n'avait pas ses yeux dans sa poche. Il savait autre chose : c'est que sa femme, qui ne coucherait pas avec Aurélien, ne pensait plus qu'à lui, qu'elle était prise par cet homme plus que s'il avait été son amant. Elle l'aimait. Elle souffrait de l'aimer. Elle s'en voulait de l'aimer. Là était le danger.

« Oh, — dit Rose, — puisqu'elle ne couche pas! Vous êtes trop compliqués dans ta génération, mon beau bébé! »

Et elle sortit ses seins des draps avec une certaine complaisance.

Edmond poursuivait : un jour viendrait où Blanchette le quitterait, tout simplement. Peut-être dans dix ans, mais... « Je serai joli, à quarante ans passés... Pour ne pas perdre mes habitudes, avoir des cravates, ma voiture, il me faudra chercher une autre Blanchette, et à quarante ans, je serai obligé de prendre une vieille dame...

— Quelqu'un dans mon genre, mon chou, — l'interrompit Rose, les pouces sur les bouts des seins.

— Quand je dis une vieille, je dis une vieille... » En attendant, il ne fallait pas que l'affaire Aurélien tournât mal...

Rose avait vraiment la tête ailleurs. Elle se faisait câline, se pelotonnait contre Edmond.

« Laisse donc, — dit-il, — tu es trop gourmande... C'est alors que j'ai eu l'idée de fixer Aurélien sur ma petite cousine...

— La petite Bérénice? Elle est laide, mais elle me plaît.

— Laisse-moi, je te dis... Alors Blanchette a été si bouleversée qu'elle n'a plus pu dissimuler avec moi... ce matin, nous avons eu une scène... elle a avoué... elle est hors d'elle... elle a un sentiment de culpabilité épouvantable... Moi, j'ai fait la grande âme... Plus rien entre nous puisque c'est comme ça... Je suis contre le partage!

— Canaille!

— Tu ne me prendras pas de force, je suis vanné... Puis dans ces conditions, j'ai le droit d'avoir quelqu'un, n'est-ce pas? Blanchette me connaît. Un tempérament comme le mien.

— Vantard! Tu parles de tempérament...

— Je vais te flanquer une rouste si tu ne te tiens pas tranquille.

— Alors ne parle pas de tempérament!

— J'ai quelque chose à t'annoncer... si tu veux bien écouter ce que je te dis...

— J'écoute...

— Eh ben, ma fille, je ne me cacherai plus du tout... enfin dans la mesure où ça t'arrange... avec Jacques, bien entendu...

— Tu ne crains pas que Blanchette...

— Mais non, puisque c'est la suite de sa faute...

— Ah, tu vas fort! Sa faute...

— J'ai dit sa faute. Si désormais je t'entretiens...

— Tu m'entretiens? »

Pour le coup, sérieuse, elle le regardait : « Tu ne charries pas?

— Non. Tu penses que je vais faire sauter les sous...

— Ah, c'est ça, les produits Melrose.

— Ça n'est qu'un commencement : tu auras ton théâtre... »

Elle lui sauta dessus, le mordillant, le roulant dans les oreillers.

« Assez, grande lâche! Tu me chiffonnes! C'est du cher, n'oublie pas... Tu en auras encore besoin! » Ils soufflèrent un peu.

« Écoute seulement, — dit-il, — il faut que je songe à l'avenir... Pour les choses un peu visibles... la commandite pour les produits par exemple... le théâtre... il ne faut pas laisser de traces qui pourraient un jour servir pour un divorce...

— Comment faire? Les produits Melrose, ça se verra diablement!

— Eh bien, trouver si possible d'autres commanditaires... pour que la chose ait un air commercial qui se défende... des prête-noms au besoin... Je te demande sérieusement d'y réfléchir...

— Des commanditaires? Mais, mon petit Mondinet, des commanditaires, ça ne se trouve qu'au lit...

— Pas de bêtises, madame, nous sommes d'un naturel jaloux! »

Elle se frappa le front : « Une idée!

— Non? fais voir...

— Mary! Ça, c'est génial, non? La dame de Perseval au conseil d'administration! Et puis elle me doit bien ça, à cause du vieux... Tu crois qu'elle refuserait de nous aider?

— Mary, jamais, si je... si tu le lui demandes!

— Ah, pas de bêtises non plus, mon coco! parce que moi aussi je suis jalouse! » Elle sortait ses griffes. Il attrapa par le cou. Elle râla sous lui : « Ah... Ah... je te l'avais bien dit que tu y viendrais! »

Quand le docteur Decœur, regardant bien sa femme, avec ces yeux tristes, qu'il avait, lui demanda : « Tu as aimé ton dimanche? » ... elle ne répondit pas, elle revoyait son dimanche. Autour d'eux, leur entresol médiocre, bohème, où se mêlaient les affaires du médecin, et le désordre d'une loge de théâtre, dans la demi-lumière, dans le silence de deux heures du matin. Elle revoyait son dimanche. Elle entendait bien le cœur battant de Jacques. Le pauvre type. Si gentil. Il faisait ce qu'il pouvait. Il ne l'embarrassait guère. Il avait dû rester toute la soirée derrière la fenêtre, écoutant chaque roulement de voiture. Qu'y faire? Elle était comme elle était. Elle se tourna vers lui : « Jicky... — dit-elle. — Est-ce que tu aimerais que j'aie mon théâtre? »

XXXIII

Aurélien s'était levé à huit heures du matin. L'aurore. Quel remue-ménage. Mme Duvigne n'en croyait pas ses yeux quand elle trouva la maison vide, et sur la table de la cuisine des recommandations à n'en plus finir : il fallait que le ménage fût fait, et plus vite que ça, et pas de Mme Duvigne à l'horizon dès onze heures, et pourtant un en-cas préparé dans le buffet. Elle hocha la tête, Monsieur se dérangeait, il lui fallait des chatteries, et puis après il n'y touchait pas.

« Quel beau temps! » dit Bérénice. Elle l'avait fait attendre un quart d'heure dans la bibliothèque : ce fou qui arrivait chez ses cousins avant neuf heures! Elle avait un tailleur marine et sur la tête, sur ses cheveux blonds, un taupé relevé de côté, presque un chapeau d'homme. Aurélien pensa qu'elle était merveilleusement mal habillée. Elle avait dû très peu dormir, elle avait de légers cernes bistre sous les yeux.

« Oui... n'est-ce pas? Cette nuit, la neige... et ce matin... »

Ils regardèrent tous les deux le ciel par la fenêtre, le soleil, le bleu pâle de Paris. Elle rit : « J'allais penser que c'était pour nous... et puis je me suis souvenue... c'est pour la Sainte Vierge...

— La Sainte Vierge?

— Vous savez bien : les jours alcyoniens... quand l'alcyon, tant la mer est calme, peut y faire son nid au creux des vagues... les jours d'avant Noël... parce que Dieu ne voulait pas que sa mère souffrît alors de l'hiver... »

Il secoua la tête : « Ce sont, — dit-il, — nos jours alcyoniens... parce que l'amour...

— Taisez-vous... ici! » Elle lui avait mis ses doigts sur la bouche... Il les retint et les baisa longuement. La porte s'ouvrit. Blanchette entrait. Les avait-elle surpris?

« Tu m'excuses, — dit Bérénice, — je ne rentrerai pas déjeuner...

— Mais tu es libre... »

Elle tendit la main à Aurélien. Elle avait une robe d'intérieur d'un style ancien, des dentelles... une beauté... Ils traversèrent les deux salons, la pièce d'entrée où Aurélien regarda le grand Picasso de l'époque bleue, un saltimbanque à la boule avec un Arlequin qui venait de chez le vieux Quesnel.

« Vous aimez ça? » demanda Bérénice avec une espèce d'inquiétude. Elle aurait voulu qu'il eût du goût. Il répondit : « Oui... assez... mieux que son cubisme... Oh non, ne mettez pas de manteau de fourrure... Il fait tout à fait doux, vous savez... »

Elle préféra pourtant prendre le manteau... dans l'auto surtout... il avait l'auto? La cinq-chevaux attendait le long du trottoir. Aurélien ne savait pas ce qu'il voulait. La mener chez lui, bien sûr. Mais tout de suite, comme cela, il

craignait de marquer une hâte de mauvais aloi.
Puis il était pris au dépourvu par ce printemps
de Noël. Si on allait à la campagne? Cela ressemblait un peu trop à ce qu'il eût proposé à Mary
de Perseval... Bérénice aurait aimé aller au
Louvre voir les Ingres, les Manet... Le lundi,
les musées sont fermés... Tant pis. Ils avaient
fait tant de projets sur cette matinée, séparément,
que réunis, ils ne savaient plus qu'en faire. Ils
se sentaient désorientés, gênés, perdus au bord
de leur bonheur. Au fond, Aurélien serait bien
resté là, dans la voiture, le long du trottoir... à
tenir cette petite main.

Bérénice le regardait. Quel grand corps...
comme c'est étrange! Elle lui trouvait une
élégance inconnue, qui la troublait. Elle pensait,
d'habitude les hommes sont si gauches... Elle
n'aurait pas osé ne pas généraliser... pour ne
pas faire de la peine à Lucien... pour ne pas
penser à Lucien...

« Il faut se décider... — dit Aurélien. —
Venez chez moi... »

Il n'eut pas plus tôt prononcé ces mots qu'il
rougit. A quelle heure avait pu arriver Mme Duvigne, toujours si irrégulière? Et si le ménage
n'était pas fait... Elle vit cette rougeur, et
l'interpréta autrement : « Non... vous sentez
bien que non... pas comme ça... »

Ce n'était pas ce qu'elle avait voulu dire, et ce
fut à son tour d'avoir de la confusion. Elle se
reprit : « Allons n'importe où... dans Paris...
où on ne puisse rencontrer personne... dans un
café bien banal... j'aime les cafés... »

Il proposa le Bois, Armenonville. On rencontrerait le monde entier! Non. Les boulevards.
Le matin pas de risque... L'embrayage avait
besoin d'huile. Ils flottèrent dans ce Paris léger,
dans cet entracte de l'hiver. Sur les Grands
Boulevards, Aurélien hésita. Chaque café était
lié à des rendez-vous, des rencontres... Il en
aurait voulu un tout neuf, où il n'eût pas même

rencontré de souvenir. Ni Pousset ni le café d'Italie ni le café d'Angleterre... Elle en voulait un plus vulgaire, où vraiment les rencontres fussent improbables... Ils échouèrent dans un café qui donnait sur un passage. Il y avait entre les glaces et les portes vitrées tant de reflets qu'on se serait cru dans un théâtre. C'était encore un lieu de l'ancienne manière, avec des ors partout et des petites colonnes brunes à chapiteaux compliqués, des banquettes rouges, des porte-manteaux renaissance. Il traînait sur les tables des sous-main à lettres d'argent, des tomes dépareillés du Bottin. Il y avait un percolateur derrière le bar d'acajou à applications de cuivre, et la caissière rêvait dans ses frisettes et la poudre de riz. Un escalier montait au premier vers les billards avec une statue à torchère au bas de la rampe. Les marbres avaient des veines comme des mains de vieillards. Par terre, la seule chose moderne : un affreux composé de toutes les couleurs, en confetti baroques. Tout cela était vide, à un jeune homme près, dans un coin, qui écrivait des lettres et les déchirait. Et au bout de quelque temps deux grosses femmes brunes et pas jeunes qui vinrent s'asseoir de l'autre côté de la salle, qui réclamèrent de la fine et se montrèrent des photographies.

Comme c'était absurde d'être là! Dans ce cadre disproportionné aux sentiments... Bérénice l'arrêta : « Moi, j'aime ça... ce café... les pancartes pour les apéritifs... les siphons bleus... tout ce que vous ne voyez plus... J'y suis bien... je vous écoute mieux... Un décor en vaut un autre...

— C'est bien cela, — dit-il, — qui me gêne... un décor... nous ne sommes pas sur les planches... »

Elle aurait voulu qu'il partageât son plaisir. Le décor, un décor, l'enchantait au contraire et, par-derrière les grandes vitres, le boulevard, les passants, sur le côté la galerie avec ses magasins, cet aquarium pâle, le soleil de décembre...

Aurélien tiqua un peu sur cette expression recherchée qu'elle eut. Il avait senti deux ou trois fois obscurément cette gêne avec elle. Une certaine affectation, qui n'était peut-être que de la pudeur... peut-être... Elle avait le goût des choses modernes... un certain snobisme de ce qui occupait les milieux d'avant-garde... Il se rappela ses sorties avec Paul Denis. Il devint tout triste. Il avait envie d'apporter des corrections à cette femme. De quel droit? D'ailleurs il ne l'avait pas choisie, elle s'était imposée à lui, il ne savait comment, avec toute sorte de particularités ignorées... Ah, il suffirait de la prendre dans ses bras, de l'y serrer... pour que s'évanouisse...

Elle avait enlevé son taupé, et l'avait posé sur le marbre. Elle secouait ses cheveux blonds, où la lumière fausse mettait des reflets verts dans les mèches raides. Le garçon posa les deux verres de café devant eux. Bérénice jouait avec le sucre. Elle ne toucha pas à son café. Il aurait voulu qu'elle le bût. Il aurait terriblement voulu qu'elle le bût. Mais il ne le lui aurait dit pour rien au monde. Il n'était plus sûr de l'aimer. Il n'était plus sûr de rien. S'il y avait eu maldonne? C'était trop atroce à penser. Il l'aimait, voyons, il l'aimait. Seulement il n'était pas encore habitué à cette idée. Non, il ne l'aimait pas. Il s'était raconté des histoires. Il fallait maintenant s'en sortir. Comment? Il se sentait pris à son propre piège. Il ne la reconnaissait presque pas. Il la croyait plus maigre, moins femme. Il remuait un peu sur la banquette. Ils étaient assis côte à côte. Soudain il heurta la jambe de Bérénice sous la table. Tous deux se retirèrent un peu. Les idées d'Aurélien en furent bouleversées. Comment... parce qu'il avait heurté sa jambe... un trouble si vulgaire! Oui. Quelle chose extraordinaire que la présence! Comment avait-elle les jambes? Il ne les avait jamais bien vues. Fines, il me semble, très fines... peut-être trop...

Il parlait, il parlait tout le temps pour qu'elle ne pût se douter de ce qui l'habitait, de sa déception, de ses mouvements secrets, de cette chaleur subite. De quoi parlait-il? Il le savait à peine. Il jouait à cache-cache avec ce qu'il pensait. Il avait peur de l'aimer. Il avait peur de ne pas l'aimer. Ils étaient là, dans le café, absurdement. Ils avaient si peu de temps à eux. Il sut tout à coup qu'il allait la perdre. Il ne douta plus de l'aimer, le cœur lui battit, il écouta les mots stupides dans sa propre bouche. De quoi fallait-il donc parler? D'autre chose, d'autre chose. Comme tout est dérisoire... Elle ne le connaissait pas... Si elle le connaissait l'aimerait-elle? On ne sait pas ce qu'il faut faire pour se faire aimer : se montrer comme on est ou mentir. On balance entre les deux. On fait les deux d'ailleurs, au hasard un peu. On se fait comme on voudrait être, comme on croit qu'il faudrait paraître, et puis on se dit : « Ce n'est pas moi... » On cherche à se montrer... à son pire... à déplaire... Qui sait si ce n'est pas le moyen de plaire? Il éprouvait une angoisse affreuse, le temps ne passait pas, et fuyait pourtant. Que disait-il? Il s'était jeté à parler de son enfance... Elle l'interrogeait parfois... Elle voulait savoir comment était sa mère... Il dit que sa mère avait été très belle... Bérénice rêva... Très belle... Ah, être très belle... Il ne releva pas ce propos... Il ne pouvait pas lui dire qu'elle était très belle... comme sa mère... sa mère, elle, était très belle... Bérénice... c'était autre chose... autre chose de plus mystérieux, de fort...

« Je me demande, — dit-elle, — comment vous me voyez... »

Il lui parla d'elle. Il mentait. Les mots qu'il pensait auraient été intolérables. Il lui parlait d'elle comme il aurait parlé d'elle à une femme quelconque. Avec des mots trop grands, vides. Dire que s'il lui avait dit les choses cruelles, les vraies, qu'il pensait de ses cheveux, de ses bras, de ses mains, de l'angle de son menton, de certaines expressions égarées qu'elle avait, de manières qui étaient un peu des tics à elle, elle aurait probablement pleuré. Tandis qu'il mentait, qu'il disait des choses banales, des choses passe-partout, il s'irritait contre lui-même, contre elle, contre cette impossibilité de dire ce qui est, de communiquer à autrui ce goût qu'on peut avoir d'une imperfection, d'un trait manqué, d'une lourdeur. Il mentait et il ne mentait pas : il traduisait. Il traduisait dans le langage bon marché du compliment la violence qui l'habitait, la crudité du plaisir qu'il prenait à la regarder, cette force critique impitoyable qui était déjà un peu de la possession amoureuse. Oui, il l'aimait, il aimait cette femme vivante, et non pas une statue, une image, cette mouvante chair, ce corps, ce visage capable aussi bien de la grimace que du sourire, ces traits faits autant pour la souffrance que... Il l'imagina dans le plaisir avec une telle méchanceté, une telle précision, qu'il s'arrêta de parler et frémit.

« Bon, — dit-elle, — vous voilà encore une fois parti...

— Excusez-moi, — bredouilla-t-il, — qu'est-ce que je disais?... Tout d'un coup une idée m'a... »

Elle se mit à rire. Ce n'était pas la première fois que ça lui arrivait : « Vous êtes un drôle d'homme... Vous parlez... on vous suit... on croit que vous tenez à ce que vous dites... soudain, plus personne! Vous pensiez à autre chose... Il y a des gens que ça doit fâcher... »

Il savait bien qu'elle disait vrai. Il se débattit comme un beau diable. Mais ce qu'il inventait fuyait comme le sable. Il fallait dire une chose probante. Il trouva la vraisemblance dans le mensonge.

« C'est, — dit-il, — que je vous désire... »

Sa voix s'était faite basse pour dire cela avec expression. Bérénice renversa un peu la tête. Elle était convaincue. Mais le mensonge avait cessé d'être un mensonge. Aurélien la regardait et il était si occupé d'elle, si profondément saisi par elle, emporté par une vague qu'il n'avait pas entendue venir, qu'il tremblait tout entier. Elle avait fermé les yeux. Elle les rouvrit et dit : « Vous tremblez, mais vous tremblez! »

Il tremblait.

XXXIV

Elle avait dit : « Non... pas un grand restaurant... je veux déjeuner comme vous faites tous les jours... il me semble que je vous connaîtrais mieux. » C'est pourquoi il l'avait menée aux Mariniers. En même temps, des Mariniers chez lui, le passage était naturel, facile. Aussi avait-il laissé la cinq-chevaux au garage puis, à pied, ils étaient revenus dans l'île.

Il ne faisait ni si beau ni si doux que le matin. Le ciel était gris et il y avait du vent. Le quai nord de l'île était glacé. Vide aussi. Inhospitalier au possible. Bérénice regarda les arbres nus qui émergeaient des parapets et semblaient de la berge noyée les tragiques témoins d'un désastre. Elle pensa à la ville d'Ys. L'île entière avait l'air d'être le dernier palier du déluge. Elle serra et croisa son manteau de fourrure. Du petit-gris. Une folie de Lucien. Il aurait fallu le faire refaire, il était mal coupé.

Avec quelle curiosité Bérénice entra dans ce restaurant qui avait un peu l'air d'une boutique, un rez-de-chaussée jadis peint en blanc, dans les murs épais de la vieille maison, les tables, la caisse, une porte dans le fond, rien d'extraordinaire, sinon le bariolage du public, fait de gens qui travaillaient par là, des hommes en casquette, et d'Anglais artistes, genre Oxford, et de couples trop bien habillés pour l'ensemble, et des célibataires à l'aise, des employés. Il faisait chaud et bon. Aurélien avait été reçu comme un habitué; il avait sa serviette ici, mais on était lundi, on lui en donnait une propre. Une dame justement quittait la table à côté de la fenêtre. La serveuse la montra à Aurélien. Ils déménagèrent. « Là, — dit-il, — qu'est-ce que vous nous donnez aujourd'hui? » Il aida Bérénice à enlever les manches de son manteau. Non, merci, je le garde. Elle tourna les yeux vers lui : « Mettez-le-moi sur les épaules... » L'intimité commençait entre eux.

Pendant qu'on attendait les hors-d'œuvre, elle s'était enfin mise à parler d'elle-même. C'était venu lentement, comme la confiance, par des voies ignorées. Il avait fallu toute cette matinée à eux seuls. Sur quoi avaient-ils enchaîné? Elle parlait d'elle-même, et c'était comme une réponse à ce qu'il lui avait raconté tout à l'heure, qui n'avait été qu'une amorce, une question : « J'aimerais, Aurélien, que vous connaissiez la grande maison... c'est là que j'ai passé toute mon enfance... On ne peut pas tout à fait me connaître sans connaître la grande maison... J'étais seule avec mon père, et les domestiques... et le vent... Une grande maison jaune et triste, perdue dans les collines... avec le soleil et le vent... » Il lui avait pris la main. Il cherchait de toutes ses forces à voir cette maison de Provence, l'enfant solitaire, ce père abandonné... Car la mère de Bérénice était partie un jour pour ne plus revenir...

« Je m'étais toujours promis, — dit-elle encore, — d'y retourner un jour avec quelqu'un... avec quelqu'un... »

Il serra à les briser les doigts prisonniers. L'aimait-elle donc? Il ne se disait pas qu'il allait l'embrasser, non, mais qu'il allait l'emporter là-bas, dans la maison de son père. Il y avait aussi mille choses qu'il n'avait jamais dites à personne. Il aurait bien repris des anchois, mais on apportait la friture. Des gens entraient, deux hommes. Il fronça le nez, et coupa la parole à Bérénice : « Quel ennui!

— Qu'y a-t-il?

— Oh... des gens que je connais... là, ils m'ont vu... »

De l'autre côté de la pièce, l'un des nouveaux arrivants en train de s'asseoir marquait un étonnement joyeux, levait la main en l'air, saluait des épaules. Un petit homme roux, avec des favoris courts, le col un peu trop haut, la cravate papillon, le veston exagéré, les parements trop larges. Bohème et cossu. L'autre, assez gros, plus grand, déjà assis, vulgaire, les cheveux en brosse, une petite moustache raide, un gros menton en avant, le nez en l'air, saluait de façon cérémonieuse, réservée. Bérénice, avec amusement, observait Aurélien, sa façon de rendre la politesse sans lâcher sa fourchette, le sourire un peu pâle, les dents serrées. Il expliqua : « Des camarades de régiment... le petit, Fuchs, faisait un journal dans les tranchées... Il l'a continué dans le civil... *La Cagna*, vous savez...

— Lucien l'achète... »

Elle se sentit gênée d'avoir dit cela et regarda Fuchs qui agitait toujours ses sourcils vers Aurélien, montrait son voisin du pouce, puis faisait oui de la tête. Aurélien était au supplice. « Il veut vous parler, je crois », dit-elle. Et en effet, il s'était levé, il venait à eux.

« Bonjour, Leurtillois, tu m'excuses... Madame... Viendras-tu à notre dîner de jeudi? Je me conduis comme un goujat... »

Il se tortillait de l'épaule, côté Bérénice. Aurélien, de mauvaise grâce, fit les présentations : « Mon ami Fuchs... avec qui nous étions au quinze sept... avec Edmond... Madame Morel... »

Fuchs fit trois courbettes, se lustra un favori : « Edmond? Madame connaît le petit docteur? »

Drôle d'entendre appeler ainsi son cousin. Elle avait oublié qu'il eût fait la guerre comme médecin. Elle sourit : « C'est mon cousin », dit-elle.

Oh, alors. Il prit cette parenté pour une invitation à s'asseoir, et s'assit devant eux, en s'excusant avec une manière de jappement.

« J'ai trouvé, imagine-toi, un petit restron, mais alors, un de ces petits restrons! Moûou! Tu m'en diras des nouvelles... A la Villette... Et la cave alors! Du Corton en carafe. Tu imagines... Ce n'est pas là qu'on se rancarde jeudi... pour jeudi, les invitations étaient lancées (si ça fait hurf!) trop tard pour aiguiller la troupe sur ce bouchon-là... Toujours les noces et banquets à côté du Sacré-Cœur... Je ne dis pas à Madame d'être des nôtres... C'est entre hommes... Il y a des copains que ça gêne... Mais on va organiser quelque chose à la Villette... et si le cœur vous en dit... Oh, on sera correct!... Je m'excuse encore, j'entre dans votre conversation, je m'installe... C'est que Leurtillois, madame, je l'ai connu, on ne faisait pas le fier... Pii-ou-huit! Ça vous sifflait aux esgourdes! Pour parpiner, ça parpinait... Tu te rappelles le boyau de la Bectance? Tous les jours la soupe y était renversée... C'est depuis ce temps-là qu'on est devenu des gourmets... Moûou! Ce restron-là, je vous en fiche mon billet... et pas de marmites! ah, ah! ou un autre genre de marmites! »

Aurélien bouillait. Bérénice, doucement, le calma de la main. Elle ne voulait pas qu'il fît un éclat. Il le comprit. Ils échangèrent des regards éloquents.

Une pensée baroque traversa Aurélien, qui l'adoucit : ils venaient d'être tous les deux comme des gens qui se connaissent très bien, qui depuis fort longtemps vivent ensemble... De quoi supporter les intrus.

« Tu sais, — disait Fuchs, — qui est avec moi? Tu l'as reconnu, hein? Lemoutard! Oui, madame, il s'appelle comme ça, ce gros bonhomme! Lemoutard! L'adjudant. Je l'ai retrouvé d'une façon bizarre... C'est à cause de Gonfalon...

tu te souviens... le lieutenant... Cette espèce de cavalier avec la moustache dans les narines? Oui, eh bien, Gonfalon comme toujours après les cotillons, s'était mis dans un mauvais cas... une donzelle qui faisait du chantage... Je me suis rappelé Lemoutard, et on a été tous les deux le relancer à la Préfectance... — Il cligna de l'œil, se retourna vers son compagnon, qui comprit qu'on parlait de lui et salua encore de sa place, puis confidentiel : — Lemoutard, à ne vous rien cacher, madame, est dans la police des mœurs... Si ce n'est pas crevant! Avec un nom pareil! D'ailleurs, il est trop doux, cette grosse brute, pour son métier, il faut l'entendre dire : « Qu'est-ce que vous voulez, moi, les femmes, je ne peux pas leur en vouloir, je suis trop bon... je leur pardonne... » Le cochon! — Il rigolait, c'était à Bérénice qu'il s'adressait avec des tas de clins d'yeux : — Et religieux avec ça! Pendant la guerre, toujours collé avec l'aumônier... Il se confessait et se reconfessait. Il se jetait sur les églises, communiait à tour de bras... Mais il aimait trop les femmes pour réussir dans son métier... Il leur cédait, que voulez-vous... Alors, après l'armistice, il a quitté les Mœurs... et quand on a été à la Préfectance, nous deux Gonfalon, pas le moindre moutard! Là-dessus, on va se soûler la gueule au Gypsie's. Gonfalon était salement embouscaillé... Bon, qu'est-ce qui s'assied à côté de nous, avec une de ces poufiasses, mais alors, une de ces poufiasses! Lemoutard, Lemoutard en retraite qui vend maintenant du champagne... Je lui dis de venir? Il grille d'envie de te serrer la pince... Ça ne gêne pas Madame? D'ailleurs, il a quitté les Mœurs... » Il était déjà debout, il était déjà de l'autre côté.

« Excusez-moi, je vais les liquider... — murmura Aurélien.

— Non, dit-elle, n'en faites rien... Il m'amuse. Et puis j'ai l'impression que le hasard me sert. Je découvre des choses sur vous, par d'autres. Ne trichez pas, Aurélien! Ne me cachez pas ces gens-là... »

Il eut un geste d'impuissance. Les deux hommes étaient là.

« Eh bien, voilà Lemoutard! — disait Fuchs. — Madame, je vous présente Lemoutard... Madame est la cousine du petit docteur Barbentane... »

L'ex-adjudant s'inclinait, ne savait où mettre ses grosses mains rouges. Il pouvait avoir quarante-cinq ans, le corps déjà déformé par le manger et le boire, solide et mal tourné, le cou court, la trace rouge du col dans les cheveux rasés. Le front bas et le nez embarrassé de polypes. Cela lui faisait une drôle de voix, et des haltes pour reprendre haleine, en général à contretemps.

« Madame... ah, Madame est la cousine...? Ah... Mon lieutenant... Si heureux de revoir mon lieutenant... »

Son ventre l'empêchait de bien se plier pour les saluts.

« Assieds-toi, chien de quartier! — plaisanta Fuchs, qui donnait l'exemple. — Madeleine! apportez nos couverts! »

Aurélien eut un mouvement de cheval qui va se cabrer. Bérénice mit simplement sa main sur ses doigts. Il piqua son nez sur son assiette.

« Qu'est-ce que c'est, la friture? — demanda Fuchs. — De la blanchaille? Vous la recommandez? Hum, hum. Je crois que nous ferions mieux de nous confiner dans les claires et le contrefilet... Du rouge, bien entendu, Lemoutard? »

Bérénice s'amusait de l'air exaspéré d'Aurélien. Elle sentait pour lui assez de tendresse pour connaître les limites de sa patience. « Ainsi, — dit-elle, — monsieur Lemoutard, vous aussi vous étiez à la guerre avec mon cousin Barbentane?... et M. Leurtillois, bien entendu? »

Il se tortilla sur son abdomen. Il avait l'air d'un énorme coléoptère, on s'attendait tout le temps à lui voir déplisser ses élytres. Il avait une bonne gueule molle sur un corps d'assommeur. Il ouvrait toujours la bouche un peu de temps avant de parler, et sa mâchoire inférieure se projetait encore en avant : « Avec le lieutenant, oui, madame... et le major... enfin le médecin-auxiliaire Barbentane.

— Et moi, — dit Fuchs qu'on oubliait. — Si vous aviez vu Leurtillois aux Éparges ! — Aurélien leva un index agacé détestant ce genre de basse flatterie, les souvenirs de guerre à l'éloge du voisin, à charge de revanche. — Bon, bon, fais ton modeste ! N'empêche que... »

Heureusement que Lemoutard était parti pour son histoire. Il ignora Fuchs, qui s'enraya comme un simple pétard. Lemoutard oscillait sur sa base, le bec ouvert, caressant à rebrousse-poil sa moustache, les yeux perdus dans une sorte de rêve.

« Je me souviendrai toujours... C'était au Chemin des Dames... Le docteur, je ne le connaissais pas, il venait d'arriver au bataillon... J'étais sergent alors... J'avais une section... C'était un peu à l'ouest de Sancy... on tenait la ligne du chemin de fer... on avait avancé après un pilonnage, mazette, un pilonnage ! Devant nous, tout était bouleversé. Plus de tranchées, des trous d'obus, des entonnoirs... On avait avancé comme on avait pu... sur la pente, et un peu où ça faisait plateau... et reculé par-ci par-là..., on ne savait plus où on en était... Je vous ennuie ?

— Mais non, — dit Bérénice, — au contraire...

— Il y avait du Boche en avant, de côté, en arrière... L'artillerie tapait dans le tas... On voyait dans ce qui avait été du barbelé un particulier qui n'avait pas pu se tirer des pieds... Personne ne songeait à aller le repêcher, je vous jure... Enfin, une chienne n'y aurait plus reconnu ses petits... Là où était ma section, ça avait encore forme humaine... parce qu'on tenait un boyau où on s'était battu... et qu'on avait cloisonné avec des sacs de sable... Seulement il y avait deux Frido-

lins blessés qui s'avançaient quand on avait
entassé les sacs... Alors ils étaient tombés le bec
en avant, les pieds chez eux, la tête chez nous.
Et feuilletés dans les sacs... des vrais sandwiches...
Pas mèche de les dégager, vous saisissez : on avait
aussi peur d'un côté que de l'autre... et puis
recommencer le bousin pour deux bonhommes...
Seulement le soir tombait, et ils ne se décidaient
pas à clamser... Ils gueulaient encore... Ça devait
leur faire mal quelque part... Une guibolle... Enfin,
quoi! Ils gueulaient... Dans le secteur on ne bougeait plus... chacun le doigt sur la gâchette, ter-
rés... Alors, quand ils se remettaient à gueuler,
les mitrailleurs à tout hasard envoyaient une
volée... Tac tac tac tac tac... et ça ricochait... tac
tac... On ne savait plus où se mettre... D'autres
répondaient... Ni les Boches ni nous ne savions
sur qui on tirait... Avec la nuit ça devenait inte-
nable... Là-dessus, voilà le lieutenant qui arrive...
Vous vous souvenez, mon lieutenant? — Aurélien fit un geste très vague. — Si, si, mon lieutenant... avec le nouveau médecin... votre cousin,
madame... Je ne le connaissais pas... Il était
arrivé, on était en ligne, vous savez, d'ordinaire,
les médecins on ne les voyait pas beaucoup... Il
était encore tout pimpant... c'était l'été... il n'y
avait pas de boue... Moi, je n'en pouvais plus...
J'étais hors de moi... Trois nuits sans dormir...
L'attaque du matin... cette journée... bref, je vais
vers mon lieutenant... et je lui dis : « Vous me
connaissez, mon lieutenant! Vous savez qu'on ne
fait pas plus doux... M'avez-vous vu faire du mal
à une mouche?... »

— Ah, cette histoire-là! » dit Fuchs.

Lemoutard eut l'air gêné, gonfla les épaules, se
retourna vers son voisin, pour s'excuser :
« Madame ne l'a pas encore entendue... Oui, je
l'ai racontée hier à M. Fuchs, alors... Parce que
le petit docteur, lui, il ne me connaissait pas... il
pouvait croire que j'étais comme ça... Je lui dis :
« Le docteur tombe à pic, je ne peux pas faire

autrement, si je pouvais faire autrement je le ferais... mais il n'y a rien d'autre à faire... » Enfin je ne me connaissais plus... « Qu'est-ce qu'il y a, sergent? », me dit le lieutenant. Moi, je lui dis : « Sans vous commander, venez tous les deux, il me faut des témoins pour ce que je vais faire... Vous témoignerez, pas vrai? Vous savez que je suis doux, trop doux même, mon lieutenant, et que si ce n'était pas qu'ils vont faire massacrer la section... » Le lieutenant me dit : « Calmez-vous, sergent, mais oui, vous êtes très doux... » Vous vous souvenez, mon lieutenant? — Aurélien se souvenait apparemment, et n'aimait pas ce souvenir. — Alors, je les emmène tous les deux dans le boyau, on se faisait petit, n'aurait pas fallu que la tête dépasse. Tac tac tac tac tac... Et les autres qui criaient dans leurs sacs... Il y en avait un qui devait avoir le délire... Moi, je tire mon couteau, je l'ouvre, je leur dis : « Mon lieutenant, docteur, attendez-moi, là, il n'y a rien d'autre à faire... ils vont nous faire bousiller, c'est sûr... » Alors quand je suis arrivé assez près, avec ce qu'il restait de jour, pour que les zigotos m'aperçoivent... Ah, maladie! Je pourrais vivre cent ans, je n'oublierais pas ça... Celui du haut a tout de suite compris... Ça devait se voir sur ma binette... Moi, j'avançais... Il s'est mis à hurler dans sa langue... Je ne le comprenais pas, mais il n'y avait pas besoin de comprendre pour le comprendre... « Ne me tuez pas », qu'il disait... Et des mots que je reconnaissais, parce que j'avais eu des Alsaciens avec moi, il appelait sa maman... Moi, je suis doux comme un mouton, mais si je l'avais laissé faire on y aurait tous passé... Il hurlait... Cette figure! Je le vois comme si j'y étais... Il ne pouvait pas bouger, il avait les bras pris... Alors avec mon couteau... Je ne croyais pas que j'aurais pu... des deux côtés je lui ai coupé... comment vous appelez cette artère...

— La carotide, — dit Fuchs.

— On n'a pas idée ce que ça peut saigner, ces

saletés-là... Ça m'a sauté dessus... et les cris... les cris... je les ai dans les oreilles, tenez! Un cochon qu'on égorge ce n'est qu'un cochon... mais un homme, un homme! Le pire, ça a été le second. Il ne comprenait pas d'abord, mais quand le sang de l'autre lui a dégouliné sur la gueule... il avait peut-être le délire, mais il a su ce qui l'attendait... Il savait un peu de français, celui-là... Il hurlait : « Pitié, pitié! Pas moi! » Alors la rage m'a pris contre tout, contre moi, contre lui, contre toute cette saloperie, et je me suis mis à genoux, et je frappais, je frappais, je n'en pouvais plus, j'avais peur de le laisser sans mourir... Hein, mon lieutenant? J'avais une belle gueule quand je suis revenu de là... un homme doux comme moi...

— Tiens, mange tes huîtres, — dit Fuchs, — sept, huit, neuf, dix, onze, j'ai encore droit à une... »

Aurélien ne serrait plus les dents. Il rêvait, sombre. Bérénice regardait les trois hommes. Quel lien mystérieux ce passé faisait entre des êtres aussi dissemblables! Mais y avait-il un lien vraiment entre Aurélien Leurtillois et l'agent des mœurs Lemoutard? Celui-ci mettait de la sauce à l'échalote dans les claires, et se plaignait de la dureté des temps. Le champagne... on croirait que ça marche... ce qu'il faut en vendre pour boire un peu de vin rouge!

« Ah, — dit-il, — on était des héros, il y a trois ans! La part du combattant... ils ont des droits sur nous... »

Fuchs raconta des histoires de leurs anciens, l'ordonnance du capitaine Wattelé, par exemple : Émile, oui... eh bien, il était mort à Saint-Denis, tuberculose... Comment tuberculose? dit Aurélien. Ce chenapan qui faisait les filles partout où on arrivait... Parfaitement, tuberculose. Mal de Pott, et Mingle, Chapelain, Dupuy, Sequin, Ballante... Maintenant Aurélien était pris à la conversation, en proie à ces fantômes... Leur destin sinistre et banal l'atteignait, il se sentait plus pauvre et plus dépaysé de tout ce qui leur était survenu de minable, de sans joie... Celui-ci, sa femme... Le gosse de celui-là... Bérénice, avec étonnement, suivait les progrès de cette émotion dans son visage... Elle l'en aimait mieux. Elle sentait ce que cachait le plus souvent sa pudeur. Elle crut un peu mieux à son amour, du fait qu'il semblât l'oublier, elle, et que dans cette conversation avec les fâcheux installés à leur table, il se fût pris ainsi au piège des souvenirs. Elle regardait dans la profondeur de sa vie, de la vie d'Aurélien.

« Et le caporal... comment s'appelait-il? ce grand type, si brave... tu te souviens, Fuchs, à Vauquois?

— Qui? Blanchard? Je ne sais pas.

— Il a mal tourné, — dit Lemoutard, — je l'ai rencontré à Asnières. Il s'est fourré dans le truc à Barbusse... vous savez... »

Leurtillois haussa les épaules. Ça ne l'intéressait pas.

XXXV

Elle était chez lui. Comme il l'avait comploté, cela s'était fait des Mariniers par un glissement insensible. Ils étaient encore étourdis du brouhaha de Fuchs et son compagnon. Il y avait cette brise qui ne rendait guère engageants les quais ni les rues. Aurélien attendait une résistance. Il avait préparé des mots, une colère, un défi. Inutile. Bérénice avait dit : « Ah, c'est ici? » et passé la porte. Elle n'avait pas peur des rencontres, elle, elle ne connaissait pas le prince R... L'interminable escalier, et ce battement de cœur... Tout d'un coup la petite provinciale, avec son chapeau à la main, sa tête secouée, ses mèches blondes, le

petit-gris sur le bras, son tailleur mal fait, lui était
devenue terriblement chère, de la voir comme cela
chez lui. Chez lui. Sans manières. Sans les phrases
attendues. Il avait peur qu'elle n'aimât pas ses
deux pièces, comme s'il se fût agi de son corps. Si
tout n'allait pas être en ordre... est-ce qu'on sait
avec Mme Duvigne?

Cela... c'est-à-dire cette étrange sensation, ce
sentiment sans nom... avait commencé dès que
la porte s'était ouverte et que Bérénice s'était
glissée dans l'entrée biscornue, qu'elle avait en
passant touché le pardessus clair pendu à la
patère, atteint le seuil de la pièce, de celle qu'il
appelait la pièce, comme Mme Duvigne. Elle était
chez lui. Aurélien s'arrêta derrière elle, et essaya
de regarder comme elle ce domaine familier, avec
des yeux nouveaux.

Avez-vous déjà vu un chat entrer pour la première fois dans un appartement? Avez-vous
remarqué cette hésitation et puis cette brusque
poussée féline, cette allonge du pas qui prend
possession des meubles, des tapis, de l'air dans les
tentures, comme d'une jungle, d'une brousse?
Avez-vous vu ses yeux d'or chercher à ne paraître
qu'un reflet des lumières, son pelage se confondre
aussitôt avec ce qui lui ressemble, et toujours
quelque chose lui ressemble? Bérénice ne s'avançait pas au centre de la pièce, elle était pourtant
déjà de l'autre côté, elle avait jeté son chapeau,
son sac, son manteau, sur trois sièges, elle jouait
avec la clarté qui venait de tous les côtés. C'était
petit, mais à cette heure, la lumière arrivait de
partout, avec les trois fenêtres sur les deux bras
de la Seine et la proue de l'île. Et encore par la
porte ouverte de la chambre. C'est quand elle
toucha aux grands tulles à la fenêtre qui donnait
sur la rive gauche qu'elle eut tout à fait l'air d'un
chat. Ou plutôt d'un félin plus noble, plus puis-
sant. Aurélien, au geste de l'épaule et du dos,
découvrit dans cette petite femme une force qu'il
n'avait pas encore soupçonnée. Il tira les cordons

du rideau, ouvrit la fenêtre. Ils se trouvèrent sur le balcon : « C'est beau », murmura-t-elle. Paris bleuissait déjà. Elle était appuyée contre lui, tout naturellement, elle ne se dérobait pas. Il l'entoura de ses bras comme s'il avait peur qu'elle eût le vertige. Il avait bien le vertige, lui... Les minutes durèrent, nulles, vides, silencieuses, et la Seine était jaune, troublée, lourde des neiges et des boues d'ailleurs, sous le ciel échevelé de mèches blanches, avec ce bleu pâle, usé, de l'hiver parisien, à travers les déchirures. Le poids de Bérénice contre lui, le poids du ciel sur eux : il avait eu peur comme cela jadis... peur de bouger, de détruire le charme de cet instant... jadis il s'agissait d'autre chose, mais rien ne ressemble à la mort comme l'amour. Cette pensée le fit tressaillir, disproportionnée, grandiloquente.

Bérénice dit : « A quoi songiez-vous? Dites... tout de suite... sans réfléchir... »

Il répondit : « J'aimerais mieux me tuer que de vous répondre... »

Et cela aussi le fit tressaillir, parce que c'était hors de toutes proportions, de toute pudeur... Il se sentait la proie d'un bonheur si surprenant qu'il craignait que tout y mît un terme. Mon Dieu, était-ce bien de tenir ainsi Bérénice? N'était-ce pas le bonheur simple d'une présence, ici... Tant de femmes y avaient avec lui regardé les pentes du Panthéon, les hauteurs lointaines et proches de ce paysage comme... Mais ce bonheur... Il avait peur que Bérénice le comprît, et tout à la fois peur qu'elle n'en partageât point la conscience. Il ne trouvait rien à dire, il redoutait les mots, comme des dégradations de ce qui le possédait d'admirable, d'indicible. Les cheveux abandonnés contre l'épaule de son veston, ce geste maladroit dont il encerclait cette taille, et la main de Bérénice sur ses mains, qui s'y était posée pour les dénouer sans doute, puis qui y était restée, oublieuse de ce qu'elle faisait... la douceur du ciel... une torpeur, une anesthésie qui s'était emparée d'eux deux.

Il avait de l'amour comme ce sentiment immobile dans les rêves. Il imagina des explications légendaires de cette scène : qu'il était une statue de pierre contre laquelle une femme s'est négligemment appuyée... Il espérait et appréhendait un geste d'elle, un effleurement soudain, un écart. Elle leva l'autre main et la porta à ses cheveux, d'un mouvement naturel et doux... Il vit sa nuque voisine, trop voisine, trouble, et le velours blond, vivant... Il exagéra son immobilité. Ah, il n'en faut pas tant que l'on croit pour tourner la tête aux statues!

« Rentrons, — dit-elle, — j'ai un peu froid... »

Il ne la rejoignit pas tout de suite. Il ne savait pas de quoi pouvaient diable avoir l'air ses yeux. Il était bouleversé. Je n'ai plus quatorze ans pourtant, se disait-il. Il se demandait s'il ne l'avait pas trop serrée contre lui, parce qu'elle avait à la fois dû se rendre compte et être si loin, si loin de tout ça... Il avait un peu honte. En même temps la surprise était si forte. Il pivota doucement sur les talons, et Paris et le ciel se retirèrent, et il plongea dans la pièce où déjà Bérénice jouait à découvrir les moindres objets, une boîte persane, un cendrier-réclame volé à Biarritz, comme c'était alors le grand sport, l'oiseau de verre bleu sur la cheminée, qui était un souvenir du Caledonian Market, à Londres... Il pensa qu'elle avait déjà envahi son chez lui à la manière d'un parfum. Il essaya de se traduire ce qui se passait d'une façon plus simple. Et plus grossière. Il ne le pouvait pas. Il avait besoin de travestir les choses, de les parer avec des mots, des comparaisons. C'était sa façon de respecter Bérénice. La respecter? Il haussa les épaules. Qu'elle le voulût ou non, elle était à lui.

Maintenant? Pas maintenant. Mais est-ce que cela ne revenait pas au même?

Il passa dans sa chambre. Il la laissait seule un instant de façon si naturelle... Du cabinet de toilette, il l'entendit rire. Il striait ses cheveux mouillés avec le peigne de fer. Elle rit. Que regarde-t-elle?

Il ne s'excusa pas, rentrant.

« Qu'est-ce qui vous faisait rire? »

Elle montra du doigt, assez confuse, un tableau au mur. Il sentit de la contrariété. Il craignait les commentaires de Bérénice. On a chez soi des choses qui ne sont peut-être pas toujours très défendables. Mais on y tient. Cette peinture... D'ailleurs, elle n'était pas si mal, il la défendit.

« Vous l'avez mal regardée... ce n'est pas si moche... oh, ce n'est pas Rembrandt... Mais c'est très consciencieux, très honnête...

— Je n'ai pas dit que je trouvais ça moche. De qui est-ce?

— Un homme que j'aime bien. Ambérieux... l'oncle Ambérieux comme nous disions, ma sœur et moi, bien qu'il ne soit pas de la famille...

— Ah... on voit assez mal... vous permettez? »

Il n'avait pas son pareil pour décrocher les tableaux. Il exposa celui-ci au jour, l'appuyant sur son genou, tournant pour que les vernis ne jouassent pas sous la lumière. Il eut le sentiment désagréable de faire un geste de marchand.

Bérénice n'y avait pas pris garde. Elle déchiffrait avec curiosité le tableau : non qu'il fût mystérieux à la façon des cubistes, non. C'était une peinture traditionnelle. Avec un métier qui n'était guère éloigné de tout ce qu'on voit aux Artistes français, avec plus de minutie peut-être, un souci du détail qui était d'un autre âge. Une application. L'étrange était la composition, la foule de choses qui entrait dans cette toile de taille moyenne. Un trente paysage. C'était une fenêtre ouverte, mais pas à la manière de Matisse ou de Picasso, plutôt à la hollandaise. De la pièce où devait se tenir le peintre, on ne voyait guère qu'une nature morte sur l'appui de la fenêtre, des flacons, des petits ciseaux, des fards en désordre, une boîte à poudre ouverte, tout ce qui trahissait une femme invisible, et une étoffe bleue. L'essentiel était ailleurs :

c'était ce paysage urbain, banal, où l'on plongeait d'un troisième étage peut-être, dans une clarté du matin. On y voyait sur le trottoir deux messieurs qui se rencontraient, une petite fille qui portait un long pain, un mendiant aveugle, un camelot perché sur une estrade avec les badauds autour de lui, un kiosque de journaux et sa marchande; et au milieu de la chaussée, le refuge sur lequel des gens qui vont à leur travail, des ouvriers avec le sac à l'épaule, des femmes en cheveux, un musicien avec sa boîte à violon attendant le tramway ou l'autobus. Sur la droite, les pavés étaient bouleversés par des travaux, et on voyait les réparateurs manier la demoiselle. A gauche, un drame : une voiture de livraison vient de renverser un enfant, les chevaux se cabrent, personne n'a encore rien vu, sauf les derniers du groupe qui attend le tramway, qui se retournent, et semblent crier, tirer un voisin par la manche. On ne savait pas pourquoi, ça avait une clarté de Moyen Age.

« Comme c'est singulier! — dit Bérénice. — Je ne peux pas dire que cela me plaise... C'est si différent de la peinture...

— Cela vaut toujours votre Zamora...

— Oh, mon Zamora! Vous dites, Ambérieux? C'est drôle qu'il ne soit pas plus connu... Quel soin!»

Aurélien raccrochait le tableau. « Un homme que j'aime bien... — répéta-t-il. — Lui et sa femme, presque mes seuls amis... malgré la différence d'âge... Il a près de soixante-dix ans... »

Bérénice, comme si elle parlait à elle-même et à elle seule, dit : « J'aimerais le connaître...

— Si vous voulez... Il vous montrera ses tableaux... Il n'est pas très gâté par les visiteurs, vous savez... »

Il était heureux, il eût détesté lui voir exécuter d'un mot la peinture de l'oncle. Déjà, il se faisait fête de la mener chez le vieux Blaise. Il ne fallait pas qu'elle en attendît le genre de plaisir que lui avait donné sa visite à Picasso, avec Paul Denis.

Il prenait pourtant sa revanche sur Paul Denis.

Bérénice s'était remise à fureter.

Elle montrait le cendrier : « J'en ai un plus grand ! Bleu et or... Abdullahs... Vous aimez les Abdullahs ? Il paraît que je ne devrais pas... que ça fait poule... — Il marcha vers elle et ouvrit les bras. — Oh, voyons, — dit-elle, — ne me forcez pas à dire ces choses-là... Je suis venue ici sans vous faire jurer que vous seriez sage, tout de même... Alors ! »

Elle riait et elle ne riait pas. Et lui avait laissé retomber ses longs bras. Il la regardait, et elle se déplaçait dans le champ variable de son regard. Il la regardait fuir, et revenir, se distraire de lui à toucher une étoffe, une stupide statuette au coin de la cheminée, une idiotie, restée là par non-chalance, il voulait toujours la jeter au panier... un Tanagra de bronze noir, pensez donc... Juste utile comme presse-papier... Qu'est-ce qu'elle allait penser, Bérénice, avec ses goûts modernes ? Il regardait Bérénice sournoisement revenir, jouer avec le feu, sûre d'elle-même, sûre de lui...

C'est alors qu'il étendit le bras vers le mur et qu'il décrocha le masque.

XXXVI

Il y a une passion si dévorante qu'elle ne peut se décrire. Elle mange qui la contemple. Tous ceux qui s'en sont pris à elle s'y sont pris. On ne peut l'essayer, et se reprendre. On frémit de la nommer : c'est le goût de l'absolu. On dira que c'est une passion rare, et même les amateurs fré-nétiques de la grandeur humaine ajouteront : malheureusement. Il faut s'en détromper. Elle est plus répandue que la grippe, et si on la recon-naît mieux quand elle atteint les cœurs élevés, elle a des formes sordides qui portent ses ravages chez les gens ordinaires, les esprits secs, les tempéraments pauvres. Ouvrez la porte, elle entre et s'installe. Peu lui importe le logis, sa simplicité. Elle est l'absence de résignation. Si l'on veut, qu'on s'en félicite, pour ce qu'elle a pu faire faire aux hommes, pour ce que ce mécontentement a su engendrer de sublime. Mais c'est ne voir que l'exception, la fleur monstrueuse, et même alors regardez au fond de ceux qu'elle emporte dans les parages du génie, vous y trouverez ces flétrissures intimes, ces stigmates de la dévastation qui sont tout ce qui marque son passage sur des individus moins privilégiés du ciel.

Qui a le goût de l'absolu renonce par là même à tout bonheur. Quel bonheur résisterait à ce vertige, à cette exigence toujours renouvelée? Cette machine critique des sentiments, cette vis *a tergo* du doute, attaque tout ce qui rend l'existence tolérable, tout ce qui fait le climat du cœur. Il faudrait donner des exemples pour être compris, et les choisir justement dans les formes basses, vulgaires de cette passion pour que par analogie on pût s'élever à la connaissance des malheurs héroïques qu'elle produit.

On sait que le tabès, chez les hommes de l'intelligence, évolue avec rapidité vers les centres nerveux supérieurs, alors que chez la brute ou le végétatif, il se développe plus lentement, et préfère s'en prendre aux centres moteurs. Ce tabès moral dont je parle, lui aussi, suivant les sujets, se spécialise : il se porte à ce qui est l'habileté, la manie, l'orgueil, du malheureux qu'il accable. Il brisera la voix du chanteur, jettera de maigreur le jockey à l'hôpital, brûlera les poumons du coureur à pied ou lui forcera le cœur. Il mènera par une voie étrange la ménagère à l'asile des fous, à force de propreté, par l'obstination de polir, de nettoyer, qu'elle mettra sur un carreau de sa cuisine, jamais parfait, tandis que le lait file, la maison brûle, ses enfants se noient. Ce sera aussi, sans qu'on la reconnaisse, la maladie de ceux qui n'aiment rien, qui à toute beauté, toute folie opposent le *non* inhumain, qui vient de même du goût de l'absolu. Tout dépend d'où l'on met cet absolu. Ce peut être dans l'amour, le costume ou la puissance, et vous avez Don Juan, Biron, Napoléon. Mais aussi l'homme aux yeux fermés que vous croisez dans la rue et qui ne parle à personne. Mais aussi l'étrange clocharde qu'on aperçoit le soir sur les bancs près de l'Observatoire, à ranger des chiffons incroyables. Mais aussi le simple sectaire, qui s'empoisonne la vie de sécheresse. Celui qui meurt de délicatesse et celui qui se rend impossible de grossièreté. Ils sont ceux pour qui rien n'est jamais assez *quelque chose*.

Le goût de l'absolu... Les formes cliniques de ce mal sont innombrables, ou trop nombreuses pour qu'on se jette à les dénombrer. On voudrait s'en tenir à la description d'un cas. Mais sans perdre de vue sa parenté avec mille autres, avec des maux apparemment si divers, qu'on les croirait sans lien avec le cas considéré, parce qu'il n'y a pas de microscope pour en examiner le microbe, et que nous ne savons pas isoler ce virus que, faute de mieux, nous appelons le goût de l'absolu...

Pourtant, si divers que soient les déguisements du mal, il peut se dépister à un symptôme commun à toutes les formes, fût-ce aux plus alternantes. Ce symptôme est une incapacité totale pour le sujet d'être heureux. Celui qui a le goût de l'absolu peut le savoir ou l'ignorer, être porté par lui à la tête des peuples, au front des armées, ou en être paralysé dans la vie ordinaire, et réduit à un négativisme de quartier; celui qui a le goût de l'absolu peut être un innocent, un fou, un ambitieux ou un pédant, mais il ne peut pas être heureux. De ce qui ferait son bonheur, il exige toujours davantage. Il détruit par une rage tournée sur elle-même ce qui serait son contentement. Il est dépourvu de la plus légère aptitude au bonheur. J'ajouterai qu'il se complaît dans ce qui le consume. Qu'il confond sa disgrâce avec je ne sais quelle idée de la dignité, de la grandeur, de la morale, suivant le tour de son esprit, son éducation, les mœurs de son milieu. Que le goût de l'absolu en un mot ne va pas sans le vertige de l'absolu. Qu'il s'accompagne d'une certaine exaltation, à quoi on le reconnaîtra d'abord, et qui s'exerçant toujours au point vif, au centre de la destruction, risque de faire prendre à des yeux non prévenus le goût de l'absolu pour le goût du malheur. C'est qu'ils coïncident, mais le goût du malheur n'est ici qu'une conséquence. Il n'est que le goût d'un certain malheur. Tandis que l'absolu, même dans les petites choses, garde son caractère d'absolu.

Les médecins peuvent dire de presque toutes les maladies du corps comment elles commencent, et d'où vient ce qui les introduit dans l'organisme, et combien de jours elles couvent, et tout le secret travail qui précède leur éclosion. Mais nous en sommes encore à l'alchimie des sentiments, ces folies non reconnues, que porte en lui l'homme normal. Les lentes semailles du caractère, les romanciers le plus souvent en exposent sans les expliquer l'histoire, remontant à l'enfance, à l'entourage, faisant appel à l'hérédité, à la société, à cent principes divers. Il faut bien dire qu'ils sont rarement convaincants, ou n'y parviennent que par des hypothèses heureuses, qui n'ont pas plus de valeur que leur bonheur n'en a. Nous pouvons seulement constater qu'il y a des femmes jalouses, des assassins, des avares, des timides. Il nous faut les prendre formés, quand la jalousie, la furie meurtrière, la timidité, l'avarice nous présentent des portraits différenciés, des portraits saisissants.

D'où lui venait ce goût de l'absolu, je n'en sais rien. Bérénice avait le goût de l'absolu.

C'est sans doute ce qu'avait vaguement senti Edmond Barbentane quand il avait dit de sa cousine que c'était l'enfer chez soi. Que savait-il d'elle? Rien vraiment. Mais il arrive que les hommes devinent les femmes, par un instinct animal, une expérience de mâle qui vaut bien cette divination féminine dont on nous rebat les oreilles. Aurélien, d'abord éveillé par cette expression surprenante, qui cadrait si mal avec la femme qu'il avait tout d'abord aperçue, l'avait oubliée, quand s'était établi entre Bérénice et lui un rapport plus important que les jugements d'un tiers. Ainsi s'approchait-il du gouffre, après avoir été tenté par le gouffre, ne sachant plus qu'il en était un. Et leur roman, le roman d'Aurélien et de Bérénice était dominé par cette contradiction dont leur première entrevue avait porté le signe : la dissemblance entre la Bérénice qu'il voyait et la Bérénice que d'autres pouvaient voir, le contraste entre cette enfant spontanée, gaie, innocente et l'enfer qu'elle portait en elle, la dissonance de Bérénice et de son ombre. Peut-être était-ce là ce qui expliquait ses deux visages, cette nuit et ce jour qui paraissaient deux femmes différentes. Cette petite fille qui s'amusait d'un rien, cette femme qui ne se contentait de rien.

Car Bérénice avait le goût de l'absolu.

Elle était à un moment de sa vie où il fallait à toute force qu'elle en poursuivît la recherche dans un être de chair. Les amères déceptions de sa jeunesse qui n'avaient peut-être pas d'autre origine que cette volonté irréalisable d'absolu exigeaient une revanche immédiate. Si la Bérénice toujours prête à désespérer qui ressemblait au masque doutait de cet Aurélien qui arrivait à point nommé, l'autre, la petite fille qui n'avait pas de poupée, voulait à tout prix trouver enfin l'incarnation de ses rêves, la preuve vivante de la grandeur, de la noblesse, de l'infini dans le fini. Il lui fallait enfin quelque chose de parfait. L'attirance qu'elle avait de cet homme se confondait avec des exigences qu'elle posait ainsi au monde. On m'aura très mal compris si l'on déduit de ce qui a été dit de ce goût de l'absolu qu'il se confond avec le scepticisme. Il prend parfois le langage du scepticisme comme du désespoir, mais c'est parce qu'il suppose au contraire une foi profonde, totale, en la beauté, la bonté, le génie, par exemple. Il faut beaucoup de scepticisme pour se satisfaire de ce qui est. Les amants de l'absolu ne rejettent ce qui est que par une croyance éperdue en ce qui n'est peut-être pas.

Si Bérénice était pour Aurélien le piège auquel il devait fatalement se prendre, il était lui-même pour Bérénice l'abîme ouvert, et elle le savait, et elle aimait trop l'abîme pour n'y pas venir se pencher. Quand, avec cet accent qui ne trompe pas, il lui avait affirmé que jamais de sa vie il n'avait dit *je vous aime* à une femme, pouvait-il savoir ce qu'il faisait? pouvait-il imaginer quel aliment de perte, quel feu, il lui donnait ainsi pour se consumer toute sa vie? S'il n'avait pas menti, et de toutes ses forces, de toutes ses ténèbres, elle ne voulait pas qu'il eût menti, n'était-ce pas enfin l'absolu qui s'offrait, la seule chance d'absolu qu'elle eût rencontrée? Il fallait qu'il l'aimât. C'était plus nécessaire que l'air, plus indispensable que la vie. Enfin, dans cet homme mystérieux et simple, dans ce passant de Paris, elle allait se dépasser, atteindre au-delà d'elle-même à cette existence qui est à l'existence ce qu'est le soleil à la lumière. Il fallait qu'il l'aimât. L'amour d'Aurélien, n'était-ce pas la justification de Bérénice? On ne pouvait pas plus lui demander d'y renoncer que de renoncer à penser, à respirer, à vivre. Et même est-il sans doute plus facile de mourir volontairement à la vie qu'à l'amour.

Elle ne se demandait pas à quoi l'entraînait qu'il l'aimât. Elle ne se demandait pas si cet amour qu'elle n'avait pas pu laisser passer... et peut-être que d'un mot, d'une réserve, il y avait eu un instant où elle aurait pu l'écarter... si cet amour, elle avait le droit de l'encourager, le droit de l'accepter, de lui donner cette terrible vie. Car l'amour, comme l'homme, meurt à malheur, meurt dans la gêne et les soupirs et les sueurs et les convulsions, et qui lui a laissé prendre la force de souffrir est pis qu'un meurtrier.

Elle ne se demandait pas à quoi l'entraînait qu'il l'aimât, parce qu'elle avait le goût de l'absolu, et que l'amour d'Aurélien portait, à tort ou à raison, les caractères sombres et merveilleux de l'absolu à ses yeux. Et que, parce qu'il était l'absolu, il portait en lui-même sa nourriture, et donc qu'elle n'avait point à se soucier de l'apaiser plus que de l'éteindre, de le contenter plus que de l'apaiser. Il importait bien peu que de l'amour avoué, reconnu, naquît une grande souffrance. L'amour n'a-t-il pas en soi-même sa fin? Les obstacles mêmes à l'amour, ceux qui ne se surmonteront pas, ne font-ils pas sa grandeur? Bérénice n'était pas loin de penser que l'amour se perd, se meurt, quand il est heureux. On voit bien là repercer le goût de l'absolu, et son incompatibilité avec le bonheur. Au moins bonheur ni malheur n'étaient les communes mesures des actions de Bérénice. Elle était vraiment pire qu'un meurtrier.

Il y avait dans la destinée d'Aurélien une correspondance singulière à ces dispositions inhumaines. Il faudrait repasser tout ce qu'on sait de lui pour le comprendre. Bérénice n'en avait pas besoin. Parce qu'elle n'était pas seulement inhumaine : elle était femme aussi, et quand à travers ses yeux demi ouverts elle regardait Aurélien, elle avait peur de son plaisir.

Bérénice avait deux visages, cette nuit et ce jour.

XXXVII

« Vous m'aviez menti, — dit-elle. — Cette femme... »

Il riait : « Cette femme... Vous avez pensé que j'étais amoureux de cette femme? Bérénice, vous ne vous trompiez pas! »

Elle s'était levée, comme folle, prête à sangloter. Il la rattrapa par le poignet, et lui fit mal. Elle retomba avec un petit cri, et de l'autre main encercla le poignet meurtri.

« Vous ne vous trompez pas, Bérénice... Je l'aime... Ma sœur, une personne curieuse, ma sœur... l'avait deviné elle aussi... et c'est comme cela que j'ai su... — Elle tombait de si haut qu'elle ne pleurait pas, elle portait ses mains à ses joues, sa tête s'était renversée, ses yeux fermés. — Là — cria-t-il, et du coup elle rouvrit les yeux. — Là, vous venez d'être vous-même, Bérénice... Vous ne vous êtes jamais vue, les yeux fermés, naturellement... sinon vous auriez crié... en voyant cette femme... Regardez-vous, Bérénice, regardez-vous, c'est vous, ne voyez-vous pas que c'est vous? »

Elle secoua la tête. Encore une de ces histoires d'homme. Il tenait le masque à deux mains, il le lui mettait devant elle.

« C'est vous, voyons... voyons... vous que j'aime...

— Pourquoi mentir, Aurélien? C'est le visage d'une autre. Nous nous ressemblons. Et après? Je suis, nous sommes votre type, il faut croire.

— Folle! — cria-t-il. — On trouve ce masque partout, chez les mouleurs, entre l'*Enfant à l'épine* et Beethoven mort... C'est le visage d'une femme qui s'est noyée... moulé à la Morgue... l'*Inconnue de la Seine* comme on l'appelle... je vous jure... »

Lentement tout ceci atteignait Bérénice. Les couleurs enfuies revenaient, elle tournait sur elle-même, elle regardait le visage de plâtre. Incrédule. Elle regardait Aurélien. Il avait été se mouiller les cheveux, se peigner... pourquoi? L'*Inconnue de la Seine*... peut-être... Si ce n'était pas une femme qu'il avait connue, c'était un masque qui lui avait plu, d'abord... et puis il avait trouvé qu'elle, Bérénice, ressemblait à ce plâtre modelé... Elle était mordue par une jalousie insensée. Jalouse d'une morte, d'une noyée, qu'il n'avait jamais vue. Elle le prit, elle arracha le masque aux mains d'Aurélien. Elle sentit dans ses doigts comme il était périssable. Une envie furieuse de le détruire la domina. A quoi bon? Il pouvait sortir, et en acheter un autre exemplaire. Elle regarda longuement cette image blêmie d'elle-même que ne lui avait jamais montrée aucun miroir. Il parlait : « C'était d'abord... simplement... un visage mystérieux, je l'avais vu dans une boutique, et l'Italien qui fait les plâtres rue Racine, le mouleur, vous savez, comme je le regardais m'a raconté son histoire... enfin ce n'est pas une histoire... on ne sait rien d'elle... une inconnue... qui s'est jetée dans la Seine, une femme jeune, elle a fermé les yeux sur son secret... pourquoi a-t-elle fait ça? La faim, l'amour... On peut rêver ce qu'on veut... Qu'est-ce qui a poussé le carabin de service, là, à côté, à la Morgue, à prendre le moulage de cette noyée-là, et pas d'une autre... Il avait dû la trouver très belle, lui... Il ne lui a pas semblé possible de la laisser partir comme ça, sur les amphithéâtres de la Faculté de Médecine, où des jeunes gens aveugles l'auront disséquée pour apprendre l'anatomie... Il a voulu... et alors... »

Elle dit, elle avoua : « Je suis horriblement jalouse... »

Jalouse? Il tressaillit. Elle l'aimait, elle l'aimait donc! « Bérénice! »

Il l'avait saisie dans ses bras. Le bruit du plâtre qui se brise lui fit relâcher son étreinte. Ils regardèrent tous les deux, avec consternation, les morceaux de blancheur à terre, la poudre sur le tapis, les éclats détachés, et pis que tout : les fragments du nez, la bouche... Ils avaient un peu commis un meurtre... Elle dit : « Vous pourrez en retrouver un autre rue Racine... — Il secoua la tête. — Oh si! — dit-elle. — Il faudra en racheter un autre... Je vous le donnerai... Si, si... Ce serait pire comme cela... Cette femme... sa force est d'être morte... »

Elle frissonna. Il se souvint qu'elle avait dit *horriblement* jalouse. Il prit ses mains : « Vous êtes vivante, — murmura-t-il, — votre force est d'être vivante... »

Elle le regarda. Jouait-il la comédie? Elle avait si peu appris à douter de lui : « Que voulez-vous dire, Aurélien? Ma force est d'être vivante. Toutes les femmes sont vivantes... sans force contre une morte... Et si je mourais tout à coup... n'importe quelle femme aurait sur moi, pour vous, cet avantage, cette force? »

Il ramassait les débris du visage aux yeux fermés. Un peu à la dérobée, il regardait l'autre, le visage aux yeux ouverts. Il pensa comme elle venait de le faire : joue-t-elle la comédie? Mais avec plus d'irritation, moins de désespoir. Il avait pris à côté de la cheminée le petit balai à cendres, qui avait un manche noir et des soies bleues. Il ne fallait pas laisser tout cela sans balayer : si on marchait dessus, cela ferait une tache blanche dans le tapis, le plâtre s'incrusterait. Il pensa : « Elle n'a pas aimé cette photographie. » Il dit : « Vous n'avez pas aimé cette photographie... »

Avec une nuance de reproche.

Bérénice se défendit : « Non, non, je ne l'ai pas fait exprès! N'allez pas croire que je l'ai fait exprès! C'est un malheur... Je ne sais pas ce que je donnerais pour n'avoir pas brisé ce masque... Je ne sais pas... Je suis très fâchée... Vous allez m'en vouloir? »

Il secoua la tête. Les débris dans un vieux journal. Et le tout dans la corbeille à papiers. Il essaya de plaisanter : « Je vais tellement vous en vouloir... — Et s'arrêta. Elle avait des brumes dans les yeux : — Oh, ma chérie! »

Ce mot qui avait brûlé les étapes les laissa interdits. Dans le silence, elle tendit vers lui une paume suppliante, et fit *non* à la muette. A quoi diable disait-elle *non?*

Il y avait entre eux cette morte, ce fantôme. L'ombre descendait dans la pièce. Aurélien sentit la fraîcheur sur ses épaules. La fenêtre mal fermée. Pour tout changer, il alluma l'électricité, tira les rideaux. Rien n'y était plus. Ils ne se reconnaissaient plus l'un l'autre. Que faisaient-ils ensemble dans ce décor? Une gêne infinie.

« Je vais faire du feu, — dit-il, — et il s'agenouilla près de la cheminée.

— Si c'est pour moi, ce n'est pas la peine... Je vais partir... Oh, je suis stupide... Si vous avez froid... et après mon départ...

— Ne partez pas, Bérénice, voyons... Vous m'avez promis votre journée...

— Je sais... mais il vaut mieux... Je ne sais pas...

— Vous savez ou vous ne savez pas? C'est pour vous aussi que je fais du feu! — Le papier flambait sous les bûches. Aurélien baissa le tablier de la cheminée.

« Vous croyez que ça va prendre? »

Bérénice avait dit ça avec sa voix de petite fille. Au vrai, elle n'avait jamais pu laisser quelqu'un allumer le feu devant elle. Elle se trouva sur le sol à côté d'Aurélien. Et ils ne dirent plus rien que des choses banales, comme le feu, merveilleuses comme le feu. Le mystère du feu les rapprochait. Il y eut de la fumée. Il fallut ouvrir la fenêtre encore, pour améliorer le tirage. Puis la fermer. Rajouter une bûche et du margotin...

Ils s'assirent à terre, sur des coussins, la tête contre le bord d'un siège, et les flammes enfin montèrent, et ils regardèrent les flammes. Dans le sortilège des flammes, qu'on pourrait sans fin regarder, qui s'évanouissent pour reprendre, dansent, se creusent, bleuissent, se détachent du bois, retombent sur lui et le lèchent à la façon des langues de la Pentecôte, dans le sortilège des flammes, ils retrouvèrent les chemins profonds de leurs pensées séparées, les carrefours brûlants de ces chemins. La tête de Bérénice chavira contre l'épaule de l'homme.

« Dans la grande maison... »

Elle rêvait. Elle reprenait son rêve. Toute sorte de mots, de gestes, d'incidents s'évanouissaient dans la clarté du feu. Bérénice poursuivait cette conversation interrompue par l'arrivée de Fuchs et Lemoutard aux Mariniers. Tout ce qui avait suivi était nul et non avenu.

Sauf le meurtre de l'Inconnue, dont ni l'un ni l'autre ne parlait.

« J'avais huit ans... Il y avait tout le temps des cris dans la grande maison... Mon père... Je n'aimais pas mon père... Il criait après maman... J'avais un chien, trois poupées... Je ne jouais jamais avec d'autres enfants... — Elle s'interrompit, mordue par quelque chose : — Aurélien?

— Bérénice?

— Aurélien, jurez-moi que c'est moi que vous aimiez en elle! »

Du doigt elle cherchait à montrer cette *elle* sans nom, sa tête se tourna vers le mur dépossédé, la terre où demeureraient quelques vestiges, la corbeille à papiers. Il dit avec tout le sérieux de la terre : « Je le jure. »

Ce n'était pas une mince affaire pour Bérénice. Elle murmura : « Je voudrais vous croire... Si vous aussi, vous alliez m'échapper... — Puis eut honte de s'être ainsi livrée et se rejeta dans son histoire : — Quand maman ce jour-là, au bout du jardin où il y avait une noria, me trouva qui faisais de la boue... j'adorais faire de la boue... avec de l'eau et un bâton... elle me dit : « Nicette... » Maman m'appelait Nicette... Et elle était très grave, comme jamais... Vous savez de quoi elle avait l'air, ma maman? Elle avait mon visage, mais d'autres yeux, très très bleus... Voyez-vous, je me souviens mal, j'étais si petite encore... Huit ans... Elle devait ressembler à... à... — Du menton, elle indiquait la corbeille à papiers. — Alors, pourquoi aurais-je voulu casser ce masque? Vous me croyez maintenant? »

Elle savait bien qu'elle avait voulu le briser, un éclair. Le mensonge l'étranglait un peu. Ce n'était pourtant pas tout à fait mentir. Elle reprit : « Nicette, elle m'a dit, Nicette... Ça ne peut pas durer... Tu vois bien... Ton père... Tu entends tous les jours... ces cris... J'étais si jeune quand on m'a mariée... Je ne savais pas... Et puis toute la vie, toute la vie... toute la vie comme ça! Qu'est-ce que tu me conseilles de faire, Nicette?... Moi, je ne comprenais pas... Je cachais mes mains sales... Aurélien, votre mère était belle, n'est-ce pas? est-ce qu'elle était heureuse? »

Il tressaillit. Tout le drame de son enfance le traversa, et l'histoire de sa mère, et de cet homme auquel il ressemblait sans doute...

« Alors maman m'a dit qu'elle voulait partir... tout de suite... elle ne pouvait pas m'emmener... mais plus tard, il serait trop tard... elle était jeune encore... il y avait un homme qui l'aimait, qui ne criait pas, qui n'avait pas ces yeux méchants de mon père... — Elle se tourna vers Aurélien : — Ces yeux que j'ai là ». Et elle fit le geste sauvage de les crever. Il attrapa la fourche des doigts écartés et se pencha pour les baiser. Elle avait fermé les yeux pour ressembler à sa mère.

« Si je lui avais dit : « Ne t'en va pas », elle serait restée... je suis sûre qu'elle serait restée... Mais je ne voulais pas qu'elle soit malheureuse, ma maman, dans la grande maison, avec les cris, et nos yeux noirs autour d'elle... Je lui ai dit : « Va-

t'en, maman, va-t'en... » J'avais huit ans et je
faisais de la boue près de la noria... Mon père a
failli mourir... Nous sommes restés seuls, avec les
domestiques... »

Aurélien pensait à sa mère qui n'était pas partie.
A sa jolie maman, qui semblait heureuse, qui ne
lui avait jamais parlé à lui, à son petit, jamais
demandé... Puis il revoyait le masque, le masque
qui ressemblait à la fugitive. Une idée romanesque
le traversait : « Et votre mère, Bérénice, votre
mère... elle est morte? »

A quelle date avait été fait ce moulage? On
pouvait peut-être le savoir... La Seine en bas avec
ses secrets... le calendrier de la Seine...

« Quelle idée! — dit Bérénice. — Maman est
encore jeune. Elle vit. Mais je ne l'ai jamais revue.

— Est-ce possible?

— Son... nouveau mari l'a emmenée avec lui,
très loin... en Afrique... ils ont écrit d'abord...
Mon père ne m'a jamais montré les lettres... Puis
les années ont passé... »

La vie est plus romanesque que l'imagination.
Cela aurait tellement tout simplifié, inutilement
tout simplifié, que l'Inconnue de la Seine fût...
« Fermez les yeux! » supplia-t-il.

Elle obéit, et dans cette nuit sur commande,
elle demanda : « Qui préférez-vous, Aurélien?
Moi... ou ma mère? »

Il n'y avait pas deux réponses possibles. Mais
elle se débattit d'une façon inattendue, comme un
chat-tigre, et ils roulèrent à terre, tous les deux,
et lui était possédé de la hantise de ces lèvres
effleurées à peine, et fou de rage qu'elle lui échap-
pât toujours. Mais elle lui échappait. Elle était
sur ses pieds, lui à terre encore. Elle dit : « Vous
voyez qu'il vaut mieux que je parte...

— Vous êtes fâchée?

— Non, non... il y a de ma faute... Mais je
m'en vais...

— Je vous en supplie...

— C'est tellement mieux ainsi... Je ne suis pas

fâchée, je vous assure... Donnez-moi mon manteau... Merci... »

Elle remettait son chapeau devant la glace. Elle fouillait dans son sac. Le rouge.

Il disait n'importe quoi pour s'excuser. Pour la retenir. Il vit bien que cela ne servait de rien. Le vilain taupé disgracieux qu'elle avait, décidément... Sa bouche à nouveau saignait à neuf. Elle sourit doucement : « Écoutez, demain matin, je suis prise... Si, j'ai promis une heure de pose à Zamora... Mais après...

— Encore celui-là!

— Ne vous fâchez pas. C'est tout ce qu'il lui faut. Il aura travaillé sans moi. Il vérifie, et c'est tout... Vous savez, si j'avais affaire à un vrai portraitiste!

— Je ne vous le fais pas dire!

— Ce n'est qu'une aquarelle à propos de moi... »

Aurélien haussa les épaules. Il ne savait ce qu'il détestait le plus de Zamora ou de sa peinture.

« Non, ne venez pas me chercher... Mais si vous voulez, je serai à une heure, en bas, aux Mariniers... comme tout à l'heure. Peut-être aurez-vous d'autres amis... » Elle riait. Non, pas tous les jours Fuchs, merci! Eh bien, entendu, aux Mariniers.

Il n'allait pas la laisser partir comme ça, peut-être? Ce sont des choses qu'on se dit. Il la laissa partir comme ça. Quand la porte se fut refermée, il tourna dans « la pièce », jeta du bois dans le feu, et vint malgré lui heurter du pied la corbeille à papiers. Il frissonna comme s'il avait touché un cercueil. Il avait besoin d'air. Il ouvrit la fenêtre : la nuit était sombre, le vent sifflait. Il s'avança sur le balcon, et regarda les lumières de Paris si proches et si lointaines. Puis ses yeux, circulairement, revinrent à ce grand fossé noir, en bas. La Seine, qui charriait des boues glaciaires, et des noyés.

XXXVIII

Tout à coup une pièce de la grande maison s'éclairait. Le dessin d'une étoffe, un papier mural prenaient de l'importance. Les bonnes glissaient dans la lumière filtrée des chambres. On lavait à la buanderie. Ou c'était le jardin mystérieux, les phlox et les rhododendrons. Dans tout cela une petite fille qui se raconte des histoires. Qui porte le poids d'une histoire qu'elle n'a pas tout entière comprise, et qu'elle se raconte pour la millième fois : « J'étais si jeune quand on m'a mariée... » L'ombre de l'homme aux yeux noirs, l'homme abandonné. Il criait. Il était le contraire de tout ce que la petite fille aimait. Ce qu'il faut qu'on quitte pour être heureux. Mais il était malheureux.

Aurélien ne saura jamais comment ces journées ont coulé, si vite, elles si longues. Si courtes et si longues. Il mêlera ses souvenirs, les éclats de ces minutes, les déchets des heures. Il gâchera tout, il se perdra dans sa mémoire, à cause des yeux noirs de l'enfant. A cause du visage ouvert ou fermé. A cause de ces petites lignes verticales sur la lèvre inférieure de Bérénice, ces sillons émouvants, douloureux qui font trembler les lèvres de l'homme. Il ne saura jamais ce qui était à une journée et ce qui revient à l'autre. Ce sont pourtant les jours essentiels, les jours décisifs de sa vie. Pour cela aussi peut-être. Plus tard, il les reconstruira patiemment, un à un, les confrontant, les corrigeant, les illuminant. Ils prendront des lueurs qu'ils n'avaient pas, ils se transfigureront. Tout ce qui était machinal, occasionnel, portera sens, intention. Rien n'y sera plus laissé au hasard. Ce sera comme un grand duo d'opéra, sonore, ordonné, démentiel. Pourtant, quoi? Ils auront flâné sur les quais, fait un bout de promenade en voiture du côté de Meaux, Senlis... passé une matinée au Louvre comme Bérénice l'exigeait, et ils se seront disputés à propos de Courbet. Il y avait des heures où il fallait rentrer, des heures de rendez-vous, de trous dans la dentelle, des heures vides, des heures sans Bérénice.

Elle parlait de son père. L'avait-elle tant détesté? Elle se croyait auprès de lui on ne sait quelle mission réparatrice. Elle avait peur de lui. Il criait si fort. C'était un homme de tempête. Et il avait parfois passé des femmes dans la grande maison. Bérénice n'avait été que très tardivement à l'école.

La marque de ces journées, c'était une façon de stupeur, une inconscience. Le temps s'en va, comme si on avait l'éternité à soi, comme si ce qui faisait son prix eût été qu'on le gâchât. Pourtant, elles ont, ces journées, un ver dans le fruit : la certitude jamais oubliée de leur fin, l'obsession de leur brièveté, la connaissance anticipée de cette séparation qui a le goût de l'irréparable. C'est extraordinaire qu'elles se nichent au cœur de l'hiver, ce sont des journées de contraste comme on n'en trouve qu'au plus chaud de l'été. Quand il fait si froid à l'ombre, dans les montagnes, qu'on oublie qu'on vient d'y fuir un soleil torride.

Toutes les fois qu'elle le quitte, Aurélien se demande ce qui lui arrive, et comment il est possible qu'il agisse avec une naïveté semblable. Il est à chaque fois humilié dans son stupide orgueil d'homme, de ce qu'il n'a pas fait de cette femme sa chose. Elle lui fuit entre les doigts. Elle le déconcerte. De rien ne lui servent ses expériences antérieures, la désinvolture apprise, les lieux communs qui permettent de passer de la conversation aux violences, des feintes au combat. Il y a des moments qu'il la croit déjà dans ses bras, qu'il la sent mieux que vaincue; il y a des moments qu'il ne doute pas qu'elle ne l'aime, et que tout est au-delà des mots, et pis que les baisers. Il se trouve pourtant, plus tard, que ces moments se sont évanouis, qu'il n'a même pas embrassé un fantôme, et que tous deux sont là, au bord du gouffre, étrangers, maladroits, déconcertés, les plus banales paroles masquent une déconvenue, une fureur, une crainte.

Aurélien n'est pas de ces hommes qui croient à l'irréalité dans l'amour. Sa tête, tandis qu'il attend Bérénice ou tandis qu'elle parle de son enfance, est pleine de pensées précises, d'images qui tournent autour d'un piège de chasseur. Tout ce qu'il dit, tout ce qu'il fait, est comme une incantation pour attirer la femme dans cette trappe du plaisir, qui est sa fin, à lui, l'homme. Elle est si merveilleusement sans défense. Comment se fait-il qu'elle lui échappe toujours, cette proie aux yeux sombres, cette Bérénice frémissante, et qui l'aime, qui l'aime, il en jurerait. Combien de fois a-t-il senti qu'elle était à sa merci, a-t-il découvert dans ses yeux l'épouvante de la défaillance? Cet homme que les femmes ont aimé n'ose pas, à chaque fois n'ose pas profiter de cette faiblesse. Qu'est-ce donc qui l'arrête? La peur de tout ruiner d'un coup. Et encore non. Il se perd en conjectures. Il ne se reconnaît plus. Il s'injurie. Il se moque de lui-même.

Il commence à savoir que ce qui l'arrête est en elle. Elle l'aime, mais elle ne veut pas être à lui. Cela devient une certitude. Sans qu'elle en ait rien dit. D'ailleurs ce qu'une femme dit compte si peu. Sur un sujet pareil. Les paroles servent à masquer les sentiments, non à les exprimer. Elle ne veut pas être à lui. Il le sait irrémédiablement. Pourquoi? Il le sait, mais il ne sait pas pourquoi. Ce n'est pas de cela qu'elle lui parle. Elle lui parle de la grande maison, des insectes qui sautaient le soir dans sa chambre

noire par la fenêtre ouverte, d'un paysan qui
était son Prince Charmant quand elle avait dix
ans, et de la cueillette des olives. Il écoute
derrière les mots une supplication sans fin, il
entend, il guette la résolution d'un accord entre
leurs cœurs, mais il sait comme elle que si le
son de leur amour s'élevait il briserait le cristal
qui tintait à l'unisson. Deux ou trois fois, presque
d'un commun consentement, ils ont échappé à
leur destin par la fuite. Il ne comprend plus
comment cela s'est fait. Comment il a permis que
cela se fasse, Est-ce qu'il n'est pas possédé
d'elle, du désir précis qu'il a d'elle? L'amour,
l'amour... est-ce que c'est l'amour, ce refus
renouvelé? Quelle crainte, s'il l'aime, a-t-il
donc de son amour? Est-ce que c'est l'amour, si
cela doit s'évanouir d'avoir pris corps? Et derrière toute chose, il y a cette hantise, que Bérénice
va partir, qu'elle va le quitter, rejoindre une vie
où il n'a point de part, une vie qui est sa vie à
elle, paraît-il, sa vie à elle... Que sait-il de cette
vie? Rien, mille fois rien. Un mari pharmacien.
Ce serait risible si ce n'était atroce. Une petite
ville de province. Et puis quoi, quoi? L'idée du
devoir, la religion? Non, alors? Ne pas faire
de peine à ce monsieur, ou le qu'en-dira-t-on?
Tout est trop mesquin pour ces yeux noirs, ce
visage anguleux, ces cheveux de paille, cette
expression de torture, cette soif inexprimée,
cette folie... Oh, si vraiment il ne l'aimait pas,
s'il lui avait menti, à Bérénice, qu'adviendrait-il
d'elle? Il sait qu'elle tient à son amour comme qui
se noie à une planche dérisoire, qu'elle pourrait
mourir de ne pas être aimée...

Comment le sait-il? Elle ne lui a rien dit. Et
s'il avait menti, s'il ne l'aimait pas... Un instant,
il a fait l'esprit fort, il tient tête à son amour,
il le défie. Puis cela commence à crier en lui, c'est
insupportable, le désespoir le prend. Pas la
peine de feindre. Pas la peine de nier. Il courbe
la tête sous l'orage. Il se laisse percer jusqu'aux

os par la pluie. Il est emporté par son destin.

Elle parle de son père. De ce père étranger, qui jamais n'a trouvé le chemin de son cœur. De ce père détesté, à cause de celle qui est partie. De ce père effrayant, comme un fléau domestique. Elle parle de son père, qui lui a appris, toute petite, ce que c'est que d'être malheureux. Et qu'elle a détesté pour cela. Et peut-être qu'elle a aimé pour cela. A sa façon de sauvageonne. Sans qu'il en sache rien. S'il l'avait su, qu'aurait-il fait? Il se serait fâché davantage. Il aurait crié plus encore. Il n'était pas fait pour qu'on l'aimât. On ne l'aimait pas.

Une fois elle prononça le nom de Lucien. Comment était-il venu sur ses lèvres? Il ne faudrait pas dire peu importe, car il importe beaucoup au contraire. Mais c'était par une de ces voies détournées qu'on ne retrouve jamais ensuite. Le nom de Lucien était venu sur ses lèvres, voilà le fait. Plutôt comme un attendu à quelque chose d'autre, que comme la chose même. Pourtant Aurélien tressaillit. Ce nom lui avait fait mal. Il aurait voulu qu'elle ne l'eût pas prononcé, et il aurait voulu qu'elle le prononçât encore, pour chasser d'entre eux ce spectre, cette menace. Ce nom le poursuivit quand elle eut parlé d'autre chose. Ce nom le poursuivit quand elle eut cessé de parler. Ce nom le poursuivit quand il demeura seul. Il l'obséda dans les moments nuls comme au milieu des conversations, comme au fond de ses rêves. Aurélien se réveilla en sueur en le prononçant. Il déplongeait d'un cauchemar à demi oublié, mais où dix images d'hommes qu'il connaissait avaient servi passagèrement de support à ce nom qui fuyait de visage en visage. Lucien. Aurélien commençait l'école de la jalousie.

Une idée fait en lui son chemin. C'est à propos de ce qu'il a pensé de Bérénice, qu'elle était comme quelqu'un qui se noie, et qu'elle se raccrochait à son amour. Peut-être ne l'aime-t-elle, pas, lui, Aurélien, mais elle aime l'amour qu'il a d'elle. On n'a pas plus tôt imaginé une chose pareille, que tout devient clair, c'est-à-dire, que tout devient sombre. Un poison pernicieux. D'abord Aurélien s'attache à tous les éléments de la métaphore : il y a la noyée, la planche, la mer, la tempête... Qu'est-ce que tout cela signifie? Par ce chemin d'accessoires, il cherche le sens caché de cette image, il cherche l'essence d'un drame deviné. Il ne sait vraiment rien de la vie de Bérénice. Cette façon qu'elle a toujours de le ramener à l'enfance, dans la grande maison. Sans doute, si elle parle autant du passé, c'est pour éviter de parler du présent. Sans aucun doute. Elle évite de parler de ce Lucien, nommé par mégarde. Ou comme par mégarde. Qui sait? Elle veut peut-être préparer Aurélien à son malheur. Mais n'est-ce pas elle qui est malheureuse? La noyée, la planche, la mer. Quelle peine secrète porte-t-elle au fond de ces yeux d'ombre? Est-ce de Lucien qu'est venue la désillusion, qui fait qu'il lui faut aujourd'hui être aimée, désespérément être aimée, pour croire encore à quelque chose, à la vie, au beau temps? Allons, j'ai le chapeau qui travaille! Chaque fois qu'elle a parlé, de ce mari, ou de la pharmacie, de la ville, quelle placidité soudaine, au contraire, elle avait montrée. Cette province, Lucien compris, relève plus de l'ennui, de la monotonie que du drame. S'il y avait drame avec Lucien, il faudrait alors qu'elle l'aimât. La noyée, la planche, la mer. Il est seulement alors frappé de la persistance autour d'eux de ces histoires de noyades, il frémit du masque brisé, ce sourire à terre, comme d'un pressentiment.

Si tout de même, quand il croit vraiment qu'elle l'aime, elle n'aimait que son amour? Alors tout s'expliquerait. Les refus. L'ombre maintenue autour d'elle. Une mise en scène atroce. Gagner du temps, pour le laisser ainsi, pris dans sa passion insatisfaite. Évidemment, évidemment. Plus j'y pense. Elle veut garder cet amour, elle craint pour lui le feu du plaisir, l'assouvissement. Elle ne veut rien donner, tout prendre. Avoir au loin, comme un soleil au fond de cet ennui de la province, cette lueur à laquelle dans chaque mesquinerie de l'existence se référer avec orgueil. Quand il pense cela, Aurélien se sent pris d'une rage noire. Il écha-faude des vengeances, des stratagèmes, d'impi-toyables méchancetés. Il raisonne avec la cruauté, la lucidité d'un homme qui ne songe qu'à profiter des femmes. Il se moque de son propre amour. Qui est-ce qui a dit que si on n'avait pas tant parlé de l'amour, personne ne l'aurait inventé? Oui, mais voilà, il a bien fallu qu'on l'invente avant d'en parler tant... Et toutes les résolutions fondent comme neige au soleil quand Bérénice est un peu en retard, et qu'elle arrive avec une robe nouvelle, aussi pitoyable que les autres, et cette voix profonde, un peu tremblante : « Je vous ai fait attendre... »

Il voudrait lui poser des questions. Il n'ose pas. Il a peur de rompre le charme. Ah, le beau Don Juan à la noix! D'abord il rit de lui-même, puis il se rappelle avec sévérité ce qu'il s'est laissé aller à penser quand Bérénice n'était pas là. Il a honte de lui-même. Si Bérénice apprenait... Comment Bérénice pourrait-elle apprendre? Il n'a dit à personne... C'est justement là l'atroce, l'inavouable. Notre bonheur, si même nous atteignons un bonheur, en avoir ainsi démérité d'avance. Qui le lui apprendrait, à Bérénice? Mais Aurélien lui-même... « Bérénice? » Elle lève vers lui l'interrogation sans nuance de ses yeux nocturnes. Il ne le lui dira pas. C'est impossible.

« J'avais quinze ans, — dit-elle, — j'avais quinze ans lorsque j'ai compris combien mon père avait aimé sa femme... Maman... et combien il avait dû souffrir... lorsque j'ai compris le sens de cette humeur noire qu'il montrait... de ses impatiences... de ses colères... lorsque j'ai compris combien nous avions été injustes envers lui... Maman et moi... » Maintenant, lorsqu'elle se jette dans ses histoires de la grande maison, Aurélien ne l'écoute qu'à moitié. C'est un accompagnement de musique à ses pensées, les cyprès du jardin, la noria, les olives. Lui, poursuit ce thème aux mille variations dont il est possédé. Il cherche l'explication moins encore de Bérénice que de lui-même. Pourquoi accepte-t-il les règles d'un jeu qu'il ne veut pas jouer? Pourquoi ne se révolte-t-il pas enfin? Il s'est dit la chose principale : « Pourrai-je vivre sans elle maintenant? » C'est impensable, affreux! « Bérénice... — A nouveau, elle a levé la double interrogation noire sur lui. — Bérénice, je ne pourrais plus vivre sans vous... »

Elle secoue lentement la tête. Elle lui a pris les mains. Il veut se dégager. Il voit qu'elle a une grosse larme dans les yeux. Il est déconcerté. Il ne sait plus que faire, que dire. C'est elle qu'il console maintenant. Ce ne sera, deux minutes après, que pour se maudire. Suis-je naïf, suis-je stupide! Elle m'a roulé, elle m'a encore roulé. Il lui prête les pensées les plus basses, les sentiments les plus vulgaires. Il se venge ainsi de sa soumission, et du pouvoir que Bérénice a sur lui. Il ne sait pas qu'on ne prête jamais aux indifférents une telle bassesse, une mesquinerie pareille. Il ne sait pas que c'est seulement quand on aime, et parce qu'on aime, que l'on prête à son amour tout ce qui défigurerait n'importe qui, et qui ne fait ici que vous martyriser vous-même. Ah, plus on aime, et plus on blasphème. Aurélien l'apprend avec lenteur.

« Il y avait un petit chat gris dans la grande maison... on l'appelait Pitoulet... »

XXXIX

C'est une grande femme, hommasse un peu, qui porte avec énergie ses soixante ans passés. Il ne semble pas qu'il y ait de sa faute si ses cheveux n'ont jamais tout à fait déjauni. Elle les tire avec méchanceté, elle les tasse en l'air, elle les épingle après les avoir comprimés, si bien qu'il ne semble guère y en avoir. Ses grands traits, qui ont épaissi avec l'âge, aucun artifice ne les adoucit. Ni fard, ni poudre, pour masquer le désastre de cette peau blonde. Toute la couleur est restée dans les yeux bleus immenses, sous les cils usés. Mme Ambérieux ne fait qu'une concession dans son visage : elle barre sa bouche d'un coup maladroit de rouge, qui laisse dépasser un peu de lèvre. Avec son petit tricot marron qui pend de tous les côtés, sa robe noire plus longue qu'on ne les porte, mais qui laisse voir des bas de fil gris souris, des souliers de curé comme dit son mari, de quoi a-t-elle l'air vraiment? Deux petites perles aux oreilles.

« Jamais vous ne croiriez, ma petite, que je suis une ancienne danseuse! »

Elle cligne de l'œil vers Bérénice. C'est son double orgueil, qu'on ne puisse pas se douter qu'elle est une ancienne danseuse, et de dire qu'elle est une ancienne danseuse. Mais quelle voix éraillée elle a!

« Là, là, ne vous vantez pas, tante Marthe! — proteste Aurélien. — Depuis le temps que vous effrayez le monde de votre orageuse jeunesse! »

Le boudoir de la tante Marthe, qu'Ambérieux appelait son capharnaüm, était peuplé, habité

d'objets mauresques, rapportés d'un voyage du
couple en Afrique du Nord. Avec tapis achetés
en face, à la *Place Clichy*, et des rideaux de laine
rouge et bleu, qui faisaient Delacroix, à en
croire le maître de céans. Là-dedans, comme en
visite, sur un meuble à applications de nacre,
avec petits balustres, tiroirs, étagères compli-
quées, une délégation chinoise : des cloisonnés,
des chevaux de terre cuite, un Bouddha de
porcelaine, des dragons, des ivoires. C'était
l'héritage de cette belle-mère, que tante Marthe
n'avait pas connue, qui n'avait pas voulu d'elle,
mais qui, morte, lui avait envoyé les excuses
de ce petit monde asiatique, de ses familiers
désapprobateurs. Tante Marthe avait ajouté à
tout cela, pour en faire son royaume, des coussins
de soie bleu ciel peints d'oiseaux et de fleurs,
sur la cheminée des éventails à papillons dans
les pots d'argent marocains, et devant la fenêtre
une machine à coudre, de celles qui marchent
avec le pied. Et dans un coin une table à ouvrage
d'acajou. Sur la cheminée il y avait encore
quelques photographies dans des cadres peints,
un zouave, Blaise à vingt ans, jauni, un groupe
remontant à l'Exposition. Au mur, un seul
tableau, et il n'était pas de Blaise : une gouache
de Degas, de la série des exercices à la barre.
« Oui, ma petite! — reprit tante Marthe. —
C'est moi que vous voyez là... Une esquisse
qu'il m'a donnée... Parfaitement. Degas a fait
mon portrait en tutu, la jambe tendue à la
barre... oui... Et le tableau a fait trente mille à
la vente... On dit que c'est pour rien, qu'aujour-
d'hui on donnerait de moi cent mille francs
comme un sou!
— De toi! — dit Ambérieux... — Mes tibias!
— Cet homme est galant que c'est un beurre,
— proféra la tante de sa voix cassée, — dire
que je l'ai connu, ça ne savait pas seulement
faire du pied! Ah, j'ai fait du beau! »
Ambérieux haussa les épaules. Il était tout

blanc, avec une grande moustache à la gauloise, roussie de tabac. Maigre et rouge, les épaules trop hautes, assez voûté, un grand bonhomme secoué par la tension de ses artères, des veines marquées à ficelles aux tempes, un tas de rides, et le nez trop court, pas sérieux du tout. Le regard très pâle dans des broussailles de sourcils. On ne savait pas si c'était faiblesse ou bonté.

« Ça fait combien, que vous vous disputez tous les deux, — demanda Aurélien. — Quarante ans?

— Et le pouce, mon bonhomme! — clama triomphalement tante Marthe. — Depuis soixante-quinze... soixante-quinze et vingt-cinq... et vingt-deux...

— Disons quarante-sept et n'en parlons plus! — jeta le peintre. — Si tu crois que ça intéresse Mᵐᵉ Morel... »

Bérénice murmura quelque chose de vraisemblablement joli. Marthe se tourna vers elle.

« Naturellement, je ne me fais pas d'illusions... Vous n'êtes pas venue ici pour me voir... Mais pour voir la peinture d'Ambérieux... Qu'est-ce que c'est? Vous protestez? Pour qui me prenez-vous, ma petite! C'est bien pourquoi, s'il avait eu l'attention, une fois en quarante-six ans, de faire mon portrait...

— Il ne se vendrait pas cent mille balles! — interrompit le mari.

— D'abord on n'en sait rien... Parce que Degas, entre nous, si ce n'étaient pas les danseuses...

— Marthe, tu es stupide!

— Blaise, je sais ce que je dis. Eh bien, allez les voir ses machins, ses... Si vous croyez que je désire qu'on vienne ici pour moi, vous vous trompez! J'en suis fière, moi, de mon peintre, même si ça ne fait pas des prix... Et voyez comme les choses tournent : quand il avait vingt ans, il était à mes pieds... je lui en faisais voir! Bon, maintenant, c'est lui qui me trompe, que c'est un plaisir!

— Marthe!

— Pas que j'ai raison, mon Aurélien? Tu ne dis pas non? Hein, tu vois, vieux beau, il ne dit pas non, le petiot... Madame Morel, par ici... Je ne vous accompagne pas... Quand les gens regardent ses toiles, ça me fiche des crampes... »

Comme Aurélien faisait mine de suivre Bérénice, la vieille dame se récria : « Ces jeunes gens d'aujourd'hui! Alors, moi, on me laisse tomber? Je ne te lâche pas, Aurélien. Mets-toi là, j'ai de la laine à dévider... »

Le regard de regret d'Aurélien sur Bérénice sortant fit rire Ambérieux, qui flanqua une bourrade au jeune homme. La tante Marthe, seule avec lui, plissa le nez, haussa les épaules, se leva, tapota du doigt la joue d'Aurélien, prit des lunettes dans un étui qui traînait sur la cheminée, et fouilla la table à ouvrage d'acajou, qui avait un tiroir de forme vide-poche, et en sortit des écheveaux de laine épinard.

« Là, — dit-elle, — tu n'en mourras pas, de la laisser avec Blaise... Donne tes pattes, gros bêta... Cette figure que tu fais! Tu n'es guère joli.

— Je vous assure, tante Marthe...

— Ta ta ta... Tu ne sais pas mentir... Tes mains... Là, mets-toi sur le pouf... Et ça dure depuis huit jours cette grande passion?

— Mais, tante Marthe...

— Ose dire que tu ne l'aimes pas? Tu vois, tu n'oses pas... Bon Dieu de bois, suis le mouvement, ça accroche tout le temps... Elle est gentille et si elle te plaît...

— Elle vous plaît à vous, tante Marthe?

— Elle a de drôles de z-yeux... pas bêtes... C'est sérieux? — Il fit oui de la tête avec une telle conviction qu'il faillit laisser échapper la laine. — Qu'est-ce qui m'a fichu un maladroit pareil! Tiens les mains écartées... Vraiment sérieux, alors?... Pincé? Bien pincé? J'aime ça, quand on est pincé...

— Je l'aime, tante Marthe.

— Tout de suite les grands mots... Dis-moi, mon garçon, laisse-moi te regarder... C'est que tu as bien dit ça... Ça me rappelle des choses... Alors c'est tout à fait sérieux... — Elle rêva un peu, pelotonna plus serré la laine, puis reprit : — Pourtant... la dernière fois que tu es venu ici... enfin il y a quinze jours, trois semaines?...

— A peu près...

— Ce n'est pas de cette petite que tu nous avais cassé les oreilles...

— Je ne me souviens pas...

— Oh, moi si! J'ai de la mémoire...

— Mais il n'y avait pourtant personne dont...

— Est-ce que j'ai dit ça? Enfin, c'est tout récent, vous deux...

— Ma tante, je l'aime... Mais il n'y a pas de nous deux...

— Non?... Tant pis. D'ailleurs je ne te demande pas tes secrets. Je disais ça... Moi, à son âge, quand un homme me plaisait... »

Il soupira. Ça pouvait tout vouloir dire. Qu'il n'était pas sûr de lui plaire. Qu'il s'agissait bien d'autres choses. Qu'elle était mariée.

« Enfin on ne comprend jamais les affaires des autres... Un type comme toi... jeune, solide... Ça ne me regarde pas, après tout... Mais je voulais te parler d'autre chose...

— Quoi donc, ma tante?

— Justement, de ta dernière visite... de ce que tu nous as dit, là, tu te souviens... non, justement, tu ne te souviens pas! »

Le mouvement de la laine s'arrêta. Mᵐᵉ Ambérieux posa la pelote sur ses genoux, enleva ses lunettes et regarda Aurélien les mains en l'air. Sa voix changea, devint presque douce : — Mon petit, c'est effrayant parfois ce qu'on parle à tort et à travers... sans savoir... Oh, je ne te fais pas de reproches! Tu ne pouvais pas...

— Qu'est-ce que j'ai dit de...?

— Écoute... tu te souviens... tu étais plein de

329

ton sujet ce jour-là... Tu avais été à une soirée chez des gens... il y avait là une femme qui avait dit des vers...

— Ah, c'était ce jour-là? Bérénice était à cette soirée...

— Bérénice! Qui te parle de Bérénice? Tu n'en avais rien dit de ta Bérénice ce jour-là... pas couic... Non... pendant une heure tu nous as bassinés, mais alors là ce qui s'appelle... Faudrait pas te vexer... mais bassinés... avec cette dame, et sa robe, et ses yeux, et ses vers...

— Rose Melrose... oui, elle m'avait fait impression... mais enfin comme si j'avais rencontré un champion de tennis...

— Ne te défends pas, elle pourrait être ta mère...

— Vous exagérez...

— D'ailleurs, il ne s'agit pas de toi... Seulement... »

Elle sembla réfléchir et reprit la bobine. Elle tournait la laine fébrilement. Quand les mains d'Aurélien furent libres, elle les prit : « Écoute, mon petit... Tu vas me promettre quelque chose...

— Mais sûrement, tante Marthe, tout ce que vous voudrez...

— Tu vas me promettre que jamais... tu m'entends bien, jamais... dans cette maison... devant ton oncle... tu ne parleras de cette Mme Melrose... jamais... c'est juré?

— Juré, ma tante, mais...

— Il n'y a pas de *mais*... Oh, et puis, ne prends pas cet air! Je peux bien t'expliquer.

— Je ne vous demande rien, si...

— C'est une vieille histoire, miochon. Une vieille histoire. Ton cornichon d'oncle... Il l'aime encore, l'imbécile!

— Mon oncle? Mme Melrose?

— Oui, tu imagines! Ça remonte à je ne sais pas... vingt ans... Ça ne la rajeunit pas, elle... Blaise avait plus de quarante-cinq ans... Tu te représentes... Jusque-là, lui, les femmes... je lui suffisais, enfin... C'est vrai que j'avais vieilli...

— Ma tante...

— Tu n'as jamais été jaloux? Non? Pas encore. Eh bien, la jalousie, tiens, c'est comme quand on se pique le doigt au sang avec une aiguille... mais sans arrêt... Oh, ça m'a passé!

— Je suis désolé, ma tante, si j'avais su...

— Je te dis que ça m'a passé, à moi... C'est lui, le godiche... Quand elle joue quelque part... il dit qu'il va faire une partie d'échecs... Moi, je fais celle... Heureusement qu'on ne lui donne pas souvent des rôles, à cette garce! La tête qu'il fait le lendemain!

— Si j'avais pu me douter vraiment...

— Ne t'excuse pas, tu as gaffé, et puis tu as gaffé, quoi! J'ai préféré te le dire... pour que tu ne remettes pas ça... Je crois tout de même qu'il avait été amoureux de moi, à vingt ans, Blaise... Mais entretemps... Il ne se méfiait pas... Tu comprends, j'aurais bien fermé les yeux, si ça avait été une brave fille quelconque... Mais cette rosse. Elle était trop jeune pour lui... d'ailleurs... Puis on voyait bien... les hommes... elle tirait quelque chose de chacun, et puis... Blaise, il lui a corrigé son accent...

— Son accent?

— Ah oui, maintenant, avec cette voix fabriquée, cette diction de machine à écrire! Et puis pas de l'eau de bidet, l'accent faubourien qu'elle avait... Elle s'appelait Amélie Rosier... Il l'appelait Mélie, le niais... D'où Rose Melrose...

— Par exemple...

— Pas de blague, je ne t'ai rien dit? Ah, ne va pas t'imaginer que je suis jalouse maintenant... Pour être jalouse, il faut qu'il y ait de quoi... On disait qu'elle était intelligente... On disait ça de moi aussi quand je n'avais pas encore de varices... »

Bérénice était très déçue par la peinture d'Ambérieux. Elle avait cru qu'elle allait découvrir un peintre. C'était un peintre comme **tous** les autres. Assez académique. Tout ce qu'il lui montrait était moins des tableaux que des études pour un, deux, trois tableaux. Des éléments bien dessinés, un personnage, des objets. Puis les mêmes autrement groupés. Évidemment le problème auquel Ambérieux s'attachait était, après dix tentatives, de faire rentrer dans le cadre restreint d'une toile, dix scènes, et trois décors, un rapprochement bizarre d'événements insignifiants, de fruits, de meubles, de rues. C'était un peintre de villes. Mais la bizarrerie ne commençait qu'avec la composition. Les éléments avaient la sagesse de l'école. Les intentions effacées réapparaissaient dans les commentaires de l'oncle Blaise *(Vous voyez, cet homme? Il vient d'avoir peur, et il se recompose un visage)*, et c'étaient plus encore des propos de sculpteur que de peintre, la prétention dans le dessin de suggérer un mouvement qui s'est achevé, ou qui va commencer.

« Tenez, — dit-il, — ce coquillage... vous le reconnaissez? »

Elle ne le reconnaissait pas. Elle regarda Ambérieux avec surprise.

« Dans le tableau... chez Aurélien... c'est une étude pour le coquillage qui est sur l'appui de la fenêtre. — Elle ne se rappelait pas qu'il y eût un coquillage. — Mais si, voyons, à côté du poudrier... Aurélien ne vous a pas dit? Pourtant on ne peut rien comprendre à ce tableau, si on n'a pas saisi l'importance du coquillage...

— Excusez-moi, — dit-elle, — Aurélien...

— Je suis une vieille bête... Aurélien vous parle d'autre chose, bien sûr... Mais c'est à cause de ce coquillage que je lui ai donné le tableau... Il appartenait à sa mère, voyez-vous... La mère d'Aurélien était très belle...

— Cela, il me l'a dit...

— Et elle avait ce coquillage brun et rose sur sa table à coiffer... qui traînait dans les fards... j'avais toujours trouvé ça singulier... Elle aimait écouter le bruit de la mer devant son miroir... »

Si les peintres peignaient toujours comme ils parlent... Bérénice regarda Blaise avec curiosité. Il expliquait : « Voyez-vous, ce tableau... le tableau d'Aurélien... je l'appelle : *La Fenêtre de Pierrette*... Pour brouiller la piste, vous comprenez... Pierrette, ou quel que soit son nom, c'est la femme qu'on ne voit pas, mais qui est là... et ce que j'ai voulu peindre, c'est ce rapport entre elle le monde où elle vit... L'intérieur bourgeois... une ville populeuse... les événements de hasard dans son champ visuel... et cette nostalgie de la mer, le coquillage... Une femme un peu superficielle peut-être mais avec des manques brusques... elle oubliait son personnage... elle rêvait... prenait le coquillage... »

Il coupa court à ce qu'il allait dire, et montra des études de nu. « Je prépare une grande machine. Un chantier de constructions... avec tous les ouvriers, les échafaudages, tout le bataclan... les badauds qui regardent... Et les gens pour qui la même chose est un spectacle, un travail... Cet espace géométrique qui sera une maison, l'intimité d'autres gens... Vous aimez David? Ça, c'était un peintre... »

Bérénice ne savait pas pourquoi, mais il lui sembla que les derniers mots étaient une improvisation soudaine. Le peintre disait d'une façon toute rêveuse maintenant : « Personne n'a jamais su peindre quelqu'un qui *vraiment* ne fait rien... » Il mettait une emphase extraordinaire sur l'adverbe. Bérénice cherchait des mots aimables. C'est une situation bien embarrassante que de regarder les tableaux d'un peintre devant lui, quand on les trouve sans intérêt. Seulement Bérénice se rappelait comme Aurélien avait dit de l'oncle Blaise : « C'est presque mon seul ami... » Malgré l'âge, elle comprenait cela. Elle voyait, sans pouvoir se le formuler, ce qui rapprochait ces deux hommes et elle ne pouvait se défendre d'une sympathie très vive envers ce bonhomme voûté, au visage usé, dont elle devinait les mille manies, et la bonté honteuse. Il lui semblait que par lui elle percerait mieux le mystère d'Aurélien. Elle mêlait à leurs propos ses pensées intimes, le mouvement d'inquiétude, de scrupule de ses pensées, l'avidité de son cœur. Elle eut une inspiration instinctive, elle prit le bras du peintre au milieu de n'importe quoi qu'il disait : « Pardonnez-moi... » murmura-t-elle. Il s'interrompit et, la regardant, souffla un peu dans ses moustaches : « Vous vouliez me dire quelque chose? »

Elle fit oui en secouant ses cheveux blonds.

« Je suis là comme un idiot avec ma peinture... je ne voyais pas... — Il arrêta ses dénégations : — Vous vouliez me parler d'Aurélien?

— Oúi... mais... »

Il haussa ses vieilles épaules. Brute qu'on est. On ne voit pas que les gens là, à côté, éclatent du besoin de parler... Elle baignait dans son histoire, cette petite. Étaient-ils assez amoureux? Il la fit asseoir sur un tabouret. La pièce n'avait d'un atelier que cette lumière qu'elle prenait par le toit. Ça avait plutôt l'air d'un grand cabinet de débarras. Bérénice eut l'impression que le peintre l'avait installée, pour que la clarté tombât sur elle d'une façon picturale. Elle dit : « Non... pas ici... pas maintenant... Est-ce que je ne pourrais pas vous revoir... sans... sans? »

Il suivit le regard vers la porte du boudoir de Marthe. Il sourit. Pourquoi pas? « Voulez-vous demain? »

Ils prirent rendez-vous au Palais-Royal. Il y avait là un grand café vitré où on jouait aux échecs.

XL

Ce vernissage à minuit, c'est un événement,
et une invention inouïe. Il faut être Zamora
pour imaginer des choses pareilles. Ça ne s'est
jamais fait. Songez donc, à minuit, après le
théâtre, pouvoir montrer des tableaux, aux
lumières. Mais justement. Les peintres sont
tellement stupides avec leur lumière. Un tableau
doit pouvoir être vu n'importe comment, à
l'endroit, à l'envers, en plein vent, le soir ou le
matin. Il faudrait peindre des tableaux phospho-
rescents pour la pleine nuit. Enfin Zamora a
réponse à tout.

Il sait bien ce qu'il fait, et que les gens n'ont
pas envie de se coucher après le théâtre, que
Montmartre commence tard, qu'on ne va pas
tous les soirs au Bœuf, et puis qu'un vernissage
est un divertissement gratuit. Enfin tout ce
qu'il faut pour attirer cette clientèle riche,
ce monde qui se moquerait d'un bon vernissage
des familles. On dit que le shah de Perse, frais
débarqué à Paris, sera là. Ça fait chic et scandale
à la fois. On dit aussi que les Dadas, ces jeunes
fous, sont furieux parce qu'il y aura du whisky
et du champagne, et qu'ils viendront avec des
canifs pour déchirer la robe des dames. Ça fiche
une petite frousse, ils sont capables de tout, ces
voyous. Mais, alors, mon cher, vous n'allez pas
caner devant eux peut-être?

Aurélien est arrivé beaucoup trop tôt. Il ne
tenait plus en place : Bérénice accompagnerait
ses cousins, de son côté. Les quatre salles de
la galerie Marco-Polo, une rotonde avec deux
pièces à gauche en enfilade, et à droite un salon
carré où l'on a installé le buffet, sont encore à

peu près vides, et ça vous a l'air grand, bien qu'au fond ça soit tout petit, et qu'on se demande où tous les gens vont se tenir, tout à l'heure, parce qu'il y aura sûrement foule. Le commissaire de police a fait mettre la rue à sens unique pour la soirée, les voitures se gareront dans la petite rue latérale...

Il y a une lumière crue dans tout cela. Zamora a changé toutes les lampes pour que ça gueule. C'est un des premiers essais qu'on fasse de cet éclairage indirect. On n'y est pas encore habitué. A New York, paraît-il... En tout cas, pas une couleur qui tienne, toutes sont décomposées, les rouges tournent à l'orange, les violets au chocolat. Zamora s'en balance : les couleurs, une superstition. Il est là, avec Mrs Goodman, des amis à eux, un type genre besogneux avec un nez qui respire mal, un petit veston faut voir, et sa femme très Montparnasse, turban de soie turquoise, une robe de capucin, et un petit chien indescriptible, jaune, dans ses bras maigres. Aurélien regrette d'avoir mis son smoking. Zamora est en veston blanc croisé, pour faire Buenos Aires, dit-il. Le patron de la galerie, très affairé, un brun gras que son complet boudine, un marchand portugais qui s'appelle Marco-Polo comme vous et moi, avec des bagues, et une moustache en ombre très près des narines, tourne au milieu de tout ça et crie parce que les sandwiches sont en retard. Deux ou trois couples errent dans les salles, parlant bas, comme s'ils s'étaient introduits chez des gens qu'ils ne connaissaient pas.

Une fois qu'Aurélien a présenté ses hommages à Mrs Goodman, bleu pâle, grand décolleté, un dos je ne vous dis que ça, il faut bien qu'il fasse mine de regarder la peinture, bien qu'il n'y ait rien à regarder : on connaît déjà tout ça, ces tableaux-manifestes qui ont été aux Indépendants, le grand qui a des airs de coupes histologiques et qui y a été refusé à cause du mot qu'on y lit au milieu, ces inventions exaspérées et exaspérantes, mêlées à de petits dessins assez prétentieux, à gros traits baveux, qui pourraient être de n'importe qui. Du moins c'est ainsi dans la salle du buffet, et le hall. Les deux pièces en enfilade sont uniquement peuplées de portraits et de têtes de Bretonnes. Ça tient des esquisses de magazines, de la pochade d'atelier, du dessin de maître. Des aquarelles, ou des dessins rehaussés d'encre et de couleurs. Les Bretonnes ont un certain charme, elles font terriblement le trottoir, les yeux inégaux, un peu louches, les bouches destinées à bien des exercices. Zamora a chipé quelque part cette manière de faire les dentelles, de faire allusion à des dentelles. Ça a du chien. Pas pour longtemps. Mais ça en a encore. Dire que Zamora rit comme un bossu quand on lui parle des dessins de Rodin! Un peu, il est vrai, comme un joueur de bonneteau à qui on parle d'un professionnel de l'écarté.

Ce qu'Aurélien cherchait, sans vouloir que cela se vît, il commence à arriver du monde, se trouve dans la dernière salle où la lumière crève littéralement les yeux. Il l'a vu de loin, et il s'inflige de ne pas y aller directement. Il grince un peu, il sait qu'il va détester ça : en même temps il a une curiosité mauvaise de ce que c'est. Il s'est fait déjà une idée par la première esquisse vue chez le peintre. Il semble que ça n'ait pas beaucoup, beaucoup changé. Il se rapproche du portrait de Bérénice...

« Ah, mon cher Leurtillois! Vous, ici! Dites donc, nous sommes à Charenton? Oh, alors! »

C'est le colonel David, et Madame, bien entendu. Il faut bien dire quelques généralités. Comment, le colonel et sa femme ne connaissent pas Zamora? C'est sans doute Mme de Perseval qui les a fait inviter... Instinctivement, Aurélien baisse la voix. Les cris du couple le gênent. Il ne voudrait pas que Mrs Goodman entendît... Il louche un peu aussi vers Bérénice. Comme les

Bretonnes... Le colonel lui offre une cigarette. A vrai dire, on ne devrait pas fumer. C'est surchauffé, et il arrive toujours du monde. Qu'est-ce que ça sera tout à l'heure? C'est vrai : Aurélien ne l'avait pas remarqué, il se retourne et voit que la galerie s'est remplie presque d'un coup. Peut-être Bérénice est-elle déjà là... « Et vous avez vu le catalogue? » demande Mme David. Ça, elle ne lui fera pas la grâce d'un détail. Il y a des choses d'une obscénité... Elle voit bien qu'il ne l'écoute qu'à moitié, mais ça ne l'arrête pas, elle a l'habitude, tous les gens sont comme ça avec elle, ils pensent à autre chose en lui parlant. Elle soupire.

Aurélien est partagé entre le désir de voir si Bérénice est arrivée, et d'aller voir cette image de Bérénice. Mais sans les David, il ne supporterait pas leurs commentaires. Heureusement quelqu'un l'arrache au couple : c'est Mme Schœlzer, la femme de Jacques, non, Jacques n'est pas encore là, il va venir... Vous ne connaissez pas Valmondois? Guy, M. Leurtillois... Aurélien savait vaguement que la femme de Jacques avait une liaison avec un duc. Ça devait être ça, le duc. Un homme assez gras, pas grand, avec trop de manchettes, un visage égaré, blond... Aurélien, dans le tourbillon, arrive devant le portrait de Bérénice.

Une espèce de colère sourde le prend. Ça y est. Il avait cette idée en tête, Zamora, il a fallu qu'il le fît : deux dessins qui se chevauchent, deux portraits comme il l'avait dit, les yeux ouverts, les yeux fermés, la bouche qui rit, la bouche qui pleure. C'est assez ressemblant, ça se permet d'être assez ressemblant, sans l'être tout à fait. Cela provoque aussi, quand on regarde fixement, une impression de crampe dans les mâchoires. On perd de vue ce qui est à un dessin, ce qui est à l'autre, on cesse de lire ces deux visages distinctement, et il naît un monstre, deux monstres, trois monstres, suivant comme on associe ces yeux et ces lèvres dépareillés, ce front et ce nez, ces espaces démesurés, ce menton qui devient pathologique... La fureur monte en Aurélien : enfin Bérénice ne lui appartient pas, à ce Zamora, qu'est-ce qui lui donne le droit? Soudain il est atteint par le regard, par une ressemblance profonde. Est-ce qu'il aurait du talent, par hasard, cet escroc à la peinture? C'est tout de même Bérénice, terriblement Bérénice. Aurélien a peur et envie d'écouter ce que les gens vont en dire. En un mot, il est jaloux.

« Vous regardez le portrait de Mme Morel? — dit une voix derrière lui. — C'est curieux hein? Ça lui ressemble... »

Il s'est retourné sur Mary de Perseval, une Mary de satin rose avec des orchidées partout, qui est là avec Paul Denis, le docteur Decœur, et une dame qu'Aurélien ne connaît pas, avec de très beaux yeux pleins de brouillard.

« C'est Mme Morel? Je ne l'avais pas reconnue... » dit-il brusquement. Puis il sent son impolitesse et baise la main de Mary.

« Naturellement, — dit celle-ci, — vous connaissez Yvonne Georges? Non? »

Ainsi la femme aux grands yeux, c'est cette chanteuse qui revient d'Amérique avec une espèce de légende confidentielle. Elle est assez belle, pense-t-il, et tragique... exactement ce que voudraient être ces dessins de Zamora. Et qu'ils ne sont pas. Le brouhaha monte, on commence à être serrés comme des sardines. On peut de moins en moins regarder les tableaux. D'ailleurs on n'est pas là pour ça. Tiens, Paul Denis n'a pas de cravate. Il paraît que c'est le mot d'ordre des Dadas, ce soir. Pas de cravate. Le petit gros, là-bas, avec ses yeux à fleur de tête. On en voit circuler une demi-douzaine, qui parlent fort, et qu'on reconnaît à ce signe distinctif. Des jeunes gens pas très bien habillés. Avec des femmes disparates. Il paraît que le général Mangin est là. Si on prenait un verre au buffet... On se perd dans la poussée inverse de la foule. Il y a un bruit de tous les diables, des rires, des voix aiguës : « Vous vous amusez? » souffle Zamora, tout blanc, avec sa tête noire, au passage, dans l'oreille de Mary. Elle a pris le bras d'Aurélien.

« On ne vous voit plus... C'est la passion?... Bon, faites le discret! C'est effrayant, ce que vous êtes démodé, mon cher! »

Elle le lâche pour se jeter dans les bras de Zoé Agathopoulos, plus maigre que de raison, et qu'il faudrait plier comme un mètre, pour que les gens ne s'y piquent pas. Elle est avec une personne en veston d'homme, tout ce qu'il y a de classique, les cheveux comme un barman, et la jupe étroite faisant jambe de pantalon. Le comique est sa vaste poitrine. Complètement aphone... Zoé grimace vers Aurélien. Elle est hideuse dans cette lumière, et elle fait l'enfant. Elle oscille entre sa compagne et le jeune homme, comme si elle essayait de chiper les confitures de sa mère. Dire que j'aie jamais pu envisager, pense-t-il, et il la fuit d'un bond sous le prétexte des remous de l'assistance.

« Vous n'avez pas vu Rose Melrose? »

Le docteur Decœur lui a demandé ça tout bas, avec une espèce d'âpreté dans l'angoisse qui fait mal. Rose? Ah, celle-là... Il repense aux confidences de la tante Marthe, et se tourne vers le mari, pitoyable. Non, il ne l'a pas rencontrée ici. Peut-être est-elle déjà là, dans la pièce voisine... avec tout ce monde... Le docteur essuie son front. Il est vrai qu'il fait bien chaud. C'est comme ça que chacun dans cette presse emporte son drame, son amour. Il entraîne Decœur. Sous le prétexte de Rose, il pourrait trouver Bérénice.

« Vous savez, — dit le mari, — Rose va avoir son théâtre... Oui. Et les parfums, ça prend tournure... Mme de Perseval a bien voulu...

340

« — J'y pense, — interrompt Aurélien, — est-ce que vous avez aperçu en entrant Barbentane et sa femme?

— Pourquoi me demandez-vous ça?

— Mais parce que... — Il ne veut pas dire le nom de Mme Morel. Il achève bêtement : — Enfin comme ça... pour rien... »

Ils sont dans la grande salle, celle qui fait rotonde, où est la porte de la rue. C'est une cacophonie de conversations. Des bras en l'air passent des assiettes avec des sandwiches, des verres qui arrosent çà et là des robes. « Qu'est-ce qu'il y a comme voitures! » dit quelqu'un à côté d'eux. Il y a des incidents à la porte. Le maître de céans se précipite avec ses bagues, ses reins plissés, son entregent portugais. C'est Poiret, ce barbu qui entre, il a grossi, il est en tweed clair comme pour le golf, avec une écharpe de laine rose bonbon au cou, et à côté de lui une fille bien en chair, des yeux monstres peints d'un triple trait bleu-noir, un chapeau de paille étrange à la veille de Noël, et les jambes nues. « Je me demande ce que peut bien faire Rose », ne peut s'empêcher de dire Decœur. Puis il se rend compte de ce que ce propos a de déplacé. Il sourit pâlement à Aurélien : « Vous voyez ce que c'est, je suis avec elle comme un mère poule, je m'imagine toujours qu'il lui est arrivé je ne sais quoi... »

Au milieu de tout cela sur une estrade, dans le fond du hall, il y a un piano grimpé, une grosse caisse, et on fait des numéros. Pour l'instant, dans l'intérêt général, une dame tremblante, évidemment russe, chante quelque chose qu'on n'entend pas. Elle a une sorte de désespoir qui ferait rire ou pleurer, si on y prenait garde. Elle sort de sa robe de lamé argent comme une fleur dédaignée, elle tord ses beaux bras blancs, sa gorge se gonfle, et dans une accalmie de la foule, on reconnaît avec stupeur que c'est la *Chanson triste* de Duparc qu'elle chante, avec tout Dostoïevski dans le gosier.

341

Decœur et Aurélien ont semé les autres, mais pas Paul Denis, qui, rejeté comme une balle de groupe en groupe, leur revient. Il est tout excité. Il rigole. Il a une joie pleine de sandwiches. Il déborde des histoires, des méchancetés qu'on vient de lui raconter. Il les oublie d'ailleurs, parce qu'il mêle tout, il fait à lui seul le vacarme de dix, et il se perd dans un récit confus, comme d'habitude contre Cocteau, qui est là-bas, vous le voyez, ses cheveux ébouriffés? à propos de je ne sais quel musicien, d'une princesse, et d'une réception qui n'aura pas lieu.

« Je vous admire, mon petit Denis, — dit le docteur avec son ton amer et hypocrite, — je vous admire de votre aisance dans tout ça... ah, vous êtes les heureux de ce monde! Quelle désinvolture, quelle disponibilité! »

L'étranglement, pour passer au buffet, est terrible. C'est effrayant, ce qu'un public comme ça peut se ruer sur des consommations gratuites. Des femmes, des hommes. Tout cela parfumé et suant. Ce grand type, élégant, avec ses cheveux blancs sur un visage foncé, auprès de qui s'empresse M. Marco-Polo, c'est Wisner, le Wisner des autos. Et voilà Zamora, plus tropical que jamais, qui a le don d'ubiquité, et qu'a attiré ici l'arrivée d'un petit homme aux cheveux noirs, au visage illuminé d'un évident génie, avec une mèche qui lui retombe dans les yeux, et qui semble monté sur un roulement à billes : du vif-argent. C'est Picasso à qui parle un homme en habit, très gras, engoncé dans sa cravate blanche, l'homme des Ballets Russes, Serge de Diaghilew. Là, Paul Denis perd son assurance, on ne le retiendra pas, il faut qu'il sache ce qui se dit, il écrase les gens, s'excuse dans les seins d'une petite dame verte, mais rejoint ce groupe qui est pour lui l'étoile Polaire. Le petit gros sans cravate, avec ses yeux pédonculés, le lui fait remarquer assez sarcastiquement. Paul hausse les épaules.

« Ouf, — dit le docteur, comme ils abordent le buffet. — Un verre ne sera pas de refus. Un whisky, Leurtillois?

— Non. Une orangeade. Rappelez-vous ce que vous m'avez dit de mon foie...

— Bah, bah, il durera aussi longtemps que vous, de toute façon... »

C'est à ce moment, comme il va prendre le verre tendu, qu'Aurélien aperçoit Diane. Il y a bien six mois qu'il n'a pas rencontré Mme de Nettencourt. Elle est là, plus belle que jamais. Elle sourit de toutes ses dents. Elle a comme toujours la plus belle robe de la soirée. On ne voit qu'elle. A trente-cinq ans, plus pleine et plus mûre, elle éclipse la femme qu'elle était à vingt ans. Elle est en blanc avec des bijoux rouges, qui saignent à ses poignets, à son cou, sur son cœur. Et une grande botte de roses dans les bras. Parce que, à chaque instant du monde, quelqu'un lui donne des roses. Elle est ce qu'il y a de plus cher et de plus insolent à Paris. Même Wisner tout à l'heure, dans la presse, l'a regrettée, cette femme qui trois ans a été la sienne vers 1910. Pour elle, il n'y a pas de bousculade. Elle a marché vers Aurélien comme s'ils avaient été seuls dans une allée du Bois de Boulogne. Elle se souvient de cette allée, près du Pré Catelan... Lui aussi, à la même minute... Mon Dieu, si Bérénice arrivait maintenant... Eh bien quoi, il peut bien dire bonsoir à sa *vieille* amie Mme de Nettencourt...

« Bonsoir, Aurélien! » dit-elle. Mais c'est à Decœur qu'elle a tendu sa main à baiser. Le docteur connaît tout le monde. « Rose n'est pas là, docteur? »

Elle n'écoute pas ce qu'il répond. Elle s'est penchée sur le verre d'Aurélien, sans demander, et elle y boit. Quel cou incroyable! C'est rare, une femme parfaite. Ah, bon Dieu. Un maladroit. Le verre sur la robe blanche, et les roses en ont pris un bon coup. Les gens s'empressent. Le

maladroit, c'est Paul Denis, comme d'habitude.
Il s'excuse. Diane rit. Paul est aux anges, il grillait d'envie de faire connaissance... Aurélien sent
contre lui cette femme qui s'appuie assez indis-
crètement... Avec qui est-elle donc ce soir? Elle
n'est pas venue seule, tout de même... Tout à coup
le sourire de Jacques Schœlzer derrière elle, sous
le lorgnon de ce grand garçon blond, avec la petite
moustache pâle, apparaît à Aurélien comme une
révélation. Ah! c'est avec lui qu'elle est? Drôle de
chose que Paris... « Bonjour, Jacques... »

Cela fait une conversation un peu difficile,
contre le buffet. Mais Paul Denis s'incruste.
D'avoir sali sa robe, lui donne un droit évident
sur Mᵐᵉ de Nettencourt. Diane s'amuse : « Où
avez-vous oublié votre cravate, cher monsieur? »

Elle ne sait pas! Il se rengorge. Il explique.
Dada... Diane se fait une idée très relative du
dadaïsme. Mais ça l'amuse de s'acheter pas cher
ce petit garçon : « Tenez... » Elle lui a donné un
petit mouchoir de soie rouge qu'elle portait passé
dans un bracelet. Maintenant, qu'il s'arrange
pour s'en faire une cravate! Paul est hors de lui.
Pris entre la peur de ce que diront les autres, puisqu'on avait décidé de ne pas porter de cravate de
la soirée, et la gloriole d'afficher ainsi cette faveur
d'une jolie femme. Enfin, il passe le mouchoir à
cheval sur le bouton de col... Du coup, de la pièce,
personne ne voit plus rien que ce chiffon à exciter
les taureaux. Il peut être assuré d'une scène de
Mary. Oh, et puis, elle l'embête, celle-là!

Pour commencer, comme Diane s'est retournée
vers Jacques Schœlzer, d'une pièce avec ses roses,
ça vaut à Paul Denis l'attention de Roussel, le
couturier. Il avait dit qu'il ne viendrait pas au
vernissage, mais comme il a tout de même deux
dessins à lui qu'il a prêtés à Zamora pour l'exposition... « Vous les avez vus, mon petit Denis, deux
dessins de... Il y a écrit « Appartient à M. Ch...
R... » C'est transparent, ne trouvez-vous pas?
simplement transparent... »

Le vrai est qu'il a vu la scène avec Mme de Nettencourt, et qu'il grille de curiosité : « Méfiez-vous, mon petit Denis, c'est une belle personne... mais on dit qu'elle a le mauvais œil... il y a... enfin il y a un temps de... soyons galants... un jeune officier qui lui faisait une cour de... est mort chez elle d'une façon de... Enfin, je vous ai averti... »

En attendant ce vieux bonhomme l'a retenu pendant que Diane s'éloignait. Si ce n'était qu'on a toujours l'espoir de lui vendre un manuscrit, ce qu'il l'aurait envoyé bouler, et d'une façon de... je ne vous dis que ça! Au lieu de quoi, il marmonne quelque chose et virevolte entre un monsieur habillé d'un péplum grec, les cheveux gris serrés d'une bandelette, qu'il a pris pour une vieille dame d'abord et qui n'est que Raymond Duncan, et son ami Tristan Tzara, qui est un drôle de petit homme, très gai, avec un monocle retenu par un large ruban noir et que la cravate rouge de Denis fait rire aux éclats. « Rouge! — dit-il, — pourquoi rouge? » Il roule formidablement l'R, et rit à gorge déployée. Ça doit, pour lui, avoir tout un sens qui échappe. Son rire est terriblement contagieux. Mais Paul Denis file dans le hall, manque se cogner dans Jean Cocteau, ce qui est pour lui un événement très désagréable et très important, l'évite, et dans le chahut déchaîné d'un jazz miniature sur l'estrade, rattrape Diane de Nettencourt qui parlait à Aurélien... « Votre chevalier servant, madame, vous m'avez fait votre chevalier servant... »

Tout d'un coup, les yeux d'Aurélien tombent sur Barbentane, qui vient d'entrer. Edmond est en habit, avec Rose Melrose en noir dans une grande cape d'hermine. Elle est si majestueuse que tous les regards se tournent vers elle, elle sourit, elle s'avance, il y a vingt personnes qui l'entourent. Edmond avec Rose? Aurélien ne voit ni Blanchette, ni Bérénice... Qu'est-ce que ça veut dire? Comme il tourne la tête, il saisit l'expression du visage de Decœur. C'est une chose absolument effrayante. Un mélange de l'adoration, de la fureur et de la peur. Une espèce de convulsion des traits. On ne peut pas vivre quand on aime comme ça... Diane de Nettencourt dit très généreusement : « Allons, ce soir encore, ce sera Rose la plus belle! » Decœur n'a pas bougé. Il l'attend. Elle viendra vers lui. Il sait qu'elle viendra vers lui. C'est tout ce qu'elle fait encore pour lui, mais cela, elle le fait toujours. De telle sorte que les gens disent : « Vous voyez, c'est son mari... » Il attend. Elle ne peut pas ne pas l'avoir vu. Il a les mains qui tremblent.

Non, ce soir, elle ne fera pas ce geste consacré, elle ne tournera pas vers lui ce menton relevé... Elle n'en a que pour son compagnon, elle rit, elle s'appuie à lui. Oh, comme il connaît ce rire, ce rire précisément, ce rire. Il ne bouge pas. Il laisse Aurélien s'avancer.

« Ces dames ne t'accompagnent pas? »

Il n'a même pas dit bonsoir, Aurélien. A chacun son angoisse, à chacun son amour. Edmond hausse les épaules. Non. Mais comment est-ce possible? Bérénice... Oui, je sais. Mais à la dernière minute... Oh, tu sais, les femmes ont leurs nerfs.

Ce n'est pas une explication. Aurélien insiste.

« Dites donc, vous, — dit Rose, — on est venu voir la peinture. N'est-ce pas, Edmond? »

C'est une prétention bien invraisemblable, Edmond profère quelque chose qu'on n'entend pas à cause du jazz. De nouveaux arrivants les font refluer vers le fond. Alors, Rose aperçoit son mari. Elle lui fait un petit signe d'amitié.

Il a bu ce petit signe, bu, il n'y a pas d'autre mot. Ce n'était pas le geste qu'il attendait, mais il faut peut-être comprendre Rose : avec cette foule, cette bousculade. C'est toujours ça. Il tâche de ne pas voir les gens autour d'elle. Il tâche de l'atteindre. Elle va avoir trop chaud avec son hermine. « Tu ne veux pas enlever ton manteau? » Il le lui porterait. Elle se fait répéter. Elle n'a pas entendu. L'hermine? Non, Jicky, je préfère la

346

garder. Il insiste. Mais qu'est-ce que tu as, mon cher? Edmond, allez me chercher à boire!

Edmond est suivi par Aurélien. « Enfin, explique-moi un peu mieux...

— Oh, tu sais, Blanchette, ces temps-ci! Je peux bien te le dire. Elle a fait une scène quand j'ai dit qu'on passerait prendre Rose, et moi, je ne suis pas d'humeur à me laisser mener par le bout du nez... alors, il y a eu des cris, des larmes... on n'était plus montrable... Bérénice n'a pas voulu la laisser seule...

— Elle ne t'a rien dit pour moi?

— Non... je ne crois pas... non, sûrement pas... »

Le cœur d'Aurélien est près de s'arrêter. Il n'a plus chaud. Tout est sombre. Cette soirée, cette fête, prend un caractère sinistre. Qu'est-ce qu'ils jouent? Ça vous casse les oreilles. Aurélien devient sensible au grotesque des gens, au carnaval qui l'entoure. Pas un mot pour lui! C'était pourtant si facile...

« Écoute, Edmond, ce n'est pas possible... elle a dû te dire...

— Puisque je te dis que non! »

Et Aurélien cache sa déconvenue sous un prétexte d'une mondanité singulière : « Voyons, c'est d'une grossièreté pour Zamora... après cette histoire de portrait! »

Ça fait rire Edmond. Aurélien ne voit pas pourquoi. Il s'acharne à répéter que c'est grossier. Tout d'un coup, Edmond lui prend le bras, et chuchote : « Regarde... qui est là... »

Aurélien regarde. Malgré ce qui l'occupait à l'instant, à lui aussi, ça lui fait un drôle d'effet. Il avait bien entendu dire tout à l'heure... mais il n'y avait pas plus cru qu'à la venue du shah de Perse, qu'on avait annoncée... Ce n'était pas le shah, et c'était plus surprenant que le shah, bien que ces étourneaux tout autour n'eussent pas l'air de s'en apercevoir. Cet homme au pelage noir pointillé de gris, avec les épaules remontées, un drôle de maintien oblique, un cuir jauni, la moustache mal coupée, les cheveux bas plantés, le menton autoritaire... Il avait beau être en civil, pas de doute... C'était Mangin. Il était à côté d'une femme qui jouait avec des écharpes sombres, une femme étrangement faite de la même matière, du même bois que lui. Aurélien reconnut la comtesse de Noailles. Le général cherchait à lui ouvrir un passage. Elle avait l'air fatiguée. Aurélien l'entendit qui disait : « Oh, ce jazz! » Il regarda Edmond. Il y avait la même pensée dans leurs têtes. Lui, ici... Quelle bizarrerie! Ils avaient été ensemble tous les deux dans l'armée Mangin. Ce n'était pas le filon.

Edmond dit tout bas : « Quand tu n'étais plus avec nous... tout à fait à la fin... je l'ai vu un jour... sur la route de Maubeuge, au soir de la prise de Laon... Dans sa voiture... Il engueulait les types du génie qui ne comblaient pas les trous assez vite... Il avait cette gueule-là... raide comme un piquet... Des bonshommes furieux ont jeté des pierres sur sa voiture... Il ne bougeait pas... »

Aurélien haussa les épaules. Drôle d'endroit pour de tels souvenirs. Mangin... On le détestait, mais on l'estimait, dit-il. « Au fond, Mangin, c'est plus que n'importe qui notre victoire... » Edmond ricana : « Notre victoire! Ah, mon pauvre vieux! »

Le général et la poétesse étaient sortis.

Aurélien n'attendait plus personne. Il n'avait plus de raison d'être là. Elle ne viendrait pas. Ce que les gens étaient hideux! Leur diversité même. La sinistre folie de ces tableaux, le grelot dans ces têtes qui tournaient dans la pièce, la convention de cette soirée idiote, la mondanité sans fond de ces pantins. « Ah, c'est charmant! » criait une petite dinde frisée qui essayait d'attirer l'attention de Zamora, tout absorbé par le désir de plaire au prince R., le voisin d'Aurélien dans l'île Saint-Louis, celui-là même que Mary redoutait rencontrer dans les escaliers. Le jazz était au buffet, mais on n'en était pas quitte à si bon compte. Jean-

Frédéric Sicre, le petit boulot aux gros yeux, jouait ses œuvres au piano.

Aurélien se fraya une sente vers la sortie. Vers la porte, M. Marco-Polo le salua, comme s'il eût été de la famille... Il avait garé la cinq-chevaux dans la petite rue, et y avait laissé son pardessus. Il faisait froid, et il tombait maintenant de la neige fondue. Il hésita dans la rue; remonterait-il vers le boulevard Saint-Germain, descendrait-il vers le quai? Il releva son col, et piqua vers la Seine, parce qu'il avait vu pas loin la lueur d'un bar encore éclairé. Il y entra en coup de vent.

Il y avait de la buée aux vitres. Dans l'éclairage blafard, quelques consommateurs achevaient une belote, un couple dans un coin, tête contre tête. Il demanda le téléphone.

La sonnerie sonna longtemps là-bas, au bout du fil. On devait dormir rue Raynouard. Il voulut raccrocher. Est-ce que c'était une heure pour téléphoner? Il resta à écouter sonner. Personne ne viendrait. Il attendit pourtant. Enfin on décrochait. Une voix... Ce n'était pas Bérénice. Il fut encore tenté de raccrocher. « Allô, — dit la voix, — qui est-ce? Qu'est-ce que c'est? » C'était Blanchette. Il dit : « Blanchette? » Elle avait dû tout juste se réveiller, elle se trompa : « C'est toi, Edmond!... » Il y avait une telle joie, un tel espoir dans cette voix qu'Aurélien n'eut pas le cœur de continuer la conversation... Sans bien savoir ce qu'il faisait, il raccrocha.

Il restait là, devant l'appareil muet, se disant : « Qu'est-ce qu'elle pense maintenant? » Bérénice, elle, dormait... Alors...

Il paya sa communication, et s'en fut sous la pluie à la recherche de sa voiture.

XLI

Il avait traîné à Montmartre jusqu'à ne plus
tenir debout. Des fantômes absurdes flottaient
dans sa mémoire avec l'atmosphère étouffante du
Lulli's, le bar trop éclairé d'El Garron où il avait
retrouvé Simone avec un Argentin, des nègres au
tabac-bar du carrefour Pigalle-Fontaine, et à
l'aube le sandwich-poulet dans la pâtisserie avec
des filles debout, la marchande de fleurs qui dormait sur la table, et l'ouvreur de portières du
Château Caucasien qui, par distraction, chipait
dans son panier les dernières violettes...

Pourtant quand il s'était réveillé en sursaut,
avec cette mauvaise sueur, les draps fripés, un
sentiment d'inquiétude et de puissance, il n'était
que huit heures et demie. Il aurait juré, à cause
de tous ces rêves, avoir traversé une longue nuit,
une nuit interminable. Il ne pouvait pas téléphoner rue Raynouard de plusieurs heures. Il
ouvrit les persiennes, regarda le désordre, les
chaussures jetées, les objets familiers chargés de
significations nouvelles, le Tanagra que Bérénice
avait touché, le tableau de l'oncle Blaise, le cendrier de Biarritz. Et se jeta sous la douche. Oh,
cette pluie chaude et froide à volonté, ce printemps dans les rideaux de caoutchouc... quel repos
après le sommeil! Il retrouvait enfin l'aisance
et la jeunesse de son corps. Il faisait durer ce
plaisir. Il savait bien qu'au bout se poseraient des
questions irritantes.

Une lettre glissée sous la porte. Une lettre
d'Armandine. Un volume... Qu'est-ce qu'elle lui
voulait donc? Elle l'avait vu il n'y avait pas si
longtemps. Cela commençait par : « Mon petit
Réliot... », le nom que lui donnait leur mère quand

il était tout enfant. Il y avait du louche là-dedans. Et puis toute sorte de considérations sur les soucis qu'Armandine se faisait pour son frère après leur dernière conversation, qu'elle ne pouvait pas croire, mais qu'il était bien libre, que, si c'était son bonheur, ni elle ni son mari, et qui peut se vanter de savoir où est le mal, où est le bien? Seulement, Aurélien avait-il bien réfléchi? Une femme mariée... Tout ce que cela peut comporter... Il y a évidemment le divorce... Mais la responsabilité terrible... etc. Enfin Armandine en venait au fait : « Te dirai-je, Frérot, que depuis très longtemps nous caressons, Jacques et moi, un rêve, une chimère... »

Aurélien haussa les épaules. Il connaissait bien ce trait de style de sa sœur, dans ses lettres, qui consistait à accumuler les substantifs pour dire une seule chose quand elle était gênée.

« ... Ne faut-il pas songer à l'avenir des enfants? A leur laisser plus tard un endroit à eux, un refuge familial, qui maintiendra les liens... »

Il passa plusieurs lignes. Il savait comment dans la prose sororale on pouvait sauter à pieds joints par-dessus un paragraphe pour trouver ce qu'elle voulait dire : « Le difficile, Frérot... »

Ah, ça devait approcher puisqu'elle reprenait ce petit terme d'amitié : « ... c'est de sortir de l'affaire l'argent nécessaire à l'acquisition d'une propriété. Jacques dit pourtant qu'il s'y résoudrait, n'était qu'à l'heure qu'il est, avec la reconstruction des régions dévastées, il faut au contraire faire appel aux capitaux, développer l'entreprise, faire marcher l'usine à plein... »

Bref, ils avaient pensé, les époux Debrest, à ce Saint-Genest, l'héritage d'Aurélien, dont il touchait le fermage, mais sans en rien faire, sans y jamais aller. Il y avait un pavillon qu'on aurait pu réparer et agrandir, d'autant qu'il avait été endommagé pendant la guerre, et qu'en se faisant pistonner, les réparations... Enfin si Saint-Genest avait été à eux, les Debrest y auraient bâti. Et qu'est-ce que cela pouvait faire à Aurélien de le

leur céder? Son beau-frère lui payerait la même
somme que le fermier, et même, enfin cela on verrait, sans engagement, n'est-ce pas? un petit peu
plus... Aurélien avait l'avantage de ne pas avoir à
penser au fermier, aux mauvaises récoltes, enfin
à tous les aléas de la propriété de culture, les
Debrest auraient sans débourser de capital la
terre qu'ils devraient acheter ailleurs, autrement...
On ne voyait que des avantages à ce système :
d'autant qu'avec l'insouciance d'Aurélien, un
avenir incertain, il pourrait qui sait? être entraîné
à prendre une hypothèque, ou deux, ou trois, et
un beau jour, Saint-Genest, qui venait de leur
mère, passerait entre des mains étrangères...
   Puis Armandine abandonnait ce sujet et parlait
des petits avec une abondance extraordinaire. Elle
intéressait l'oncle à ses neveux. Leurs mots. Leur
intelligence. Leur cœur. Au fond, tout se passerait
comme si Aurélien qui avait été, peut-être injuste-
ment, écarté de l'usine par leur père, y rentrait
ainsi, sans rien changer de sa vie, puisque Jacques
était là pour le travail... Il devenait en somme un
commanditaire... en quelque sorte... la famille
sortait plus unie de tout ça...
   Aurélien jeta la lettre avec lassitude sur le lit.
Mme Duvigne venait d'arriver. Il l'entendait
remuer dans la cuisine. Le petit déjeuner... Il
regarda la pendule. Trop tôt encore pour téléphoner.
   Le bavardage de Mme Duvigne s'étendit sur la
matinée. Aurélien ne voulait surtout pas se poser
de questions : pourquoi Bérénice n'était-elle pas
venue... Pourquoi ne téléphonait-elle pas la première... non, il ne se le demanderait pas. Il voulait
cependant lui laisser le loisir d'avoir ce geste, de
téléphoner la première. Dix fois, il se reprit comme
il allait à l'appareil, comme il le décrochait même.
Il se martyrisait, mais il ne serait pas dit... Il
s'était juré d'attendre midi juste. Il ne voulait plus
regarder la pendule. Alors, pour mesurer le temps
qui s'écoulait, il comptait jusqu'à mille, jusqu'à

deux mille... Conventionnellement cela représentait des secondes... A midi moins le quart il n'y tint plus.

Pas libre. Pas libre. Pas libre. Le téléphone est une invention du diable. Cette sonnerie est atroce. Pas libre... ah, cette fois on répond.

Une domestique au bout du fil. Une voix hésitante. On lui fit répéter son nom. Mme Morel? Je ne sais pas si Mme Morel... mais si Monsieur veut attendre un instant... Il eut une bizarre impression de désarroi, de désordre. Il y avait des trous dans cette voix. Enfin il entendit Bérénice. Comme elle avait l'air mal assurée! Que se passait-il donc? Elle répondait de façon évasive, elle s'excusait pour le vernissage, elle n'avait pas pu, absolument pas pu... Elle voulait téléphoner ce matin, mais... Elle lui expliquerait. Ici, elle s'écarta de l'appareil, et il crut discerner qu'elle parlait à quelqu'un, qu'elle disait quelque chose comme : *Il n'y a pas de danger, Docteur?*... « Allô, allô... Bérénice...

— Oui... tout de suite... Aurélien... Je dois dire deux mots à quelqu'un... — Le silence. Puis la voix de Bérénice : — Excusez-moi... je devais dire deux mots à quelqu'un...

— J'ai cru entendre... Qu'est-il arrivé? Vous n'êtes pas malade?

— Non, oh non... Ce n'est pas grave... enfin c'est-à-dire...

— Allô! Je vous entends mal... Vous avez dit *Docteur?*

— Oui, enfin... Blanchette, vous comprenez... Je ne peux vous expliquer ça au téléphone...

— Quoi donc, Blanchette...

— Elle s'en tirera... le docteur vient de me dire...

— Mon Dieu, Bérénice! Blanchette? Voulez-vous que je vienne?

— Non, non, surtout pas!

— Alors, quand venez-vous...?

— Je ne sais pas... C'est difficile... Je peux difficilement la quitter...

353

— Alors je viens rue Raynouard... Je ne peux
pas rester...

— Je vous en prie, Aurélien, ne venez pas...
Eh bien, c'est entendu... Je m'échapperai... Je
ne devrais pas... mais je vous promets... Je tâcherai... Cet après-midi...

— C'est sûr au moins?

— Oui, chez vous, cinq heures. Excusez-moi,
on m'appelle... »

Tout d'abord, il se mit la tête à l'envers à
essayer de s'imaginer ce qui se passait. Blanchette... elle s'en tirera... Il se rappelait cette voix
pâle, à l'appareil, au milieu de la nuit... Mais peu
à peu il déviait, une image se substituait à
l'autre... Bérénice... Comme elle avait été froide,
distante, tout à l'heure! Et elle n'était pas
venue hier soir... Quand il songeait à tout ce
temps gâché, peut-être le seul de leur vie : car
n'allait-elle pas partir? S'il la laissait échapper
ainsi, sans avoir... sans avoir... ah, est-ce qu'il
n'aurait pas perdu leur chance, définitivement
perdu Bérénice? Il descendit déjeuner aux
Mariniers.

Le temps qui s'étend de midi à cinq heures est
long comme une nuit en chemin de fer. Il fallait
l'occuper, le tromper. Aurélien, très conscient-
ment, s'abandonna à une idée fixe : il ne laisserait
pas repartir Bérénice *comme ça*. Il fallait qu'elle
fût à lui. Et pas en général, un jour ou l'autre. Ce
jour même. Tout à l'heure. Quand elle viendrait.
A cinq heures. Il poussa jusqu'à Saint-Michel,
chez un fleuriste, et en rapporta quelques fleurs
de décembre, dont il fut mécontent quand elles se
défirent, trop maigres, dans le pot de grès flammé,
qu'il n'aimait pas. Il tournait chez lui. Il préparait
son chez lui pour Bérénice. Il s'attachait à des
détails absurdes, changeait des objets de place.
Puis se mettait contre les carreaux des fenêtres,
le front sur la vitre. Il cherchait à penser à Bérénice autrement, avec une précision nouvelle, avec
la profondeur du désir. Ses yeux... il les imaginait

ouverts, et il murmurait : « Ne ferme pas tes yeux... »

Il était cinq heures et quart quand elle sonna. Les lumières tournées seulement au coup de sonnette, Aurélien brusquement trouva tout si désordre, se vit dans la glace si dépeigné, qu'il hésita avant d'ouvrir la porte. Enfin elle était là. Dans ce costume du premier jour, dont il n'aimait pas l'étoffe, la couleur beige. Et le sempiternel taupé... Dès la porte, elle dit : « Je ne fais qu'entrer et sortir...

— Oh, voyons!

— Je ne peux pas... à cause de Blanchette. »

Il avait oublié Blanchette. Alors, de quoi s'agissait-il? Il entraînait la visiteuse, il lui enleva tout de même son chapeau. Elle tomba, assise sur le pouf, aux pieds d'Aurélien. Il vit seulement alors qu'elle avait l'air fatiguée, préoccupée... « Que se passe-t-il, Bérénice? »

Elle le regarda comme s'il avait perdu la tête. C'était vrai, il ne savait pas : « Je ne pouvais pas vous dire au téléphone... Il y avait le docteur... et puis tout le temps des domestiques qui entraient. » Enfin Blanchette avait voulu se tuer. Dans la nuit. Avec du véronal. D'abord, le matin, on n'avait pas compris. Seulement elle avait un essayage... la couturière était venue... Alors on avait voulu la réveiller, on avait vu les tubes vides, le mot qu'elle avait laissé... Le médecin disait qu'heureusement elle en avait trop pris. Elle serait malade comme un chien et puis voilà tout. Le terrible était qu'il fallait la tenir éveillée, l'empêcher de se rendormir... Elle avait vomi... heureusement... « Et tout ça à cause de Rose! — s'écria Aurélien. — Oui... hier soir, Edmond m'a dit... » Bérénice secouait la tête. Rose! Mon Dieu, non... mais qu'Edmond continue de le croire... elle l'avait juré à Blanchette... elle pouvait compter sur la discrétion d'Aurélien, n'est-ce pas?

A vrai dire, la scène que Blanchette avait faite sous le premier prétexte venu à Edmond n'avait pour but que de cacher ses raisons de ne pas aller au vernissage Zamora. Avant le retour d'Edmond, elle avait eu une explication violente, avec Bérénice. Bérénice en était encore tremblante. Une rage de jalousie... « Jalouse de vous? Blanchette? »

Bérénice montra quelque impatience. Aurélien ne pouvait pas ignorer que Blanchette l'aimait, lui Aurélien... Alors leurs entrevues répétées... « Moi? Blanchette? Mais, c'est insensé! » Bérénice ignora l'interruption. L'altercation qu'elle avait eue avec sa cousine avait été terrible. Blanchette considérait ce vernissage comme le vernissage du portrait de Bérénice, comme le triomphe de Bérénice. Pour rien au monde, elle n'y aurait mis les pieds. Elle avait éclaté en reproches injustes, en propos inconsidérés, elle avait pleuré... Bérénice était bien décidée, elle ne pouvait s'imaginer que les choses allassent si loin, à aller avec Edmond à cette soirée sans Blanchette, mais Edmond avait donné à sa femme la diversion, le prétexte de Rose Melrose, et dès lors tout était changé : décemment Bérénice ne pouvait pas accompagner Edmond avec la maîtresse de celui-ci, et laisser Blanchette seule à la maison. Elle ne pouvait pas non plus s'expliquer devant son cousin, sans trahir Blanchette, le secret de Blanchette... « Mais cette histoire est absurde! » Absurde ou pas, elles étaient restées seules ensemble, des heures, et la folie de Blanchette, sa douleur, avaient atteint des proportions incroyables. Telles que Bérénice s'était sentie prise de pitié. Le but de Blanchette était de la séparer d'Aurélien. Elle s'humiliait, elle se déchirait, elle menaçait. Il n'y avait pas de délire auquel elle ne se fût abandonnée dans ces heures-là. Il y avait eu le moment où elle s'était jetée aux pieds de Bérénice, pour lui demander s'il lui arrivait quelque chose de s'occuper des enfants. Bérénice, qui ne la comprenait pas, n'avait eu d'abord là-devant qu'un mouvement de dégoût. Elle se reprochait des

mots qu'elle avait pu dire. Elle ne se rappelait pas
très bien... C'était alors que Blanchette avait
supplié Bérénice de lui garder le secret de son
amour pour Aurélien... de ne rien en laisser
deviner à Edmond, de le maintenir dans l'erreur
où il se trouvait, la croyant jalouse de Rose...
« Oh, — dit Bérénice, — je crois bien qu'elle
me mentait à ce sujet... et que cela non plus ne
lui était pas indifférent... Mais il se faisait en
elle je ne sais pas quelle combinaison des deux
choses, vous concernant et concernant Edmond...
Elle a commencé à l'attendre, et il ne rentrait
pas... Il y a eu un coup de téléphone dans la
nuit qui lui a fait un effet terrible... Elle croyait
que c'était Edmond, puis ça devait être une
erreur, on a raccroché... Alors elle est devenue
tout à fait folle... Je n'osais pas la quitter : elle
était si malheureuse. Puis elle s'est étendue
sur son lit, je l'ai crue endormie, je me suis
retirée. Et voilà, ce matin... le véronal... Edmond
avait l'air très embêté, mais assez furieux.
Mais il fallait la surveiller, rester près d'elle, la
secouer... Non, non, je ne peux pas rester...
je dois retourner auprès de Blanchette... excusez-
moi, Aurélien... » Il ne pouvait pas la retenir.
Tout prenait un tour si déconcertant. Il la pressa :
« Quand nous revoyons-nous? — Demain...
demain... je vous téléphonerai... » Il essaya de
la prendre dans ses bras. Elle s'esquiva. Il eut
conscience d'un changement en elle. « Je vous
téléphonerai... » dit-elle encore, sur le pas de la
porte.

XLII

C'était un petit restaurant près des Halles,
dans une rue encombrée, étroite, aux maisons
dégradées, aux murs mal d'aplomb. On arrivait

par un fouillis de triporteurs, de voitures à bras, à ces ferronneries peintes avec le bas de la maison d'une huile bordeaux, où la porte s'ouvrait, entre deux tréteaux avec leurs paniers d'huîtres dans la verdure de sapin, et une niche ogivale qu'avait désertée la Vierge ancienne; et on tombait dans un boyau inauguré par un zinc et les gens du carreau, en bleus, qui prenaient un marc, pour atteindre la salle du bas, toujours pleine à midi, légèrement garée du mastroquet par un de ces paravents de bois pliable, ciré, qui venaient de faire leur apparition dans l'industrie.

Rose n'avait pas voulu y rester. Il y avait là un tas de journalistes, des gens qu'on connaît plus ou moins. Une femme comme elle n'est pas à l'abri de la curiosité. Tandis qu'au premier où menait un escalier en hélice avec un jupon usé de panne rouille festonnant dans le fer forgé, on était moins vu. C'était, après le lavabo, le vestiaire, trois petites pièces indépendantes, avec peu de tables et à demi vides le matin. La plus petite, occupée par une compagnie, qui faisait banquet, bruyante et rigolarde, la plus grande avec un couple discret, deux vieux messieurs à l'autre bout, et encore une espèce de tueur, algérien probablement, bizarrement acoquiné avec un monsieur trop soigné autour d'une montagne de Belons. Rose, après un coup d'œil appréciatif, avait choisi la table près de la fenêtre, sans personne autour. Et Blaise s'était assis en face d'elle, avec une angoisse de collégien.

Ce que le cœur lui avait battu, quand elle l'avait appelé ce matin-là au téléphone! Il y avait plus d'un an qu'elle ne lui avait pas fait signe ainsi. Elle voulait déjeuner avec lui. Il avait inventé n'importe quoi pour expliquer sa sortie subite à Marthe. Mon Dieu, ce qu'il peut rester de jeunesse dans un vieux cœur!

« Alors, qu'est-ce qu'on prend? »

Rose lisait le menu avec un intérêt extrême. Ce n'était pas une mauvaise boîte ici. Elle avait un très joli tailleur gris et un chapeau extravagant, des longs gants remontant sur les manches, qu'elle ne détacha que jusqu'aux poignets. Le miracle de jeunesse de ce visage merveilleusement malaxé de poudres et de crèmes. Et ce parfum qui faisait la continuité de Rose à travers les années. Quelle mine gourmande! Quel intérêt d'enfant pour la nourriture! Les yeux se plissaient dans l'hésitation du choix.

« Les hors-d'œuvre ici ne sont pas mauvais... mais tu as vu les Belons? Je crois que je ne résisterai pas au chevreuil purée de marrons... »

Le patron se courbait en deux, un brun râblé, avec un pli rouge à la nuque. Il regrettait, mais il n'y avait plus de chevreuil. Maintenant, si Madame le permettait, il recommandait...

« J'ai envie de gibier, qu'est-ce que vous voulez? une envie sauvage...

— Si cela fait plaisir à Madame, j'ai un faisan qui n'est pas marqué sur la carte... »

Ça, alors, du faisan! Va pour le faisan.

« Écoute, — dit Rose, — je vais te ruiner ce matin... Avant le faisan, je prendrais bien du foie gras... »

Le foie était magnifique, rosé. Une feuille de salade à côté, si tendre. Le peintre regarda la main soignée qui la saisissait. Lui, croquait des radis.

« Ah, ça me fait plaisir, — soupira-t-elle, — de me trouver comme ça avec toi... comme dans l'ancien temps... on a l'air d'un vieux ménage... »

Il la regarda. N'était-elle pas l'inatteignable, ce qui défie et l'homme et la peinture? Rose Melrose, la grande Rose. Il se souvenait de ce jour où elle avait joué *Phèdre* à l'Odéon. Cette intelligence profonde de la passion... des passions. Une femme. Est-ce que les autres femmes étaient jamais femmes comme elle? Elle était le bonheur, cette chose qui peut nous emplir sans que nous la possédions.

« Je ne sais pas, Mélie, — dit-il, — je n'ai

jamais vu personne briffer comme toi... A chaque coup, ça me flanque le même émerveillement... Quand je pense comment toutes ces mijaurées grignotent! »

Elle rit assez fort, avec ce geste du menton relevé, présentant tout son cou magnifique : « Elles veillent sur la ligne, qu'est-ce que tu veux, Bébé! Moi, c'est drôle, c'est de ne pas manger qui me vieillirait... »

Elle lui donnait, comme il faisait à elle, le ridicule nom d'autrefois, qu'elle prétendait diminutif d'Ambérieux. Il lui prit la main : « Toi, tu resteras toujours jeune, et splendide... Mange bien, va... Comme tu as le visage lisse, tendu, Mélie...

— Oh, bien sûr, il y a un peu du massage, des soins, là-dedans... mais pas tant qu'on croit! Les femmes qui veulent se maintenir s'imaginent... Moi, j'aime bien être massée... Mais c'est quelquefois gênant...

— C'est pour ça qu'on prend des masseurs aveugles...

— Hum, tu sais, si un aveugle me touche les seins, il peut se passer des yeux! Au bout du compte, faire l'amour, ça vaut tous les massages... La plupart des femmes vieillissent parce qu'elles ne le font pas assez... »

Il pouvait écouter cela sans jalousie. Il aimait la santé de ce corps, ce petit afflux du sang aux pommettes qui ne venait pas du fond de teint. Elle, glissant insensiblement vers ce qui était son but, vers ce qui lui avait fait appeler Blaise ce matin-là : « Oui... alors pour éviter les histoires avec mes masseurs... parce que tu comprends, j'ai ri deux ou trois fois de ce truc-là, et puis ça devient canulant... Il y en avait un qui était amoureux de moi... qu'est-ce que je disais? Oui... alors j'ai pris un masseur qui n'aime pas les dames... oui, il nous déteste même, c'est assez drôle... un Circassien... très beau... il me masse avec les pieds... avec une sauvagerie... il me

monte sur le ventre... il vous fait un mal... et il
serre les dents de mépris... littéralement il me
foule aux pieds! »

Elle éclata de rire. On apportait le faisan.
Cela détourna la conversation. Blaise choisissait
les vins comme personne. Il fallait lui rendre
cette justice.

« Qu'est-ce que je te disais, Bébé, quand le
faisan a fait son entrée?

— Tu parlais de ton Circassien...

— Oui... mon Circassien... Tu comprends,
j'ai décidé de l'engager... parce que les femmes
chic sont toutes comme moi... les aveugles...
généralement des aveugles de guerre par le temps
qui court... ça fait convenable, mais ce n'est
pas drôle... Tandis que ce danseur de poignards
qui te prend la nuque dans les orteils! Il était à
Londres, on ne le connaît pas à Paris... Je vais
faire un boum avec...

— Un boum? Tu parles chinois, Mélie!

— C'est vrai que je ne t'ai rien expliqué!
Mais il ne sait rien! Mais où ai-je la tête?

— Au faisan, je parierais.

— Tu es un chou! Écoute bien...

— Je suis tout oreilles! »

Rose, soudain très excitée, se mit à expliquer
à Blaise la combine des produits Melrose. Tout
pour la Beauté. Les intentions du docteur,
et aussi un tas de petits secrets : elle avait eu
l'idée de compléter le laboratoire avec un service
à domicile, avec la manucure de Rose Melrose,
le pédicure chinois de Rose Melrose et naturellement son masseur circassien. Tout cela
n'employant que les produits Melrose... Même
il était déjà question d'avoir une maison de
parfums... oui... des parfums!

« Pour les parfums, qu'est-ce que tu dis du
titre que j'ai choisi : *Le jardin de Saadi?* A
cause des roses, tu comprends... Et puis nous
pensons même, enfin Edmond pense, parce que
tu comprends, c'est Edmond de qui tout dépend,

qu'on pourrait s'adjoindre un département de parfums à bon marché, au poids, tu sais comme... Naturellement avec un titre différent, j'ai pensé à *Marie-Rose*, pour y associer Mary de Perseval, qui accepte de mettre de l'argent là-dedans, mais qui cherche un peu à s'étourdir, à s'occuper... elle vieillit, tu comprends... »

Blaise n'en revenait pas. Qu'est-ce que c'était que ce nouveau rôle? Mélie en femme d'affaires maintenant! Elle n'avait oublié qu'une chose, c'était de lui dire qui était cet Edmond...

« Ah, je suis folle... Mais tu sais bien, mon nouvel ami, le Barbentane des taxis... Edmond Barbentane... »

Blaise avait entendu parler de lui. Il avait un jeune ami qui le connaissait...

« L'ennui, — reprit Rose, — c'est sa femme... Tu comprends, c'est sa fortune à elle... Et puis elle est jalouse... Tu imagines que, pas plus tard qu'hier, elle a fait semblant de se tuer! Tableau! on aurait été frais... Ce pauvre Edmond s'est fait un mauvais sang... Une comédienne, alors! Et pas fameuse! le véronal, tu piges, on nous l'a fait deux ou trois fois, ce truc-là! »

Edmond avait eu si chaud de cette histoire qu'il avait sauté chez Rose le jour même pour lui dire de hâter les préparatifs, la constitution de la société, l'installation... Parce qu'on ne savait pas, après, ce que sa femme pourrait manigancer! Il avait à peu près convaincu son père, le sénateur, d'accepter la présidence du conseil d'administration, parce qu'alors, ça expliquait l'intérêt d'Edmond pour cette affaire. Un si bon fils! « Et puis une cravate de la Légion d'honneur, Bébé, ça ne se trouve pas sous les pas d'une mule! »

Avec le café, on prendrait bien quelque chose. Ils ont ici de ces petites prunes à l'eau-de-vie, je ne te dis que ça...

« Où est-ce que j'interviens dans tout ça? » demanda Blaise le plus sérieusement du monde quand Rose eut suçoté déjà deux ou trois prunes. Parce qu'il savait bien qu'elle ne l'avait pas fait venir pour rien, qu'il ne manquait pas de gens pour l'inviter à déjeuner, et que si elle parlait de ses crèmes et de ses parfums si longuement, c'était que là devait être le siège de tout le mystère.

« Voilà, — dit Rose, — voilà... Bébé, je vais te demander un gros sacrifice... Promets-moi...

— Tu sais bien...

— Ne dis pas non... Tu m'aimes toujours? Alors. Tu m'as assez dit que tu comprenais l'amour comme un sacrifice...

— Je t'en prie, Mélie... »

Elle le regardait attentivement. Il avait peur qu'elle lui demandât l'impossible, voilà tout. Elle sourit et baissa les paupières.

« Oh, ce n'est pas un si gros sacrifice que ça... Je voudrais... je voudrais que tu mettes des sous dans mon affaire...

— Tu sais bien que je ne suis pas riche...

— Tu n'y es pas... Il suffit d'abord que tu mettes dans les produits Melrose trois fois rien... juste pour avoir ton nom là... et puis quand nous fondons, deuxième temps, le *Jardin de Saadi*, alors tu reparais, on est déjà habitué à toi, et tu apportes un gros magot, pour l'augmentation de capital...

— Mais comment veux-tu?

— Tu es bête, voyons! Tu ne seras qu'un prête-nom. Il faut qu'Edmond puisse... avec des gens dont il soit sûr... et moi aussi... Tu y es? Alors, pour tes petites économies au début, c'est plutôt une bonne affaire! Dis donc, elles ne pourraient pas être dans de plus jolies mains? »

Il les baisa longuement. Elle lui caressa la moustache.

« Et ton mari? » dit-il.

Elle haussa les épaules : « C'est un brave bougre, tu sais, il souffre... Demande l'addition, il faut que j'aille chez Mary d'assez bonne heure... Je fais mes visites, tu comprends... Il faut que tout soit prêt pour le lendemain du Jour de l'An. D'autant plus que je vais jouer *Gioconda* à Genève... Ah, il faudra que tu fasses la connaissance d'Adrien Arnaud! C'est l'homme de confiance d'Edmond... c'est à lui que tu auras affaire le cas échéant... Aide-moi à mettre mon manteau. Marthe va bien? J'allais ne pas te le demander... Ah, mon pauvre vieux, le mariage est une chose, l'amour en est une autre! »

Blaise s'était levé. Il réfléchissait depuis un moment à quelque chose. Et, derrière Rose, de telle façon qu'elle ne pût voir son visage, il demanda : « Et... Edmond... lui... tu l'aimes? »

Elle ne répondit pas tout de suite, elle réenfilait ses gants. Puis elle se retourna, avec cette voix convaincante, sa voix de *Phèdre*, elle dit : « Oui... cette fois-ci... je crois vraiment... cette fois-ci... »

Blaise Ambérieux ramassa son cache-nez, qui était tombé dans la sciure, sur le plancher.

Quand il eut déposé Rose rue des Belles-Feuilles, Blaise descendit à pied vers la porte Dauphine. Il faisait un temps gris, graillonneux, avec une bise coupante. Blaise n'y prenait pas garde. Il suivit lentement le boulevard Gouvion-Saint-Cyr, le long du chemin de fer de ceinture. Il était envahi par Rose. Un peu plus malheureux qu'avant, mais heureux d'être malheureux. Drôle de carcasse que je suis! pensait-il. Il traînait pour ne pas prendre le métro et rentrer tout droit à Montmartre. Il se sentait alourdi du déjeuner. Le vent le ravigotait. Il traîna jusqu'à ce que l'ombre fût tombée. Elle le rattrapa vers le parc Monceau, dans ce faux décor grec où il avait jadis attendu Rose pendant des heures...

Il y avait quelqu'un avec Marthe, dans le boudoir, quand il entra chez lui. Les deux femmes se levèrent : c'était Bérénice. Il s'étonna : « Madame Morel? Quel bon vent! »

Elle s'avança vers lui, sérieuse : « Il faut que

je vous dise... Ma cousine Barbentane a voulu se tuer... »

Il eut envie de dire : *Je sais*. Il se retint. Il dit : « Mon Dieu!... mais... asseyez-vous... »

Ils s'assirent tous les trois. Marthe le regardait.

XLIII

« J'avais dit qu'on ne me dérange sous aucun prétexte... Qu'est-ce qu'il y a? »

Simoneau, dans la porte, hésita, jeta un regard sur Adrien Arnaud enfoncé dans le fauteuil de cuir tabac, puis, faisant tourner son crâne chauve, sa belle barbe blanche taillée comme l'honnêteté, s'excusa auprès du patron : « Mais, monsieur, ce sont ces Messieurs des Caoutchoucs... ils attendent depuis très longtemps... »

Edmond se rejeta en arrière et frappa des doigts à plat son bureau : « Eh bien, qu'ils attendent! Je vous dis que je suis occupé! »

Adrien attrapa au passage le retour de regard de Simoneau sortant. Il gloussa doucement : « Tu le scandalises... Il ne trouve pas qu'une conversation avec un zigoto dans mon genre, ça soit une occupation... auprès de ces Messieurs des Caoutchoucs! »

Edmond haussa les épaules, et effaça d'un geste vague de la main et Simoneau et les Caoutchoucs et le reste : « Enfin, — dit-il, — acceptes-tu oui ou non de me rendre ce service? »

Adrien tripota sa moustache. « Bien sûr... bien sûr... Je te dois trop d'abord... Mais là n'est pas la question... »

— Et... où est-elle?

— Je ne sais pas si je serai capable... si je suis bien l'homme qui... Je n'ai pas fait mon droit, et tout cela soulève des questions assez épi-

neuses... les donations entre vifs... je ne sais pas...
je répète des mots entendus, accrochés par
hasard...

— Les hommes de loi ne sont pas faits pour
les chiens... Tu consulteras...

— Une personne de plus au courant...

— Ah ça, on n'a qu'à poser les questions de
façon abstraite... en général... sans donner certaines précisions... Tu pourrais le faire pour
toi-même, par exemple... Je n'ai qu'à ne pas
paraître...

— Évidemment, évidemment... »

La sonnette du téléphone. Edmond décrocha :
« Allô... oui, c'est lui-même... Ah, c'est toi,
Bérénice... Eh bien?... Comment va-t-elle?...
Mieux... j'en étais sûr, je te le disais que ça ne
serait rien... Mais oui, on se monte la tête, et
puis... C'est très gentil à toi d'avoir téléphoné...
Le docteur reviendra demain matin? Je tâcherai
d'être là... Entendu... oui... Non, je ne dînerai
pas à la maison... Alors, ce soir... ou demain
matin... couche-toi de bonne heure, tu dois être
fatiguée... Ou demain matin, oui... — Il allait
raccrocher, une idée le prit : — Allô, allô!... »
Trop tard, on avait raccroché à l'autre bout.
Le geste signifia tant pis!

« Ta femme va mieux? — demanda Adrien.
— Qu'est-ce qu'elle a eu au juste? »

Edmond ne répondit pas tout de suite. Il
vit sur lui les petits yeux noirs, rapprochés,
d'Adrien. Il lui faisait par ailleurs une sacrée
confiance, en le mettant dans les secrets des
produits Melrose, mais ça suffisait comme ça :
pas besoin de lui donner encore les éléments
psychologiques de l'affaire. « Oh, pas grand-chose,
— dit-il, — une de ces histoires de femmes...
leur ventre... — Il enchaîna très vite : — Qu'est-ce
que tu disais des donations entre vifs?

— Je te dis que je manque de connaissances...
Mais enfin, à ce qu'il me semble, si les choses en
venaient à ce qu'on mît le nez dans tes affaires...

— Qui? ma femme?

— Ta femme on son avocat... il faut prévoir... il est facile de prouver... On sait par exemple que je n'ai pas le rond... mon père a fait faillite...

— D'abord, dans toutes les faillites, il y a des dissimulations... Comme il ne s'agit pas d'une somme très forte... tout le monde trouvera très naturel...

— Bon, pour moi, peut-être... Mais ton père? Je trouve que tu as été imprudent de le mettre là-dedans...

— Mais non, mais non. C'est au contraire à cause de mon père que je me suis intéressé à l'affaire...

— Tu me dis ça à moi... Mais va le faire croire à des gens fouineurs...

— Qu'est-ce que tu veux... un sénateur... sa cravate...

— Je sais... mais c'est ton père...

— Voyons, la somme que j'aurai mise ostensiblement là-dedans ne peut soulever aucune question...

— Non, bien entendu...

— Et le cas échéant, sans que ça gêne l'affaire, je pourrais rétrocéder à ma femme mes actions nominatives... quelle différence ça fera-t-il? Ma bonne foi crève les yeux.

— Edmond... est-ce que le sens des affaires te pousserait? Mais tu sais bien que personne ne s'intéressera à ce qui sera à ton nom... Ce sont les autres... On ne trouve pas trois millions n'importe où...

— Quelqu'un dans ma situation...

— Voyons, puisque ce n'est pas toi, mais moi, Adrien Arnaud, à moins que tu ne m'aies garanti auprès des bailleurs de fonds... et alors... »

Barbentane haussa les épaules. Il semblait se faire un malin plaisir à soulever les difficultés, Arnaud. Tout ça s'arrangerait très bien. L'affaire était tout à fait saine. D'abord il y avait Mme de Perseval, dont personne ne discuterait l'apport. Et d'elle, il était sûr : trop heureuse de jouer un tour à Blanchette, ce vieux faible qu'elle avait pour lui. Puis Mme Melrose amenait un vieil amoureux à elle, un type de tout repos, qu'on ne pouvait pas soupçonner d'être lié avec Edmond.

« Et tu as confiance dans Rose? » demanda Adrien avec lenteur. Il attendait le geste de dénégation de son ami d'enfance. Il le connaissait bien, il savait qu'il y aurait ce petit rire fat...

« Je ne te dis pas aujourd'hui, — reprit-il, — mais dans dix ans, dans cinq ans... quand tu auras assez d'elle simplement...

— Dans dix ans, mon petit, Rose sera une vieille femme... et si alors je ne suis plus un jeune homme pour Blanchette, pour elle du moins... »

Il se lança dans des développements psychologiques qui le rassuraient lui-même. Bref, s'il devait un jour divorcer, il n'entendait pas être à la merci de la générosité de sa femme. « Mettre à gauche... — dit-il, — et puis voir venir! » Il ne trouvait pas son briquet, Adrien lui tendit sa cigarette. — Remarque que si Blanchette voulait absolument savoir d'où viennent les fonds, il faudrait qu'elle rendît publiques des choses qui... Parce qu'enfin l'examen des bilans de l'*Immobilière!* Si nous ne trouvions pas le joint pour la création de filiales... il aurait fallu refiler dividendes sur dividendes... Ce qui fait que Blanchette, la première, a intérêt... »

Les produits Melrose, les parfums et le reste, se fondaient somme toute par le même procédé que les immobilières diverses, les *Transports Provençaux*...

« Tout de même, — protesta Adrien, — les parfums ne peuvent pas être considérés comme une filiale de l'*Immobilière-Taxis!* Je ne vois pas ce qui dans la constitution de la société l'habilite pour ce genre d'opérations! »

Un petit sifflet l'interrompit : « Tu feras bien de relire l'acte de constitution, Adrien, tu verras qu'il y a une petite phrase très habile, très vague, une phrase passe-partout... »

Enfin Adrien trouvait qu'Edmond avait tort de mettre son père à la tête du conseil, et d'y figurer lui-même : « C'est cousu de fil blanc! Est-ce qu'il y a, pour prouver ta bonne foi, quelqu'un du côté de ta femme, non? Eh bien! »

Ça, c'était vrai. Edmond se mit à réfléchir. Il écoutait distraitement son interlocuteur. Tout dépendait des circonstances dans lesquelles un jour, si cela se faisait, il se séparerait de Blanchette. Si c'était tout à fait à l'amiable... Ah, bah! quoi que ce soit se fait-il à l'amiable quand il s'agit de millions? Évidemment Blanchette lui refilerait toujours de quoi vivre, de quoi vivoter... Mais un et un font deux... Il ne fallait pas permettre que le divorce se fît contre lui, avec une Blanchette ulcérée dans son cœur de mère et d'épouse, non! Bien entendu, à légalement parler, il prendrait toujours les torts... question d'élégance... mais il pourrait par exemple accorder le divorce à une Blanchette qui aurait un amant... Tous les avantages. Elle n'y regarderait plus de trop près.

« Je ne sais pas, moi, — disait Adrien, — tu mettrais dans l'affaire quelqu'un comme Jacques Schœlzer, qui est à la fois apparenté avec les Quesnel et... »

Schœlzer? Merci. Pour qu'il se mêle de ce qui ne le regarde pas! Là-dessus, Edmond pensa à l'amant de sa femme. Il s'attendrit. Bien, bien, et celui-là! Si cela allait être un aventurier, un bonhomme intéressé, qui s'y connût en affaires! On serait dans de jolis draps. Au fond, quelqu'un comme Leurtillois n'aurait pas été si mal... C'est bizarre, cette jalousie qu'il a de lui pourtant!

« Et dis donc, une idée... Si l'amant de ma femme était dans le conseil, qu'est-ce que tu en penses? »

Adrien le regarda avec stupeur : « L'amant

de ta femme? Qu'est-ce que tu chantes? »

L'autre eut ce petit rire fat : « L'amant... enfin elle aura bien un amant, un jour ou l'autre, j'espère! Je veux dire, suppose que soit rentré dans le conseil des produits Melrose, un brave type, pas gênant, bien choisi... et que, le hasard fait bien les choses, d'ici... je ne sais pas... cinq, six ans... ma femme et lui... Tu vois d'ici... Je m'en aperçois, je ne fais pas de potin, mais je me retire... Je rends sa liberté à Blanchette... Les intérêts de mes enfants sauvegardés naturellement... Pour moi, je ne demande rien... je m'arrange de ce que... Tu saisis? »

Adrien tripotait encore sa moustache. Ça devenait un tic. A qui pensait-il, Edmond? Un brave type? Ce n'était pas de lui qu'il s'agissait toujours... Oh, il en était bien capable, Barbentane, après l'histoire de Carlotta! Adrien se sentit rougir. Il pensait à Blanchette. C'était singulièrement disposer de lui. Il fallait encore qu'il fût d'accord. Une jolie fortune, évidemment, mais alors... ça changeait les choses..

« Écoute, — dit Edmond, — tu peux être là, demain matin? Oui?... Parce que je voudrais te faire rencontrer avec quelqu'un... — Il demandait déjà un numéro de téléphone, personne, on ne répondait pas, Edmond reprit : — Écoute... je l'aurai tout à l'heure... ou bien je lui envoie un pneu... Je te fais rencontrer mon type demain matin... Tu le connais, tu as déjeuné chez nous avec lui... Leurtillois... C'est un garçon très droit... et puis, hein? nous avons été au front ensemble! »

Adrien ne répondit pas. Il se demanda s'il était déçu. D'une façon ou d'une autre, il s'arrangerait.

Simoneau reparaissait dans la porte. Il avait avec le patron ces manières qu'on n'aurait pas supportées d'un autre, et qui remontaient au temps où on n'avait pas le téléphone pour prévenir. Edmond fronça le sourcil : « Quoi encore Simoneau?

— Monsieur, ces Messieurs des Caoutchoucs s'impatientent... et il y a là M. Leurtillois qui demande si... » Leurtillois! Il tombait à pic. Barbentane se tourna vers Adrien : « Veux-tu passer à côté, voilà justement l'homme dont je parlais... Ne t'en va pas, je te rappellerai...

— Monsieur, ces Messieurs des Caoutchoucs...

— Oh! la barbe, Simoneau! Faites entrer M. Leurtillois et dites à ces messieurs... Non, ne leur dites pas... Enfin voyez vous-même ce qu'ils veulent... je les ferais attendre trop long-temps, alors je les prie... enfin dites ce qu'il faut! » Simoneau s'inclina, désapprobateur.

« Passe dans le petit bureau, ce ne sera pas long... Comme cela, je ne te prendrai pas ta matinée de demain! Tiens, si tu veux un livre pour passer le temps... voilà le dernier Proust... »

Adrien prit le gros livre, comme si on lui avait refilé l'annuaire du téléphone. Ça n'avait pas l'air de l'enchanter, Proust. Chez le coiffeur, on vous donne *La Vie Parisienne*.

Il venait de sortir quand Simoneau introduisit Aurélien. Un Aurélien aux traits tirés. Chez qui se faisait-il habiller? Il avait toujours de très jolies étoffes. Il aurait gagné à porter des cravates plus gaies. Il faudra que je dise à Bérénice... Pour l'idée qui lui vint, Edmond rit à lui-même... Il se sentait le meneur de jeu... la puissance...

« Je passais à côté, — commença Leurtillois, — je me suis dit que je pourrais monter...

— Mais quelle heureuse inspiration! Assieds-toi là... non, dans le fauteuil... Tu veux une cigarette?... Je ne sais pas où j'ai pu mettre mon briquet... Tu me croiras ou tu ne me croiras pas, mais je venais d'essayer de t'avoir à l'appareil... et puis tu apparais... on se croirait au théâtre! »

Aurélien croisa ses longues jambes, les décroisa, puis les recroisa dans l'autre sens. Il pensait que Barbentane avait l'air de trop bonne humeur pour que Blanchette fût à la mort. Non pas qu'il se fît des illusions sur les sentiments d'Edmond envers sa femme; mais c'était un homme qui avait le souci des convenances : « Blanchette va mieux, j'espère? — dit-il. — Je n'ai pas pu avoir Mme Morel au téléphone, et les domestiques ont l'air de ne vouloir rien dire... Elle est hors de danger?

— Oh, ce n'était rien... Il n'y a pas eu de danger réel... Tu sais, les femmes, si facilement... avec leur ventre... — Il vit dans les yeux d'Aurélien un étonnement. Avec celui-là, pas la peine de faire semblant : — Ah? Bérénice t'a mis au courant? Tu comprends, on ne tient pas tant que ça...

— Mme Morel m'a dit un mot... très rapidement... Je ne te demandais que des nouvelles... »

Le petit rire d'Edmond, version gênée. Le ton qui fait familier, confidentiel, abandonné : « Avec toi, c'est autre chose... après tout ce qu'on a passé ensemble! » Un geste du bras évoquait tout à trac le front, les tranchées, les obus, les cagnas, est-ce que je sais! Il y eut un silence qu'Aurélien ne rompit pas. « Oui, — poursuivit Edmond, — c'est comme ça... j'aime autant avoir quelqu'un à qui parler... un bon copain pour penser à voix haute... une histoire pas drôle, au bout du compte! On vit côte à côte, on se voit tous les jours, on ne sait rien l'un de l'autre... Un beau soir... Tu t'imagines ce que c'est : tu te disais qu'elle était heureuse, qu'est-ce qui lui manquait? Une femme pas très expansive, assez énergique... Et puis voilà... la mère de tes enfants! »

L'emphase des derniers mots fut coupée par le geste circulaire de la main qui cherchait le cendrier pour y déposer un mégot. Edmond écrasa sa cigarette avec application. Puis se renversa un peu, jouant des deux mains affrontées : « Tu te demandes là-devant si, après tout, tu as toujours fait tout ce que tu devais pour elle... et *tout*, on ne sait pas où ça s'arrête... alors on se tracasse, on se met la tête à l'envers... »

Aurélien pensa qu'Edmond avait bonne mine pour quelqu'un qui se mettait la tête à l'envers. Il était venu là, espérant parler de Bérénice. Parce que depuis deux jours, Bérénice ne téléphonait pas, avait répondu une fois sur cinq, des mots évasifs, jamais libre, toujours sous le prétexte de Blanchette. Lui qui s'était dit avec cet égoïsme des amoureux que ce suicide manqué allait forcer Bérénice à rester plus longtemps à Paris, à ne pas s'en aller pour Noël... Et puis pour ce qu'il en profitait! Il songea qu'il s'était préparé un prétexte à sa visite, et qu'il n'en faisait pas usage : « Je voulais aussi te demander... Mais tu me téléphonais pour quoi?

— Je te dirai... Dis-moi d'abord ce que tu voulais me demander... On a des amis ou on n'en a pas...

— Un simple renseignement... »

Aurélien tira une lettre de sa poche. Il la tendit à Edmond : « Tiens, lis ça... C'est d'Armandine... Tu connais un peu ma sœur, tu sais quels sont nos rapports... Elle a passé chez moi, il y a... quoi? huit jours... pas un mot de ce qu'elle m'écrit... et puis... juges-en par toi-même. Ça me paraît drôle, sans que je puisse définir... Remarque, je ne suis pas un homme d'affaires, tu me connais, je n'y comprends rien... Alors j'ai pensé à te demander... parce que j'ai une vague impression... Mais que je te laisse lire... »

Edmond parcourait la lettre avec un air d'intérêt. C'était marrant qu'on le prît pour un homme d'affaires, lui! Mais enfin, on a sa légende... il faut tâcher de ne pas la démentir... Il regardait Aurélien par en dessous. Qu'est-ce que les femmes lui trouvaient donc? Ces grands traits un peu stupides... Voyons, cette lettre... Euh, ces histoires de famille... Ça avait l'air transparent... Une finaude en gros sabots, cette Armandine... Avec la dégaine qu'elle avait! Il ricana et se tut longuement.

« Eh bien? — interrogea Leurtillois.

— Eh bien, eh bien... La lettre ressemble à ta sœur... ces façons solennelles de tourner autour du pot... mais dans l'ensemble on voit le bout du nez de ton beau-frère! Ce bon Debrest... J'ai eu un contrat avec lui, tu sais, pour les tissus caoutchoutés... Oh, à propos... ces Messieurs des Caoutchoucs qui m'attendent... Tant pis! Si on ne peut plus bavarder avec ses amis...

— Si je te dérange...

— Me déranger? Tu es fou... Laisse-moi donc voir cette histoire de propriété... Si Debrest veut te la racheter, probable que ça doit être une propriété... — Il s'interrompit. Ça, alors! Il n'y avait pas pensé tout de suite, mais tout s'arrangeait trop bien. Génial! — Dis donc... Tu voulais la vendre, cette propriété?

— Moi? Non. Je n'y rêvais pas...

— Mais enfin... il en avait été question entre vous...

— Jamais. Les choses sont fixées depuis la mort de ma mère. Je reçois le fermage. J'ai de bons fermiers. Jamais de complications.

— Et ça ne te paraît pas louche? Je ne veux .pas dire que ta sœur... non! Mais Debrest n'est pas de la dernière couvée... Tu ne remarques rien?

— Je te dis qu'il m'a semblé vaguement...

— Vaguement? hein? vaguement! Mais ils veulent te dépouiller, c'est simple! te dépouiller! Tu leur céderais ta terre, et eux, qu'est-ce qu'ils te céderaient? Rien. Ils te serviraient le fermage... rien de plus... Ils ne te proposent pas une part dans l'usine... non, une rente, c'est tout... mais toi, tu leur donnerais ton capital... Tu comprends, ils feraient bâtir, ce serait le bien des enfants, leur maison... Tu ne pourrais jamais le reprendre... Eux, n'auraient pas déboursé un sou. Et si tu meurs le premier, pas besoin de payer des droits de succession, possession vaut titre... dans l'usine tu as juste les actions léguées par papa et maman...

Ah, les familles! les familles! Tu as répondu?

— Non, je voulais savoir d'abord... Tu crois qu'ils veulent me rouler?

— Si je le crois! Il le demande encore! »

Aurélien n'était que médiocrement étonné. Mais son prétexte prenait un peu trop corps, il aurait voulu demander si Bérénice... « Je te remercie, dit-il, je n'étais pas trop sûr... Mais parlons d'autre chose... Est-ce que Mme Morel restera encore quelques jours ici, avec la maladie de Blanchette? »

Cela ne faisait pas l'affaire d'Edmond de parler d'autre chose. Il jeta très vite : « Bérénice prolonge d'autant plus son séjour à Paris que mon cousin a débarqué tout à l'heure dans la capitale. Oui, son mari... Mais cette terre de... comment tu l'appelles? Saint-Genest... elle vaut dans les combien? »

Aurélien se moquait pas mal de Saint-Genest avec ce qu'il venait d'apprendre. Morel à Paris... le silence de Bérénice... sa fuite... cela s'expliquait drôlement... Il fallait la revoir, absolument, lui parler...

« Je te demande combien ça vaut, Saint-Genest? »

Ça dépendait si on tenait compte de l'estimation notariale pour le fisc, ou si on en calculait la valeur d'après le fermage. Évidemment aujourd'hui ça faisait dans les...

« Mais c'est magnifique, mon vieux! — exulta Edmond, — magnifique! Évidemment il y a un côté de l'affaire, dans ce qu'écrit Armandine, qui est à considérer, puisque tu as des actions dans leur usine... c'est ce qu'elle te dit des besoins de l'affaire Debrest... s'il leur faut des capitaux supplémentaires... Ça peut être une raison pour toi de vouloir les aider... Mais enfin, ils n'ont qu'à ne pas s'acheter de propriété en même temps! Ou bien... Et puis non! Il ne faut jamais faire d'affaires avec les siens, ils vous mettent toujours dedans... »

Il soupira, avec l'air de dire : « J'en sais quelque chose... »

« Écoute... C'est vrai qu'un jour ou l'autre tu auras des difficultés avec ton fermier... il peut y avoir une mauvaise année, une crise agraire... les paysans... Tout ce qui t'intéresse, c'est la rente, pas? Et Armandine, les Debrest enfin, ce qu'ils veulent, c'est une propriété ou une autre? et ne pas diminuer les moyens de leur affaire pour l'acheter... Bon... Je vais te faire une proposition... »

Aurélien écoutait assez distraitement. Il était frappé de cette arrivée inattendue du pharmacien à Paris. Bérénice, évidemment, n'avait pas pu rentrer pour Noël, alors son mari...

« Tu saisis? Je mets dans l'affaire Debrest... tiens, disons le double de ce que vaut Saint-Genest... Alors eux, ils ne peuvent plus dire... Toi, tu leur racontes que je t'en ai offert un prix inespéré, qu'ils n'auraient jamais payé. Et la somme que je t'en donne à toi, tu la places dans une de mes affaires, qui te rapportera autrement que ton fermage. Tu comprends ça, c'est mon bénéfice, dans l'histoire... Une affaire à moi, hein? tu ne peux pas avoir de meilleure garantie... Je veux dire une affaire à laquelle je m'intéresse... les Debrest ont le bec cloué... Moi, je cherchais une petite propriété, justement... Je deviens acquéreur de Saint-Genest... et ça, je te le paye bien, ce que tu veux... Tu continues à être le maître de ton capital... en le faisant travailler chez moi... Tu saisis la différence? Quant à tes neveux, ton beau-frère, Armandine... eh bien, eux aussi, ils y gagnent puisque leur usine a besoin de cavalerie... »

Non, Aurélien ne saisissait pas bien pourquoi Edmond parlait de tout ça avec un tel enthousiasme. Drôle d'idée que de compliquer les choses... est-ce qu'il n'aurait pas plus d'avantage à placer son propre argent dans cette affaire, Edmond, au lieu de le mettre chez Debrest, d'en sortir pour le donner à Aurélien, *et caetera?*

« Tu oublies que j'ai envie d'une petite terre...
— Ça, c'était juste. Mais quand même... — Quand
même, quoi? Si ça me fait plaisir de te forcer la
main pour que tu aies des fins de mois plus faci-
les? On a des amis ou on n'en a pas, pas vrai?

— Écoute, je ne voudrais pas, je ne te demandais pas...

— Je le sais, Dieu juste! Mais tu acceptes ..
Ça m'amuse... Ne fais pas l'imbécile... Comprends
que pour moi, c'est tout de même une très
petite histoire... au milieu de pas mal d'autres...

— J'ai un peu scrupule... Tu disais que
M. Morel est à Paris?

— Oui, Lucien est arrivé... D'ailleurs tout ça
se tient...

— Quoi donc?

— Eh bien, l'affaire en question! Il s'agit de
produits de beauté, parfums, etc. Les produits
Melrose...

— Ah, je comprends!

— Tu ne comprends rien du tout. Moi, j'ai
avant tout le sens des réalités. Rose, évidemment,
Rose. C'est une étiquette, la réclame. L'essentiel,
c'est une affaire saine sur laquelle j'ai l'œil,
pas tant pour Rose, que pour mon père...

— Ton père?

— Il est à la tête du conseil d'administration...
Alors je connais la texture de tout ça, tu vois...
Je m'arrange pour que mes amis profitent
du lancement, de la publicité qui va être faite...
Quant à Lucien, le mari de Bérénice, mon cousin,
eh bien, tu sais qu'il est pharmacien? tu penses
comme c'est précieux un pharmacien... avec
une adresse en province... je l'intéresse à l'histoire... c'est-à-dire que je le mets en rapport...
je suis sûr qu'ils s'arrangeront... Je ne suis pas
mécontent d'arranger un peu les affaires maté-
rielles de Bérénice... qu'elle vive mieux... — Il vit
ciller Aurélien. Il remit ça : — Parce qu'elle
n'est pas faite pour cette vie médiocre, ma

petite cousine... Entre nous, elle te plaît, Bérénice... Bon, bon, c'est votre affaire... Tu ne
trouves pas que ça serait chic que vos intérêts
soient liés, que tu mettes tes fafiots dans ce truc
qui lui permettra de s'acheter des robes, de
venir de temps en temps à Paris? »

Aurélien ne marchait pas tout à fait. Ce genre
père Noël, et cette façon un peu grossière de
faire appel à Bérénice... Pourtant quel intérêt
aurait eu Edmond?... Il s'y perdait. Il n'avait
pas le droit de le dissuader de mettre de l'argent
dans l'affaire Debrest... Ça pouvait donner
un sérieux coup de collier. Ils avaient beau
vouloir le rouler, Armandine et Jacques... Et
pour le reste... De toute façon, Edmond qui
était un vieux camarade... Il le revoyait, essayant
de ne pas gâcher sa veste de whipcord dans la
boue de Champagne... Ce Morel qui tombait à
l'improviste... Était-ce vraiment à cause des
produits Melrose?

« Puisque tu es là, — dit Edmond, — autant
que je te mette en rapport avec l'homme qui
s'occupe des produits Melrose... Et puis tu verras
ce que tu veux faire... Moi, ce n'est pas mon
affaire à proprement parler... ce qui me concerne,
c'est l'usine Debrest, et ta propriété... Tu le
connais, d'ailleurs, c'est ce garçon avec qui tu as
déjeuné chez nous... Un type jeune, qui va de
l'avant... Nous jouions aux boules ensemble,
avant la guerre, à Sérianne... Ça me fait envie
de lui donner un coup de main... »

Il avait sonné. Le visage sentimental de
Mlle Suzanne, la dactylo, parut à l'entrée.

« Ah... Mademoiselle, veuillez avoir l'amabilité
de dire à M. Arnaud que je l'attends dans mon
bureau... — Et quand elle fut sortie : — Tu
verras, c'est un garçon très bien, très carré en
affaires... C'est lui qui est le cerveau de l'histoire...
Et avec Rose comme Bébé Cadum!

— Vous m'avez demandé? » dit Adrien
Arnaud.

Aurélien se retourna : le nouvel arrivant avait de drôles de petites moustaches, et des petits yeux qui ne lui plaisaient guère. Mais s'il fallait juger les gens là-dessus... De quoi par exemple pouvait avoir l'air ce Lucien Morel? L'idée de Bérénice lui traversa le cœur.

XLIV

Les jours avaient passé sans qu'on pût dire comment. Ce Noël lointain comme le sont des villes, ce Noël qui avait pris barre sur le cœur d'Aurélien non pas dans la tradition chrétienne, mais dans la menace de séparation qu'il comportait, ce Noël ne serait pas l'aube, déchirante peut-être, qu'il avait rêvée, l'aube où les guetteurs du moyen âge, complices, étaient aussi les confidents de l'amant qui s'en va. Noël était arrivé comme un jour quelconque.

Un petit mot de Bérénice : « Vous savez que je ne suis pas seule... », un mot dont l'affreuse prudence lui fit plus de mal que la sécheresse, l'avait prié de ne pas téléphoner rue Raynouard : « plus par ménagement envers ma cousine que pour toute autre raison... » Ce petit membre de phrase l'avait mené plus près des larmes que quoi que ce fût dans sa vie. Bérénice assurait qu'elle téléphonerait ou enverrait par lettre un rendez-vous à Aurélien avant de partir. Quelle générosité!

Il se rongeait. Tout n'avait-il donc été qu'illusion? ou comédie, atroce comédie? Elle ne l'avait pourtant en rien découragé, elle avait apporté à se faire confirmer son amour une passion, une avidité qui ne trahissaient donc rien que la vanité d'être aimée? Impossible. Un élément quelconque devait lui échapper.

379

Aurélien ne pouvait admettre cette duplicité, cette hypocrisie. Par un phénomène semblable au mirage qui se produit au plus désert des sables, jamais Bérénice ne lui avait été aussi *visible* que dans cette absence. Il se réveillait la nuit, la croyant entrée dans sa chambre. En plein jour la lumière ne touchait qu'elle sur les étoffes mornes des meubles. Il portait dans ses yeux comme un reflet nacré qui se posait sur toute chose. Était-ce de Bérénice ou de Noël, qu'il avait pensé comme d'une ville lointaine? Césarée... *Je demeurai longtemps...*

Le temps à certains jours de notre vie cesse d'être une trame, d'être le mode inconscient de notre vie. D'abord il commence d'apparaître, de transparaître dans nous comme un filigrane, une marque profonde, une obsession bientôt. Il cesse de fuir quand il devient sensible. L'homme qui cherche à détourner sa pensée d'une douleur la retrouve dans la hantise du temps, détachée de son objet primitif, et c'est le temps qui est douloureux, le temps même. Il ne passe plus. On ne songerait pas même à l'occuper, toute occupation paraît dérisoire. Un désespoir vous prend à l'idée de cette étendue devant vous : non pas la vie, inimaginable, mais le temps, le temps immédiat, les deux heures à venir par exemple. Cette douleur ressemble plus à celle des rages dentaires, qu'on ne peut croire qui cesse, qu'à n'importe quoi. On est là, à se retourner, à ne plus savoir que faire, comment disposer d'un corps, d'un délire, d'une mémoire implacable, desquels on éprouve vainement être la proie.

Aurélien ne pouvait se résoudre aux explications très simples, très banales qu'une sorte de témoin sarcastique lui donnait : « Elle ne t'aime pas... Ça la flattait, ça lui plaisait d'être aimée... Elle a un mari, une vie... Pourquoi diable les quitterait-elle? Une petite bourgeoise qui s'est payé des vacances, et les vacances sont finies... honnête avec ça : elle ne l'a pas trompé, son mari!... » Il faisait taire cette voix sceptique, cette raison triste à mourir. Il inventait des histoires à dormir debout, des explications romanesques, qu'il savait bien mensongères, et qu'il poursuivait pour passer le temps, le temps impitoyable. Puis il y coupait court avec une rage à tout casser. Il marchait dans les petites pièces de son chez lui, comme un ours en cage. Car il ne sortait plus. Il attendait cet improbable coup de téléphone. Non, il ne l'attendait pas. Mais à quoi bon sortir? Où aller? Pourquoi se leurrer d'une activité dérisoire? Ne voir personne. Surtout ne voir personne. C'était trop de Mme Duvigne. « Ne venez pas demain », lui avait-il dit. Elle l'avait regardé, saisie. Le surlendemain, il n'avait pas eu le cœur de lui dire... alors elle revenait tous les matins. C'était une punition qu'il s'infligeait, ce va-et-vient, ce bruit ininterrompu de paroles, quel soulagement quand elle s'en allait!

Il fallait bien la supporter cependant... Si, à l'improviste, Bérénice était venue chez lui, si la porte s'était ouverte... Il fallait que tout fût propre, prêt pour elle. Pour elle qui ne viendrait pas. Était-t-il sûr qu'il eût besoin de Mme Duvigne? Maladivement, toute la journée, il nettoyait ses deux pièces, la cuisine, la salle de bains. Quand on s'y met, quand on commence à regarder avec les yeux du désœuvrement chaque centimètre carré du sol et des murs, les meubles, les étoffes, tout a besoin d'un nettoyage attentif, qui va se rétrécissant comme le champ de l'attention, et on apporte à ce travail le soin, la suspicion qu'on a certains jours devant son propre corps. On peut frotter sans fin, sans fin faire reluire, oindre un plancher, une boiserie, de liniments ménagers. Cela touche à la folie, on ne peut plus croire à la propreté, on sait de façon aiguë que toute propreté est relative, on divise à l'infini le champ de ces soins infirmiers, et on est saisi de désespoir, tout à coup, de constater que dans cette passion d'astiquage on n'a attaqué qu'une infime part de l'objet douteux, du tapis brossé comme un animal malade, et qu'il reste un inépuisable domaine de la saleté, ou pire, de l'absence de netteté. Car on vient à préférer la crasse indiscutable à la propreté relative, cette crasse au moins qui donne à bon compte sur elle un sentiment de victoire, avec un chiffon mouillé, ou un grattoir, ou...

Tout de même, le matin de Noël, parce qu'il savait que ce matin-là, qui est sacré dans les familles, cette excellente épouse, Mme Morel, resterait sûrement avec son mari, M. Morel, ne le quitterait pas d'un mètre, et ne téléphonerait donc pas, à lui, Aurélien, il s'arracha d'un coup à l'appartement, et à ces manies de la propreté. Il sortit, sans attendre Mme Duvigne, heureux de couper à son bavardage. Il ne s'était pas rasé, et il avait remis sa chemise sale. Avec une satisfaction mauvaise.

Il faisait gris, mais sec. Une de ces bises! Il frissonna comme quelqu'un qui n'a pas quitté de trois jours l'atmosphère desséchée du chauffage central. Il sentit le froid lui grimper des chevilles aux genoux. Il croisa son pardessus, releva son col, enfonça ses mains dans les poches, et suivit la rive de la Seine vers l'aval, regardant comme des cercueils les boîtes fermées des bouquinistes. Sur le pavé les fers d'un cheval blanc sonnaient avec ironie, dans le brinquebalement d'une voiture de livraison bleue à raies noires où on lisait *Printemps* comme un défi. Des taxis filaient, pressés. La ville semblait vide, épousseté. A la pointe de la Cité pourtant, sur le pont et les berges, il y avait une foule noire, penchée, regardant le fleuve, un vacarme. Que se passait-il?

Il s'approcha, fut pris dans cette presse, cette bousculade, porté au parapet : en bas des gens couraient, s'agitaient, et il y avait des hommes nus, les uns avec un bonnet de caoutchouc sur la tête, des corps étrangement exposés à ce froid, en ligne, avec un monde de soigneurs, d'amis, et en haut les spectateurs, les femmes, les fans... Brusquement, ces êtres blancs, comme de gros poissons pâles, des phoques blêmes, plongèrent dans le fleuve, et les gens crièrent, s'agitèrent, semblèrent sur le pont les poursuivre vers la rive droite. Aurélien les voyait s'éloigner, lutter de vitesse il semblait plus contre le froid que contre eux-mêmes, ils étaient peut-être cent, c'était comme s'ils avaient su ce qu'ils faisaient. Sur le pont, il y avait le cinéma qui tournait. Des photographes les attendaient, en face, sur la rive gelée. Le fleuve les enveloppait d'une glace glauque, leurs corps d'athlètes déliés apparaissaient sous le frisson des eaux, comme des pièces de boucherie, on comprenait l'effort des premiers à l'essoufflement des retardataires, et avant qu'on eût saisi le sens de cette compétition, l'esprit de compétition était devenu clair dans le fleuve. Les nageurs déjà se classaient, le peloton rapide en tête, quelques suiveurs où se précipitaient deux ou trois espoirs, puis la masse, bon an mal an, et enfin les distancés, ceux qui s'étaient jetés avec les autres, par une illusion extraordinaire, sans connaissance de leurs forces, et qui n'avaient pas seulement froid, qui avaient honte.

Aurélien regretta un instant de n'être pas de l'autre côté. Pour l'arrivée. On voyait mal d'ici les meilleurs, les plus intéressants, on ne pouvait pas comparer les nages, les styles. Aurélien soudain se souvint de Riquet, ce garçon rencontré piscine Oberkampf. Il était peut-être là-dedans, tentant moins sa chance que satisfaisant un goût de l'énergie, pas désappointé, lui, de ne pas se trouver parmi les « champes », comme il les appelait, et jouant son obscure partie dans l'histoire du sport. C'étaient pour la plupart des gens de son genre qui tentaient ici cette

Coupe de Noël, comme dans les villages à la fête on grimpe au mât de cocagne, même ceux qui se savent incapables d'arriver jusqu'en haut. Quand on les verrait, au changement de programme, dans le Pathé-Journal, il ne manquerait pas de gens pour frissonner, et dire : « Eh bien, ils en ont du courage, ceux-là ! »

Une clameur salua l'arrivée du vainqueur. Dans les groupes des gens qui galopaient vers la rive droite, son nom circulait. Il y avait un brouhaha de commentaires. Les nageurs moins fortunés continuaient à peiner dans la Seine sans que le gros de la foule s'intéressât à eux. Aurélien hésita sur ce qu'il allait faire, puis tourna les talons et s'en fut par les rues étroites qui forment sur la rive gauche le lacis plein de souvenirs des siècles où traîne encore un peuple médiéval d'artisans et de filles. Aurélien avait le sentiment de fuir le temps présent à fuir la Seine et ses nageurs, cette vie, fouettée au visage par le froid, des spectateurs avides, des sportifs enthousiastes. Il pensait à Riquet. Il cherchait à se rappeler l'aspect de ce petit type râblé, sa vulgarité, ce potentiel animal. Il ne détachait plus sa pensée de Riquet, pour quelque raison mystérieuse. Comme Armandine, avec ce sérieux impayable, avait dit : « Ce M. Riquet a raison... » Il haussa les épaules. Tous les Riquet du monde avaient raison contre lui, bien entendu. Il songeait à sa propre force perdue, inemployée. A l'énergie qu'il déployait, lui, à astiquer son appartement comme un soulier. Il haussa les épaules. Il regarda le nom de cette triste ruelle où il s'enfonçait, louvoyant des rues perpendiculaires aux parallèles des quais, et il vit sur la plaque qu'elle s'appelait rue Christine. Comme il était seul ! Il ne pensait plus à Bérénice. Il ne pensait plus à Bérénice.

Il en revenait à Riquet. Au symbolique M. Riquet. Avec sa petite amie. Son boulot à l'usine. Son goût de se démener, son excès d'énergie. A quoi passait-il ses dimanches? De quoi devait avoir l'air la turne où il habitait? Aurélien ne s'intéressait pas tant à Riquet, qu'à ce qui le séparait de lui. Il aurait pu être quelqu'un comme lui. Il aurait pu comme lui être tout à l'heure dans les eaux glacées, cherchant de toute la violence de ses muscles, de l'intelligence de son corps, à marquer pour lui seul un incompréhensible accomplissement. Qu'était-ce? Un sentiment du devoir? Un besoin de se justifier? Un désir de dignité? Assurément quelque chose qui faisait à cette minute désagréablement défaut à Aurélien.

Il s'en fut au Luxembourg oublier Riquet, laisser fuir la matinée. Il regarda des enfants pâles jouer dans les pieds des bonnes et des mères, traîna le long de la pièce d'eau qu'on avait vidée, dévisagea les ruines de pierre, et revint lentement chez lui, à travers le boulevard Saint-Michel désert d'étudiants, les cafés aux vitres frappées comme des carafes. Il remuait ses orteils dans ses chaussures.

Mme Duvigne était encore là.

« Monsieur rentre? Ah, quel dommage... Il n'y a pas cinq minutes que la dame est venue... Elle avait l'air de tant regretter... Elle a laissé un paquet... Elle a dit qu'elle téléphonerait... »

Bérénice, Bérénice était venue chez lui!

Les gestes parfois devancent les pensées. Aurélien surprit sa main portée en hâte à ses joues, tâtant du dos le poil non rasé. Si bien que la première chose formulée dans sa tête fut : « Je n'aurais pas dû sortir comme ça. » Avant de se dire : « Je n'aurais pas dû sortir. » Sa barbe était toute mêlée à ses réflexions confuses, à ses regrets, à ses espoirs renaissants. Qu'est-ce que ça pouvait faire puisque Bérénice ne l'avait pas trouvé chez lui? Si, si, c'était mal à lui, de ne pas s'être rasé, c'est-à-dire de ne pas l'attendre, d'avoir désespéré d'elle, de lui avoir porté tort par ses stupides craintes. Jamais il ne laisserait plus passer un jour sans se raser, à cause d'elle, il se raserait pour elle, par respect pour elle. Elle était venue! Il passa dans la salle de bains, accrocha le cuir, se mit à repasser son rasoir.

« Monsieur ne regarde pas son paquet? » lui cria de loin Mme Duvigne.

C'était vrai, le paquet! Il l'avait oublié, bouleversé que Bérénice... le paquet de Bérénice! Il lâcha le cuir, posa le rasoir ouvert sur la tablette de verre, et bondit à travers la chambre, vers « la pièce », Mme Duvigne, prête à s'en aller, mais retenue par la curiosité, avait placé en évidence le paquet, un paquet cubique, grand comme une boîte à biscuits, ou même un peu plus, entouré dans du carton ondulé, ficelé avec un cordonnet noir. Pas de suscription, rien... si, dans le coin, rajoutés à la dernière minute, de ce petit stylo bleu à bagues d'or qu'il avait vu dans le sac de Bérénice, deux mots : *Pour Aurélien*. De cette grande écriture hésitante et un peu enfantine, avec de drôles de fioritures aux majuscules, qu'il avait appris à connaître sur la méchante lettre qui ne le quittait plus.

Il vit le regard de Mme Duvigne et s'arrêta. « C'est vrai, — dit-il, — je l'avais oublié... » Il prit le paquet et le porta dans sa chambre. Mme Duvigne, toujours sur le ton crié, demanda avec désappointement : « Monsieur n'a plus besoin de moi? Rien de particulier pour demain matin? — Non, non, plus besoin, rien de particulier, rien... Au revoir, Madame Duvigne. »

Le paquet lui brûlait les mains. Il se retint de l'ouvrir tant qu'il n'eut pas entendu claquer la porte de la cuisine. Elle devait être furieuse, la mère Duvigne! Ah, et puis zut! Il détacha le cordonnet, défit l'emballage calé avec des journaux froissés, ouvrit enfin la boîte, au centre de ces précautions, qui portait la suscription *Fragile*, en sortit une masse enveloppée dans du papier de soie, quelque chose de dur... Ah, il devinait. Ses doigts reconnaissaient cette

surface : Bérénice, pour son Noël, lui avait
apporté une « Inconnue de la Seine ». C'était cela
et ce n'était que cela. Il dépapillotait le moulage,
partagé entre l'attendrissement un peu simple,
et une désillusion. Qu'attendait-il donc? Bérénice avait dit... Elle était jalouse pourtant de ce
visage anonyme. Elle le lui avait rapporté.

Au premier coup d'œil il ne comprit pas. Il
tenait le masque comme une chose connue, sans
le mettre d'aplomb, n'importe comment. Puis
il eut le sentiment étrange que l'Inconnue avait
bougé, je veux dire qu'il avait de l'Inconnue
comme un instantané bougé, c'était et ce n'était
pas le moulage qu'il connaissait si bien. Il eut le
sentiment vague de ce que cela signifiait. Il
retourna le masque, tenu à deux mains. Il le
regarda bien.

Non, ce n'était pas l'Inconnue. On avait cherché, on avait manifestement cherché à rappeler
sa coiffure, le découpage du masque, mais c'étaient
d'autres traits, la bouche surtout... Bérénice,
c'était Bérénice! Il ne pouvait pas en douter, bien
que cette image mortuaire, cette image de plâtre
lui apparût comme une Bérénice passée à travers
les mystères d'une métamorphose. Si semblable
et si dissemblable. Il voyait maintenant combien
elle était différente de l'Inconnue, pourquoi il
n'avait d'abord point aperçu la parenté de ces
deux visages, pourquoi il avait fallu que d'autres
la lui fissent apercevoir. Alors il connaissait trop
bien l'Inconnue, lui, et pas assez Bérénice. Les
autres n'avaient des deux visages qu'une sensation passagère, suffisante pour s'y tromper, trop
superficielle pour apercevoir des différences profondes comme les abîmes du cœur. On ne pouvait
pas tromper Aurélien.

Son cœur battait. Il se souvint de la scène où
le masque de l'Inconnue était tombé à terre, s'était
brisé. Il revoyait le plâtre sur le tapis. Il éprouva
la fragilité de cette chose dans ses mains. Il eut
peur de la laisser échapper dans son émotion qui

le faisait trembler. Il posa sur le lit le visage de
Bérénice. Cela lui fit drôle. Il l'avait posé un peu
au hasard. Il le reprit, et doucement, comme un
criminel il le porta jusqu'à l'oreiller, jusqu'à la
place que soulevait le bombé de l'oreiller, sur la
soie sombre. Et debout, silencieux, immobile, il
regarda longuement Bérénice.

Bérénice aux yeux fermés.

Elle s'était prêtée pour lui à ce jeu tragique.
Elle avait été chez le modeleur, elle s'était
étendue les yeux fermés... Elle avait eu le plâtre
sur les yeux, sur la bouche, sur les narines, à la
naissance des cheveux, aux oreilles... le plâtre partout comme la pâleur de la mort. Sous le plâtre
humide qui prenait la matrice de ses traits, elle
avait continué de respirer, d'un souffle retenu,
elle pensait à lui, elle acceptait pour lui ce désagréable sentiment que doit donner ce travail
funèbre... Elle confiait à ce miroir creux et froid
la forme périssable d'elle-même. Elle confiait ce
message, cet aveu, au plâtre qui séchait ses lèvres,
ses lèvres avaient formé, au toucher du plâtre,
l'aveu informulé, le baiser qu'elle n'avait pas
donné de ses lèvres vivantes, la matrice de ce
baiser. Aurélien regardait avec trouble la moue
douloureuse de ces lèvres aux cent petites fentes
délicates, ce modèle de pétale, cette expression
de désespoir. Ces lèvres qui criaient le désir
bafoué, la soif inassouvie. Oh, qu'elle était plus
belle que l'Inconnue, qu'elle était plus terrible,
plus terriblement inconnue, Bérénice, vivante et
morte, absente et présente, enfin vraie!

Avec une crainte superstitieuse, Aurélien
étendit la main, s'arrêta, puis toucha le masque,
légèrement, légèrement, de la pulpe des doigts...
Des mots lui venaient, des mots tendres, qui
s'échappaient, de ses dents entrouvertes, de sa
langue mobile comme un fantôme, des mots qu'il
entendit avant de les penser, des souffles... Dans
le domaine des morts on parle peut-être ainsi. Et
nulle part ailleurs. Des mots qui ressemblaient

à ces substances que le vent cueille dans l'amour des arbres, de ces semences qu'il emporte à des milliers de kilomètres vers d'autres arbres infécondés. Aurélien ne se connaissait plus. Son cœur battait à rompre. Il était la proie d'un vertige qu'il n'avait jamais subi. Sa main tout entière caressa l'insensibilité du masque. Il la retira soudain, effrayé, et regarda sur ses doigts les traces blanches du plâtre. Il était animé de sentiments contraires. Il avait peur de penser quoi que ce fût de défini. De conclure et de cet envoi et de cette image à ceci ou à cela. Pourtant, comme une marée, une certitude croissait en lui. Elle l'envahissait comme si elle fût venue du ventre, elle atteignait le torse, l'attache des bras, elle s'étendait à ses membres, elle montait à sa gorge, elle l'aurait fait crier, il en était étouffé, il en rougit avec violence, il ne fut plus que certitude, les contradictions s'effacèrent, et ses genoux fléchirent sur le rebord du lit. Comme il se penchait vers Bérénice, il lut dans ses yeux morts que Bérénice l'aimait.

XLV

Aurélien n'osait plus sortir de chez lui. Il ne pouvait se pardonner d'avoir si stupidement manqué Bérénice, la visite de Bérénice. Il attendait Bérénice. Il regardait le téléphone, la porte, il était comme un chien d'arrêt. Toute sa vie, au vrai, était suspendue. C'était un entracte extraordinaire de la pensée, de l'émotion même, de la douleur. Il attendait, ne faisait rien qu'attendre : ce n'était pas trop que de tout lui-même pour cela. Il ne déjeuna ni ne dîna. Le temps ne lui parut même pas long. Aurélien se sentait traversé par des lambeaux de phrases, il avait des amorces

d'idées. Rien ne prenait forme, rien ne s'achevait.
Il lui semblait que rien au monde n'existât hors
cette certitude : Bérénice l'aimait. Il en éprouvait
un engourdissement bizarre, et non point la joie
qu'il aurait cru. Comme s'il avait, par cette certitude, atteint à la possession du monde, à la découverte dernière, au-delà de laquelle il n'y avait que
le néant. Ainsi dut penser Alexandre quand il fit
boire son cheval dans l'océan Indien, car il ignorait même qu'il y eût des terres au-delà de cette
eau de légende. Que Bérénice l'aimât, de le savoir,
de ne plus en douter, n'ouvrait pas la porte des
rêves, n'engageait aucunement Aurélien à imaginer la suite de cette aventure. L'amour de Bérénice n'était pas une aventure mais un état. Aurélien, depuis qu'il avait acquis cette certitude, était
plus loin que jamais d'imaginer les développements de l'amour partagé. Il ne se représentait
plus Bérénice dans ses bras, il ne se représentait
plus la bataille pour Bérénice, l'amour de Bérénice,
au sens plein et limité que tous les hommes, Aurélien le premier, donnent au mot amour.

Il eut faim vers les dix heures du soir. Une faim
de jeune homme, pensa-t-il. Il prenait dans ces
tiraillements d'estomac la conscience de ce désœuvrement traversé, de cette longue journée épuisée
dans le rien. En même temps que naissait le
désappointement que Bérénice ne fût pas revenue,
qu'elle n'ait pas téléphoné, il se disait que l'espoir
en était absurde : ne s'était-elle pas déjà difficilement dégagée ce matin-là pour venir chez lui?
Pas question que jusqu'au lendemain elle pût
avoir l'occasion... Il n'était pas très sûr de ne pas
se donner des prétextes pour sortir manger un
morceau. Il avait vraiment faim. Trop tard pour
les restaurants... on pouvait avoir un sandwich...
Il pensa à la nuit et frissonna. Il regarda au-
dehors : il pleuvait.

Quand il entra dans ce café brutalement éclairé
à côté du Châtelet, son chapeau mou ruisselait,
son imperméable avait l'air noir. Ici on pouvait

avoir une soupe gratinée, des saucisses. Il avait fumé comme une cheminée toute la journée. La bière brune lui parut merveilleuse, étrangement harmonisée au décor de ses pensées.

Où pouvait bien être Bérénice? Que faisait-elle avec ce mari tombé du ciel? Ce n'était pas pour Aurélien un être vivant, mais une manière de fantôme, une incarnation de la fatalité qui sépare les amants. Il se demanda avec beaucoup de sérieux s'il était, s'il pouvait être jaloux du mari. Non, il n'en était pas jaloux. Il ne souffrait pas de la savoir avec lui, il ne se représentait pas leur intimité. Pour l'instant du moins. Il frémit de l'idée que cela pourrait changer. Il était fermement décidé à ne pas se rendre malheureux. Bérénice l'aimait. Bérénice l'aimait. Il traîna avec un bout de fromage, un fruit. La pluie avait cessé. Il faisait moins froid. Il s'en alla à pied vers les Halles où commençait le trafic, gagna les boulevards, encombrés par les petites boutiques du jour de l'An, avec leurs lampes à acétylène, regarda des jouets mécaniques en boîtes à sardines, des fixe-chaussettes d'une complication surprenante, et échoua dans le Pathéphone au coin de la rue des Italiens, à peu près vide à cette heure, où il écouta, comme il faisait jadis avec ses camarades de collège, Chaliapine dans la mort de *Boris*, et *L'Enchantement du Vendredi Saint* conduit par Nikisch, et au hasard *La Demoiselle élue*, *L'Apprenti sorcier*, *La Foire de Sorochinsk*, *Le Coq d'Or*, *Tristan*...

Il reprit des jetons, et trois fois de suite se fit rejouer le même disque. Aucune musique au monde ne pouvait mieux lui convenir que *Tristan*. Le début du troisième acte...

Il ne pouvait échapper à l'attirance de Montmartre. Il y tomba trop tôt pour le Lulli's, alla s'asseoir dans les cafés de la place Blanche. Il s'y heurta à Fuchs qui poussa des cris, vint s'asseoir à sa table, lui tint la jambe une heure. Dieu sait de quoi il parlait! Aurélien n'y prenait pas garde.

Il semblait toujours que ce petit homme rusé eût des tonnes de secrets à vous confier, qui agitaient un monde inconnu, un Tout-Paris fort spécial, d'éditeurs, de petites femmes, de bookmakers, de peintres, de fonctionnaires coloniaux. Tout ça mêlé avec les affaires de *La Cagna* qui demeuraient époustouflantes comme toujours. Est-ce qu'il n'avait vraiment rien à faire, Fuchs, que toutes les fois qu'on le rencontrait, il s'accrochait à vous comme ça? Aurélien s'en débarrassa vers minuit et demi.

Il avait beau s'être couché à l'aube, il se réveilla le lendemain vers les huit heures. Il reprenait l'attente à peine interrompue par le sommeil. Le souci d'être propre, net, irréprochable, le besoin d'astiquage, ne le détourna pas très longtemps de la fébrilité. Il n'était plus comme la veille, engourdi : la nervosité s'était emparée de lui, elle le jetait d'une pièce à l'autre. Il prenait un livre et ne le lisait pas, commençait à écrire une lettre à Armandine, et au bout de trois lignes, il la déchirait. Il ne voulait plus fumer, il l'avait trop fait la veille, il n'avait pas trouvé ses dents comme il les aurait voulues... Il fuma pourtant, n'achevant jamais une cigarette, laissant des mégots sur le bord des meubles. Mme Duvigne mit le comble à son impatience. Par sa seule présence déjà. Et ses bavardages. Il y avait eu un crime dans le journal du matin. Monsieur n'avait pas lu? Non, Monsieur n'avait pas lu. Tout ce qu'il voulait, c'était de quoi manger chez lui, pas des tas de trucs, mais des choses qui ne demandaient pas trop de tintouin, du tout prêt... non, pas de foie gras... pas toujours! Mme Duvigne était prise de l'envie de lui faire la cuisine. Ah, ça, non! Bon, bon, comme Monsieur voudra. Enfin elle partit.

Ce n'était que pour revenir. Avec les provisions. Des boîtes, du jambon, du pain. On aurait dit qu'il s'agissait de faire la traversée de l'Océan sur un radeau. Il y avait même une grosse boîte de biscuits. Aurélien s'impatienta. Maintenant elle pouvait s'en aller... Elle s'en alla.

L'attente devenait insupportable. Les victuailles restèrent en tas sur la table de la cuisine. Il n'y toucha pas. Il avait l'appétit détraqué. Cette viande froide au petit matin... On sonna soudain. Il se précipita.

C'était le facteur des imprimés. Avec un calendrier. Et le sourire de fin d'année. Il était déjà venu, mais il n'y avait personne. Après le facteur, ce fut le concierge. Il y avait une fuite dans l'escalier. Monsieur Leurtillois n'avait pas entendu ce petit bruit? Je venais voir si ça ne venait pas de chez monsieur Leurtillois. Non, cela ne venait pas de chez monsieur Leurtillois.

A la fin, Aurélien avala un bout de jambon et une tranche de pain. Puis il eut l'impression d'être sale, se lava les dents, les mains, sans chasser cette idée absurde, se déshabilla et se flanqua sous la douche. Il pensa à ce qu'aurait dit Armandine : « Après le déjeuner, comme ça! » avec cette crainte de la congestion qui était héréditaire dans leur monde. Il ne rit pas. Il se fâcha. Il pensa avec soulagement qu'en liquidant Saint-Genest, il rompait tout ce qui l'attachait vraiment aux siens. Oui, mille fois mieux replacer son argent chez Edmond, que dans l'affaire familiale! Fini, fini!

Il n'attendait plus Bérénice. Chaque minute qui passait rendait moins vraisemblable qu'elle vînt, ou qu'elle téléphonât. Il la regardait, il regardait le masque, ce visage de mort de l'amour. Il pouvait regarder sans fin ce masque, voir la lumière y jouer. Il tira bien grands ouverts les rideaux, pour que toute la lumière possible coulât sur le plâtre. Il n'attendait plus Bérénice. Il se disait qu'il ne l'attendait plus. Il était prêt à pleurer. Il entendait maintenant aller et venir dans le couloir, hors de l'appartement. C'était le plombier qui venait réparer le tuyau crevé. Si Bérénice arrivait soudain, son pas se noierait au milieu de ces bruits divers, la lampe à souder heurtée, le sac à outils jeté à terre, le pas de l'ouvrier... Elle ne viendrait pas : alors! Quelqu'un toussa derrière la porte. Puis il se fit un long silence. La lumière commençait à décroître. Le ciel blanc de Paris se moirait de noir. Le plâtre accroché au mur dominait cette attente inutile. Aurélien avait l'impression d'attendre depuis des siècles. Il devait être très vieux. Il changeait des objets de place. Il renversa le cendrier Abdullah avec de la cendre, des bouts de cigarettes, des allumettes noircies. Il était en train de ramasser toute cette saloperie, et de penser qu'il devait brosser le tapis, quand on sonna à la porte.

Non, impossible. Ce n'était pas elle. Il planqua de son mieux les saletés, regarda ses mains. Il aurait fallu les laver. Un nouveau coup de sonnette. Elle s'impatientait. Un comble. Puisque ce n'était pas elle... Il ouvrit, et Blaise Ambérieux entra.

XLVI

Les femmes avec lesquelles on couche, ce n'est pas grave. Le chiendent, ce sont celles avec lesquelles on ne couche pas... » Sur cet aphorisme du peintre, le silence retomba lourdement. Les deux hommes étaient là, à côté du feu, dans l'ombre descendue, courbés, les yeux dans les reflets de la flamme. Ils parlaient depuis une heure peut-être. Il leur semblait que l'année finissante ajoutait à l'accablement dont ils étaient l'un et l'autre victimes. Blaise avait bien essayé d'abord de plastronner, de biaiser, de prétendre qu'il était monté comme ça, par hasard, sans avoir rien à dire, par désœuvrement. Puis il avait dû abandonner cette prétention, avouer. Aurélien qui sentait bien quelque chose sous cette visite ne s'attendait pourtant pas à celle-là : parce qu'il n'imaginait pas que Bérénice eût revu le peintre en dehors de lui. Pourquoi, comment? Ainsi, pourtant, il venait de sa part. Il l'avait vue et revue. Dans ces jours mêmes où elle était insaisissable à cause de Blanchette... où elle prétendait à cause de Blanchette... Elle avait voulu voir Blaise. Elle lui avait donné rendez-vous. Elle lui avait parlé longuement. Elle lui avait dit, à lui, ce qu'elle cachait à Aurélien. Elle était retournée chez lui. Elle l'avait pris pour confident. Blaise. L'oncle Blaise. Pendant qu'Aurélien se morfondait...

« Écoute, mon petiot... Je ne voudrais pas que tu prennes mal... J'ai fichtre pas l'habitude de me mêler des affaires des autres! Est-ce que jamais pour toi?... Non. Alors. C'est elle qui a voulu. Je ne savais pas qu'il s'agissait de choses graves. Ni de son côté ni du tien. Quand j'ai vu où ça allait, je lui ai dit, moi, je me tire... Ah, ouiche! »

Il ne savait pas par quel bout prendre son récit. Il en avait chaud. Il se mordillait la moustache. De ses explications embarrassées, il ressortait que Bérénice ne... non, plutôt que Bérénice avait chargé l'oncle de dire à Aurélien qu'elle ne l'aimait pas.

« Comme tu y vas! Ce n'est pas ça du tout... Faut-il que je te répète... Si on ne considère pas comment c'est venu, on se fera une idée fausse... »

A quoi bon envelopper la chose?

« C'est très chic à vous, l'oncle, d'essayer de me dorer la pilule... de me rendre le coup moins dur... mais à quoi bon? Je vous ai bien écouté... Vous ne m'avez rien dit d'autre... Les détails n'y changent rien...

— Mais avec ça! Mais avec ça! D'abord je ne la crois pas quand elle dit qu'elle ne t'aime pas...

— Elle le dit. Est-ce que ce n'est pas assez?

— Tu es braque, fiston, tu es braque... Elle le dit, mais qu'est-ce que ça prouve? Elle le dit pour que je te le répète, parce qu'elle ne peut pas se décider à te le dire elle-même... Si elle ne t'aimait pas, qu'est-ce qui l'empêcherait de te le dire?

— Vous n'y croyez pas? Et vous venez me le dire?

— Mon petit, mon petit... ne fais pas cette binette! Oïe, tu vas m'en vouloir! Marthe me disait bien...

— Ah? La tante vous disait!

— Ne te fâche pas! J'étais empoisonné, tu comprends... Ce ne sont pas des commissions à faire. Mais elle m'avait fait jurer, Bérénice... Avec ça, je me disais que si je ne te mettais pas au courant, avec le mari qui est là, tu pouvais faire des sottises...

— Qu'est-ce qu'elle vous a fait jurer?

— Tu sais bien... je te l'ai dit... Ça te fait plaisir de te tourmenter à le réentendre?

— Elle ne m'aime pas, n'est-ce pas? C'est ça qu'elle vous a fait jurer de dire? Le reste, c'est la sauce. Pour le reste, vous n'avez pas eu à jurer... Mais pourtant vous ne la croyez pas... vous ne la croyez pas, oncle Blaise! et vous venez me le dire. L'un et l'autre. Moi non plus, je ne le crois pas. Non. Elle m'aime. Je vous dis qu'elle m'aime. Est-ce que je suis fou ou est-ce qu'elle m'aime? »

Il se leva, marcha un peu, prit une bûche, la jeta dans le feu, et se rassit, comme à un spectacle, pour voir les flammes se réhabituer à cette nouvelle proie. Le silence se prolongea un peu, puis Blaise : « Écoute... Veux-tu que je te dise... L'effet que ça me fait, à moi... eh bien... » Il mordillait sa moustache. « Eh bien? — dit Aurélien, avec quelque impatience.

— Voilà... La première fois que nous nous sommes vus... au café... elle luttait... elle cherchait une défense... elle avait peur d'elle-même... elle imaginait une ruse à laquelle elle voulait me faire servir... Tu saisis?

— Pas très bien...

— Si... suis-moi bien... Elle était si certaine

396

de t'aimer qu'il fallait bien dire à quelqu'un qu'elle
ne t'aimait pas... Pas à toi... parce qu'elle avait
peur de te faire mal...

— Elle avait peur! Et elle vous envoie!

— Elle ne m'envoyait pas, cette fois-là... Il lui
fallait quelqu'un à qui parler... en dehors de toi...
Chez elle, sa cousine... impossible! Alors... C'est
seulement la seconde fois après le suicide de
Mme Barbentane...

— Mais la première fois, elle vous a dit qu'elle
ne m'aimait pas?

— Évidemment... évidemment... Seulement,
comment te dire? Je n'y ai pas cru...

— Tandis que maintenant vous y croyez?

— Mais non, mais non! Je me tue à te dire
que je n'y crois pas! »

Il s'embrouillait. Aurélien ne l'aidait pas. Il
avait la tête en feu, les pieds froids. Il fourrageait
ses cheveux avec ses doigts, se rongeait les ongles.

Peu à peu, le dessin des deux entrevues se
dégagea. La première fois, au café, Bérénice parlait très posément, malgré cette peur qu'elle
avait, qui était la peur naturelle de toutes les
femmes devant le véritable amour. Elle disait
bien qu'elle n'aimait pas, qu'elle ne croyait pas
aimer Aurélien, mais tout dans son attitude le
démentait. Sans quoi, de quoi donc avait-elle
peur? L'essentiel était qu'elle craignait de céder,
de ne pouvoir échapper à ce destin, qu'en elle
quelque chose appelait, quelque chose dont elle
n'était pas maîtresse. Non pas qu'elle se fît du
don d'elle-même une idée délirante. Si elle n'avait
eu pour Aurélien qu'un simple penchant, un goût
physique... peut-être... pourquoi pas? Mais c'était
trop grave. Voilà ce qu'il y avait. Il aurait fallu
arrêter le déroulement de cet amour. Elle ne pouvait en même temps ni se résoudre à faire du mal
à Aurélien ni se résoudre à l'épreuve d'un feu
dont elle sentait déjà la brûlure. En même temps,
elle était comme ivre de ce qu'il l'aimât. C'était
une chaleur à laquelle elle ne pouvait renoncer.

Elle tenait à cet amour. Elle y croyait. Elle y croyait d'une façon désespérée. Elle s'effrayait aussi qu'il pût mourir, cet amour d'Aurélien. Par exemple faute d'aliment. Elle croyait en lui, mais elle croyait aussi qu'il pouvait être de son pouvoir, à elle, de le décourager, de le détruire. Et cela vraiment, elle n'y pensait pas sans terreur, sans horreur. Une chose si rare, si précieuse, si grande. Comment refuser au sort un cadeau qu'il vous fait une fois, et que jamais plus il ne vous offrira peut-être? Elle était torturée de l'idée de perdre cet amour qu'elle affirmait ne pas partager. Enfin, elle était venue à Blaise parce qu'Aurélien lui avait dit que l'oncle était peut-être son meilleur ami. Elle lui parlait un peu pour découvrir un autre Aurélien, ignoré d'elle. Pour faire le tour de ce danger, de cette lumière.

« Tu comprends, petit, elle changeait la lampe! »

Elle ne demandait pas à l'oncle de dire quoi que ce fût à Aurélien. Au contraire, elle lui avait demandé de garder secrète cette entrevue. Peut-être n'insistait-elle tant sur le fait qu'elle ne serait jamais à lui, que parce qu'elle méditait de s'abandonner à Aurélien. Sait-on, les femmes...

« Mais alors, — cria-t-il, — la seconde fois? »

Ambérieux apaisa le jeune homme de la main. Les flammes tombèrent un peu. De la pincette le vieux peintre ramassa les éléments du feu, les braises sous les bûches brisées.

« La seconde fois, elle était bouleversée par cette histoire de Blanchette... Je crois que tu ne te rends pas bien compte de l'effet que cette histoire lui a fait... Non, ne m'interromps pas tout le temps, morveux! Moi, je ne sais pas trop ce qu'on peut croire, qui il faut croire dans tout ça, et ce que tu as pu fricoter... Ah, la barbe! j'ai dit fricoter, et ne fais pas une mine de l'autre monde! Est-ce que je sais si cette Blanchette a été ou n'a pas été ta maîtresse? Et puis je ne te le demande pas. Ton genre galant homme est exaspérant... Fous-moi la paix! Si tu veux savoir de quoi il retourne, n'épluche pas mes mots! J'ai dit fricoter... »

Aurélien haussa les épaules.

« Enfin, la dame a voulu se finir à cause de ta jolie gueule, toujours... Le reste, on s'en tamponne! Et ça a bouleversé la petite, voilà... Comme elles avaient eu une conversation juste avant... Elle se met des idées dans la tête, quoi... Elle se sent responsable... Elle s'accuse d'avoir mal agi... Elle a promis à sa cousine, à son lit de mort, de ne plus te revoir, et autres balivernes...

— Voyons! Elle est venue ici hier matin!

— Qu'est-ce que tu veux que je te dise! Ce n'était pas dans le programme... Elle avait affirmé qu'elle n'essayerait pas de te voir... que malheureusement M. Morel était tombé là-dedans comme un chien dans un jeu de quilles... sans quoi elle serait déjà repartie... elle aurait mis la distance entre vous deux...

— La distance! Il y a des chemins de fer! Je lui aurais couru après!

— Ah ça, elle te supplie de n'en rien faire... Elle ne peut pas croire que tu lui feras une chose pareille... Ça aussi, j'ai juré de te le dire... Alors, je te le dis...

— Mais elle n'est pas partie... et hier elle est venue ici... Faut-il que je sois sorti juste.... Ah, bon Dieu!

— Laisse le bon Dieu où il est... Elle est venue, évidemment... Peut-être n'avait-elle pas très confiance dans ma valeur de commissionnaire...

— Elle est venue... et puis pas seulement elle est venue! Elle a apporté ça! Ça! Tu comprends, ça! Pas un bouquet de violettes acheté sur le chemin, non, ça! Un masque qu'elle a fait faire... pas pour son mari peut-être? Elle a été, dans ces journées, chez le modeleur... Elle a laissé sa cousine... qui pouvait se renfiler du véronal pendant ce temps-là... pour aller chez le modeleur... Tu crois que c'était pour son mari qui allait rappliquer à Paris qu'elle s'est fait tirer un portrait comme ça...? Tu le connais, le mari? Non. Moi non plus. Il est pharmacien dans le Midi. Est-ce que tu crois qu'il va mettre le masque mortuaire de sa femme dans son salon? Allons, allons! »

L'oncle Blaise regarda ce grand dadais avec affection. Si tout ça pouvait se tasser sans qu'il en souffre trop, le petit... Mais bien sûr, il prenait les choses très mal. Il n'avait accepté, lui, Blaise, de faire l'état tampon, que parce qu'il ne voulait pas qu'Aurélien souffrît trop. Il pensait à la mère de ce gaillard. Comme elle avait été malheureuse, sans en avoir l'air! Et lui aussi, le vieux Blaise bon sang, à cause d'elle... Elle lui avait dit aussi à lui, un soir : « Mon vieux Blaise, serrez les dents... écoutez-moi... et retenez bien ça : je ne vous aime pas... » Mais elle, c'était bien vrai. Elle ne l'aimait pas. Elle aimait l'autre. L'autre qui ressemblait tant à Auré en... C'était avant Rose, avant Mélie... Lui, il avait eu la chance de souffrir une autre fois.

« Est-ce qu'elle prétend qu'elle aime son mari? » cria soudain le jeune homme. Le vieux secoua la tête. Non, elle l'aimait bien, elle ne voulait pas briser sa vie, son cœur, est-ce que je sais? Mais de là à prétendre qu'elle l'aimait! Aurélien respira profondément : « Alors, elle ne veut plus me voir... et ce n'est pas à cause de lui? C'est à cause de Blanchette? Incroyable! C'est à cause de Blanchette, à présent! — Enfin, c'est à cause de Blanchette, et aussi du mari, et beaucoup plus d'elle-même... »

Aurélien ricana.

« Ah oui... elle a peur d'une surprise! Elle prend les devants... Elle ne m'aime pas... Qu'est-ce qui la rend si sûre qu'elle ne m'aime pas...

— Je te dis, moi, qu'elle t'aime...

— Mais oui... mais non! Pourquoi mentirait-elle? Et puis, je ne la crois pas! Elle m'aime, elle m'aime! Elle m'a apporté ce masque... J'ai vu dans les yeux du masque... — Il pleurait doucement. — Alors, l'oncle, elle me défend de lui écrire, de lui téléphoner, d'aller la voir? Et elle sait que je l'aime, et elle ne veut même pas que je cesse de l'aimer...

— Il n'y a rien au monde dont elle ait peur autant que de ça... que tu cesses de l'aimer...

— Alors, alors! Qu'est-ce qu'elle veut que je devienne? Mais puisqu'elle est venue! Tiens, je suis trop bête... Elle a dit à Mᵐᵉ Duvigne qu'elle reviendrait...

— Eh bien, peut-être qu'elle reviendra...

— Peut-être? Comment veux-tu que je supporte cette incertitude? »

Blaise regardait avec curiosité, avec tendresse, cet Aurélien incohérent, à la voix brusquement montante, cet Aurélien décoiffé, si différent de celui qu'il connaissait. Quelle drôle de chose que l'amour! Il répéta : « Mon petit, je n'ai pas de conseil à te donner... mais écoute-moi bien... les femmes avec lesquelles on couche, ce n'est pas grave... le chiendent, ce sont celles avec lesquelles on ne couche pas... »

XLVII

Attendre est terrible. Ne plus attendre est pire. Aurélien ne savait plus s'il devait attendre Bérénice ou en désespérer. Impossible de tenir la commission de l'oncle Blaise pour nulle et non avenue, impossible pourtant de ne pas songer que la visite de Bérénice, le masque, le contredisaient gravement. De toute façon, que devenir? Aurélien asphyxiait. Il ne supportait plus la solitude, il ne pouvait rêver voir des gens. Des indifférents... qui parleraient d'autre chose... des gens tombés de la lune... ou au contraire... Rien n'était plus contraire à Aurélien que la confidence, cet extrême remède de l'amour

malheureux. A qui se confier d'ailleurs? Ses
amis... avait-il des amis? On ne pouvait considérer Edmond comme un ami, surtout dans ces
conditions... ni Charles Honfrey ni Jacques
Schœlzer... Il se sentit si seul qu'il pensa un
instant à son ex-patron, à Mᵉ Bergette. Il eut
même l'idée de relancer Fuchs, c'est tout dire.
Il y avait encore les femmes... Diane ou Mary...
pourquoi pas? Le téléphone était une trop
grande tentation. Diane n'était pas chez elle.
Maintenant qu'elle était avec Jacques... Il
n'appela pas Mary, il n'était pas assez sûr de sa
discrétion, au fond elle lui préférait Edmond,
clairement...

Si cela avait été le printemps, il serait allé à la
campagne, n'importe où, marcher, grimper, se
perdre. Mais il faisait froid, et sale, et noir.
Comment tuer le temps, comment passer ces
jours intolérables qui allaient venir, qui tardaient
à venir? Le certain, c'était qu'il ne pouvait
plus supporter ses deux pièces, la tristesse de
son chez lui, les livres illisibles, le feu abrutissant,
la monotonie du décor, l'entracte quotidien de
Mᵐᵉ Duvigne, ni surtout, par-dessus tout, le
masque blanc, mortuaire, ce rappel funèbre de
l'amour... Il redoutait pourtant de sortir : si par
impossible?... Tant pis, n'importe quoi, mais en
finir! Pour la première fois de sa vie, Aurélien
éprouvait, avec cette acuité de sentiment qu'on
n'a, en général, qu'un peu avant le réveil, dans
la dernière période du sommeil, Aurélien éprouvait le vide absolu de sa vie. Il avait cru, plus
ou moins, jusqu'alors, qu'il faisait quelque chose,
qu'il trompait assez bien la mort, oisif au point
de vue des imbéciles, pensait-il, mais enfin...
Il voyait des gens, il se plaisait à les écouter,
à juger ce monde déraisonnable, à se mêler à son
agitation de surface, à deviner ses drames profonds, à partager ses plaisirs... Il avait des
aventures qui étaient un peu des découvertes...
De temps à autre, il voyageait, il prenait à tous

les vents de sa liberté une bouffée, une ivresse de ce temps inconscient et lourd qui avait suivi la guerre... de cette autre guerre sourde, la paix... Comme ce dilettantisme lui paraissait aujourd'hui creux, inutile! Il ne désirait rien. Pas même le soleil, la chaleur. Que s'était-il donc passé? *Un seul être vous manque et tout est dépeuplé...* Ce souvenir lamartinien, lié pour lui à Charles Honfrey, lui revint comme une colère. En était-il là, vraiment? Il pouvait toujours s'inviter à dîner chez les Honfrey... Il pensa à la jeune Mme Honfrey, à la conversation sur les cours de la Bourse... Charles lui demanderait une fois de plus pourquoi il n'achetait pas de *Mexican Eagle* ou que sais-je? Au fond, le seul type qu'il aurait supporté, c'était encore le docteur Decœur. Un malheureux comme lui, Jicky, au fond. Puis l'idée de cette chialerie que ce serait, eux deux ensemble, ah non, non et non! Il pensa à Decœur avec un brusque dégoût, une injustice violente. Cet amour mollusque... Tout accepter... souffrir! Il se débattait devant cette eau noire. Il frémit. En était-il là, vraiment?

Avec brusquerie, il décida de s'habiller, comme s'il devait aller à une soirée. Il se persuada qu'il était mal rasé, et se rafraîchit les joues. Dans la glace à trois faces, il vit ses yeux. Qu'est-ce que c'était que cet air de l'autre monde? De petites fibrilles rouges dans la conjonctive, les paupières violettes, les tempes suantes. Il mit de la poudre, ce qu'il ne faisait jamais. Sa toilette terminée, sous le harnais d'apparat, il se regarda encore. Allons, il faut faire comme si... Comme si, quoi? Il arrivait assez bien à éviter le souvenir de cette femme, (il pensait cette femme)... pour peu qu'il ne vît pas le masque. Il décrocha le masque, pour l'enfermer dans l'armoire. Un long moment, il demeura le masque dans les mains.

Il le posa derrière les cravates, dans les mouchoirs... La porte de l'armoire refermée, Aurélien leva les yeux vers le mur vide. Ne venait-il pas de commettre une trahison? Absurde, absurde. Ne pas souffrir, d'abord, ne pas souffrir.

Il dîna chez Maxim's. Dans la première pièce, tandis qu'au fond l'orchestre jouait, les gens dansaient. Autour de lui il y avait des tables encombrées, les voisins mangeaient en bande. Au bar les femmes, des habituées. Pourquoi était-il venu ici? Parce qu'il aimait le store à l'ancienne mode, tout plissé et festonné, qui avait des airs de dessous, la décoration modern style avec la feuille de marronnier pour leitmotiv. Parce qu'il avait envie du bruit, du conventionnel de ces tapis et de ces lumières, de l'empressement des maîtres d'hôtel; parce qu'il avait envie de se dire qu'il appartenait à cette société-là au moins, à cette chose qui fonctionne à travers les désastres et les victoires, qui touche au théâtre, au Jockey-Club, à la police et à l'argent, et qui est la vie de Paris. Il avait besoin d'être emporté par ce fleuve. Et puis il y avait des femmes soignées, des femmes chères, qui le regarderaient, se demandant s'il payait ou si on le payait, des femmes sans importance, avec le teint clair, des épaules éclatantes, de belles mains entretenues... Qui sait? Il était venu un peu trop tôt. Il prenait son café, avec une fine, quand Diane entra, avec Jacques Schœlzer, et deux messieurs grisonnants, très bien tenus.

« Oh, Aurélien! »

Diane lui donnait sa main à baiser.

« Mais dis donc, — s'écria Schœlzer, — tu dînes comme les poules! Au café, à cette heure-ci! Déménage ta fine à notre table... »

Il s'excusa. On l'attendait, c'était pourquoi il avait dîné si tôt...

« Ah, — dit Diane, — toujours le même! Et *On* a de beaux yeux, je parie! »

L'entrée de ces gens l'avait mis à la rue. Tout d'un coup, il n'avait pas pu supporter l'idée de se joindre à cette compagnie. Diane, si belle, lui avait l'air idiote. Jacques, on n'en parle pas.

Il s'en fut au cinéma. Un petit ciné des boulevards, où l'orchestre à trois instruments attendait le moment de placer son morceau à clochettes pour l'entrée du bateau dans le port de Shangaï... Une histoire d'amour, naturellement. Une grande femme brune avec des voiles glissants, les genoux croisés à tout bout de champ, et un jeune homme qui roulait des yeux... Puis une comédie, un de ces vaudevilles tragiques comme les petits appartements de carton où ils se passent, les vieilles tantes à héritage, et les petites amies dans le placard... L'orchestre était devenu d'un gai à manquer les notes pour aller plus vite. Que faire? Sur le trottoir, il n'était pas dix heures, Aurélien hésita : rentrer? Il avait bonne mine avec son smoking. Il se rejeta dans le cinéma, de l'autre côté des boulevards.

Ici, c'était plus grand genre. Il n'y avait pas beaucoup de monde. La lampe de l'ouvreuse éclaira l'arrivant. Il faisait noir à se heurter dans les gens assis. Aurélien n'aimait pas à être trop près. L'histoire américaine commencée à l'écran prit quelque temps à se démêler dans sa tête. Les femmes se ressemblaient, il n'arrivait pas à les distinguer. De qui ce gros homme est-il le mari? Pourquoi avait-on tué cette petite fille? Les sous-titres rouges n'expliquaient rien, non plus que la musique trop forte. Diablement sentimentale. Le jeune couple se rencontrait dans un parc urbain, entre des gratte ciel, un parc bien peigné, avec des chômeurs et des amoureux partout, le petit gravier et les fleurs...

Quelqu'un arrivait, qui fit se lever Aurélien. Une femme très parfumée. Elle s'assit à côté de lui. Et tout de suite il comprit de quoi il s'agissait.

Quand il sortit du cinéma, très mécontent de lui-même, le désespoir le prit. Un vague sentiment de culpabilité mêlé à tout ça. Tout trop

bête, dénué de sens. Il haïssait l'animal en lui.
Si inutilement distrait... Il tourna dans le faubourg Montmartre, bousculé par des filles,
on criait des journaux. Il ne pleuvait pas. C'était
déjà beaucoup. Et les cafés ici flambaient de
grandes lueurs blanches. Il n'y avait pas à hésiter. Il entra dans cette lumière d'alcool, et, à
coups de petits verres au comptoir, il se soûla
comme jamais. Ce qu'il se dégoûtait, ce qu'il se
dégoûtait!

XLVIII

De jour, et sans la foule du vernissage, la galerie était toute changée : c'était à peine croyable que ce fût la même exposition. Aurélien avait enlevé son chapeau, et le bec de son parapluie sous le bras, dans son pardessus ajusté, comme on les faisait alors, il se sentait tout dépaysé dans le silence où chuchotait un couple de passants entrés par hasard, et où l'on entendait, à la table de la grande pièce, grincer la plume de la dame aux cheveux tirés qui gardait le magasin. Les tableaux extravagants, il semblait qu'on s'y fût habitué, ils avaient l'air de tableaux comme les autres, un peu trop nombreux pour la surface murale, manquant d'air, voilà tout. Dans la pièce de gauche, déjà éclairée, la lumière artificielle décomposait les couleurs, chargeait d'une impalpable céruse le papier laissé blanc des aquarelles, les marges de dessins qui tentaient l'effraction du génie, à force d'en imiter les tics, les manies, les affectations.

Ici se trouvait ce qu'Aurélien cherchait. Avec un certain serrement de cœur, un déplaisir profond, il approcha de ce dessin brouillé, de ce double jeu de visages, dont les lignes lui parurent cette fois bien épaisses, inélégantes. Était-ce si ressemblant que ça? Il remarqua que ses souliers mouillés laissaient des traces sur la moquette grise. Il venait ici un peu comme un voleur. Que craignait-il au juste? Il se retourna, jeta un coup d'œil derrière lui. Personne ne prêtait attention à cet Aurélien confus. Il regarda donc, il pouvait donc regarder à son aise la Bérénice deux fois fixée par Zamora. Fixée, comme un papillon par l'épingle. Comme chaque image d'elle était décevante!... Il ne pensait pas cela que des deux esquisses superposées, mais aussi de ce masque vrai, chez lui, au mur. Vrai, et aussi faux que ceci. L'étrange était que Zamora avait l'air d'avoir fait sa propre critique en laissant coexister ces deux dessins, qui se niaient l'un l'autre. Un aveu d'impuissance. Mais qui n'engageait pas que le peintre. L'insaisissable Bérénice...

Aurélien s'en voulait de son attention. « D'abord, — grommela-t-il, — c'est mal dessiné... » Il se reperdait dans le chevauchement des lignes, la ressemblance s'évanouissait. Soudain elle reparut, on eût dit que le portrait respirait. Pour la première fois, Aurélien y lut dans les yeux ouverts l'expression même du désespoir. Comment, qu'est-ce que c'était? Une invention de Zamora, le goût de faire tragique, ou la vérité? Ce peintre avait vu dans les yeux de Bérénice ce que lui, Aurélien, n'y avait pas vu? Il entendit rire dans la pièce voisine. Des jeunes gens. Des élèves des Beaux-Arts qui étaient entrés, et qui s'en payaient une pinte. Il s'éloigna de Bérénice, et affecta de regarder autre chose. Au fond, le soir du vernissage, il n'avait rien vu. Pas que ça l'intéressât, des foules...

Comme un aimant, de loin, le portrait l'attirait de nouveau. Il venait de reperdre l'intelligence de ses traits croisés. Il se rapprocha pour se mettre bien dans les yeux la dualité des visages. Là, en regardant comme ça, on saisissait du coup ce qui appartenait aux yeux fermés, ce qui...

Le secret était trop simple, c'est comme ces petits jeux avec des grains d'acier sous une vitre qu'il faut mettre dans des trous sur une image, ça paraît très difficile, et puis quand on a le coup de main...

« Vise celle-là, en fait de louchon! » s'exclamait derrière lui une voix claire de gamin. Aurélien regarda ce type avec sa cravate grise à petites raies bleues, sa barbiche d'enfant de chœur, son carton vert sous le bras, et la pipe qu'il avait dû se faire peindre entre le pouce et l'index, pas possible qu'un blanc-bec comme ça fume la pipe! Ils étaient quatre du même tonneau, et l'un d'eux dit en montrant Bérénice, avec une voix plus rayée que leurs cravates, ça muait encore : « Ça croit dessiner comme Ingres, et c'est foutu comme Luc-Olivier Merson! »

Aurélien haussa les épaules. Il les aurait bien fessés, ces sales gosses. Il rajusta son pardessus en tirant sur le col, remonta son pépin vers son coude plié, et quitta la pièce. Dans la grande salle, il hésita un peu, puis s'approchant de la dame aux cheveux tirés, habillée dans le style Burne Jones, ni brune ni blonde, ni jeune ni vieille, avec son nez camard pour tout caractère, qui leva vers lui de son registre une face jaunie un peu, et des lèvres trop foncées, Aurélien demanda : « Je vous demande pardon, madame... je voudrais savoir le prix du numéro 57... »

Le nez camard avait frémi, se redressa, la dame fit le sourire au client, comme il y a le salut aux morts. Elle se rappela sans doute qu'elle perdait facilement ses épingles à cheveux, car elle porta à sa nuque une main inquisitrice. Puis elle se souleva à demi, et proféra : « Le numéro 57... le numéro 57... attendez donc... Il faut que je demande au directeur de la galerie... Monsieur Marco-Polo! Monsieur Marco-Polo! »

M. Marco-Polo sortit d'une petite porte dissimulée sous un rideau de fausse tapisserie façon chasse à ramages. C'était un homme gros, parfumé, avec un pli sous les reins, une raie dans ce qu'il lui restait de cheveux, un visage ahuri, où la moustache rasée faisait un petit avion sous le nez. D'habitude, il vendait des gravures du dix-huitième, des estampes en couleur genre anglais, des dessins modernes du type femmes nues avec des serpents. L'exposition Zamora l'avait un peu sorti de son genre, mais on lui demandait si rarement les prix ! « Le 57... C'est ? Probablement *Les Ovaires à la place du cœur ?* Tout le monde veut acheter ce tableau ! Non ? Ah que je suis bête ! C'est le *Portrait de Mme M...?* Oui... le *Portrait de Mme M...* Je ne sais pas s'il est à vendre... Est-ce que ce monsieur qui devait repasser ? Madame Belly-Fontaine ! »

La dame sursauta dans ses écritures : « Vous désirez, monsieur ?

— Madame Belly-Fontaine, est-ce que ce monsieur qui devait repasser pour le portrait de Mme M... est revenu ?

— Le monsieur ? — dit Mme Belly-Fontaine, sèchement. — Je ne sais pas ce que vous voulez dire. » Elle pinçait ses lèvres couleur de raisin noir.

« Voyez-vous, cher monsieur, — soupira M. Marco-Polo, — on n'est pas secondé... Est-ce que je sais maintenant ! Si ce monsieur est venu, et que je n'étais pas là... Il ne l'avait pas positivement acheté... Non, mais...

— Mais quel est le prix du portrait ?

— Il faut que je regarde sur mon livre... Vous permettez ? »

M. Marco-Polo fit toute sorte de manières avant de déchiffrer sur ledit livre, un long carnet noir, le prix marqué de lettres et de chiffres, pis qu'un coffre-fort, et qui en langage clair faisait... voyons, je ne me trompe pas... Et M. Marco-Polo estimait le pardessus, le parapluie, la coiffe de soie du chapeau à la main d'Aurélien... exactement cinq mille francs... cinq mille... voilà !

C'était un prix exorbitant. Et pour Zamora,
et pour Aurélien. Il avait pensé que ça valait
dans les quinze cents. Non, au fait, il n'avait
rien pensé du tout. Dommage... Puis tout d'un
coup il se sentit rougir. Qu'est-ce qu'il faisait là?
Il marchandait Bérénice! Il eut honte. Il dit :
« C'est le dernier prix? »

M. Marco-Polo s'exclama que c'était le dernier prix, si le dessin n'était pas déjà vendu, si...
enfin qu'est-ce qu'on a de nos jours pour cinq
mille francs? Et un Zamora! Il s'arrêta brusquement, médusé. Le client avait tiré son carnet de
chèques, et un stylo.

« Je le fais au nom de Marco-Polo? »

Parfaitement. Le dessin serait porté chez
Monsieur aussitôt après la fermeture de l'exposition, dans quinze jours, non dix-sept jours...

« Je le barre? »

Si Monsieur voulait... ça n'a pas d'importance...
l'adresse de Monsieur...

M. Marco-Polo n'en revenait pas. Il s'agitait,
le chèque dans ses bagues. Quand le client fut
sorti, il cria : « Madame Belly-Fontaine!
Madame Belly-Fontaine! »

Et Mme Belly-Fontaine s'arracha à son registre
comme à un sommeil du matin.

« Madame Belly-Fontaine, vous mettrez tout
de suite une étiquette *vendu* au numéro 57...
Tout de suite... au 57... *Vendu*... Ça fait plus
sérieux! »

XLIX

Je vous écris, — disait la lettre, — parce que
je ne puis plus supporter ce silence... » Aurélien
l'avait trouvée au courrier du soir. Pour la
deuxième fois, il voyait l'écriture de Bérénice.
Un visage nouveau. Désordonnée, l'air d'être

411

grande mais tenant beaucoup à la ligne, avec des espaces entre les lignes inusuels pour la hauteur des lettres. Rien de l'écriture habituelle, uniforme, des femmes, qui toutes gardent de l'école et de l'enfance je ne sais quel luxe, quelle marque de l'éducation première, de l'idée qu'on se fait d'une écriture de femme de nos jours. Une écriture étrangement pas manucurée. Avec des courants d'airs dedans, des battements de cœur. Cette écriture inconnue dansait dans les yeux d'Aurélien, il la lut d'abord sans la comprendre, trop ému. Il lui fallait faire le point, se persuader que c'était bien Bérénice qui parlait ainsi, avec cette encre bleue, sur ce papier, teinté vert d'eau. Bérénice... laquelle? Celle des yeux ouverts, celle des yeux fermés? Bérénice toujours. « ... J'ai cru d'abord que de ne pas vous voir serait comme de s'endormir et, quand on dort bien, on est heureuse. Mais je dors mal. Cela tient plutôt de l'insomnie. Rien ne me distrait de vous, rien n'arrive à m'en étourdir. Je suis entrée dans ce silence et il m'étouffe. Ne plus vous entendre, c'est ne rien entendre. Je n'aurais jamais cru cela possible. J'avais juré de ne plus vous revoir, mais quand ce masque m'a été livré, je n'ai pas pu faire autrement que le porter moi-même. Cela se casse, et je n'avais personne à qui le confier. Enfin mille raisons... Je me disais que je le porterais chez la concierge. La concierge était sortie, vous savez, le petit écriteau... Je suis montée. Vous n'étiez pas là. Votre femme de ménage m'a dit que vous veniez de sortir. Ainsi j'avais tout de même tenu ma parole. Je ne m'en remets pas depuis. Je ne devrais pas vous écrire non plus. Je me dis que je vais déchirer cette lettre, que je ne l'enverrai pas. Cela me donne le triste courage de pleurer devant vous. Aurélien, tout ceci est au-dessus de mes forces! J'ai un vertige insupportable, quand je pense à la terrible commission confiée à l'oncle Blaise. C'était dans le premier moment : j'avais encore l'élan de ma folle promesse. Blanchette est si effroyablement malheureuse! Je m'étais persuadée que je n'avais vers vous qu'un entraînement auquel il suffisait de résister. J'avais aussi une frénésie de me sacrifier. J'ai pu dire en toute bonne foi à M. Ambérieux que je ne vous aimais pas. Il l'a cru, j'en suis sûre. Ne vous l'a-t-il pas dit? Maintenant j'ai peur que vous ne l'ayez cru aussi. Peur que vous n'en souffriez, peur de vous perdre. Oh non, ce n'est pas possible, mon amour! Cela me fait du bien d'écrire *mon amour*. Oui, j'ai menti, oui, je vous aime. Je ne déchirerai pas cette lettre parce qu'il y est écrit que je vous aime. Où est le bien, où est le mal? Il faut que Blanchette vive, il y a les enfants. Mon cousin croit qu'elle est jalouse de lui, mais quand elle a voulu recommencer, à peine retrouvait-elle des forces, moi qui savais, à cause de la conversation que nous avions eue cette nuit-là, je me suis sentie une meurtrière, et j'ai lutté avec elle, j'ai dû la maîtriser, lui arracher les tubes de comprimés. Elle disait : « Laisse-moi mourir, laisse-moi mourir! » Je lui ai extorqué la promesse qu'elle ne recommencerait pas. Mais donnant donnant. Sur le moment, cela me paraissait naturel, possible. J'ai été lâche devant sa mort, à elle, devant notre vie. Peut-être allez-vous me détester, que je vous ai tout à fait perdu, et que vous me méprisez, et que ce mensonge, ce retour sur un mensonge, tout cela ne fera que vous dégoûter, vous écarter de moi. Je ne peux pas non plus supporter cette pensée. Ce que signifie pour moi votre amour, notre amour, même si nous ne devons plus jamais nous voir, si vous ne devez plus jamais reprendre ma main dans la vôtre, personne ne pourrait l'imaginer. Jamais je n'ai rencontré de toute ma vie, je ne rencontrerai plus rien à quoi je puisse tant tenir. Quand je vous ai vu pour la première fois, j'étais désespérée. Je faisais semblant de rire, de vivre. J'étais déjà une morte. Ma vie était sans but, sans raison d'être. Je ne croyais plus à rien. Il y avait en moi un ennui qui me rongeait, la certitude d'être seule pour toujours. Je poursuivais simplement dans la vie de tous les jours une routine, des engagements pris. Je vivais parce que j'étais née. C'est tout. Tout ce que j'avais espéré enfant, jeune fille, s'était peu à peu altéré, avait perdu ses couleurs. Il n'y avait pas de chance que la vie changeât. D'où aurais-je attendu ce changement? Il aurait fallu même croire aux petites variations d'une destinée de femme. Qu'est-ce que c'est que leur bonheur? Avoir de jolies robes, cesser de vivre en province ou quoi? Je n'y croyais pas plus qu'au reste. J'avais cru aimer. Puis quand j'avais connu mon erreur, je m'étais promis pour toute la vie de faire semblant. Rendre un autre heureux au moins, puisque pour moi c'était impossible. Car l'amour, celui dont j'avais rêvé, n'existait que dans les livres. Une belle invention. J'en étais incapable. Si jamais je suis assez folle pour vous envoyer cette lettre, sachez que c'est parce que j'ai la confiance que vous la brûlerez, vous la détruirez aussitôt. Que je puisse vous écrire tout ceci est simplement insensé. Je n'ai pas osé même jusqu'ici clairement le penser, me l'avouer. Il n'y a pas que Blanchette, comprenez-le, Aurélien. Blanchette a simplement réveillé une conscience que j'écartais, que j'avais un instant perdue. C'est à Blanchette que j'ai juré, c'est elle qui m'a arraché ce terrible engagement, mais ce n'était pas d'elle qu'il s'agissait pourtant. Ni de sa vie. Ni de ses enfants. Bien que quand je pense aux petites, cela me déchire. Les enfants, c'est ma pire folie. Ils n'ont pas demandé à être là, et nous... *(Ici il y avait tout un paragraphe raturé et patiemment noirci. Aurélien ne put démêler ces mots dont sortaient par-ci par-là des l ou des f, les boucles d'un secret.)* Je préfère ne pas parler de cela. Mais il y a Lucien. Vous ne le connaissez pas. Vous ne savez pas ce qu'il a été pour moi. La liberté d'abord, et puis l'enivrement de la jeunesse, d'exister, d'être quelqu'un par soi-même. Il est le premier qui m'ait parlé comme à un être humain, qui m'ait donné du monde une autre vue que cette triste perspective qu'on en avait de chez mon père. Et il y a aussi entre Lucien et moi cette ombre, mon père, le malheur de mon père. Je ne sais ce que vous avez retenu de mes longues histoires sur mon enfance, sur la maison, sur ma mère partie. Il est si difficile d'être juste. Depuis que je vous aime... comme j'écris cela! c'est extraordinaire, j'ai écrit *depuis que je vous aime* comme la chose la plus naturelle du monde, comme j'aurais dit depuis ma première dent de sagesse... depuis que je vous aime, Aurélien, je me suis prise à douter de certaines choses. Toute ma jeunesse, j'ai donné tout à ce père violent, taciturne et malheureux qui a empoisonné ma vie. Je me souvenais d'avoir dit *va-t'en!* à maman, avec tout le romanesque d'une petite fille prête à rêver. J'aimais l'amour, je donnais toujours raison à l'amour contre tout le monde, contre mon père d'abord, ce père détesté. Mais je n'avais pas aimé, je ne savais pas ce que c'était que de souffrir. Plus tard, maintenant, j'ai changé. J'ai compris. Cette humeur noire de mon père qui, jusqu'à sa mort, n'a jamais cédé, cette tempête en lui levée et qui n'est jamais retombée, c'était cela l'amour, vraiment l'amour. Ma mère était partie au nom de l'amour, mais aimait-elle? Je n'en sais rien. Je sais que mon père l'aimait, irrévocablement. J'ai compris cela quand je ne vous ai plus vu, Aurélien mon chéri. Est-ce qu'on a le droit de faire cela à quelqu'un? Est-ce que j'ai le droit de vous le faire? Mais m'aimez-vous ainsi... qui pourrait le dire? Lucien, lui, m'aime à sa manière. Il ne sait pas que cette *manière* diffère d'une autre, d'un autre amour, l'amour. Si pourtant je partais, si je le quittais, au nom de l'amour, je sais que rien, rien n'effacerait mon souvenir de sa vie. Sa vie serait finie. Je suis sa jeunesse, le moment qui a décidé de tout pour lui. Il a terriblement changé depuis lors. Dramatiquement. Il ne peut plus se repasser dans sa vie une seconde fois ce qu'il y a eu alors. Il a épuisé d'un coup, avec moi, sa puissance de bonheur. Si je partais..., ah, vous ne le connaissez pas, Aurélien, vous ne pouvez pas me comprendre. Alors je pense à ce père que j'ai détesté de toutes mes forces enfantines, à cette injustice ignorante que j'ai eue envers lui, et je ne veux pas que Lucien un jour soit comme lui, qu'il me doive à son tour cette souffrance de tous les jours, cette tristesse qui ne finit pas. Encore mon père m'avait-il... Il ne m'aimait pas. Je lui étais un souvenir affreux de sa femme partie avec un autre. Mais enfin il m'avait à haïr, et c'est encore aimer, et vivre. Je ne peux pas penser à Lucien tout seul. Je n'ai pas d'enfant à lui laisser. Serai-je donc plus forte contre vous que contre lui? Ce qui me donne cette énergie contre nous-mêmes, c'est de vous trouver tellement plus fort, plus beau, plus aimable que lui. On vous aime, vous. On vous aimera. Vous ne serez pas seul. Cette pensée est pire que tout le reste. Je n'enverrai pas cette lettre. Je vous aime trop. Il fallait que je le dise. Je ne pouvais pas vous laisser sur ce mensonge... Je vous aime, Aurélien, je vous aimerai toujours! Adieu, ne cherchez pas à me voir. Je ne vous oublierai jamais. Je penserai à vous tout le temps, au milieu des gens, dans les rues. Je n'aimerai jamais que vous. Au moins y aura-t-il dans notre amour cette consolation que rien jamais ne le fera déchoir. Aurélien, pour la première et la dernière fois, je vous serre dans mes bras, contre moi, mon petit, mon petit, mon amour! »

L

Qu'est-ce qu'Aurélien attendait d'une pareille démarche? Dans la confusion où l'avait jeté la lettre de Bérénice, il s'était cent fois promis de s'en abstenir, cent fois il était revenu sur sa résolution. Il avait bien fallu qu'il cédât au bout du compte à l'impatience, à l'irritation, au besoin de revoir Bérénice. Il était donc là, rue Raynouard, sur le seuil de l'appartement, en face du domestique aux gants de coton blanc qui lui avait ouvert. Aurélien avait demandé Edmond. Monsieur n'était pas là, ni Madame non plus... Et Mme Morel? Mme Morel était sortie avec Madame, mais si monsieur Leurtillois voulait voir M. Morel... Non, non... Il battait en retraite quand la porte du fond s'ouvrit sur l'antichambre, et un homme, plutôt petit, et gros, boudiné dans un veston gris, bien clair pour la saison, fit son apparition, tendant la main gauche : « Monsieur Leurtillois! Entrez donc... Enchanté de vous connaître... j'ai tant entendu parler de vous... je suis le mari de Mme Morel! »

Il y avait dans cette entrée quelque chose d'un peu grotesque et de grinçant à la fois. Aurélien ne sut comment se tirer d'affaire. Il avait commencé à bafouiller un *je ne voudrais pas...* dont il rougit, mais il se sentit ridicule à l'égal de son interlocuteur, il se laissa donc faire et le suivit dans le salon. Comme Morel s'effaçait pour le laisser passer dans la porte, Aurélien aperçut seulement un détail physique de ce personnage qu'il avait à peine regardé : le mari de Bérénice avait la manche droite de son veston flasque et vide.

« Mais asseyez-vous, monsieur Leurtillois...
je vous en prie...

— J'étais venu voir Edmond, en passant...
pour des affaires...

— Oui, je sais, je sais, je suis au courant...
Mon cousin n'est pas là... mais vraiment je
suis très heureux du hasard qui... »

Il n'y avait qu'à s'asseoir et, pendant que
s'échangeaient des paroles de politesse, Aurélien
regardait Lucien Morel, avec une inquiétude
au fond de la surprise. *Tant entendu parler de
vous...* c'est ce qu'on dit toujours... mais il imaginait avec malaise les conversations où son
nom avait dû tomber en présence du mari. Où
commence, où finit le mensonge?...

Lucien Morel pouvait avoir vingt-six, vingt-
sept ans, mais avec ce front déjà dégarni, les
cheveux châtain foncé pas mal éclaircis rejetés
en arrière, ce corps court sur pattes, n'eût été
l'impression un peu enfantine du visage à la
lippe avançante, aux gros yeux à fleur de tête,
au nez busqué, on lui aurait facilement donné la
trentaine. Il n'était pas laid, il avait seulement
un air abusif de bonté, et la peau assez grasse,
luisante aux narines et aux tempes, les sourcils
bruns très épais. Ses joues gardaient encore
d'une poudre un peu trop blanche qui devait
être le souci de Morel. Un homme assez soigné.
Les vêtements en tout cas. Mais qu'il était
étrange que jamais Bérénice n'eût rien dit de ce
bras coupé...

« Vous restez quelque temps encore à Paris,
cher monsieur? »

Aurélien a peur que cette phrase mondaine ne
l'ait trahi. Quelle fichue idée il a eue de venir
rue Raynouard...

« Nous partons tout de suite après le Jour de
l'An, et justement Bérénice disait qu'elle était
très triste de ne pas vous avoir revu...

— J'ai été très pris ces jours derniers... Mais
je comptais... »

— Ne vous excusez pas! C'est bien compréhensible. Bérénice regrettait seulement... parce qu'enfin vous avez été si aimable pour elle durant son séjour... et elle avait tellement besoin de se changer les idées... »

C'était intolérable. Avec ça, qu'il ne pouvait s'empêcher de regarder la manche vide... En général, Aurélien ne savait guère que dire aux gens. Il avait peu l'esprit de conversation. Qu'aurait-il pu dire à Lucien Morel? L'autre semblait étrangement à son aise. Naïveté ou hypocrisie.

« Je suis très heureux, — disait-il, — que nous emmenions les petites... Bérénice adore les enfants...

— Vous emmenez les petites? — dit Aurélien pour dire quelque chose.

— Oui, Edmond et Blanchette vont aux sports d'hiver... alors ils nous confient les petites... Cela me fait plaisir pour Bérénice... Elle aurait tant voulu avoir des enfants... — Il soupira, passa sa main sur son front, puis regarda bien Leurtillois avec cet air de grande bonté, qui était si gênant : — Je me demande parfois si nous ne devrions pas adopter un enfant... Bérénice, comme ça, n'est pas heureuse. Non, elle n'est pas heureuse! Vous vous demandez pourquoi je vous dis ça? Vous vous dites... Qu'est-ce que vous voulez, on m'a tant parlé de vous... je m'imagine un peu vous connaître, monsieur Leurtillois, positivement... Mais je parle de mes affaires, et je ne vous donne pas de nouvelles de ma cousine! Blanchette est tout à fait remise, tout à fait...

— Ah! J'ai pensé aussi... puisqu'elle est sortie...

— Oh, elle sort depuis plusieurs jours... Elle est en bon état, encore un peu mal assurée dans la démarche... pas très d'aplomb... Enfin on n'en parle plus... Évidemment elle est toujours triste, ça, toujours triste... Cela lui fera du bien, la montagne, le grand air, la neige... Lui dirai-je que vous êtes venu aux nouvelles?

— Mais... naturellement...

— Je le lui dirai... ou plutôt Bérénice le lui dira... Elle est encore si émotive! Les femmes savent mieux... Bérénice sera très contente que vous soyez venu... Vous savez, Bérénice ne se connaît pas... Je croyais même qu'elle n'aimait guère Blanchette... Et puis dans ces circonstances... » L'horrible discrétion que cet homme apportait à ses propos trahissait enfin le quiproquo. Tout ce que Morel savait d'Aurélien concernait Blanchette. La duplicité de Bérénice atteignit vivement, comme une lumière, le cœur d'Aurélien. Il imagina la jeune femme dans la vie de tous les jours, cette maison trop somptueuse, avec ce mari débarqué au mauvais moment, la folie de Blanchette, l'ironie d'Edmond, et le cache-cache affreux de chaque instant.

« Je regrette, — proféra-t-il avec quelque difficulté, — de n'avoir pas trouvé Edmond au gîte... Il est insaisissable ces temps-ci...

— Oui, oui, insaisissable! Je l'ai à peine vu avec tout ça. Mais il m'a parlé des produits Melrose... je sais que vous êtes là-dedans aussi...

— C'est-à-dire...

— C'est un lien de plus entre nous, cher monsieur, parce que je vous annonce que j'ai accepté! Oui, j'ai accepté! — Il levait comiquement son index. — Nous voilà sur le même bateau, monsieur Leurtillois! Ce sera une excellente affaire... et puis avec mon cousin! Vous étiez au front avec lui, je crois? »

Il fallut lui dire que oui, et le pharmacien se lança dans une diatribe contre la guerre. Des formules, d'ailleurs, qu'Aurélien avait déjà entendues quelque part. Il l'interrompit poliment : « Ce sont des choses que quelqu'un comme vous peut dire... »

Morel s'arrêta, interloqué. Puis, regardant sa manche, il s'exclama gaîment : « Quelqu'un comme moi? Oh vous savez, c'est une blessure de guerre si on veut... Au fond, presque un accident... Bérénice ne vous a pas raconté? Eh bien, c'est un obus à Paris, la Bertha, comme je passais simplement, j'allais acheter mes journaux au kiosque, devant la gare de l'Est... Alors c'est tout de même mutilé... mais enfin pas bien glorieusement! — Puis tout d'un coup, intéressé : — Dites donc... Bérénice... Elle ne vous avait rien dit de mon bras? Non? Je l'aurais parié! Elle est drôle, ma femme! Elle ne le dit jamais aux gens, alors quand ils me voient, après, ça se lit sur leur figure, leur étonnement! »

Aurélien le regardait avec une surprise effrayée. Il s'étonnait lui-même de cette horreur qu'il ressentait du pharmacien. Des hommes comme ça, il y en a par centaines, et on ne les remarque même pas, ils ont femme et enfant, on s'assied à côté d'eux dans l'autobus... Mais le lien entre lui et Bérénice, voilà ce qui jetait sur cet animal jeune et poussif, avec sa peau luisante, ses dents pas très nettes, son souffle, sa graisse, une présence horrible pour Aurélien. Cela avait des pieds, un ventre, des sécrétions, cela mangeait, cela avait chaud, cela devait facilement rire. Et puis les yeux de Leurtillois s'arrêtèrent encore sur la manche sans achever une pensée, qu'il se fût dégoûté d'avoir... L'autre insistait : Bérénice regrettera... mes cousins, aussi, bien sûr, mais Bérénice aurait tant voulu... Et ne manquez pas si vous venez par chez nous... la maison n'est pas grande, mais on a toujours un lit pour les amis... Si, si... considérez-vous comme invité...

Dans l'escalier, Aurélien fut pris d'un rire nerveux.

LI

« On fait dix, onze pylônes par jour... c'est
un boulot pas ordinaire... Et on dit qu'on ne
travaille pas! A chaque fois déplacer le matériel...
la chèvre... et tout... Naturellement, il y a une
équipe qui vient derrière, pour le bétonnage...
Mais déjà comme ça! Je fais Saint-Étienne-
Grenoble... »

Les garçons enlevaient les assiettes à soupe.
La lumière dorée tombait sur les tables, où les
gens avaient déjà l'aise que donnent l'apéritif,
le premier vin, un beaujolais, et la vue du menu.
Le banquet occupait le fond du restaurant qui
fait terrasse sur Paris, les toits, la nuit, mais
on n'en voyait rien derrière les rideaux verts à
volants. La partie publique avec les clients
habituels et la caisse, les petites tables, était à
demi vide, mais il en venait le bruit des ordres,
et les plats la traversaient pour aller retrouver les
invités de *La Cagna*. Il y avait dans le fond une
desserte et un piano droit. Combien était-on?
Vingt-cinq, trente? Fuchs, déjà cramoisi dans
ses favoris roux, son col qui touchait le menton,
se souleva, dit à son voisin, l'entrepreneur de
travaux publics, un gros homme avec un bouton
de chair sur la joue, et des sourcils noirs énormes :
« Briffe, Chapelain, tu jacteras plus tard...
Garçon, le Jurançon, nom de Dieu! » Un de ces
bruits de fourchettes et de porcelaine...

« Je ne connaissais pas ce mastroquet »,
dit le grand gaillard brun au bout de la longue
table, avec ses cheveux qui ne tenaient pas,
et une raie dedans, raides. Il tourna ses yeux
brillants, dissymétriques, ses joues enflammées,
sa petite moustache, vers son voisin de gauche.

« Excusez-moi, — dit l'autre d'une voix très douce qui contrastait avec sa découpure d'athlète blond, en penchant sa coiffure crépelée, ses yeux à fleur de tête, et frisant le poil doré qui faisait éventail sur sa lèvre, — je n'ai pas entendu votre nom... je ne vous ai pas connu au régiment...

— Dupuy, Stéphane Dupuy, — dit l'autre. — Je n'étais pas dans votre régiment... Je faisais partie de l'artillerie divisionnaire, mais je connaissais Fuchs dans le civil... »

D'un geste familier, soulevant un sourcil, il rejeta ses cheveux qui dégringolaient sur ses tempes. L'autre l'apprécia : solide, l'artiflot, un type à bagarres, avec ses grosses lèvres mal fermées sur des dents blanches, et ce perpétuel petit rire accompagné des épaules. Il répliqua : « Moi non plus... je ne suis un biffin que de raccroc... J'étais dragon, on m'a versé en seize... Marsolleau, lieutenant Marsolleau... deuxième bataillon... d'abord dans la compagnie Millot... Vous voyez, là-bas? qui préside... le capitaine Millot... puis officier de renseignements du commandant Pierreguise... Ah, c'était autre chose! Parce que Millot entre nous... Dommage que le commandant n'ait pas pu venir, ce soir... »

Les conversations faisaient un brouhaha du diable. On riait fort, on s'interpellait. Les verres devant les convives, cinq par personne, tintaient. On se faisait des signes d'un bout à l'autre de la table, on se portait des toasts individuels, un peu en désordre.

Un grand bonhomme maigre, gesticulant, sa serviette dans le col, les moustaches à la gauloise, s'étrangla tout à coup à côté de Chapelain. On lui tapa dans le dos, on le fit boire : « Tiens, — observa Marsolleau, qui le découvrait, — Blanchard est là? Drôle d'idée...

— Qui est-ce? — demanda Dupuy.

— Oh, un sous-off! Et rien de fameux... » Il brossa sa moustache et parla d'autre chose.

« Non, — reprit Dupuy, — je ne connaissais

pas ce mastroquet, comme ça, sur les escaliers, en plein Sacré-Cœur. Ce putassier de Fuchs fourre son museau partout!

— Il était déjà comme ça en ligne, renifla Marsolleau, il paraît que ça marche sur des roulettes, sa feuille de chou... On est tout de même fier que ça soit né chez nous!

— Oh, vous savez, c'est un homme d'affaires : on ne sait pas trop comment ça se vend *La Cagna*, mais ça se vend... Des tas d'abonnés aux colonies... parmi les administrateurs qui se barbent à cent sous l'heure... comment il leur a mis le grappin dessus, je l'ignore, mais on s'en tamponne, pas vrai? Le principal, ça se vend!

— Tu crois? — cria par-dessus la table Cussé de Ballante, le gros type qui avait l'air d'un bistro. — Alors pourquoi qu'il ne paye point les dessinateurs, le Fuchsinet? Il me doit des mille et des cents! »

A l'autre bout, Lemoutard, l'ancien des Mœurs, déjà éméché, voulant à tout prix en pousser une, avait le vin triste et rétrospectif et commençait sur l'air de *Sous les ponts de Paris:* « *Au pont de Minaurourt...* » On le fit taire. Un petit homme, chafouin, noiraud, drôlement chauve, tout rosé, l'avait rappelé à l'ordre avec un formidable accent du Midi. Lemoutard bafouilla : « Mon capitaine... » et se rassit.

« Qui est-ce? » demanda le docteur à Aurélien. Le mari de Rose Melrose était là par raccroc, comme collaborateur de *La Cagna*. Fuchs lui avait pris des papiers sur les curiosités médicales de l'histoire, genre docteur Cabanès, parce que ça permet de dire toute sorte de saletés, et pour ses abonnés du Gabon ou de Madagascar... Aurélien regarda celui qu'on avait appelé le capitaine, et sourit. Comment expliquer Bompard au docteur? C'était le seul de tous ces gens que ça lui faisait quelque chose de revoir. Il ne voulait pas venir, puis il ne savait à quel saint se vouer, et Fuchs avait insisté, quel crampon!

S'il n'avait pas juré ses grands dieux qu'Edmond avait promis d'en être... Et puis, pas plus d'Edmond que dans le creux de ma main. Fuchs affirmait qu'il viendrait encore, au moins au café! Aurélien, dans ce désarroi où il était, cet à vau-l'eau des derniers jours, éprouvait l'absurde de ce gueuleton avec les anciens de son bataillon, et quelques copains de Fuchs. Dire que Fuchs passait sa vie à organiser des trucs dans ce genre-là! Est-ce qu'il avait une vie privée? Il devait toucher un pourcentage des restaurateurs. Puis la publicité pour *La Cagna*...

Aurélien s'était accroché au docteur, parce qu'il y avait chez cet homme, du noyé, du perdu en mer. Une parenté entre eux. Tous les deux pouvaient parler de n'importe quoi, ils savaient que l'autre avait en tête quelque chose dont il ne soufflerait pas mot.

« Le capitaine Bompard..., — dit Aurélien. — Pour moi, d'abord, c'est toujours le lieutenant Bompard. On ne lui a flanqué sa troisième ficelle qu'*in extremis*, en 18, j'étais déjà en Orient. A T. T., bien sûr, c'est un réserviste. Ce qui fait qu'il est rétrogradé maintenant. Et ce qu'il en rage! Je le revois toujours, soûl comme une bourrique, dans la cave d'une sorte de château, dans le Soissonnais, il n'y avait plus de château, mais il y avait la cave... Les Fritz ont pris le château, mais ils n'ont pas trouvé le lieutenant Bompard... Quand nous sommes revenus à la contre-attaque, au petit matin, on l'a vu sortir de terre avec un fusil-mitrailleur, et il vous a tout nettoyé avant qu'on arrive. Puis il est tombé comme une masse. Moi, je le croyais blessé, je me glisse jusqu'à lui, je me penche : Mon lieutenant! mon lieutenant! Il ronflait comme un bienheureux... »

Il regarda la montre à son poignet. Non, Edmond ne viendrait pas. Il aurait bien demandé au docteur, il avait peur d'être indiscret, de gaffer. Qu'est-ce qu'il savait au juste de sa femme, le docteur? S'il savait, c'était un drôle de monsieur. « Mme Melrose joue en ce moment, Doc?

— Non... qu'est-ce qu'elle m'a dit, Leurtillois? Vous devenez notre commanditaire? »

Décidément, tout le monde prenait la chose comme faite. Aurélien ne dit pas non, parce qu'il pensa à Lucien Morel, avec sa manche vide. Il ramena la conversation sur ce bonhomme en face, dont les épaules voûtées, les bras de singe, les mains poilues lui rappelaient un autre temps : « Regardez-le, Bompard... mon cher... avec sa serviette enfoncée dans le gilet, ses petits yeux tout ridés, cet air naïf... il a l'air de ne pas savoir... je ne sais pas quoi... mais de ne pas savoir... et puis il sait très bien, c'est un malin!

— Qu'est-ce qu'il fait dans le civil?

— Oh, aujourd'hui! Il disait qu'il avait fait tous les métiers... Vous le voyez, sous la serviette, le gilet? Oui... un gilet rayé noir et jaune... Il ne l'a pas quitté de la guerre, sous la vareuse... Il l'a remis ce soir pour nous... Il prétend, probablement, qu'il le met tous les jours... Comme il dit : « Le gilet que je portais quand j'étais valet de chambre à Nice... » A-t-il été valet de chambre? Pas sûr. Ça scandalisait les gens, ça gênait les officiers à la popote. On le supportait parce qu'il était d'un courage à faire peur. Il se vantait à rebours. Avant guerre, il vendait de l'huile, et encore si elle était bonne, qu'il disait, mais c'était de la mauvaise huile... Il habitait Marseille... Les hommes l'aimaient... une fichue rosse pourtant. Il faisait marcher son ordonnance à coups de pied dans le cul, après ça ils se noircissaient la gueule ensemble... »

Parler de tout ça submergeait les pensées d'Aurélien, dans l'odeur de friture; et Aurélien avait peur de ses pensées. Il fuyait Bérénice, il fuyait tout ce qui l'avait maintenu éveillé la nuit précédente, il étouffait ces sanglots dont il n'était pas maître et qu'il sentait monter en lui à chaque instant de laisser-aller.

« A la vôtre, mon lieutenant! » lui cria d'en face un grand garçon bien découplé, assez vulgaire, le poil paille, avantageux, des yeux vagues, et le menton trop grand qui gâtait tout. Aurélien leva son verre de Jurançon blanc : « A la vôtre, sergent! » Le docteur lui demanda : « Qui est-ce?

— Becmeil... un des rares sous-offs ici ce soir, avec Lemoutard, Blanchard et Fuchs lui-même... un Parigot... plus débrouillard qu'autre chose... Il avait le talent de la planque... Mais une belle voix... on l'invitait quand on avait du monde... Je parie que tout à l'heure il chantera *Le Roi d'Ys!* »

Le voisin de gauche d'Aurélien se mêla de la conversation : « ... Ou la *Sérénade à Manon*, Leurtillois, en tout cas l'un ou l'autre! Il peut leur être reconnaissant, à ses goualantes, il leur doit une fière chandelle : toujours dans les bureaux, on se l'arrachait... Impossible de le faire passer dans une section... »

Le docteur, par-dessus Aurélien, regarda celui qui parlait : des yeux de chat, une mâchoire d'âne, très jeune, mais avec cette mauvaise graisse de la jeunesse sédentaire, qui n'était pas faite pour ça, les cheveux ras. Le docteur se rappela qu'il avait remarqué sa démarche, tic professionnel : une jambe de bois, probablement. Aurélien fit les présentations : « Le docteur Decœur... Husson-Charras... » Le docteur connaissait ses cousins, de la banque Husson. Cela fit un colloque, dont Aurélien put s'abstraire.

On en était au rôti. Le troisième vin apparut au milieu des cris. Ça, il faut le dire, ce diable de Fuchs sait ce que c'est qu'un gueuleton! Pour un gueuleton! « Messieurs... »

On fit chut, chut... C'était le président de table qui élevait la voix, agitant les mains. Chut, le capitaine veut dire quelque chose... « Messieurs... »

Il toussa un peu, avec un mélange de bonhomie et d'importance. Le capitaine Millot était ce qu'on appelle un bel homme, à Toulouse où il était photographe avant guerre. Une belle taille, mais un peu empâté, et déplumé maintenant sous la mèche noire, ramenée. Ah, il n'avait plus cette élégance, que lui permettaient la solde et l'uniforme! Qu'est-ce qu'il avait pu dépenser comme gabardines et comme whipcord! Il passa d'un geste familier son doigt entre son nez et la brosse à dents rousse qui lui barrait la lèvre. Il était devenu bien mollasson, ce Don Juan de mil neuf cent quinze, et blême assez. Il dit : « Messieurs! Je ne boirai pas à la santé du régiment, mais du deuxième bataillon, que j'ai eu l'honneur de commander, par intérim, mais enfin, de commander! Nous sommes ici des gens, qui avons, presque tous, passé dans ce bataillon qu'on appelait *le* bataillon, tout court, un bataillon de durs, s'il en fut! Nous regrettons que le commandant de Pierreguise n'ait pas pu se joindre à nous ce soir... mais à vrai dire, je ne le regrette pas, puisque cela me permet de vous parler, et de vous dire... »

Le discours, prétentieux, se dépelotonnait dans la pâte molle de ce visage qui avait dû plaire aux femmes. Il y avait des fleurs pour tout le monde, le souvenir des morts, des absents, justice rendue à Fuchs comme organisateur de banquets, la France mêlée là-dedans, une phrase habile sur les promesses faites aux combattants et jamais tenues. Les gens haussèrent les épaules, se dirent l'un à l'autre quelques mots, dans le genre : « Ah pour ça... il a raison... On est les P. C. D. F.! » Georges Husson-Charras, mal à l'aise, avec sa guibolle gauche sous la table, se remua pour garer sa prothèse de son voisin. Becmeil soupira : « Ah, malheur! » Et Marsolleau, derrière ses mains grasses, ses doigts boudinés, qu'il écartait pour faire distingué, se penchant vers Stéphane Dupuy, murmura,

rigoleur, sifflant un peu dans ses dents blanches :
« Ce pauvre capitaine! Regardez-le... Un nullard...
Des gens comme ça, la guerre, c'était leur chance.
Ça a prolongé sa jeunesse... Il fallait le voir
avec les filles! Une rigolade! Puisqu'il se croyait
irrésistible... C'est comme ça que j'ai eu des
embêtements avec lui... Si ce n'avait pas été
le commandant de Pierreguise qui ne pouvait
pas le blairer... »

Les mains grasses achevèrent cette histoire,
et Marsolleau se perdit dans le souvenir de la
petite caille qu'il avait soulevée au capitaine en
Alsace, comment s'appelait-elle donc?

« Il est toujours photographe à Toulouse? »
demanda Stéphane Dupuy que le discours
interminable faisait bâiller. Marsolleau répondit
avec une mine d'écolier qui parle en classe :
« Jamais de la vie... Monsieur avait goûté de la
grande vie... Vous pensez comme il aurait pu se
contenter de Toulouse! Il lui fallait la capitale..
Avec ça que sa femme l'avait quitté! une chance!
Il s'est fixé à Paris, ou pas tout à fait, à Vaugirard... Une occase : une boutique tout installée!
Il photographie les premiers communiants, les
noces, les boutiquiers. Puis il n'a plus le cœur
très solide. Cinq ans de popote, dites donc!
Il faut prendre des fioles, des trucs et des machins.
Regardez-le : tout bouffi, ces yeux à marcher
l'essus... Il n'y a plus que les gens de Vaugirard,
du café, pour l'appeler le Capitaine... Si vous
aaviez vu dans la Sarre, quand il a commandé
le bataillon! Le roi n'était plus son cousin... »

Des clameurs montèrent. On saluait la péro-
raison du capitaine. Lemoutard, très éméché,
voulait parler à son tour. Bompard le rassit,
d'un : « Ta bouche, Bébé », qui provoqua une
grosse hilarité générale. L'entrepreneur de travaux publics s'essuyait les yeux de rire.

Bompard souffla à Hureaux : « Pourquoi le
Commandant n'est-il pas là? Ça aurait été mieux
torché, comme laïus! » La tête jaune du lieute-

nant Hureaux s'agita, ses yeux roulèrent derrière leurs vitres. Il siffla : « Nous ne sommes plus assez bons pour dîner avec M. DE Pierreguise...

— C'est bien chauffé ici, — dit Husson-Charras. — On ne se croirait pas à la Saint-Sylvestre. Tu as ta voiture à la porte? Non? J'espérais que tu pourrais me ramener, à cause de ma patte... Tant pis. Fuchs ira chercher un taxi... Qu'est-ce que c'est que ce bonze à côté de Marsolleau? Tu le connais? » Aurélien regarda vers le bout de la table. Ça c'est Stéphane Dupuy. Il était vaguement dans l'artillerie. Il collabore à *La Cagna*. Un sceptique avec des idées sociales, qui dit pis que pendre des femmes et qui n'épouse pas sa maîtresse qui fait des blouses, à qui il reproche les quatre sous qu'il lui a prêtés. Son père est président de tribunal, et lui habite une garçonnière chez ses parents... au rez-de-chaussée... Il est sourd d'une oreille : le feu, vous comprenez...

« Il m'a fait tout un chambard avan' qu'on se mette à table, — dit Husson-Charras — sur le socialisme, la Russie, est-ce que je sais? Il trouve que les grands magasins n'en faut plus, et les enseignes lumineuses lui font mal aux yeux! Un peu piqué, tu ne crois pas? »

Le docteur s'acharnait à parler en même temps à Aurélien. Il était, en apparence, tout aux histoires des produits Melrose, et il feignait de traiter Leurtillois en actionnaire. Est-ce que Barbentane l'avait tenu au courant du projet de parfums au poids? Avec Mme de Perseval... la maison s'appellerait Mary-Rose, à cause de Mary et de Rose, vous comprenez... Rose aurait son théâtre. Rose n'avait pas la place qui était due à son talent, à son génie. Quand elle aurait son théâtre, comme Réjane, la grande Sarah... On passait la salade.

« Et ta femme va bien? » demanda Aurélien à Husson-Charras. Celui-ci avait épousé sa cousine. Qu'est-ce qu'il aurait pu faire d'autre

maintenant? Elle lui faisait l'effet d'une infirmière. Mais il ne pouvait pas comme autrefois,
après les E. O. R. à Bleau, et dans les cantonne-
ments, chasser la femme avec cet entrain de
braconnier qu'on lui connaissait alors. Ce chien
d'arrêt qu'il s'était dégoté comme ordonnance!
Aurélien se souvenait du soldat Miraud, un
paysan, qui n'avait pas son pareil pour préparer
le lit du lieutenant... Il écoutait les phrases
mortes et tristes de son voisin de table, qui
parlait de sa femme, de son chez lui, du travail
qu'on lui avait trouvé à la banque Husson.
On l'avait casé, quoi, lui et sa guibolle. Il devait
détester sa femme. Il avait grossi. Autrefois il
voulait être avocat, un an de droit avant le
service... puis la guerre... Il remuait tout le temps
sa prothèse sous la table, il n'arrivait pas à se
placer comme il faut. Ça ramenait tout le temps
Lucien Morel au souvenir d'Aurélien. Il demanda :
« Mais quand est-ce que tu as ramassé ta blessure? Ta... enfin...

— Ma patte? — dit l'autre. — C'est bien ma
veine! Tout à fait à la fin, tu imagines! Octobre 18. Sur la route de Maubeuge, comme on
détalait de la Malmaison. Avoir fait trois ans
de front, et comment! sans rien... pour... Et tu
sais que je n'étais pas de ces ballots qui se jettent
dans tous les pastis... Il faut dire ce qui est,
j'avais la venette, j'étais sûr d'y rester, je comptais
mes abattis. Quand ça chiait dur, je suais de
partout. J'avais toujours l'idée que ça se voyait...
Une fois le parapet passé, ça allait. Le chiendent,
c'est toujours de le grimper. Enfin je ne sais pas,
vous autres, vous aviez l'air de ne pas trop...
mais, moi, bon Dieu! Quand j'ai senti que
j'étais touché, j'ai recommencé à vérifier : la
tête, les bras, les jambes... Elles y étaient encore
toutes les deux, mais il y en avait une, c'était
bizarre, j'y sentais comme un froid... »

On n'y avait pas tenu, on n'avait pas pu
attendre le dessert : Becmeil debout, avec de

431

l'huile sur les lèvres et le menton, plus paille que jamais, la main sur le cœur, chantait à la demande générale :

> *Si Rosenn bientôt n'arrive*
> *Je vais, hélas! hélas! mourir...*

« C'est toi qui avais raison! — dit Husson-Charras. — Mais on aura *La Sérénade* tout de suite après, tu verras...

— Non, — dit Aurélien, — il n'y a qu'à lancer Ballante, il ne s'arrêtera plus.

— Qui ça, Ballante?

— Cussé de Ballante... le peintre... le gros là-bas... oh, c'est ce qu'on appelle un boute-en-train! Quand il ne parle pas peinture... »

Le docteur hocha la tête : « Curieux, Leurtillois : vous connaissez tout le monde ici... Je n'aurais jamais cru ça de vous... Je vous prenais pour un solitaire, et puis vous cultivez des relations inattendues! »

Aurélien le regarda et sourit. Il venait de sentir sa solitude. Il ne pouvait s'empêcher de se retourner : il tournait le dos à la porte du restaurant par où, peut-être, Edmond allait entrer, Edmond qu'il ne voulait pas avoir l'air de relancer, Edmond qui lui parlerait de Bérénice. Tout d'un coup, il devenait sensible à tous les détails absurdes du décor : des applications de cuivre avec des bougies électriques à petits abat-jour plissés roses, un tableau représentant la mer en fureur, faisant pendant avec une mer calme à rochers rouges, et la desserte à côté de la table, couverte de bouteilles improbables, de seaux à champagne, de couverts de rechange. Le dessus de peluche à pompons sur le piano, avec un grand vase genre Manufacture de Sèvres d'où s'épanchaient des fleurs et des feuilles artificielles. Le baroque aussi de la disproportion de la pièce, les petites tables là-bas d'où des gens d'une autre espèce regardaient le banquet

avec des yeux gênés d'une peuplade africaine
tombant en pleine kermesse flamande. La joie
bruyante. Les bravos ponctuant les chants,
les rires, les cris. Une envie sensible chez plusieurs
de se lever et de danser. Lemoutard complètement parti qui agite sa fourchette. L'attente du
numéro suivant. Mais tandis qu'on servait le
parfait glacé, ce ne fut pas Ballante qui se leva,
après Becmeil, mais Bompard, le lieutenant Bompard, avec son gilet rayé jaune et noir. Aurélien
se dit : Ah, ça va être ça, maintenant... Comme
aux Éparges.

Bompard s'était levé et agitait les bras. Il
avait tombé la veste; en manches de chemise,
avec le fameux gilet, il était tout à fait simiesque.
Aurélien lui retrouvait son allure du front, le
casque rejeté en arrière manquait, autrement...
Il marchait comme alors, toujours le menton
pointé en avant, fléchissant les épaules arquées.
Alors dix minutes avant une attaque on le voyait
ainsi, dans sa vareuse crasseuse, debout sur le
parapet pour épater son monde, à regarder tranquillement les Fridolins à la lorgnette. Pour
l'heure, il provoquait ses partenaires : « Marsolleau! Ohé Marsolleau! Fainéant, viens ici faire
le toréador! » Et se retournant vers un autre :
« Hureaux, mon petit Hureaux, joue un peu la
zizique! » On rigolait. Ça rappelait des tas de
choses. Hureaux se fit prier un peu, on le traînait
au piano. Il rognait, il rognait toujours, cet
homme jeune, avec ses lorgnons aux verres
échancrés d'en haut, sa moustache dont le poil
manquait par places, juste assez d'épaules
pour ne pas se faire remarquer. Tandis qu'il
s'installait au piano, dont la poussière le fit
grimacer, Bompard et Marsolleau s'affrontaient.
Pour Marsolleau, ça allait tout seul, il lui suffisait
d'une serviette en guise de cape, et déjà il était
à faire des manières, se hissant sur les pointes.
Une fois debout, l'ancien dragon apparaissait
tout à fait redoutable, avec son air de nègre

blond, ses taches de rousseur sur le front, ses cheveux crépus échevelés et cette stature d'Apollon, la taille ronde, les bras à faire craquer les manches. Oui, les femmes ne l'oubliaient pas, celui-là. Le président de table se détourna, un peu agacé; la beauté vulgaire de son ancien subordonné lui était désagréable, au capitaine Millot, elle lui rappelait des histoires.

« Regarde donc Bompard! — s'exclama Husson-Charras. — Il n'a pas été long à trouver ce qu'il lui fallait! » En effet, Bompard s'était emparé des feuillages artificiels dont était bourré le grand vase à décor bleu qui ornait la desserte. Il se les était ficelés autour du front comme des cornes gigantesques, et il faisait des bonds de droite et de gauche, avec une sauvagerie comique, tandis qu'au piano le lieutenant Hureaux préludait dans le genre espagnol. Lemoutard, debout, frappait des mains et criait : « Toro! Toro! » à la grande joie des autres. Les garçons qui apportaient le champagne s'étaient arrêtés pour regarder le spectacle, et dans le restaurant les clients se levaient, cherchant à voir.

Fuchs s'était précipité, et avec des gestes de clown jouait le rôle de l'arbitre entre le taureau Bompard et le torero Marsolleau. Ça, ça ne faisait pas partie du vieux cérémonial du deuxième bataillon quand on courait le taureau dans un abri minuscule, en ligne, ou dans une popote de hasard, au repos. L'innovation plaisait, aussi se mit-on à la développer, et Becmeil et Ballante d'un commun accord mimèrent les soigneurs. Un soigneur de taureau, ça lui masse les cornes, ça lui époussette la queue, enfin c'est plein d'inventions; tout ce qu'il fallait à Ballante qui détestait n'être pas lui-même le centre de l'attention. Fuchs paradait, pétaradait, conduisait les deux combattants à tour de rôle par la main, comme une fiancée qu'on présente au public, et mimait comme jadis Rigadin au cinéma le scénario du combat à venir. Il se retira en envoyant des baisers. Hureaux attaquait *Carmen :* « *Toréador, prends ga-a-a-arde...* » L'assemblée entonnait les paroles en chœur.

Le docteur Decœur, hochant la tête, regarda Leurtillois, avec étonnement : « Vous avez l'air ému, mon cher... »

Aurélien se retourna. « Oui, c'est un peu bête... mais cette idiotie-là, voyez-vous, Doc, c'est tout de même la guerre, notre guerre... »

Marsolleau faisait des passes avec sa serviette, et le crâne de Bompard luisait dans les feuillages fonçant sur lui, revenant, menaçant de se jeter sur le public, s'arrêtant devant une barrière fictive, le long de laquelle il trottait. « Toro! Toro! » Aurélien continua : « La dernière fois que j'ai vu ça, Doc, Bompard faisait le taureau... mais le toréador c'était le petit Vanderpyle, un aspirant, un gosse de Lille, si blond qu'il avait l'air d'une fille. Aux Éparges. L'aspirant a été tué dans un coup de main le jour suivant... Oh, je sais, c'est une histoire terriblement de mauvais goût! » Tout le monde hurlait de joie, Bompard époumonait Marsolleau, qui avait bien quinze ans de moins que lui. Le piano scandait sa rengaine, toujours plus fort. Lemoutard, dans son coin, dansait une danse espagnole, claquant des doigts, se servant de sa serviette comme d'un châle. Personne n'avait l'air de le remarquer.

« Drôle de chose, votre guerre, — murmura le docteur, — on n'a pas idée de ça, nous les embusqués... »

La course se terminait par la mise à mort, Bompard se roulait à terre et le torero acclamé, des lèvres, mimait des bises. A table, les garçons reversaient du champagne. Le pianiste qui en avait assez avala une coupe et se plaignit : « Ah non, ça, Fuchs! Pas réussi, le champagne! Il est sucré! » Fuchs protesta : les uns l'aimaient sec, les autres... On ne savait plus qui écouter. D'ailleurs lui, le champagne, il s'en foutait.

C'était parce qu'on était le soir de la Saint-Sylvestre, sans quoi.

« C'est vrai, — cria la capitaine Millot, — il grogne toujours, ce petit Hureaux! Quel caractère!

— Mais, mon capitaine... le champagne...

— Pas de capitaine qui tienne! Il demande du champagne, qu'on lui en donne! »

Ils s'étaient mis à quatre ou cinq, Hureaux se débattait, on le força d'avaler du champagne à la bouteille. Il en coula partout, sucré, horrible. Lemoutard n'était plus seul à être émoustillé. Becmeil aussi : il voulait chanter, mais Ballante, qui guettait son moment, brûla les planches. « Allons, bon, — gloussa Stéphane Dupuy, — Ballante qui fait le facteur! » C'était son numéro. Dès qu'il avait un verre dans le nez, il faisait le facteur, se promenait avec sa boîte, saluait les passants, grimpait les escaliers, entrait chez une petite dame qui venait lui ouvrir toute nue, chez un curé... Et chez le concierge, et sur le vélo dans la campagne... On ne comprenait pas tout, on riait toujours. Il courait à travers le restaurant, intéressait les clients des petites tables à sa pantomime, revenait, *et caetera*... Enfin il couvrit la belle voix, un peu prise de boisson, qui chantait : « *Manon, voici le soleil!...* »

Il s'était mis une certaine pagaïe dans le banquet, les gens faisaient de petits groupes, se criaient des choses de l'un à l'autre. On apportait le café, les liqueurs, on fumait des cigares. La table était assez sale, des choses renversées, des cendres dans les restants de la glace fondue, des petits biscuits déchiquetés par les doigts nerveux du capitaine... Maintenant Ballante, tout à fait excité, chantait son grand air, *La Tonkinoise*, et tous, Dupuy, Hureaux, Husson, Blanchard, Marsolleau, reprenaient en chœur le refrain : *Mon Annana, mon Annana, mon Annamite...* Decœur dit à Aurélien : « Votre guerre... c'était une guerre d'officiers, de gradés... Pas un seul soldat ici... »

Aurélien haussa les épaules : « Vous n'y pigez rien, mon vieux. Il y a des associations d'anciens combattants... Ça, c'est une réunion de copains... On était des gradés par hasard, possible : on ne se refait pas... C'est avec nos bouts de galon sur nos manches qu'on a failli se faire trouer, vous comprenez... on se retrouve...

— Eh bien, quoi, Leurtillois? — lui cria Husson-Charras de sa chaise, la jambe étendue. — Tu ne chantes pas avec nous? »

Le docteur regarda Aurélien. Aurélien chantait. Decœur se mordit un peu les lèvres. Pas qu'il eût envie de rire. L'abîme dans les gens. Ce qu'ils sont loin de l'image qu'on en a, ou qu'ils se sont faite. Ce grand garçon, distingué, traînard, qu'on voyait à Montmartre, ou chez Mary de Perseval, ou chez les Barbentane... toujours très bien habillé, assez silencieux : c'était lui, là, qui chantait, et pour la première fois, le visage un peu suant, il n'avait pas l'air de se surveiller, le docteur comprit que Leurtillois était dans son élément véritable. Il pensa avec une amertume profonde qu'il n'y avait pas que pour Aurélien qu'il avait fait ce genre de découverte; ce qu'il aurait pu dire de Rose, la grande Rose, qui récitait du Rimbaud. Ah la la. Il sentit quelqu'un lui prendre le bras. C'était Stéphane Dupuy, tout à fait rouge, les cheveux de plus en plus dans les yeux, qui se mordillait les coins de la moustache, et de droite et de gauche, avec une nervosité de joueur de football.

« Dites donc, Docteur, Fuchs m'a touché un mot de l'histoire... C'est une idée originale, les produits Melrose... Ça va avoir un succès du diable... Fuchs voudrait que je prenne une interview... »

Ah, oui? Jamais le dernier, ce Fuchs, quand ça sentait le gâteau. Decœur connaissait le coup. Le directeur de *La Cagna* passerait chez Barbentane. C'était régulier. Ils prirent date. Dupuy

437

était tout excité à l'idée de Rose, il se faisait obséquieux avec le mari. Ça devait être un type très fort, ce Decœur. Stéphane chercha à se faire mousser, parla du livre qu'il écrivait, un roman : le sujet, la désillusion d'un combattant qui trouve la vie d'un vide, après cet alcool extraordinaire, l'habitude de tuer, la guerre enfin. Ce monde médiocre, sans air... « Vous avez beaucoup tué vous-même? » demanda le docteur de son ton blanc, mondain. L'autre rit un bon coup, de gêne secoua ses épaules, renvoya ses cheveux : « Oh, vous savez, j'étais artilleur... Mais enfin, j'en ai bien connu d'autres, ceux-ci... » Il montrait les banqueteurs qui formaient des groupes, quelques-uns autour du capitaine Millot, d'autres avec Fuchs et Lemoutard, qui faisaient des tours avec des allumettes, Becmeil tout seul, chantant *Le Rêve passe*: « *Les voyez-vous, les hussards, les dragons, la garde*... »

« Évidemment, — dit Decœur, — vous savez ce que vous voulez dire. Moi qui pendant la guerre n'ai fait que me défiler... »

Il avait un pli provocant de la lèvre pour dire ça. Dupuy était choqué, mais ça lui en imposait. Pour un rien, il aurait marqué que lui, au fond, comme artilleur... Il développa le sujet de son livre, l'autre côté, le côté révolutionnaire, la révolte du héros, son dégoût dans ce Paris de commerce, de politique, de combines... Et puis la poésie naturellemenet, la fuite à la campagne, l'isolement, une fin désabusée... « Vous comprenez, je ne peux pas faire partir Boule, c'est le nom de mon héros, à Tahiti comme tout le monde... Le Harrar... Enfin, il s'en ira sur la côte bretonne, une région sans touristes, avec des îles, la chasse, les pêcheurs... Ça se termine à peu près comme le *Pan* de Knut Hamsun commence... Vous aimez Hamsun? »

Naturellement, le docteur aimait Hamsun. Qu'est-ce que le docteur n'aimait pas? Hureaux les interrompit.

« Vous ne trouvez pas que ça manque de femmes? »

On n'aurait jamais cru que ça pût travailler ce malingre bilieux, avec cette voix trop haute, indécente, qu'il avait, inattendue chez cet employé de taille moyenne, au visage moyen, aux pieds moyens. Il était comptable dans une grande maison d'instruments de musique, dit Husson-Charras, se mêlant à la conversation du docteur et de Dupuy, un peu délaissé qu'il était, avec sa jambe. Pour ça qu'il jouait du piano ou le contraire? « Ah, — dit le docteur, — cette loi des causalités! » Enfin ça lui donne des idées sur l'art et il ne se mariait pas pour aller au concert, qu'il disait. « Tu te souviens, Leurtillois, — dit Husson raccrochant Aurélien, — Hureaux au Mort-Homme?

— Quand on lui a tué sa bouteille de potion pour la toux? »

Ils rigolèrent. Quel maniaque, ce Hureaux! Jusque dans les sapes, sa manie de l'ordre frisait le scandale. Sur cinquante centimètres carrés, il s'organisait rationnellement : son quart, sa gamelle, son couteau.

« Le cache-nez, Husson, n'oublie pas le cache-nez! L'essentiel de ses précautions contre la mort, avec la potion... La gueule qu'il a faite quand la bouteille a été cassée par une balle...

— Ce n'était pas une balle, c'était un éclat! »

Ils disputèrent de ce point d'histoire : « Dire que c'est lui qui réclame des poules, ce soir!

— Ma foi, — dit le docteur, — je vous avoue... Enfin, Leurtillois et moi, je sais pourquoi nous sommes venus seuls... Mais les autres? Qu'ont-ils fait de ces dames? Et le dernier jour de l'An, encore!

— Oh! — dit Dupuy, — la plupart tout à l'heure réveillonnent en famille! En fait, tous ne sont pas mécontents de ce moment de liberté!

— Oui? Curieux... — Le docteur montrait Marsolleau : — Il n'est pas marié?

439

— Non, — dit Husson, — il a une amie...
qui lui paye ses cravates. Et Bompard a laissé
Madame à Marseille, il est de passage. Tu te
souviens, Leurtillois, des photos de Mme Bompard? Il les montrait tout le temps, des cheveux
tirés, une croix d'or en sautoir, de petits yeux,
une bonne bourgeoise nature... Ça n'empêchait
pas qu'au cantonnement on ne pouvait pas le
tenir avec les filles d'hôtel... Tu te souviens?
Il doit lui faire une vie à tout casser, à sa bourgeoise, celui-là! » Et Becmeil a trois gosses, ses
frères tués, sa mère retombée sur ses bras, sa
femme qui gueule du matin au soir, les mioches
n'ont pas de santé! Il faut le comprendre, ici
il retrouve sa jeunesse. Représentant en bonne-
terie, ce que ça représente de paillassons essuyés,
de cordons tirés, de chapeaux à la main, avec
toutes ces bouches à nourrir! Et Blanchard, qui
vend des pneus vers la porte Maillot, cinq filles,
sa femme qui a filé... Le docteur hocha la tête
et se tourna vers Stéphane : « Oui, mon cher,
vous avez raison, le monde est mal fait, dommage
que ce ne soit pas tout le temps la guerre! »
Husson, grognant, tâta sa cuisse. Aurélien regarda
Decœur sans comprendre. Mais Dupuy, tout de
suite à la page : « Oui... c'était peut-être le bon
temps... »

LII

Cette petite fête s'était très mal terminée.
Comment la bagarre avait commencé, personne
n'aurait pu exactement le dire. Il est certain
qu'on avait pris et repris des petits verres, essayé
l'armagnac après le marc de Bourgogne, et un
schnaps foudroyant qui avait remis en question
toute sorte d'anecdotes alsaciennes d'après
l'armistice, sur lesquelles on n'était pas d'accord.

Peut-être bien que Lemoutard, pas mal brin-dezingue, avait provoqué Blanchard, qu'il n'aimait pas. Mais qu'avait dit Blanchard juste avant? Ce grand polichinelle, brun et maigre, avec ses bacchantes tombantes, sa peau tannée et ses gestes de moulin à vent, s'était tenu pépère pendant tout le repas, mais enfin on connaissait ses idées, et c'était une fichue inspiration de la part de Fuchs de l'avoir invité. Il avait pu exaspérer Lemoutard par un propos quelconque. Il criait qu'il n'avait de leçon de patriotisme à recevoir de personne, et on savait bien qu'il avait une croix de guerre du tonnerre de Dieu, mais ce n'était pas une raison pour dire certaines choses. Dans la mêlée indescriptible que ça fit, dès que quelqu'un eut frappé quelqu'un d'autre, et impossible de s'y retrouver, cela mit hors d'eux des gens comme Marsolleau qui n'avait pas une tendresse particulière pour l'ex-inspecteur, de voir qu'on tapait sur Lemoutard dans l'état où il était. Le fait est que Marsolleau ne pouvait guère s'en prendre à cette carcasse de Blanchard, c'était trop disproportionné, et il se trouva en face de Becmeil qui n'aurait pas rêvé, sobre, de se colleter avec son ancien lieutenant, mais qui pour l'heure ne se connaissait plus.

On essaya de les séparer, il y eut des cris, voyons, voyons, d'autant que Marsolleau avait une supériorité écrasante, il faisait de la boxe, et quand le sang pissa du nez de son adversaire, ça révolta le monde. Hureaux piaillait. Aurélien attrapa Marsolleau par les bras, et le tira en arrière. L'autre protestait, ça donna le temps au capitaine Millot, suivi de Bompard, les chefs, d'intervenir. Le capitaine feignit d'ignorer le début de l'affaire, blâma Marsolleau qu'il ne pouvait pas voir en peinture, et qui aurait dû se rappeler son grade avant de frapper un sergent, reprit la formule sacrée : « Unis comme au front », et noya tout dans un discours. Il y avait des verres brisés, de l'alcool sur la nappe, des saletés par terre, les assiettes sales dans tout ça. « Quelle chienlit! » dit Hureaux. Et Dupuy, avec sa grande gueule, faisait celui qui n'a pas eu le temps d'intervenir, qu'est-ce qui s'est passé? en jouant des biceps. Il devait être toujours comme ça, l'artilleur.

Enfin, c'était la débandade. Husson-Charras demandait à Fuchs de lui faire venir un taxi. Les gens prenaient leur vestiaire. Le docteur dit à Aurélien : « Vous réveillonnez quelque part? » Leurtillois secoua la tête. Ils continueraient la soirée ensemble. Husson-Charras aurait aimé qu'Aurélien partageât son fiacre, mais la pluie s'était arrêtée, et on n'était pas fâché de marcher un peu, pour chasser les dernières fumées. Il se trouva qu'Aurélien et Decœur descendirent les escaliers du Sacré-Cœur avec Hureaux et Bompard.

Bompard avait familièrement pris le bras d'Aurélien : « Content de te voir, pitchoun... Pendant le dîner, on ne pouvait pas se parler... Comment ça se goupille-t-il pour toi, cette chienne de vie? Marié? Non? T'as raison. Te marie pas. Te marie jamais... »

Au-dessus d'eux, la basilique blanche, à leurs pieds la ville dans une brume de lumières. Le froid leur fit serrer les pardessus, relever les cols. Hureaux râlait, comme toujours.

« Marsolleau, bien sûr, Marsolleau... Toujours à foutre la bisbille, celui-là... Un joli coco... Quand il était adjoint au commandant, il passait son temps à moucharder l'un, à moucharder l'autre...

— Allons, allons, — dit Bompard, — si le commandant avait été là, il ne se serait rien passé... Millot manque d'autorité...

— Je te conseille de le défendre, le Marsolleau, toi, Bompard... Vous savez bien que j'ai été avec le commandant avant Marsolleau, et puis le colonel m'a pris avec lui... Il appréciait mes qualités d'ordre, lui. — Alors j'ai su des tas de choses... Qu'est-ce qui a empêché pendant deux ans qu'on te donne ta ficelle, Bompard, hein? »

L'autre sursauta, s'arrêta la main sur la rampe, on était à la mi-côte. Il donna une tape à l'épaule de Hureaux : « Vous n'allez pas dire, des fois?... Marsolleau? Non! » Ils marchèrent en silence. On entendait en bas des musiques et des appels d'autos. Le docteur dit quelque chose de Montmartre, de l'année finissante. Aurélien pensait à Bérénice.

« Vous croyez ça, vous, Leurtillois? — explosa soudain Bompard. — Marsolleau... me chier dans les bottes, à moi! Ce type qui avait tout le temps besoin d'un billet par-ci, d'un billet par-là... Il ne rendait jamais d'ailleurs... il faisait le joli cœur à nos frais, et puis... Le fada!

— Si je vous montrais mes fiches... — grinça Hureaux. — J'ai une fiche Marsolleau... Vous vous souvenez, aux Éparges...

— Tu parles, fiston! Ses hommes voulaient lui faire un mauvais parti, parce qu'il s'était planqué pendant l'attaque... C'est moi qui lui ai sauvé la mise! Et dire que ce salaud...

— Eh bien, — soupira le docteur, — nous n'imaginions pas que ça se passait comme ça en ligne, nous autres embusqués... »

Cela jeta un froid. Mais Hureaux était lancé, des choses lui brûlaient la langue : « Oui... Unis comme au front... Vous l'avez entendu, cet imbécile de Millot. Il était comme cul et chemise avec Marsolleau... puis l'autre lui a chipé une poule... alors tout est bon contre Marsolleau... Et quand ce n'était pas la rivalité personnelle... Est-ce que je n'aurais pas dû avoir le ruban rouge, vingt fois pour une? Vous savez qui me l'a fait sauter? L'aumônier divisionnaire, naturellement, cette punaise! Le colonel m'appréciait, mais quand les jésuites avaient parlé...

J'ai de jolies histoires sur lui, le Père Béliard! Ah, le jour où on pourrait publier mes fiches! »

Ils dégringolaient la rue Lepic. Il y avait du monde dans la rue, un air de fête, malgré le froid, toutes les boîtes éclairées. Place Blanche, dans la flambée des grands cafés, ils s'arrêtèrent. Bompard murmurait : « De ce Marsolleau, tout de même! Et moi qui jouais au taureau avec lui! » Ils entrèrent chez Wepler.

La rogne de Hureaux amusait le docteur. Il posait des questions insidieuses, l'encourageait, Bompard était tout à son étonnement de l'ennemi découvert. C'était pour ça qu'il avait eu sa troisième ficelle si tard qu'il n'avait pu être titularisé. On l'avait rétrogradé. Il remâchait cet affront depuis près de trois ans. Il vendait toujours de la mauvaise huile. Elle lui était amère, il n'avait pas eu son dû dans la vie. Il aurait voulu être capitaine pour de vrai. Aurélien se mêlait mollement à la conversation. Il était d'ailleurs perdu aussi dans un sentiment d'injustice. Il aurait aimé pouvoir s'en prendre aux jésuites, aux francs-maçons. Il ne pouvait pas, lui. Elle l'aimait. Et cela n'arrangeait rien. Elle l'aimait, et allait le fuir. Elle ne serait jamais à lui.

« Qu'est-ce qu'il est dans le civil, — interrogeait Decœur, — ce Blanchard? Marchand de pneus?

— Oh, vous savez, — ricana Hureaux, — marchand, marchand! Revendeur plutôt... Quelque part le long du chemin de fer de ceinture... Un besogneux... Une famille sur les bras, sa femme partie... Un pauvre cocu, quoi!

— Comme nous tous », dit le docteur. Bompard rigola. Hureaux pinça les lèvres et protesta : « Parlez pour vous... parlez pour vous... Remarquez que c'est son droit de penser ce qu'il veut... les Droits de l'Homme... ce n'est pas une raison pour venir parmi nous faire de l'agitation...

Le malheur, c'est que des Marsolleau se mêlent de ces histoires-là! Je suis aussi pacifiste que n'importe qui, ça ne m'a pas empêché... Mais je trouve ça répugnant de faire un drapeau du pacifisme... »

De quoi s'agissait-il donc? Aurélien était à cent lieues de la conversation; il voyait un visage douloureux aux yeux fermés, un visage fermé et nacré, des cheveux dépeignés, blonds, une lumière aveugle, une bouche... Ah, tout le temps il voyait varier le dessin de cette bouche! Était-ce bien ainsi qu'était la bouche de Bérénice? Le dessin des lèvres est celui qui se modèle à notre désir : Aurélien confondait toutes les lèvres qu'il avait connues dans son souvenir de Bérénice, Bérénice n'était plus seulement cet amour d'aujourd'hui, elle était son amour, l'amour qu'il avait eu des autres femmes, la hantise qu'il avait portée avec lui des femmes dans la grande nuit de la guerre, ses rêves d'adolescent, son inquiétude d'homme. Puis, soudain, il retrouvait le modelé des joues, les pommettes de Bérénice, et les yeux avec lenteur s'ouvraient, les yeux sombres, les yeux obliques du souvenir.

« Blague dans le coin, — dit Bompard, — mon petit Hureaux... Tu me jures que Marsolleau...?

— Ah, alors! — piailla le comptable, — faut-il que tu sois bouché, non? Quelle dose il a! Si je te racontais, mais tu étais là... ah non, c'est vrai : tu avais été blessé quelques jours avant... Quand nous sommes arrivés sur le canal de l'Ailette, le village, là... j'ai oublié le nom... Enfin, ça ne fait pas un pli : c'est Migle qui a enlevé la position... tu sais bien, ce paysan, avec ses joues roses, un grand gosse frisé, la moustache... Si, tu l'as connu... Il était sous-lieutenant, il se destinait à être instituteur... Avec des éléments de la cinquième compagnie... C'était juste après le départ de Rouquès, évacué, alors il n'y avait personne pour le défendre, Migle... le commandant était au régiment, le colonel venait juste de nous quitter... Tout s'est machiné entre Millot et Marsolleau... Millot commandait le bataillon... Enfin Marsolleau en a tiré une palme, et on ne l'avait pas vu en ligne... Migle s'est brossé... Ah lala... Pas de chance, le pauvre gosse. Il était fiancé chez lui, dans les Charentes, avec une étudiante E. N. S... Le onze novembre au matin... non, mais vous vous représentez, le onze novembre mil neuf cent dix-huit! Un obus français par-dessus le marché. Juste avant d'en finir... on vidait les caissons... un de ces bougres d'artilleurs... Zigouillé, Migle, ratissé, alors, là! Il n'en est rien resté... C'est moi qui ai ramassé ses affaires, j'ai lu ses lettres... Le onze, vers neuf heures et demie, en Lorraine... Ah, ah! Unis comme au front! Elle est bien bonne! »

Hureaux aussi avait trop bu. Le docteur vit dans les yeux d'Aurélien une expression d'impatience. Bompard remâchait sa découverte. Les soucoupes s'empilaient devant lui. Il avait le vin triste : « Je me demande, — murmura-t-il, — pourquoi le commandant n'est pas venu... Il est à Paris pourtant. Il est au ministère...

— Il dînait en famille, — dit Aurélien.

— Crois ça et bois de l'eau! — ricana Hureaux en avalant une fine d'un coup. — Est-ce que je dîne en famille, moi?... Et le petit major alors? Dîne en famille aussi? Barbentane? Ces gens-là ne nous connaissent plus... On est de trop minces seigneurs... pas assez huppés! »

Au fond de la salle, les gens arrivaient dans le restaurant aux tables réservées du souper de réveillon. Decœur se pencha vers Leurtillois : « Allons finir l'année ailleurs... » Les autres ne remarquèrent pas qu'il payait. Ils les laissèrent partir sans bien se rendre compte. Hureaux répétait : « Si on pouvait publier mes fiches! » Il y avait une odeur de welchs et de bière, une chaleur de cuisine où préludait un orchestre argentin. Aurélien se laissa emmener et, sur la place devant le Moulin Rouge avec ses girandoles, il respira profondément.

« Qu'est-ce qu'on fait? » demanda-t-il. Et Decœur, paternel, qui toute la soirée avait guigné la neurasthénie de Leurtillois : « Que diriez-vous du Lulli's, mon cher? Histoire de rentrer dans la vie civile... si ça vous dit!... Bon Dieu! » S'il n'avait pas happé Aurélien par le bras, cette petite Bugatti avec deux filles entassées à côté d'un jeune homme, l'aurait fauché au tournant... On l'entendait pétarader, dans la nuit.

LIII

A nouveau le bar étroit, enfumé, aux lumières roses; à nouveau l'acajou et le cuivre, les hauts tabourets, les bouteilles, les shakers, les pailles, les tableautins disparates et ridicules alignés sur les murs avec les oriflammes de Yale et de Harvard; à nouveau la musique qui vient du dancing mauresque, et le vacarme des voix, et les rires, et l'hystérie des hommes ivres et graves, des Américains et des filles, des dames en grand décolleté avec des cavaliers bruns, les habituées, Suzy, Georgette, Yvonne... A nouveau ce décor d'insomnie et d'alcool, et la durée de la nuit qui vous pèse dessus, lourdement, de toutes les idées qu'on évite, de toutes les pensées perdues, la danse de ceux qui ont peur de dormir, peur de ne pas dormir... Les barmen blancs agitaient les breuvages entre le monde las et leur sourire professionnel. Le gros Lulli promenait sa panse vénitienne à travers les groupes, frappait dans ses mains, criait : « Ollé! Ollé! » Il y avait une vieille femme très grosse, en rose, les cheveux teints, couleur d'iode, avec les bras nus, et un grand col de soie qui retombait comme ses seins, près du comptoir, et elle parlait à Mme Lulli, à la caisse, avec une volubilité intarissable, en agitant son sac de perles et ses chairs tremblantes.

« N'empêche que si vous ne m'aviez pas tiré par le bras, — dit Leurtillois, — à l'heure qu'il est...

— Vous pensez que j'aurais laissé filer comme ça un commanditaire? »

Le naturel de cette plaisanterie atteignit Aurélien. C'était une rengaine, cette histoire de commandite. Cela le poursuivait étrangement. Il voulut s'en expliquer une bonne fois : « Écoutez, Doc », dit-il...

L'autre l'interrompit : « Je sais... J'ai vu M. Morel aujourd'hui... Un homme charmant. Ça doit le gêner pour faire ses potions, son bras... Intelligent... Enfin, pour un pharmacien. Il nous sera très utile. Il est touchant : ce qu'il en fait, ce n'est pas pour lui-même. Très désintéressé. Mais c'est pour Mme Morel. Que ne ferait-il pas pour elle... Joli à voir. De nos jours. Rares, ces sentiments-là. Les bons ménages, on a oublié ce que c'est. Un mari qui pense à sa femme. Faut aller en province pour voir ça... » Cette voix blanche, amère. Il ne disait pas un mot, ce docteur, qu'on ne vît se profiler l'ombre de Rose, et, drame ou comédie, leur vie; Aurélien parfois se demandait... Pour l'instant un souci le dominait : « Vous avez vu aussi Mme Morel?

— Oh non. Elle était sortie. Ses dernières emplettes. Ils quittent Paris demain soir. Une femme a toujours besoin de fureter dans les magasins avant d'aller s'enterrer en province...

— Demain soir?

— Oui... après avoir fêté le Jour de l'An... en famille. »

Aurélien s'était longuement accroché à l'espoir qu'Edmond allait venir au banquet, pendant, n'importe, après, au café, aux liqueurs... Savoir... A Edmond, il pouvait demander. Maintenant il lui venait une idée folle. Il l'avait eue à vrai dire dès que Decœur avait proposé le Lulli's. Ou Edmond complice, ou Bérénice elle-même... Il était si naturel qu'Aurélien fût ici cette nuit-là. Où aurait-on voulu qu'il fût? Ils allaient venir. A minuit... certainement. Ils allaient venir. Elle serait là tout à coup, dans la grande salle, où il avait tenu sa main. Elle aurait rusé : ne voulait-elle pas montrer à Lucien où elle avait passé cette soirée si agréable... Montmartre enfin. Connaissait-il Montmartre, le pharmacien? Avec Edmond ou sans Edmond. Il était probablement avec Rose, celui-là! Le docteur parlait de Rose, des extraordinaires délicatesses d'âme qu'elle avait, Rose... les droits dans la vie qu'ont les êtres supérieurs... on ne peut juger d'eux comme des autres, pas selon les mêmes normes... *Normes* était un mot qui plaisait au docteur.

« Ça ne vous ferait rien de jeter un coup d'œil au dancing, docteur?

— Mais non, non, bien au contraire... »

Cette atmosphère à couper au couteau. La foule des gens qui arrivent, les portes ballantes à l'entrée, l'empressement des chasseurs, les marchandes de fleurs, et la grande salle dans sa lumière bleue, pour une valse, des clartés accrochées à la peau des femmes, aux paillettes des robes, les hommes noirs, les plastrons, les nappes couleur du projecteur... La lumière varie avec le disque tournant là-bas... le voilà mauve... Sur le carré de parquet, entre les tables et les bouteilles de champagne, la masse des danseurs piétine et glisse, alanguie, avec des mines... Un alhambra sans fontaines, avec tant d'almées que c'est un peu répugnant. A la façon des gâteaux à la crème... Aurélien regarde sa montre. Les lumières tournantes, le disque endiablé, bariolèrent à toute allure la salle, les balcons, les danseurs, comme l'orchestre affolait son final. Un chahut d'assiettes et de rires dans le silence revenu, et le battoir des couples applaudissant l'orchestre... L'orchestre, docile, reprend la valse, et tout est bleu, bleu, bleu...

Les yeux d'Aurélien scrutent les profondeurs des clartés et des ombres. La courbe d'un bras les arrête, une épaule de femme qui cachait un visage est contournée, le va-et-vient des garçons l'entraîne à se déplacer pour voir.. L'expression d'un homme au nez plat révèle près d'un pilier multicolore les désirs que la musique voile. Les rires chatouillés font dans ce coin où la nappe de papier brûle un tintement de pièce d'argent. Non... personne. La montre au poignet. Les aiguilles approchent de minuit. Ils vont venir, ils vont sûrement venir. Comme une énorme mouche noire, le gros Lulli, les élytres écarquillées, fend la foule, où la frayée se referme derrière lui du balancement des danseurs, et crie à l'orchestre quelque chose qu'on n'entend pas. Il vient d'arriver un groupe d'hommes en habit et de femmes aux robes longues, claires, calmes, majestueuses, étonnamment lavées. Les garçons s'empressent. On bouscule au fond des clients pour préparer une table. Les musiciens debout jouent *Starsprangled banner*... Les messieurs saluent en traversant les danseurs surpris, soudain immobiles. « C'est l'ambassade des États-Unis! » murmure une poule rousse et blême dans la demi-lumière à côté du docteur et de Leurtillois. Les aiguilles marchent vers minuit. Des plats fumants sortent des cuisines. La danse a repris, et la valse des rayons de couleur. Les aiguilles... Aurélien ne quitte par son poignet des yeux. Le sang lui bat. Elle va venir. Comment ne viendrait-elle pas? Il se refuse à croire... Que dit Decœur? Le diable sait ce qu'il rabâche! La vue se brouille, l'ombre se raye, on applaudit : c'est le grand truc du

450

Lulli's, renouvelé du Musée Grévin, la neige de lumière, les flocons pâles qui semblent pleuvoir dans le faux patio des pétales qui s'évanouissent à terre, tombés des cintres, la poésie de minuit moins deux rue Pigalle, aux applaudissements des soupeurs, dans la valse d'Irving Berlin... La grosse femme du bar, avec sa collerette rose, est venue à côté d'eux, voir : « Elle est énorme », dit le docteur qui doit penser aux glandes de l'apparition. Il ajoute : « Picasso dernière manière... » Aurélien murmure quelque chose. Peut-être qu'à cette minute, au-dehors, dans la rue mouillée, Bérénice descend de taxi... Un coup de cymbale, le roulement de la batterie, des cris. La nuit. Dans la nuit, Aurélien aperçoit le pâle rayonnement des chiffres de sa montre, minuit... Il y a une sorte de joie noire qui enveloppe les êtres perdus, séparés de ne plus voir, une bousculade qui se cherche, des cris, des rires, la voix vénitienne du gros Lulli en anglais : « Happy new year ! Happy new year ! »

Et soudain Aurélien sent deux bras autour de lui, deux bras nus, autour de ses épaules, des doigts qui cherchent son visage, maladroits. Dans le roulement de la batterie qui couvre l'ombre, et les clameurs, qui fait pour eux deux le désert, la solitude de l'amour, il s'est retourné, il se penche, il la tient contre lui, et pour la première fois au monde il la serre contre son corps, il touche son visage, il trouve sa bouche éperdue, palpitante, il la baise, il la mord, il n'a plus sa tête, il se refuse à penser à la lumière revenue, au mari peut-être là, près d'elle, Bérénice, Bérénice, il n'y a plus que son nom, et plus qu'elle par quoi débute l'an nouveau, le siècle nouveau, Bérénice...

La lumière est comme une trompette, et le secret de cette folie éclate à tous les yeux, les gens se séparent, les femmes passent leurs mains sur leurs lèvres, machinalement touchent leurs cheveux.

Aurélien, dans ses bras à regret relâchés, reconnaît Simone. Mais Bérénice alors? Il n'y avait pas de Bérénice...

LIV

« Encore une bouteille! » Le seau à champagne vole au-dessus des têtes. L'extrême distinction du maître d'hôtel accuse la vulgarité des visages, l'effondrement des corps sur les banquettes. Trois heures du matin. On a passé par El Garron où c'était un empilement tel qu'on ne pouvait dépasser le bar, puis de là au Château Caucasien où la danse des couteaux porta légèrement sur les nerfs d'Aurélien. Enfin, on était tombé dans cette nouvelle boîte, genre français, avec des gens qui scandaient des airs de Maurice Yvain, et agitaient des poupées achetées à une grande fille bleue et blonde; elle bâillait maintenant dans un coin, et enlevait à la dérobée un soulier d'argent qui lui faisait mal. Le champagne filait comme du petit-lait, le docteur se laissait faire et Simone, amoureuse et maternelle, se grisait doucement : « Tu as du chagrin, mon grand, je vois bien que tu as du chagrin... Tiens, bois, un coup... Tu ne veux pas encore qu'on rentre? » Il ne voulait pas qu'on rentrât encore... « Qu'est-ce que c'est que cette tisane, alors, vous appelez ça de l'Ayala? Vous avez du vice... » Le gérant accouru, s'excusa, d'abord le champagne était chaud. Faut-il vous dire cent fois de le mettre à refroidir... ces messieurs excuseront... Le seau d'argent valsa au-dessus des têtes : « Vous vous ruinez... » souffla doucement le docteur. Aurélien fit un geste vague.

« Moi, — dit Simone, — quand j'ai le cafard... »
On ne sut jamais ce qu'elle faisait quand elle avait le cafard. Elle caressait la nuque d'Auré-

lien, et elle tripotait la nappe : « J'aime le linge,
— murmura-t-elle, — ça, j'aime le linge, il n'y
a pas à dire, j'aime le linge... »

Comment avait-on ramassé ce petit bougre
maigre, avec le col trop bas, et un cou à n'en plus
finir où montait et descendait une pomme d'Adam
disproportionnée à la tête, aux bras miteux?
C'était une connaissance de Decœur. L'avait-on
déjà vu au Château Caucasien? Il avait poussé
sur la chaise, là. Son smoking devait être trop
petit, le jeune homme tirait sur les jambes du
pantalon, se croisait et décroisait les pattes... « Il
faut être plus soûl que ça, jeune homme! » dit
Aurélien, et il lui versa à boire. Le smoking se
détraqua encore sur le mannequin, la glotte fit
ludion, le visage bête sombra dans le champagne.
Il se croyait obligé de parler à Simone, et Simone
se demandait pourquoi. Elle attendait patiemment que Leurtillois, c'est-à-dire son Roger,
voulût bien venir se mettre au plume. Elle le
ramènerait chez elle, et il pioncerait, voilà tout,
mais au matin... Elle avait envie de faire l'amour,
de se l'envoyer. Une dame du lieu, vert pistache,
était aussi venue à leur table, faire nombre; qui
l'avait invitée. Decœur, le jeune homme à la
glotte, elle-même? Elle pérorait, et demandait
des bretzels.

Le décor de la crémerie était rien tarte : jaune
canari avec des Grecs roses et leurs dames dépoi-
traillées, le style Phi-Phi...

La glotte de l'autre devenait une obsession, ce
cou trop gros chez ce mecton gringalet avait
quelque chose d'obscène. Aurélien se pencha sur
la banquette aubergine et cria au docteur, le doigt
pointé vers ces cartilages de girafe : « Vous voyez
ce que je veux dire, Doc? — Pas précisément... »
C'est trop long à lui expliquer. S'il lui cassait la
gueule, au gigolo? Agaçant avec ses façons de se
pincer le pantalon au pli, pour le remonter
et le redescendre. Comme la glotte...

« Tu as vu qui est entré? » glapit la pistache à

Decœur. Il eut l'air d'avoir vu. Qu'est-ce que ça pouvait lui faire qui était entré? Un groupe de gens, des hommes laids, pas jeunes, et les femmes autour tout de suite, des vraies mouches. Le comble de l'idiot, c'étaient ces petits abat-jour tango sur les lampes des tables. Comme fond, ça jouait une java. Le piano, l'accordéon, le flûtiste. « Dites donc, Doc... » Il ne savait plus ce qu'il voulait que le docteur dît donc... Decœur répondait à la pistache : « Tiens, c'est vrai... » Qu'est-ce qui était vrai? C'est bête, comme on parle... Il voulait dire... Ils avaient l'air de se comprendre, le toubib et la pistache. Elle dit : « Voline... « Ça devait être le nom de ce type à moustache noire, à qui tout le monde faisait des courbettes. « Si je lui cassais la gueule? » rêva tout haut Leurtillois. Les autres le firent taire, Simone lui tourna la tête d'un autre côté. Elle avait l'air au courant, Simone, comme les autres. « Casser la gueule à Voline! il ne sait pas ce qu'il dit! » La pistache en avait des frissons. Elle se remit de la poudre : « J'en connais un, il lui a soufflé une petite, on ne l'a pas revu... »

Le docteur Decœur se pencha par-dessus la table et expliqua au jeune homme, pas à Aurélien : « Vous le connaissez? Voline! Non?... C'est quelqu'un... La pluie et le beau temps... Le plus gros marchand de drogues en Chine par la Sibérie, dans des boîtes de cirage noir... Il a une écurie de courses... »

Une dame en veston, les cheveux coupés comme un garçon, un peu boudinée, mais avec de beaux yeux et un drôle de nez en l'air, traversait la pièce, d'à côté des musiciens. Pour elle, Voline se souleva, comme une pierre tombale. Elle riait, et elle avait l'air intimidée à la fois. Elle s'assit et croisa les jambes. Sa jupe étroite remonta d'un coup sur les cuisses. Aurélien regarda son vis-à-vis; il tiraillait le bas de son pantalon. La pistache expliquait encore : « C'est Manon Greuze... vous allez l'entendre... elle chante bien... — Une

454

gousse? » dit le docteur... L'autre haussa les épaules. Elle n'entrait pas dans ces détails. L'accordéoniste faisait un solo à l'intention de Voline. Il y avait des femmes derrière lui, comme des changeurs derrière le croupier au casino.

« Encore une bouteille! » cria Aurélien. Simone soupira : il allait être dans un bel état. Elle aurait aimé qu'il lui offrît des fleurs. Elle dit non des yeux à la bouquetière. Elle avait peur d'une désillusion. Le type à la glotte parlait littérature : « Vous avez lu le prix Goncourt? Donner le prix Goncourt à un nègre! Moi, ça ne me plaît pas, ce *Batouala*... C'est une erreur... Commun, et puis c'est insensé, pour qui passons-nous aux yeux de l'étranger? Si nous ne pouvons plus faire nos romans nous-mêmes...

— Eh qu'est-ce que vous auriez couronné, vous? dit Decœur.

— Eh bien... *L'Épithalame* par exemple! Deux ans après Proust, un nègre! » Le jeune homme parla aussi de Robert de Montesquiou qui venait de mourir. « Je lui casserais bien la gueule », murmurait Aurélien.

La dame en veston s'était levée. Le piano préludait. Elle chanta. Avec une voix canaille, enrouée, profonde, elle se tenait la gorge d'une main, au-dessus d'un col dur, une belle main longue, inattendue. C'était du faux Damia, des romances avec des ruptures, une chambre sur un port, un amant qui a ri en partant... Brusquement Leurtillois se sentit retourné, aux larmes. Simone lui passa les doigts sur le visage, épouvantée de les retirer humides. Il vida une coupe d'un trait. Les gens applaudissaient. Comme la chanteuse allait commencer la seconde chanson, un homme plutôt petit, gros, avec une barbe grisonnante, l'air emprunté d'être là, entra dans la salle suivi de la dame du vestiaire qui lui enlevait son pardessus. Il était en veston, un foulard de soie blanche, la Légion d'honneur... La chanteuse se tourna vers lui, il la salua. De la table de Voline, quelqu'un se leva pour l'appeler : « Monsieur le Sénateur! » Le gros bonhomme pivota sur lui-même et se précipita. Il serra les mains de Voline. Il avait un air d'empressement servile.

« C'est l'ami de Manon Greuze, — confia la pistache au docteur. — Un sénateur, de la légume... »

Manon Greuze y allait de sa goualante. Le genre apache maintenant, l'entôlage, le bal musette et le bouquet de deux sous... Le sénateur applaudissait, et levait son verre à Voline. L'autre, avec son visage blanc, barré par le poil noir, sourit et ne but pas. Le docteur rigolait : « Dites donc... dites donc... » Ça le gênait de ne pas pouvoir appeler Leurtillois Aurélien, à cause qu'il était Roger pour Simone... « Dites donc, Leurtillois... » Lui, se foutait pas mal du docteur. Il venait de se rappeler ce qui n'allait pas, cette chose qui flottait dans l'air, et dont il avait perdu le sens depuis plus de deux heures... « Vous ne reconnaissez pas... l'hôte de Voline... l'ami de Manon Greuze? Voyons... mon vieux, regardez mieux... le sénateur, c'est un sénateur... »

— Et alors, — dit Aurélien, — quand ça serait le pape de Rome...

— Vous êtes soûl, mais reconnaissez-le, mon vieux... Le sénateur... le sénateur Barbentane, voyons... le papa d'Edmond! Votre président au conseil d'administration... »

Le nom de Barbentane atteignit Leurtillois au cœur de sa plaie. Il gémit, se redressa, regarda. Manon Greuze venait de s'asseoir aux côtés du nouvel arrivant, dans les applaudissements des clients et des filles. Pas de doute. Cette gueule. C'était bien papa Barbentane, l'Honorable Barbentane. A quatre heures du matin, rue Frochot! Mince! Et quand je dis mince... Aurélien porta sa main sur son cœur et fit un grand salut du bras au bonhomme à travers les tables, les garçons, les buveurs. Le sénateur était tourné de leur côté. Il cligna des yeux, chercha dans sa mémoire, reconnut Decœur. Il s'agita sur sa chaise. Manon Greuze lui tripotait les cuisses, il la repoussa un peu, répondit à quelque chose que lui disait Voline, puis n'y tint plus. On le vit vaciller comme un gros toton, puis prendre son élan, retomber sur ses pieds, revenir d'un pas, s'excuser auprès de Voline, furtivement tapoter la joue de la chanteuse, et se détacher du groupe. Sa barbe s'étala. Un sourire se peignit dedans. Il marchait vers le docteur et ses amis. Il faisait le surpris, l'heureusement surpris et charmé, le gentil, il préparait à trois mètres le ton mi-gaillard, mi-confidentiel de la première phrase : « Docteur... Monsieur Leurtillois... Mesdames... » Allait-il leur souhaiter la bonne année? « Mais asseyez-vous, monsieur le Sénateur... » C'était Aurélien qui l'y invitait. Le sénateur prit une chaise, sourit à la pistache, salua deux ou trois fois vers Simone à qui on ne le présentait pas. Il ne la connaissait pas, cette poulette. Il lui regardait sournoisement les seins. « M. de Malemort... le sénateur Bar... » Mais celui-ci coupait la parole au docteur. Il ne s'attendait pas à être présenté à ce jeune homme au cou monstrueux, et au nom disproportionné. « Je vous en prie, messieurs, vous ne m'avez pas vu cette nuit! Vous me comprenez? pas vu cette nuit. Je ne suis pas ici. Je suis au Luxembourg! » Il était plein de petits rires, et tout ça avec l'accent du Midi à faire sonner les coupes. Il n'en refusa pas une. La mousse lui coula dans la barbe. Il pinça un peu sa voisine, qu'il devait connaître à force de venir ici pour Manon Greuze.

« Oui, messieurs, c'est compris, entendu... Je n'ai pas bougé du Sénat cette nuit... Une nuit historique s'il en fut! C'est la quatrième fois depuis mil huit cent soixante et dix que le budget de la République se trouvera voté à temps, sans douzièmes provisoires! Ainsi!... Enfin, grâce à ce subterfuge juridique qui permet de prolonger l'année de quelques heures... A onze heures cinquante, l'huissier a arrêté la pendule en salle des séances, et j'ai laissé sur les trois heures et demie mes collègues qui vivent toujours l'année passée, expédiant les derniers articles... Mais ce sera bien beau s'ils ont fini vers les six heures, six heures trente... Alors je me suis esquivé... vous me suivez... La quatrième fois depuis soixante et dix! Il est préférable à cause de Mme Barbentane que vous ne disiez pas à mon fils... Nous sommes entre gens d'honneur! Mais vous m'excusez, on m'attend... »

Il regagnait précipitamment la table de Voline.

« Voilà, mon cher, — dit Decœur. — Presque une réunion des produits Melrose... Il ne manquait que le manchot! Ah non, ne faites pas revenir une autre bouteille!

— Et si ça me chante, — dit Aurélien, mauvais. — La quatrième fois depuis soixante-dix! Garçon!

— Tu devrais venir te coucher, Roger », soupira Simone.

Il la regarda. Il était là, avec elle, elle attendait qu'il voulût bien... Il rigola. C'est un peu simple, la vie. Le sénateur, le champagne et Simone... Bon. Il irait se pieuter avec elle. Il posa sur ses épaules nues une main de propriétaire. « Garçon! » Ah mais, pas avant d'avoir cassé la gueule à ce pantin, et il attrapa M. de Malemort par la cravate. Les verres tombèrent, il y eut un bruit de casse, une bousculade, le docteur entre eux, le jeune homme qui balbutiait, les gens qui se retournaient... Aurélien flanquait un billet de mille francs sur la table... Le jeune homme disait : « Il n'est pas dans son sang-froid! » et Simone : « Ta monnaie, voyons, Roger, ta monnaie... — Elle la ramassa, et laissa le pourboire : —. J'habite, tu sais, cette petite ruelle à côté du Moulin Rouge... Viens... j'ai le gaz, il fera chaud... »

Sans savoir comment, il se trouva dans un fiacre à cheval. Cela se cahotait. Il n'y avait plus de docteur, plus de type à la glotte, plus de pis-

tache, rien que Simone, douce, câline, qui l'embrassait, elle avait une bouche molle, humide...
Il fut encore vaguement blessé par les lumières de la place Blanche... Là, là, appuie-toi et par le petit escalier noir, ils arrivèrent dans la chambre. La seule chose qu'on y voyait, c'était le lit. Et des photographies dans le pêle-mêle rose à côté de la fenêtre; des rideaux à franges.

Aurélien sentit qu'on lui retirait ses chaussures. Il regardait sans rien comprendre un bébé nu étendu sur un petit coussin dans un cadre de coquillages. Derrière un paravent à fleurs, le bidet et une petite cuisine, un réchaud vert... Tout ça était comme un mauvais rêve. Qu'est-ce que le sénateur venait faire là-dedans? Et cette gousse...

« Mon grand Roger, tu ne me croiras pas... mais j'en pince pour toi, depuis des mois... jamais tu ne voulais venir... »

Cette femme à genoux devant lui... et sous ses reins le lit qui enfonce, cette demi-lumière... Voyons, qu'est-ce que ça signifie? Il y a eu la guerre, Hureaux, Bompard, Salonique... Tout ce qu'on a rêvé et qui n'a jamais pris corps... les années qui échappent... Qui est cette fille, là? Il la décoiffa d'un geste de brute. Elle le regarda avec étonnement, et un petit cri. Empêtré dans ses vêtements à demi défaits par elle, il la jeta sur le lit. « Roger, — gémit-elle, — Roger... » Qui c'était, celui-là encore? Il allait lui casser la gueule. Il y avait une glace en face du lit. Il y vit soudain le spectacle, le désordre, la grossièreté de leur amour. Alors, il s'y mit avec rage.

LV

Il devait être dix heures passées quand Aurélien, arrivant chez lui, remarqua l'auto d'Edmond sur le quai. Qu'est-ce que ça voulait dire? Il venait la lui souhaiter bonne et heureuse? Leurtillois se sentait très mal à l'aise, et une impression de sécheresse dans toute la peau. Il grimpa l'escalier quatre à quatre.

Sur son palier, un curieux spectacle l'attendait. Il y avait des éclats de voix, et Barbentane dans un magnifique pardessus sport chiné gris, le feutre un peu de traviole, se tenait exactement comme l'inspecteur de police qui cherche à violer un domicile, le pied placé pour empêcher qu'on lui claque la porte au nez. Mme Duvigne, dont on n'apercevait que la main et un peu des cheveux, répondait très aigrement par un huis entre-bâillé. « Eh bien, qu'est-ce que ça veut dire? Faites donc entrer M. Barbentane, madame Duvigne! » Il le poussait par les épaules. Mme Duvigne battait en retraite, très agitée, les lèvres pincées, mais elle montrait son patron de retour : « Là, monsieur ne voulait pas me croire, M. Leurtillois n'était pas à la maison tout de même! »

Ce n'est que dans la pièce qu'Aurélien remarqua que son visiteur était assez rouge, avec un air de perplexité. Mais tout d'abord : « Madame Duvigne, vous me ferez du thé, très fort, avec du citron...

— Du thé le matin! Monsieur n'y pense pas, il y a du café...

— Je vous dis du thé... Alors, qu'est-ce qu'il y a? Laissez-nous, voyons... » Quand ils furent seuls, Edmond éclata : « Où est Bérénice?

— Bérénice?

— Fais pas l'idiot. Elle est ici... » Trop comique.
Edmond n'avait pas l'air de plaisanter. Il avait
pris Aurélien par les épaules.

« Tu n'es pas fou? Tu as l'air d'un mari
jaloux... »

L'autre fit un pas en arrière : « Enfin, tu ne
vas pas dire que tu ne sais pas où elle est?

— Ma parole... Et pourquoi viens-tu la chercher ici?

— Où veux-tu que je la cherche? Épargne-
moi les mots inutiles. Tant que les choses res-
taient dans certaines limites... mais tu exagères!

— Je ne te comprends absolument pas. »

Cela dura quelques répliques, puis l'idée vint à
Aurélien que vraiment Bérénice avait disparu,
qu'il lui était arrivé quelque chose : « Explique-
toi, — dit-il, — Bérénice... Qu'est-il arrivé à
Bérénice?

— Ça, c'est le comble! C'est toi qui m'inter-
roges?

— Réponds, qu'est-ce qui est arrivé?

— Je ne te savais pas ce talent de comédien... »

Edmond s'assit, renversa son chapeau sur sa
nuque; il avait de plus en plus l'air d'un flic.

« Bérénice nous a quittés hier soir, un peu avant
minuit, après quelques mots assez vifs de son
mari... Nous avons cru la retrouver à la maison...
Nous étions au Bœuf... Mais personne... Toute la
nuit s'est passée... Au matin, pas de Bérénice.
Alors je suis venu. »

Il avait l'air de trouver ça naturel. Mais l'inquiétude d'Aurélien n'était pas feinte. L'ironie
d'Edmond le mit hors de lui.

« A la fin, je ne suis pas l'amant de Mme Morel!

— Non? Tant pis... » Le ton de persiflage était
à tuer.

« Si tu n'étais pas chez moi...

— Oh, alors, tu es grotesque! » Ils se seraient
pour un peu tapé dessus. Mais si Edmond était
rouge, Aurélien, lui, était blême. Il ne pouvait
s'empêcher de penser à la Seine, en bas, aux

noyées qu'on en tire, à l'inconnue, et à la morte au doigt coupé l'autre jour.

« Enfin, — dit-il, — cela ne lui ressemble pas... Ce n'est pas le genre de femme qui fait des fugues...

— *Le genre* est joli. Ton expérience des femmes par catégorie...

— J'ai envie de te gifler... »

La porte de la cuisine s'ouvrait. Mme Duvigne apportait le thé. Elle l'installa. Avec deux tasses. « Monsieur laissera un peu infuser... »

Elle avait la mine de quelqu'un qui veut dire quelque chose. Aurélien, impatienté, la renvoya : « Laissez-nous! — Puis à Barbentane : — Tu veux du thé?

— Non, merci... pas le matin... je suis de l'avis de ton cerbère... »

Le thé n'était pas encore assez fort; Aurélien s'arrêta de le verser sur la tranche de citron. Barbentane poursuivait : « Ainsi tu n'as pas vu Bérénice depuis hier soir onze heures et demie? »

Un interrogatoire. Il fallait s'y résigner.

« Non. J'étais au Lulli's avec des tas de gens. Je me suis abominablement soûlé. J'ai découché... avec la môme Simone, si tu veux savoir... Pas de quoi être fier... Tu es content? »

Il avait dit tout ça d'un coup, avec rage. La façon dont il couvait la théière, et jouait avec le citron du bout de la cuiller, prouvait qu'il avait, en effet, dû être schlass cette nuit-là. Edmond hocha la tête : « Bizarre! J'aurais juré... Alors, qu'est-ce qu'elle a pu ficher, la petite garce? Avec ça que j'ai sur les bras cet imbécile de Lucien. Il chiale. Tout ce qu'il trouve à faire.

— Et qu'est-ce que tu voudrais qu'il fasse d'autre?

— Qu'il aille te casser la gueule!

— Merci, mais puisque...

— Oh, elle n'est peut-être pas ici, mais ça revient au même...

— Je te dis que je ne suis pas l'amant de

Mme Morel, c'est compris? Une fois pour toutes, hein? — Il avait serré les dents, il était mauvais. — Et puis, il faut la retrouver... Il a pu lui arriver malheur...

— Tu veux que je fasse un tour à la Morgue peut-être?

— Tu es absurde. Tu t'en fous. Du moment qu'elle n'est pas ici. Tu t'en fous... toi... Mais moi...

— Toi, je croyais que tu n'étais pas l'amant de Mme Morel...

— Moi, je l'aime, imbécile, je l'aime, comprends-tu, hein? »

Edmond ricanait. Il ne manquait plus que ça. Les grands sentiments. Paul et Virginie. Roméo et Juliette. En attendant, où s'était-elle présentée, cette nuit?

« Monsieur m'a appelée? »

Mme Duvigne reparaissait sur le pas de la porte. Elle devait craindre une bataille entre les deux hommes. Elle écoutait aux portes, pour sûr. « Laissez-nous, madame Duvigne, nom de Dieu... » Elle battit en retraite une fois de plus, marmonnant.

Enfin Edmond se retirait : « Tu me préviendras si tu sais quelque chose, un coup de téléphone? »

L'expression angoissée d'Aurélien fit rire Barbentane. « Oui... oui... entendu... et mes respects à Simone, n'oublie pas... mes profonds respects... »

Leurtillois avalait sa troisième tasse de thé. Il prit la tranche de citron dans ses dents et en apprécia l'acidité. Oh, ça, pour avoir été schlass... Il allait prendre une douche.

Il était déjà au milieu de sa chambre, quand il vit, devant lui, Bérénice, debout.

Elle était en robe du soir, la robe lotus qu'elle avait chez Mary, les épaules, les bras nus émergeant de la blancheur, comme frissonnante, et des gants longs noirs qui retombaient; elle traînait à terre le manteau de petit-gris qu'elle avait dû, tout juste, laisser tomber. Sur ses traits, il y avait une expression de fatigue, une sorte d'effroi du grand jour, les cheveux blonds en désordre. Elle regardait Aurélien. Il se taisait. Ils n'avaient rien à se dire. Tout était dit. Tout était affreusement clair. Il pensa qu'elle était l'image même du malheur. Sa lèvre tremblait plus que jamais, les fibrilles en étaient plus visibles sans rouge. Bérénice, elle, pensait : « Je ne dois pas être à mon avantage. » L'homme soupira. Un sentiment de déchéance : « Vous avez entendu? — dit-il.

— Chaque mot... » Cela ne facilitait guère les choses. Il voulait lui expliquer Simone, que cela ne signifiait mille fois rien... Elle était dominée par une haine de son cousin... Ils dirent tous les deux ce qu'il ne fallait pas. Lui : « Je vous jure que je n'aime que vous... » et elle : « Il aurait pu se passer de traiter devant vous Lucien d'imbécile! »

Dans des mots comme ceux-là, on comprend confusément un tas de choses générales, si on a l'esprit à la psychologie. Par exemple, à quel point il n'y a pas de conversation entre deux êtres. Cela fit que chacun chercha, volontairement, à suivre la pensée de l'autre pour corriger le sort. Et Bérénice disant : « Vous m'aviez menti... » s'entendit répondre : « Ah? c'est à lui que vous pensez! »

A côté, Mme Duvigne fourrageait vaguement dans la pièce. Aurélien eut un moment d'impatience, fit un pas vers la porte; la femme de ménage desservait le thé. « Laissez cela, madame Duvigne, laissez-nous... »

Elle reposa le plateau, déjà chargé, avec un air de protestation et expliqua, regardant les tasses : « J'ai essayé de dire à Monsieur, mais Monsieur ne me laissait pas parler...

— Bien, madame Duvigne, bien...

— Cette pauvre jeune dame... elle était là qui

dormait sur le fauteuil... je ne pouvais pas la
laisser dehors... »

Il la regardait sortir. Quand il retourna dans
la chambre, Bérénice s'était assise au pied du lit.
Elle avait le petit-gris sur les épaules. Elle détournait la tête : « Vous avez dormi, là, dans le fauteuil... sur le palier? »

Elle fit oui. Elle avait de la peine à parler. Elle
se força, la voix changée, artificielle : « Je suis
arrivée, il devait être minuit... Vous n'étiez pas
là. J'ai voulu attendre... Le temps passait, je me
suis endormie... La femme de ménage m'a trouvée
là... »

Il remarqua que la robe était fripée. Il se rappela
minuit, le Lulli's, les bras autour de lui... Il murmura : « Ainsi vous êtes vraiment venue... »

Cela fit un silence sans fond, au bord duquel
tous les deux mesuraient le malheur, l'irréparable,
cette chose atroce, le gâchis. Il y avait dans les
yeux de Bérénice toute cette longue nuit, l'attente,
l'horreur, la faiblesse enfin. Ils ne surent pas qu'un
moment sur cette nuit leurs pensées se croisèrent,
comme elles l'avaient fait à minuit.

Il savait qu'elle ne lui pardonnerait pas cette
trahison, ce faux pas du bout de l'an... Simone...
et vraiment, c'était trop bête! « Je vais vous
expliquer... » Elle enfouissait son visage dans ses
mains. Elle pleurait : « Vous pleurez? Bérénice...
Bérénice...

— Non, ne me touchez pas, laissez, laissez... »

Il la laissa. Il se serait tué pour ce qu'il avait
fait. Il ne pouvait pas le dire. Il l'avait fait. Il
était là, vivant. Et elle, qui était venue le rejoindre : « Vous êtes venue me rejoindre, et moi... et
moi...

— Et vous! »

Qu'y avait-il à dire de plus? Tout n'était-il pas
parfaitement clair? Comme le malheur. Il se
révolta : « Mais vous savez bien que je vous
aime... que je n'aime que vous... que vous êtes
ma vie... »

Enfin tous les pauvres mots énormes. Elle les laissait retomber comme des pavés. Avec de beaux ploufs! Il se mit à marcher de long en large. Il enfonça ses mains dans ses poches. Il haussa les épaules. Soupira. S'arrêta près des rideaux de la fenêtre. Les caressa stupidement. Vit sa main qui faisait ça, la remit dans sa poche avec brusquerie. Puis se jetant vers la femme qui pleurait doucement, vers la femme, il pensa vers LA femme, il cria presque. « Ah, parlez... parlez! à la fin! Je ne peux pas supporter votre silence... Insultez-moi... crachez-moi au visage... Ce que vous voudrez, mais ne restez pas comme ça, là... à pleurer... tout bas... parlez! » Elle le regardait. Celui qui avait si bien, si joliment tout dévasté. Eux deux. L'amour. La vie. Elle ne l'avait jamais vu ainsi, exaspéré. Encore trois ou quatre minutes, et c'était lui qui l'injurierait, elle... les torts seraient de son côté. Il n'était plus blême. La barbe lui avait poussé dans la nuit, bleue. Il avait au visage des marbrures qu'il s'était faites, appuyant ses doigts, dans des gestes inconscients, dont il aurait eu honte devant un miroir.

« Mon Dieu, — dit-elle, — ce que vous avez fait de nous!

— Mais, voyons, cela peut se réparer, oui, je sais, je vous demande pardon, tout m'accable, en réalité je n'ai... »

Il vit dans les yeux de Bérénice la remarque sarcastique : il a tort, mais il n'a pas si tort, comme les autres... comme tous les autres... Il l'entendit comme si elle l'avait formulée, et il s'était arrêté, et il reprit avec cet agacement profond et désespéré dans la voix : « Je suis idiot... j'ai tort... j'ai tort! Mais pourtant... Ne pouvons-nous pas reprendre... Parlez donc, parlez donc, votre silence me rend fou! »

Elle fit un effort pour se surmonter, surmonter la fatalité qui l'emportait. Elle essaya d'expliquer : « Mon pauvre ami... j'ai toujours été comme

466

ça : un objet taché, ou ébréché, écorné... le plus beau du monde... je ne peux plus le voir. Il faut le jeter... Je ne le supporte plus... »

Il reconnut ce geste de frileuse qu'elle avait souvent. Il ne pouvait pas accepter ce jugement sans appel. Il ne pouvait pas : « Vous voulez jeter notre amour? »

Elle s'enveloppait mieux dans sa fourrure, ses deux mains passaient alternativement l'une sur l'autre, comme se polissant. Elle rêva sur le mot amour, se perdit. Le silence était aussi difficile à briser que tantôt : « Bérénice, cette nuit... que vous le vouliez ou non... vous avez fait une chose grave : vous avez quitté votre mari pour moi... »

Elle le regarda, et elle tenta de rire. C'était atroce.

« Et je ne vous ai pas trouvé... voilà tout! »

Il fut tout d'un coup saisi d'une vérité : il n'y avait plus rien en elle de la petite fille qu'il avait connue, qu'il aimait tant. Une femme malheureuse fatiguée, les yeux cernés, rouges... Il la voyait avec une cruauté qui s'exerçait d'abord contre lui-même... Il ne savait pas comment parler à cette femme-là... à cette inconnue... l'inconnue... Enfin, il n'y avait pas de quoi fouetter un chat! Il avait couché avec Simone... entendu... et après? Ces petits sanglots de Bérénice! Insupportable! Il eut la réaction de l'homme, de tous les hommes : ils croient tous, comme cela, que dans leurs bras il y a un charme. Dans leur contact, leur force. Sans préparation, il prit Bérénice dans ses bras. Elle ne se débattit pas. Il la serrait contre lui, ses mains la parcoururent comme une chose à lui, il renversa sa tête, il chercha ses lèvres, il l'embrassait... Il embrassait une morte, elle le laissait faire avec une passivité affreuse, bien pire que la rébellion, la lutte. Il s'entêta, il prolongea cette étreinte du vide, il refusait d'être battu. Elle dit seulement : « Vous me faites mal... » et il eut honte, il la lâcha. Le silence reprit. Le vertige. Cette fois, ce fut Bérénice qui le rompit, étouffant de ce

467

silence, méchamment aggravé par Aurélien. « L'une après l'autre... Vous la quittez à peine... vous sentez encore son parfum... »

Il bégaya quelque chose. Était-il possible? Ce devait être une invention, ce parfum... Puis il eut une espèce de joie bête : elle était jalouse! Il le dit : « Vous êtes jalouse? » Aïe, cela non plus, il n'aurait pas fallu le dire. D'ailleurs, qu'est-ce qu'il fallait dire? Valait-il mieux parler, parler d'abondance, noyer Bérénice sous les phrases, la rouler, l'emporter? Un mal de tête de chien avec ça. Il savait qu'il jouait toute sa vie avec de mauvaises cartes. L'envie de les jeter, d'en redemander d'autres : « Et qu'allez-vous faire maintenant? »

Il la provoquait avec cette phrase. Elle ne répondit pas. Il continua : « Rentrer, rentrer sagement... demander pardon peut-être... en tout cas, vous en remettre au tact, à la délicatesse de votre mari...

— Ne parlez, je vous prie, ni de mon mari ni de délicatesse... »

Elle avait dit cela sèchement. Il se jeta à ses genoux : « Bérénice... je suis une brute... mais je vous aime... mais vous m'aimiez, ou vous alliez m'aimer, ou j'allais le croire... vous êtes venue ici cette nuit... cette nuit... que croire? Je ne peux pas imaginer que cette sottise, cette erreur... appelez ça comme vous le voudrez...

— Je ne veux pas, mon ami... je ne veux pas... les mots n'y feront rien... un nom ou l'autre... Vous croyez que c'est moins effrayant pour moi que pour vous? Je vous ai attendu, moi, cette nuit, dans le fauteuil... des heures... des heures... j'ai eu le temps de penser... Effrayant, mais c'est comme ça... et pas autrement! Et pas parce que bien entendu, au bout du compte, je rentrerai, et il y aura quelques heures, quelques jours peut-être, qui seront abominables... des explications, ou pis : pas d'explication... cette générosité du silence qui est pire que tout... cette façon de marcher sur la pointe des pieds dans la vie... comme si c'était la chambre d'un malade à ne pas réveiller... — Elle eut un geste de rage, d'impuissance, puis se ressaisit : — Non... mais parce qu'il y aura la vie, Aurélien, toute la longue vie, tous les jours de la vie... ah, je ne peux pas y penser! » Elle se tut et se mordit les lèvres, si fort qu'il fut étrange qu'elles ne saignèrent point.

« Alors, — dit-il, — alors... » avec cette obstination masculine à toujours tirer les conclusions optimistes du désespoir, à faire la preuve par l'absurde, à considérer l'impasse comme convaincante de l'erreur d'itinéraire. Il était là comme un grand chien, tout prêt à la caresser, et penaud. Elle le regarda, et vit cette incompréhension totale, cette incompréhension de nature entre eux, et cela lui fit mal, plus que tout le reste. Elle cria : « Vous ne comprenez donc pas ce que je vous dis : toute la vie! » Certainement, il ne la comprenait pas.

Si on a regardé un homme jusqu'à ne plus voir en lui que ce qui le fait différent des autres, le particulier en lui, il est bouleversant de retrouver, avec d'autant plus de force qu'on l'oubliait déjà, que l'essentiel en lui c'est ce qui ressemble aux autres. Il est plus important pour les idées mêmes qui l'habitent qu'Aurélien soit bâti sur ce même plan qu'on voit dans les dictionnaires, écorché, le coude plié, un pied sur une marche, que tout ce qui faisait Aurélien pour Bérénice. Aurélien ne pouvait détacher sa pensée de cette certitude que Bérénice était venue chez lui dans la nuit. Il était possédé de cette pensée. Quand une femme vient chez un homme seul, dans la nuit, on sait ce que cela veut dire. Il aurait trouvé cela stupide, s'il y avait réfléchi. Mais, comme ça, sans réfléchir, c'était l'évidence. N'importe qui à sa place en aurait déduit les mêmes choses. Elle n'était pas venue

469

sans s'imaginer... La grossièreté de cette idée n'en empêchait pas la justesse. C'était comme une autorisation donnée. A partir du moment où une femme a pensé à un homme d'une certaine façon, cet homme a sur elle un droit qu'aucun homme ne contestera. Tout le reste, simple malentendu. Est-ce que cela comptait? Elle était là, chez lui, il n'avait qu'à pousser le verrou de la porte.

Il eut brusquement, brutalement, le sentiment de l'indélicatesse. Que disaient-ils? Les mots se croisaient, cette bataille où les mots comptaient moins que les arrière-pensées. Il imaginait les gestes qui allaient suivre, la résistance de Bérénice, la robe saccagée, la robe lotus... Elle était venue chez lui, la nuit... Il y avait aussi ce qu'elle avait quitté pour lui, ce courage, cette façon de se jeter à l'eau... Est-ce qu'Edmond s'y était trompé? Le mari non plus, le manchot... Elle avait jeté sa vie par-dessus bord. Aussi ne pouvait-il croire à sa défaite. Elle n'avait pas fait tout ça pour se laisser déjouer par un hasard. Il éprouvait un grand orgueil de ce qu'elle avait fait pour lui. Le propre de l'homme est l'orgueil. Il ressemblait plus encore aux autres par cet orgueil que par ses bras, ses pieds, son désir. Elle avait quitté Lucien, une vie organisée, la maison là-bas, ses habitudes. Il se grisait du courage de Bérénice. Elle n'avait pas songé au monde, aux gens. Ou, mieux, elle y avait songé. Il eut un soudain débordement de reconnaissance. Il dit : « Non, Bérénice, vous ne rentrerez pas à la maison... non, vous ne retournerez pas à cet homme... vous ne vous avouerez pas battue... il ne faudra pas demander pardon... ou supporter cette générosité atroce... pourquoi le feriez-vous? Vous savez que je vous aime, et vous m'aimez! Osez dire que vous ne m'aimez pas... — Elle se tut. Il triompha : — Là, vous voyez! Il faut regarder la vie en face. — Il avait bonne mine à dire ça! il s'expliqua : — Vous divorcerez... vous serez ma femme... »

Bérénice se mit à rire. Le comble! A qui croyait-il donc avoir affaire? Ces messieurs, quand ils vous parlent mariage, ils croient avoir tout dit! Elle n'était ni une petite jeune fille effrayée ni Simone peut-être... Elle connaissait ça déjà, le mariage... Comme un homme peut remettre tout d'un coup les choses sur leur plan dérisoire! Elle cessa de rire. Il n'y avait rien de drôle dans tout ça. Elle venait de mesurer un monde, un abîme. Et ce monde-là, cet abîme, c'était le monde qu'il portait en lui, Aurélien... Un homme n'est pas seul. Et ce qu'il pense, ses idées, c'est ce que pense ce monde, ce sont les idées des autres, de tous les autres autour de lui, la famille, les copains, les indifférents, Mme Duvigne... Elle avait cessé de rire parce que c'était Aurélien qui avait pensé, et qu'Aurélien... oui, elle aimait Aurélien. Les larmes recommencèrent. Elle renifla. De quoi devait-elle avoir l'air, Seigneur! Elle chercha des yeux la glace.

Il était tout près d'elle. Il lui prenait les mains. Il demanda : « Vous ne voulez pas être ma femme? » Il n'y avait rien de méchant dans cette question. Il offrait ce qu'il avait. Elle essaya de se représenter la chose : Mme Aurélien Leurtillois... Les gens diraient que c'était bien compréhensible, un homme très charmant, et l'autre, pharmacien dans une petite ville de province.. A quoi tout se réduit-il! Elle était enivrée de cette histoire d'amour. Aujourd'hui, dans cette chambre, elle pensa même dans cette garçonnière, elle était là en robe du soir, en plein jour, avec ce grand garçon qui sortait de chez une fille; mais qui tout de même allait ouvrir le lit, les draps, lui toucher les seins... et puis il demanderait pardon, il referait son nœud de cravate, il y aurait le déjeuner aux Mariniers ou ailleurs. Enfin elle serait Mme Aurélien Leurtillois. Elle en eut la nausée. Avec cela qu'il parlait d'abondance. Il promettait tout ce qu'on peut promettre. Aller vivre à la campagne. Ou bien l'Amérique. Si elle préférait Tahiti. Il était pitoyable. Vraiment,

471

c'était de cela qu'elle avait fait son dieu? Jadis aussi, elle s'était méprise, touchant Lucien. Cela lui pinça le cœur. Lucien... Ah, cette sujétion! Quoi qu'il se passât, il lui fallait tenir compte de Lucien, elle ne pouvait ignorer ce qu'il adviendrait de Lucien. Il ne se coucherait plus. Il ne mangerait plus. Il était comme ça dans ce cas. Un chantage abject. Mais elle ne pouvait pas supporter cette idée. De quoi il aurait l'air après trois, quatre jours, et sa triste manche vide...

Les yeux de Bérénice doucement se fermaient. Plusieurs fois elle en écarquilla les paupières, avec un sursaut. « Mon ami, — dit-elle, — pardonnez-moi, je m'endors... je suis morte de fatigue... » Il l'installa sur le lit, confus. Il l'avait soulevée dans ses bras, confiante. Tout était changé. Il glissa un coussin sous sa tête. Elle dormait déjà. Il rabattit sur elle le grand plaid. Il n'osait plus la regarder. C'était à nouveau une enfant.

Pour une fois qu'on avait besoin d'elle, Mme Duvigne avait déguerpi. Vexée, probable. Et laissé un mot sur la table de la cuisine. Elle reviendrait le lendemain à l'heure habituelle. Il y avait du beurre dans le bahut. Elle avait lavé la vaisselle, mais pas fait le ménage. Et en guise de signature, elle avait écrit : *Bonne année, Monsieur*. Cela non plus, il ne le lui avait pas laissé dire. Aurélien se débrouillerait seul. Il sortit chercher de quoi manger, un repas froid. Pas commode les jours fériés dans l'île. Il dut passer sur la rive gauche, où il y a une bonne charcuterie. Il faisait un sale petit temps de neige fondue, la bise qui vous pince l'oreille. La Seine suivait toujours le même cours, faisait les mêmes détours compliqués. Quand il revint, les bras chargés de paquets, il craignit d'avoir réveillé Bérénice, à cause d'une boîte de rollmops dégringolée, s'avança jusqu'à la porte de la chambre, et regarda le lit avec attendrissement : personne sur le lit ni dans la chambre, nulle part. Mais Bérénice n'avait pas laissé de mot comme Mme Duvigne.

LVI

La consternation régnait rue Raynouard.
Blanchette était comme une louve à errer de
pièce en pièce, et Lucien la suivait d'un regard
égaré, son visage poupin marqué de rouge d'un
côté comme s'il était sur le point d'avoir une
pneumonie. Edmond avait fait plusieurs appa-
ritions. Il se sentait absurdement mêlé à tout ça,
et puis il en avait assez de Bérénice et de Lucien.
Elle était venue pour quinze jours et puis de fil
en aiguille... Il fallait que le jour même où ils
allaient partir... Enfin. Il voulait aller aux sports
d'hiver. L'empoisonnement, maintenant c'était
les gosses qu'on devait envoyer avec les Morel...
Oh, puis Mademoiselle les garderait à Paris. Avec
tout ça, je ne sais ce qu'avait fait la petite Marie-
Victoire, mais sa mère lui avait donné une gifle.
Des pleurs, des cris. Assez. Pour la troisième fois
il téléphona à Aurélien. Toujours rien? Il mit
la main sur l'appareil : « Blanchette! » Il l'appelait du geste. Il lui donna l'écouteur. Aurélien
disait que non, rien... C'était lui maintenant
qui s'étonnait : « Elle n'est vraiment pas de
retour? Quelle heure est-il? Je n'y comprends
rien... »

Oui, Blanchette le trouvait bizarre, Aurélien.
Pourquoi pensait-il qu'elle devrait être rentrée?

Lucien faisait peine à voir. Il l'avait asticotée,
aussi qu'elle revienne, il ne parlerait de rien... de
rien... Edmond éclata : « C'est ton système, et tu
vois ce qu'il donne! Ne parler de rien... Laisser
aller... Faire l'autruche!

— Qu'est-ce que j'aurais dû faire? » demanda
pitoyablement le pharmacien. Edmond haussa les
épaules. Ah, ce Lucien! En attendant, on les avait

473

sur les bras. Et lui qui devait aller prendre le thé avec Rose...

Enfin un commissionnaire apporta un mot pour Lucien. Edmond bondit. D'où venait-il? Qui est-ce qui lui avait donné ça à porter? C'était un chasseur de café, une dame... Non, elle était partie... Qu'on lui donne cent sous!

Bérénice disait à Lucien de partir. Qu'il rentrât chez lui, où son travail l'appelait. Bérénice allait bien... Il n'y avait pas à s'inquiéter. Elle était seule. Elle ne ferait pas de bêtises. Elle avait besoin d'être seule. Plus tard, elle verrait, elle écrirait, elle le préviendrait de son retour. Mais seulement à condition qu'il la laissât maintenant. Elle reviendrait rue Raynouard quand il serait parti. Qu'il n'essayât pas de lui jouer le tour de rester, de l'attendre. Elle prendrait ça très mal. Elle voulait être seule. Ensuite elle pourrait revenir, comme si de rien n'était. Elle ne voulait pas le rendre malheureux, et si elle le revoyait maintenant, elle ne répondait pas de l'irréparable...

« Mon Dieu, mon Dieu! — gémissait Lucien, — qu'est-ce que je lui ai fait? »

Il suait à grosses gouttes. Les plaques sur son visage lui donnaient un air de guignol. Edmond sut tout de suite ce qu'il fallait penser de ce billet; bien entendu, elle avait raison, la petite. Qu'il parte, Lucien, c'était toujours ça.

« Tu crois que je dois partir?

— Écoute. Ou tu en as assez d'elle, et alors ne fais pas le pantin : file! ou tu en passeras par où elle veut, et alors, fais ce qu'elle te dit, file! De toute façon, file! »

A part ça, il ne fallait pas qu'elle comptât, la cousine, qu'on allait s'intéresser longtemps à son histoire. Il allait partir pour Megève, il allait partir pour Megève.

Blanchette, elle, aurait préféré que Lucien restât. Sait-on jamais?

A d'autres! Je sors.

Il les laissa, s'épiant, dans la bibliothèque, tournant autour du téléphone. Tous les deux, ils auraient bien appelé Aurélien. Mais pas devant l'autre. Tout d'un coup le téléphone sonna. Blanchette prit l'appareil. C'était Aurélien. Elle regarda Lucien et ne répondit pas à son « Qui est-ce? » : « C'est vous, Blanchette?... Ellen 'est pas encore rentrée? Mais enfin qu'est-ce que cela veut dire?... » Blanchette le laissait dire, le laissait souffrir, lui aussi. Elle se soûlait de cette amertume. En tout cas, ils n'étaient pas ensemble. Elle ne lui disait pas qu'il y avait eu un mot de Bérénice.

Elle ne disait rien qui eût trahi pour Lucien qu'elle parlait avec Leurtillois. Comme il l'aimait pourtant! Il ne se donnait pas la peine de feindre, maintenant. Il n'avait aucune pitié de Blanchette. Mais pourquoi donc s'étonnait-elle tant qu'elle ne fût pas *arrivée?* Le mot *arrivée* était étrange. Elle comprit soudain. Il l'avait vue, elle l'avait quitté et il croyait qu'elle était retournée rue Raynouard. Elle demanda : « Vous a-t-elle dit qu'elle rentrait ici directement? » Il répondit : « Non », sans réfléchir. Il s'était trahi. Mais elle aussi devant Lucien, debout, qui s'avançait pour prendre l'appareil. Elle raccrocha.

« C'était M. Leurtillois? Inutile de me mentir, Blanchette... C'était lui. Je vais l'appeler. Il faut que je sache. A la fin, j'ai le droit de savoir... Vous êtes là, tous les deux, à vous agiter entre moi et eux...

— Et eux? »

Il se rendit compte de ce qu'il venait de dire. D'avouer. De reconnaître. Il se mordit les lèvres. Il gémit. Eux. Penser de Bérénice et d'un autre, eux. C'était de lui que cela dépendait de ne pas le faire. Il n'y avait pas d'eux. Qu'est-ce qu'il allait imaginer? Il aurait bien interrogé Blanchette : Leurtillois était amoureux de Bérénice, n'est-ce pas? Mais il se souvenait de la crise qu'elle avait traversée, il ne pouvait pas lui faire ce mal, elle devait assez se le dire... Ce suicide manqué prenait un sens maintenant... Faut-il que j'aie été aveugle!

Elle n'avait pas de ces douceurs avec lui. Elle le regarda, et dit d'un ton de haine : « Oui... ils s'aiment... et après? Vous ne le saviez pas? Qu'est-ce que vous y pouvez? Qu'est-ce qu'on peut à ces choses-là? Ils s'aiment.

— Qu'est-ce que je vous ai fait, Blanchette?

— Vous? Oh, c'est trop drôle! Vous! Mais rien, vous! Je ne vois pas pourquoi il faudrait vous mentir. Vous n'êtes plus un enfant. Vous avez l'âge de souffrir. Ça vous fait du mal? Ça vous fait vraiment du mal? » Elle devait désirer un compagnon de malheur. Le téléphone sonna. Encore Aurélien. Il rappelait. Il avait deviné que Blanchette ne lui disait pas tout. Pourquoi lui aurait-elle dit tout? Quoi, tout, d'ailleurs. Ah, elle tirait un maximum de son maigre secret. Elle se vengeait, au milieu de ces deux hommes déchirés. Cette fois-ci, elle n'avait pas pu empêcher Lucien de prendre l'appareil. Elle recula de quelques pas. Elle le voyait qui parlait à l'autre. Elle voyait ses lèvres tremblantes, sa main nerveuse, la manche vide, le piétinement, cette congestion qui lui faisait faire un geste de cou comme pour le dégager du col. « Oui... c'est Lucien Morel... Monsieur... Non, ma femme n'est pas rentrée... J'ai reçu un mot d'elle... » Le cri à l'autre bout fit retentit la plaque métallique. Quelque chose s'éteignit dans le visage du pharmacien : « ...Mais non... tout naturel... je comprends... Elle me dit... Je vais même... Je vous assure... Je vous crois, monsieur... Elle me dit... »

Blanchette suivait cette conversation incroyable. Elle haïssait Lucien. Cet homme sans caractère. Il parlait à l'amant de sa femme, comme ça, sans élever la voix, il avait l'air de prendre part à son inquiétude, ma parole! Ah, si ça avait été elle! Il aurait dû le tuer, tuer Aurélien... Brusquement cette idée la saisit, elle regarda l'homme qui téléphonait avec suspicion. Et si ce calme était mensonge? ruse? Il fallait qu'il partît comme

476

Bérénice le demandait. Mon Dieu, elle n'y avait pas songé!

Quand il eut raccroché elle dit : « Vous voulez que je vous aide à faire votre valise?

— Ma valise?

— Mais voyons... vous avez décidé de partir...

— J'avais... Vous disiez au contraire...

— Où avez-vous la tête? Puisque Bérénice vous le demande! Vous voyez bien que c'est brisé entre eux... que ça ne tient qu'à cause de vous... de vos maladresses... de vos mots malheureux... comme hier soir... Sans vous, elle serait partie, elle ne l'aurait pas revu...

— Vous croyez? »

Il ne savait que faire, que croire. Elle avait le visage mauvais, Blanchette. Les lèvres serrées. Cet air de décision qui lui venait de son père. Lucien l'avait à peine connu, le père Quesnel, mais il se rappelait...

« Alors... on la fait, cette valise? »

Il céda.

Lucien n'était pas parti ce soir de jour de l'an. Il n'avait pu s'y résoudre. Il traîna deux jours rue Raynouard, et Bérénice y téléphona trois fois pendant ces deux jours-là. Où était-elle? Elle se refusait à le dire. Elle consentit à parler à Lucien pour l'exhorter à partir. Et ce fut enfin ce qui l'en convainquit.

Ces deux jours-là, pleins de la mauvaise humeur d'Edmond, de l'inquiétude de Blanchette, avaient interminablement écrasé Aurélien. Le sentiment de culpabilité qu'il avait envers Bérénice, la fausseté de sa situation par rapport aux Barbentane, jetaient ses pensées dans un désordre nouveau où il ne se reconnaissait plus. Le vide, l'attente. Et quelque chose qui n'était pas le désespoir, mais l'absence de l'espoir, de tout espoir. Il ne souhaitait rien. Il était seulement intolérable de ne pas savoir où était Bérénice, ce qu'elle faisait. Il se promena le premier jour avec

cette folle idée que le hasard allait la lui faire
rencontrer n'importe où. Le second il n'osa plus
s'éloigner de son téléphone. Edmond l'envoyait
bouler à force qu'Aurélien lui écorchait les oreilles
de ses interrogations toujours les mêmes. Avec ça
que son père lui était tombé sur le râble, possédé
des bruits de couloir, excité de la chute possible
de Briand, et Poincaré lui avait promis... Dans
ce cas, il vaudrait mieux ne pas constituer la
société Melrose tout de suite, de peur que ça fasse
parler... Ça, Edmond sursauta. Comment? Son
père était un trembleur, il n'en était pas à le
découvrir. Mais pour une fois qu'il pouvait lui
rendre service! Tout ça à cause de ce périodique
mirage de maroquin, ah, non, par exemple! Il
te vous enguirlanda le sénateur, faut voir. Et,
devant lui, il téléphona à Adrien et lui enjoignit
l'ordre d'activer cette constitution de société.
Qu'est-ce qu'il foutait, le bougre? Non, il n'écou-
terait pas les explications, les excuses. Assez
lanterné! Il raccrocha.

Le sénateur regardait avec étonnement la
fureur de son fils : « Enfin, — dit-il, — je ne te
comprends pas, Edmond... Il me semble que ma
carrière... Ton père ministre, c'est tout de même...
ou tout au moins sous-secrétaire d'État! »

Il était comique. Edmond se vit dans la glace,
rouge, il avait fourragé ses cheveux gominés. Ça
lui faisait les doigts gras. Et là-dessus Bérénice,
Lucien et le reste! Il râlait. Sans parler de Blanchette de plus en plus singulière. Tout se calma
vers le soir avec le départ de Lucien.

Le lendemain, Bérénice vint chercher ses
affaires. Elle avait une petite robe achetée aux
Galeries, et assez mauvaise mine. Où tu as niché,
ma fille? demanda son cousin. Elle fut évasive.
Chez des amis. Des amis? Elle ne répondit pas.
Oh, puis, elle a l'âge de se conduire toute seule!
L'entrevue avec Blanchette avait été plutôt aigre.
Sans que rien de spécial se fût dit. Bérénice
s'excusait pour Lucien, pour les petites qu'elle

478

regrettait de ne pas emmener... Blanchette était tremblante. Elle tenait à faire sentir à l'autre que ce qui l'emportait en elle, c'était un seul sentiment. Un seul. Qu'il n'était pas besoin d'autrement définir. Une sorte de mépris amer. Bérénice avait donné sa parole, et elle y avait manqué, n'est-ce pas? Cela seul importait. Il s'agissait bien de M. Leurtillois. Personne ne parlait de M. Leurtillois. Ah, à propos, il a téléphoné plusieurs fois. Un silence. Et tu comptes retourner chez Lucien... bientôt? Je ne sais pas. On verra. Plus tard. Vous partez pour Megève?

Edmond éclata. Ah ça, on partait pour Megève. Et vivement. Assez de ce Paris, des gens, de la famille! La neige, les skis... Si le ministère tombe, je ne veux pas être là. Pour voir, encore une fois, Monsieur mon père se démener grotesquement, suer d'espoir dans les antichambres des candidats présidents du conseil! L'air pur, la nature! Dans la montagne, on oublie les mesquineries.

« Je me demande ce que c'est, ces amis, chez qui... Tu as une idée? »

Bérénice partie avec sa malle, Blanchette chiffrait : « Moi? — dit Edmond. — Pas la moindre! A moins que... qui sait?

— Tu crois? »

Elle avait mis une telle précipitation à ce *Tu crois?* qu'elle en rougit. Edmond rigola : « Et toi... tu crois?

— Mais quoi donc? Je ne comprends pas.

— Allons donc, *ma chérie*, tu sais bien ce que je veux dire... »

Il était odieux. Ils se surprirent tous deux à regarder le téléphone. L'appareil était là sur la table, comme un dieu moderne, noir et menaçant. Edmond poussa l'agressivité jusqu'à le caresser : « Dites-moi... »

La voix de Blanchette fit lever les yeux de Barbentane : « Dites-moi... A Megève... Est-ce que nous rencontrerons Mme Melrose? »

C'était la première fois qu'elle en parlait si

directement. Edmond était un homme de sport. Il avait de bons réflexes : « Pas cette fois, *ma chérie*... Elle a un engagement. »

Il faisait marcher ses épaules comme si son veston avait été trop petit pour sa carrure. Cet homme n'était jamais pris au dépourvu. Tout lui était bon pour marquer des points. Blanchette à chaque fois vaincue. Il ajouta avec une certaine négligence : « Veux-tu que j'invite Aurélien avec nous? Il n'est pas mauvais en slalom...

— Pourquoi me dites-vous cela? A l'instant, vous disiez...

— Je plaisantais! Du moment que ça ne te fait pas plaisir! Et puis, il ferait une tête d'enterrement, avec l'histoire de Nicette... » Elle ne répondit pas. Elle s'était assise, coupant machinalement un livre que lui avait recommandé Mme Cruppi, *Cantegril*, le dernier prix *Femina-Vie Heureuse*.

LVII

Depuis que les Barbentane étaient à Megève, Aurélien n'avait plus personne à qui se raccrocher, plus personne qui pût lui donner par chance des nouvelles de Bérénice. Où était-elle? Était-elle restée à Paris? Il y avait des moments où Leurtillois aurait tout de même préféré qu'elle fût retournée à R..., avec son mari. Le supplice inventé de ce silence, le mystère autour de Bérénice, cette disparition totale, il avait d'abord cru que cela ne pouvait pas durer, que ça ne durerait pas. Trois, quatre jours déjà avaient été un défi à la patience. L'insupportable tournait à la douleur. C'est le contraire des souffrances physiques. Ah, s'il avait pu douter de lui-même, il ne doutait plus de son amour pour Bérénice! On ne doute pas d'une plaie vive. L'horrible, le casse-tête, c'était ce comportement... Aurélien croyait se calmer, rendre tout plus tolérable, en cherchant à comprendre, en comprenant. Alors il fouillait les ténèbres récentes de ces quelques semaines extraordinaires, de ce qu'il appelait déjà son bonheur, comme si... A quoi cela se réduisait-il pourtant? A se martyriser la mémoire, à se déchirer le cœur, Leurtillois reconstituait minute à minute cette période déjà close, cette aventure de la brièveté de laquelle il se surprenait toujours émerveillé. Les lieux où ils avaient été ensemble, il en entreprit le pèlerinage. Dans ce café des boulevards, où il avait un matin tenu sa main, mieux que partout ailleurs il éprouva l'absence de Bérénice. Il en fit une halte usuelle de ses journées. Mais la nuit, comment serait-il retourné au Lulli's? Non qu'il craignît de voir Simone : tout de même il lui semblait que c'était mal, par rapport à Bérénice, d'y retourner. Il ne manquait pas de lieux où traîner ses insomnies. N'empêche qu'il rentrait chez lui peu après minuit maintenant. Quel étrange préjugé, quel rite bizarre auquel il lui semblait se conformer, aurait expliqué cette rupture des habitudes? Sa vie en était déséquilibrée, et cela prenait vraiment le caractère d'une punition qu'il s'imposait. Il souffrait d'être chez lui, de ne pas s'en aller par les rues, de n'avoir plus ni les musiques ni les femmes, les liqueurs, les lumières, tout ce paradis artificiel sans lequel il lui était difficile de s'endormir. On eût dit un opiomane à qui on a coupé trop brusquement sa drogue. Il en avait des tics, des nervosités. Il marchait chez lui comme un ours en cage. Mme Duvigne ne le reconnaissait plus. Ses heures étaient bouleversées, il lui arrivait de tomber sur le lit vers midi, une heure, assommé de sommeil, tout habillé; puis il retrouvait la nuit, les lumières, les souvenirs, et l'impossibilité de fermer l'œil.

Il y eut deux événements dans la semaine.

Le premier fut un paquet qu'on apporta un matin. Le portrait de Bérénice par Zamora, envoyé par la galerie à la fermeture de l'exposition. Mme Duvigne était là, et les questions qu'elle posa, les cris, les commentaires! Aurélien l'aurait bien tuée.

Quand le portrait fut accroché dans la chambre, avec le masque de plâtre en vis-à-vis, il y eut de quoi devenir fou. La sale plaisanterie. Cette dansante grimace des dessins superposés : Aurélien qui n'aimait guère l'art moderne se mit à le haïr. Qu'il fût hanté de ce Zamora n'avait rien de probant. Tout se passait comme si « l'art moderne », un personnage sournois, avait usé contre lui de moyens déloyaux. Emprunter à Bérénice cette duplicité de l'expression, et cela dans ce moment même, c'était jouer partie gagnée contre lui. Zamora prenait avantage de mille choses qui n'étaient pas sa peinture. Aurélien n'avait pas la philosophie de penser qu'il en est toujours ainsi des œuvres de l'art. Enfin ce portrait brouillé accroché au mur, la diversion près de deux jours mêla aux plus secrètes, aux plus douloureuses pensées d'Aurélien le désordre de considérations étrangères à la douleur et au secret. Puis, peu à peu, le portrait perdit de son pouvoir, et le masque, en face de lui, reprit le sien, son caractère de hantise.

Le second événement fut le mot d'Adrien Arnaud qui demandait à M. Leurtillois de passer à son bureau de la rue Pillet-Will.

Il y passa. Avec le cœur battant d'apprendre quelque chose, de recueillir un indice. Mais personne ne lui parla de Bérénice. Pourtant c'était bien d'elle qu'il était question à ses yeux. Il avait toujours envisagé cette bizarre affaire du troc de Saint-Genest contre des titres Melrose comme liée à Bérénice. Pourquoi, il ne le savait que confusément. Adrien Arnaud lui parla de

l'affaire comme d'une chose entendue. M. Barbentane la considérait ainsi. D'ailleurs son offre
était du genre inespéré. Quand il parlait, Arnaud
avait toujours l'air de claquer la langue, mora-
lement. Parce que, pour la dignité, le sérieux,
on ne faisait pas mieux qu'Adrien Arnaud en
affaires.

Comment Aurélien s'y serait-il dérobé?
N'avait-il pas un tort à réparer vis-à-vis de
Bérénice? Ne lui sacrifiait-il pas sa sécurité
bourgeoise? C'était une victime propitiatoire
que Saint-Genest. Il y aurait eu quelque chose
de sordide à discuter. Et puis, immédiatement au
moins, c'était une bonne affaire. Tout se mêlait
dans la tête d'Aurélien, l'affaire, le sacrifice,
Bérénice et Saint-Genest. C'était comme avec le
portrait de Zamora. Des éléments étrangers
aux considérations financières donnaient à toute
l'histoire une lumière qui tenait du vertige.
Peut-être faisait-il une bêtise. Il se serait méprisé
de ne pas la faire. Il se soupçonna aussi d'un peu
de cupidité. Est-ce qu'il ne roulait pas Edmond?
Ma foi, il n'avait pas été le chercher. Il donna
son accord.

Adrien le pria de repasser le lendemain, les
pièces seraient prêtes. M. Barbentane avait
laissé des pouvoirs signés en blanc. Pour la
garantie, il ne fallait que la signature de Mme Melrose. Ah oui, celle-là! Aurélien l'avait oubliée.

Le lendemain quand il revint rue Pillet-Will,
la grande Rose était là dans un tailleur de soie
noire, très couture, avec des œillets blancs,
une touffe au revers, et ses jambes... On ne voyait
que ses jambes, comme elle était assise, les
croisant, avec ces robes courtes qui remontent
dès qu'on bouge. Des jambes splendides. Aurélien
détourna les yeux.

« Je ne vous croyais pas à Paris, chère
madame... — dit-il pour meubler l'air. — On
ne voit plus le docteur... »

Rose rit de toutes ses belles dents.

« Decœur a du boulot par-dessus la tête, mon
cher, avec les parfums, le labo, la publicité, le
local à installer... Nous nous mettons dans nos
meubles, avenue des Champs-Élysées, imaginez-
vous... enfin... »

Arnaud les interrompit. Une signature ici,
une autre là. Il expliquait le mécanisme de
l'opération. Aurélien essayait de suivre. Il avait
une espèce de faiblesse dans la tête. Il perdait
le fil. Il n'avait pour ainsi dire pas dormi,
les trois dernières nuits. Il posa quelques questions. Pour la forme. Il fallait avoir l'air de
s'intéresser. Invinciblement ses yeux glissaient
vers les grandes jambes soyeuses, si jeunes, si
vivantes. Des jambes qui avaient l'air de savoir
qu'on les regardait. Mon Dieu, ce que c'est nu,
les jambes des femmes! Même avec les bas. Le
buvard séchait les signatures.

« Vous avez votre voiture? » dit Rose. Il
avait sa voiture. « Soyez gentil, déposez-moi
chez Hellestern. Ils sont insupportables. Ça fait
la troisième fois qu'ils me font revenir, et je
n'ai rien à me mettre aux pieds pour la pièce de
Cocteau... Comment vous ne savez pas! Je vais
jouer du Cocteau... mais oui... »

Ça y était. Saint-Genest n'appartenait plus
aux Leurtillois. Qu'est-ce qu'Armandine allait
chanter! Oh, et puis...

Quand ils furent dans la cinq-chevaux : « Je
ne vous gêne pas comme ça, pour les vitesses? »
dit Rose. Il sentit sa jambe contre lui, en passant
en troisième. Il eut l'impression qu'elle s'appuyait
contre sa main. Quelle brute il faisait! Être troublé par Rose, maintenant. Elle dit encore :
« Au fond, monsieur Leurtillois, j'ai l'impression
que tous les deux... nous sommes un peu abandonnés, ces jours-ci... Paris est d'un vide! »

On n'aurait pas dit, avec les autos. Il bre-
douilla quelque chose. Rose ajouta : « Dînons
ensemble... »

Aurélien arrêta la voiture place Vendôme.

Il éprouvait un drôle de vertige, chaud à la tête et froid aux pieds. Il avait mal dormi, n'est-ce pas... « Excusez-moi, — dit-il, — je ne me sens pas bien... »

Il la regarda entrer chez le bottier. Quelle allure!

On criait les journaux du soir. Il acheta *l'Intran*. Le ministère était par terre. Après un an d'exercice du pouvoir. Un an jour pour jour. L'autre fois, c'était Leygues qui s'était cassé le nez. Maintenant Briand... Pourquoi, d'ailleurs, n'était pas très clair à qui n'était pas au courant. Un an... un grand ministère... Cette fois, ce serait un ministère de têtes... Le président avait fait appeler Poincaré.

Tout se mit à tourner autour d'Aurélien. Sa vue se brouilla. Ce n'était pas la chute du cabinet qui lui faisait cet effet-là? Les frissons. Bon Dieu, encore un accès! Il eut toutes les peines du monde à conduire la bagnole jusqu'à l'île Saint-Louis. Il y a toute sorte de manières d'être héroïque. Chez lui, il trouva un mot de l'oncle Blaise, lui demandant de passer place Clichy. Incapable. Il se jeta comme il était sur le lit, et se roula dans le plaid. La fièvre le secouait comme un chien.

LVIII

C'était la première fois qu'un ancien président de la République redevenait président du Conseil. Stéphane Dupuy avec son nœud papillon, sa moustache qu'il tirait, ses cheveux raides et son pantalon fantaisie, attendait depuis une heure chez Decœur le retour de Rose qu'il venait interviewer. « Poincaré, — disait-il, — pourquoi pas Deschanel? Pendant qu'ils y sont! » S'il avait su ce que le docteur s'en tamponnait! « Un drôle de mélange... Maginot et Barthou, et puis Sarraut aux Colonies... Fuchs prépare un numéro sur la peinture...

— Quel rapport?

— Comment? Mais du moment que Sarraut est aux Colonies! Fuchs veut des abonnements... Le ministre est un amateur d'art... ah, ficelle, le petit Fuchs! — Il s'en tapait les cuisses :

— Avec tout ça, que votre président à vous... le sénateur, hein? Le voilà à la Marine marchande! Tout indiqué pour un médecin! Ça va faire marcher les parfums Melrose!

— Ah, la voilà! »

Rose arrivait, fatiguée, ravissante. Un pli près de la bouche pourtant. Elle avait dû rester avec Mary de Perseval, la remonter. Elles avaient été toutes les deux dans un petit bar. Un peu de whisky ne fait pas de mal dans le cas de Mary.

« Qu'est-ce qu'elle a? » demanda le docteur, qui avait affreusement maigri, vraiment. Mais il reprenait ces jours-ci. Les sports d'hiver lui faisaient du bien, disait-il.

« Je t'expliquerai... Vous m'excusez, Stéphane! Je me mets en chemise! »

Ce n'était malheureusement qu'une façon de parler. A vrai dire, tout le monde se fichait de ce qui arrivait à Mary. Mary, la première. Elle avait mené Rose prendre un whisky, mais chez Leurtillois, en fait de bar. Rien à cacher, vraiment. Leurtillois, malade, avait appelé Mary près de lui, et elle le soignait. Il avait besoin de se distraire. Elle avait inventé de lui amener Rose, et des petits fours. La tête qu'il avait, Leurtillois. Tout ça pour cette jeune cruche. Il y a des femmes qui sont aimées, on se demande pourquoi. Rien à cacher, mais Rose aimait mentir. Dans sa chambre, sa robe enlevée, elle se regardait les seins. Elle se prit un peignoir à ramages, un truc de Babani, et fit voler ses petits souliers. Les mules rouges. Ce peignoir avait toujours l'air de s'ouvrir.

« Alors, cette interview? »

Stéphane la regardait, la grande Rose, comme un collégien qui a eu une adresse. « Vous voulez que je vous parle des parfums? ou de mon masseur circassien? ou de la pièce de Cocteau? ne comptez pas sur moi pour des potins sur Gabriele! Je ne l'ai pas revu depuis... depuis... c'est ça qui ne me rajeunit pas! — Elle souriait, elle avait apporté des fleurs, et elle les disposait dans des vases. — Ah, non? vous voulez savoir si les parfums sont contents du nouveau ministère? Écoutez, faites votre papier, et puis vous me le montrerez. S'il est bien, je le signerai... Ça vous va? Vous ajouterez un chapeau : *Rose Melrose, l'inoubliable Gioconda, n'a pas voulu garder pour elle seule le secret de sa jeunesse*, et caetera. C'est votre métier après tout!... Personne ne m'a demandé, aujourd'hui? »

Ceci pour le docteur. Il grimaça. Si, quelqu'un. Qui donc? Ton peintre... Elle se mit à rire : « Tu n'es pas jaloux de Bébé, tout de même? » Non, il n'était pas jaloux d'Ambérieux, ce vieux bonhomme. Mais enfin.

« Alors, j'ai attendu pour rien? »

Dupuy mordillait sa moustache que c'en était horripilant.

« Enfin... oui et non... vous m'avez vue, mon petit! Et puis vous êtes journaliste... alors! Tenez, allez donc dîner ensemble, moi, j'ai un tas de choses à faire, avant le théâtre... Je ne mangerai pas... Oh, écoute, non! ne fais pas cette gueule à l'envers! Va briffer avec Stéphane, et laisse-moi cette demi-heure... Tu me vois entrant en scène, dans ce décor bleu, avec la mine que j'ai! Je vous verrai au théâtre... »

Sur la petite place, devant le Théâtre Montmartre, il faisait froid, mais sec, et ce n'était pas très éclairé. Quand les deux hommes arrivèrent, il y avait des groupes, un va-et-vient, des jeunes gens qui criaient, brandissaient des cannes. Tout de suite, le docteur s'inquiéta. La cabale! Ah, si c'était contre Rose! Stéphane avait harponné un des manifestants. C'étaient les amis de Paul Denis qui ne pouvaient pas blairer Cocteau. On savait qu'ils devaient chahuter, on leur avait refusé l'entrée de la salle. Alors ils tempêtaient au-dehors. Paul Denis, qui était avec un petit gros, s'en détacha quand il aperçut Decœur. Il se jeta vers lui : « Docteur! C'est insensé! Nous avons payé nos places! On nous met dehors! Dites à Mme Melrose... »

Le docteur haussa les épaules. Ils savaient bien qu'on connaissait leurs intentions. « C'est inimaginable! — criait très fort Paul Denis. — Une honte! On met les poètes à la porte! » Puis plus bas : « Vous savez, on ne chahutera pas Mme Melrose... vous pouvez lui dire... — Ta ta ta, mon cher Denis... Ce n'est pas mon emploi... Je ne verrai pas Rose avant l'entracte... — Écoutez, docteur, arrangez-moi ça, je vous en prie... Sans ça, je devrai attendre la sortie pour casser la gueule à Cocteau... — Oh, oh, comme vous y allez! — J'y serai obligé... pas que ça m'amuse... les autres ne comprendraient pas que je ne le fasse pas... aucun... même pas Frédéric... — Ça n'est pas que ça me dérange, — dit le docteur, — mais arrangez donc ça avec Mary... Elle peut mieux que moi... » Le nom de Mary avait rembruni le visage du jeune homme. « Comment, vous ne savez pas? Mary et moi... c'est fini! » Comme il se fût étonné que le docteur ignorât qu'il y avait un nouveau cabinet. « C'est même pourquoi... je dois absolument... » Il jeta un coup d'œil sur Stéphane. L'autre s'y méprit : « Stéphane Dupuy... se nomma-t-il... nous nous sommes rencontrés à *La Cagna*... » Paul salua sèchement, et entraîna le docteur à l'écart. « Il faut que je vous explique... Vous pouvez me rendre un grand service... Il

m'arrive une histoire incroyable... Je suis amoureux...

— Mes compliments!

— Merci, ne rigolez pas. Amoureux pour de
vrai. C'est merveilleux. J'ai tout plaqué : la
vieille, mes études, l'institut d'Océanographie,
la famille... Nous allons filer ensemble... *Anywhere
out of the world*... Seulement... il y a les autres...

— Comment les autres? puisque vous plaquez
tout!

— Je plaque tout... je plaque tout... enfin
pas la poésie, mes amis... le mouvement... ça
c'est comme l'amour... on n'a pas le droit d'en
plaisanter! Alors, voilà... eux, ils ne comprennent
pas... ils ne croient pas que c'est sérieux...
puis vous les connaissez, pas? Tyranniques.
Toujours prêts à douter de vous, s'ils pensent
qu'on se défile. Il y avait cette pièce, Cocteau...
Un scandale! Mme Melrose a beau... Vous savez
qui paye, je pense. Bon. Alors! Enfin il était
décidé qu'on viendrait ici demain soir, qu'on
interromprait la pièce, quitte à aller au violon,
à se faire descendre! Là-dessus, je tombe amoureux. Je pars demain. Un drame. Au café, à
sept heures, Ménestrel m'a fait une de ces scènes!
Je ne te revois plus de ma vie. Je fais une campagne contre toi. Je dirai ci, et je dirai ça. C'est
pas que je craigne ce qu'il peut dire. Mais enfin
je ne veux pas me fâcher avec eux... Tous mes
amis... Mon meilleur copain. Jean-Frédéric Sicre,
le musicien... Il donne raison à Ménestrel... Ils le
suivraient, vous savez! On ne se fait pas idée de
l'autorité de Ménestrel sur les autres! Alors,
j'ai dit : Eh bien, ce soir... tant pis... je risque le
tout pour le tout... demain, je m'en vais... mais
du moins, ce soir... et puis voilà qu'on ne nous
laisse pas entrer! »

Les autos arrivaient sur la place. Des gens
descendaient d'un taxi. Un groupe les bouscula
un peu au passage. Paul Denis, avec cette
mobilité extrême du visage qu'il avait, eut tout

à coup une expression si étrange, que le docteur se retourna.

« Ah, docteur! Vous êtes avec ce petit monsieur? Venez donc, Rose nous attend dans sa loge! »

C'était Mary de Perseval dans son chinchilla. Paul Denis avait perdu toute son assurance : « Mary... » murmura-t-il. « Qu'est-ce qu'il y a? dit-elle. Vous êtes un jeune mufle, et je n'ai rien à vous dire! » Elle entraînait Decœur. Ménestrel, un grand type, emmitouflé dans un cache-nez, avec une canne qu'il portait par le milieu comme s'il allait assommer tout le monde, entouré de trois de ses amis, aussi disparates de taille et d'aspect qu'il était possible, se jeta entre Mary et Paul, sans se préoccuper de ce que celui-ci faisait, des gens à qui il pouvait parler.

« Alors, — dit-il sur le ton de l'indignation, — qu'est-ce que nous foutons ici? C'est Cocteau qui doit se marrer! Tu nous ridiculises. Positivement. Tu nous ridiculises! » Derrière lui, il y avait le petit gros de tout à l'heure qui trottait. Frédéric, l'alter ego de Paul, avec ses yeux qui avaient toujours l'air de le précéder. Paul leva les bras au ciel. La sonnette du théâtre sur tout ça, et une fausse lumière et des tas de gens qu'on connaissait, des journalistes, le Tout-Paris. On entendait crier devant la porte. On ne comprenait pas bien quoi. Mais Ménestrel reprit le cri. Ses bras agitaient la canne dans un mouvement de va-et-vient. Le cachez-nez volait de tous les côtés. Les autres faisaient chorus. Denis avec eux.

« Qu'est-ce qu'ils disent? » demanda le couturier Charles Roussel à Mrs Goodman qu'il venait de saluer. Elle ne savait pas. *Vive Baudelaire!* je crois. Pourquoi *Vive Baudelaire?* Ah, vous m'en demandez trop!

« Je me demande, — dit le couturier, — ce que Baudelaire vient faire dans cette galère! Enfin, c'est une jeunesse de... »

Tout d'un coup, il y eut une clameur. Les gens se mirent à courir. Il se fit un remous. Le groupe de Ménestrel reculait devant une poussée. La police. Qui les avait appelés? Personne, n'importe qui. On voyait le contrôleur en habit à l'entrée du théâtre. Denis passa comme une trombe et faillit se jeter dans Roussel. Celui-ci, assez effrayé, l'arrêta par le bras. « Mais, jeune homme... ah, c'est vous? » Il avait reçu un bon coup de poing et il saignait du nez. Le couturier l'emmena très vite dans le petit café, en face.

Au-dehors, les autres se tabassaient. Roussel regarda le petit Denis avec une espèce d'admiration. Il haletait, le col arraché, du sang sur la cravate : « Une jeunesse de... Est-ce que vous ne voudriez pas m'écrire une petite note pour ma bibliothèque, sur cette curieuse soirée? J'ai le manuscrit de la pièce, que j'ai acheté à Cocteau... Je ferais relier votre note avec... Ça aurait un intérêt de... »

Paul Denis s'arrangeait. Il demanda une fine. Brusquement une idée lui vint, et il se tourna vers son interlocuteur : « Monsieur Roussel... — dit-il.

— Quoi donc, mon ami?

— Monsieur Roussel, je suis à un drôle de moment de ma vie... je ne vous ai pas cherché.. mais vous voilà... alors...

— Alors?

— Vous pouvez faire quelque chose de très important pour moi... Voilà : Monsieur Roussel, je suis amoureux... »

Le couturier manifesta un brusque intérêt.

« Ne croyez-vous pas que nous ferions mieux de nous asseoir? Ici, tenez,... racontez-moi votre histoire... »

Au-dehors, les flics passaient, emmenant deux manifestants. L'un d'eux était le petit gros, avec ses yeux à fleur de tête, le musicien Jean-Frédéric Sicre, l'ami de Paul.

LIX

« Mais c'est énorme! » dit Diane.

Cette fourrure claire lui allait merveilleusement, le manteau ouvert sur une robe noire très simple, avec des violettes de Parme à la ceinture, et un drôle de toquet sur l'œil. Schœlzer était très fier de Mme de Nettencourt. Visiter l'institut Melrose ne le passionnait pas, mais enfin si ça plaisait à Diane.

Mlle Agathopoulos faisait les honneurs du lieu : Mary l'avait placée là, comme une sorte de surintendante. Zoé avait refusé à son père de rentrer en Grèce; vivres coupés, il fallait bien travailler, et je vous demande à quoi? Elle avait l'air d'un catalogue des produits de l'institut : le bleu des paupières, la teinture des sourcils, la poudre ocre, l'incarnat des ongles. Ça ne lui changeait pas ce nez à crever les yeux, ni toutes ses jointures. Mais enfin, dans cette robe d'infirmière rose, avec un voile plaqué sur le front, le tout d'un cylindré! l'uniforme des vendeuses qui attendaient dans les salons, elle faisait net, luxe, tout ce qu'on lui demandait.

C'était un de ces appartements deux fois hauteur nature comme il y en a aux Champs-Élysées, où des banques font très vite faillite, depuis que les gens qui les habitaient ont changé de lambris. De l'escalier monumental, entouré d'ascenseurs dans des boiseries de placards, on entrait dans une rotonde à pâtisseries grises, avec une moquette mauve et des sièges verts, le tout de Paul Iribe, qui avait incrusté dans les dessus de porte des Juan Gris, achetés à la vente Kahnweiler (les Picasso faisaient tout de même des prix trop exagérés!) De là, on rayonnait dans trois salons qui avaient balcon sur l'avenue et que doublaient des pièces dont on avait abattu les cloisons, le long d'un couloir, où étaient les bureaux, la comptabilité, *et caetera*. Au bout, par un petit escalier intérieur, on montait à ce que Zoé appelait *la Clinique*, c'est-à-dire l'appartement du dessus où étaient ripolinées, tout nickel et peinture, les pièces de l'institut proprement dit, pour le massage, la gymnastique, les salons de coiffure, de maquillage, et le troupeau des manucures, la vapeur, les vibros, est-ce que je sais? De l'autre côté, en bas, vous voyez les pièces de manutention... Ça, naturellement, on n'a pas fait les frais des salons, c'était comme on l'avait trouvé, avec les papiers rayés, des peintures marron, et ici au contraire, on avait mis des paravents jaunes cirés, bâti des comptoirs, cloisonné à mi-hauteur. Il y avait là des femmes d'un autre genre, dans leurs blouses grises, leurs lèvres sans rouge, des épingles au revers, un crayon sur l'oreille, et des livreurs à côté des paquets, des élégants cartons entassés où l'on voyait la signature de Rose agrandie dix fois.

« Mais ce que je préfère, — dit Diane, — c'est le petit salon! » Celui du milieu. Tout or. Des meubles chinois, noirs et trois Foujitas, un entre les fenêtres, un au-dessus de la cheminée Louis XV, le troisième sur un chevalet, où était accroché comme avec négligence un antique brocard espagnol.

Les parfums étaient dans deux vitrines de bijoutier dans le salon rouge et blanc, avec une grande toile de Mme Marval, des femmes sous des pommiers. Les Marie Laurencin du troisième, tout capitonné rose et bleu, étaient les préférés de Zoé. Elle ne le cacha pas. « Est-ce que Mme Melrose passera aujourd'hui? — demanda Diane.

— Oh, vous savez, — dit Mlle Agathopoulos, — c'est très rare que nous la voyions... Mais si vous désirez, le docteur est là-haut, à son bureau... et entre deux consultations...

— Non, je vous remercie, mademoiselle. nous sommes pressés... »

Un bruit de rires, des gens dans la rotonde. Une vendeuse s'avança, et Zoé jeta un coup d'œil. Justement, c'était Rose, avec un monsieur qui s'ébrouait, il faisait encore un temps de chien.

« Oh, par exemple! — s'écria Diane. — Monsieur Leurtillois! On m'avait dit que vous étiez souffrant... Excusez-moi, ma chère Rose, la curiosité... c'est délicieux chez vous... Vous connaissez Schœlzer? »

Tout le monde se connaissait. Rose avait un air de tristesse sous ses rires. Diane le vit tout de suite, et regarda Aurélien. Celui-là ne se donnait même pas la peine de cacher son humeur. Diane avait gardé un certain penchant pour lui. Elle le connaissait bien. En sortant, ils étaient si pressés! elle dit à son compagnon : « Vous croyez qu'ils couchent ensemble? » Schœlzer s'en moquait pas mal. Il dit : « Mon cousin Barbentane n'est pas à Paris... » Et Diane : « Vous savez... on commence à voir l'âge de Rose... »

Aurélien s'était assis dans les pièces aux Foujitas. Rose était montée chez le docteur, et puis elle voulait prendre rendez-vous avec le Circassien pour une cantatrice brésilienne qu'elle avait rencontrée au ministère... Elle disait au ministère, parce qu'on ne peut pas dire au sous-secrétariat... Il y avait eu une soirée à la Marine marchande. Rose avait dit *L'Invitation au voyage*. C'était d'occasion. Aurélien détestait cette décoration prétentieuse. Mais enfin il fallait ça, paraît-il. Il n'aimait guère les Foujitas, mais le modèle, toujours la même femme, lui plaisait. Depuis l'accès de paludisme qu'il avait eu, il éprouvait à en crier le vide de sa vie. C'est drôle : on ne remarquait pas qu'on ne faisait rien, puis un beau jour cela devient insupportable... S'il n'y avait pas eu Rose...

Elle reparut avec le dernier *Vogue* qu'elle avait trouvé là-haut. « Vous n'avez pas faim?

Moi, je la saute! Il est presque une heure, vous savez! De la viande! D'ailleurs vous en avez besoin, mon petit... il faut vous retaper... » Elle lui caressa la joue.

C'était vrai que soudainement on lui voyait son âge... non, ce serait trop dire... mais qu'elle n'était plus toute jeune se remarquait. Il y avait de la lassitude dans le visage de Mme Melrose. Le pli près de la bouche devenait habituel. Le fard, les crèmes, avaient l'air de cacher sa peau, et non plus de s'y amalgamer à cette vie voisine qu'on sentait encore à ses joues, quinze jours plus tôt. Elle avait dû se fatiguer avec la pièce de Cocteau, un rôle éreintant. Il y avait aussi quelque chose de bizarre à cet engouement brusque qu'elle affichait pour Aurélien Leurtillois. On aurait dit qu'elle lui courait après : c'était si peu son genre.

« Vous m'aviez dit... Vous aviez quelque chose à me dire? »

Aurélien l'interrogeait dans le bar de la rue Washington où ils étaient installés devant des spaghetti *al sugo*, avec une fiasque de chianti dans sa paille, et au-dessus d'eux des photos d'acteurs dans le cadre de la glace. Rose soupira, plissa les yeux à son plus myope, et posa sa fourchette avec l'échafaudage laborieux des pâtes : « C'est singulier, mon cher... je me demande ce qui m'arrive... Je suppose que c'est une défaillance passagère... mais enfin...

— Mais quoi donc, chère amie?

— Vous le demandez? Voyons, je ne suis ni si laide, ni si vieille encore... Songez donc que ça fait quinze jours... oui, quinze jours au bas mot... et pas ça! pas ça! Non, mais est-ce que vous croyez que ça m'est déjà arrivé, une fois, une seule petite fois avant vous? Non... taisez-vous! J'ai envie de parler. Ça commence même à m'intéresser. Si je ne connaissais pas Diane... et Mary donc... je croirais que vous n'êtes pas... enfin, pas normal... »

Il haussa les épaules. Ainsi Mary avait raconté à Rose... Toutes les femmes sont pareilles. Il prit un air galant, et dit · « Mais, je vous jure qu'il ne tient qu'à vous..

— Allons donc, ne faites pas l'imbécile! Vous n'êtes pas un collégien, et je ne suis pas une amie de Madame votre mère! Je n'ai pas l'habitude de violer les petits garçons, pas encore! Votre cœur est ailleurs, votre cœur est ailleurs, voilà tout. Mais enfin, c'est la première fois que je rencontre ça : au fond, je trouve ça très bien, seulement ça me déconcerte... et je me demande aussi... »

Elle demeura rêveuse. On apportait les schnitzels. Elle laissa travailler le garçon, un beau brun dont les mains mal soignées versaient la sauce avec un air de confidence.

Rose reprit : « Dites-moi, Aurélien... sans chiqué, là... est-ce que vous croyez qu'on peut m'aimer encore? Ne riez pas... Je suis peut-être une vache, mais il y a des jours... »

Il la regarda avec étonnement. Il connaissait au moins trois hommes épris d'elle. Le docteur, Edmond, l'oncle Blaise. Il le lui dit. Elle secoua les épaules. Il s'agissait bien de ça. Et puis, bien entendu, des jeunes gens qui l'avaient vue au théâtre. Est-ce que ça compte? Non. Quelqu'un qui ne la connaîtrait pas. Qui la verrait quelque part sans savoir qui, quoi, comment. « Autrefois, — dit-elle, — quand je regardais un homme, cela lui tournait la tête, il aurait tout abandonné... »

Aurélien reprit de la purée de pommes de terre : « Autrement dit, — murmura-t-il, — je me conduis comme un goujat...

— Faites pas l'idiot... Il s'agit bien de politesse... Tenez, un jour, à Florence... »

Il n'écoutait que distraitement les anecdotes. Il savait bien qu'elle avait autre chose à lui dire. Il le lui dit. Elle avoua : « Eh bien, oui, quoi... mais j'aime à parler de moi-même. Savez-vous

que Bébé... enfin, je veux dire Blaise... je l'ai
rencontré hier... Je ne devrais pas vous raconter
ça! Il m'a fait jurer... »

Aurélien fronça le nez. Qu'est-ce que l'oncle
venait fiche là-dedans? Il rigola : « Comme si
vous aviez une parole! »

Elle ne se fâcha pas, et lui prit la main : « C'est
drôle, pourtant, que vous me plaisiez comme
ça... Au fond, vous n'êtes ni très beau ni très
intelligent...

— Qu'est-ce que vous avez juré à l'oncle
Blaise?

— De ne pas vous dire... Ah, puis zut! C'est
chez lui que Mme Morel a été habiter quand elle
s'est sauvée de chez Edmond... »

Aurélien ne plaisantait plus. « Comment?
Chez l'oncle? Pourquoi ne m'a-t-il pas prévenu?
Elle y est encore? »

Elle n'y était plus. Partie. Et d'abord il avait
promis de ne rien dire. Et puis il avait déposé
tout de même un mot chez Leurtillois. Pour
lui dire de passer place Clichy. « Je ne savais pas
pourquoi... je suis tombé malade... vous savez
bien! »

Sans doute. En attendant, cette petite Bérénice
avait entortillé Ambérieux. Il avait les larmes
aux yeux en en parlant. Il n'était pas loin de
tenir Aurélien pour un vilain monsieur. Qu'est-ce
qu'elle avait bien pu lui dire? Elle n'était sûrement pas retournée chez son mari...

« Garçon, l'addition! Excusez-moi, Rose...
Vous me comprenez, je pense? »

Elle le comprenait. Elle demanda tout de
même un café. Et un petit verre. Aurélien était
parti. Elle rêvait. Tant de choses à la fois revenaient, lui remontaient à la gorge, à la tête.
Cet armagnac ne valait pas grand'chose. Quelle
chiennerie, le monde! C'est comme le théâtre :
des lumières, le trompe-l'œil, la scène... et puis,
voyez les acteurs ensuite dans leur loge, ah lala!
Il allait falloir jouer serré. Elle ne se laisserait

497

pas bouffer comme les autres. Elle avait encore
un peu de temps devant elle. Finir en beauté.

> *Mon enfant, ma sœur,*
> *Songe à la douceur...*

Ah merde! Elle écrasa la cigarette qu'elle avait
allumée.

Sur la banquette, en face, il y avait un jeune
homme très élégant, un blond avec des taches
de rousseur et un nez épaté. Il la regardait avec
une fixité qu'elle connaissait bien. Elle le regarda
aussi, avec ses yeux de myope, leur insolence.
Il rougit, et il pâlit très subitement. Alors,
elle se rappela comment elle regardait Hippolyte
quand elle jouait Phèdre : et elle lui sourit.

LX

Il faisait déjà une manière de soleil, et il y
avait des couleurs tendres dans les champs,
un piquetis d'herbe pâle sur les velours labourés
beiges, blancs, bruns et roses; les premières
fleurs blanches aux arbres fruitiers. Le paysage
s'adossait aux coteaux voisins, couronnés de
buissons et coupés de carrières, avec un petit
chemin de fer à sable. Puis la route, les champs,
et le fouillis qui cachait la Seine. Tout cela
s'étendait à plat sur des kilomètres. De l'autre
côté de la vallée, tout s'estompait, on devinait
des plateaux, un pays qui continue.

La grande limousine stationnait dans le
chemin qui descendait au Moulin, avec le chauffeur bleu marine et sa casquette plate, son air
d'attendre la sortie de l'Opéra. Le couturier et
Paul Denis arpentaient la petite route au bas
des champs, près de la propriété où il y avait

toutes ces fleurs. « Je me souviens, dit Roussel, là-bas... c'est l'Epte, n'est-ce pas? Je suis venu par ici, il y a... Oh des années... pour voir Octave Mirbeau. C'était un homme de... » Du bout de son parapluie roulé, qui faisait canne, il chassa un caillou. Paul Denis suivit le caillou des yeux et regarda les pieds de son visiteur : avec des guêtres pâles sur les chaussures noires.

« Qu'est-ce qui vous a donné l'idée de venir ici, mon petit Denis?

— Vous savez, monsieur, ici... ou ailleurs! J'avais un ami américain, un jeune écrivain, qui s'y était retiré avec sa femme pour écrire une thèse sur Diderot... Alors je me suis dit... Il fallait vite faire, trouver un coin... Je suis tombé sur eux à l'improviste... ils ont tout de suite pensé au Moulin... Archibald m'a présenté aux patrons... ce jeune couple que vous avez vu... on s'est arrangé.

— La table est possible?

— Bah! Enfin... ce n'est pas ce qui nous intéressait. Nous voulions surtout un coin sans histoires. Il n'y a qu'Archie et Molly qui sachent que nous sommes ici. Et vous savez, des Américains... on les voit quand on veut... une fois par semaine... C'est la grande solitude.

— Heureux?

— Oui, ça, je peux dire. Très heureux... »

Il se tut. On ne l'aurait pas reconnu, sans veston, avec un pull-over gris, sans col, déjà brûlé par le soleil de mars. Il avait perdu sa nervosité. Son regard fichait le camp pendant qu'on lui parlait. Il pensait à autre chose. Il avait cette souplesse d'allure des gens qui marchent beaucoup, qui grimpent les collines, et oublient l'heure dans les bois.

« Vous devriez vous faire couper les cheveux, mon petit », remarqua le couturier et Paul hocha la tête : « Demain, j'irai à Vernon... » Il devait dire ça tous les jours depuis... Tout de même, il lui devait une fière chandelle à Roussel :

mille francs par mois, ça ne se trouve pas sous le pied d'un cheval. Et puis, de but en blanc, comme ça. Simplement parce qu'il lui avait dit : « Je suis amoureux, nous voulons nous cacher quelque part à la campagne. » Au fond, il avait été très chic, ce vieux bonhomme, avec tous ses ridicules, ses façons de... Les gens rigolaient de lui : combien en auraient fait autant? Moyennant une correspondance littéraire pour sa bibliothèque. Dix ou quinze pages par mois. Non, ça : très chic.

Évidemment il n'y avait pas tenu. La curiosité l'avait emporté, et il avait fallu qu'il vînt voir de près comment vivait son jeune protégé. Et aussi, probable, cette femme mystérieuse, dont l'autre ne parlait que par métaphores. Quand la voiture était arrivée au Moulin, Charles Roussel avait bien aperçu une robe claire sous les arbres, quelqu'un qui s'était esquivé... et tout de suite Paul Denis était apparu, s'était avancé, tandis que le couturier parlait avec ce jeune homme en knickerbockers à cheval sur une moto, le propriétaire de la pension, paraît-il. Pas grande, blonde, la fugitive. Sûrement pas une beauté.

Avec un faux air de discrétion, il interrogea : « Et vos amis? Ménestrel et consorts? » Paul eut un geste évasif. Dans ce paysage presque printanier, avec la Seine là-bas, où il allait bientôt pouvoir se baigner, les dernières flaques de l'hiver dans la boue rurale, les bourgeons, bien des choses qui lui avaient paru nécessaires, indispensables à sa vie, avaient perdu de l'importance pour le jeune homme. La veille, ils avaient fait quarante kilomètres, aller et retour... Roussel remarqua que Denis parlait toujours au pluriel.

« Enfin... ils n'ont pas cherché à vous revoir? Ils savent où vous êtes? »

Paul expliqua : un seul d'entre eux avait son adresse. Si on voulait lui écrire, il fallait lui remettre les lettres. Non, il ne dirait rien. Il avait juré. Bien sûr, Ménestrel était furieux. Mais on respectait l'amour dans le groupe. L'amour était le seul prétexte qui pouvait excuser...

« Il connaît Madame... enfin, votre petite amie, Ménestrel?

— Oh, non. D'ailleurs, je n'ai pas besoin qu'il ne l'approuve pas.

— C'est un tyran de... »

Denis grinça un peu des dents. Il n'aimait pas qu'on dît que Ménestrel était un tyran. Ou un dictateur. Dictateur était le mot qui venait aux gens en général. Quand les gens parlaient de dictature à propos de Ménestrel, en général c'était qu'ils filaient un mauvais coton. Ménestrel avait toujours raison. Paul parla d'autre chose. Il expliqua le Moulin.

« Oui... un jeune couple... Lui, pas très solide des poumons... Ils se sont installés ici, son oncle était de Vernon... Le garage à l'entrée, vous voyez... Elle, est très gentille... Cette petite blonde à carreaux qui s'est sauvée quand vous êtes arrivé... parce qu'elle n'était pas arrangée... »

Ah? Ce n'était donc pas la personne en question.

« C'est un peu un endroit d'opérette. Le genre rustique, un peu à tout prix, les gravures anglaises à l'intérieur, la faïence partout. Et puis, vous comprenez : pas regardants sur la morale. Comme clientèle, des peintres. Assez Montparnasse. Parfois pour le week-end, il y a deux femmes qui prennent la grande chambre en bas. Des gousses. Moi, pour ce que ça me fait!...

— Vous fréquentez les gens qui viennent là, comme ça?

— Forcément... enfin, fréquenter... ce n'est pas le mot. On mange ensemble. Alors on se parle. Et puis il y a le phono. Parfois, le soir, on danse. L'autre nuit quand il y a eu ce grand orage... plus d'électricité... les femmes avaient peur... on a allumé des bougies, on est tous descendus, il faut vous dire qu'il y a un petit piano droit... une casserole... d'habitude, je préfère ne pas y toucher... mais ce soir-là... et jusqu'à deux heures du matin... »

Charles Roussel avait préparé son effet de longue main.

« Vous ne voulez pas que je vous emmène à déjeuner à Vernon? Il y a un excellent restaurant...

Paul Denis était tout interloqué. Il n'osait pas refuser.

« Je ne suis pas seul, — murmura-t-il.

— Je sais bien, je sais bien, mais si Madame voulait... Oh, c'est une question de... Un vieil homme comme moi... »

Il n'y avait pas à refuser. Roussel était venu pour le voir, et après tout il le faisait vivre, Denis. Une sale impression tout de même : comme si brusquement il ouvrait la grande porte sur son bonheur. Ce vieillard fouineur, tout de même. Un vrai voyeur. Ce qu'il en grillait d'envie de la connaître. Il allait falloir la persuader : « Tu comprends, je ne peux refuser à M. Roussel... nous lui devons bien ça... » Et Paul entendait d'avance la réponse, l'ironie de la voix. Ah, pour une tuile.

Eh bien, pas du tout. Ça avait marché comme sur des roulettes. Peut-être qu'après cinq semaines de campagne on a des démangeaisons de mondanité. Ou que ça l'amusait de voir Roussel. Ou de déjeuner un peu mieux qu'au Moulin. Si seulement il pouvait avoir l'idée, ce Roussel, de commander du champagne nature : « Tu m'aimes, dis? » Elle secoua la tête : « Je ne sais pas mentir... »

LXI

Elle se laissait porter par le temps. Elle ne résistait plus à ce qui lui arrivait, à ce désordre d'événements et de pensées. Tout avait commencé comme une volerie... Il semblait d'abord à Bérénice que tout cela n'aurait pas de durée. C'était, dans le premier moment, une flâne qui se prolongeait. Vous connaissez ce sentiment : on devrait être ailleurs, chez soi, par exemple mais pas nécessairement, il y a quelque chose comme un repas qui vous attend, on n'y va pas avec une croissante conscience de sa culpabilité. Encore cinq minutes, deux minutes, une minute. On n'y va pas. C'est cela, le temps volé. Un temps qui n'est pas comme les autres. Gâché aussi, dilapidé. Une habitude profonde du devoir se mêle à un sens étrange de l'économie, d'une économie incompréhensible des minutes. Comme si on ne vivait pas quand on fait autre chose que ce qu'on est censé faire, devoir faire. Tant pis, on n'ira pas. Ce n'est pas que l'on tienne spécialement à traîner ici, qu'on préfère y être. On y est. Voilà tout. Avec une ivresse désobéissante. Bérénice se souvenait, enfant, quand elle faisait des pâtés, transportant le sable dans son seau bleu d'un tas qui était de l'autre côté de l'allée, comme elle se jouait à elle-même le tour de le perdre, le sable, en route, presque tout, par une perversité inexplicable. Il fallait recommencer le chemin : en vérité, elle était supposée jouer à faire des pâtés, mais sans se le dire elle jouait à aller chercher le sable. Tout cela aujourd'hui lui revenait, porteur d'analogies vagues, mal établies, avec cette vie qui avait commencé l'année 1923.

Déjà tout le pays avait un air de printemps. Il n'arrive pas à la campagne, dans ces confins normands, comme il fait à R..., où il est la brusquerie même. Ni comme en Provence, où souvent on le manque, sautant à pieds joints dans l'été. Ni comme à Paris, qui s'éclaire un beau jour, suivant cette convention théâtrale qui fait flamber toute la rampe quand un acteur entre avec une petite bougie. Non. Le printemps envahissait le monde des profondeurs de la terre, de l'humidité des champs. Il était comme une buée qui se lève. Il avait la lenteur et la lourdeur de l'eau tiède. Ce n'était pas encore le printemps, c'en était déjà l'inquiétude. Quelle bizarrerie! Bérénice y trouvait le goût de la solitude. Les approches du printemps la séparaient de Paul, bien plus qu'autre chose.

Car il y avait Paul dans tout cela. Une autre bizarrerie. Ce jeune garçon, avec sa drôle de bouche, ses cheveux châtains que l'air commençait à décolorer, cette maigreur et cette nervosité d'enfant. Paul... Un inconnu entré dans sa vie par hasard, et qui y était demeuré. Qui avait pris une importance disporportionnée. Pour ça, oui : disproportionnée.

Elle aimait le matin, quand il traînait à sa toilette, descendu pas débarbouillé manger ses beurrées dans du café au lait, ou qu'il se jetait à plat ventre sur son lit au milieu des feuilles de papier, écrivant des choses sans queue ni tête, qui prendraient sens plus tard... elle aimait le matin le laisser, Paul, et profiter de cette paresse, ou de cette rêverie qui lui faisait des vacances, pour se promener seule dans les champs, maintenant que c'était possible, avec de bons souliers, sans galoches, avec le petit manteau marron, qui était *presque* imperméable, et d'ailleurs il ne pleuvait pas nécessairement : il y avait des trouées de soleil à en perdre la tête, à en être engourdie.

Il y avait Paul, mais il y avait aussi quelqu'un d'autre dont personne ne parlait. Il suffisait de descendre par là-bas, derrière le rideau d'arbres, de passer le talus verdissant où la terre avait une qualité gluante et des couleurs changeantes, on tombait dans le sentier de feuilles mortes, noires depuis l'automne, où marcher était facile, malgré de grandes branches épineuses qui se jetaient de temps en temps sur vous des buissons bas, et qui vous attrapaient à la figure ou aux jambes : là, on pouvait remonter ou descendre, suivant les jours, mais toujours il y avait cette présence douce et bruyante, cette caresse et cette hostilité, l'eau jaune et blanche, parfois verte, soudain tournoyante à des racines décharnées, l'eau longue, l'eau pleine de pensées, l'eau qu'on peut regarder sans fin, qui vous parle, qui vous berce, qui vous chante.

Il y avait Paul, mais il y avait aussi la Seine. Cette même Seine. Drôle à penser, cette même Seine... Un jour viendrait, bientôt, quand il ferait un peu plus chaud, où Paul voudrait se baigner dans la Seine. Il en parlait beaucoup. Il avait même apporté son maillot de bain avec lui, et certains jours, il le tirait de la valise, il le regardait comme une robe de bal. Quel gosse! On ne pouvait pas lui en vouloir d'être comme il était. Avec des côtés surprenants. Une gentillesse... Quand il se mettait au piano, ça, il était merveilleux... à condition qu'il ne se mît pas à jouer de la musique de son cher ami, Jean-Frédéric Sicre... parce qu'alors... Si seulement Paul n'avait pas été si distrait parfois... Quand il n'aurait pas fallu...

La Seine n'avait pas de distractions, elle. Cette suite dans les idées qu'ont les rivières! Couler comme ça, dans le même sens, sans jamais oublier, se tromper... Quand on remontait par la berge, il y avait des coins de verdure, des fouillis qui peu à peu avaient pris pour Bérénice leurs caractères propres, comme des amis, des gens qu'on connaît enfin... Des arbres la saluaient au passage, avec leur manière à eux, individuelle, distincte... Il y avait cette sorte de plage où venait mourir un peu d'écume sur des pierres, puis le grand champ qui dévalait droit sur le fleuve, une inflexion de la rive, un saule... On arrivait ainsi insensiblement au confluent de l'Epte et de la Seine, où il fallait refluer en amont de la petite rivière pour passer, si on voulait continuer plus haut, vers les écluses, après cette propriété abandonnée, avec sa maison de bois aux volets clos, ce jardin envahi par l'ombre et la tristesse des herbes, un lieu de fait divers, avec la voix de l'éclusage, la barre d'écume bientôt, les petits balcons de fer qui franchissaient l'eau vers le pavillon, de l'autre côté, tout petit, tout lointain, sur la rive gauche, où passe la grand'route, et ses voitures dans les deux sens, son va-et-vient mystérieux.

La même Seine. Ses chalands qui glissent par miracle. Avec une incompréhensible humanité à bord. Des gens qui semblent passer la vie comme ça, debout, immobiles, emportés. Et des branches mortes entraînées dans les eaux tournantes. Parfois des manières d'épaves. La même Seine. Hypnotisante. Qui venait de Paris et s'en allait à la mer. Toujours. Jamais autrement. Qui venait de Paris. Et s'en allait. A la mer.

Ici Bérénice était bien seule. C'est une chose extraordinaire à quel point la campagne est vide. Pour un paysan dans le lointain, parfois, sa silhouette courbée qui a toujours l'air d'écheniller les sillons, on sentait mieux encore l'espace, le désert, le merveilleux désert. Personne ne s'avisait de marcher le long de la Seine. Pourquoi l'aurait-on fait? et qui? Les gens sont raisonnables. Cela n'a pas de sens de marcher le long de la Seine. Après il faut revenir. On est bien avancé. Et Paul paressait, le cher petit. Il en avait bien pour une heure encore à passer ses chaussettes... Bérénice était libre. Elle l'aimait bien, Paul, sans doute. Mais on ne peut pas toujours être ensemble. Lui, il aurait voulu. Sauf quand la distraction le prenait. En fait, il aurait voulu qu'on fût ensemble quand cela lui chantait. Dit comme ça, ce n'était pas tout à fait juste, mais enfin, en gros... Bérénice se félicitait de n'avoir pas cédé sur la question des chambres. Elle avait tenu à ce qu'ils en prissent deux, au Moulin. Paul ne voulait pas. Une chambre, un grand lit. Il avait des raisons excellentes, le prix d'abord, et puis à qui est-ce

que ça en imposait, eux deux? On savait à quoi
s'en tenir, et ce n'étaient pas les Vanhout qui y
auraient vu à redire, sous le prétexte qu'ils
n'étaient pas mariés. Très gentils, les Vanhout,
les patrons... un petit couple bien drôle, et tout
à fait discret. Tout de même, Bérénice avait
tenu bon : elle était toujours mariée à Lucien,
elle n'avait pas de raison de faire ça, et elle
préférait même que ce fut elle qui allât rejoindre
Paul dans sa chambre, le soir, quand la bonne
était déjà couchée, avec quelques précautions
pour qu'on ne la vît pas entrer. Aussi cela avait
l'avantage qu'elle pouvait s'en aller, si elle le
voulait. Bien qu'elle ne détestât pas dormir
avec Paul : il était très bon coucheur, et pas
laid quand il dormait. Tout de même, si on avait
eu une seule chambre... c'était bien mieux
comme ça.

Il y avait un banc près de l'écluse. Un vieux
banc moisi, mais le bois, ce n'est pas froid comme
la pierre. Bérénice s'y assit, et regarda manœuvrer
les vannes. Un remorqueur qui allait en aval
chercher une péniche sans doute. Il irait la
traîner à contre-courant, comme une fille qu'on
prend aux cheveux. Il lui ferait faire ce chemin
qui n'est pas dans la nature. Il la ramènerait
de force quelque part. Chez elle, peut-être.
Ils passeraient, qui sait, devant l'île Saint-Louis.

Il faudrait qu'elle allât au plus tard le lendemain jusqu'à Vernon. A la poste. Elle y recevait
les lettres de Lucien, et elle y mettait les siennes.
Comme ça, pas de surprise possible. Elle se
méfiait de Lucien. Avec ses airs de tout comprendre. Cette sentimentalité. Il s'agissait bien de
Lucien. Mais il fallait écrire régulièrement, une
fois la semaine. Simplement pour éviter les
catastrophes, le chantage à l'inquiétude. Il
y a des êtres, ils vous tyrannisent rien que
d'exister. On met entre eux et soi des centaines
de kilomètres, rien n'y fait. Bien entendu, elle
ne lui avait pas écrit ce qu'il en était avec Paul.

Lui, du moment qu'Aurélien n'était pas là...
A quoi bon lui donner pâture, l'aider à se torturer? Il se rendait déjà suffisamment malheureux
sans connaître l'existence du petit... Avec ça,
qu'il aurait été capable de l'accepter. Cela,
ç'aurait été un peu de trop : Bérénice ne lui
aurait peut-être jamais pardonné. A quoi bon
mettre entre soi l'irréparable? Ou bien il aurait
discuté : « Es-tu sûre que tu l'aimes? T'aime-t-il
vraiment? Est-il capable de faire le bonheur d'une
femme? » Un mari de ce genre, c'est pire qu'une
mère.

Là-bas, dans la Seine, il y a une île. Il y a des
îles tout le long de la Seine. Cette île-ci, personne
n'y va jamais, elle ne sert à rien. Elle est longue
et étroite, avec quelques arbres, on voit le fleuve
à travers, de l'autre côté où s'en vont les bateaux.
Par ici, cela rend tout intime. Bérénice se demande
si elle saurait nager jusque-là, quand on se
baignera. Paul est bon nageur, paraît-il. Elle
l'imagine mal dans l'eau. Elle est un peu inquiète
pour lui. Tandis qu'elle voit très bien comment
Aurélien nage. Il lui a parlé de cela, longuement.
C'est même une des seules choses dont il parle
bien. Ce n'est pas quelqu'un de très éloquent.
Elle le voit dans la Seine. Qui nage. Comme il
nage bien! Lui, ce n'est pas d'aller jusqu'à
l'île qui le gênerait. Il doit y avoir de la boue sur
le bord de l'île. D'ici, quand il sortirait de l'eau,
on le verrait patauger. Ce grand corps maladroit.
Elle s'est assise, ici, sur le banc, pour le mieux
voir, là-bas, dans l'île. C'est un homme des îles.
Rien d'étonnant.

Le remorqueur avait passé l'épreuve du bassin,
il s'en allait fièrement, de l'autre côté des arbres,
avec un grand cri rauque. Il était noir, avec une
bande marron et blanche à sa cheminée.

Ah, mon Dieu, il doit être tard. Le déjeuner!
Et Paul qui va encore faire la tête, que je l'ai
laissé tomber!

LXII

« Mais, parfaitement... si je n'ai pas couché avec Leurtillois, c'est bien parce qu'il ne l'a pas voulu ! »

Edmond se fâcha. Ce qu'il était beau quand il se fâchait ! Rose rit, avec son rire de théâtre. Cela se passait dans le petit bureau à côté des salons, à l'institut. D'abord, il était revenu d'une couleur superbe, ce sacré Barbentane. Une poterie parfaite. Cuit. Lisse. Avec ses dents blanches. Une splendeur, dans son costume gris rose, qui aurait fait efféminé sur un autre. Rose, dans un fourreau noir, avec une cape, des gants longs noirs, des souliers noirs, et un extravagant jabot vert de lingerie empesée, dit sur le ton qu'on prend avec les enfants : « Tu ne vas tout de même pas être jaloux, et casser ta petite trompette ?

— Assez de plaisanterie, ma chère. Pourquoi ne serais-je pas jaloux ? Je reviens, et c'est pour m'entendre dire... Joli retour !

— Tu préfères que je te cache les choses ? Tu reviens et c'est alors que je te dis ce qui s'est passé quand tu n'étais pas là. Quand veux-tu que je le fasse ? Monsieur part pour trois semaines, aux sports d'hiver qu'il dit... puis il y reste un mois, ne rentre pas, fait Côte d'azur, attend le Carnaval, passe le Carnaval... tout ça, avec sa femme... et puis il se permet d'être jaloux !

— Tu sais bien que ma femme, ça ne compte pas...

— C'est ce qu'on dit toujours... Mais je n'ai pas couché avec Leurtillois, tandis que toi, si tu ne l'as pas fait avec ta femme... après tout... c'est que tu l'as fait ailleurs ! »

Edmond expliqua qu'il fallait bien distraire Blanchette. Il n'avait pas l'envie de divorcer, du moins encore...

« Ah non! — coupa Rose, — pas de bêtises, mon vieux! Si tu divorces... je ne pourrai plus te tenir! Avec ta femme pour t'occuper, ça passe encore! »

Il daigna rire. Il riait jaune à cause d'Aurélien. Pourquoi Aurélien? Toujours Aurélien! Avec sa femme, sa maîtresse... Ah non, il exagérait, celui-là!

« Je te conseille de râler, — dit Rose. — J'ai vu ta photo dans *Town and Country*... *A pageant on the french Riviera*... oui, avec le duc de Connaught, M. et Mme Barbentane, et de l'autre côté la belle Mme Quesnel... Et ça, tu comprends, ta femme, je veux bien : mais ta belle-mère, non! Je ne suis pas tranquille avec Carlotta...

— Drôle, — remarqua Edmond. — Blanchette m'a dit : « Mme Melrose, tant que tu voudras... Mais Carlotta, je me fâche! »

Rose siffla : « Eh bien, j'espère! Ainsi j'ai la bénédiction de ta femme? Blanchette me trouve assez vieille pour toi!

— Sotte! » Il lui baisa la main.

« En quoi étais-tu supposé habillé?

— En rien de particulier. Des costumes copiés de Masaccio. Carlotta a un ami artiste... Alors, c'est à cause de Bérénice qu'il n'a pas voulu, le bel Aurélien? Je me demande où elle peut être... Il porte le deuil? »

Rose détourna la conversation. Est-ce que tout ici plaisait à M. le commanditaire? Les salons, la décoration, les fleurs, les dactylos, le masseur, les coiffeuses... « Ce que nous avons fait vite! Une course, tu n'imagines pas... Mais si je ratais la fin janvier, c'était la saison à l'eau. Il vient un monde fou!

— Et ça ne vous suffisait pas, madame, pour vous occuper?

— Ah, flûte! Moi, mon coco, je suis fidèle à

ceux qui sont là : la vie est courte, et j'aime ça.
Qu'est-ce que tu fais tout à l'heure? »

Il répondit par une obscénité telle, que Rose
elle-même en rougit. Mais ça se délaya dans le
fard : « Si tu veux, — soupira-t-elle, — bien que
ce ne soit pas ce que je préfère... mais un autre
jour... Aujourd'hui je voulais te demander de
nous trimbaler tous les deux, Ambérieux et moi,
tu as ta voiture?

— Par exemple! Madame et son peintre! Si
tu crois que je suis revenu pour ça! J'ai des
réserves à épuiser... pas l'humeur à la balade!

— Idiot, idiot. Tu n'as pas prévenu... J'ai
promis à Bébé...

— Eh bien, tu décommanderas ce chéri, c'est
tout.

— Impossible. Nous avons rendez-vous... Je
désirais depuis longtemps... Bébé a pris rendez-
vous pour moi avec Claude Monet...

— Claude Monet? Tu te prends pour un
nymphéa?

— Finis tes bêtises. Ambérieux est un vieil
ami de Monet, il m'avait toujours promis... on ne
décommande pas Monet... et il habite la campagne...

— Je regrette. Blanchette se sert de la voiture.
L'autre est au garage, en réparations. Quelle idée
saugrenue!

— Bon. Je demanderai à Leurtillois. On se
serrera dans la cinq-chevaux, voilà tout!

— Dis donc, tu vas me faire le plaisir...

— Je te ferai le plaisir demain... quand tu me...
— Elle s'exprima par un geste de corps de garde,
et décrocha le téléphone tandis qu'Edmond tem-
pêtait : — Allô? C'est toi? Descends donc. Il y a
Barbentane qui veut te dire bonjour! — Et pour
l'autre : — Mon mari! » Edmond marmonna qu'il
se foutait pas mal du cocu.

« Oh, — dit-elle, — le vilain mot! S'il allait te
porter malheur? »

LXIII

« C'est incroyable! Il fait presque chaud... »
Dans la chambre sommairement meublée, dont
la fenêtre ouvrait en plein toit de vieilles tuiles
brunes, le soleil du matin entrait avec de jeunes
guêpes précoces.

L'eau bleue de savon dans le seau pas vidé, le
désordre de vêtements jetés à la sauvette, la
valise ouverte, avec les cravates tirées pour un
choix, tout cela que Bérénice, assise sur le lit
défait, regardait avec des yeux critiques, semblait
valser autour de Paul qui s'habillait.

« Tu ferais mieux de te raser, — dit-elle.

— Tu crois? »

Il s'arrêta pile devant la glace de l'armoire en
pitchpin. Il passa sa main sur ses joues et reprit :
« Vanhout dit que quand un homme se rase le
matin, il y a quelque chose qui ne va pas dans le
ménage...

— Vanhout dit ça? Il ne se rase que tous les
deux jours... Tu ne seras jamais prêt et puisque
tes amis viennent.

— Crois-tu? Quel culot! Je ne les ai pas invités.

— Mais non, tu ne les as pas invités... Enfin
tu ferais mieux d'être propre pour les recevoir... »
Il y eut un silence.

« Je n'avais pas autorisé Frédéric à donner
mon adresse...

— Tu ne l'avais pas autorisé, mais il avait ton
adresse, alors...

— Il fallait bien que quelqu'un l'eût, pas vrai?
Pour faire suivre les lettres... et puis s'il s'était
passé quelque chose...

— Ah oui, s'il s'était passé quelque chose...
D'ailleurs c'est sans importance. Mais ne t'étonne

pas qu'ils rappliquent : cela devait arriver.

— Tu es fâchée, Petit-Beurre? »

Elle cilla. Elle détestait qu'il l'appelât Petit-Beurre. Non, elle n'était pas fâchée. Elle s'esquivait pour le déjeuner, c'était tout.

« Vraiment, tu ne veux pas les voir? pas voir Ménestrel?

— Pour quoi faire? »

Il lui avait assez répété qu'il ne tenait pas à ce qu'elle le connût. Il ne voulait pas risquer... Au fait, que ne voulait-il pas risquer? Ménestrel devant elle, elle devant Ménestrel? Elle sourit sans rien dire. Elle savait bien qu'il redoutait le jugement de cet ami tyrannique. Mais enfin, fini le désert, l'isolement : « Combien seront-ils?

— Quinze. Le télégramme dit quinze ou seize. J'ai dit quinze aux Vanhout. Parce qu'après... et puis s'il y a pour quinze, il y a pour seize... »

Il était là sur la table, le télégramme. Bérénice le prit et le lut. Paul s'était mis à se raser. Il commençait toujours par le menton. Avec un rasoir mécanique. Tout à l'heure, il se tournerait à droite et à gauche, à la recherche d'un bout de journal où essuyer le savon.

« Dire que j'ai pu vivre sans toi! »

Ce genre de déclaration tombant de la lune irritait toujours Bérénice. Qu'y faire? Paul était comme ça : « Tu avais Mary...

— Oh! Celle-là...

— Quoi? Elle était très gentille pour toi.

— Oui... mais je ne l'aimais pas, tu le sais bien.

— Tu as cru l'aimer pendant quinze jours... tu me l'as dit toi-même... et puis il y avait Paris, tes études... Tu es sûr de ne pas regretter l'institut Océanographique, les axolotls?

— Pour en être sûr, ça, je te fiche mon billet! Oh! » Il s'était coupé, il faisait toute sorte de grimaces avec sa drôle de bouche.

Elle ne put s'empêcher de rire : « Qu'est-ce qu'il y a? Je te fais rire? Je me suis coupé... »

Elle regardait ce petit peu de sang près de la

513

lèvre. Elle dit : « Tu as du joli sang! » et lui se retourna, flatté. N'était le savon, il l'aurait bien embrassée.

« Tu parles que je ne les regrette pas, les axolotls! Et Asnières, et maman, et mes mioches de frères, le petit appartement qui sent le papier d'Arménie pour cacher l'odeur des choux!

— Oui, mais il y avait le café place Pigalle, Ménestrel et les autres... Pas fâché de les revoir, hein? »

Il ne répondit pas tout de suite. Puis, sur le ton détaché : « Oh, tu sais! Évidemment ça m'amuse de voir où ils en sont... En cinq semaines, ils auront bien inventé quelque chose... ils ne doivent plus parler des poèmes automatiques... Il paraît qu'ils ont hérité d'un séminariste défroqué... Frédéric a écrit un tango pour ocarinas... »

Tiens, il avait dû recevoir une lettre dont il n'avait pas parlé. Il m'aime, pensait Bérénice, c'est entendu. Mais à sa manière. Il tomberait de son haut si je lui disais ce que j'en pense. Il serait capable d'une folie, histoire de me prouver qu'il m'aime vraiment. Qu'est-ce que cela prouverait? Avec ces gens-là, l'amour fait bien dans le tableau. Il m'aime pourtant.

« Tu comprends, — disait Paul, — qu'est-ce que je peux y faire? Ils me télégraphient. Ils me mettent devant le fait accompli. Je ne peux pas les empêcher de venir, alors... C'est bien le genre de Ménestrel! La carte forcée. »

Ménestrel comptait certainement pour Paul plus que le monde entier réuni. Mais il fallait bien faire l'indépendant. Bérénice n'avait aucune envie de voir les amis de Paul. Ce débarquement au grand complet du groupe, elle n'allait pas y figurer, être l'objet de la curiosité de ces quinze ou seize paires d'yeux, merci. Elle savait que Paul manquait aussi à Ménestrel. Elle ne tenait pas à être regardée comme l'horrible personne qui l'empêchait d'aller prendre son mandarin curaçao place Pigalle, et de jouer aux petits papiers chez

Ménestrel. Dire que c'était ce garçon, maigre, dont le hâle cachait mal le teint blanc de naguère, avec qui elle était partie comme ça sur un coup de tête. Il y avait des moments où elle se demandait si c'était bien vrai. Elle était si lasse, à bout de tout, quand elle l'avait rencontré par hasard, ce jour de janvier, qu'elle errait sur les quais, du côté de la rue Bonaparte. Elle regardait la Seine, toujours la Seine... elle pensait à l'Inconnue, à la Morgue... Elle ne voulait pas retourner chez Lucien, faire la repentie... L'autre. Ah, inutile de se martyriser à repenser à l'autre! D'abord elle avait été ennuyée de rencontrer quelqu'un... Depuis huit jours qu'elle couchait chez les Ambérieux, elle avait assez de la morale que lui faisait le vieux Blaise... La Seine... Puis il faut bien parler à quelqu'un... Elle s'écoutait parler, elle s'étonnait, elle ne se reconnaissait plus... Paul Denis lui avait pris les mains... Non, non, il ne faut pas vous tuer... vous êtes folle? Avait-elle dit qu'elle voulait se tuer? Elle ne s'en souvenait plus. En tout cas, ça avait commencé comme ça...

Il était beau, bien rasé, content de lui : « Étrenne ma barbe », dit-il en se jetant sur elle. « Paul, voyons! »

— Oh, Petit-Beurre, ça va être long! On va se séparer! Tout un après-midi, pense donc! La première fois... C'est affreux!

— Mais non, tu verras... le temps passera vite... il y aura le séminariste, Ménestrel, des histoires de Cocteau... enfin le soir viendra sans que tu y penses! »

Il fit non de la tête. Il la regardait avec des yeux brillants. Il n'avait pas l'air triste du tout. Il lui tendit les bras.

« Oh, — dit-elle, — pas tout le temps! »

Il se renfrogna. Mais le nuage passa vite : « Écoute, Nicette, puisqu'on va être séparés... sortons ensemble... veux-tu... on va faire un tour... jusque chez les Murphy... »

Elle sourit. Il avait besoin des Murphy comme

but... Pourquoi pas, après tout? Dire qu'à l'écouter, quand ils étaient venus ici, ça avait été un peu comme s'ils avaient fui au Harrar... Les Murphy n'étaient pas désagréables, d'ailleurs, lui avec sa grosse tête et ses airs de joueur de base-ball...

« Attends-moi en bas... il faut que je passe dans ma chambre... »

Il fallait descendre d'un étage, tourner dans le couloir obscur où il y avait une marche. La chambre de Bérénice avait des petits rideaux à carreaux rouges et blancs un peu partout, et des meubles genre normand. Les valises de porc fauve rappelaient là-dedans ce que ce décor avait de passager. Bérénice mit du parfum sur son mouchoir. Elle se regarda dans la glace de la coiffeuse. Elle avait besoin de poudre. Paul la lui enlevait tout le temps.

C'est singulier ce qu'une chambre comme ça, quand tout est rangé, qu'il fait grand jour, a peu à voir avec la même chambre aux lumières, dans le désordre du soir, et celui de l'amour. Puisque cela s'appelle aussi l'amour. Elle se rappelait les premiers jours. D'abord elle avait cherché une diversion, elle voulait aussi gâcher quelque chose, détruire... mettre entre elle et l'autre... Aussi elle avait cédé à cette supplication du petit parce qu'il croyait si ferme tout d'un coup qu'il était amoureux... Il l'était peut-être... Depuis le premier soir où ils s'étaient rencontrés chez Mary, il n'avait pas rêvé lui faire la cour, ou même la regarder... Ils aimaient parler musique ensemble... Paul ne l'avait pas vue avant ce jour-là contre le parapet du quai Malaquais... littéralement pas vue... Pourquoi faut-il que le coup de foudre, s'il y a coup de foudre, soit au premier regard? Ça peut se trouver à retardement. Parfois elle se disait qu'il devait, ce jour-là, être excédé de tout, de sa vie, de Mme de Perseval, d'Asnières, des axolotls, et même de Ménestrel... Il s'était engueulé avec tout le café de Pigalle à propos de

Victor Hugo... Il avait reporté sur elle ses facultés
d'enthousiasme... Elle ne se décidait pas à descendre... Elle n'avait pas une telle envie de voir
Archibald et Molly, non plus. Elle regarda sa
chambre, ce qui était sa chambre...

Le premier jour, elle lui avait laissé faire ce qu'il
avait voulu. Puisqu'elle était venue pour ça. Il
avait l'air si heureux. Il était comme fou. Il se
dépensait jusqu'à l'absurde. Il ne la laissait pas
dormir. Il n'avait aucune idée de ses limites. Il
s'étonnait soudain d'une défaillance toute naturelle. Il en pleurait comme un enfant. Il fallait le
consoler, doucement. Tout d'un coup, il s'endor-
mait. Il tombait dans un trou. Et elle restait seule
auprès de lui. Vraiment seule.

C'était alors qu'elle avait préféré que cela se
passât chez lui. Parce qu'elle pouvait le laisser
dormir, rentrer chez elle.

« Qu'est-ce que tu fais? Il y a une heure que je
t'attends en bas, avec la petite Vanhout qui me
tient le pied... Elle me raconte son enfance malheureuse, tu t'imagines!

— Je pensais à toi », dit-elle, de la meilleure
foi du monde. Il fondit de plaisir.

Il faisait vraiment très beau. On se serait cru
en mai pour le moins. Il y avait des lilas au bout du
jardin. Et une douce odeur entêtante dans le petit
chemin creux, sur laquelle Bérénice ne pouvait
arriver à mettre aucun nom de fleur. Paul murmura : « Tu te souviens... le soir de l'orage? » Elle
frémit. Ah oui, c'était cela. C'était l'odeur qui
venait avec le vent, juste avant la pluie. Cela
devait souffler de par ici. Paul s'attendrissait :
« Le soir de l'orage... » Il avait glissé son bras
autour de la taille de Bérénice. Ils marchaient
l'un contre l'autre. Elle sauta pour se mettre au
pas. Paul n'était jamais au pas. Oui... elle n'oublierait pas de sitôt ce soir-là... l'orage...

Ils étaient remontés après le dîner. Il faisait
étouffant. Puis cela avait commencé. Les portes
qui battent. Le vent. Un vacarme. Des éclairs

comme elle n'en avait jamais vu. Le fracas qui secouait la maison. Cette pluie échevelée. Les plombs sautés. Les voix dans l'ombre. En bas, cet imbécile qui pianotait. Est-ce que tout cela avait joué un rôle? Peut-être... Mais ce qu'elle avait ressenti dans ses bras ne ressemblait à rien de ce qu'elle avait jamais pu connaître... Une violence... Elle ignorait que cela fût en elle... cette possibilité. Et que ce gosse de Paul, précisément qu'elle supportait depuis des semaines, sans autrement y prendre garde, que ce gosse lui ait donné ce plaisir-là... C'était à n'y pas croire. Elle n'y croyait pas d'ailleurs. Ça devait être l'orage. Elle avait pensé: Qui sait? Je vais avoir un enfant maintenant... Elle savait bien que c'était impossible.

Il aimait à lui parler de ce soir de l'orage. Elle avait été si surprise de ce qui lui arrivait, qu'elle le lui avait dit. Quel orgueil il en tirait! Il ne ratait pas une occasion d'en parler, d'y faire allusion. Elle avait été folle, il faut dire, jusqu'à lui murmurer: *Je t'aime*... Qu'y pouvait-elle? Ça lui avait échappé. Elle avait eu beau se démentir, après coup, il était clair que Paul ne la croyait pas. Ce *je t'aime*-là lui était entré dans le cœur. Elle n'était pas assez cruelle pour l'en retirer tout à fait. Mais elle avait maintenant contre la vie un ressentiment de plus: si cela pouvait être cela... et qu'est-ce que cela n'aurait pas été avec un autre... si elle avait pu croire en lui...

Paul ne parlait jamais d'Aurélien.

Ils passaient devant ce joli jardin. Quel luxe, ces fleurs! Les jardiniers les changeaient la nuit pour que jamais le patron n'en vît de fanée. Elles étaient bleues depuis l'aurore. La veille, les parterres étaient orangés. Paul feignait de trouver ça de l'excentricité. Mais il ne détestait pas les excentriques. En fait, ça lui en imposait. Le chemin creux traversait la propriété: elle continuait de l'autre côté où serpentait un ruisseau, avec un pont de bois en dos d'âne.

« J'ai fini de lire *Wuthering Heights*, — dit

Bérénice. — Je me demande comment on pourrait traduire ce titre-là en français... J'aurais dû
rapporter le bouquin à Murphy, et puis je l'ai
oublié...

— Bien, et moi! Je ne l'ai pas lu.

— Comme tu ne le liras pas.

— Pourquoi est-ce que je ne le lirais pas? Tu
dis que c'est merveilleux. C'est une histoire
d'amour?

— Oui, c'est une histoire d'amour. »

Les Murphy habitaient au bout du village. Dans
la maison de Mme Fraise, l'épicière. Une maison
de village, avec de hauts murs, pas de jardins :
une cour avec des poules, du fumier. Au premier,
par un escalier du genre échelle, on tombait sur
les deux grandes pièces se commandant, de hauts
greniers, transformés en ateliers, qu'avaient
habités des peintres, et où un sommier sur pieds
et des meubles élémentaires, une cloison ména-
geant une cuisine, avec un grand tuyau noir coudé
qui traversait l'air pour sortir par le toit, suffi-
saient au bonheur d'Archibald Murphy, et de
Molly, sa femme, une petite drôle, le nez pointu,
pas jolie, mais le diable au corps.

Archie détestait cordialement Ménestrel. Il
ne pouvait pas voir « le groupe » en peinture. Il
faisait une exception pour Paul Denis, qui l'amusait, parce qu'il voyait en lui le Français type, qui
ne ressemble plus de nos jours à ce Commandant
Rogimbot des films, avec ses moustaches, sa
barbe en pointe, sa redingote à taille et ses cartes
de visite à tout bout de champ dans le nez de son
prochain. Molly faisait cuire une étrange chose
qu'elle assurait être un demi-lapin. Il y avait une
bouteille de fine sur la table, et une toile cirée,
parce qu'on est en France, et que c'est déjà bien
assez de ne pas avoir de suspension comme tout
le monde.

Ils retinrent Bérénice à déjeuner. Elle avait
songé aller du côté de La Roche-Guyon, mais elle
se laissa convaincre. Paul fit la moue : « Alors, il va

falloir retourner tout seul? tout ce chemin... » Il était gentil, tout de même. Au revoir, petit.

« J'ai oublié de vous rapporter *Wuthering Heights*... Vous n'avez rien à me donner à lire, Archie? »

Ce qui caractérisait Archibald Murphy, c'était le goût qu'il avait d'être en bras de chemise, et d'avoir la chemise qui sortait du pantalon. Il croisa ses bons bras sortis de Yale et se prit le menton pour réfléchir : « Attendez... Vous avez lu *Moby Dick?* » Il se trouvait que Bérénice ne l'avait pas lu.

« A table! — criait Molly avec son accent plus français que nature. — A table, chevaliers et demoiselles! Le rabbit vous salue et les radisses vous attendent! » Elle valsait avec le plat.

« Darling! your pipe! you will smoke later. »

Le désordre ici était tout différent de celui de Paul Denis. Molly avait un génie du disparate. Partout où elle passait les objets s'accouplaient monstrueusement, les timbres-poste dans les coquetiers, les fourchettes dans les livres et le reste à l'avenant. Elle se tourna vers Bérénice et par un geste soudain, inattendu, la pinça au bras : « Seat down! C'est une recette de Mme Fraise. Le rabbit Fraise... Apéritif, n'est-ce pas? »

On entendait des cris en bas.

« Ne prêtez pas attention! C'est Mme Fraise qui se querelle... On dit comme ça? »

Ils étaient assis tous les trois autour d'un guéridon un peu trop petit, et Mrs Murphy parsemait le sol autour d'eux des choses utiles au repas, le poivre, la moutarde, le beurre, les assiettes empilées pour n'avoir pas à se relever.

« Vous ne connaissez pas Ménestrel, Bérénice? » demanda Archie de sa voix de basse. Il disait *Bérénaïce* comme dans sa langue, et ça faisait drôle à entendre. Il se mit à parler de Ménestrel. Ça ne ressemblait pas au portrait qu'en faisait Paul. Un personnage cérémonieux, pédant,

insupportable. Qui exploitait ses amis. En était
jaloux. Une roitelet avec une cour, et des intrigues
de tous ces gens entre eux, à qui serait bien vu
du potentat. C'était drôle qu'un même homme
puisse donner naissance à des images si différentes.
Désagréable aussi. Archibald parlait lentement,
avec des arrêts, en abaissant son menton. Il avait
de drôles de cheveux bouclés bruns, et une petite
cicatrice, sous l'œil gauche. Il versait du vin
rouge dans les verres, de taille surhumaine.

« Je suis là —, pensait Bérénice. — Je suis là,
et j'écoute parler de Ménestrel. Et Molly me
donne des coups de pied sous la table. Et
Mme Fraise glapit en bas. Et les fleurs du jardin
qui étaient orangées sont bleues ce matin. Comment suis-je arrivée ici? Qu'est-ce que tout cela
veut dire? Paul croit qu'il m'aime, et court voir
un séminariste défroqué. Lucien m'écrit bien
sagement *Poste restante* et soupire en vendant des
cachets d'aspirine. Moi, je ne pense à rien d'autre
qu'à Aurélien. Pourquoi se mentir? A rien d'autre
qu'à Aurélien. Pourtant c'est fini, Aurélien et
moi. Fini sans avoir commencé. Parce qu'il aurait
fallu que ce fût si haut, si grand, si parfait, pour
être, simplement pour être... J'aurais pu... et je
n'aurais pas pu... non, je n'aurais pas pu... pas
avec Aurélien... Paul, c'est autre chose... Ça ne
compte pas... »

Archibald Murphy s'était tu. Il mangeait
consciencieusement. Comme quelqu'un qui ne joue
plus au base-ball, mais qui a encore faim dans les
bras. Molly profitait de la distraction de Bérénice
pour la faire s'empiffrer de lapin. Le lapin Fraise
était curieux. Du carton aux petits oignons.
Archie versait du vin rouge. Tout d'un coup, il dit :
« Pardonnez-moi, Bérénice... Pourquoi n'aimez-
vous pas Paul? »

Cela fit un joli silence. Bérénice écoutait se
prolonger en elle cette question, qui était une
affirmation inattendue. Elle tourna les yeux vers
Archie. « Ça se voit donc? — dit-elle, il ne répon-

dait pas, ce fut elle qui reprit : — Il ne le pense
pas, vous savez...

Archie se pencha jusqu'à terre pour attraper la
salade. De la laitue. Il la retourna gravement.
Puis : « Il ne faudrait pas lui faire du mal. C'est un
très gentil garçon... »

Bérénice ne s'étonna pas. Cette conversation
continuait trop bien ses pensées. Je suis ici, le
joueur de base-ball retourne la laitue, Molly se
ronge les ongles, nous parlons de Paul Denis, un
jeune poète, plein d'avenir, mon amant... Elle
tressaillit. Elle n'avait jamais songé qu'elle avait
un amant.

« Il ne faudrait pas lui faire du mal... — répétait Archie. — Paul vaut mieux que tous ces gens
de la place Pigalle. Il ne sait pas encore qui il est.
Il prend tout terriblement au sérieux. Tellement
plus qu'il n'en a l'air. Il croit que c'est sérieux avec
vous. Si vous le quittez, ce sera pour lui un coup
terrible... »

Molly desservait et servait. Le dessert la fit
chavirer les pieds en l'air, les confitures étaient
sous le bahut, et les pommes roulèrent un peu
partout. Bérénice se baissa pour en ramasser
une.

« Que proposez-vous que je fasse? — dit-elle
en regardant par terre. — Cela ne pourra pas durer
toujours... Je ne lui ai rien promis...

— Vous savez très bien, Madame, que ce n'est
pas la question... »

Il avait mis une emphase américaine dans le
Madame, accompagné d'une inclination de tout
le corps. Il avait une façon bien à lui de peler les
pommes en spirale sans perdre une miette de la
peau, tout d'un morceau. Il mêlait le fruit et le
fromage. Un gorgonzola bien bleu. Il vida son
verre.

« Paul, — dit Bérénice, — a ses amis... Il n'est
pas fait pour vivre à la campagne. Il faut qu'il lise
les revues, toutes les revues; qu'il s'indigne des
vers qu'il n'aime pas, des gens qui ont le nez pas

comme lui, qu'il invente des modes, des livres méconnus, des héros absurdes. Il aime le piano, les cravates, le cinéma. Il est très sensible à la flatterie, il croit facilement qu'il plaît aux femmes. Il oublie pourquoi il a pleuré parce qu'il s'intéresse à tout. Il pourrait même se passionner pour la politique. Je n'aurai été qu'un épisode.

— Ne croyez pas cela ! »

Maintenant Molly s'agitait pour faire le café. Tout ce qu'elle entreprenait avait l'air d'un numéro de music-hall. Elle tourna le moulin comme si c'était un cheval pur sang. La cérémonie du filtre eut des airs de service divin. Après quoi, en fait de café, c'était de la lavasse.

« Mettez beaucoup de sucre, — ordonna-t-elle. — Le café est mauvais ! »

Elle rajouta deux morceaux dans la tasse de Bérénice. Ça allait être du sirop chaud.

« Vous voyez bien, — dit Bérénice, — qu'il me quitte déjà pour aller voir Ménestrel... Ce qui compte dans sa vie, ce ne sont pas les femmes, c'est le groupe... »

Archibald dit : « Le groupe ! » et jura très grossièrement avec des mots shakespeariens. Il rit lui-même de ses jurons. Et les expliqua à Bérénice, avec un ton très doctoral, et un grand pli de graisse qui faisait un collier à son menton, tant il le serrait sur sa glotte. Il parla du théâtre élisabéthain. Bérénice n'avait pas lu *The spanish tragedy*. Il traduisit avec un air paternel, et la voix qui lui descendait dans les talons : « La tragédie espagnole... »

Son accent disséquait lentement les mots : *es-pa-gno-le...* en prononçant longuement la muette : *leu...* On lui avait expliqué à Yale qu'en français il n'y a pas d'accent tonique et que les syllabes se disent sur un seul plan égal : ta-ta-ta-ta... Bérénice ne remarqua pas qu'elle était revenue à Paul, et non pas lui : « Pourtant si je ne l'aime pas... je l'aime bien naturellement... mais enfin pas comme il voudrait...

— Comme il croit...

— Comme il croit. J'existe aussi, Archie. J'ai un cœur.

— Et il y a quelqu'un dans ce cœur? »

Elle ne répondit pas. Molly s'était laissé glisser à terre et avait saisi quelque part un objet lourd et léger qui avait fait *hang* en tombant. C'était un banjo, et maintenant elle accompagnait doucement cette conversation à laquelle elle demeurait étrangement étrangère.

« Et s'il y avait quelqu'un dans mon cœur? »

Elle avait dit cela en pâlissant, Bérénice. Archie murmura comme murmurent les tonnerres : « Pauvre petit Paul... » Le banjo jouait *Old Kentucky*... Les yeux d'Archie se mouillèrent. C'était la musique apparemment. Et peut-être la fine. Il en prenait assez solidement.

« S'il y a quelqu'un dans votre cœur... Bérénice, pourquoi avez-vous cédé à Paul, et pas à votre quelqu'un? Pourquoi? »

Elle le connaissait à peine, Archibald Murphy. Elle l'avait vu cinq ou six fois, dix minutes, une heure... Combien en tout? D'où prenait-il le droit de l'interroger? Elle ne se le demandait pas. Pourquoi avait-elle cédé à Paul et pas à...

« Vous savez, — dit-elle avec défi, — c'est beaucoup plus facile de coucher avec quelqu'un qu'on n'aime pas vraiment, qu'avec quelqu'un qu'on aime... » Elle écoutait en elle les mots lentement se changer en pensée.

Murphy la regarda, et hocha la tête. Il prononça plus pour lui-même que pour Bérénice : « Vous êtes un drôle de peuple, vous autres Français... C'est pour cela que nous avons tant de peine à comprendre Jean Racine. Ses femmes... Elles nous attirent, et elles nous font peur... comme vous... »

Ici le banjo s'arrêta, et Molly qu'on ne suspectait pas d'écouter vraiment cria : « Archie! You silly old dog! »

Et quelque chose vola qui devait être une pan-

toufle. Mais la musique aussitôt reprit, sentimentale, avec toute la langueur des rivières du sud.
Ce qu'elle jouait devait aller au cœur de Murphy,
car, à peine la pantoufle évitée, il s'était mis à
battre la mesure de la tête et il chantait en roulant
les yeux... Bérénice restait seule, elle pouvait
poursuivre ses pensées, s'y perdre avec la
musique... Enfin, elle se leva : « Je vous remercie,
Archie, de m'avoir dit ce que vous m'avez dit...
C'est le fait d'un ami. J'y penserai. Vous m'excuserez, Molly, j'ai envie d'aller me promener,
prendre l'air, réfléchir un peu... »

Ils l'accompagnèrent en bas, sous le prétexte
de la protéger de Mme Fraise. Du portail qu'Archibald ouvrit pour elle, il lui cria : « N'allez pas trop
vite au Moulin! Ménestrel vous mangerait! » Et
il eut un gros rire dans son menton baissé. Elle
lui sourit. Il se rendit compte que sa chemise
sortait un peu trop du pantalon à la ceinture :
cette fois, c'était exagéré.

Je vais aller à Vernon, se dit Bérénice. Il y a
peut-être une lettre de Lucien. Je n'ai qu'à passer
par le chemin d'en bas. On ne vous voit pas du
Moulin. Ils doivent tous être dans le jardin maintenant, à jouer à ces petits jeux de société dont
ils ont le secret. Elle glissa entre les murs aveugles
du village. Il faisait beau. A en oublier toute autre
chose. Elle s'engagea dans le chemin creux, où il
tournait vers l'Epte, et remonta du côté du Moulin. Les rayons du soleil se prenaient aux nouvelles
branches vertes. Il y avait déjà de la poussière.
Une charrette la croisa. Le paysan, un homme
jeune, la regarda avec insistance. Plus loin, une
petite fille lui dit bonjour. Il tournait en l'air des
papillons jaunes.

Quand elle fut devant le beau jardin que partageait le chemin, elle s'arrêta et regarda à gauche
le pont, l'eau, les arbres légers, la tendresse des
bourgeons, les plantes aquatiques. Puis se tourna
du côté de la maison qu'habitait ce grand vieillard qu'elle avait vu souvent de loin, et dont tout

le pays parlait. Celui qui ne pouvait voir les fleurs
fanées. Elle vit les fleurs bleues. A leur pied, la
terre fraîchement remuée. Des fleurs bleues partout. La petite allée vers la maison. Le gazon clair.
Et d'autres fleurs bleues. Elle s'appuya à la grille
et se mit à rêver. Si l'on pouvait, en soi, quand les
fleurs vont se faner, les arracher tout de suite, et
en remettre d'autres? changer la couleur du cœur
pendant la nuit... demeurer toujours à cet instant
de la floraison parfaite... oublier... ne pas même
oublier... ne pas avoir à oublier...

La lumière était si belle sur les fleurs... Qu'est-ce
que c'était, ces fleurs? On dit qu'il n'y a pas de
vraies fleurs bleues. Pourtant... Qui sait, s'il les
voyait bleues, le grand vieillard, là-dedans? On
disait que ses yeux étaient malades. Il pouvait
devenir aveugle. Terrible à penser. Un homme
dont toute la vie était dans les yeux. Il avait
quatre-vingts ans passés. S'il devenait aveugle...
On pouvait l'imaginer exigeant encore qu'on
arrachât les fleurs avant qu'elles fussent fanées,
ces fleurs que de toute façon il ne verrait plus...
Les fleurs bleues feraient place à des roses. Puis il
y en aurait de blanches. Chaque fois, d'un coup,
c'était comme si on repeignait le jardin. A quel
degré de nostalgie faut-il en être arrivé pour
ordonner cela? Des jardiniers passaient au fond,
dans le jardin. Ils avaient l'air inquiet et
désœuvré. Ils semblaient inspecter les fleurs.
Si par hasard on avait oublié une de ces margue-
rites orangées qui étaient là hier? Dans un coin
quelconque... Est-ce qu'on sait ce qu'on peut
laisser quelque part dans son cœur? Quelles
lettres traînent dans nos tiroirs?

Bérénice appuyait son visage à la grille. La
maison, derrière les buissons de fleurs, était calme
et comme vide. Peut-être y dormait-on. Ses volets
verts, son toit rouge... Elle avait un peu l'air d'une
maison coloniale. Le reflet des fleurs bleues traînant sur les cailloux des allées. Peut-être n'y avait-
il personne que l'ombre des jardiniers, aux pieds

silencieux... Et Bérénice. Et les rêves de Bérénice. Rien maintenant ne retenait plus ces rêves. Personne. Ni Paul, ni Archie, ni le sourire complice des Vanhout, ni le banjo de Molly. Bérénice rêvait. Oublieuse de ses griefs. Possédée d'une chanson jamais chantée. Parmi les fleurs bleues, le gravier luxueux, devant la maison pareille à toutes les maisons dans les rêves. Et dans ce rêve-ci, il y avait un homme, un grand homme lent et indécis, avec un doux mouvement roulant des épaules, des cheveux noirs... un homme qui emportait le cœur, un homme qui parlait peu, qui souriait bien... Aurélien... mon amour... Aurélien...

« Bérénice! » Elle tressaille. Qui l'a appelée? De l'autre côté de la grille. Impossible. Il est là, debout, tête nue, qui sourit, qui tourne vers elle ses yeux humides... Un grand homme lent et indécis... Aurélien... Elle passa la main sur son front.

« Bérénice! »

Il avait répété son nom. Ce n'était pas un rêve. Aurélien était là, dans le jardin de Claude Monet, et il la regardait, et il était en larmes. Les fleurs étaient bleues, indiscutablement. Le soleil joua sur sa peau sombre. Bérénice sentit son cœur battre. Elle avait peur. Il fallait fuir. Ses mains ne lâchaient pas la grille. Soudain elle vit qu'il se dirigeait vers la porte.

Alors elle partit en courant dans le chemin creux.

LXIV

Il courait derrière elle. Était-ce que le cœur lui battait trop, ou qu'elle ressentait la vanité de sa fuite, ou tout d'un coup prenait conscience de l'absurde, de l'insensé de sa réaction? Elle se retourna, haletante et s'adossa au talus.

Aurélien avançait vers elle, il voyait sa poitrine soulevée, une fine sueur aux tempes, le visage soulevé, la tête renversée avec les cheveux blonds qui retombaient tout d'un côté. Des paupières battues, le cerne qui faisait plus troublants les yeux, et cette bouche tremblante, où les dents serrées étaient félines, si blanches... Il s'arrêta. Il était devant elle très près, il la dominait. Il ne l'avait jamais vue ainsi, dans ces vêtements de campagne, une petite jupe beige et un jumper jaune. Ils écoutaient tous deux la respiration de l'autre. Ils ne disaient rien.

Ce fut elle qui, avec ce sens féminin de la défense, prit l'avantage de la première parole : « Ainsi, — dit-elle, — vous m'avez poursuivie, vous m'espionnez... »

Il protesta : « Je vous jure... »

Et elle : « Ne jurez pas... »

— Mais c'est le hasard, Bérénice...

— Le hasard! Laissez-moi rire... »

La surprise passée, elle menait le jeu. Elle avait renversé les positions. Si elle avait couru trois pas de plus, il l'aurait prise dans ses bras. Il se jeta dans les explications : « C'est extraordinaire... je l'avoue... incroyable, mais c'est le hasard... un merveilleux hasard... je ne savais pas, je n'avais pas la moindre idée... J'avais conduit Rose et l'oncle Blaise, ici, dans la cinq-chevaux chez Claude Monet...

Rose voulait le voir au moins une fois... l'avoir vu enfin... L'oncle lui avait promis il y a long-temps... Rose avait tant entendu parler de Monet par Charlotte Lysès... Elle dit que c'est la plus grande comédienne que nous ayons... Ils sont dans la maison. Je n'ai pas voulu m'imposer... Je ne faisais guère que le chauffeur dans cette histoire... Je dînais dans le jardin quand... »

Après tout, pourquoi aurait-il menti? Mais il ne s'agissait pas de perdre la prise qu'elle avait sur lui. Elle lui coupa la parole : « Admettons... mais qu'est-ce que c'est que cette intimité subite avec Mme Melrose? Je suppose que c'est d'elle qu'il s'agit? »

Elle se mordit les lèvres. Cela sonnait comme de la jalousie.

« Oh, d'ailleurs, — reprit-elle, — Mme Melrose ou Simone! »

Cela n'était pas plus habile. Et même Aurélien le sentit, qui gémit : « Bérénice... Bérénice... pourquoi me fuir? Vous m'aimez encore... »

Elle le regarda. Elle avait sur le visage une telle expression de peur, qu'il s'y méprit : « Je ne vous toucherai pas, Bérénice... dites-moi seulement que vous m'aimez encore... »

Ce n'était pas de lui qu'elle avait peur, mais d'elle-même. Elle était comme une bête traquée. Elle se débattait dans ses ruses. Elle ne savait que trop qu'elle l'aimait. Pour l'instant cela dominait tout, c'était le seul danger du monde... celui qu'on aime, c'est l'adversaire, le seul redoutable, l'homme. Bérénice ne se possédait plus, elle n'était plus qu'une femme, que l'instinct fuyant de la femme.

« Pourquoi êtes-vous venu? Est-ce que je vous avais appelé? Vous ne pouvez donc pas me laisser en repos?

— Je vous jure, Bérénice...

— C'est tout ce que vous savez dire... Est-ce que vous ne voyez pas, est-ce que vous ne comprenez pas qu'il y a quelque chose de changé, de brisé, entre nous...

— C'est impossible... Tout cela à cause d'un soir, d'une nuit, du malheur d'une nuit, de cette fille, de l'ivresse, j'étais si malheureux... pouvez-vous être si inhumaine?

— Non... ce n'est pas pour cette fille... s'il n'y avait entre nous que cette nuit-là...

— Oh, alors, vous m'aimez encore! Vous me pardonnez! — Elle secouait la tête, ce fut à son tour, à lui, d'avoir peur : — Mais quoi donc? Qu'est-ce qui pourrait nous séparer d'autre? Je n'imagine pas...

— Ce n'est pas cette nuit-là, — dit-elle, — c'est toute la vie... tous les jours et toutes les nuits de cette nouvelle année... mes jours, mes nuits à moi...

— Que voulez-vous dire? Ça n'a pas de sens, Bérénice!

— Mes jours, mes nuits à moi... Oui, je vous ai pardonné, moi, cette défaillance, cette trahison... vous me pardonneriez, que cela ne changerait rien pour moi... »

Il voulut lui prendre le poignet, l'attirer à lui, sentant obscurément à ces détours, qu'il y avait là plus que toute réalité la manœuvre noire de la femme, les méandres d'une peur primordiale. A ce moment, il y eut un grand bruit, de la poussière...

« Prenez garde! » cria-t-elle.

Il se jeta de côté. C'était une moto, avec un jeune homme à casquette, dans le goût anglais des images, qui agita joyeusement la main vers Bérénice en criant quelque chose au passage. Elle eut l'air très ennuyée, avec un sourire contraint.

« Quelqu'un que vous connaissez? — demanda Leurtillois.

— Oui, c'est désagréable... qu'aura-t-il pensé à nous voir ainsi... seuls... avec l'air de nous disputer... »

Il se sentit interloqué. Cela supposait une vie de relations pour Bérénice à Giverny, des gens qu'elle voyait... Il ne s'était pas représenté sa vie, il l'imaginait seule ici, où il l'avait retrouvée... Il ne pouvait pas savoir que ce n'était que Vanhout, ce motocycliste... Ce motocycliste levait un monde d'interrogations...

« Vous voyez bien, — dit-elle, — que cette conversation est impossible... »

Une nouvelle ruse. Elle allait emporter son secret. Aurélien n'était pas de taille. Mais, après le premier moment déconcerté, il retrouva brutalement les derniers mots qu'elle avait eus avant le passage de la moto : « Qu'est-ce que vous

disiez... que cela ne changerait rien pour vous...
qu'est-ce qu'il y a à changer pour vous? »

Elle battit des cils : « Je ne sais plus ce que je
disais... »

Ainsi, poussée dans ses retranchements, elle
cherchait à gagner du temps. Elle n'avait pas de
plan. Elle ne savait pas ce qu'elle voulait lui dire.
Elle ne savait pas si elle voulait mentir. Maintenant, il reprenait l'avantage : « Où habitez-vous?
Vous allez faire vos bagages. Je vous emmènerai
quelque part où personne ne vous connaisse, pas
même les motards... où vous serez libre de choisir... où nous déciderons de notre vie... »

— Non, vous ne m'emmènerez pas. »

Elle avait dit cela avec un tel ton de sécurité,
qu'il en fut tout désarçonné : « Pourquoi? — murmura-t-il. — Qui m'en empêcherait? Qui? » Elle
hésita à répondre. Elle allait dire : « Mon amant... »
Mais la provocation mourut sur ses lèvres. Elle
avait honte aussi. Pourtant, était-ce un crime?
Quoi, elle avait un amant, et après? Elle dit :
« Moi », tout simplement. Ils se turent. Les
mouches bourdonnèrent. On entendit le cri d'un
chaland à travers les arbres. Tous les deux pen-
sèrent à la Seine. A cette fatalité le long de leur
histoire.

« Vous mentez, -- reprit Aurélien, — vous me
mentez... pourquoi me mentez-vous, Bérénice? »

Elle frissonna. Elle était envahie de l'image de
l'eau, des noyés. Tous les jours, Paul demandait
aux Vanhout : « Et vous croyez que l'eau est
encore trop froide pour se baigner? » que c'en
était agaçant. Elle vit devant elle les halos qui
se forment autour du baigneur. Elle ferma les
yeux, et dit : « Aurélien... je ne suis pas seule
ici... »

Il ne la comprit pas tout d'abord. Qu'est-ce
que ça faisait? Elle secoua la tête. Elle secouait
tout le temps la tête. Non? Lucien? Pas Lucien?
Le silence dura comme une étoffe qu'on déchire.
Leurtillois regarda les cailloux du chemin. Il refu-

sait de penser clairement ce qu'elle venait pourtant de lui dire. Cela s'imposait lentement dans l'air lourd du printemps, comme un battement aux tempes. Le ciel n'était plus bleu, sans qu'on eût pu dire quand il avait cessé de l'être, il s'était imprégné d'une buée d'orage. Le soleil tournait là-bas du côté où s'en va la Seine... On voyait, par une trouée de la baie, les champs, les collines, les bosquetaux lointains. Aurélien voulut demander : « Qui est-ce? » Cela s'étrangla dans sa gorge. Il ne croyait pas encore assez à ce personnage, à son malheur, pour chercher vraiment à lui donner les traits d'un homme. Il se trouva demander : « Et... vous l'aimez? »

Alors Bérénice leva ses yeux vers le ciel décoloré. Le monde avait une moiteur insupportable. Oh, il était trop exigé d'elle! Elle ne pouvait pas répondre : *Non* à cette question d'Aurélien. Qu'aurait autorisé ce non? Elle n'avait pas le droit de dire non à Aurélien, précisément, quand l'aul encore croyait en elle. Elle se prenait à un jeu de loyauté, dont elle ne voyait pas ce qu'il avait de déloyal. Et d'abord envers elle-même. Elle craignait aussi le mépris d'Aurélien, si elle avouait qu'elle n'aimait pas celui avec qui elle était partie... Comme c'était plus facile que non, elle dit : « Oui,... » en détournant la tête.

A ce moment on entendit crier : « Aurélien! Aurélien! » et des silhouettes s'agitèrent dans le jardin de Claude Monet. Une robe claire, un homme... Rose et Blaise revenaient.

« Vos amis vous appellent... Je ne peux pas les voir... Adieu, Aurélien! »

Il la regarda s'enfuir. Elle courbait les épaules, elle faisait celle qui ne marche pas vite... au passage elle arrachait une herbe... le chemin creux tournait... Elle aimait, elle avait dit qu'elle aimait... Qui est-ce? Il aurait voulu crier : « Qui est-ce? » Il était immobilisé par cet incroyable aveu. Elle mentait, voyons! Non. Elle ne mentait pas.

« Eh bien, mon cher, — dit Rose, — qu'est-ce qui vous a changé en statue de sel? Vous avez rencontré quelqu'un? Il m'avait semblé apercevoir...

— C'est une erreur, — dit-il. — Je suis à votre disposition. Nous rentrons à Paris? »

LXV

Quand Adrien Arnaud regardait en arrière, il ne pouvait se défendre d'une certaine amertume. Non qu'il ne gagnât pas bien sa vie, qu'il n'eût bon espoir de l'avenir. Il avait trente et un ans, presque trente-deux, ce qui n'est pas bien vieux; Barbentane avait été une rude aide sur son chemin, qui l'avait sorti de la mouise, au lendemain de la guerre, après la faillite paternelle; et Adrien progressait lentement, mais sûrement à ses côtés, se payant des plaisirs raisonnables, vivant chez des cousins qui lui faisaient l'économie de la chambre; et Isabelle, la femme de son hôte, était après tout une maîtresse confortable, soignée, qu'il serait toujours facile de plaquer sans scandale le jour où Adrien irait habiter ailleurs. Il tenait de son père, dont il n'avait ni la peau jaune ni l'armature mesquine, un solide esprit d'économie. Il savait se suffire, il mettait même de côté, achetant des *Royal Dutch* et des *Mexican Eagle* dont il regardait avec satisfaction monter la cote. Tout cela n'empêchait pas l'amertume.

Le temps passe, et on n'aura été que ça, on n'aura eu que ça... Avec le sentiment qu'on valait mieux. Tout de même, quand il faisait sa partie aux boules, à Sérianne, et qu'il était encore l'héritier des *Nouvelles Galeries* et régnait sur le groupe *Pro Patria* qu'il avait fondé, et la jeunesse de la ville, Adrien Arnaud semblait prendre le départ dans une espèce de halo d'or; pour quoi, pour où, on n'aurait pas pu le dire... Sûrement pas pour cette carrière d'homme de confiance du fils Barbentane, son camarade, au fond bien moins brillant que lui, si plus studieux, qui ferait sans doute, pensait-on, un bon successeur au docteur et rien de plus. Comme les choses avaient tourné! Il fallait rendre justice à Edmond : il avait su se débrouiller dans la vie. Et il n'avait pas oublié les petits copains. Qu'est-ce qu'Adrien aurait fait sans lui?

N'empêche que ce n'était pas juste. Avec la guerre qu'il avait faite. Une guerre pas comme celle de tout le monde. Des croix comme la sienne on pouvait les compter. Comme casse-gueule, il n'y avait pas eu mieux que lui. Par un fait exprès, Adrien s'était trouvé partout où ça bardait, au Mort-Homme, à Vauquois, aux Éparges, à Verdun... Il serait bien resté dans l'armée, mais pour se voir la route fermée par ceux qui avaient passé par Saint-Cyr, non. Le réapprentissage de la vie civile avait été salement dur. S'il n'y avait pas eu Edmond... Et même avec Edmond. Il s'était plié à tout, n'est-ce pas? Aux fantaisies d'Edmond. Quand on pense qu'il avait fait le taxi... parfaitement. Maintenant, bien sûr, tout était plus normal, et puis il avait la confiance du patron. Du patron! Que ce type à qui il rendait des points aux boules soit devenu le patron! Ce que c'est que la vie... Dans les premiers temps, il s'était senti assez humilié... Maintenant, plus. Il s'y était fait. Puis, il était bien habillé. Isabelle lui tenait son linge. Une petite vie qui s'organise. On lui aurait dit ça, en Champagne...

Adrien n'était pas un aventurier. Il avait de l'ambition, mais il n'était pas un aventurier. Il ne se serait jamais jeté dans une histoire à jouer son va-tout. Ça suffisait d'avoir eu sur le dos la faillite paternelle. Puis, du côté papa, il tenait cet esprit pratique, qui faisait dire à Edmond, qui avait attrapé cette expression de Mary de Perseval : « Adrien, il est toujours *matter of fact* ». Ça ne faisait rien : quand on le voyait de près, Edmond, on en avait gros cœur. Parce qu'enfin à d'autres pour le genre hommes d'affaires; il n'y connaissait rien, Barbentane. Mais alors rien. S'il n'avait pas eu des gens autour de lui... Ce dandysme imbécile qu'il affichait. Cette philosophie à la noix. Tout ça pour masquer la nullité crasse. Peu à peu, Adrien se sentait devenir indispensable. Il lui avait rendu quelques services, au patron. L'autre le reconnaissait d'ailleurs. Ou croyait le reconnaître. Il fallait le voir, rue Pillet-Will, dans son bureau, pérorant... Ça vous faisait mal au cœur.

Bien sûr, il n'était pas arrivé par génie des affaires, Barbentane. Bien sûr. Il plaisait aux femmes. Là-dessus Adrien avait aussi ses idées. Parce qu'enfin ils avaient été ensemble assez souvent au *Panier-Fleuri*, à Sérianne. Alors, s'il le connaissait sur ce chapitre-là, le patron! Très moyen. Adrien rêvait à cette époque passée, à Marie Reboul, à la petite frisée du *Panier*... Il revoyait de ces séances. Non. Pas plus de raison de ce côté-là que de celui des affaires pour qu'Edmond fût mieux servi que lui. Affaire de chance, c'est tout. Et la chance, il faut l'aider un peu...

Est-ce qu'il ne plaisait pas, lui, Adrien? Allons, il n'était pas aveugle. Il n'y avait pas qu'Isabelle. Le curieux seulement était qu'il avait des succès à un certain étage social, qu'il ne dépassait pas. Il avait son plafond, quoi. Il plaisait surtout aux demoiselles de magasin, aux dactylos. C'est inexplicable, ces choses-là, mais qu'y faire? C'est comme ça. Il faut bien le reconnaître. Par exemple cette petite, la secrétaire, rue Pillet-Will, il voyait bien qu'il n'aurait eu qu'un geste à faire... Il ne le faisait pas, non pas à cause d'Isabelle, non pas que la gosse fût déplaisante, non, mais ça l'arrangeait. Je vois d'ici ses dessous : on connaît trop ça. Puis pourtant, il lui souriait. Elle se mettait à taper vite sur sa machine, toute confuse. Pitoyable. Ah, il en avait assez de ce genre-là. Surtout qu'à la recherche d'une revanche, les jours où l'injustice lui était trop sensible, vingt fois, trente fois, il cédait à cet appel muet des filles de ce genre, au désir de se prouver qu'il était irrésistible... A se satisfaire à bon marché, on s'enfonce, on se confirme un sort, le sort dont on est mécontent. On est ce qu'on se fait, avec les femmes, comme avec la vie. Regardez Edmond : Carlotta, puis sa femme, et remarquez qu'elle n'est pas affolante, sa femme..., Carlotta était fichtrement mieux roulée... mais enfin, il savait ce qu'il voulait, le frère, et il l'avait... et par-dessus le marché toutes les poules, les femmes mariées... Qu'est-ce qu'Adrien n'avait pas vu défiler! Edmond avait la sacrée manie de les lui montrer. Oh, sans le mêler à rien, mais tout juste pour l'humilier, probable. Une vieille habitude du *Panier-Fleuri*. L'actuelle, l'actrice, là, ce n'était pas du tout le genre d'Adrien. Il se la serait pourtant bien envoyée, cette Rose, et après tout, elle ne devait pas être farouche... S'il lui avait fait du plat... Seulement, vraiment, risquer gros, parce qu'Edmond n'aurait pas pris ça très bien, pour sûr... et pour cette bringue sur le retour... Elle avait de la branche, il n'y avait pas à dire. Malgré tout, il comprenait Edmond. Elle devait avoir du savoir-faire, aussi. Pas feignante au pieu. Ça se voit tout de suite.

Toutes ces pensées rongeaient Adrien. D'autant que chaque jour il connaissait mieux les affaires du patron. Il voyait très bien comment il les aurait gérées tout seul. Il devait écouter l'autre faire le malin, l'affairé, le type écrasé de responsabilités. Une rigolade. Depuis la création des Parfums Melrose, avec tout ce que ça comportait, il avait commencé à percevoir sous le plastronnage de Barbentane une inquiétude sourde que le patron pouvait dissimuler à d'autres, mais pas à lui. La partie de boules devait être mal engagée. Oh, il le connaissait, pour le connaître, il le connaissait!

Pas très difficile de voir où était le défaut de l'armure. Ce machiavélisme bourgeois d'Edmond ne pouvait pas s'expliquer de trente-six façons. Adrien ne s'y intéressait d'abord que parce qu'il prévoyait dans les embêtements du patron une secrète revanche. Mais aussi, bientôt, il se rendit compte que ça pouvait avoir de fichus retentissements pour sa sécurité à lui. Évidemment, il secondait de son mieux son vieux copain d'enfance. Leurs intérêts étaient liés. Qu'Edmond s'effondrât, qu'est-ce qu'il deviendrait, Adrien? Il y avait plusieurs façons pourtant d'envisager les choses. Il faut être stupide pour tout jouer sur une carte. Je vous dis que, pour ambitieux qu'il fût, Adrien n'était pas un aventurier. Alors, insensiblement, il se mit à rêver à ce qui se produirait si la situation de Barbentane se déglinguait un beau jour. Ça ne serait pas drôle. Pour personne. Mais, enfin, puisque c'était possible, inutile de faire l'autruche. Regarder les choses en face. Cela devint un sujet habituel de rêverie. D'abord Adrien se demandait comment retirer son épingle du jeu devant une éventualité semblable. Puis, peu à peu, comment faire tourner les choses à son avantage, se trouver du côté du manche, faire sortir un bien d'un mal.

Il y avait somme toute deux dangers pour Edmond : l'action du groupe Palmède dans le consortium, dont le patron avait l'air de se soucier comme de colin-tampon, et peut-être qu'il avait tort, et puis ce qui avait l'air de le préoccuper : sa femme... le fait que la fortune du couple était celle de sa femme... et qu'un jour ou l'autre...

Tout le truc des Parfums Melrose, et cette combinaison bizarre avec Aurélien Leurtillois, avaient éclairé là-dessus l'esprit d'Adrien Arnaud. Avaient orienté ses rêves. Il entretenait de bons rapports, non pas avec Palmède, mais avec le gendre de Palmède, un type très rusé, très lancé dans le monde politique. C'était plus ou moins forcé.

Dans l'histoire des pompes à essence, il avait dû le voir, discuter avec lui. Un jour ou l'autre, ça pouvait servir. Et puis il jouait un jeu un peu différent de celui de son beau-père, n'était pas tout à fait fermé à des propositions transactionnelles... Barbentane ne pouvait pas trafiquer directement avec lui : aussi était-il naturel qu'Adrien s'entremît.

Mais ce qui le faisait rêver surtout, c'étaient les affaires d'Edmond et de sa femme. Si Mme Barbentane se rendait compte un jour ou l'autre... Elle avait beau aimer son mari, après tout c'était sa fortune à elle, l'argent de ses filles. Adrien dans son cœur trouvait assez vilaine la partie jouée par Edmond. Il était tout du côté de Blanchette, pas par sympathie précisément, mais parce qu'il était pour la famille, les enfants, le foyer. Et puis ça le rehaussait à ses propres yeux de sentir que tout le portait de ce côté-là. Il pouvait à son aise condamner Edmond sur ce plan-là. Il avait pour lui l'honnêteté, la propreté. Il s'y complaisait un peu.

Était-ce ce qui fit qu'il s'intéressât peut-être plus que de raison aux affaires d'Edmond? Les Parfums Melrose étaient un prétexte commode. Du côté de l'*Immobilière*, il était passablement au courant, mais des choses lui échappaient. Il dut beaucoup à la secrétaire, Mlle Marie, qui lui laissa compulser les dossiers rue Pillet-Will, pendant les heures interminables où il devait attendre le patron qui venait ou ne venait pas. Il faut bien passer le temps. On le considérait assez comme le bras droit du patron pour que ce fût tout naturel.

Ce qu'il découvrit, dans la complexité, l'intrication des affaires d'Edmond, le passionna assez vite. Les irrégularités étaient nombreuses. Il s'agissait surtout de rouler le fisc. Oh, ce n'était pas particulier à la rue Pillet-Will! Ça se fait partout. Enfin, il y avait là plusieurs entourloupettes assez drôles. Adrien, se mettant au courant, pensait le faire plus par curiosité d'esprit qu'autre chose. Il trouva d'ailleurs des armes dans une affaire, liée aux taxis, contre le groupe Palmède. Personne ne s'en était avisé, et ça pouvait servir Edmond un jour. Ou Adrien lui-même, quand il discuterait avec le gendre pour les pompes... Plus il se plongeait dans tout ça, et plus il avait le respect de cette machinerie énorme de la société; et moins il en avait pour les amateurs, les sauteurs pour tout dire, du genre d'Edmond, qui se mêlent à tout ça, sans y rien comprendre; ça continue à marcher à côté d'eux, et ils croient ou font semblant de croire que ce sont eux qui dirigent. Pitoyable! Des parasites. Vraiment, d'une minute à l'autre, si Mme Barbentane voulait divorcer, que resterait-il de ce faux grand homme, de ce personnage parisien, qui se faisait passer pour un capitaine d'industrie? Aux yeux de qui d'ailleurs! « Mademoiselle Marie, passez-moi donc ce dossier... Vous savez, l'affaire des terrains du XVIIIe arrondissement... une chemise rose, je crois... »

Elle le regardait, la secrétaire, il dut répéter. Elle n'était pas vilaine, cette petite fille. Pendant qu'elle était penchée à chercher la chemise rose, il ne put s'empêcher de lui caresser le cou. Elle frémit. Elle ne se retira pas. Elle cherchait la chemise rose. Il ferma lentement ses doigts sur la nuque frêle, où bouclaient des petites mèches blondes. Ses doigts de dominateur.

Ce jour-là, c'était bien la faute de Barbentane. Adrien avait absolument besoin de le voir, une signature, et l'autre n'arrivait pas. Alors, dans le bureau directorial, Arnaud se carrait, lisant. Il prenait des notes. « Je ne sais pas, — murmura Mlle Marie, — si j'aurais dû... » De quoi parlait-elle? Des petites privautés de tout à l'heure, ou des dossiers qu'elle avait tirés d'un meuble sans qu'il les eût demandés? Cette fille était intelligente. Elle voyait bien ce qu'il voulait et elle allait au-devant de ses désirs. Il lui sourit :

« Laissez-donc, mademoiselle Marie, je prends sur moi la responsabilité... »

Elle sortit du bureau, assez confuse.

Comme Edmond une fois de plus n'était pas venu au rendez-vous, Adrien décida de le relancer chez lui. Il avait besoin de prendre l'air, de marcher. Il descendit par les boulevards, la Concorde, le Cours la Reine... De toute façon, Barbentane ne devait pas être chez lui... Alors, pourquoi y aller? Adrien ne se le demandait pas. Il en avait une idée vague à quoi se mêlait l'image de Blanchette Barbentane. C'était drôle : il n'avait jamais bien dû la regarder, la femme d'Edmond. Il n'y avait pas moyen de se figurer bien clairement de quoi elle avait l'air, le visage. Pas jolie. Pas laide. Un peu lourde. Elle s'arrangeait mal peut-être. Avec quelqu'un près d'elle qui saurait lui dire... Tout de même, Edmond serait peut-être là. Ce Paris printanier avait un charme extraordinaire. S'il n'y avait pas eu toutes ces voitures. Les jardins du Trocadéro étaient pleins d'enfants encore à cinq heures. Le long du quai Adrien ne se pressait pas. Le plus tard il arriverait, le plus il aurait de chances... Il aimait ce quartier des gens vraiment riches. Au métro Passy, il remonta par l'escalier.

Pourtant s'il avait eu beaucoup d'argent il n'aurait pas aimé habiter là. Il aurait cherché quelque chose de plus aristocratique que la rue Raynouard. Rive gauche. Il leva le nez et renifla un peu en reluquant de façon critique le grand immeuble où habitaient les Barbentane. Ces prisons de luxe... Puis la rue est étroite... Il suffit d'un camion pour la boucher, comme celui qui vient...

Brusquement il se mit à courir, avant d'avoir pensé à ce qu'il faisait. Les gens crièrent. Il avait pris dans ses bras ce petit paquet de linge et de dentelle, il sautait de côté devant le monstre, son pied glissa, il reçut le choc... Il y eut le ciel vacillant, et un bruit monstrueux de freins serrés, une odeur de poussière et de cambouis...

On le relevait. Non, l'enfant n'avait rien. La petite Marie-Victoire pleurait, la gouvernante agitait ses bras noirs, le chauffeur empoisonné s'expliquait avec l'agent... Aïe! Une douleur épouvantable dans la jambe... une faiblesse... Il retomba. Adrien ne pouvait pas marcher. L'homme en blouse qui le soutenait le questionna. Il serra les lèvres, puis sourit : « Ce n'est rien, — dit-il, — je crois que j'ai la jambe cassée... »

Il regardait la gouvernante et les enfants d'Edmond. Il avait sauvé la fille du patron. Il eut encore une faiblesse. « Il ne peut pas tenir debout », dit une voix d'homme. Et une autre : « Il faut le porter chez le pharmacien... » Là-dessus une femme hurla, ce devait être la gouvernante : « Mais c'est M. Arnaud! Un ami de Monsieur! » Elle était à genoux près de lui, il ouvrit les yeux.

« Ce n'est rien, — dit-il, — ça va s'arranger...
— Vous avez sauvé la petite... »

Ça oui, il avait sauvé la petite. Il en avait une sorte d'ivresse. Il aimait les enfants. Puis... Il était encore trop faible pour tirer des conclusions de ce fait nouveau, extraordinaire, décisif...

« Non, — piaillait la gouvernante, — pas l'hôpital, voyons! C'est un ami de Monsieur! Faites-le monter chez nous! Madame ne me pardonnerait pas! Il a sauvé la petite! Aidez-moi, vous, monsieur... »

Quelqu'un avait pris Adrien sous les bras, un autre voulant lui prendre les pieds, mobilisa la mauvaise jambe. Il poussa un cri. Avec mille précautions, trois hommes qu'il voyait mal le portèrent dans la maison, là, juste en face. Pour l'entrer dans l'ascenseur, ce fut toute une histoire. La gouvernante criait : « Je monte à pied, préparer le lit, téléphoner au docteur! »

La douleur de la jambe était atroce.

Le hasard, le miraculeux hasard...

LXVI

Il ne fallait pas que les Vanhout comprissent
ce qui se passait. Paul Denis respira profondément, essuya son front avec son mouchoir. Il
avait couru, inutilement couru. Il était agacé
par sa chemise de cellular, le bouton du col avait
sauté. Il ravala l'envie qu'il avait de pleurer.
Il ne pleurerait pas. Ne pas pleurer est d'une
facilité inattendue. Tout de même déjeuner
avec tout le monde... Il ne pouvait s'attarder
dans la chambre aux petits rideaux à carreaux
rouges. Il aurait voulu y rester, devant l'armoire
ouverte, le flacon vide laissé sur la toilette, les
quelques papiers à terre, le lit pas encore fait.
S'y enfermer avec son chagrin. Qu'est-ce
qu'on aurait pensé? Il redescendit. La petite
Mme Vanhout lui tendit son courrier : « Vous
n'avez pas pris votre courrier, monsieur Denis... »
Elle avait l'air de le regarder avec pitié. Ah,
non, par exemple. Il y avait deux lettres, une
revue, un journal. « Excusez-moi, madame,
je ne déjeunerai pas aujourd'hui... »

Quel mois d'avril précoce et caressant! Ce
matin-là, Paul avait pu prendre son premier
bain de Seine. Ce n'était pas encore chaud,
chaud, mais quel plaisir, l'eau, les herbes, et
même la boue au bord où l'on enfonçait les
pieds nus! Le soleil brûlait déjà, et Paul avait la
pointe dorée du cou vers la poitrine, où la chemise
bâillait. Il aurait voulu emmener Bérénice dans
ce champ clos de haies, près du fleuve, où on
pourrait sans scandale prendre des bains de
soleil. Il lui aurait chipé son livre anglais, tandis
qu'elle se serait mise à lire le manuscrit des
Promenades noires, qu'il venait d'achever, et

que Bérénice ne connaissait que par fragments. Pour la réaction, il avait couru en plein soleil par la route, dévalé sur le Moulin... Et là, il avait trouvé la chambre vide, le petit mot : « Je m'en vais, Paul, mon petit. Je ne voudrais pas te faire de peine. C'est une erreur, nous deux. La prolonger serait très mal à moi. Ne pleure pas trop, pense à autre chose : tu as ta vie, ce que tu écris (rappelle-toi que j'aime beaucoup ce que tu écris), tes amis... Ne reste pas seul. Va les retrouver. Tu ne tiens pas à moi autant que tu le crois. Ménestrel aura inventé quelque chose d'intéressant, il y a des nouveaux place Pigalle. Ne cherche pas à me voir. Est-ce que ce n'est pas mieux de se séparer comme ça d'un coup, sans cris, sans scènes, proprement? Ma décision est irrévocable. Je suis partie pour toujours, comprends-le bien. Nous avons passé ensemble près de trois mois, la fin de l'hiver, l'arrivée du beau temps. Ça y est maintenant, le beau temps est revenu. On se quitte. Je penserai toujours très doucement à ces trois mois-là. Ne les gâchons pas, veux-tu bien? Ne fais pas de grimaces avec ta drôle de petite bouche. Laisse-moi à ma vie. Merci de m'avoir donné la tienne tout ce temps, de m'avoir aidée vraiment à un moment difficile. C'est passé maintenant. Je suis forte et je m'en vais. Je t'embrasse bien tendrement, *BÉRÉNICE.* »

Qu'avait-elle dit aux Vanhout en partant? Était-il censé savoir la cause de son départ? Comment s'expliquaient-ils que Paul n'ait pas été là quand elle s'en allait? ne l'ait pas accompagnée à Vernon? Supporter la pitié des gens! Il fallait faire comme si tout cela était naturel, concerté. Faire l'homme au courant... Quel train avait-elle pris? Midi trente peut-être. Il était le quart passé. Cette poisse! Il serait revenu dix minutes plus tôt, en bécane il avait le temps de la rattraper. Mais là... S'il avait sauté sur la machine de Vanhout, en moto ça va vite...

Seulement elle avait pu prendre onze heures quarante-sept... Il ne pouvait pas le demander, puis elle lui disait de ne pas chercher à la revoir... « Une erreur, nous deux. » Elle pensait encore à Leurtillois. Elle avait été retrouver Leurtillois. Eh bien, quoi? Si c'était son goût! Qu'elle aille avec son Leurtillois! Il se répétait ce nom qui lui faisait mal. Impossible pourtant. Est-ce qu'on se trompe comme ça? Elle l'aimait, voyons, elle l'aimait, lui, son petit Paul : « Je t'embrasse bien tendrement... » Il se mordit les lèvres. Il avait failli pleurer. Ici, dans le petit bureau aux gravures anglaises, avec des pots d'étain et un râtelier de pipes, les meubles couverts de chintz rose et vert. Mme Vanhout avait l'air d'épousseter les choses, et elle le regardait en dessous. Il se rendit compte qu'il ne lisait pas son courrier, et qu'il avait à la main, ouverte, la lettre de Bérénice. Il sortit. Une lettre de son éditeur lui réclamait *Les Promenades noires*, disant qu'un dessin de Picasso aiderait à la vente, surtout si pour le tirage de luxe on pouvait avoir en plus... Il franchissait le pas de la porte. « Vous savez, monsieur Denis! — cria Vanhout, accroupi à côté de la moto, sous l'appentis qui servait de garage, — j'ai fait accorder le piano! Ces demoiselles arrivent cet après-midi... Elles comptent bien que vous jouerez pour nous ce soir! » Ces demoiselles, c'étaient les gousses. On était samedi. Paul grommela quelque chose. Il s'éloigna par le champ de trèfle. Il voulait donner l'impression qu'il allait déjeuner chez les Murphy.

Que faire maintenant? Rester à Giverny? Jouer du piano pour les gougnotes, jouer aux échecs avec Vanhout, écrire à Picasso pour lui demander le dessin promis, à Roussel quelques considérations sur les jeunes revues... Ah, merde! Il gagnait le chemin creux. Il sentait monter les larmes. Il regardait la terre, les ornières croisées, les herbes aux talus, des papil-

lons bruns et bleus... Au tournant, il dérangea des
amoureux : l'homme regarda Paul avec un air
de complicité. Paul détourna la tête. Qu'est-ce
qu'il allait faire de son temps... de la vie? Il
arrivait devant le jardin de Monet qui lui fit
gros cœur. Il pensa longuement et vaguement à
la vieillesse et à la gloire. Ce n'était pas mal,
après tout, Monet, l'impressionnisme... Ce que
ça avait représenté jadis... à un certain moment...
Toutes les histoires qu'on racontait dans le pays
sur la jeunesse de ces gens-là... des anarchistes
peut-être... mais enfin, pas mal du tout... Tout
finit par une petite propriété, des fleurs. Il
faudrait que j'aille à l'Orangerie, à Paris, voir
la grande toile des *Nymphéas*... On dit que
c'est très fou tout de même... S'il va falloir
l'opérer de la cataracte, Monet, ça va être gai
pour lui... Il avait un neveu qui faisait des
batiks, un grand diable que Paul avait rencontré
chez les Murphy...

Où était-elle partie? A Paris? Elle n'allait pas
rester à Paris. Chez les Barbentane? chez les
Ambérieux? Allons donc. Il pensa soudain à
Aurélien. Il revit Aurélien. Cela lui pinça le
cœur. Mais non, mais non : tout était fini entre
eux. Il savait bien que Bérénice ne le fuyait pas
pour retomber à Aurélien. Non. Elle rentrait
chez son mari. C'était l'évidence même. Un
essai de révolte, une fugue... Une parenthèse
dans l'existence... Trois mois. Pas même trois
mois... Et retour au foyer conjugal. Il ricana.
Une petite bourgeoise comme les autres. Allons,
il ne fallait plus y penser. Lui courir après?
Des fois! Qu'est-ce qu'elle voulait d'autre?
Sa vie était trop morne, il lui avait fallu une
aventure. Maintenant un drame n'y ferait pas
mal. Il ne serait pas si benêt. Ah non, alors.
D'ailleurs, elle le disait bien : il avait ses amis,
Ménestrel, ce qu'il écrivait... C'était gentil à elle
d'avoir insisté comme ça : « Rappelle-toi que
j'aime beaucoup ce que tu écris... » Il y avait

un côté gentil chez Bérénice. Oh, Petit-Beurre, Petit-Beurre!

Sa rêverie prenait un tour d'une précision atroce, physique. Il arrivait au bord de la Seine, là où il s'était baigné tout à l'heure. Il regardait l'îlot en face, mais ce n'était pas l'îlot qu'il voyait. Il commençait à avoir peur de la nuit qui viendrait. Bérénice avait peut-être raison : ne pas rester à Giverny, regagner Paris, la place Pigalle, le mandarin-curaçao, les amis... On peut se réfugier au cinéma quand ça va vraiment mal, le soir il y a des lumières... Vers minuit, une heure, au Lulli's, il rencontrerait Leurtillois, il pourrait se persuader que Leurtillois était seul, et triste. Qui sait? Il prendrait un verre avec lui.

L'eau n'était guère propre où il s'était baigné. Elle charriait de petits bouts de bois. On y voyait arriver, d'une couleur plus verte, l'eau de l'Epte, froide, qui hésitait à s'y perdre. Derrière les arbres, de la crique où il s'était déshabillé, Paul remontait vers l'affluent, indécis. Paris ou pas Paris? Il laissa passer le sentier qui regagnait le pont, à la sortie du village, par où l'on allait aux écluses, comme Bérénice aimait faire. Bérénice... retournée chez son Lucien, était-ce Dieu possible? Il se rappela brutalement un propos qu'il n'avait pu entendre sans frémir. Un propos de Bérénice. Une nuit. Dans cet abandon où elle était pour lui comme l'ombre même, chaude et douce. Elle s'était serrée contre lui, il n'était pas tout à fait revenu de son plaisir, et elle avait murmuré avec emportement : « Tu ne peux pas savoir comme c'est merveilleux, un homme qui a ses deux bras! » Mot atroce qui, lui revenant aujourd'hui, lui donnait encore la chair de poule. Elle était retournée à son Lucien.

Ses pas ramenaient Paul vers les maisons muettes à midi. Le soleil lui tournait la tête. Il y avait déjà de grosses mouches, et on entendait un cheval ruer dans une écurie. Paul prenait tout naturellement le chemin de chez Murphy. Il se rappela qu'il n'avait ouvert qu'une lettre sur deux, et qu'il tenait son courrier à la main. La seconde lettre était la note du dentiste, cinq cent soixante-cinq francs, et le journal contenait un article sur Deschanel, qui venait de mourir, sous le titre : *Un grand calomnié*. Paul fit sauter la bande de *La Cagna*, et regarda les clichés, photos de guerre, souvenirs sur la reine Ranavalo, etc.

Dans les rubriques il y avait un article de Fuchs contre Ménestrel : un article d'une mauvaise foi et d'une méchanceté incroyables. Paul serra les dents et ragea. Que des raclures comme ce Fuchs osent se permettre... Ménestrel était bien au-dessus de ça, c'est entendu, mais quand même! Le comble était qu'il y avait un mot aimable pour lui, Paul Denis. Un de ces trucs à eux, les journalistes, diviser pour régner, jeter la suspicion entre les amis. Qu'est-ce que Ménestrel allait en penser? Paul retournait dans sa tête les termes d'une lettre à Fuchs : *Monsieur...* fallait-il l'appeler Monsieur? *Mon salaud* serait plutôt dans le style qui convient. *Monsieur et cher salaud...* ça arrange tout. *Je disais donc : Monsieur et cher salaud, qu'est-ce qui vous autorise à me trouver du talent...* non, c'est faible... *Je me demande un peu qui se permet, dans les prisons où vous faites faire vos articles au rabais, de me décerner des brevets de...* enfin, quelque chose dans ce genre... et puis : *entre Ménestrel et moi il n'y a pas de place pour votre groin sordide...* Ça s'arrangerait en l'écrivant. C'était le grand succès de Paul Denis, ces lettres-là. Ça faisait toujours des catastrophes, des batteries. Il disait qu'il adorait ça. En réalité, il détestait ça. Mais il fallait bien soutenir sa réputation. Cette fois-ci, se tabasser ne lui serait pas désagréable. Ça ferait diversion. Et puis le genre ancien combattant de *La Cagna* le débecquetait, mais alors! Ce maquignon de Fuchs, que lui avait-on dit aux *Deux Magots?* Fuchs avait tiré des chèques sans provisions, imité des signatures... Une de ses victimes l'avait tiré de là, quelqu'un que les escrocs amusaient toujours, paraît-il... Forcément, ce sont des gens comme ça qui se permettent d'attaquer Ménestrel! Qu'est-ce que Bérénice lui avait raconté de Fuchs, un jour? Que Bérénice le connût, c'était une de ces folies de Paris.

Où est-ce que je vais trouver ces cinq cent soixante-cinq francs? Si j'envoyais la note du dentiste à Roussel? Après tout, il payera probablement. Moi, je lui ferai cadeau d'un petit dessin de Kisling, j'en ai en pagaïe... pas que ça l'intéresse... mais c'est moins gênant...

« Ho, ho... oh?... On peut grimper? »

Dans le petit escalier noir de Mme Fraise, les gros souliers d'Archie dégringolèrent à mi-étage, et Murphy se penchant cria : « Paul! » avec ce renflement yankee de la syllabe, qui faisait toujours douter à Paul Denis, Français, que c'était de lui qu'il s'agissait.

« Do come up, Buddy! Grimpez donc, Paul! »

Molly était sur le sofa, avec une serviette nouée sur la tête, fumant la pipe, à plat ventre dans les coussins, avec un petit verre, et le café au milieu des livres près d'elle; elle lisait avec application les petites annonces de *L'Intransigeant.* Les restes du repas traînaient sur le guéridon et par terre. Il y avait de la fumée en l'air, et une odeur de poisson grillé.

« Vous avez déjeuné... Did you really?... parce que c'est facile... Assistez-vous... — Il refusait de la main. — Alors coffee? Et vous ne refuserez pas la gnôle? I know you! »

Le petit doigt menaçant, le ha ha du fond de la gorge, les grands gestes de dame du monde, la tête hochée d'un air entendu, les yeux mi-fermés... Molly battait son plein dans son genre hôtesse. Ça ne se refuse pas... Murphy, assis en tailleur, par terre, avec des feuilles de papier en quatre ou cinq tas, des livres anciens dessus, parlait de Diderot. Il trouvait des parentés entre *Jacques le Fataliste* et *Les Promenades noires*. Il regardait Paul par-dessus des lunettes imaginaires : « Il y a seulement cette différence... cette différence... que *Jacques le Fataliste* n'est pas une œuvre de jeunesse... et quand je veux vous comparer, Diderot et vous, je dois essayer de me représenter... de me représenter un Diderot de vingt-deux ans... ou un Paul Denis de quarante-cinq... Comment est-ce que vous aurez l'air à quarante-cinq ans, je me demande? Avec du ventre... et déjà des cheveux gris... quand vous serez tout à fait un homme... I mean... no longer a boy.

— Je n'aurai jamais quarante-cinq ans », dit Paul. Molly avait réchauffé le café. Elle enleva la serviette qui lui enserrait le crâne; ses cheveux pas encore secs, elle avait un air assez pitoyable de chien mouillé. Elle essayait de les faire bouffer sans grand résultat. Elle demanda : « Comment se porte la haute et puissante dame Bérénice? »

Paul ne répondit pas. Devant son bout de miroir, Molly se dessinait les sourcils. Elle s'étonna du silence et se retourna. Archie était très occupé à ramasser ses feuilles, et à les mettre en tas réguliers. Il n'avait pas vu Paul changer de visage. Mais Molly se précipita : « But, don't you see he is crying? Paul, mon chéri... Qu'est-ce qu'il y a? You brute, avec votre Diderot! Paul, buvez le café pendant qu'il est chaud... Non, ne dites rien... Have an other drink! Avec moi... Take it easy... Oh, Archie! Vous ne voyez jamais rien! Diderot! I ask you... » Paul était debout, désarçonné. Murphy demanda : « Elle est partie? » et Paul fit oui de la tête. Il y eut un grand silence. Molly tapota les coussins, en mit un derrière la tête de Paul, lui baisa le front. Elle sentait l'alcool. Elle

murmura : « Poor child! » et lui prit les mains.
Au-dehors, un moteur faisait des ratés. Un chien
aboya. « Maintenant, — dit Molly, — dites-nous
chaque chose au sujet de cela... »

LXVII

Le secret de Paul et Bérénice n'avait pas duré
longtemps. Cela avait été comme un tas de paille
qu'on allume par tous les bouts : allez dire qui
est l'incendiaire! Il y avait Charles Roussel :
rien de terrible comme la discrétion du couturier,
les airs entendus. Tout ce qu'il était tenu de ne
pas dire, c'était le nom de la dame, mais que
Paul Denis était à Giverny avec une personne...
une femme du monde... mariée... et ainsi de
suite, il y avait toujours de quoi allumer la
curiosité de Mrs Goodman qui avait déjeuné
chez lui avec Zamora, pour juger de l'effet de
La Proxénète hermaphrodite une fois encadrée
par Legrain, et placée comme un volet, sur gonds,
au mur de la salle de bains, de façon que
Mme Roussel pût la rabattre et ne pas la voir
pendant ses ablutions. Et Zamora avait demandé
qui c'était à Ménestrel, qui avait été à Giverny,
mais n'avait pas vu la personne. Seulement
Jean-Frédéric Sicre, le musicien, et le confident
de Paul Denis, avait laissé entendre que Zamora
la connaissait et il ne pouvait pas en dire davantage, vous l'auriez coupé en petits morceaux.
L'air de mystère que prenaient ses gros yeux
à fleur de tête quand il disait ça! Qui avait eu
le front d'en parler à Mary de Perseval? Diane
de Nettencourt, je crois, et quel chemin est-ce
que ça avait pris jusqu'à elle? Toujours est-il
que Mary en avait parlé à Rose, et que Mme Melrose en avait rêvé : Giverny, le chemin creux,

cette silhouette, et le mensonge de Leurtillois, il ne fallait pas grande malice... Comment n'en aurait-elle parlé ni à Edmond ni à Decœur? A l'institut, le docteur l'avait dit à Zoé Agathopoulos qui s'était empressée de compléter les informations de sa grande amie Mary. Blanchette au courant par Edmond avait éclaté d'un rire amer. Cette petite Bérénice! Trop beau vraiment. Elle l'avait tout de suite raconté à Adrien dont on devait changer le plâtre le lendemain. Une mauvaise fracture tout de même, pourvu qu'il n'ait pas de raccourcissement! Mon Dieu, quand elle se rappelait ce retour ce soir-là! L'émotion qu'elle avait eue... sa petite Marie-Victoire... Mademoiselle avait eu raison : comment aurait-on pu laisser aller à l'hôpital le sauveur de Marie-Victoire? Il y avait assez de place à la maison, et en le transportant on pouvait lui faire du mal. D'ailleurs Adrien n'était-il pas le plus vieil ami d'Edmond? Une fracture double, une artère embrochée par un fragment, est-ce que je sais!

Outre qu'on lui devait bien ça, Adrien ne dérangeait guère. C'est-à-dire n'aurait guère dérangé. S'il n'y avait eu cette cousine... Une grande femme brune, molle aux yeux noyés, qui se serait facilement installée au chevet de M. Arnaud, si on l'avait laissée faire, et si on ne lui avait pas fait comprendre, oh, avec beaucoup de délicatesse! qu'on ne peut pas venir comme ça à tout bout de champ chez des gens qu'on ne connaît pas. Et qu'évidemment, à l'hôpital, il y a un écriteau avec visites de telle à telle heure, alors c'est plus simple; mais aussi faut-il avoir du tact. Il devait y avoir quelque chose entre elle et son cousin, pas possible. De sa part à elle, surtout : parce que lui, il avait plutôt l'air excédé...

C'était drôle de les entendre parler ensemble, Edmond et Adrien. On venait généralement prendre le café dans la chambre d'ami, quand

Edmond était là. Il y avait entre eux leur enfance, la petite ville méridionale où ils avaient poussé, les parties de boules sur les remparts, et leurs frasques d'avant la vingtième année. Blanchette les écoutait avec surprise : elle découvrait un Edmond différent de son mari, un jeune garçon qu'elle regrettait de n'avoir pas connu, si sympathique, et forcément elle identifiait un peu Adrien avec cet Edmond-là. Un héros, d'ailleurs, Adrien... Edmond le lui avait dit : il s'était magnifiquement comporté à la guerre. Rien d'étonnant, à en juger par la façon qu'il avait eue de se jeter sous le camion pour sauver la petite!

Dans tout ça, Blanchette repensait à Aurélien. Avec amertume, mais aussi avec satisfaction : de le savoir déchu, par cette aventure de Bérénice. Et que Bérénice fût à un autre, à ce gamin... Le sentiment qui habitait Blanchette, on n'aurait pas pu l'appeler de la jalousie, c'était le contraire de la jalousie. Une grande paix descendait sur elle. Du coup, ça ne lui faisait même plus rien de savoir qu'en la quittant Edmond allait rejoindre la Melrose. Plus rien du tout. Elle se sentait bonne, bonne. Elle en remerciait le Seigneur qu'elle n'avait donc pas prié en vain.

Les petites, c'est bien simple, s'étaient amourachées de M. Arnaud. L'aînée surtout, qui aimait tant sa petite sœur qu'elle débordait de reconnaissance pour son sauveur. Adrien était d'une patience avec les petites, que ce n'était pas croyable! Leur père ne les y avait pas habituées. En général, Adrien Arnaud montrait une égalité de caractère tout à fait surprenante. Or, c'est dans ces circonstances-là qu'un homme se trahit : pensez donc, le repos forcé, quand on est si actif, un garçon qui n'a pas trente ans, et tous les petits ennuis de l'immobilité, je n'insiste pas. Sans parler de sa jambe. C'est une horreur, ces appareils à extension : mais il fallait bien que les fragments se consolidassent sans chevaucher. D'autant que, quand on a une fracture simple, on ne souffre plus trop dans un appareil. Mais avec une plaie, le pansement... Blanchette pour rien au monde n'aurait laissé quelqu'un d'autre s'en occuper. Elle avait été infirmière, pendant la guerre, n'est-ce pas?

La vie de Blanchette était transformée. La maison avait cessé d'être vide, les enfants d'être comme des mouches, les heures à attendre Edmond un martyre. Et surtout il semblait que l'ombre du péché se fût écartée d'elle. Elle ne pensait plus que très rarement à Aurélien, d'une façon tout apaisée. Évidemment le tour des choses y était pour beaucoup, pour beaucoup cette dépoétisation de Leurtillois par sa mésaventure avec Bérénice. Mais il fallait reconnaître que la présence de M. Arnaud y faisait plus encore. C'était comme si elle eût chassé l'obsession. Adrien protégeait Blanchette; rien que d'être là, il la calmait. Quand elle sentait en elle renaître le vieux tourment, sous un prétexte quelconque, elle venait rendre visite à son hôte immobile. Lui, son visage aussitôt s'éclairait. Il semblait toujours heureux de la voir. Il semblait n'attendre qu'elle. Et c'était un causeur très intéressant. Il avait beaucoup vu, sans en avoir l'air, pas mal traîné sa bosse. Toujours respectueux avec ça, jamais une plaisanterie, une parole déplacée. Mais des yeux éloquents qui suivaient jusqu'à la porte la femme d'Edmond, lorsqu'elle s'en allait, qu'elle le laissait.

Au milieu de tout ça, le ministre était venu voir Adrien. Le sénateur Barbentane était un brave homme : il adorait ses petites-filles, qu'il n'avait jamais le temps de voir. Cette histoire d'accident l'avait bouleversé. Avec ça qu'Arnaud... attendez donc... mais oui, bien sûr... C'est un garçon de Sérianne, je me souviens... le fils des *Nouvelles Galeries!* Son père était mon adversaire politique, et même il m'avait joué un drôle de tour à propos du remplacement des tramways par les autobus... c'était en 1913... ou 1912... je ne sais plus... enfin avant la guerre. Bah, tout ça est bien loin! Il a mal tourné, je crois, faillite... Le fils n'est pas responsable, après tout. Et puis nous lui devons notre petite Marie-Victoire! L'entrevue avait été dans le grand genre. Le ministre avait presque l'air d'épingler une croix sur la poitrine d'Adrien : « Jeune homme, votre famille jadis a combattu la mienne. Mais tout cela est oublié... Entre braves gens... Nous sommes tous des Français... Quand vous serez rétabli, venez me voir au ministère. Si je puis faire quelque chose pour vous... c'est promis? »

Adrien était bien un peu sensible au ridicule. L'accent du sénateur le touchait moins qu'un autre : c'était le sien, plus marqué voilà tout, parce qu'Adrien depuis la guerre avait tout fait pour s'en dépêtrer. Mais, plus que du ridicule, il était touché par le fait qu'un sous-secrétaire d'État s'était dérangé pour venir le voir. Si on disait ministre pour faire mieux, pour Adrien Arnaud sous-secrétaire d'État faisait à la fois plus mystérieux et plus réel. Il y avait en lui, de toujours, un respect profond de tout ce qui est officiel, du pouvoir, de l'État, du gouvernement. Il bénissait l'accident qui lui avait valu ces étranges vacances, ces longues heures de rêve, cette aventure dont il pressentait l'issue.

Isabelle le dérangeait : c'était un peu sa vie passée qui s'accrochait, sa médiocrité. Qu'avait-elle besoin de le relancer ici? Quand il comparait la chambre où il était, avec celle qu'il avait chez ses cousins! D'autant qu'elle grillait toujours d'être seule avec lui, et qu'il avait peur qu'on les surprît, une porte qui s'ouvre, les domestiques, Mme Barbentane... On ne peut pas faire ça chez les gens. Cette Isabelle, quelle licheuse! Pas mèche de lui faire comprendre.

Donc, il valait mieux prendre les devants. Si Mme Barbentane s'apercevait de quelque chose... Adrien lui fit des confidences. Jamais il n'aurait osé... et puis à cause de son cousin...

la discrétion qui lui était naturelle... mais, enfin, vous me comprenez, madame... ne me jugez pas mal, j'en serais désespéré! Seulement Isabelle ne se rend pas compte. Alors c'est entièrement de sa faute. Et puis Adrien avait confiance en Blanchette. Une confiance absolue, irraisonnée.

« Vous ne me connaissez pas »; dit-elle.

Il leva sur elle ses yeux éloquents. Oh si, il la connaissait, plus qu'elle ne croyait! Leurs rapports s'étaient établis d'une façon si peu conventionnelle.

« Bien, — dit-elle, — parlez-moi de votre cousine... Vous l'aimez? »

Ç'aurait été très mal à lui de dire qu'il ne l'aimait pas. Certes, il avait pour Isabelle une grande affection, un peu irritée. Il y avait long-temps que cela durait. Adrien n'était pas l'homme des passades. Mais la fidélité s'épuise quand elle n'a pas pour base l'amour, le véritable amour. Il fallait dire que cela s'était fait un peu par le jeu de la fatalité. Ils habitaient ensemble. Son cousin était souvent absent. Il travaillait pour une grosse maison de grains, importation, et il devait aller à Marseille, à Saint-Nazaire. Alors, dans une maison vide, un homme et une femme, jeunes...

« Excusez-moi, — dit Blanchette, — j'ai des ordres à donner... »

LXVIII

« Oh... oh... Pour une entrée, c'est une entrée! »

On se pressait sur la terrasse dans les phares tournants. Les valets de pied dans leur livrée d'or faisaient la haie, les autres glissaient derrière la pièce d'eau, les nouveaux arrivants débarquaient dans le sable mauve. Tout le paysage avec sa grande futaie ouverte sur le gazon couvert d'un drap d'or immense, et les arbres peints, chaque feuille habillée de papier doré, avait un caractère irréel où la beauté des épaules nues, la dégaine des hommes accoutrés de déguisements disparates, donnaient assez facilement le vertige à Blanchette qu'Edmond avait traînée là pour des raisons à lui. Il ne s'occupait guère d'elle, il la laissait aux mains d'un Anglais qu'on venait de lui présenter, de la sorte oxfordienne, gras et roux entre deux âges, assez nu, avec une lance, un bouclier et un grand filet d'or. Comment s'appelait-il? Un homme follement riche en tout cas.

Depuis trois mois qu'on ne parlait que de cette soirée à Paris, qui aurait voulu manquer la fête du duc de Valmondois? Sa maison, sa folie comme il disait, était assez voisine de celle de Coty à Louveciennes. Il l'avait entièrement masquée de panneaux d'or, et avait fait peindre les sphinx de l'escalier avec de la poudre de cuivre. L'intérieur était encore plus fantastique. La cohue était à son comble vers minuit. Qu'est-ce qu'il y avait comme bijoux! Aussi la propriété était-elle toute cernée d'ombres inquiétantes, des policiers partout, et les gens qui voulaient aller boire leur champagne dans les bosquets dorés se voyaient brusquement interrogés par des personnages surgis des paillotes des buissons. C'est que la population ameutée par la fête s'était massée à l'entrée du parc, et rôdait tout autour pour tâcher d'en apercevoir quelque chose à travers les palissades. On disait que tout ce luxe faisait gronder les gens, on craignait des troubles à la Préfecture. Des femmes en cheveux avaient insulté des invités au passage. Cela ajoutait à la soirée une sorte de trouble, pas sans charme.

Quand les douze grandes femmes habillées en Walkyries eurent grimpé l'escalier d'honneur en chantant : *Heiotoho-Heïa-ha!* suivant toutes

556

les règles, un doge se précipita sur Blanchette avec de grands gestes de manches. C'était Cussé de Ballante dont le manteau volait de tous les côtés. « Chère madame, mais qu'est-ce que vous êtes? Danaé, je parie! Vous ne pouviez pas trouver quelque chose de moins habillé? Moi qui comptais sur l'occasion pour me rincer l'œil! » Il regarda le compagnon singulier de Mme Barbentane. L'autre se présenta. « Hugh Walter Trevelyan... » Ça disait quelque chose à Cussé : « Vous n'êtes pas *le* Trevelyan, par hasard? — Si, précisément. — Oh, et moi qui croyais que tout était en toc, ici, ce soir! Vous ne trouvez pas que ça fait commerçant du Sentier en diable, pour un Valmondois, cette idée de bal doré? »

Il les quitta comme il avait surgi. Il aurait voulu faire le facteur à son habitude, mais ça ne s'arrangeait pas avec le décor et ce manteau vénitien. Tout était noyé par le jazz qu'on voyait par les fenêtres ouvertes. On dansait dans les salons du rez-de-chaussée. Aux étages éclairés, des couples riaient aux balcons. Un théâtre. « Votre robe est ravissante, — dit Trevelyan. — La seule qui ne fasse pas chienlit... »

Blanchette sourit à cette exagération. Elle passa la main sur les gros sequins de carton qui pleuvaient autour d'elle, et s'assura que ses bijoux de théâtre, le collier, les bracelets, le diadème, tout cela tenait bien. Toutes ces pierres de couleur, c'est bien le goût de Chanel. La robe venait de chez Chanel. Avant de sortir, elle était allée se montrer à Adrien. Son émerveillement l'avait amusée. Très sincèrement Adrien l'avait trouvée belle. Il s'habituait à son hôtesse, mais cette apparition de la richesse, cette Danaé couverte d'or et de pierreries lui avait été au cœur. Blanchette avait été très touchée de ses exclamations. Au fond, elle serait bien restée avec lui, plutôt que de venir traîner ici. Une fois qu'on avait vu le coup d'œil. Mais il fallait attendre la bonne volonté d'Edmond.

Trevelyan au passage enleva des coupes au plateau d'un serveur. Ils s'assirent sous une fenêtre, un peu à l'écart. Ils parlaient en anglais. Lui s'était étonné de la maîtrise qu'elle avait de sa langue : « Mais vous êtes Américaine! » Elle rit un peu : « Je croyais m'être débarrassée de mon accent... J'ai vécu en Amérique... » Tout d'un coup, elle n'entendit plus ce qu'il disait. Devant eux passait un couple; Diane de Nettencourt, en Diane chasseresse, avec des étoiles dans les cheveux, tenant deux lévriers roux, et l'homme, un des rares habits noirs, avec un masque d'or sur le visage et une perruque dorée. Il salua Blanchette. Elle lui tendit une main froide. « Vous, Aurélien... » murmura-t-elle. Voilà donc pourquoi elle était ici. Fatal qu'ils se retrouvassent un jour l'un devant l'autre. Étrange de le revoir masqué, sans visage. Il dit : « Vous comprenez, je ne pouvais pas laisser Mme de Nettencourt venir seule ici... Jacques devait faire son entrée avec sa femme... »

De quoi s'excusait-il? Elle se rappela qu'elle était la cousine de Bérénice. Elle avait vu Mme Schœlzer en haut du perron, qui recevait presque, avec une impudeur singulière, et vraiment Aurélien n'avait pas besoin de faire le chaperon de la maîtresse de Jacques Schœlzer, quand la femme de celui-ci étalait comme ça sa liaison avec Valmondois. Elle dit : « C'est un retour au monde, cher ami, on ne vous a vu nulle part cette année... »

Il s'inclina pour prendre congé : « Vous avez été longtemps absente... »

Elle le regarda s'éloigner avec Diane et ses chiens. « Qui est ce beau garçon? » demanda Trevelyan. Elle répondit n'importe quoi. L'autre faisait les frais de la conversation.

« Vous n'imaginez pas comme je trouve Paris changé... Positivement je ne reconnais

558

pas la France... Je suis resté très longtemps hors de France... oui... Vous comprenez, au moment de la guerre, j'étais en Afrique... Je déteste les guerres. Je suis resté en Afrique. Là-bas tout est si simple... vous avez un boy... ou autre chose si vous préférez... J'adore les coloniaux... Ce sont des gens très larges... Ils boivent beaucoup, ils ne posent pas de questions... Je reviens du Kenya... Je ne reconnais pas la France... Vraiment, quel chemin depuis l'avant-guerre! »

Elle dit, pour dire, qu'il devait être très jeune avant guerre. Il rit très fort, flatté. « J'ai quarante-huit! quarante-huit! Vous n'auriez pas cru? Les jambes pas trop fatiguées pour mon âge? » De fait, il était inouï pour quarante-huit ans. Il en portait trente-cinq passés.

« Qu'est-ce donc, — dit-elle, — qui a tant changé la France? Nous ne savons pas, nous... La vie est comme toujours la vie...

— Oui, vous êtes dans le coup, alors, vous ne voyez pas. Enfin, ce n'est pas à moi à faire la morale, mais ce pays est devenu tellement dissolu! Ce n'est plus un plaisir d'avoir des vices...

— Tellement dissolu?

— Bon... Ces choses au Bois de Boulogne... avec les autres... On ne peut plus aller au cinéma sans danger... Vous êtes chez des gens très bien, ils vous proposent de finir la soirée, je ne peux pas dire où... et vous avez inventé un mot extraordinaire, ces partouzes... Au Kenya, on n'a pas idée de cela...

— Je vous demande pardon, — dit Blanchette, — un mot à mon mari! » Elle feignit de suivre Edmond qui passait, accroché par un vieux monsieur qu'elle ne reconnut pas, monta le perron, gagna la maison, dans l'éclat du jazz, et traversa les salons où l'on dansait, le bariolage des costumes, la chaleur brusque, une atmosphère inattendue qui prolongeait les propos de Trevelyan.

« Je suis là, Blanchette », dit une voix derrière elle.

Il savait qu'elle le cherchait. Il reconnaissait qu'il le savait. Il avait levé son masque dans sa bizarre chevelure de cuivre sous laquelle sa peau paraissait plus sombre. Ils s'assirent dans deux petits fauteuils crapaud, au centre du bruit et du va-et-vient. C'était une pièce haute, ouverte de tous côtés, sur le jardin, sur les salons, une espèce de dunette centrale, avec des roses et une statue de Coysevox dans une niche. Il recommença à dire que s'il était là, c'était bien parce que Diane l'en avait prié, et que la situation était difficile pour elle... Blanchette ironisa sur la difficulté pour une aussi belle personne de trouver d'autre cavalier que cet Aurélien à la triste figure : « On dit beaucoup de vous que vous devez avoir eu un grand chagrin, pour disparaître ainsi... » Il négligea cette phrase. Il n'avait pas besoin des faux-semblants de Blanchette. Elle savait bien ce qu'il attendait d'elle. Vraiment? Mais elle ne savait rien de plus que tout le monde...

« Et qu'est-ce que tout le monde sait?

— Oh, ne faites pas l'enfant. On en parle assez. C'est vrai, j'oubliais que vous ne voyez personne... Mary me disait...

— Pourquoi dites-vous cela? Mme de Perseval est une des rares personnes que j'aie vues cet hiver...

— Vraiment? Vous vous consoliez ensemble? »

Il regardait Blanchette, cette Blanchette costumée, agressive. Tout était passé sur ce plan mondain. Les sentiments qu'ils avaient en eux étaient empapillotés de papier doré comme les arbres du jardin. Il se rappelait soudain que cette femme-là avait voulu se tuer, il n'y avait pas si longtemps. Il ne l'avait pas revue depuis. Il lui prit la main : « Blanchette... est-ce que nous ne pouvons pas être de bons amis? »

Elle retira sa main sèchement : « Non, cela, mon cher, jamais! »

C'était singulier. Était-ce la perruque absurde,

le lieu? Elle n'avait plus en le regardant ce trouble après lequel elle s'avouait avoir couru, quittant Trevelyan. Elle pouvait regarder Aurélien sans trembler. Que s'était-il passé en elle? Il ne lui restait plus qu'une certaine rancœur contre lui, une certaine méchanceté. L'instant d'avant, elle n'en savait rien encore. Cela faisait un drôle d'effet. Elle le regrettait peut-être. Elle aussi pensa qu'il n'y avait pas si longtemps qu'elle avait voulu mourir...

« Ce que c'est quat'z-arts, ce faubourg Saint-Germain! » leur cria au passage Cussé de Balante qui faisait farandole avec les Walkyries.

Aurélien haussa les épaules : « Vous n'avez pas de nouvelles, aucune nouvelle...? » Il ne prononçait pas le nom. Elle le provoqua : « Des nouvelles de qui? » Il se força : « De Bérénice... » Et là, dans ce monde absurde et faux, ça leur pinça le cœur à tous les deux, pour des raisons différentes, ce nom aimé, ce nom haï.

« Des nouvelles récentes... non. Vous avez su qu'elle était quelque part près de Vernon? »

Il l'avait su. Oui. Il l'avait rencontrée, par hasard. Blanchette s'étonna : rencontrée? Elle n'avait pas cru que ça lui aurait encore fait de l'effet. Singulier que l'idée de Bérénice la bouleversât toujours quand la présence d'Aurélien déjà lui était indifférente. Il racontait comment il avait été à Giverny avec des amis, voir Claude Monet, il n'osait pas dire avec Mme Melrose, par délicatesse... Il avait terriblement besoin de raconter ça à quelqu'un. Il fallait que ça tombât sur Blanchette. Elle l'écoutait. Elle n'était pas tout à fait guérie. Lui, quand il avait été chez Monet, il ne s'attendait pas à cette rencontre. Mais elle, prévenue, attendait cette rencontre au bout du récit très lent qu'il en faisait. Il disait le jardin... les fleurs bleues, ce grand vieillard aux yeux voilés, puis soudain à la grille...

Le démon de Bérénice était avec eux. Il parlait

d'elle comme il n'en avait jamais parlé. A personne. Pas même à lui-même. Elle était là, avec sa petite jupe beige, ses yeux noirs, ses cheveux rebelles. Le souffle d'or de la fête passait sur eux sans les distraire. Ils étaient dans le chemin creux, près du petit pont sur les eaux dormantes, où les nymphéas n'avaient plus pour personne leur beauté d'autrefois. Des choses qu'il n'avait pas remarquées alors revenaient maintenant à Aurélien, un dessin de brindilles à terre, une barrière verte, et cette façon de remonter les épaules, d'incurver la nuque de Bérénice qui le voyait venir vers elle... Comme elle avait la bouche tremblante, cette bouche qu'il n'avait pas prise!

Cela grondait en Blanchette. Cet esprit de colère. Il tourna en elle quelque chose qui ressemblait à un verset de la Bible. Elle détestait Bérénice, cette fille hypocrite. Allait-elle dire à Aurélien qu'Edmond avait reçu le matin même une lettre de Lucien, exultant de bonheur, qui annonçait le retour de sa femme à R.? Ah, pas difficile, celui-là! Et elle, avec un mari comme ça, qui jouait sur le velours! Elle écoutait Aurélien. Égoïste, implacable Aurélien. Les gens n'entendent que leur propre cœur. Elle se jurait désormais de n'entendre que le sien. Tout d'un coup, confusément, elle devina que Leurtillois ignorait qui était l'amant de Bérénice. Comment était-ce Dieu possible?

« Mais, — dit-elle, — Mary ne vous a donc rien dit? Vous ne savez pas que c'est le petit Denis? Ah, excusez-moi, si je vous fais de la peine... mais oui, c'est ce petit garçon, insignifiant... au fond, vous devez préférer ça... »

Elle le regardait souffrir. Pourquoi aurait-il eu des préférences dans ce domaine? Paul Denis... Mettre un nom, un visage sur cet inconnu... Il allait commencer à se représenter les choses qu'il s'était si âprement défendu de se représenter...

Blanchette vit soudain Edmond devant eux
Il avait les yeux sur eux. Elle sourit. Pour la
première fois, elle surprenait ce regard sans se
sentir coupable.

LXIX

Tout ce qu'Edmond demandait de la vie,
c'était de ne pas s'ennuyer. Il était toujours sur
le point de le faire. Il tenait à l'argent et n'y
tenait pas. Il avait peur de perdre avec lui cette
merveilleuse disponibilité de la richesse et, à la
fois, il se demandait à quoi diable elle le rendait
disponible. Il y avait de cela dans le terrible jeu
qu'il se jouait autour de Blanchette, de cette
contradiction. Blanchette, sa sécurité. Il aimait
tenter le feu, et aussi le déjouer pas plus tôt mis.
Il s'y complaisait. Le plaisir de tromper sa
femme n'était jamais entier qu'il ne le lui fît
savoir; ni sans la victoire à chaque fois sur elle
de la voir plier, accepter sa défaite. Mais c'était
là encore la menue monnaie de ses rêveries,
c'était là le moindre d'une excitation nécessaire,
à laquelle il avait pris goût, comme à une cocaïne :
si bien qu'il avait perdu ce goût de courir, de
séduire, qui avait fait le fond des premières
années de leur mariage. Du moment qu'il avait
en dehors de Blanchette une femme habile aux
choses de l'amour, il n'avait plus comme jadis
d'attrait pour ce papillonnage facile, cette
dispersion inutile. Il recommençait à s'ennuyer.
On ne peut pas dire qu'il fût fatigué de Rose
Melrose. Tout au contraire, il était content d'elle,
comme d'un objet de luxe dont on éprouve, à
chaque fois qu'on s'en sert, le légitime orgueil.
Elle était vraiment parfaite. Et parfaite de ne
pas être toute jeune justement. Comme un

costume porté ou une valise qui a déjà voyagé sont de meilleur goût, de volupté plus certaine, qu'un costume qui vient du tailleur, une valise qui sort de chez le marchand. Les gens qui ont un vestiaire fourni méprisent toujours ceux qui sont habillés trop neuf. Me comprendra-t-on si je dis que Rose, par sa perfection même, l'avait ramené plus près de Blanchette qu'aucune de ses maîtresses? A elle seule, Rose, si fier qu'il fût d'elle, et si grand que fût sur lui le prestige du théâtre, de cette vie par quoi elle lui échappait toujours un peu, à elle seule Rose l'aurait ennuyé. Et puis elle le surmenait un peu. Il n'avait pas été fâché de mettre un peu d'air dans leurs relations, sous le prétexte de Megève. Il avait ainsi retrouvé le temps de considérer Blanchette, de l'épier comme une mouche dans sa toile, de s'inventer de nouveaux mystères dont elle était le centre, tout mêlés à de nouveaux périls pour lui. Elle l'occupait. Au fond, c'était une sorte d'amour, la sorte dont il était encore capable, cette cruauté qu'il avait pour elle. Il se payait le luxe d'en être jaloux, de donner aliment et corps à cette jalousie paradoxale. Il lui avait même une certaine reconnaissance de ce caractère ombrageux et secret qui était le sien, cette réserve huguenote qui la distinguait de tant de femmes. Sans elle, Rose eût-elle été vraiment pour lui intéressante? Blanchette donnait à toute chose le goût du péché, de ce péché dont elle avait si fort le sens, et qui était délicieux à Edmond, précisément parce que lui, ne croyant à rien, ne pouvait en trouver en soi seul l'étrange saveur exotique. Il n'y avait pas que l'argent de Blanchette qui était pour Edmond la clef de ce monde supérieur, de ce royaume de l'esprit, d'où il tenait les pauvres pour exclus : Blanchette elle-même, sur laquelle il exerçait son esprit de finesse, sa délectation psychologique, lui était la source de plaisirs que jamais ne donnerait une Rose. Pour un peu, elle lui aurait fait concevoir Dieu, la religion... Le voyage d'hiver avait été pour lui plein de distractions singulières : au fond, sans l'avouer, il avait très bien pris la tentative de suicide de Blanchette, qui avait redonné sens et parfum à leurs rapports. Edmond jouait à respecter sa femme après cet incident terrible, à ménager les étapes d'une convalescence sentimentale. Il la persécutait ainsi délicieusement à force de tact. Quel art il avait apporté à ramener dans la conscience de Blanchette l'ombre d'Aurélien, sans jamais en prononcer le nom! Quel raffinement aussi. Il était penché sur cette âme troublée comme sur un mannequin, et quelle délicate nourriture il préparait pour ces poissons de l'ombre! Il guettait une défaillance. Il ne la provoquait pas. Il avait le temps. Chaque mot qu'il disait avait l'innocence du double sens, et jamais il n'était si heureux que lorsque sa femme ne s'en apercevait qu'avec un certain retard. Il dosait la progression de ses allusions. Il ne se pressait pas. Il attirait la malheureuse dans une forêt sombre, qui avait tout d'abord l'air d'une verdure fraîche, apaisante... Il ne se pressait pas. Il avait même prolongé ces vacances. Pas un instant il ne s'y était ennuyé. Même point tant pour cette rencontre de Carlotta sur la Côte, qui avait ajouté au thème majeur de sa perversité la très douce langueur d'un regret, l'élégance d'un souvenir... Non. D'autant qu'il se reposait vraiment de n'avoir plus, pour quelques semaines, que des plaisirs de l'esprit.

De retour à Paris, outre la diversion de Rose retrouvée, de l'institut Melrose, et de ses à-côtés divertissants, il s'était longuement préparé cette rencontre de Blanchette avec Aurélien. Tout s'organisait à merveille, jusqu'à l'élimination de Bérénice, qui avait joué son rôle et n'aurait plus que gêné la partie. Edmond avait revu Aurélien, mais il avait évité que se précipitât cette rencontre fatale, et qu'il attendait. Il y avait en lui quelque chose de divin : cette façon de disposer du sort d'autrui. De longue main, il avait fixé le bal du duc de Valmondois comme l'échéance escomptée. Quel décor choisir, plus artificiel, et plus propre à frapper l'imagination que celui de la Folie Valmondois, parée aux couleurs de l'Or? Edmond aimait secrètement y voir un symbole où se confondaient Blanchette et la richesse, l'audace de risquer avec elle sa propre fortune, etc. On trouverait trace des développements à n'en plus finir, où il s'était complu à cette occasion pendant des semaines, dans ce déguisement par lui choisi pour Mme Barbentane. Il avait inventé qu'elle serait en Danaé, et il avait donné des soins extraordinaires à cette robe, qu'il avait voulu qu'elle commandât chez Chanel, et pour laquelle il avait longuement parlé lui-même avec la grande couturière, dont il avait suivi les essayages avec une surprenante passion. Il connaissait merveilleusement Blanchette. Il savait comme personne ce qui lui allait bien et ce qui lui allait mal. Il jouissait grandement du pouvoir qu'il avait de faire, sans que ni Blanchette le sût ni la couturière, que la robe entreprise, pour un détail, fît de sa femme un être sans charme, ou presque une beauté. Il se montait un peu là-dessus, accablant d'indications l'essayeuse, jetant le trouble dans le cœur de Blanchette qui se demandait d'où, et pourquoi, cet intérêt tatillon; et feignait à ses propres yeux d'hésiter encore à savoir s'il allait par cette robe ruiner définitivement la chance de Blanchette auprès d'Aurélien, ou la favoriser au contraire... Blanchette en devenait nerveuse, qui aurait comme à l'habitude tellement préféré s'en remettre à Chanel, et pour qui ce bal doré à Louveciennes n'était guère qu'un ennui mondain, une soirée dont elle se serait passée bien volontiers.

Pourtant, comme elle avait été récompensée de ses peines, et d'une façon bien inattendue, ce soir-là, quand elle était entrée se montrer à

Adrien Arnaud, ainsi qu'il l'avait suppliée de le faire! Certes, elle se savait à son avantage, et chiffrait justement d'où pouvait être venue à Edmond cette insistance de l'y mettre ainsi. Elle ne lui connaissait pas ce snobisme mondain. Était-il soudain si flatté qu'ils fussent reçus chez Valmondois? Avait-il l'envie que sa femme figurât dans *Vogue*, qu'on citât ses toilettes? C'était si peu comme Edmond... Mais quand Adrien l'avait reçue avec cet émerveillement si peu feint, si spontané... Elle en avait oublié Edmond, et les craintes qu'elle avait nourries d'un tour diabolique derrière cet intérêt subit pour ses robes. Elle s'en était sentie rosir sous le fard. Elle n'avait plus l'envie d'aller chez Valmondois. Volontiers, elle fût restée au chevet d'Adrien, avec sa belle robe, ses sequins d'or, ses pierreries multicolores.

Personne ne saura jamais qu'à ce moment où Blanchette figure Danaé, elle est à la fois pour son mari, et pour cet Adrien rongé d'ambition, mais qui se prend à ses désirs, la même image d'un vertige. Qu'à cette minute, en vérité, elle a tout ce qu'une femme peut désirer avoir de ces deux hommes : une admiration désintéressée. Cela ne durera pas sans doute. Mais, à cette minute, elle est aimée pour elle-même. C'est le point culminant de sa vie de femme. Elle n'en sait rien. Personne n'en sait rien. L'extraordinaire est qu'il ait fallu cette robe pour cela; cette robe qui, en donnant à ces deux hommes avides l'image matérielle de la richesse dont ils s'enivrent, fait pour eux de celle qui la portait une femme troublante, une femme en un mot, pour la première et peut-être la dernière fois.

Quand Edmond l'a enveloppée dans son manteau, il a eu un moment l'envie de dire à sa femme : « Restons... tant pis pour la fête! » Elle a un peu frémi de la façon dont il avait sur elle refermé ses bras. Il lui faisait peur ce soir. Qu'y avait-il derrière ce masque d'attentions?

Mais Barbentane savait trop qu'il y avait plus de plaisir à se refuser une femme, quand on en a l'envie, qu'à la prendre, quand elle est à votre simple portée. Pour rien au monde, il n'aurait gâché cette soirée. Il avait tout préparé. N'avait-il pas lui-même persuadé Diane de Nettencourt que les convenances exigeaient que, chez l'amant de Mme Schœlzer, elle fît son entrée au bras d'un homme qui avait été publiquement son ami? et conseillé Aurélien de préférence à Wisner, par exemple...

J'ai oublié de dire comment était costumé Edmond Barbentane. Il portait un habit vénitien, avec un justaucorps assez indécent; car il n'était pas fier que de ses jambes. Le tout doré, bien entendu : mais le piquant de l'affaire était qu'il se fût bronzé le visage et les mains, au point d'avoir l'air d'un nègre, et mis une tignasse frisée. Il était Othello, ce dont personne, à part lui, ne pouvait percevoir la saveur.

C'est ainsi qu'il se surprit à surprendre Blanchette et Aurélien en plein bal, sous la niche de Coysevox. Pendant un instant ils lui semblèrent si occupés d'eux-mêmes qu'ils ne le virent point. D'où il était, dans le remous des danseurs, la folie et le rire des femmes, les cris, le chahut du jazz, il ne pouvait entendre ce que disaient sa femme et Leurtillois. Il aurait voulu éterniser ce moment, pour que pas une nuance de ses sentiments ne fût perdue. Des sentiments parfaitement shakespeariens. Mais Blanchette leva les yeux.

Alors se produisit la chose inattendue, bouleversante : au lieu de blêmir, elle sourit. Cela déjouait tous les plans, les calculs d'Edmond. Elle le regardait calmement, et souriait. Peut-être avait-il dépassé le but en se peinturlurant ainsi, et était-ce le nègre qui faisait sourire Blanchette? Non, non. Il éprouvait confusément qu'un facteur psychologique sur lequel il n'avait pas compté s'était introduit dans le problème. Alors vraiment son cœur battit.

Pourtant le visage d'Aurélien, absent, et tout en proie à un désordre de pensées le rassura. Cette perruque de copeaux qu'il portait s'était légèrement déplacée, comme celle des magistrats anglais, souvent mise de travers et laissant voir sous la dignité la nature. Aurélien n'avait pas l'air d'un homme triomphant, ni d'un homme en bonne fortune. A la réflexion, Edmond y puisa au contraire un nouveau sujet d'inquiétude. Il avait projeté de s'avancer vers les amoureux supposés, un peu théâtralement, et de jouer une scène dont il avait prévu les répliques, sur le ton enjoué, détachant, grinçant un rien... Devant le sourire de Blanchette, il s'abstint. De loin, il guetta le couple, le regarda se défaire. Il hésitait auquel de Blanchette ou d'Aurélien donner son attention. Il vit qu'Aurélien flottait dans cette fête comme une épave, comme un homme désemparé. Blanchette apparemment se désintéressait de lui. Y avait-il là quelque ruse? Edmond mit toute son habileté à éviter sa femme. Il ne voulait pas l'affronter sitôt après ce sourire, et enfin il lui semblait que Blanchette voulait l'atteindre. Il la connaissait. Il savait qu'elle avait assez du bal, et qu'elle lui demanderait de rentrer chez eux. Il s'esquivait, invitait Diane de Nettencourt à danser juste au moment que Blanchette arrivait près de lui. A défaut de la torturer autrement, au moins qu'il lui infligeât cette longue nuit, l'attente, l'envie de dormir, et l'ennui à crier dont il la savait capable. Il se vengeait sans bien savoir de quoi. Cela dura jusqu'à quatre heures du matin. Il la vit de guerre lasse danser avec Trevelyan, faire la conversation avec Cussé de Balante, avec Jacques Schœlzer. Fallait-il qu'elle s'ennuyât pour parler avec celui-ci! Il eut pitié d'elle, et il vint la délivrer.

« Ma chère amie, vous ne me refuserez pas une danse? »

Elle leva sur lui des yeux suppliants : « Oh, Edmond, je vous en prie... je ne tiens plus debout! » Mais lui s'obstinait : « Pour une fois, vraiment, chérie... » avec un air câlin de mari amoureux. Schœlzer le remarqua, et se retira d'un pas avec une fausse discrétion. Elle mit sa main droite sur l'épaule d'Edmond, et se laissa entraîner. Le nouvel orchestre jouait un blues. Dire qu'en d'autres temps elle eût donné tout au monde pour une danse comme celle-là, et l'insistance, la galanterie d'Edmond! Mais pour l'instant elle y ressentait quelque chose de douteux et de redoutable. En passant dans l'embrasure d'une porte, il la serra contre lui. Elle leva les yeux vers son visage et s'épouvanta tout à fait. Ce nègre de théâtre qui ressemblait à Edmond... Il se pencha sur elle et lui souffla dans l'oreille : « Tu veux rentrer, vraiment?... » d'une telle façon qu'elle craignit de répondre : « Je suis si lasse... »

Il l'emmena. Dans la nuit transformée par les phares, où les arbres d'or et le sable tenaient du cauchemar, la cohue des invités commençait à se défaire et les domestiques couraient ouvrir les portières des voitures appelées. Leur nom se répéta très loin : Barbentane... Barbentane... comme un écho de jugement dernier. La grande Wisner vint se ranger devant le perron. Ils s'y engouffrèrent. Edmond recommanda au chauffeur de faire vite au sortir du parc : on disait que des gens avaient sauté tout à l'heure au marchepied d'une voiture et déchiré la robe de Mme Rino, la riche Péruvienne.

Au passage, ils virent bien les visages hâves d'un public qui n'avait pu se résoudre à aller dormir tant que flambait la Folie avec son décor doré. Mais ils atteignirent sans encombre la route d'ombre, qui s'en va vers Nanterre.

« Y a-t-il vraiment tant de misère autour de nous? » murmura Blanchette. Elle disait cela surtout pour rompre le silence passionné qu'Edmond entretenait autour d'elle, pour écarter certaines pensées dont elle sentait le poids.

« Je ne sais pas, — répondit-il, — vous étiez délicieuse ce soir... »

Il avait passé son bras autour d'elle. Elle tremblait de la tête aux pieds. Elle avait sommeil aussi, à en pleurer. Pourquoi lui disait-il *vous* cette nuit, lui qui la tutoyait toujours? Il semblait oublier ce visage noirci qu'il approchait d'elle. La dérision de ce fard, l'extrême précision des gestes, tout rendait ce retour odieux à Blanchette : « Je vous en prie... voyons! »

Il eut un peu trop d'empressement à lui obéir pour qu'elle ne comprît pas que ce n'était que partie remise. Et quand ils furent rue Raynouard, et qu'Edmond dans la salle de bains qui séparait leurs deux chambres la rejoignit, à la muette, et l'attira dans ses bras, elle eut une véritable panique. Il y avait si longtemps qu'il n'avait rien exigé d'elle. Elle se débattit faiblement.

« Est-ce que je ne suis pas votre mari? » dit-il.

Le petit jour paraissait aux fenêtres, et dans le négligé des vêtements cet homme peint avait quelque chose de ridicule et de sinistre. Sur une chaise, la robe de Danaé tombée avec ses sequins prenait l'air d'une morte. Le robinet d'eau chaude coulait dans la baignoire de marbre noir, doucement. Que se passait-il donc en lui? Edmond désirait sa femme avec une sorte de sauvagerie. Et cela n'y changea rien quand la pâle lueur de l'aube tombant sur le visage de Blanchette la lui montra défaite, presque laide. Au contraire.

LXX

Il y avait plus de quatre mois qu'Aurélien filait à la dérive. Le bateau de l'île Saint-Louis semblait emporté dans un courant de la durée, sans but, sans raison apparente, échouant à tous les bancs de sable pour repartir dans des tourbillons de mémoire. De l'absence physique ou de cette présence imaginaire, qui se confondaient, laquelle était à Aurélien plus que l'autre pénible? Il n'aurait pu le dire mieux qu'un noyé n'a le choix de l'eau et des algues. Celui qui n'a jamais été la proie d'une obsession ne comprendra pas Aurélien, la maladie d'Aurélien. Aussi bien Aurélien ne pouvait-il la comprendre, il la subissait. Elle lui semblait un châtiment infligé pour une faute inintelligible, qui n'a pas laissé de traces. Il se torturait à tirer la morale de ce qui n'en avait pas. Il voulait à tout prix que la partie se fût jouée sur le plan moral, pour pouvoir se dire : c'est bien fait. Il en tirerait alors, croyait-il, un apaisement. Bérénice disparue ouvrait tout le procès de sa vie. D'où lui était venue cette passivité, ce manque d'audace, sinon d'un sentiment obscur que ce qu'il offrait à Bérénice n'était pas digne d'elle? À tout prix, quitte à devoir s'accabler, dissiper cette morsure d'injustice qu'Aurélien sentait en son cœur. Il cherchait à ne pas souffrir. Il était persuadé que ce devait être facile. Facile de penser à autre chose, facile de refuser la douleur. Comme il était facile de ne pas aimer. Ainsi raisonnait-il pour retrouver l'intolérable au bout de son raisonnement.

Il avait accepté d'emblée sa défaite et c'était bien là ce dont il ne revenait pas lui-même. Il savait de certitude Bérénice à jamais perdue. Il en est d'une femme comme d'une patrie, la perdre est stupeur. L'homme qui a mesuré ces bas-fonds du sort peut mourir, mais, qu'il survive, il n'est plus le même. On verra les uns en proie à d'étranges errements, les autres abattus par l'orage comme un grain qui ne se relève pas. Les uns et les autres attendent un improbable soleil. D'où fût venue à Aurélien cette chaleur nécessaire, ce rayonnement? Il ne croyait pas en Dieu, il était retranché des hommes. Il ne se soutenait que sur ce fragile radeau, un appartement, de petites rentes, l'oisiveté. S'il avait fallu se battre contre la vie, peut-être aurait-il retrouvé le chemin de Bérénice ou, à défaut, l'oubli de Bérénice. Mais, dans cette existence sans obstacle, il demeurait aux prises avec une ombre et rien qu'une ombre. Un tableau, un masque de plâtre étaient les miroirs permanents de cette fumée. Ce n'est pas pour rien que le Dieu des Juifs interdisait les images taillées. Il y a dans la reproduction des traits d'un être de chair une opération de la magie. Du moins à qui n'en tient pas le fil conducteur. Aurélien était la victime d'un double envoûtement.

Une patrie perdue... Le vaincu au soir de sa défaite se demande à quoi bon désormais tout effort. Pour quoi, pour qui travaillerait-il, quel sens aurait ce sacrifice de sa force, il craint de n'être qu'un jouet aux mains du vainqueur, de se voir dérober son énergie comme sa terre, il se sent ravalé au rang des bêtes de somme. Mais Aurélien... il n'avait jamais travaillé, rien de plus ne lui était demandé pour solde de l'échec, après comme avant il n'avait que son désert. Chercherait-il la fatigue inutile, la sueur des jeux, le bon sommeil que donnent les sports? Il s'enfonçait dans la conscience d'une lâcheté. Le vide de sa vie lui apparaissait à chaque minute monstrueux. Quoi, fallait-il qu'il se distinguât des autres hommes par une chance aussi misérable, aussi médiocre, et l'accepter? Il retrouvait, Bérénice évanouie, la plaie secrète qu'elle avait masquée. L'amour avait couvert pour quelques semaines, quelques semaines seulement, cette honte qui montait en lui. Il avait voulu voir en elle un état de grâce, de disponibilité pour l'amour qui devait venir, qui était venu. Mais aujourd'hui, dans son désolement, il s'accusait comme d'une profanation de l'avoir fait servir à une si piètre excuse de l'inexcusable. N'était-ce pas son indignité devant la vie qui l'avait fait indigne de l'amour? Peu importait que Bérénice eût pris ou non conscience de cette indignité. Ce n'était pas pour Simone qu'elle était partie, qu'elle avait désespéré de lui. Au-delà des faits insignifiants, des mots prononcés, il y avait un jugement plus grave. Aurélien avait passé devant un tribunal invisible. Il avait été condamné, il était vaincu. Comment ne pas comprendre que même si, par impossible, il pouvait rattraper Bérénice, l'apaiser, reprendre, rétablir leur amour, ce ne serait plus jamais maintenant qu'un replâtrage? Bérénice lui avait dit qu'elle ne pouvait souffrir un objet cassé, ou fêlé, ébréché, qu'il était pour elle intolérable comme un reproche sans fin. Ah, rafistole-t-on l'amour? Leur amour, ils l'avaient tous les deux placé trop haut, ils avaient tous les deux eu trop fort l'orgueil de cet amour, pour accepter qu'il se survécût de concessions, d'oublis, au rabais. C'est comme un dessin d'une venue, le trait en est pur, puis, soudain s'il s'embave, si la main tremble, il n'y a qu'à le déchirer; corrigé, il ne serait plus le même, il ne serait plus rien. Pensant cela, Aurélien entendait bien au fond de lui une voix confuse qui disait qu'on pouvait cependant s'accommoder encore de ces vivants débris; lui, peut-être... mais elle, mais Bérénice. Il avait assez lu dans ses yeux ce vertige en elle de l'absolu. Jamais, à supposer qu'il eût encore, lui, cette faiblesse, cette humanité envers eux, Bérénice n'accepterait devoir à une baisse d'exigence leur honteux bonheur; il n'y avait en elle aucun esprit de concession. Par moments, Aurélien se révoltait, il voulait être heureux, il voulait Bérénice, il n'admettait pas qu'elle lui fût refusée, il s'oubliait vaincu pour échafauder des plans insensés, des entreprises d'audace. Puis le sentiment de sa défaite l'emportait. Il lui semblait alors que toute raison était de s'en persuader, de s'en pénétrer, et de tâcher de s'acclimater à cette défaite, de s'y conformer. Réduire sa vie et ses pensées au cadre de cette réalité. Ne plus l'oublier un instant. Mesurer ses ambitions, son activité, à son humiliation. Refaire sa vie en fonction de cette humiliation même. Qui sait? A connaître ses limites peut-être pourrait-il se refaire à ses propres yeux une dignité, et se rebâtir une existence tolérable. Chasser d'abord l'image de Bérénice...

C'était plus facile à dire qu'à faire : le masque et le tableau deux jours dépendus reprirent au mur leur place. Il était comme un peuple qui a voulu bannir ses héros; ils renaissent à tout bout de champ, et de statues se font spectres.

Aurélien flottait d'une résolution à l'autre, il sombrait d'abîme en abîme. Il avait songé à se faire quelque chose, n'importe quoi, à se jeter dans un métier. Ses rêveries le poussaient à préférer les plus lyriques, en plein vent, casseur de pierres, camionneur, il avait même songé à travailler la terre. Tout cela n'était après tout que fantaisie. Il touchait ses rentes, il allait au restaurant, au cinéma. Il attendait obscurément que s'endormît sa peine. Il n'y avait devant lui ni bouleversement du sort ni perspective. Tout le ramenait à Bérénice. Même les lectures les plus lointaines. Il se passionna par exemple pendant quelques jours à dévorer Balzac : *La Rabouilleuse* lui imposa l'image hallucinante des demi-soldes et il se mit à penser qu'il était un demi-solde de l'amour. Cette décomposition terrible du soldat napoléonien lui paraissait une prémonition de sa destinée. Tout lui aurait été bon à se retrouver, à se décourager. Mais rien n'était pour cela si fort que Bérénice. Cette petite femme insignifiante, avec ses cheveux blonds sans grâce, son visage anguleux, ses yeux traqués et noirs. Il la revoyait toujours dans le chemin de Giverny, sa dernière image. Avec cette jupe beige à laquelle, sur le côté, manquait un bouton-pression, la blouse blanche aux manches courtes, faisant deux petits becs à mi-hauteur des bras... et comme elle était partie en feignant de ne pas courir, arrachant au talus des herbes, la nuque courbée, les épaules remontées. Ce moment-là, c'était vraiment sa défaite, l'acceptation de sa défaite. C'était pour subir cela qu'il avait passé à travers les dangers de la guerre, Vauquois, Verdun, Salonique... La mort n'avait pas voulu de lui, il était destiné à bien pire qu'un éclat d'obus. Il était destiné au mépris de soi-même.

Les dérivatifs cherchés n'y changeaient rien. Ni la lecture ni l'alcool ni la solitude. Quand Diane lui demanda de l'accompagner chez Valmondois, il ricana. Cela avait quelque chose d'absurde. Puis il se dit que ça ferait passer le temps. Il allait s'enivrer de ce qu'il y a de dérisoire dans les mondanités. Qui rencontrerait-il à Louveciennes? Et se déguiser. Au fond, c'était de se déguiser qui l'avait décidé à accompagner Diane. Une histoire lunaire. Des gens qui ont fini leur croissance et qui ont déjà depuis un certain temps leurs glandes en service, brusquement une nuit s'habillent en n'importe quoi, et doré sur tranche encore, je vous demande un peu! Il fallait en être, rien que pour l'amertume. Quand on se méprise bien, on retrouve sa grandeur dans le comble de l'indignité. Le bal chez Valmondois fournissait à Aurélien l'occasion de se sentir au-dessus des autres, par la conscience qu'il aurait, lui, de leur inconscience. Quel homme se soustrairait à cette satisfaction, surtout s'il est abîmé dans le doute et la honte? Il eût pu aller au bordel dans le même sentiment. Il y songea d'ailleurs. Il se fit faire une perruque en copeaux de cuivre sur les indications de Diane, qui avait un vieil esprit des cotillons d'avant-guerre, et un peu de goût pour la décoration.

Il était dit qu'Aurélien ne pourrait fuir Bérénice. C'était elle qu'il avait rencontrée en Blanchette et, dès cette minute, qu'importaient le décor, le bruit, la fête, les gens! Puisqu'il ne nourrissait aucun espoir, que cherchait-il, interrogeant Mme Barbentane? Il n'aurait pas su le dire, mais assurément pas ce qu'il trouva. Car il avait réussi depuis Giverny à écarter constamment de son esprit l'ombre de l'ombre, l'inconnu, à l'existence duquel il arrivait presque à ne pas croire. Après tout, Bérénice avait peut-être inventé ce personnage imaginaire pour créer entre eux l'irréparable, le fossé. Elle avait menti. Il s'assurait qu'elle avait bien menti. De toute façon cet être sans visage, cet amant abstrait, n'ajoutait aucune image blessante à la fuite de Bérénice, rien qui ne se résumât dans le mari aperçu, ce Lucien manchot. Il n'avait pas plus d'âge que de visage. Délibérément, Aurélien le niait.

Soudain, dans le rythme d'un rag-time, ce fantôme avait pris corps. D'autres l'avaient vu, il n'était plus comme auparavant un jeu des lèvres tremblantes de Bérénice. Il avait un nom, un aspect. Aurélien le reconnaissait et le voyait surgir de sa mémoire. Paul Denis. Ce garçon pâle, maigrillot... Aurélien le revoyait chez Mary, ce soir où Rose disait du Rimbaud, les mains crispées sur son verre, le visage pâle de haine... Il revoyait Bérénice près de Paul au piano... Il se souvenait de sa jalousie le jour où Bérénice et Paul avaient été ensemble chez Picasso... Comme cette histoire avait des racines lointaines, comme éclatait la duplicité de Bérénice... Il souffrait atrocement que ce fût ce sale gosse, qui venait de lui apparaître dans la lumière de Bérénice, dans le sillon de Bérénice. Il aurait tout donné pour que ce fût n'importe qui d'autre, mais pas Paul Denis. Tout lui aurait paru préférable. Zamora, Decœur, le vieux Blaise, il évoquait n'importe quel aspect humain, et le trouvait toujours moins intolérable que ce gamin, plus facile à digérer. Il aurait accepté d'imaginer Bérénice la proie de n'importe quelle brute, un maquignon, un grand type sanguin, un bonhomme de sa province, une rencontre dans un train, un amant de hasard. Mais Paul Denis...

Paul Denis mettait l'orgueil d'Aurélien à l'épreuve la pire qu'il eût jamais à supporter. L'univers avait changé de couleur. C'étaient maintenant les danseurs, Blanchette, Edmond, les gens de la fête qui étaient les ombres et, derrière ces ombres, il y avait une vision autrement forte que leur fausse réalité. Bérénice à jamais liée à ce gamin qui la tenait dans ses bras, à ce gamin dont la bouche épaisse et bizarre, mobile à l'extrême, revenait aux yeux d'Aurélien avec cet implacable dessin des choses qu'on croyait n'avoir jamais vues... Blanchette n'était plus là. Des gens lui parlaient, il répondait des mots égarés qui faisaient qu'on le dévisageait avec surprise. Il finit cette nuit à boire avec Hugh Walter Trevelyan, qui lui racontait des histoires du Kenya, et des anecdotes sur les dernières années d'Oscar Wilde. Pourquoi traînait-il encore à l'aube avec ce belluaire anglo-saxon, dont la lumière naissante révélait sur la poitrine épilée de petites piqûres d'insectes, ou des cicatrices de ciseaux à ongles? Il croyait attendre Diane depuis longtemps disparue avec Jacques Schœlzer. Il n'y tenait pas. Il se disait que c'était affaire de galanterie. Des gens s'endormaient sur l'Aubusson du salon rose, les bougies de cire fumaient dans leurs bobèches, sous les lustres électriques de cristal. La domesticité passait entre les sièges, ramassant des verres, des assiettes. Au-dehors, on entendait le cri d'un train, les coqs, la fuite des dernières autos. Valmondois, en maître de maison que rien n'étonne, s'approcha de Trevelyan, et avec une familiarité singulière lui prit le menton.

« Encore un peu de champagne, mon cher Hugh? »

Aurélien avait bien entendu parler de la jeunesse du duc, mais ça lui était sorti de la tête. Il avait dû chasser l'éléphant quelque part; les quarante-huit ans de Trevelyan étaient sensibles à l'aurore, et l'incertitude de ses bras nus donnait à tout cela une horreur toute particulière.

Aurélien s'esquiva. Il retrouva sa voiture en bas du parc. Le jour se levait tout à fait. Le papier doré sur les arbres brillait désagréablement. On sortait de ce monde comme d'une confiserie. Des

camions sur la route filaient vers Paris. Il y eut le
sifflet d'une usine, et le piétinement d'hommes en
vêtements de travail un peu plus loin. Tout reprenait sa place, sa hâte, sa nostalgie du grand jour.
Aurélien, tombant de fatigue, au volant, mêlait
toute une imagerie de souvenirs à cette route de
poussière. Il faillit écraser une femme. Il avait
peine à se tenir éveillé.

LXXI

Paris était à nouveau plein de marins américains. Dans ces belles soirées de la fin mai, où déjà
l'on était surpris par la douceur et l'intensité de
la nuit tard commençante, les uniformes blancs
mettaient une fièvre agile et gaie. Ces grands
garçons semblaient débarquer à tous les étages
de la ville, leurs groupes se défaisaient, se rencontraient comme une école en vacances. Ils
avaient l'air de tous se connaître et se croisaient
avec des fous rires. Ils visitaient un grand jouet.
On en voyait de solitaires, ivres le plus souvent.
Les cafés en regorgeaient à Montparnasse, et à
Montmartre où pour comble il y avait la fête, avec
les grandes balançoires à vapeur, les manèges, les
tirs. Ils glissaient sur le macadam parisien comme
sur le pont merveilleusement briqué d'un long
navire, d'un pas élastique, muet hanché. Ils
chantaient toute la nuit et criaient à tue-tête
dans les rues noires. Combien étaient-ils? Pas tant
que tout ça. Assez pour que les Parisiens ne se
sentissent plus tout à fait chez eux.
« Tu n'étais plus là, quand ils se sont amenés
en 18? C'est vrai, tu étais à Salonique... Bien, ils
étaient comme ça! »
La main de Cussé de Ballante montrait à Aurélien tout un paquet de marins blancs qui pre-

naient d'assaut un manège en pleine marche.

« Tu te représentes? Je les vois encore près de Château-Thierry... On sortait d'un bled, alors je ne te dis que ça... Tu parles si on se tenait pépère à la relève... On se retirait sur la pointe des pieds... Là-dessus, on entend un boucan de tous les diables... Ça sifflait, ça chantait, ça criait, ça avait l'air de remuer des casseroles, ça jurait... Et puis les pipes! Nous, on leur criait : Vos pipes! Ah ouitche! Ils ne savaient pas de quoi on parlait. Ils rigolaient. Ils nous disaient : *Vive le France!* Ça n'a pas duré. Mince de relève! Qu'est-ce qu'on a dégusté! Ils n'étaient pas en ligne que déjà on en voyait revenir en auto, drôlement arrangés... »

Ils avaient traîné dans la fête. Ballante avec un de ces petits complets mastic dont il avait le secret, dans lesquels il avait toujours l'air de vouloir faire péter les coutures. Et un canotier sur l'oreille. Les fêtes foraines, ça le connaissait. Il y était à son centre. Il avait exigé qu'on assistât à la lutte romaine, et fait à lui seul la claque et la cabale dans un public qu'il avait tout de suite conquis. Qu'est-ce qu'on s'était payé comme tirs! Aux anneaux, il avait gagné une bouteille, et aux couteaux, deux poupées du genre Billeken. Où avait-il décroché ces fleurs de papier qu'il portait autour du cou, ses trophées dans les bras? Ses conversations avec les filles sur les cochons étaient étourdissantes. C'était le compagnon qu'il fallait à Aurélien, ce soir-là. Capable de le pousser d'autorité dans le labyrinthe, ou chez les puces. Évidemment ce que Ballante aimait, lui, c'était le théâtre des chiens, avec la noce, et le déserteur qu'on fusille.

Ils échouèrent dans un bistro près d'Anvers, à la terrasse, une terrasse pas tellement éclairée, des tables de fer, un monde fou, et un phono qui jouait à l'intérieur des airs qui dataient un peu. La bière coulait, fallait voir. Les tables à peine essuyées ruisselaient des demis suivants. Il en valsait au-dessus des consommateurs, et les garçons n'avaient pas l'air de s'amuser. Le plateau qu'on pose. Ça fait combien? Le coup de torchon. Trois cinquante... Les chaises remuées, les gens qui se remplacent. Ballante avait posé ses poupées, sa bouteille et ses fleurs devant Aurélien. Il liait amitié avec des dames de par là, à la table voisine. C'était un être sans repos. Aurélien se laissait emporter par ce torrent machinal. Tout d'un coup il entendit des bribes de ce que ses voisins disaient. Quatre hommes trop bien habillés pour être honnêtes, et un peu là pour l'anatomie. Au milieu d'eux, une haute femme immobile, muette, souriante, avec un grand chapeau blanc.

« Qu'ils restent chez eux, si ça ne leur plaît pas! » râlait l'un d'eux. Et un autre : « Des dégueulasses! C'est la France, ici, c'est pas Chicago! » Des mots se perdirent dans le brouhaha des demis versés. Aurélien se mettait à repenser sourdement au jardin de Monet, à cette lumière d'un après-midi sur les fleurs... « D'abord, — cria le grand diable qui appuyait sa patte grasse et baguée sur l'épaule de la femme, — ils nous font chier, les Sammies! Les Sénégalais, c'est des nègres ou c'est pas des nègres? Alors! Ils se sont battus pour nous, les Sénégalais! »

Là-dessus, voilà Cussé de Ballante qui agite les bras! Puis il met ses mains en cornet à sa bouche, appelle... Tout un groupe d'amis... Alors, une veine! Plus on est de fous, plus on rit! Ça n'était pas tout à fait l'avis d'Aurélien. Eh bien non, mon vieux, continue avec eux, si ça t'amuse... Ballante ne voulait pas quitter un copain qui a le cafard. Les gens s'approchèrent de leur table, Ballante debout présentait. Cinq ou six personnes, deux femmes... Je t'expliquerai après, soufflait le peintre à l'oreille d'Aurélien... L'un des messieurs raconte que la veille dans un endroit à champagne où il était, des Américains... non pas des marins... des gens très chic... avaient fait mettre à la porte un nègre qui consommait... Cela continuait bizarrement la conversation voisine... Il y avait eu des incidents de rue avec les marins... « *A la Marti-nique... Martinique... Martinique!...* » chantonna avec à-propos Cussé de Ballante. Pour lui, les nègres, c'était d'être à poil, *tout au plus un tout petit cal'çon...* Et de zézayer, et bon blanc pas fai mal ti neg, et la cabane bambou bambou... Ils s'agglomérèrent tout de même aux amis de Ballante et descendirent vers Pigalle.

« Vous habitez dans la maison du prince R***, n'est-ce pas? » dit une des femmes, une longue liane avec de belles mains, dans une robe rouge feu, qui tenait le bras de son mari. « Nous sommes vos voisins, monsieur Leurtillois, c'est-à-dire pas tout à fait... sur le quai d'Anjou... Je vous vois souvent... » Ah, comme c'était curieux, Leurtillois s'extasiait sur la coïncidence. Qu'est-ce qu'il aurait pu faire d'autre, d'ailleurs? Il se demandait justement où il avait aperçu... on a comme ça dans les yeux un aspect familier... on ne localise pas...

A la porte du Cirque d'Hiver, il y avait une bousculade, de la police, un va-et-vient, des lumières aveuglantes... Ces dames se précipitèrent. Qu'est-ce qui se passe? On tournait un film. Dans les sunlights des acteurs fardés attendaient patiemment, des hommes affairés jetaient des ordres, on écartait la foule pour une arrivée de taxi à régler...

La voisine du quai d'Anjou murmura à Aurélien : « Regardez celui-là, s'il est beau! » C'était un splendide nègre en flanelle grise au premier rang des badauds. Et elle ajouta : « Et puis quels musiciens! » Leurtillois la comprit mal. « C'est un musicien? » Elle ne répondit pas. Elle s'appelait Mme Floresse. Elle était ravissante. Paris, ça regorge de femmes qu'on ne connaît pas. Le mari disait : « Monsieur Leurtillois, il faudra venir nous voir... » Mais bien entendu, bien entendu. Cussé de Ballante avait distribué ses poupées aux dames. La bouteille, il la brandissait. Si on allait la boire chez Ernest? Ernest était un de ces

messieurs. Il a une chouette garçonnière, Ernest.
Et puis comme c'est mal famé comme gourbi, il
n'y a pas à se gêner, on peut taper des pieds,
gueuler des goualantes, casser la vaisselle...
Ernest riait, un petit rougeaud tirant sur la quarantaine. Aurélien s'excusa. Alors, ce n'est pas
chic! Tu nous plaques? Ballante protestait. Tiens,
au moins, garde mes fleurs! Il lui mettait sa guir-
lande en papier autour du cou. Les dames rirent
un peu. Aurélien prit congé.

Il s'en alla tout seul à travers la place Pigalle.
Il avait gardé ce sautoir de toutes les couleurs à
ses épaules. Il en ricanait doucement en dedans.
Il allait devant lui sans savoir que devenir. Cela
ne le changeait pas des autres heures de sa vie,
de sa vie. S'il avait été quelqu'un de normal, un
type comme tout le monde, il serait resté avec
Ballante et les autres. Il aurait fait la cour à
Mme Floresse. Une femme qui habitait à côté de
chez lui, pensez donc, une vraie chance. Il aurait
sûrement couché avec, un jour ou l'autre. Elle
n'avait pas tout à fait assez de seins pour son goût,
mais enfin elle devait pourtant... Il chercha à
s'imaginer les fesses de Mme Floresse...

« Vous ne pourriez pas faire attention! » cria
une voix furibonde. Oh, il ne demandait qu'à
s'excuser. Il avait poussé ce passant au bord du
trottoir, à cause d'un reflux de la foule, une voiture traversait la place, là où les gens regardaient
le dynamomètre, un marin américain qui frappait
avec le marteau, les manches blanches relevées
sur des bras brûlés... Tout d'un coup celui qui
avait crié et Aurélien se regardèrent. Il y eut entre
eux une certaine stupeur, et Aurélien arracha les
fleurs de Ballante et les jeta à terre.

« Vous tombez bien... — dit Paul Denis. — Je
vous cherchais... »

LXXII

« Non, — dit Blanchette, — je ne crois pas...
Vous savez, quand nous nous sommes mariés, je
lui ai reconnu par contrat une somme... enfin, pas
mal d'argent... Vous êtes mal assis? Voulez-vous
que je vous arrange? Un coussin? »

C'était le premier soir qu'avec son appareil de
marche, Adrien avait pu venir dîner dans la salle
à manger avec Blanchette. Comme d'habitude
Edmond était absent. Adrien, dans cette pièce
élégante, avait éprouvé un sentiment étrange :
d'être seul avec Blanchette, non pas dans l'intimité, mais ainsi officiellement, aux yeux des
domestiques, servi par ce serviteur en gants
blancs, avec Blanchette en face de lui, et l'argenterie de Puyforca, mille raffinements naturels
comme le vin qui lui fit discrètement claquer la
langue, servi pourtant dans une carafe... Et Blanchette s'était habillée pour lui faire honneur : une
robe très simple, noire, le noir lui allait si bien,
montante par-devant avec un col enserrant le
cou, et le dos nu sous ce col noir, elle avait un dos
superbe. Adrien s'était habitué à ces traits un peu
grands et sans grâce du visage de Blanchette. Il
leur trouvait même un charme. Il pensait : si elle
faisait un peu plus bouffer ses cheveux... je lui
apprendrai... Elle avait ses perles.

Après le dîner, on avait passé dans la bibliothèque. La fenêtre ouverte sur la terrasse, le grand
Picasso bleu dans l'ombre, les lumières basses, il
régnait une douceur où palpitait vaguement
Paris. Ils étaient seuls, à deux, mais la grande
ville au-dehors rendait à la fois cette solitude
respectable, et trouble un peu...

« Somme toute, — dit Adrien, rêveur, secouant

doucement la cendre de son cigare dans le cendrier de lapis, — Edmond est son propre maître... somme toute... »

Blanchette devait penser à autre chose. Elle murmura : « En quelque sorte... » Elle devait revoir derrière ces mots gris le sourire apprêté de Mme Melrose. La cruauté de son mari. Toutes les soirées, pareilles à celle-ci, où elle dînait seule. Les enfants qui ne venaient pas embrasser leur père, dans cette chambre ravissante où Adrien était entré tantôt. Elle devait regretter amèrement cette indépendance d'Edmond qu'elle avait elle-même fondée. Comme si elle eût deviné la pensée d'Adrien, elle dit : « On croit agir pour le mieux... on fait soi-même son malheur . »

Il joua de ses longs cils, ferma les yeux à demi. Il la surveillait mieux ainsi : « Croyez-vous que cela y aurait changé quelque chose ? » Elle ne demanda pas quoi, cela, ni à quoi, changé... La conversation se passe de syntaxe.

« Je crains, — répondit-elle, — que cela ait été de bout en bout un malentendu tragique...

— Vos enfants ne sont pas des malentendus...

— Ah, oui... Il y a les enfants ! S'il n'y avait pas les enfants... Quand je songe que sans vous ma petite Marie-Victoire... »

La main d'Adrien, avec l'air de dire *Parlons d'autre chose, voulez-vous bien*, fit tomber un peu de cendre à terre. Il faisait mine de se baisser : « Laissez donc, — dit-elle avec douceur. — Ça n'a pas d'importance... Cette soirée est délicieuse...

— Délicieuse... »

Elle le regarda. Quels cils il avait ! Presque comme une femme. Il avait un peu perdu ses couleurs à vivre sans sortir, sans bouger. Elle ne lui retrouvait plus ce côté petit soldat peinturluré qui lui avait autrefois déplu en Adrien. Il touchait délicatement sa moustache. Elle se demanda de quoi Edmond aurait eu l'air avec une moustache... Cela la ramena à cette dotation qu'elle lui avait faite, et elle expliqua : « J'ai mon budget pour la maison, les enfants, mes robes... mais la fortune, à proprement parler, la fortune, c'est Edmond qui l'administre... d'abord à *L'Immobilière*, au Consortium...

— Je sais...

— Oh, nous ne vivons pas vraiment sur le pied de notre fortune... il faut bien penser à l'avenir... aux enfants... »

Cela devait être ce qu'Edmond lui disait. Et puis il y avait à cette modestie, assez relative, du train de vie, quelque chose qui devait flatter en elle la huguenote. Adrien pensa au dossier que lui avait communiqué Mlle Marie. Il se sentait mal à l'aise.

« Au bout du compte... je vous demande pardon... J'aimerais bien avoir un coussin...

— Oh, mais il fallait le dire ! »

Elle s'empressait. Comme il se soulevait, elle glissa le coussin vert derrière lui, et sa joue effleura la moustache de l'homme. Elle sentit qu'il retenait sa respiration un grand coup, et elle fut un peu lente à se retirer. Il regardait sa nuque courbée, et la ligne du dos qui appelait terriblement la main. Ce n'était pas encore pour cette fois-ci. Il fallait vite parler. De n'importe quoi. Qui fût très loin de ce dos, de ce trouble. « Je ne comprends pas Edmond... il est devenu insatiable...

— Insatiable ? Que voulez-vous dire, Adrien ? Vous savez, il ne me demande jamais rien... Sauf l'année dernière la Packard... »

Tu parles d'un petit morceau, se dit Arnaud. Ce *sauf l'année dernière* donnait l'échelle du croquis. Il se renversa un peu. Il toucha de la main son plâtre.

« Vous souffrez ?

— Moi ? Oh, non... je pensais... »

Que pensait-il, au fait ? Il vit qu'elle se le demandait. Il y avait, malgré lui, dans sa voix, un trouble qui perçait. Un trouble qu'il analysait mal : le vertige d'une femme, après cette longue chasteté... ou celui de la fortune... d'une rêverie de la fortune... Un peu de tout cela sans doute. Bien entendu, il cherchait à dissimuler son trouble. Et, en même temps, il avait le vague sentiment qu'il n'était pas fâché de le laisser transparaître, sentir... Blanchette, elle, exagérait le calme : « C'est drôle, Adrien, vous n'êtes pas comme d'habitude ce soir... »

Était-ce bien une question imprudente? Il joua encore des cils, il alla chercher loin en lui sa voix, et des mots d'une banalité voulue : « C'est peut-être qu'il fait si beau ce soir... si beau que... » Il s'était arrêté. Elle demanda, avec une sécheresse pas très convaincue : « Si beau que quoi?

— ...si beau, qu'on croirait en Dieu... »

C'était de très mauvais goût, très décalé, très bizarre au milieu de cette conversation sur les moyens du ménage Barbentane. Cela fit un choc à Blanchette : « Vous n'êtes pas croyant?

— Si... bien sûr... j'ai été... élevé... mais parfois on doute... et puis il y a des soirs... »

Elle qui avait tellement souffert de l'incrédulité moqueuse d'Edmond. Elle dit gravement : « Vous êtes catholique? » Il fit oui de la tête. Encore une difficulté entre eux. Mais d'une autre sorte. Blanchette entrevoyait de longues conversations, sérieuses, touchant des coins d'elle-même qu'elle n'avait révélés à personne. Pas à Edmond, bien sûr. Il y avait un mystère des catholiques : ce goût qu'ils ont des églises, des vitraux, les orgues, la Vierge... c'était surtout le culte marial qui gênait Blanchette... à la rigueur elle aurait accepté la Présence Réelle... Elle eut peur de cet abîme, et revint à Edmond : « Vous le connaissez depuis quel âge, Barbentane? » Elle disait Barbentane et non pas Edmond pour faire les choses plus distantes avec Adrien. Il l'entendit différemment : « Oh, je ne sais plus, tout petit...

— C'est tout de même drôle qu'il n'ait jamais cru à rien... jamais...

— Son père, vous savez... Mme Barbentane en a beaucoup souffert... »

Elle pinça les lèvres à l'idée de sa belle-mère. C'était bien la première fois de sa vie qu'elle devait penser à Esther comme à un être humain. Après tout, la même aventure se reproduit d'une génération sur l'autre, c'est assez désagréable à constater. Mais était-il bien sûr qu'entre Edmond et Blanchette la méprise fût précisément de caractère religieux? En tout cas, ça arrangeait tout de penser qu'il en était ainsi... Pendant ce temps-là, que disait Adrien? Il parlait de Sérianne, des parties de boules, du groupe *Pro Patria* qu'il avait fondé, pour aider ce cousin des Schœlzer qui faisait du chocolat... Oui, Blanchette avait rencontré les Barrel... Jacqueline qui avait eu cette histoire : « Au fond, Adrien, vous connaissez très bien les affaires d'Edmond... Entre nous, dites-moi... quelle part au juste a-t-il dans les Parfums Melrose?

— Mon Dieu, vous me mettez dans une situation embarrassante... je vous ai dit, Blanchette, que je préférais ne pas en parler...

— Vous êtes ridicule... Qu'est-ce que ça peut faire? Est-ce que vous croyez que je suis vraiment jalouse? Et pour l'argent, après tout, il ne peut s'agir que de ce qui appartient à Edmond... Il en est le maître... je vous ai dit que je lui ai reconnu une somme importante...

— Écoutez, parlons d'autre chose, ça m'est très désagréable...

— Je ne vous comprends pas, c'est absolument ridicule... il faut que vous vous fassiez de moi une idée bien mesquine...

— Blanchette!

— Et puis qu'est-ce que vous voulez que j'imagine devant votre gêne? Vous me feriez penser...

— Je vous en prie...

— C'est vous, je vous assure, avec votre façon de défendre Barbentane, que personne n'attaque d'ailleurs, qui me mettez des idées dans la tête...

— Je vous assure... Est-ce que vous ne comprenez pas que ma situation vis-à-vis d'Edmond est doublement délicate?

— Doublement?

— Eh bien, je suis en fait son homme de confiance...

— Doublement? »

Il ne répondit pas. Elle sentait battre son cœur. Qu'Edmond eût manigancé quelque chose contre elle, quelque malpropreté d'argent, elle en était de plus en plus sûre, à chaque conversation, malgré la grande droiture, la loyauté d'Adrien qui se refusait à rien dire. Et en même temps que se désagrégeait la confiance qu'elle avait eue dans le père de ses enfants, un autre sentiment s'affolait en elle. C'était elle peut-être qui n'était plus très loyale. Sa voix l'étonna, altérée, quand elle demanda : « Vous n'êtes pas trop fatigué, au moins?

— Non, — dit-il. — Écoutez... » Ce bruit de nostalgie dans la nuit descendue, c'était le métro qui traversait la Seine. Il était donc sensible à la poésie, cet Adrien, qui avait l'air d'un officier en civil. Elle pensa à ce qu'Edmond lui avait dit d'Arnaud à la guerre. Un héros.

« Dire, — soupira-t-elle, — que j'aurais pu vous connaître autrefois... le premier...

— Blanchette! » Il avait presque crié. Il oublia sa jambe, s'élança vers elle.

« Ne bougez pas! Vous vous êtes fait mal? Adrien... grand fou... »

Elle avait jeté ses bras autour de lui pour l'empêcher de tomber. Elle le serrait inconsciemment contre elle, et lui ses mains, ses mains chaudes, couraient le long de ce dos nu, glissaient à l'échancrure de la robe... La moustache... l'odeur du cigare... Jamais personne ne l'avait embrassée comme ça... Elle mit à la fin sa joue sur l'épaule de l'homme et gémit... Adrien... A la fin des fins, quelqu'un l'aimait...

« Mon ami, — dit-elle, — votre pauvre jambe... »

Et elle l'aida à regagner son fauteuil. Il était comme un grand enfant, il murmurait de petits mots tendres, des excuses, des promesses. Quand elle se redressa, les perles caressèrent le visage d'Adrien.

LXXIII

« D'abord, qu'est-ce que c'est que l'amour?

— C'est pas des questions. On aime ou on n'aime pas...

— Tout de même, si on se trompait... s'il n'y avait pas d'amour ».

C'étaient des propos d'hommes soûls. Ils n'étaient ivres pourtant que de leurs paroles, de la soirée chaude, de l'heure avançante, de cette haine entre eux d'abord qui était tombée comme un grand vent.

« Si vous aimiez Bérénice, — dit Paul Denis, — vous ne vous demanderiez pas ça. »

Il regardait l'autre dans les yeux, provocant et pâle, avec une sorte de méchanceté délibérée, qui ne se soutenait plus, qui fichait le camp. Au fond, il ne pouvait pas détester Leurtillois. La même femme leur avait fait le même mal. Il aurait pu lui taper dessus tout de suite, mais du moment qu'on avait parlé... Ce petit café de la place Saint-Georges, avec des glaces de tous les côtés, les barres de cuivre, de petites pièces comme des compartiments dans un train biscornu, un tas de lumières... presque vide... et le garçon qui bâillait, lisant un journal du soir... « Tu crois, — dit Auré-lien, — tu crois, petit, que je ne l'aime pas? »

Il avait demandé ça lentement, pas sûr de lui-même, inaugurant ce tutoiement bourru, parce qu'à la fin c'était un gosse, son interlocuteur, un gosse frémissant et maigre, avec une mine de l'autre monde, qu'aggravaient les lumières, mais un gosse... Paul râla : « Je vous défends de m'appeler *petit!* »

Aurélien haussa les épaules. Dire qu'il l'aurait bien tué, dans le premier moment, ce moutard. C'était étrange de penser à lui comme à l'amant de Bérénice. Étrange et révoltant. Comme les collégiens qu'on prend à fumer en cachette. Elle avait pu lui préférer ça, elle. Préférer... enfin. Il se fâcha contre lui-même : on ne discute pas les faits.

« Peut-être qu'il faut te croire, *petit...* » Il insistait sur le mot défendu, mais Paul Denis semblait déjà avoir oublié sa défense : « ...peut-être que je ne l'aime pas... que ce n'est pas cela, l'amour... mais alors, qu'est-ce que c'est? Tu crois que je me racontais des histoires? »

Cela fit un silence, puis Aurélien : « Tu la trouves jolie, toi? »

La tête du petit se tourna avec fureur. Il avait ce que Bérénice appelait sa drôle de bouche. On aurait dit qu'il allait pleurer.

« Moi pas », achevait Aurélien.

Denis tapa du poing sur le marbre. Ça fit sauter les petites cuillers. Le garçon leva les yeux de son journal, comprit qu'il y avait erreur. Paul siffla : « Vous ne l'aimez pas, vous ne l'avez jamais aimée...

— Peut-être que tu as raison... ça simplifierait tout... »

Il ferma les yeux. Il avait mal. Il revoyait le visage de plâtre au mur, chez lui, et la femme de chair, la lumière sur ses joues, sa tête renversée. La diable de peine qu'il avait à se représenter tout entière, le corps, pas le détail du corps, mais elle enfin, dans la rue à quelque distance. Il ne pouvait la revoir qu'à Giverny, s'éloignant, avec ce mouvement d'épaules... Paul Denis parlait, parlait... Il y avait bien deux heures qu'ils étaient ensemble.

« ...et puis d'abord, est-ce que c'est la même chose? Elle n'a pas été à vous, à vous... » Il se frappait la poitrine... « ...à vous... Prétendre qu'on peut comparer! Ah oui, l'amour sans la possession, l'amour qu'on a dans la tête, et autres balivernes! Non, mais regardez-vous dans la glace, un type comme vous, est-ce que ça se soutient? Je l'ai eue à moi, comprenez-vous, et puis je ne l'ai plus! Ça, c'est quelque chose... Quand je me réveille et que je me trouve seul... Quand je pense qu'elle est ailleurs... n'importe où... Mais vous, nom de Dieu, qu'est-ce ça peut vous foutre? »

Il l'écoutait parler, ce gosse. Au fond, il respectait cette douleur. Peut-être que ça n'aurait pas tenu à une bonne cuite. Mais Paul Denis souffrait, ça, c'était certain. Aurélien murmura : « Ne t'énerve pas... On n'a pas tout dit. . » Ils se regardèrent comme deux boxeurs entre deux rounds. Une idée sonna la cloche dans Leurtillois.

« Tout de même, — dit-il, — elle t'a quitté... »

Un propos de salaud. Un coup bas. Paul baissa la tête et encaissa. La parade : « Il y avait le mari... » Tiens, c'est vrai! Celui-là, on n'y pensait plus. Il tombait entre eux deux autant à la surprise de Paul qui avait parlé, que d'Aurélien. Le mari!

« Il doit être joli en caleçon », dit Aurélien.

Ils ricanèrent, et Paul, mauvais, dégueulasse, fit un geste de pingouin avec son coude dextre. Ils éprouvaient tous les deux le besoin de cette dérision. Leurs têtes marchaient. Ils devaient tous les deux s'imaginer l'intimité du couple, Bérénice avec son manchot... ils auraient pu descendre très bas par ce chemin-là, devenir tout à fait graveleux...

Paul Denis rapportait des propos de Bérénice, vicieusement, des choses qu'elle disait dans l'abandon. Il avait l'air de se complaire à la trahir. Peut-être aussi cherchait-il à atteindre cet homme devant lui, de cet indirect écho d'une intimité pour lui pénible. Il dépassa même la mesure. Il y eut entre eux une grande gêne...

« Tout de même, — reprit Aurélien, — si elle l'aimait, après tout? » La vache. Il n'en croyait rien. Il disait ça pour torturer Paul. Paul se vengea : « Pour dire ça, il faut que vous soyez salement jaloux... » Oui, Aurélien était jaloux. Jaloux à voir rouge. Ça venait de lui remonter à la tête d'un coup, une vague. Bérénice avec ce gosse. Ah, la putain, la putain!

« Nous sommes là, — remarquait l'autre, — nous parlons d'elle ensemble... c'est monstrueux... tout bonnement monstrueux! »

Leurtillois se complaisait à cette conversation, comme on s'arrache la croûte d'une plaie. Il savait que chaque mot, chaque pensée, chaque regard allait rendre un peu plus intolérable la suite, la suite fatale hors de ce café, sa solitude retrouvée, le noir, les jours à venir. A moins que tout d'un coup, cela cessât, qu'il décidât de ne plus y penser. S'il décidait de ne plus y penser? Ce n'était toujours pas Denis qui rendrait ça facile. Il disait : « Vous ne comprenez donc pas? Aucune autre femme n'a compté pour moi dans la vie... aucune autre... quand je pense aux autres, j'ai envie de rire... je tirais mon coup avec les autres... et puis c'est tout... Je les méprisais... Leurs mines, leurs manières... Surtout ne pas leur faire la conversation... Elles ont toujours des raisons à elles de vous céder... c'est pour autre chose... qui les arrange... Ne pas être dupe...

— Et puis, cette fois-ci, ça y est, tu es chopé, pas?

— Je vous dis que ça n'a rien à voir. Je l'aime. Entendez-vous? »

Drôle de chose. L'amour. Ni l'un ni l'autre ne savaient ce que cela voulait dire. Aurélien essaya de penser : *Moi, je ne l'aime pas.* Il n'y parvint pas du tout. Il ne s'en tirerait plus par le blasphème.

« Tu l'aimes, je l'aime, nous l'aimons... Le mari l'aime aussi, à sa manière... Mais elle... qu'est-ce qu'elle pense? dis... qu'est-ce qu'elle peut bien penser? J'aurais juré qu'elle m'aimait. Elle a couché avec toi...

— J'aurais juré qu'elle m'aimait...

— ...et elle a pris la poudre d'escampette.

— Ça vous fait plaisir de me blesser?

— Peut-être.

— Eh bien, je ne vous permets pas de croire que vous en êtes capable! C'est elle qui m'a blessé, vous m'entendez? C'est elle et vous êtes là à trifouiller...

— Idiot! Je ne trifouille que moi-même... »

La présence de Bérénice entre eux venait d'être intolérable. Ils se détournèrent l'un de l'autre. Au-dehors, il y avait des trompes d'auto, ça cornait. Ça devait être l'heure de la sortie des théâtres. Paul Denis, les yeux dans le vague, poursuivait un songe noir. Sa drôle de bouche trembla, et il dit, droit devant lui, pas du tout à l'adresse de Leurtillois : « Je me crèverai. »

Aurélien en fut bêtement remué. Ce gosse! Ah non, cette femme n'en valait pas la peine.

« Tais-toi, petit, tu n'es pas fou? On se tue pour quelqu'un qui en est digne... Celle-là, qui va de l'un à l'autre...

— D'abord je vous ai défendu de m'appeler *petit*... et puis, qu'est-ce que vous me chantez? de l'un à l'autre? Qu'est-ce que ça me fait, qui il y a eu dans sa vie avant moi! s'il y a eu quelqu'un...

— Cette fois, je n'ai pas voulu vous blesser, Paul, croyez-moi : mais je vous jure...

— Jurez tout ce que vous voudrez! Vous me faites rire à la fin, avec vos idées... Alors, vous êtes un type de ce genre-là, quoi, les femmes se détériorent en passant de main en main, selon vous. Et vous, des fois?

— Ce n'est pas la même chose, vous le savez bien.

— Je ne sais rien du tout. Ah, tenez, votre morale d'homme me fait vomir!

— Vous n'êtes pas dans votre état normal. »

Leurtillois avait dit cela très sèchement. Il

venait de buter contre quelque chose qu'il n'aimait pas beaucoup. Un monde. Toutes les idées de ces gens qui se croient malins, cette anarchie, ce genre avancé. Comme si les hommes et les femmes, c'était la même chose. Paul Denis murmura : « Peut-être bien que je ne suis pas dans mon état normal... » et aussitôt Aurélien en reprit avantage : « On s'imagine aimer... on voudrait tant aimer... on a besoin d'aimer, mon petit, tout simplement. Ça tombe sur une femme ou une autre... est-ce qu'on choisit? Je te dis que je ne l'ai même pas trouvée jolie. Je l'aimais pourtant. Toi aussi. L'important, ce n'est pas la femme. C'est l'amour. »

Il disait tout cela pour se convaincre. Il s'écoutait parler. Il ne savait pas qu'il pensait tout ça. Ça s'inventait dans sa bouche. Il se demandait ce qu'il allait dire, ce qu'il allait penser ensuite... Paul esquissait de vagues dénégations. Aurélien lui coupa la parole : « On se faisait l'idée d'une femme... on la portait en soi... Et puis on a rencontré Bérénice... Il fallait que ça cadre... A tout prix... alors on a fait cadrer... Je ne te dis pas que ce qu'on cherchait c'était une femme nécessairement neuve... pour qui jamais aucun homme, non! Mais qu'est-ce que tu sais d'elle, hein? Tu crois que tu es sa première expérience? On s'embête en province, dans une petite ville...

— Taisez-vous!

— Oh, c'est plus facile de se boucher les oreilles! Ça n'a pas été long toujours... de moi à toi... et tu voudrais te tuer pour elle? Misère!

— Non, vous ne l'avez jamais aimée. Je l'entends, je l'entends.

— Parce que je la vois comme elle est? Ne t'y trompe pas : ça varie, on voit plus ou moins bien suivant les soirs, et puis... c'est peut-être au contraire comme ça quand on aime... Enfin l'image qu'on avait d'elle, avant elle, est-ce que c'était ça, voyons? Sois franc. Non, n'est-ce pas? L'amour! Je m'excuse si j'ai un point de vue d'homme... ça te dégoûte... mais je ne peux pas faire autrement... C'était presque une jeune fille pour moi, Bérénice... tu vois si on peut être bête! »

Il rit d'un rire faux. L'autre releva la tête et le regarda. Aurélien avait un visage très différent de celui que Paul lui prêtait. Il était tout suant. Il avait dû se raser pas de très près. Jamais Paul ne lui avait remarqué ces pommettes saillantes, et la longue distance des pommettes aux mâchoires... Presque une jeune fille... qu'est-ce qu'il y avait de si bête à considérer Bérénice presque comme une jeune fille? Et ce goût des jeunes filles qu'ils ont, ces gens-là, un certain monde...

« Alors, — demanda Paul, — si elle avait été... une jeune fille, comme vous dites, vous l'auriez aimée pour de vrai? pas pour la comédie? Et parce qu'elle aurait, tout de même, couché avec moi, elle n'aurait plus été bonne qu'à jeter aux chiens? »

Il voulait dire trop de choses à la fois, tout cela se mêlait. Aurélien le comprit pourtant, par hasard, comprit le ton de colère qu'il y avait dans ce désordre de pensées : « D'abord, qui te parle de jeune fille? (Il oubliait que c'était lui.) L'amour, ce n'est pas la coucherie.

— Non. Mais ce que vous appelez la coucherie, ça ne salit pas l'amour. Je ne suis pas comme vous, un pur esprit, monsieur. »

Aurélien haussa les épaules. Le gamin ne le vexait pas. L'autre continuait : « Oh, je sais bien. Vous et vos pareils, vous concédez encore le droit d'aimer aux femmes adultères, à condition qu'elles ne le soient qu'une fois. Un mari, ça ne compte pas. C'est encore presque vierge, une femme mariée. On peut respecter une femme qui trompe son mari avec un seul amant. Moyennant quelques larmes, bien sûr... et une longue vie de souvenirs, après... Ah, tenez! »

Dire qu'il trouvait ça si révoltant, Paul Denis! Aurélien n'y avait jamais pensé, mais oui, c'était comme ça, au fond, qu'il pensait du mariage, de l'adultère... Des idées pas très neuves, pas très originales, mais est-ce qu'il s'agit d'être original? Une femme pouvait se perdre à ses yeux, pour s'être jetée à un petit garçon, à un Paul Denis quelconque. Parfaitement. Si Bérénice était retournée tout droit à Lucien, sans passer par Giverny, il aurait gardé d'elle un souvenir autre, pur, une hantise qui ne l'aurait peut-être jamais abandonné de sa vie. Elle pouvait alors être, demeurer son amour. Mais cette Bérénice tachée... Pourtant quelle différence ce jeune intellectuel pâlot pouvait-il bien faire? En d'autres temps, une femme qui avait un amant était perdue. Aujourd'hui avons-nous fait le progrès de ne pas lui en permettre deux? De quoi parlait donc le petit Denis? Aurélien ne l'écoutait pas. Il songeait à sa mère. Il n'y avait eu qu'un homme dans la vie de sa mère. Qu'un homme en dehors de son mari. Il pensait ça, mais qu'est-ce qu'il en savait? D'ailleurs il ne jugeait pas des femmes 'après sa mère. Il avait ses idées à lui sur la vie, sur l'amour. Enfin... à lui. Pas mal de gens devaient les partager avec lui. Mais qui est-ce qui a des idées à soi seul? Cent personnes à la fois pensent : il fait du soleil. C'est tout bonnement qu'il fait du soleil.

« Si on changeait de crémerie? — dit-il. — On se fait vieux sur ces banquettes... » Il avait fini son paquet de cigarettes.

Ils retrouvèrent la nuit tiède et présente. Une de ces nuits de Paris où on n'a pas envie d'aller se coucher, où toutes les rues ont la lourdeur d'un secret, où les voix des passants sont comme les amorces de mille histoires, et chaque femme a l'air surprise, dans ce que l'ombre ne parvient pas à en dissimuler. La rue Notre-Dame-de-Lorette, la rue Fontaine... On voyait luire au fond, en haut, le Moulin Rouge. Une pharmacie de nuit, au carrefour, les fit parler à nouveau du mari. Ils dépassèrent une boîte de nuit, des femmes avec des fleurs, des hommes élégants. La place Blanche flambait de toutes parts, et malgré l'heure tardive, il y avait partout du monde aux terrasses. Sur les boulevards la foire éteinte s'étendait comme un attroupement de fantômes. Près du Moulin, dans l'espèce d'haleine de feu, à l'entrée du dancing, un bouquet blanc de marins américains...

« Je ne sais pas, — dit Aurélien, — mais ces gens-là m'agacent. Et je ne suis pas le seul.

— J'ai d'excellents amis américains, — affirma Paul.

— Quel rapport? »

Et quel rapport en effet? D'ailleurs, dès qu'il parla des nègres, Aurélien vit Denis prendre le parti des nègres. Violemment alors. Ça soulevait toute sorte de questions, le jazz, les races inférieures. Leurtillois, lui, pensait qu'il y avait des nègres qui pouvaient s'être développés, celui qui avait eu le prix Goncourt... mais enfin de là à... Au fond, il n'était ni pour les nègres ni pour les Américains.

« Et Bérénice, petit, qu'est-ce que tu crois qu'elle pense sur la question? »

Il avait demandé ça de sa voix ironique. Pour l'instant, ce qui le frappait surtout, c'était de se trouver là, à se baguenauder avec Paul Denis. Pour cette raison, et pas une autre, que le gamin avait couché avec Bérénice. Sans quoi ils n'auraient pas eu de sujet de conversation.

Au tabac, où Aurélien voulut entrer acheter des Lucky Strike, le zinc était bousculé de marins blancs et bleus, de la chair blonde et rousse ricanante, tous assez soûls, avec un bruit nasal de phonographe, dans l'électricité brûlante, et quelques filles accrochées à ces épaules de géants. Aurélien pensa vaguement à Simone. Ça devait être une bonne semaine. Un groupe de Français, du cheptel local, regardait le spectacle des banquettes, les pouces aux entournures et un luxe de chemise de couleur. La dame de la caisse, une jolie brune, ne savait où donner de la tête. Elle s'excusait en rendant la monnaie de cinquante francs. Elle avait une petite dent d'or de côté.

Il y eut un brouhaha au-dehors, des cris. Cela fit machine pneumatique, le tabac se vida, les gens se dressèrent, Paul fut porté au-dehors; à travers ce bariolage des bonshommes, Aurélien saisit mal ce qui se passait, gêné par la monnaie. C'était un marin tout à fait ivre qui levait à bout de bras un guéridon de marbre à la terrasse. Des femmes hurlèrent. On vit un grand nègre, maigre et long, dans un costume de flanelle grise, les bras repliés pour se garer, la table qui frappait... Il avait été atteint au visage, et le sang pissait, le guéridon s'éleva encore. Ce fut une bousculade formidable, les autres marins qui entouraient l'agresseur, des nègres surpris un peu de tous les côtés, et les petits copains aux chemises vertes et roses, roulant des épaules, avec une rage bruyante, qui vous écartaient les marins bleus, où s'appuyaient des mains énormes, framboise dans la lumière des lampes à arc.

Aurélien se trouva dehors. La place Blanche semblait happée par un appel d'air : de tous côtés, des hommes glissaient, comme une tornade de grains de sable vers le tabac. Derrière eux se refaisaient des poches de vide, étranges comme le macadam, où deux ou trois taxis flâneurs avaient l'air ahuris. Sur le trottoir en face, là-bas au coin des rues qui piquent du nez dans la ville, un cordon de femmes qui criaient sans savoir. Et un grondement, tout autour, glissant entre les baraques foraines éteintes. Il régnait une lumière de meurtre.

Les voix américaines dominaient le vacarme, un nœud d'uniformes blancs s'était refermé sur le soûlaud, le guéridon était retombé dans les bras de l'équipage, cela avait l'air d'une mêlée de rugby. Les autres, d'instinct, faisaient cordon autour de ceux qui maîtrisaient le forcené hurlant : « *Bloody nigger! Bloody nigger!* » Et la place était secouée de la révolte noire, l'indignation des filles et de leurs hommes, la peur et la fureur des nègres. Ceux-ci, un peu en arrière de ces défenseurs inattendus de leur cause, on en voyait qui sortaient un couteau.

« Comme toujours, — dit le garçon à côté d'Aurélien, — pas un flic ! » La foule se refermait sur les marins, elle poussait, elle pressait sur eux avec une colère muette. Ils cherchèrent à lui subtiliser le coupable. Devant le Moulin Rouge, la victime montrait son visage en sang à d'autres hommes, plus foncés que lui. A le voir saigner, on se rendait compte que c'était un nègre très pâle. Quelqu'un avait hélé un taxi, et quatre ou cinq marins y hissaient leur camarade, inconscient, qui répétait : « *Bloody nigger !* » La foule maintenant bloquait les roues. Le chauffeur faisait de grands gestes. Impossible de démarrer. Il y avait des cris : A mort ! Cet homme prit peur, parlementa, il ne voulait pas emmener les marins, avec la foule sur son dos.

Du taxi, un marin debout voulait haranguer les gens. Les insultes jaillirent. Des objets volèrent. Il se gara le front du bras. Le caractère candide des uniformes de toile ajoutait sa singularité à cette atmosphère de Saint-Barthélemy. Tout d'un coup, de l'autre côté du trottoir qui fait l'angle des rues Blanche et Fontaine, on vit se détacher à toute allure un de ces malabars qui traînent par là, un bonhomme au-dessus de la taille humaine, la tête dans les épaules, ramassé, un veston beige... Il allait si vite, qu'on le vit tout de suite arriver au marchepied du taxi.

Cela n'avait pourtant pas été si rapide que des centaines de spectateurs n'aient eu le temps d'être pris aux entrailles, sûrs qu'ils étaient d'assister à un crime, avant d'avoir vu le bras se lever, l'arme briller. Personne n'avait osé se lancer, se mêler de l'affaire, parer le coup. L'horreur d'un rêve sans voix pour crier.

Personne? Si. Un jeune garçon maigre, un enfant à côté de ces Titans de toile et de cet assassin en veston clair. On l'avait vu partir de la terrasse du tabac, devant Cyrano, et avant qu'on eût compris ce qui se passait, il s'était trouvé contre le taxi, entre l'homme armé et les marins. Quand le bras s'abattit, il y eut un cri terrible, puis un silence.

Et personne n'arrêta l'homme qui avait frappé, quand il glissa derrière la foule, vers l'ombre, la rue Lepic, la nuit. Mais au milieu des matelots blancs, Aurélien vit tomber comme une pauvre loque le corps plié de Paul Denis.

Il était, Dieu sait comment, agenouillé près du taxi, la tête du gosse contre lui qui gémissait : « Ce n'est rien... laissez... ce n'est rien... », avec plein de sang sur ses mains, et quelqu'un qui cherchait à enlever la cravate de Paul, et un marin qui disait : « He is'nt dead, is'nt he? » et l'affreuse blessure au cou, le sang, le sang, ce corps qui mollissait contre lui, quand enfin les flics arrivèrent.

« C'est de ta faute! » criait une femme exaspérée, habillée de bleu clair avec des gants noirs jusqu'aux coudes, et elle cracha dans la figure du chauffeur de taxi.

LXXIV

Tout cela fut atroce. Le petit avait été transporté en taxi à Beaujon. Dans cette vieille bâtisse qui avait autant l'air d'une prison que d'un hôpital. Aurélien, venu avec le taxi, avait été brinquebalé entre le bureau des entrées, l'interne de garde, les constatations de police, le téléphone; ne sachant trop ce qui était le plus pressé à faire. Il s'était résolu à appeler Mary, qui ne comprenait pas à l'appareil, mal réveillée : oui, elle savait l'adresse des parents,

elle téléphonerait, il y avait le téléphone...
L'interne était un ami de cet ami d'Aurélien,
le frère de l'écrivain, cet étudiant qui s'était
coupé la moustache pour plaire à une femme;
il installa Leurtillois à la salle de garde, une
petite pièce basse, fumeuse, à droite dans la
cour, avec des peintures libidineuses couleur
jus de chique. Il revint au bout d'un moment,
on faisait du sérum au gosse, mais, mais.
Là-dessus, les premiers arrivés avaient été les
Ménestrel, lui et sa femme : Mary les avait
prévenus. C'était une jolie fille, mince et blonde,
Mme Ménestrel, elle était bouleversée, elle posait
un tas de questions, mais comment est-ce que
c'est arrivé? Quelle idée a-t-il eue de se mêler
à cette histoire? Ménestrel marchait de long en
large, serrant à deux mains sa canne. Il dit que
c'était bien inutile d'être venu. On n'arrangerait
rien. L'interne avait de la lecture, et la venue
de Ménestrel avait changé pour lui l'aspect des
choses. Là-dessus, une infirmière vint le chercher.

Aurélien était possédé de l'idée que Paul
avait dit : « Je vais me crever », tout de suite
avant le drame. Il essaya de raconter ça.
Mme Ménestrel s'écria : « Alors, c'est un suicide! »
et son mari : « Voyons, voyons... il y a des mots
qu'on ne dit pas comme ça... » Puis Mary avait
rappliqué aux nouvelles... Cette salle de garde
devenait un salon... Elle faisait pitié, Mary.
Comme ça, dans la nuit, elle avait cent ans. Elle
s'était mis le premier bibi venu sur la tête. Elle
disait : « Ce petit imbécile... ce petit imbécile... »

L'interne était redescendu, avec une figure
de circonstance. Le blessé... Il n'y a personne
de la famille? Enfin Paul Denis était mort.
Il avait trop saigné en route, et puis... et ici les
précisions anatomiques... Ce fut à ce moment
que la mère entra. Une femme d'une cinquan-
taine d'années, pas de sang sous la peau, des
cheveux cendrés, maigre, avec un tailleur sombre.
Elle s'excusait. Asnières, ce n'est pas à côté, c'est

Madame qui m'a téléphoné? Elle s'adressait à Mme Ménestrel. Non... Mary s'avança, lui prit les mains. On vit tout à coup que derrière elle, il était entré un grand monsieur à moustaches blondes tombantes, d'âge indéterminé, dans un long imperméable, avec un brassard de deuil à la manche, le chapeau noir à la main, les joues couperosées. « Mon frère... — présenta Mme Denis, à toute l'assemblée, — mon frère, M. Jean-Pierre Bédaride... »

Oh lala, cette petite scène. Elle ne comprenait pas, la maman. Cette petite bourgeoise d'Asnières, veuve de fonctionnaire, jetée parmi tous ces gens, sûre que son chenapan de fils avait encore fait quelque bêtise, prête à se plaindre, à le gronder. Tout d'un coup, il n'y avait plus personne à gronder. Ça dépassait les sales tours de l'enfant. C'était une histoire comme dans les journaux, une bataille dans la rue. Il était blessé? Personne n'arrivait à lui dire la chose. Elle éclatait déjà, elle disait à M. Jean-Pierre Bédaride, son frère : « Je pense que c'est encore ce Ménestrel! » Cela augmenta le malaise. Ménestrel était évidemment pour elle le mauvais génie de son fils. Brusquement, Mary se mit à sangloter. Dans la confusion, l'interne et Aurélien arrivèrent à dire à l'oncle à mi-voix que le petit était mort... M. Bédaride leva en tremblant son chapeau pour cacher son visage : « Jeannette! » soupira-t-il, et sa sœur le regarda, et comprit. Elle avait la même bouche que son fils, la drôle de bouche. On mena l'oncle en haut, près du cadavre. Il valait mieux peut-être que la mère ne le vît pas... ou pas tout de suite... Elle voulut y aller.

Aurélien, Mary, les Ménestrel restèrent seuls. Ménestrel dit : « On ferait mieux de partir. On est de trop. » Il était fou de cette stupide accusation de la mère. Sa femme insistait qu'on restât pour savoir les détails de l'interne. Elle pleurait doucement. Si on avait pu dire à Frédéric...

Il aurait aimé revoir son ami, sûrement... Ménestrel dit que c'était aussi bien comme ça, ça ne servirait à rien. Mary s'était effondrée sur une chaise. Aurélien, le front sur la vitre, regardait dans le noir.

L'oncle revint avec l'interne. Déjà, il avait pris le ton de l'enquêteur. Il voulait tirer au clair. Ah, c'était Monsieur qui était avec Paul? Déjà, la suspicion familiale tombait sur Leurtillois. Celui-ci répondit vaguement. A quoi bon alimenter le délire prêt à naître? Le retour de la mère n'arrangea rien. Elle aurait voulu emporter son petit, ne pas le laisser dans cet affreux hôpital, si triste, si triste. L'emmener à la maison, avec des fleurs, des cierges, les amis qui viendraient défiler, et les bonnes larmes qui coulent entre quatre murs, chez soi. On le lui refusait. La police ne permettrait pas. Il fallait attendre le lendemain, les formalités. Il y avait meurtre. Comment, meurtre? Alors, ce n'est pas un accident? Tragiquement, elle se retournait, dévisageait les présents : qui était le meurtrier?

Mme Ménestrel, toute tremblante, mais les yeux brillants, avec une sorte d'élan, lui prit les mains et tâcha de lui expliquer : « Votre fils est un héros, madame... Il a voulu défendre les nègres... » Défendre les nègres? Mme Denis devenait folle.

On les mit doucement, mais fermement à la porte. Sur le trottoir, le petit groupe se défit de façon lamentable, avec un désordre de sentiments. La mère se retournait pour regarder les murs de l'hôpital, l'énorme voûte étroite et haute de l'entrée, les fenêtres derrière lesquelles quelque part il y avait le corps de son enfant abandonné... Sa voix brisée de sanglots montait dans la nuit, tandis que l'homme à l'imperméable l'entraînait vers un taxi rouge qui s'était arrêté sur un signe, descendant du faubourg; on les vit partir par l'avenue de Friedland. Ménestrel haussa les épaules : « Quand je pense à ce que Denis disait de sa famille! » Ils arrivaient à la station. Aurélien allait raccompagner Mary, les Ménestrel grimpaient à Montmartre.

« Tu crois, — demanda Mme Ménestrel à son mari, — que Frédéric saura l'adresse de cette femme? Il faudrait la prévenir. »

Ménestrel haussa les épaules.

Le lendemain, Leurtillois dut aller déposer au commissariat. L'histoire était simple. Cela se passa très correctement. Mais les journaux du soir s'emparaient de l'affaire. Pour trois lignes dans les feuilles du matin. On avait monté l'incident de la place Blanche, on s'était procuré la photo de Paul Denis, on parlait du groupe de Ménestrel. Oh, cela tomberait de soi. *Le Petit Parisien* du jour suivant en faisait un plat, et puis cela traîna encore le soir, en bas de page dans l'*Intran*. Après ça, c'était déjà de l'histoire ancienne. On avait bien parlé des incidents entre marins américains et noirs de Montmartre, mais sans trop insister. A cause de l'ambassade.

L'enterrement, Aurélien n'oublierait pas de sitôt cet enterrement. Il s'était vu obligé d'y aller. Asnières... la chaleur... l'hystérie de femmes dans des voiles entourant la mère... ces messieurs de la famille... et une quarantaine de personnes, le monde des Denis... Là-dedans, Aurélien se sentait comme nu. Une drôle de sensation. Ce troupeau bruyant, bavard et pleurnicheur. Il chercha vainement Ménestrel; tous ceux du groupe s'étaient abstenus, par principe, même Frédéric, ils étaient contre les enterrements. Ils n'avaient pas tort. Après la pelletée de terre sur le cercueil, quand Aurélien salua les Denis et consorts, alignés près de la porte du cimetière, M. Bédaride fit un demi-pas vers lui, et se cassa comme un morceau de bois sec, ses moustaches chuchotèrent : « Je vous remercie d'être venu, monsieur Leurtillois... Ma pauvre sœur sera sensible à l'honneur... » Derrière Aurélien, il y avait un couple d'Américains que personne ne connaissait, l'homme sans chapeau, avec une grosse figure triste, et un petit bout de femme pointue; ils défilèrent, gênés, sans serrer les mains. Les Murphy étaient bizarrement partagés entre le chagrin qu'ils avaient et l'étonnement où les jetaient les mœurs macabres de la petite bourgeoisie française.

Edmond était allé tout de suite aux nouvelles chez Mary. La pauvre, Paul avait beau l'avoir lâchée... Elle était dans un état nerveux affreux, mais affreux. Elle laissait tout tomber. Elle avait cassé une grande coupe d'opaline, à laquelle elle tenait tant. « Je dirai à Rose de venir vous voir... — Ah, ça, non! J'aime bien Rose, mais... il y a des circonstances... Rose a beaucoup de cœur, mais elle est agaçante. Naturellement vous... Le théâtre, très peu pour moi, en ce moment! »

Comme elle était injuste! Rose qui a tant de tact. Ils parlèrent de Rose, mais ce n'était pas de Rose qu'il s'agissait. Edmond pour rien au monde n'aurait nommé sa cousine. Ce fut Mary qui explosa : « Elle l'a tué, Edmond, elle l'a tué! » Mme de Perseval haïssait Bérénice. Ah, il s'agissait bien des nègres! Elle avait parlé avec Leurtillois. Il le lui avait dit : presque le dernier mot de Paul avait été *Je vais me tuer*. Alors! Un suicide. A cause de cette femme. Il s'agissait bien de jalousie! Elle l'a tué, et puis voilà tout.

Barbentane voulut en avoir le cœur net et s'en fut cuisiner Aurélien. Il eut quelque peine à l'avoir : son téléphone ne répondait pas, ou pas libre, pas libre, il devait l'avoir décroché. Quand il le prit au saut du lit, le surlendemain, l'autre était d'une humeur de dogue, et il n'en tira rien. C'était un accident, un réflexe de ce gosse, absurde... Non, rien à dire de sa part à Mme Morel. Rien. Il pensait à part lui : elle serait fichue d'être contente que Paul se fût tué pour elle. Pour le coup, le voilà, l'absolu dans l'amour! Quelle chiennerie!

Il y avait eu une délégation des amis du mort, dans l'île Saint-Louis, Jean-Frédéric Sicre, Ménestrel, deux autres. Ils voulaient se faire une idée de l'événement. Limiter les légendes... Frédéric avait l'air sérieusement touché, ses gros yeux lui donnaient l'air d'un poisson traqué... Ils avaient l'intention d'enquêter *aussi* à Giverny, au Moulin et chez les Murphy. Ils iraient interroger Mme de Perseval. Aurélien leur trouva de l'innocence dans ce ton de détective, qui aurait pu être odieux. Ils restèrent là plus de deux heures, avec une fumée du diable, des mégots partout. Puis ce fut le tour de Fuchs chez Leurtillois. Il voulait lui tirer les vers du nez. Il avait un petit manuscrit inédit de Paul Denis, ça ne serait pas mal dans la prochaine *Cagna*, mais il faudrait un chapeau : toi qui étais de ses amis... Ça c'était un peu fort. Je le connaissais à peine. Mais enfin cette histoire de nègres, qu'y a-t-il là-dessous? Aurélien le mit à la porte.

Il avait eu l'imprudence, Fuchs, de dire un mot de tout ça, à Stéphane Dupuy qui collaborait irrégulièrement à un grand hebdomadaire théâtral et littéraire, et qui était toujours un peu à court d'argent. Le directeur de cet hebdomadaire avait été ravi de griller l'affaire à Fuchs, et il avait publié côte à côte un article de René Maran sur la question noire, et le papier de Dupuy, mêlé de toute sorte de considérations sur le groupe de la place Pigalle, Ménestrel, le pessimisme et le dadaïsme, les origines munichoises de tout ça, les apéritifs que prenait le mort : du mandarin pur, et il était fier avec ça de vous montrer que ça rongeait le marbre des tables. Sans parler de la psychanalyse, Freud, Charcot. Les nègres, encore une nouvelle forme du complexe d'Œdipe!

Il y avait eu une réunion d'urgence chez Ménestrel. Tous les amis de Paul et surtout Frédéric étaient révoltés. Quel torchon! Et ce Dupuy, un vrai fumier... On parlait de lui casser la gueule. Ça n'arrangerait rien. Tout ça pouvait avoir des prolongements très désagréables. Et puis quand on défend certaines idées, on n'a pas le droit de se laisser salir. Ménestrel avait préparé, point par point, une réponse qu'il adresserait au directeur du journal. Il la lut. Très bien. Magnifique. Mais ça ne suffisait pas. Paul Denis devait être mort pour quelque chose. Suicide, hasard, tout ça c'est très joli : c'était surtout un acte *spontané*, le principal était là. « *L'acte spontané* » était le dernier cheval de bataille du groupe. Finalement, on décida qu'il ne fallait pas laisser les gens exploiter cette mort. Une mort à eux : ils avaient le droit de lui donner un sens. On se réunirait trois ou quatre, et on rédigerait un manifeste.

Dans cette soirée, il y avait eu quelqu'un qui s'était bien bizarrement conduit. C'était Zamora. Il avait manqué de sérieux d'une façon dégoûtante. Coupant la conversation pour raconter une anecdote, parler des jambes d'une danseuse. Enfin, il n'était pas du tout, mais alors pas du tout au diapason. Et Mrs Goodman qui ne disait pas un mot, mais qui sortit de son mutisme vers la fin de la soirée pour parler de Rose Melrose et de Charles Roussel. A propos, celui-là! Le couturier était venu voir Ménestrel : il était acheteur de tout ce qu'on pouvait avoir de la main de Paul Denis, dans le groupe. Manuscrits, poèmes... même de la musique copiée... On se récria, mais quelqu'un fit observer que pour la mémoire de Paul, c'était mieux que tout fût réuni. Roussel devait léguer ses collections à la Ville de Paris. Là-dessus, Zamora fut pris d'un fou rire tout à fait déplacé.

Ménestrel ne le lui envoya pas dire, et comme le peintre était assez méchant, la conversation prit un tour venimeux. On se jeta à la tête un tas de vieilles rancœurs, des choses qu'on avait crues oubliées, ou pas même remarquées. L'année dernière aux Ballets Russes... Eh bien, quoi,

Ménestrel n'avait rien à dire lui qui... La séparation fut plutôt froide.

Il en résulta que dans le numéro suivant de l'hebdomadaire, la réponse de Ménestrel passa en corps sept, avec des coupures, dans un coin quelconque, tandis qu'en première page s'étalait une interview de Zamora, illustrée de sa photo, de tableaux de lui, un dessin qui prétendait être Paul Denis, et un petit instantané pris avec le Zeiss de Mrs Goodman l'autre année, où on voyait Paul Denis au Touquet, Zamora et une fille espagnole, et encore Paul et Zamora, des inconnus de dos, Rose Melrose? chez Mary de Perseval. L'article était sur le ton plus qu'ironique, faisait des gorges chaudes sur « l'acte spontané ». Zamora déclarait que la psychanalyse, il connaissait ça bien avant Freud, et racontait une histoire de fox-terrier. C'était une rupture avec Ménestrel et ses amis, auxquels Zamora s'était mêlé, disait-il, parce que parfois la pourriture est tonique, surtout si on prend un bon bain après. « En général, je change d'amis comme de chaussettes, parce que c'est plus propre », déclarait-il.

Puis il en venait à la mort de Paul Denis, dénonçait le battage que ses petits copains voulaient en faire. En réalité, il ne s'agissait pas du tout de la défense des nègres ni de tout ce romantisme frelaté, vieux comme les locomotives. Paul Denis s'était suicidé pour une femme, tout le monde le savait, mais on ne le disait pas, parce qu'on trouvait ça démodé. Et, certes, c'était démodé, comme le goût des cartes postales, de la foire aux puces, *et caetera*, qui régnait chez ces faux hommes modernes, ces esthètes attardés du symbolisme. Mais Denis était une victime, un faible qui avait subi l'atmosphère de la place Pigalle. Nous n'avons plus besoin de ça ni de l'art qui reflète cette onychophagie concertée. Bonne occasion pour en finir avec toute l'avant-garde qui lui portait ombrage, et du même coup avec Picasso, sa bête noire. Et Cocteau mêlé à tout ça pour que personne ne pût s'y reconnaître.

Là-dessus l'interviewer demandait : « Et cette femme mystérieuse?... S'il n'y a pas d'indiscrétion! » Zamora faisait le galant homme, mais expliquait en passant qu'il la connaissait très bien, que c'était une personne assez curieuse, dont il avait fait le portrait, et qui avait vécu avec le défunt à Giverny. Ça lui donnait la possibilité d'un coup de patte à Monet, au passage. On voyait bien que ces jeunes gens étaient encore épatés par les nymphéas, et toute cette peinture de Bernheim!

Suivant Zamora, « tout le monde savait » que depuis très longtemps c'était Bernheim lui-même (qui faisait de la peinture pas plus mauvaise qu'une autre sous le nom de Georges Villiers) qui fabriquait tous les tableaux qu'il vendait, et qui les signait Monet, Degas, Seurat, Matisse, K. X. Roussel... suivant son humeur du jour. Personnellement, Zamora n'y voyait aucun inconvénient, et très souvent il faisait faire ses propres tableaux à Mrs Goodman, alors si Bernheim voulait faire des Zamora... D'ailleurs pour sortir de tout cela, il fallait un art nouveau comme celui de Zamora où tout serait neuf, nickelé, électro-chimique, avec de beaux enfants à la farine Nestlé, et plus l'ombre de cubisme, d'impressionnisme ni de fauvisme surtout!

Le manifeste de Ménestrel sortit sur ces entrefaites, mais trop tard pour tenir compte de cet article insensé : c'était à s'arracher les cheveux.

Frédéric Sicre rageait. Se servir comme ça de Paul! « Et le pire, vous remarquez, c'est cette tentative de séduction à l'égard de Bernheim! Le salaud espère bien intéresser aussi à sa peinture le marchand de tableaux le plus difficile à décrocher pour lui! »

M. Jean-Pierre Bédaride débarqua dans l'île

Saint-Louis avec tout un matériel : les quotidiens, les hebdomadaires, le manifeste... et un compagnon qu'il avait l'air de vénérer, un homme d'une quarantaine d'années, pantalon rayé, veston gris fer, et un canotier. Un homme rasé, au visage anguleux avec les cheveux déjà grisonnants, l'air d'un acteur de la rive gauche, des bagues, et tout un jeu de gestes des mains. C'était Arnald de Pfister, tout simplement. Le romancier de Pfister. Un grand psychologue. Le cas demandait un psychologue.

« Vous comprenez pourquoi j'ai amené Arnald de Pfister, — dit M. Bédaride, — en enlevant son imperméable. Il faut tirer tout au clair. J'ai la plus grande confiance dans l'écrivain de *La Bête aux cent visages...* » Petit salut. M. de Pfister fit quelques signes de modestie avec ses bagues. « Ne dites pas non, cher ami, vous savez que j'ai confiance en vous! »

L'infortuné Aurélien était là entre ces deux fantoches, dans son appartement envahi, les papiers étalés sur la table. Et M. de Pfister rejeta en arrière ses cheveux assez longs, en les lissant des deux mains. Le romancier haïssait Ménestrel et ses amis, et c'était pour lui une chance sans pareille que l'affaire Denis, et la diversité d'opinions à son sujet. Il attaqua de façon très caustique le maître de maison, qui ne pouvait qu'être un de ces avant-gardistes ridicules, comme tous les amis du mort. Cela fit des quiproquos sans fin et, quand Aurélien, non sans peine, l'eut détrompé, notre psychologue au fond se trouva fort ennuyé mais changea de ton. Il fallut subir un discours sur l'inconscient, le conscient, le subconscient. Et le pansexualisme, monsieur, le pansexualisme! Qu'avons-nous besoin de ça en France? C'est bon pour des Anglo-Saxons constipés ou des Germano-Scandinaves gelés! M. Bédaride hochait la tête. Il trouvait qu'on s'égarait un peu. Ce qu'il aurait voulu savoir, c'était pourquoi Paulot, s'il était amoureux d'une femme du monde, s'était sacrifié, disait-on, pour les nègres, en réalité pour sauver la peau d'un Sammy! Les gens viennent dire à la malheureuse mère...

Arnald de Pfister lui coupa la parole. Il était partisan qu'on jetât au pilon les... je ne veux pas dire les œuvres, de tous ces jeunes crevés. Voyez ce que dit Zamora, qui ne vaut pas mieux qu'eux, mais enfin il les connaît, et c'est un homme d'esprit. De la gymnastique, une, deux, une, deux! Et j'ajouterais les douches! Tout d'un coup, il s'immobilisa, l'œil en l'air, la bouche ouverte, avec un air de finesse, tout un dégradé d'émotions sur le visage, comme on imagine Platon entrant dans le monde des idées. « Cela, — dit-il, — cela! » Il montrait le portrait de Bérénice.

Ah maintenant, ce M. Leurtillois ne pouvait plus essayer de se tirer des pieds, et prétendre qu'il n'avait rien à faire avec ces dégénérés! « Vous voyez, mon cher Bédaride, le caractère névropathique de ce dessin? le genre hypnose, matérialisation, drogues, maison de fous? »

Aurélien commençait à se fâcher, et il allait gentiment les flanquer dehors, quand le psychologue eut une illumination. Mais la dame mystérieuse! Bien sûr! Zamora avait fait son portrait! Alors... Et chez le témoin du meurtre... Car enfin, c'est tout de même un meurtre...

« Il est merveilleux! — soupira M. Bédaride. — Sherlock Holmes en chair et en os! »

Cette histoire était désagréable. Il ne fallait pas que Bérénice fût mêlée à tout ça. Si Aurélien avait vidé les intrus sur cette remarque, il les eût mis sur la piste. Alors, il dut supporter plus d'une heure de cette mascarade, la fuite des idées du bonhomme, sa manie psychologique, ses haines, ses comédies.

Le soir même, il consultait un Chaix, faisait ses valises, et s'étant assuré que son passeport n'était pas périmé, il partait pour le Tyrol, où

avec la chute de la couronne il pourrait se permettre toutes les excentricités. Il y avait déjà
voyagé en 1921. D'abord ne plus voir cette
bande de dingos, ne plus entendre parler de rien;
et puis vivre un peu largement, pour se refaire,
oublier. Il y a au-dessus d'Innsbruck, des chemins de crête où on peut marcher pendant des
heures et des heures avec rien que le soleil et le
vent... rien que le soleil et le vent... rien que le
soleil et le vent... Dans le train qui l'emportait,
il se répétait ça comme un disque rayé : rien que
le soleil... Mais il connaissait cette formule,
bon Dieu! Qu'est-ce qu'elle lui rappelait? Impossible de retrouver ça dans sa cervelle... rien que
le soleil et le vent...

LXXV

« Regarde donc un peu; cette petite Bérénice
de rien du tout, les nègres se battent pour elle! »
Edmond haussa les épaules. Rose exagérait
doucement. Enfin il préférait qu'elle abandonnât
sa rengaine : ces derniers temps elle devenait
scie avec son théâtre. Pas si facile à arranger.
Il fallait le théâtre d'abord, puis l'argent, puis
que ce soit plus ou moins rentable, et une couverture, un prête-nom...
« Ce n'est toujours pas pour moi qu'on se
tuerait! — dit-elle avec regret. — Ni qu'on se
ferait tuer... Ta femme va bien? »
Il rigola.
« Parce que, — dit-elle, — je te soupçonne de
me tromper avec elle. Oh, ne dis pas non! Tu es
un pervers. Passe-moi ma combinaison. »
Elle faisait sa malle. Encore une fois. Elle
venait à peine de rentrer de Dax, sa cure annuelle
avec Jicky, engagé à l'établissement. Elle l'y

avait laissé. C'était la saison morte, pour l'institut Melrose. Trois semaines de Dax : le sacrifice fait à Decœur suffisait comme ça. Après quelques jours de Paris, Edmond retrouvé, elle repartait. Elle l'emmenait avec elle en Suède. Ce serait la première fois qu'Edmond voyagerait comme ça, avec une tournée. Rose allait jouer *Gioconda* à Stockholm. « Ce d'Annunzio, — dit-il, — je ne peux pas le blairer! — Oh, il est jaloux, je t'adore! Mais n'oublie pas mon théâtre... — Adrien s'en occupera pendant notre voyage — Il va tout à fait bien, sa jambe? — Oh, il lui faut encore une canne, mais enfin... — Tu lui dois une fière chandelle, à celui-là, pas seulement à cause de la petite, pauvre chou! Mais tu imagines la musique qu'on aurait entendue avec ta femme, si la gosse avait été écrasée! Oh lala, quelle barbe! J'aime autant ne pas y penser... »

Leur liaison avait changé de caractère, peut-être par balance de leur séparation de l'hiver : elle était devenue plus suivie, intime. Edmond se détachait tout à fait de Blanchette, qui était très calme maintenant, qui ne posait plus de questions. Il s'ennuyait avec elle. Le mois d'août était splendide en Suède. Rose y trouva un garçon d'une beauté foudroyante, un peu mou, qui tomba amoureux d'elle. Par-dessus le marché, il avait toutes les allumettes du pays. Il lui proposait d'acheter pour elle la Comédie des Champs-Élysées. Ce théâtre-là était dans l'œil des gens à Stockholm, à cause des Ballets Suédois de Jean Borlin. On pourrait faire une combinaison avec Rolf de Maré, qui utiliserait l'Opéra, la grande salle. « Écoute, ma petite, — dit Edmond, — s'il te plaît, couche avec, je m'en fous : mais si tu prends son argent, c'est fini nous deux. Ou de quoi est-ce que j'aurais l'air? » Elle l'embrassa : « Tu es trop drôle! Tu me plais. Et puis on ne trompe pas un homme qui a de si beaux bagages. » Pour des beaux bagages, qu'est-ce qu'il avait, Barbentane! Mais enfin il télégraphia à Adrien Arnaud de faire le nécessaire pour le Gymnase, si Bernstein ne le prenait pas. Tant pis. Le Gymnase, c'est mieux que la Comédie des Champs-Élysées.

D'ailleurs, le petit marchand d'allumettes n'était pas une affaire au lit. Et puis la Norvège... Une actrice, Rose Melrose, ne pas connaître la Norvège! Il y a Ibsen, vous saisissez. Alors, ils firent fjord. Adrien écrivait que ça ne marchait pas très bien au Consortium avec le groupe Palmède : opposition systématique dans l'affaire de la vente de l'essence à Paris. Bah, Adrien n'avait qu'à s'en occuper. Le Consortium n'intéressait Edmond que dans la mesure où il garantissait sa liberté, s'il la limitait, au diable! On n'est pas des sordides. En attendant, il ne parle pas du Gymnase, Adrien. Si on ne peut pas avoir le Gymnase, il vaut mieux ne pas cracher sur la Comédie des Champs-Élysées. « Mais puisque Ivar n'est pas une affaire au lit, ma chère? — Pas une affaire, pas une affaire : je ne suis pas si intéressée que tout ça! » Un mot de Mary les atteignit à Narwick : elle mêlait des histoires de parfums au poids et sa tristesse de la mort de Paul. Elle parlait un peu beaucoup de ce jeune musicien, l'ami du défunt, Jean-Frédéric Machinchouette. Elle devait coucher avec. Mais le docteur écrivait à sa femme des lettres à fendre l'âme. Rose voulait rentrer. On aurait le cœur net pour le Gymnase, et elle devait bien quelques jours à son Jicky. Cochon d'Edmond, quels bagages tout de même. « Écoute, on n'a pas de tranquillité avec toi, tu ne penses qu'à ton théâtre... — Et à mon mari. Il me fait du souci. Et puis qu'est-ce que tu fais de moi, j'ai ma carrière. — Et l'institut Melrose? Ce n'est rien peut-être? Ça devrait l'occuper, Jicky. — Je ne te dis pas que ce n'est rien, mais je ne suis pas faite pour n'être qu'une marque de parfums... »

A leur retour, en septembre, Blanchette

n'était pas rue Raynouard. Elle avait emmené les petites dans leur villa de Biarritz. Rose traînait Decœur derrière elle. Il parlait chiffres tout le temps, cet homme. L'institut allait bien, trop bien même. Les vacances, la saison de Dax, ne semblaient pas en avoir réduit le train d'enfer. Il aurait fallu un nouvel appel de fonds, pour le roulement, on avait trop de commandes. L'inconscience des gens! L'histoire du Gymnase se compliquait, il aurait mieux valu quelque chose de plus petit, mais ça, Rose faisait des scènes. En été, Paris ne vaut rien pour les nerfs. Surtout qu'il venait de se constituer à la Compagnie des Voitures un groupement de petits actionnaires mécontents qui demandaient des comptes, voulaient fourrer leur nez partout, criaient contre les diverses Immobilières, parlaient de capitalisation. « Je deviendrai chèvre si je reste ici. Occupe-toi de tout! — dit Edmond à Adrien. — A propos, ta jambe? » Il n'y paraissait plus guère. Barbentane fila à Biarritz. Les petites avaient grandi. Leur mère était distante, elle avait l'air engourdie, comme dans un rêve. Au casino, il y avait de fortes parties, Edmond avait de la veine. Diane de Nettencourt, superbe, paradait aux tables, Schœlzer pas très loin. On la voyait beaucoup avec un toréador, ça faisait jaser. Rose tomba à l'improviste sur Edmond. Elle avait pris une chambre à Saint-Jean-de-Luz. Quand elle vit qu'il jouait elle se fâcha. « Tu me refuses un théâtre, et tu flanques l'argent par la fenêtre. Oui, tu as une veine de cocu. Mais pas comme tu le penses! » Il passa huit jours avec elle à Saint-Jean. Blanchette se désintéressait de tout. Mais cette cohue! On s'écrasait. Et puis l'Espagne était tout près, c'est si tentant. Rose faisait très barrésienne à ses heures. Le pays basque, c'est très joli, mais mais... Tolède, ça ne te dit rien? A Tolède, elle le pilonna avec le Gymnase. « Regarde ce qu'on m'écrit, non, mais regarde! Une foule d'embêtements, Palmède, une enquête sur la Compagnie des Voitures, est-ce que je sais? — Je ne suis pas une femme d'affaires, — dit-elle. — Je n'y comprends rien... »

Alors, ils prirent le chemin de l'Andalousie.

Aux premiers jours d'octobre, quand ils débarquèrent à Cordoue, les toldos étaient encore tendus au-dessus des rues étroites. Il faisait une chaleur merveilleuse. Vers le soir, d'une douceur mexicaine, ça sentait si bon les orangers, tout était si romantique avec ces jardins invisibles, et les hommes accrochés aux grilles des fenêtres derrière lesquelles on devinait leurs bien-aimées, et les duègnes à deux pas. « Vrai, — dit Rose, — si je savais seulement que ça s'arrange avec le Gymnase, je crois que je serais heureuse! » Brusquement un télégramme rappela Edmond à Paris : Blanchette demandait le divorce. « Qu'est-ce qui lui prend? Je vais arranger ça... Reste ici, si tu veux, moi, je file. — Oh, comme c'est triste! Mais j'aimerais tant aller à Cadix. Et aussi à Séville. Je t'avais bien dit que ta femme n'était qu'une bourgeoise... On sera jolis si elle nous laisse tomber! — Je te dis moi, que je vais tout arranger. — N'oublie pas le Gymnase! »

Il s'agissait bien du Gymnase. Il semblait même que c'était le Gymnase qui avait fait déborder la coupe. Comment Blanchette avait-elle été mise au courant? Enfin, non seulement elle demandait le divorce, mais elle faisait faire des investigations dans les affaires d'Edmond, sous le prétexte des petites. Et puis sournoise! Quand elle avait l'air de s'en fiche, à Biarritz, eh bien, elle avait flanqué des détectives à ses trousses; à Saint-Jean-de-Luz, il avait payé la note de Mme Melrose, il habitait à côté d'elle, il y avait des dépositions de domestiques. Et puis ne revenait-il pas de Suède? On les avait vus en Espagne. La salope! Cette Blanchette qui faisait semblant de découvrir... Oui, c'était après ses sous qu'elle

617

courait. « Vous avez été très imprudent », disait l'avocat.

Barbentane se précipita chez son père. Le ministre se rendait-il compte de ce que la presse ferait de ce divorce si ça devenait public? Et les voitures, et le fisc qui commençait des histoires à cause de l'idiotie des petits porteurs, et Palmède... « Qu'est-ce qu'il vient faire là-dessus, Palmède? » demanda le sénateur. Ah non, on ne tombe pas des nues comme ça, je t'ai cent fois expliqué...

« Palmède, mon petit, c'est le parti... Au dernier congrès nous avons voté ensemble. On ne se tire pas dans les pieds entre radicaux peut-être! » Vous ne l'en auriez pas fait démordre. Ce qui l'irritait surtout, Son Excellence, c'était que la police fût si mal faite que sa belle-fille pût demander le divorce sans qu'on l'en prévînt aussitôt. « Je m'en plaindrai à l'Intérieur, et comment va Mme Melrose? » Bon Dieu! Edmond n'avait plus songé à l'institut! Si on soulevait cette histoire-là encore... « Et tu es président du conseil d'administration, ne l'oublie pas! » Le père haussa les épaules. Il parlerait de tout ça à Poincaré.

Pour comble, Adrien n'était pas à Paris. La rue Pillet-Will était sinistre en automne. Simoneau, pas du tout à la hauteur. C'était un excellent employé, un homme de confiance. Mais pour les initiatives dans des cas sortant de l'ordinaire! Il régnait dans les bureaux une consternation de mauvais aloi. Mlle Marie avait les yeux rouges. Edmond se perdait dans les paperasses. Simoneau, au moins, était bien sûr que cette opération de l'autre année n'était pas pistable? Il n'était sûr de rien, Simoneau. Ne pas oublier l'institut Melrose... Il aurait fallu voir Mary, Leurtillois, et le bonhomme Machinchouette, le peintre de Rose...

Mary filait le parfait amour avec Frédéric, et l'avait suivi à Londres où il donnait un récital.

Le père Ambérieux était introuvable, pour
la bonne raison qu'il avait voulu, lui aussi,
comme Aurélien, profiter des circonstances, et
aller renouer connaissance avec de vieux amis à
lui, à Munich. On avait été assez longtemps
séparé par toute cette chiennerie!... Edmond ne
regrettait pas leur absence pour des raisons de
mondanité Il allait falloir s'arranger sans eux...
Pas de tuile à l'institut? Simoneau! Monsieur?
Vous enverrez ce télégramme à M. Arnaud,
à Sérianne... C'est à Sérianne qu'il a dit qu'il
allait? Il écrivit à Rose de revenir. Ce n'était
pas le moment de dépenser à tort et à travers.
Ah oui, que je n'oublie pas l'institut. Mlle Agathopoulos avait un furoncle sur la joue, vous
parlez d'une réclame pour un institut de beauté!
Le comptable expliqua à Edmond qu'il fallait
cent mille francs pour l'échéance du quinze.
Les gens ne payaient pas. Délicieux. Quant à
Decœur, il se soûlait comme une vache. La saison
de Dax passée, il y en avait pour un an à avoir
Rose vraiment à soi. Il demanda à Edmond
ce qu'il avait fait de sa femme. Avec une demi-
arrogance, et cette horrible humilité. Il était joli,
Paris! Si seulement Aurélien avait été là, ça
aurait fait des soirées possibles, un type de
tout repos avec qui penser tout haut. Mais non.
Leurtillois voyageait en Allemagne. Après s'être
bien grisé de montagnes, il était descendu du
Tyrol au Salzkammergut, du Salzkammergut à
Vienne, et de là Berlin. Du train dont allait le
mark, il ne reviendrait pas de sitôt. Il envoyait
des cartes postales en couleur. Edmond en
avait trouvé trois ou quatre rue Raynouard! De
beaux draps! Il prit le train pour Biarritz.
Blanchette n'était plus à Biarritz. Elle avait
filé sur Antibes. Elle avait été se mettre sous la
protection de sa belle-mère. A mourir de rire.
Blanchette chez Carlotta! Enfin pas chez Carlotta,
mais à côté d'elle, dans le pavillon qu'ils avaient
fait construire pour eux. Avec Carlotta, bien :

Il aurait une complice dans la place. Le chemin de Biarritz à Antibes est tout bonnement infernal, ces changements, ces trains du Sud-Ouest, impossible! Ça n'en finit plus. S'il avait eu l'auto seulement. Tout le long du chemin Edmond chiffrait : plus il y réfléchissait, plus il se félicitait d'avoir l'appui de Carlotta. Seulement Carlotta était en Égypte, pour changer. Elle n'avait pas plus tôt vu sa belle-fille et les enfants installées au pavillon qu'elle avait filé. Allons, il allait falloir s'appuyer la grande scène avec Blanchette. Il prit une chambre à Juan-les-Pins, alla chez le coiffeur, se fit faire les ongles, masser. En octobre, Juan-les-Pins était secoué d'un grand vent. Il perdit dix mille balles au casino. Est-ce qu'il canait devant l'obstacle? Il s'était donné vingt-quatre heures avant d'aborder Blanchette. Pour laisser passer un vendredi... Il n'était plus sûr de lui.

LXXVI

L'hôtel avec ses murs épais, bâti pour la neige, était frais en plein été. Aurélien s'y perdait dans les couloirs sombres et les murs blanchis à la chaux. Cela tenait du couvent et du caravansérail. Les troupes de Napoléon avaient campé dans la région, et un maréchal avait fait ici ses quartiers. On était en plein dans la bourgade, au creux de la rue qui grimpait des deux côtés. Il y avait un monde fou. Tous des étrangers. Leurtillois ne parlait à personne. Le manque de tact des gens l'irritait! Ils avaient de ces façons de tirer les billets de banque, d'étaler les dix mille couronnes sous le nez des domestiques! A vrai dire, ceux-ci s'en moquaient. On ne manquait de rien, somme toute : il y avait du lait, des œufs, des fruits, pas mal de viande. Dans les villes, à ce qu'il paraît, c'était affreux. Mais à la campagne! On s'en tire toujours à la campagne. Quel pays adorable! Ces petites vallées encaissées avec les torrents au fond, des pentes vertes, çà et là les églises si peu pareilles à celles de chez nous, blanches avec leurs toits verts, le clocher déjà oriental, partout un baroque campagnard... Et les maisons de bois, basses, toutes en toit. Les gens sont propre, doux, polis. Aurélien aimait à répondre à leur *Grüss Gott!* sur les chemins. Des ennemis? Vraiment ce n'était pas croyable.

Au-dessus de Steinach, les excursions classiques faites en quelques jours, Leurtillois, sans guide, au hasard, malgré les conseils apeurés de l'hôtelier, passait ses jours dans les montagnes abruptes et sauvages, où les sentiers n'étaient pas ou peu marqués. Il abordait directement par la forêt cette montée rebelle à l'escalade par où il avait appris à atteindre les premiers contreforts pelés d'un pays de sommets. Il filait le matin avant l'aube, de façon à être de bonne heure dans le champ d'edelweiss, après trois heures de grimpée, d'où, se retournant, il voyait le croisement des vallées, jusqu'à Innsbruck au nord, et là-bas au sud vers les Dolomites. C'était vraiment le toit de l'Europe, on devinait la Suisse et l'Italie. Ici commençait la grande solitude des hauteurs.

C'était de là que, peu soucieux des risques de l'alpinisme, avec son bâton auquel il attachait sa chemise, le torse nu, sans chapeau, brûlé au noir, et les traces pâles des coups de soleil des premiers jours, Aurélien s'acharnait à ne pas rompre le contact avec le ciel. Il suivait, sans égard aux éboulis, aux contre-indications du Baedeker à l'hôtel, cette crête, ou l'autre, ou une troisième; elles sont dans ces parages aussi nettes que le tranchant d'une lame, de-ci de-là elles se font murailles, on les traverse par une cheminée où de grosses pierres se détachent au moindre bruit. Leurs angles brusques réservent des surprises : on découvre soudain un autre versant, une vallée comme une rigole des montagnes, un abîme où se tord le serpent de métal qui s'écaille en cascade à l'abord d'une forêt tout en bas. Puis c'est un enfer de roches, un trou énorme de désolation. On reprend la crête, à la ligne de séparation de deux mondes, mille mètres par ici, huit cents par là, un univers de creux à ses semelles, et l'immense soleil sur tout ça, jetant les ombres tournantes des cimes dans ces dépressions géantes. Soi, on ne remarque même plus le feu du ciel, tant l'air est vif à la peau, tant l'ombre paraît indigne, et faite pour les bas pays. On est pris par l'ivresse de la marche, de l'effort, de la difficulté vaincue. On a grandi de la hauteur des montagnes. Quelle force n'a-t-on pas dans la solitude! La force même de ne penser à rien, à ce point pénétré du paysage, à ce point l'esclave de ses yeux, et de ce monde pur et disproportionné, qu'il est notre pensée, notre folie, et qu'il semble dicter à la fois les pas de l'homme, les battements de son cœur, le mouvement de ses idées. Il y a chaque pas que l'on fait à surveiller, un éveil constant de tous les muscles; les guides prétendent que pour passer de cette zone-ci des monts à cette région là-bas, à laquelle en général on accède par un long détour, et pas par les crêtes, il faut être né dans le pays. La bonne blague! Ils veulent se faire indispensables, bien sûr.

Les refuges étaient rares de ce côté-ci. Il fallait regagner le chalet, le seul en perspective, où on pouvait plus ou moins se restaurer, là-bas, à quatre ou cinq heures de marche. On y retrouverait des touristes, et des paysans qui se feraient prier pour iouler à la grande joie des Anglaises; et des prêtres avec les sociétés de gymnastique, ou des jeunes gens d'une espèce de compagnonnage, qu'on voyait par petits groupes, demi-nus, blonds et bronzés, avec des médailles au cou.

Des *Naturfreunde*. Et puis d'autres avec des femmes et des rucksacks, Allemands à la manière des images ; un dix-neuvième siècle des livres de prix. Il y avait aussi des espèces d'instituteurs en bras de chemise, qui se distinguaient à leur façon de ne pas dire *Grüss Gott* au passage comme tout le monde. Il paraissait que c'étaient des organisations socialistes. Le plus souvent, ce n'était qu'à la nuit tombée qu'Aurélien dévalait sur Steinach; il dînait dans la grande salle déjà presque vide où les derniers touristes en étaient déjà au dessert, et on entendait dans une pièce voisine les jeunes gens qui faisaient marcher le phonographe.

Cependant, un soir, parce qu'il y avait eu une menace d'orage, d'ailleurs dissipée, comme il arrivait à l'entrée du village vers les six heures il vit descendre de la petite colline, en face de lui, un couple ridicule que le soleil baissé nimbait d'un or d'opérette. L'homme était déguisé en Tyrolien, genoux nus, bas verts, culotte à larges bretelles, gilet ouvert sur une chemise brodée, chapeau classique avec la plume, et il avait l'air d'un Français comme on n'en fait plus, dans les quarante ans, avec sa petite moustache, ses joues rouges, ses un mètre soixante et dix, et un chien sky-terrier en laisse, noir, à poils longs et rudes, vermiforme, les oreilles pointues. Le grand alpenstock dans l'autre main complétait le personnage. La femme, dans sa robe noire à fleurs, un chapeau de paille, le tout acheté à Innsbruck, était aussi peu paysanne que lui montagnard, et elle avait les yeux fardés, les ongles faits, mais c'était une jolie fille, longue, souple, qui se tordait les talons dans les pierres. Où ai-je vu ces gens-là? se demandait Leurtillois. Ils n'avaient pas dû aller à plus de trois cents mètres du village, bien sûr. Tout d'un coup, ils firent de grands gestes, des signes, des cris. Pas de doute, ils appelaient Aurélien. C'étaient les Floresse, ces voisins du quai d'Anjou qu'il

avait rencontrés à la foire de Montmartre, avec
Cussé de Ballante. Sa solitude était fichue.

Il eut beaucoup de peine à les éviter. Ils
avaient loué une maison paysanne, arrangée
dans le goût de leur vêture, ils avaient deux
domestiques du pays, le chien mangeait à table,
et ils s'ennuyaient à mourir. Ils ne savaient pas
l'allemand. Mme Floresse parlait avec ses gens
par gestes. « Vous comprenez, Leurtillois, —
disait le mari, — n'était vraiment prix incroyable
des choses! Trop bête, laisser passer occasion
semblable... On vit à l'œil... Souvenir pour
plus tard... un moment comme ça dans la vie! »
Il avait un style presque télégraphique. Il
possédait une grosse papeterie dans le centre de
Paris. Il s'embêtait pourtant.

Aurélien se rendait compte de ce qui allait se
passer. Ça lui pendait au bout du nez... Il fit
honnêtement ce qu'il put pour les fuir. Évidemment il coucha avec Régine Floresse. Pas mèche
de faire autrement. Enfin, c'était du couchotage.
Il avait toujours détesté ce genre entre deux
portes. Heureusement qu'il y avait le grand air,
après... Il fit des excursions de deux ou trois
jours, atteignit les glaciers en haut de la vallée :
grimpa à la frontière italienne, au Brenner, et
bavarda avec les bersaglieri du poste. Ah, là,
on sentait qu'il y avait eu la guerre... Il ne
pensait plus jamais à Bérénice.

Peu à peu, pourtant, il sentait croître en lui
l'inquiétude. Il semblait que ce fût depuis que
les Floresse lui étaient tombés sur le râble. Il
se fatiguait assez, bon Dieu! Mais enfin, il y
avait les soirées à Steinach, longues, traînardes,
le charme encore chaud des nuits. Alors il repi-
quait au truc des hauteurs, dès l'aube. Il se
payait de l'escalade. Mais c'était bizarre . il y
avait quelque chose de cassé, le paysage ne
suffisait plus à meubler sa tête. Il lui arrivait
de rêver d'une petite ville française, un chef-lieu
de canton du Sud-Ouest, banal et poussiéreux,

avec une pharmacie dans la grand' rue; et il se représentait ces fins de journée, quand les gens quittent leur travail, qu'il y a un monde fou pour dix minutes dans cette grand' rue-là, Bérénice qui passe, et tout un groupe de messieurs qui la salue... « Madame Morel! Mes hommages, madame Morel! » Brusquement il regardait autour de lui, et il n'y avait que le ciel, les roches, et au fond de ce dédale aride et déchiré, un petit monastère gros comme un tas de pois chiches, là-bas, auquel la légende attache le souvenir de Charles-Quint on ne sait plus pourquoi... Allons, il faudra que je dise à Régine que ça m'est désagréable à cause de Floresse. Elle va bien rire. Elle avait bien ri : « Assez de bêtises, Aurélien! Vous allez me dire ce que vous pensez de ma dernière acquisition! » Un tableau d'église, assez bitumeux, du dix-septième, un Jardin des Oliviers... Il venait s'ajouter aux innombrables emplettes du couple Floresse : peintures paysannes primitives, images saintes sur verre, vieux bahuts, boucles d'oreilles, etc... « Me demande, — disait Gontran Floresse, — si n'aurons pas ennuis douane? Paraît qu'Autrichiens ont pris mesures draconiennes pour qu'on ne puisse rien enlever pays... — Il ne manquerait plus que ça! — s'exclamait Régine, furibonde. — Nous les avons payés ou nous ne les avons pas payés? Alors! Ce qui est à nous... »

Les timides essais de Gontran pour faire comprendre à sa femme que l'idée de propriété est relative aux événements demeuraient sans résultat. « Et puis à la fin, sommes-nous vainqueurs, oui ou non? » C'était la première fois qu'Aurélien entendait cette expression dans la bouche d'une femme. Elle lui fit un drôle d'effet. Tout de même, il n'approuvait pas ces manières de brocanteurs de ses compatriotes. Il n'était pas très fier d'eux. Et quand, un matin, sur le chemin des crêtes qu'il aimait reprendre, au nord-est de Steinach, s'étant un peu égaré, il se trouva seul, comme toujours le torse au vent, avec son baluchon d'effets sur l'épaule, et deux sandwiches dedans, en face d'une dizaine d'Allemands, des vrais ceux-là, tous d'une même couleur beige et gris-vert, avec plusieurs femmes qui, ayant reconnu un étranger dans ce touriste brun, brandirent vers lui le poing, criant qu'on leur ferait reprendre la porte à tous et bientôt, tandis que les hommes les calmaient, leur parlaient à l'oreille, et qu'il dut passer devant tout le groupe sur l'étroit sentier entre deux abîmes, avec le sentiment que d'un coup d'épaule, il ferait un kilomètre de hauteur, il ne se sentit pas vraiment très vainqueur, Aurélien, et assez penaud. Surtout à cause de ce sentiment en lui, qu'après tout, à leur place, il aurait senti comme eux; et que ce n'étaient pas des Floresse qui le feraient penser autrement, au contraire. Enfin ce genre d'incident était très rare. Le plus souvent, les gens du pays étaient la gentillesse même.

Il avait eu des difficultés d'argent : son mois en retard, une sottise de la banque, et la chute de la couronne pendant le même temps... Oh, il pouvait s'en tirer. Mais il accepta l'invitation de Floresse, prit la chambre d'ami dans la villa. C'était énorme, cette maison; et ça ne leur coûtait que le blanchissage des draps. Et puis Régine aurait mal pris qu'il refusât.

N'empêche qu'il eut le sentiment de Livingstone quand la caravane de Stanley pointa à l'horizon, lorsqu'il reçut un mot de l'oncle Blaise, lequel, se rendant à Munich, avait fait un petit crochet par Innsbruck pour voir Aurélien : mais il lui demanderait de venir jusque-là, Steinach était trop hors du chemin... Et quel plaisir, à la gare, de les retrouver, l'oncle et tante Marthe, pas changés, pareils... ...Sauf que l'oncle a laissé pousser sa barbe... Ah, il le connaissait, Aurélien, ce vieux complet de surah naturel que Blaise ressortait tous les ans aux chaleurs! Et la tante :

dans son tailleur gris, avec un grand sac et son ouvrage dedans, un chapeau de paille noire. « Vous êtes toujours la même, tante Marthe! comme quand j'étais petit et qu'on allait vous chercher avec maman, et le poney...

— Tu as l'air d'un moricaud, mon petit, — dit-elle de sa voix de rogomme, — mais c'est pas des pays pour nous, tu diras ce que tu voudras! »

La tante était très effrayée parce qu'il y avait eu la veille une sorte de manifestation au monument d'un patriote tyrolien qui avait fait le coup de feu jadis contre les troupes de Napoléon. Et beaucoup de commerçants avaient fermé boutique par protestation contre les étrangers « On dirait qu'on ne nous aime pas ici... » soupira Aurélien. Et Marthe : « Je me demande ce qu'ils nous reprochent! » Il haussait les épaules, mais l'oncle expliqua : « Paraît qu'on la saute, en ville... » Toujours la même chose, pas que les gens aient des idées, non : mais quand le ventre était de la partie! Aurélien dit que France ou Allemagne c'était tout un : les gens sont bassement matérialistes. En attendant, ça faisait plaisir de se retrouver entre soi. Pour un soir, deux soirs? Oh, deux soirs, l'oncle, je ne vous lâche pas jusqu'à après-demain!

LXXVII

« Je t'assure, fiston, que tu as tort... »

Blaise chiquait par-dessus le parapet. Tante Marthe ne se mêlait guère à la conversation, toute à son napperon de broderie anglaise, avec la toile écrue débordant le cerceau jaune sur lequel elle était tendue, et en dessous la toile cirée verte et noire, avec des piqûres d'aiguille.

« Je te dis que tu n'es pas juste : Ménestrel a

du talent... et puis on s'en fout qu'il ait du talent, il a mieux... Dans toutes les générations, il y a des types comme ça. Bien sûr, ils sont parfois entourés de drôles de cocos! Je me souviens, au temps des symbolistes... Oh, j'en ai admiré des bizarres quand j'étais jeune! On rit après quand on y pense... N'empêche que Ménestrel, mon petit, Ménestrel... tu verras plus tard! »

Comment en étaient-ils tombés à Ménestrel devant ce paysage énorme, cette lumière éclatante? Ils avaient pris le funiculaire, et gagné cette immense terrasse d'où on surplombait non seulement Innsbruck, mais toute la vallée de l'Inn, et d'où on prétendait voir au loin celle du Danube. On leur avait servi de la bière, à la tante et à Aurélien. Blaise avait exigé un grand verre de lait.

« Moi, — dit tante Marthe, — je ne comprends rien à ce qu'ils écrivent, ces gens-là... Mais si ton oncle trouve ça bien, il doit y avoir quelque chose là-dessous. Parce que j'ai remarqué : quand on se fiche d'un peintre, d'un écrivain, et que lui, il hoche la tête comme ça (tiens, regarde-le!), eh bien, dix ans après, c'est le contraire... Ceux qui ne comprenaient pas sont entichés du bonhomme, et mon Blaise en dit pis que pendre! »

A vrai dire, Leurtillois se moquait de Ménestrel. C'était de Paul Denis qu'il s'agissait, sans qu'on le nommât. Paul Denis restait doublement pour lui une plaie. Même en mémoire. Peut-être était-ce un sentiment bas, mais qu'y faire? Il l'avait. Il arrivait à ne plus penser à Bérénice, mais la mort de ce Denis-là le travaillait encore. Une chose si stupide, cela laissait une amertume, cela vous revenait. « Si tu avais vu, l'oncle, quand le Bédaride s'est amené avec le Pfister! Des questions à vous rendre malade... au fond les petits copains à Ménestrel, ce n'était pas très différent, avec leur enquête... A vomir... Quand je pense que ce Sicre de Frédéric s'est collé avec la veuve Perseval! Une rigolade... Mais dis donc... — Il avait l'air gêné, Blaise l'encouragea, quoi, dis donc! — Eh bien... j'avais pensé... A toi... elle ne t'a jamais écrit, Bérénice? » Si, deux ou trois fois. Rien de bien saillant. Des lettres pour dire merci, donner des nouvelles. Pas un mot d'Aurélien. Une fois, elle parlait de son mari : *Lucien a été parfait...* rien de plus.

Ah, Aurélien rêva longuement. Il avait quelque chose sur le cœur. Quelque chose qu'il était las de porter seul. Qui lui était revenu mille fois. Dont il faudrait parler un jour à quelqu'un... Autant à l'oncle... Il regarda la tante : sa présence était un peu gênante, bien que... Après tout, ce n'était pas si direct... Une chose intime... et puis zut! « Voilà, — dit-il, et il s'arrêta longuement, — voilà : le soir de sa mort, le gosse Denis m'a raconté une chose... oh, il aurait mieux fait de tenir sa langue! Ça donne la mesure de ce qu'il était, et puis... Dire qu'elle s'est confiée à un gamin comme ça! Les femmes sont folles.

— Motus sur les femmes! — glapit tante Marthe.

— Tu l'interromps, — fit sévèrement remarquer Blaise.

— Qu'est-ce que tu disais, fiston? J'ai l'impression que tu tournes autour du pot.

— Moi? Non... C'est parce que... c'est-à-dire que c'est un propos assez révoltant... peut-être qu'il a menti, après tout, le gosse...

— Tu nous fais languir...

— Pardon. Oui, le soir de sa mort. Je ne sais pas comment c'était venu. Enfin, Bérénice lui aurait dit... Ils étaient au lit, je suppose... Pardon, ma tante!

— Qu'est-ce que c'est que ça! — cria-t-elle. — Tu fais des manières avec moi! Alors, ils faisaient l'amour, tu dis? »

Aurélien rougit sous le hâle. Il reprit lentement : « Elle lui dit tout à coup... je crois que ce sont les mots mêmes... en tout cas ses mots mêmes, à lui... *Tu ne peux pas savoir ce que*

629

c'est merveilleux un homme qui a ses deux bras... »

Il se tut, et puis il murmura encore : « *Tu ne peux pas savoir...* » Il en avait gros sur le cœur. Ambérieux hochait la tête. Il était choqué. Il y avait de quoi. Le silence faisait vilain. Le panorama des montagnes luisait comme un banc de lézards. L'oncle fit un bruit des lèvres qui était à peu près : Bah, bah... puis se gratta le nez. Il était tout ridé, avec des taches de soleil mêlées aux accidents de la peau : « D'assez mauvais goût, — grogna-t-il, — à ce Denis de te raconter ça! »

La tante posa son cerceau et l'ouvrage sur ses genoux et cria : « Ah, les hommes! Non, mais regardez-les, ces deux-là! Quels hypocrites! Moi, je trouve ça tout naturel, de cette petite. Ne me regardez pas avec vos portes cochères, messieurs... C'est effrayant comme ça vous révolte quand par hasard une femme dit quelque chose de direct. Eh bien, quoi! si je vous disais, ce que je trouve, enfin ce que je trouvais de merveilleux dans un homme? Ne fais pas cette bouille-là, mon Blaise! J'ai parfaitement oublié ce que j'ai jamais pu trouver de merveilleux chez vous autres! »

L'oncle changea la conversation. Elle était capable de tout dire, et Aurélien... eh bien, Aurélien, au fond, il avait eu un autre genre d'éducation! « Dis donc, j'ai reçu une lettre de ce M. Arnaud... c'est bien Arnaud, son nom? pour l'institut... — Il ne dit pas l'institut Melrose, et jeta un regard sur Marthe qui bourlinguait de l'aiguille, et marmonnait que, si ça avait été elle, cette petite Bérénice... et rapprochant sa chaise de celle de Leurtillois : — Je ne comprends rien à ce qu'il me veut, mais j'ai l'impression... l'impression seulement... qu'il y a quelque chose qui cloche... »

Ce qui clochait pour Leurtillois, c'est qu'il s'était fait adresser son mois par une banque... on ne prenait pas les mandats pour l'Autriche... et que ça avait si bien traîné, comme on ne vous payait pas en francs, mais en couronnes, et le change fait en date de l'envoi, que le temps qu'il ait pu toucher l'argent, la couronne avait dégringolé, dégringolé... J'ai été volé comme dans un bois.

Le garçon qui enlevait les verres dit dans un français très correct : « Ces Messieurs ne reprendraient-ils pas une autre consommation? » Ils sourirent. On voyait bien que c'était un étranger.

Ce ne fut que plus tard, comme ils rentraient à Innsbruck, que le vieil Ambérieux osa poser la question qu'il retournait dans sa bouche depuis longtemps : « Dis-moi, petit... ça t'a fait très mal? C'est bien fini au moins...

— Oui, je crois, vraiment... Je n'y pense jamais. Ou du moins rarement. C'est même drôle comme il est facile de sortir de là, le contraire de ce qu'on penserait... Je n'y pense plus, voilà tout.

— Aurélien rêva, et puis : — Mais d'en parler pourtant, ça revient... comme ces petits éclats d'obus que le chirurgien vous laisse, on se promène avec, et puis par hasard, on met le doigt dessus... »

L'oncle toussota : « Je te demande pardon : je n'aurais pas dû...

— Il faut bien de temps en temps savoir où on en est. Parfois, c'est à crier... ne plus rien savoir d'elle...

— Pourquoi ne lui écris-tu pas?

— Et si elle allait ne pas répondre? Je ne veux pas m'y exposer, amener ça de mes propres mains... Puis c'est tout remettre en question, tout remettre en mouvement dans moi-même... Je ne sais plus ce que je désire. Au fond, le gosse Denis nous a bien séparés.

— Tu ne lui pardonnes pas d'avoir pris un amant?

— Évidemment, non, je ne le lui pardonne pas... je suis fait comme tout le monde, je le lui aurais passé s'il avait vécu, mais cette mort... L'obstacle, c'est Paul Denis mort... mort pour elle... Il me semble que je n'ai pas le droit...

— Tu dis des bêtises! Tu n'y crois pas. Au contraire, puisqu'il est mort... »

Aurélien pouvait-il exprimer ces contradictions qu'il traînait avec lui par les montagnes? L'oncle n'y aurait rien compris. Ce saisissement du temps qui passe sans douleur par exemple, et quand il fixait son esprit là-dessus, la douleur... Oui, on sort d'un amour comme on y entre, sur une décision prise; et de le constater était à Leurtillois un désappointement profond. Il était sorti de cet amour, les mains vides, et sa vie avait moins que jamais de sens. Il se rappela comme le docteur Decœur disait : « Mon amour à moi, c'est ma guerre... » Il était sorti de son amour comme il était sorti de la guerre. Avec le même vague regret, le même étourdissement. Aujourd'hui comme alors, il doutait du vertige subi. Il lui revenait des nausées quand il pensait à ces jours de novembre dix-huit, quand il avait partagé avec les autres cette exaltation de la victoire... La victoire! Elle était belle, la victoire. Il n'y avait qu'à regarder autour de soi, ici, au Tyrol... La victoire des Floresse... Tout lui était bon à glisser de la pensée de Bérénice à autre chose. Que serait l'avenir? Un monde sans honneur. Un monde sans amour pour le justifier. Après Régine, il y aurait une autre Régine. L'hiver à Paris. Les Ballets Russes. Pourrait-il se payer les sports d'hiver à Megève? Il y avait le golf à la Boulie, le retour du printemps. On appelle ça une vie. Tout ce qu'on fait croyant bien faire... Un beau jour, c'est monnayé. Il y avait eu les Éparges pour que Floresse achetât des antiquités qu'on lui confisquerait à la douane. Le petit Denis serait mort pour que Bérénice...

À son retour à Steinach, Aurélien tomba droit sur Floresse à la sortie de la gare. L'autre, le voyant, agita les bras : « Ah, mon cher! comment nous excuser? Ignore absolument ce qui s'est passé... Facteur passe, courrier sur la table, encore des notes! Allions et venions, parce que ce paysan

632

s'est décidé nous vendre admirable, mais ad-mi-
rable coffre seizième... un morceau de pain! Étant
donné change, bien sûr... M'avait semblé qu'il y
avait quelque chose pour vous... Puis impossible
remettre main dessus... Demandé Régine : elle
n'avait rien vu... »

Mon Dieu! Si cela avait été une lettre de Bérénice? Comment était l'écriture?

Gontran n'avait pas regardé le timbre de la
poste. Ça venait de France, tout ce qu'il pouvait
dire. Régine, interrogée répéta qu'elle n'avait rien
vu, et demanda assez aigrement à Aurélien s'il
attendait une lettre de femme? Elle avait dû la
chiper, la lire. Certainement une lettre de Bérénice. Mais si ce n'était pas une lettre de Bérénice...
Impossible d'écrire, de demander à Bérénice...
L'aimait-il encore? De quel étrange amour peu-
reux, inavoué. Il porterait donc toujours en lui
cette inquiétude latente, qu'avait fait renaître
l'incident de la lettre? Il avait suffi de cette lettre
perdue pour le rejeter dans une vie oubliée. Il
fallait être franc avec soi-même. Le spectacle qui
l'entourait l'avait longtemps distrait de Bérénice,
et soudain Bérénice renaissait. N'était-ce pas
aussi quand ce spectacle touchait à l'écœure-
ment? parce que ce spectacle touchait à l'écœure-
ment... Il se souvenait de ce soir, avec Armandine,
quand il avait décidé, exactement décidé qu'il
aimait Bérénice : juste après avoir rencontré
Riquet. Et puis Armandine... tout ce qu'Armandine représentait de l'horreur familiale, de
l'enfance... le milieu auquel on n'échappe pas... Il
avait décidé d'aimer Bérénice. Bérénice lui avait
fait oublier les gens, la vie, sa vie. Quand il avait
voulu oublier Bérénice, il avait à l'inverse fait
appel au monde contre elle, un monde des
hauteurs, le Tyrol du grand soleil, désert et libre.
Mais pas si désert qu'il n'eût ses vallées avec ses
Floresse, et jusqu'aux chemins des crêtes ses
touristes et ses passions. Peu à peu, ce Tyrol de
diversion avait reposé devant Leurtillois, sous

une autre forme, les questions de Riquet comme celles d'Armandine. Peu à peu, l'air même des sommets était devenu irrespirable. Alors s'était reformée l'image de Bérénice, et une fois de plus, elle lui servait à oublier l'entourage, les décisions à prendre... Il fallait être franc avec soi-même. Ce n'était que cela.

Il en avait assez de Régine. Il ne lui pardonnait pas le coup de la lettre. C'était gênant d'habiter avec eux. Il aurait pu retourner à l'hôtel, le mois suivant arrivé de façon plus expéditive... Mais c'était gênant aussi d'avoir l'air... Il détestait que Régine montât dans sa chambre à tout bout de champ. L'automne venait, le mauvais temps. Il annonça qu'il partait. Son beau-frère lui avait écrit... Son beau-frère ne lui avait rien écrit du tout et, au lieu de filer sur Paris, il descendit sur le Salzkammergut, et de là à Vienne, et de là à Berlin. Oh, quelle merveille de ne plus avoir les Floresse sur le dos!

Le tourbillon des pays, des villes, ce luxe, cette misère, et la disponibilité d'Aurélien, presque rien qu'on dût se refuser dans ces jours où l'argent disqualifié reculait toute limite normale aux plaisirs, tout cela, à nouveau, venait brouiller l'image de Bérénice, l'obscurcir, l'effacer... Le petit éclat qu'il avait dans le cœur, un instant mobilisé par l'oncle Blaise, à nouveau ne bougeait plus.

En novembre, il était dans un café de Nollendorfplatz, lorsque la police chargea la foule, juste devant lui. Il n'avait plus jamais rien vu depuis la guerre, qui eût cette violence. Les garçons, sur la terrasse couverte, regardaient au-dehors, pâles et tremblants. A l'intérieur, un orchestre jouait *Bubchen*... Le moka était buvable. C'était l'Allemagne. Il y avait de grandes affiches avec des lettres gothiques, et des images plus ou moins cubistes.

« Après tout, — pensa Aurélien, — qu'est-ce que j'ai à me mettre la tête à l'envers? C'est tou-

jours comme ça la victoire. Et cette fois, c'est
nous les vainqueurs... »

LXXVIII

L'ouverture d'une information judiciaire à la
demande d'un groupe d'actionnaires à la Compagnie des Voitures avait déchaîné la tempête. La
position difficile d'Edmond Barbentane était rendue plus précaire encore du fait qu'il avait dû
céder la place au représentant des intérêts de sa
femme, un avocat d'affaires, qui jouait contre lui.
A la Compagnie comme au Consortium, s'il siégeait encore, c'était au nom de Mme Quesnel. Carlotta ne lui avait pas retiré sa confiance. Depuis
que le divorce était public, les gens se défilaient.
Plus de crédit. Jusqu'à Leurtillois qui lui avait
écrit une lettre inquiète de Berlin... Ah, celui-là !
Edmond aurait encore un certain temps l'argent
nécessaire pour le payer. Après ça, il n'y aurait
qu'à hypothéquer Saint-Genest... Parce qu'à
l'institut, à cause des dépenses incroyables enga-
gées par Decœur, avec l'incompréhensible complicité d'Adrien Arnaud, on avait dû faire appel
à des capitaux frais, ce qu'on avait trouvé, c'est-
à-dire ce que Rose rappelée d'Andalousie avait
trouvé, par un bonhomme assez douteux, un
nommé Mozart, tout simplement Mozart, comme
si de rien n'était ! Et ce Mozart connaissait la
musique. Lui, et ses gens, ils s'étaient installés
aux Champs-Élysées, ils avaient fourré leur nez
dans les comptes, contesté des créances, mis du
personnel à la porte, à commencer par Zoé
Agathopoulos, et quand ils étaient tombés sur les
sommes que mensuellement Barbentane faisait
verser à un M. Leurtillois, ils avaient poussé de
hauts cris, et dit que pas question : si ce monsieur

était actionnaire, il aurait droit aux dividendes normaux... Bon, Edmond devait s'arranger sur sa caisse.

Il n'était plus question de théâtre, Gymnase ou autre. Rose devait être bien heureuse si elle s'en tirait sans un krach scandaleux. Qu'est-ce qu'Edmond avait eu besoin de la fourrer là-dedans? Et Jicky qui faisait une tête de l'autre monde et tournait à la neurasthénie! Quand elle pensait à ce beau garçon à Stockholm... Cela aurait toujours été plus gai que M. Mozart! L'ingratitude de Rose ne surprenait pas Edmond outre mesure. Il avait toujours su qu'elle était comme ça, et puis il avait bien la tête à autre chose, en ce moment. Il fallait sauver les miettes. Bien, il divorçait, mais il avait assez longtemps travaillé en vue de cette éventualité, il avait planqué tout ce qu'il avait pu. Le terrible était que l'homme d'affaires de Blanchette fût d'une habileté diabolique. Il tombait droit sur les dissimulations, les fausses ventes l'une après l'autre. On eût dit que quelqu'un le renseignait. Il n'avait pas plus tôt les preuves en main qu'il faisait savoir à Edmond par son avocat, Me Blutel, que, s'il ne reconnaissait pas ceci ou cela et s'il ne consentait pas à telle ou telle concession, l'affaire suivrait son cours. Edmond, qui espérait encore sauver de beaux débris, mettait les pouces, et c'est ainsi que finalement il se trouvait les poignets ficelés, obligé d'accepter les torts dans l'affaire du divorce, de s'en remettre à la générosité plus que douteuse de Blanchette.

A son grand étonnement, Adrien Arnaud dans tout ça lui marquait une réserve froide. Ce garçon qu'il avait tiré de rien, dont il avait fait la situation! Quand Adrien était venu lui dire que, décidément, il le quittait, qu'il ne voulait pas être mêlé à tout ça, tout de même Edmond trouva qu'il y allait un peu fort. Rose, c'est dans l'ordre. Mais Adrien! Un ami d'enfance. « Que veux-tu! — disait celui-ci, — je ne peux pas t'approuver... je

636

ne veux pas, le cas échéant, avoir à témoigner contre toi... Il y a dans les affaires trop de choses que je connais et qui me déplaisent... Après la façon dont ta femme m'a soigné... » Un comble, je vous dis : un comble! Il prend le parti de Blanchette maintenant! La scène fut orageuse. Mais Adrien se tirait des pieds, c'était tout.

C'est quelques jours plus tard que l'avocat de Mme Barbentane demanda qu'on mît sous séquestre les biens acquis par Edmond sous le régime de la séparation, mais grâce à des abus de confiance, en tant que chargé d'affaires de sa femme. Il n'avait pas eu le temps même d'hypothéquer Saint-Genest. Saint-Genest n'était qu'une petite affaire dans tout ça, mais ça donne la mesure. Comment se retourner? Vraiment tout se passait comme si quelqu'un, pièces en main, avait renseigné l'avocat.

Edmond habitait au Carlton. Il avait trouvé plus élégant de laisser l'appartement à sa femme. Il se débattait très difficilement dans ses affaires. Au fond, il s'y empêtrait dans les complications qu'il avait lui-même tissées. Et puis Simoneau maintenant ne lui était plus d'aucune aide. Simoneau était un vieux commis des Quesnel, la famille Quesnel pouvait compter sur lui. Si Arnaud était resté là, au moins, pour celle des affaires qu'il connaissait, avec le Consortium, l'institut... Palmède le traitait à boulets rouges. Il avait fallu revendre à perte les postes d'essence achetés dans tout Paris et la banlieue. Il était clair que c'était Palmède qui rachetait en sous-main. Il fallut quitter le Carlton. Edmond vint camper avenue de l'Observatoire, puisque le sénateur et Esther habitaient au ministère. Le sénateur n'était pas content de cet arrangement : on lui avait fait des rapports tendancieux sur la situation de son fils, il y avait eu des échos dans les petits journaux...

Il n'y avait pas besoin d'être grand clerc pour voir qu'Edmond allait tout droit à la culbute. Poincaré avait pris à part son sous-secrétaire d'État pour le prévenir : Palmède était derrière tout ça, le docteur Barbentane ferait mieux de s'entendre avec Palmède, qui n'était pas mauvais bougre, et très fidèle au parti. Il y a des avis qui sont des ordres. Le ministre vit donc Palmède. Il le trouva comme on le lui avait dit : pas du tout désirant la mort du pécheur, prêt même à certains arrangements... Mais le difficile était que, à cause du Consortium, il avait maintenant des intérêts en commun avec Mme Blanchette Barbentane, la fille de cet excellent Quesnel; et même qu'il y avait entre eux sur plusieurs points des accords, passés grâce à l'entremise d'un jeune homme très intelligent, M. Arnaud, je crois, auquel le fils Palmède... Ah, par exemple! Vous parlez d'un salopiot. Edmond n'en revenait pas quand son père lui raconta cette conversation. C'est qu'alors tout s'expliquait.

Edmond n'était pas de l'espèce de ceux que de telles découvertes jettent dans le marasme. Au contraire. Cela réveillait en lui une vieille combativité émoussée par la fortune et la tranquillité. Il vit très vite qu'il fallait faire la part du feu. Les choses iraient beaucoup plus loin qu'il ne l'avait d'abord imaginé. D'abord en finir au plus vite avec le divorce. Il cessa de mettre des bâtons dans les roues comme il s'y était un temps essayé. Activer la procédure. Et puis...

Un télégramme d'Alexandrie lui apporta la réponse à celui qu'il avait envoyé. Carlotta acceptait de devenir sa femme. Ça, c'était un coup. La fortune de Carlotta valait celle de Blanchette, et Edmond mesurait son triomphe, sa rentrée sur la scène de Paris avec Carlotta à son bras. Le coup que ce serait pour Blanchette. Il rétablissait sa situation et il se vengeait. Maintenant, il pouvait parler d'égal à égal avec Palmède. Plus rien à craindre. Seulement il fallait faire place nette du passé. Il ne pouvait décemment pas apporter en dot à la seconde Mme Edmond Barbentane les dettes, les embêtements, les difficultés du mari de Blanchette. Il n'avait qu'à se dessaisir de tout, l'institut, l'Immobilière, Saint-Genest et le reste, à l'avantage de la mère de ses enfants. Il ne garderait que ce qu'elle lui avait cédé par contrat. Et quelques petites choses tout de même qui avaient passé entre les gouttes...

Rose faisait une tournée en Amérique. Organisée par M. Mozart. Et l'institut transformé sur de nouvelles bases passait aux mains d'un certain docteur Perlmütter, et de diverses personnes très industrieuses qui organisèrent l'exportation de la crème Melrose, des parfums Rose-Marie, pour l'Europe Centrale et les États-Unis. Le docteur Decœur n'était plus là que pour la forme. Aurélien, qui venait de rentrer à Paris, le rencontra un soir au Lulli's assez soûl, avec des petites femmes. Il fut effrayé du changement survenu en lui, de sa maigreur, de la mauvaise flamme aux joues : « Vous ne vous asseyez pas avec nous? Lucette, dis au monsieur de s'asseoir!... » Lucette avait un ballon rose volant au bout d'une petite ficelle, et quelqu'un qui passa le fit sauter avec sa cigarette. « Brute, brute! » cria-t-elle. Et Decœur : « C'est pas une brute, Lucette, c'est ce jeune homme... comment s'appelle-t-il donc? » Aurélien s'en fut au bar. Le docteur vint l'y rejoindre. « Alors, on ne connaît plus les amis, Leurtillois? Ou c'est le cœur qui ne va pas? » Il se lança dans de grandes histoires sur les succès de Rose à New York, et les qualités de M. Mozart comme impresario. « Ah, — dit-il, — peut-être ne savez-vous pas... C'est fini, Rose et moi... fini... ffft... Extraordinaire, n'est-ce pas, un ménage si uni? ou qui avait l'air si uni... Que voulez-vous, une créature d'élite comme elle... et un type à la remorque comme moi... ça ne pouvait pas durer toujours. Et vous, ce grand amour? Car c'était un grand amour! »

Il était lamentable. Et mal tenu. Le faux col pas très net, des taches à son smoking. De quoi vivait-il? Soudain Aurélien eut de lui une pitié très grande. Il vit que Decœur avait les mains tremblantes. Ce n'était pas l'ivresse qui le secouait ainsi. Il devait être très malade. « Vous devriez rentrer chez vous, Doc, vous mettre au lit... — Je ne peux pas, — dit l'autre, — j'ai ces demoiselles... Lucette... Entre nous, vous ne pourriez pas me prêter mille francs? »

Non, Aurélien n'était plus en mesure de prêter mille francs à quelqu'un. Il était assez empoisonné, comme ça. La terre de Saint-Genest passant aux mains de Blanchette, Edmond lui avait signifié qu'il ne pouvait rien faire pour lui, puisque l'institut Melrose ne garantissait plus qu'une très faible somme par an, l'intérêt normal de l'argent investi. Ce serait à Blanchette, dans la mesure où elle reconnaîtrait des engagements purement moraux... Lui, Edmond, ne pouvait pas donner ce qu'il n'avait pas. Outre que s'expliquer avec Blanchette était affreusement délicat. Aurélien avait eu la surprise de trouver une femme tout à fait transformée, âpre au grain, on ne s'en faisait pas une idée! et d'autant plus disposée à se montrer arrogante avec l'homme qu'elle avait cru aimer que celui-ci lui apparaissait comme un complice d'Edmond pour la rouler, elle ne le lui envoya pas dire et le pria de s'adresser à son homme d'affaires. Le compromis qui était sorti de tout ça, après qu'Aurélien eut bien cru que tout était à l'eau, lui parut tout de même inespéré. Mais c'était insuffisant pour vivre comme il vivait. Cela ne lui faisait pas la moitié de ce que, l'année auparavant, lui donnait le fermier de Saint-Genest. Avec tout ça, Armandine l'avait prié de ne rien faire qui pût indisposer Mme Edmond Barbentane, avec laquelle Debrest s'était entendu pour l'usine... on sait qu'Edmond y avait placé de l'argent... Il faut dire que Jacques Debrest avait été très chic avec son beau-frère. Il lui avait proposé une petite situation à l'usine, qui aurait compensé le déficit de ses rentes. Aurélien n'avait pas accepté tout de suite. Il aurait fallu quitter l'île Saint-Louis, habiter à

Lille... Il y serait peut-être forcé, mais il voulait réfléchir.

En attendant, il avait repris la traîne dans Paris. Il y avait un an qu'il avait rencontré Bérénice. Il lui semblait que tout ce qui avait bouleversé son sort fût parti de là, de cette rencontre. Il marchait dans ses pas de l'année précédente, tous deux Bérénice. Rien n'avait plus le même aspect, la même chaleur. Les hivers se suivent... Il n'était plus amoureux de cette femme, il n'était pas occupé d'elle, il aurait pu le jurer. Mais elle avait laissé pour toujours sur sa vie une nostalgie dont il demeurait le prisonnier. Il s'infligeait de retrouver les traces de cet incompréhensible amour, enfin, les décors de leurs journées de vertige. Il voulait constater combien tout cela s'était évanoui, combien, ce parfum dissipé, la vie demeurait sans parfum. Pas un instant, pas une fois, la pensée ne lui venait qu'il pouvait retrouver ce parfum. Prendre le train, aller relancer cette femme. Non. Ce qui est mort est mort. Mais il en demeure le tombeau. Aurélien pensa qu'il porterait à jamais en lui cet amour défunt, comme un faix de fleurs fanées. D'ailleurs, les temps avaient changé. L'amour ne pouvait faire diversion à cette nécessité de gagner sa vie. Mil neuf cent vingt-quatre s'annonçait difficile. Leurtillois avait eu toutes les peines du monde à distancer Régine Floresse. Surtout que Gontran s'en était mêlé : il voulait à tout prix faire une situation à Aurélien. Alors ça, non ; il avait des principes.

Au début de février, il écrivit à son beau-frère qu'ayant bien réfléchi, il acceptait de travailler à l'usine.

ÉPILOGUE

I

Les faibles touches de l'aube détachèrent les
branches pendantes, les feuillages noirs. Ce n'était
pas une route, tout au plus un chemin de forêt. On
avait dû s'arrêter dans les derniers arbres, et sur
la droite déjà des enclos de cultures beiges et
rayées trahissaient l'approche de l'homme. On
passait juste entre les haies avec les camions.
L'énorme chenille morcelée, immobile, gelait de
fatigue dans cette première clarté. Des officiers
se frappaient les bras, battant le sol de la semelle,
remontaient la colonne, plus par énervement que
parce qu'ils avaient un devoir à remplir. Au passage, des visages sortaient des voitures. Tout cela
était gris, couleur d'insomnie, interrogateur. Les
dragons entassés sous les bâches parlaient entre
eux à voix basse, et le métal commençait à luire,
les armes, les gamelles. Qu'est-ce qu'on attendait?
Sait-on jamais. On suit la voiture qui est devant,
voilà tout. Ces déplacements de nuit, c'est tuant,
surtout à cause de la lenteur. Ne descendez pas,
nom de Dieu! Les véhicules à ce niveau-ci étaient
flanqués de motocyclistes, de side-cars. Une infil-
tration de roues et de bonshommes. Un aspirant
dormait dans son side; les trous de nez au ciel, la

644

gueule ouverte, et pâle comme l'heure. Les autres
sur leurs selles, le fusil à l'épaule, tombaient de
sommeil. Plusieurs avaient piqué leur somme assis,
le corps cassé. D'autres, profitant de la halte, la
roue calée, s'étaient couchés sur leur engin comme
dans un berceau, la nuque sur leur selle, les pieds
au guidon. Des hommes jeunes, le casque à ce
point vissé sur la tête qu'ils ne pouvaient plus dormir sans lui Des hommes de cuir et de métal, où
l'on s'étonnait à l'aurore de voir que la barbe avait
poussé.

Il y avait bien trois quarts d'heure qu'on sta-
gnait. C'est long trois quarts d'heure, après toute
une nuit, comme ça, à faire le serpent d'ombre. Les
villages traversés, et cette ville, qu'est-ce que
c'était que cette ville, avec ses hauts murs, et ces
gens qui avaient prétendu que les Allemands y
étaient, tout cela, le bruit de chars inconnus à un
carrefour, les traces perdues, la hantise de la
petite tache blanche qu'on fixe au pare-boue du
véhicule qui vous précède, l'éreintement de
l'attention perpétuelle, tout cela, la route, avec
ces itinéraires délirants qu'il faut suivre sans carte,
sans lumière, ce cheminement muet, ces arrêts
interminables, tout cela semblait évanoui dans la
mémoire, après tant de nuits pareilles, et le brouillard des pensées au matin. On avait perdu le
compte d'un tas de choses, la conscience géogra-
phique d'abord, on avait tant traversé de France
qu'on ne savait plus où on en était, et les bonshommes, qui avait-on semé en route? Pourvu que
les roulantes aient suivi! On avait surtout mangé
de la poussière. Des voix blanches s'élevèrent.
Quelqu'un dit qu'on ne retrouvait plus les voi-
tures-radio. Bon, du moment que ce n'étaient pas
les roulantes. Il y avait de l'énervement dans l'air
parce qu'à un croisement deux convois s'étaient
embringués l'un dans l'autre, alors on ne s'y
reconnaissait plus, un escadron coupé en deux, le
Service de Santé qui avait encore doublé, et qui
c'est, ces toubibs? les types de la division. On

645

s'échine, et ces gars-là vous foutent tout à l'envers
A qui il est, ce cinq tonnes Renault? Ah bon, les
gendarmes. Je te demande un peu ce qu'on a à
faire ici de la maréchaussée. Et ceux-là? Pas des
gens de chez nous, qu'est-ce qu'ils viennent
embouscailler la colonne?

Dans la voiture de tourisme, grise comme le
reste de l'armée, des formes remuèrent, une
épaule souleva une couverture. Ils étaient quatre
pelotonnés là-dedans. Une tête jaune se colla à la
vitre et regarda le ciel. Les deux piétons devinant
un officier s'écartèrent. Une tête jaune avec le poil
noir, les cheveux qui commençaient à fuir.

Courbé dans la voiture, et gêné par les bottes
des dormeurs, le capitaine Leurtillois se sentait
mal à l'aise. C'est fichtre pas commode d'avoir les
fièvres au milieu d'un charroi pareil. Ce matin,
ça avait cédé, mais quand on ne se déshabille pas
pendant des jours, les sueurs, la chemise sale, les
souliers pas quittés... pas une goutte d'eau dans le
bidon. Si seulement on s'était arrêté dans ce sacré
patelin, au lieu d'être là, en plein champ. La tête
du convoi y était peut-être déjà. Quand on se
déplace seul, ça va : mais avec une division sur le
crâne... Ah bon, la portière ne s'ouvre pas, c'est
vrai : on avait rafistolé la poignée avec du fil de
fer. Il fallut enjamber les lieutenants. « Vous
descendez, mon capitaine? » dit Blaisot qui
somnolait au volant. « Je vais prendre l'air », dit
Aurélien.

La fraîcheur le surprit. Le contact dur du sol.
Il avait toute une jambe engourdie au point que
le pied faillit lui manquer. Des fourmis, comme
mille lumières. Quand on n'a plus vingt ans... Des
types pissaient dans le champ. Un petit bonhomme trapu soupira : « Ah, vivement qu'on se
couche! » Machinalement Aurélien tapa des pieds
comme il l'avait vu faire aux autres. Il frissonna.
Il aurait peut-être dû se laisser évacuer comme le
voulait le quatre-galons. Mais, quoi, abandonner
ses bougres, et puis il avait préféré passer la Loire

avec la troupe. Les évacués, on les portait ici ou
là, un peu au petit bonheur, et le lendemain ceux
qui avaient l'air d'être si loin, si bien à l'abri,
étaient dépassés. Pour se faire faire aux pattes
dans un hôpital, merci, mieux valait traîner sa
carcasse avec les débris de la compagnie. Ils
s'étaient raccrochés à cette division mécanique,
quelque part du côté d'Angers. Coupés des autres.
Leurtillois avait réquisitionné une camionnette
civile, réparé lui-même un camion abandonné,
flanqué ses cinquante bonshommes là-dedans, et
allez, roulez! on était motorisés comme les petits
copains à cette heure. Quand le général T... l'avait
reçu, Aurélien lui avait exposé la situation. On les
avait adoptés dans les bagages de la division. Le
capitaine et ses deux sous-lieutenants bouffaient
avec les toubibs. On s'organisait, quoi. Depuis la
Somme que ça durait... Les dragons, eux, revenaient de Dunkerque par l'Angleterre. Jusqu'au
corps médical qui avait l'orgueil de la cavalerie.
Les fantassins, on les avait pris sous l'aile. Des
gens qui se battent à pied. La guerre de Cent Ans,
ma parole.

Aurélien avait faim. Cette mauvaise faim de
l'aube. Il trompa le temps à bavarder avec ses
bonshommes dont les voitures étaient séparées
de la sienne par quatre de ces chars à bancs-autos,
qui ont l'air, avec leur camouflage vert et roux, de
mener les cavaliers portés à une noce de village
Un sous-off lui donna un morceau de biscuit. Ce
sergent qui avait eu une si belle trouille au passage de la Seine, il y avait de quoi d'ailleurs. Quel
drôle de sort, pour de l'infanterie, de se faire trimbaler comme ça derrière des cuirassiers et des
dragons! Le cas échéant, on les utiliserait bien, ils
avaient leurs armes, pas comme tous ces fuyards
qu'on voyait passer sur les routes, les uns à vélo,
les autres à pied, avec des femmes, débraillés. Qui
aurait jamais cru ça! La division maintenait le
contact avec l'ennemi depuis la basse Seine. On
avait d'abord pensé qu'on gagnait des positions.

De rivière en rivière. Ce sera la bataille de l'Eure, la bataille de la Loire. On voulait absolument que ce fût la bataille d'une eau quelconque. Le soir, dans une école abandonnée, avec des cartes de l'Europe, et des phrases blanches héroïques demeurées au tableau noir, le médecin-chef faisait le stratège. On pourrait tenir sur le Maine, comme ça... je mets des chars ici. Le café du Commerce. La Loire passée, les rivières ne coulaient plus dans le bon sens. On ne peut pas résister en long. Il n'y avait plus de raison que ça s'arrête. On tenait pourtant des villages, des lignes tracées sur des cartes Michelin, les seules qu'on eût, ceux qui en avaient. On avait traversé la région où ces officiers de cavalerie avaient joué à la petite guerre, du temps qu'ils étaient à Saumur : « Le parti blanc se portera au-devant du parti bleu... » et ils avaient repris tout naturellement le problème imaginaire, je me couvre avec un flanc-garde, je mets des mitrailleuses derrière le sommet de la côte... Maintenant l'ennemi n'insistait plus... Quand ses motos ou ses chars arrivaient à l'entrée d'un bourg où on était, dès les premiers coups de feu, ils tournaient bride. On pouvait les attendre jusqu'au soir : ils ne reviendraient pas. Ils essayaient les routes, évitaient les centres de résistance, nous débordaient. Sur la droite, c'est-à-dire face à eux, il y avait un beau trou entre les armées françaises, des éléments d'une D. L. M. quelque part, mais la liaison était précaire. Il s'agissait de retarder la marche des vainqueurs, on ne disait pas encore des vainqueurs. Il y avait des jours qu'on attendait l'armistice. Il n'arrivait pas, l'armistice. Il se tuait tous les jours un peu de monde. On faisait même des prisonniers. Le type du Deuxième Bureau les cuisinait très sérieusement. Il faisait son métier. Les renseignements recueillis ne servaient plus guère, mais ce n'est pas une raison.

Le ciel doucement bleuissait. Il allait encore faire une de ces chaleurs. Pour l'instant, on ne la sentait pas. Le grand corps d'Aurélien secoua ses épaules. Il vérifia son baudrier, son ceinturon, et par une habitude de popote, les boutons des pattes d'épaule, bien que maintenant si on avait flanqué une amende à tous ceux à qui il manquait des boutons... Il aurait voulu se laver la bouche. Il passa sa main sur le bleu de la moustache naissante. Se raser non plus ne serait pas du luxe. Il pensa doucement à Georgette, aux enfants. Une rude idée qu'il avait eue de les faire filer à Pâques sur la Côte! Il s'en était fait un peu quand les Italiens s'étaient mis de la partie, mais après tout il avait évité à la famille l'épreuve de l'exode, ces terribles routes. Qui sait ce qu'il était advenu d'Armandine, du beau-frère! Je me demande ce qu'il reste de l'usine. Le gros commandant de l'état-major prétend qu'on s'est pas mal tabassé de ce côté-là... Tout d'un coup, il s'imagina Mary de Perseval qui devait être au Touquet, filant par les routes du Nord. La pauvre vieille! A son âge... Et tous les autres. Aurélien s'étonna. Au fond, c'était la première fois qu'il pensait d'une façon personnelle aux gens, au sort des gens pris dans la débâcle. Il n'avait guère eu le temps, et à part Georgette, à qui tenait-il?

« Bonjour, mon capitaine, comment ça va, ce matin? »

Le médecin-lieutenant, le casque au ceinturon, un bonnet de police à coins rentrés, à l'anglaise, souriait de son visage de Chinois marseillais. Il avait remonté la colonne. On était arrêté parce qu'on laissait passer les chars. Après ce serait une route nationale. La direction restait toujours incertaine : on était descendu de soixante-quinze kilomètres pour couper des éléments motorisés ennemis, mais les reconnaissances affirmaient qu'il n'y avait personne. Encore un faux bruit sur lequel on avait engagé une division entière : « Mieux vaut en rire... »

Fenestre avait aussi fait l'autre guerre. Ça liait les deux hommes. Le médecin alluma une cigarette : « Si encore on pouvait écouter la radio. »

Aurélien haussa les épaules. Il n'aimait pas la radio. « Tout de même, — dit-il, — le médecin-chef a dû recevoir des indications, un cantonnement... On va bien se reposer quelque part... »

Fenestre rit silencieusement. Ah, ah, on fait le malin, et puis on n'a plus vingt ans. « Dire que votre place naturelle était dans la zone des étapes! vous l'aurez bien cherché... — Parlez-m'en de la zone des étapes? En fait d'étapes d'ailleurs... Alors qu'est-ce qu'il dit, le médecin-chef? — Eh bien, ce matin, on s'arrête à R... et on attend les ordres... »

L'engourdissement de la jambe était passé. Mais Aurélien entendait dans sa tête des cloches. Des cloches lointaines, assourdies. Il frissonnait de plus en plus. On avait dû tourner sur soi-même, pas possible, dans cette longue nuit. Il se croyait beaucoup plus au sud, et tirant vers l'ouest. Il avait regardé la veille l'*Atlas des bons vins*, un album-réclame qu'avait dégotté Pélissier, le cuistot, et qui depuis Verneuil leur servait bien, avec ses cartes par région, assez grossières, et illustrées de petites maisons, de vignobles, d'hostelleries. Mais puisque les cartes Michelin étaient déjà pleurées dans les escadrons..

« A R...? Vous êtes sûr, docteur? »

Comment, s'il était sûr! Il y a des choses qu'on n'écoute pas qu'à moitié : « Surtout avec ces cocos-là, mon capitaine! Ils ont failli nous faire barboter trois fois cette nuit... Mais si, mais si, les Fritz étaient à Saint-Maixent avant nous...

— Comment voulez-vous, docteur, qu'une division entière...

— Comment je veux? Ne m'en demandez pas tant! Ils étaient à Saint-Maixent à six heures. Nous y avons passé vers les minuit. C'est tout ce que je sais. Et cette idiotie hier, de nous faire trois fois pour une traverser Parthenay! Ça pouvait être un désastre...

— Je croyais que nous filions droit sur Saint-Jean-d'Angély...

— Bien sûr, jusqu'à présent, même que le lieutenant Gros nous avait promis du cognac de sa cave... Il va faire un nez de voir qu'on pique à l'est... Dans le village là-bas, les notables sont venus au-devant des chars... Le maire avait mis son écharpe. Quand il a vu que ce n'étaient que les Français, il était furieux... Vous n'allez pas défendre le bourg? qu'il a dit. Vous nous feriez tous massacrer...

— On n'y reste pas, si on doit être à R... ce matin... Ça fait dans les combien?

— Attendez, j'ai marqué ça sur mon petit papier... Vingt-deux... voyons... vingt-deux et cinq, vingt-sept, et neuf, trente-six. Trente-six kilomètres... Je conduis moi-même, mon chauffeur s'endort au volant... »

Trente-six kilomètres. R... Cela cesse d'être une chose irréelle. Une ville comme Ys ou Bagdad. Trente-six kilomètres. R... Il a fallu tout ce bouleversement, la défaite, l'incompréhensible histoire de ces deux mois, cet écrasement, ce pays à vau-l'eau, cet immense désordre, cette migration d'un peuple... La veille quand il avait regardé la carte de Pélissier, il avait bien lu le nom de R..., pas tellement loin, marqué d'une sorte d'église sur une colline, avec de petites bouteilles à côté. Il ne s'était même pas dit qu'il allait en passer tout près, manquer de peu cette ville qui avait si longtemps habité ses rêves qu'il ne croyait plus à son existence. Non. Ce n'était pas dans l'axe de la marche, il pensait qu'on allait vers Saint-Jean-d'Angély, alors pour lui, cela avait été comme si ce fût une ville de Bohême, un pays lointain. Le nom de R... est bien sur la carte. Mais c'est dans l'ordre. Le nom des villes est sur les cartes. Ça ne veut pas dire qu'on va y passer.

Les frissons l'avaient repris. Il tremblait. Ce n'était pas la fièvre, mais sa jeunesse. Un monde foutu. Au cœur de l'Apocalypse, il allait traverser cette ville imaginaire. Trente-six kilomètres. Avec de la chance, on y serait dans deux heures, deux heures et demie. Tout à coup, il vit tous les gens dans le chemin qui se jetaient contre les talus, dans le fossé : un bruit de moteur en l'air. Les têtes se tournaient vers le ciel. On ne voyait rien. L'avion devait voler là-bas vers le sud. De toute façon, il les avait dépassés. Comme à regret, les hommes se relevèrent. On rigola. Il y eut un murmure le long du convoi.

Trente-six kilomètres.

Doucement, lentement, Aurélien sentait se former en lui une image. Il ne la refusait pas. Il ne la pressait pas d'arriver. Il ne voyait plus autour de lui les voitures, les motos, le chemin couvert, les champs. Fenestre parti, il restait seul dans cette cohorte de soldats et de véhicules, seul avec ses rêves, la buée de ses rêves... Il avait fallu la défaite. Maintenant il était là, il irait à R... A R... vingt ans évité. Rien ne pouvait faire qu'il ne s'y rendît pas. La machine le tenait. S'il avait accepté d'être évacué, il n'aurait pas été amené ainsi jusqu'à ce lieu de fatalité. On appelle ça le hasard. Vingt ans, il avait évité R... Il y arrivait. Ce n'est pas à Bérénice qu'il songea, ce fut à Georgette. Il n'y avait rien à faire. Cela ne dépendait pas de lui. Georgette ne pourrait pas lui en vouloir. Bérénice. C'était pourtant Bérénice qui se débattait en lui, et non Georgette, et non pas R... Les traits brouillés de Bérénice. L'expression de sa lèvre. Le double jeu du visage et des yeux. Il cherchait à la fuir, et il souffrait de ne pas retrouver son portrait vivant dans sa mémoire. Ses cheveux sans grâce. Comment cela tournait-il près de la mâchoire? Étrangement il la revit près de Mme de Perseval, tandis que Rose Melrose lisait du Rimbaud, dans cette robe d'argent... non, ce n'était pas une robe d'argent... ses bras de petite fille... Tout ce qui s'était passé depuis ce soir-là. La vie. La vie entière. Tant d'êtres évanouis. Il pensa, pourquoi, particulièrement au docteur Decœur, à Paul Denis. Les morts. Il n'y a pas que la guerre qui tue. Il cherchait des fantômes pour écarter

celui de Bérénice. Il revoyait avec une netteté
extraordinaire ce piétinement d'hommes dans la
nuit, ce soir de Février trente-quatre, sous les
arbres des Champs-Élysées, du côté gauche en
remontant... Le Clemenceau de bronze vert à
peine plus haut que la foule...

Trente-six kilomètres...

Des sifflets coururent le long du convoi. Les
dragons se juchaient en hâte sur leurs voitures
couleur du printemps et de l'automne. Il y eut
des appels, des moteurs qui s'essayent, toussent.
Le tap-tap des motos prêtes à partir. Une sorte
d'ondulation cahotique. Fenestre repassa en
courant.

On partait. Sans savoir trop comment, Aurélien
contourna sa voiture. On lui avait ouvert la portière. Il grimpa. Le sous-lieutenant de Becqueville lui souriait, avec ses airs de jeune chien. Les
couvertures en désordre, mal tassées, les gênèrent
pour s'asseoir. Le démarrage les secoua. Quelle
bagnole! Voyons, Blaisot, attention, mon garçon... Le capitaine Leurtillois dit : « Ah ! » comme
si ça lui avait fait mal, et Becqueville s'inquiéta :
« Vous souffrez, mon capitaine?

— Moi? non... »

Il avait l'air de ne pas savoir ce que l'autre voulait dire. Mais il venait de voir Bérénice ouvrir
les yeux.

II

Trente-six kilomètres. La fatigue. La fièvre
Dans cette somnolence, Aurélien était habité de
fantômes. L'idée de R... si voisine. Ce qui dansait
dans sa tête faisait la chaîne du passé. Des images
imprécises, amorcées, perdues. Edmond Barbentane au Maroc, avec sa seconde femme, Carlotta,
leurs énormes propriétés, leur yacht. Blanchette

Arnaud, dont le fils devait avoir quinze ans, une des filles mariée, et Adrien mêlé à tous les avatars des dernières années, organisant des groupes d'études pour la compréhension mutuelle entre les ouvriers et les patrons, trempant dans les accords Matignon, puis... La fin pitoyable du docteur Decœur, et Rose Melrose, châtelaine, finançant une maison de retraite pour les comédiens, donnant sous les arbres de son parc en Bourgogne des représentations de Racine dans des costumes moyenâgeux. Tous les comparses du drame ancien, était-ce un drame? Le drame récent avait dû les reprendre dans sa main.

Maintenant qu'il approchait de R..., Aurélien savait de science assurée que jamais, jamais Bérénice n'était sortie de son cœur. Il avait aimé, il aimait Georgette. Georgette n'avait jamais rien su de Bérénice, et s'il n'y avait pas eu la guerre, cette horreur, jamais il n'aurait revu Bérénice, et peut-être jamais il n'aurait vu clair dans son cœur. Depuis dix-huit années... Oui, dix-sept et demie... Il avait porté en lui ce souvenir très pur, ce souvenir épuré. Il avait aimé Georgette, sa vie avait été tout entière pour Georgette et les enfants. Mais, quand il fermait les yeux, il revoyait Bérénice. Son secret? Jamais il n'en avait plus parlé avec personne. Depuis cette conversation avec l'oncle Blaise, à Innsbruck. Mon Dieu, qu'a-t-il pu advenir de l'oncle dans la tourmente? Il devait avoir dans les quatre-vingt-cinq ans, au moins. Jamais avec personne. Le masque de plâtre caché au fond d'un placard, avec le dessin de Zamora, personne ne l'avait jamais plus regardé. Aurélien les avait tenus l'un et l'autre dans ses mains à ce déménagement de mil neuf cent trente-six. Il aurait voulu repasser à la maison, les détruire : c'était désagréable d'avoir laissé ça derrière soi. Il aimait Georgette. Mais Bérénice était son secret. La poésie de sa vie. Cette chose non accomplie... Combien de fois, à des moments de décision, s'était-il demandé ce que Bérénice

penserait de ce qu'il entreprenait de faire? Il
convenait avec elle. Il aurait craint de lui paraître
au-dessous de cette très haute idée de lui-même
qu'il lui prêtait, dans la légende de leur amour.
Doucement reformée, lentement venue à la surface de ses pensées, quand s'était apaisée la douleur de la séparation et de l'échec. Il n'avait pas
tout de suite connu Georgette. Georgette était
l'amour de sa maturité. Ils s'étaient mariés en
trente. Mais Bérénice était l'unité de sa vie, sa
jeunesse, ce qui survivait en lui de sa jeunesse.
Quand il y réfléchissait, il s'apercevait qu'il ne
l'avait connue, vue, qu'un peu plus de deux mois.
Ces deux mois-là pourtant étaient toute sa jeunesse, ils avaient chassé tout le reste de sa jeunesse. Ils avaient régné sur tout le reste de sa vie.
Près de vingt ans. Quand il fermait les yeux, il
retrouvait Bérénice. Bérénice idéalisée.

Sa vie! Dans cette automobile où on était tassé,
avec les couvertures, la fièvre, et par la fenêtre le
grand jour accroché dans ce paysage insignifiant
de routes et de villages, qu'il était singulier d'évo-
quer cette vie, si peu choisie, si peu faite à sa
volonté! Jamais l'Aurélien qu'avait connu Bérénice n'aurait imaginé les hasards de cette vie.
Bérénice l'avait connu, cet Aurélien, au moment
où se dénouait cette crise d'indécision, fille de
l'autre guerre. Il était étrange d'y repenser maintenant. Ah oui, alors, nous l'avons bien gâchée,
notre victoire! Il nous semblait que d'avoir
vaincu, cela suffisait... On attendait une vie toute
faite, machinale... Il avait fallu ce double échec,
Bérénice perdue, et l'effondrement de Barbentane.. Alors il s'était agi pour Aurélien de refaire
entièrement son existence, il avait fallu regarder
l'existence avec des yeux différents. Le travail à
l'usine, chez son beau-frère, la direction pratique
à l'usine très rapidement assumée, parce qu'au
fond, la paresse vaincue, Aurélien était un homme
très capable, comme on dit, tout cela l'avait forcé
à chambarder ses idées. Quand on est jeté dans la

vie pratique, il faut bien que ce qu'on pense se mette au pas des conditions de cette vie. L'usine, c'était la fin du dilettantisme. On y cesse de flirter avec des conceptions séduisantes, auxquelles on aimait rêver justement pour ce qu'elles avaient de dangereux. Plus de blague, hein, plus de blague.

Mais il faut à l'homme un certain taux de chimères. Il lui faut un rêve pour supporter la réalité. Ce rêve, c'était Bérénice. Bérénice identifiée à toutes les idées nobles, à tout ce que le monde peut contenir de fier et de hautain. Aurélien la liait à toutes ses songeries. D'elle, il prenait conseil, et c'était elle encore qui l'avait guidé vers Georgette. Ah, avec Georgette, sa fille et son fils, directeur d'une entreprise qui avait beaucoup grandi, grâce, il faut l'avouer, à l'appui financier des Arnaud, on aurait difficilement reconnu dans cet homme régulier, acharné dans son travail, l'Aurélien de jadis, celui qu'on pouvait presque à coup sûr rencontrer au Lulli's vers deux heures du matin... Le chemin de l'un à l'autre, personne ne l'avait suivi, excepté cette Bérénice de dessous ses paupières... Cette Bérénice avec laquelle il conversait... Dans cette région industrielle de Lille, il avait eu à se mesurer à des problèmes qui n'étaient pas de son attente. C'est trop joli de se dire qu'on restera en dehors de certaines choses. Elles vous prennent à la gorge sans que vous ayez rien fait pour ça. Ainsi la politique. Quelqu'un qui aurait dit à Leurtillois qu'il se serait trouvé un beau soir de mil neuf cent trente-quatre, avec des milliers d'autres, piétinant sous les arbres des Champs-Élysées, dans la nuit tombée! Ce soir-là, ce Six Février, n'était que le résultat d'une illusion. D'une illusion tenace. Quand on a eu sa jeunesse ravagée par la guerre. Au fond quand on n'a pas eu de jeunesse à cause de la guerre, il est bien naturel de croire aux mouvements d'anciens combattants, de croire que tout ce qu'on trouve mal fait, pourri, on peut s'en débarrasser en s'unissant avec les autres, ceux qui ont été avec vous dans les tranchées... Le malheur était qu'on fût divisés... Tous n'avaient pas les mêmes croyances... Tous mécontents, mais dressés les uns contre les autres... Pourtant Aurélien était venu ce soir-là de Lille à Paris, avec les autres... Tout avait sombré dans l'émeute, les coups de feu, les autobus brûlés. Incompréhensible. Et encore le lendemain avec l'étonnement des morts, l'impression d'avoir soulevé le pays, Aurélien croyait que ça irait encore plus loin, qu'il en sortirait quelque chose. Plus rien. Mais alors rien. Une espèce d'étouffement. Plus tard... Il ne croyait plus à cette action des groupes patentés, des porte-parole officiels, de ceux de la guerre. Il fallait d'autres méthodes. Il avait cru à d'autres méthodes. Jamais les mêmes. Tout l'avait déçu. La lutte politique, électorale, dans ce pays où il vivait, c'était sans espoir. Il était de ceux qui croyaient qu'on ne peut refaire le monde que par la violence. Il avait écouté les uns, les autres. Il n'aimait pas repenser à ces dernières années. Tout cela pour aboutir où on en était. Peut-être que d'un grand mal il peut sortir un bien... Pour l'instant, ses yeux se fermaient, et il retrouvait Bérénice...

Qu'est-ce que Becqueville chantait? « Jusqu'où est-ce qu'on ira comme ça, mon capitaine? S'ils font l'armistice, ils feraient mieux de le faire tout de suite... »

On entrait dans une bourgade amorphe qui fichait le camp dans tous les sens, avec une longue rue montante qui grimpait l'épaule d'un vallon. Peut-être bien que c'était l'axe du patelin, mais celui-ci prenait des airs de chenille, avec pattes latérales, des rues où on se mit à tourner.

« Visez un peu, mon capitaine, — dit Blaisot, — c'est du vieux, cette localité... du sculpté... et avec salement de monde... » Il n'y avait pas à dire. Le convoi se défaisait dans des encombrements, tout à coup sur une place en large, toute défoncée, devant des tables de fer, et des maisons toutes de guingois. Des camions rangés, le cul au trottoir, sur cent cinquante mètres, des soldats qui flânaient, un groupe d'officiers, un général qui traversa la place suivi d'un petit état-major. Et les civils au pas de leurs portes, un peu comme s'ils se retiraient en spectateurs. Des Sénégalais passèrent entassés sur des voitures faites pour un tout autre usage. Il y eut des ordres criés, le convoi s'arrêtait, on voyait par-derrière les bagnoles des dragons portés. Un char sortit d'une rue et pivota sur lui-même. Les gens reculèrent.

« Où est-on? » dit le capitaine Leurtillois. Ça devait être R... suivant Blaisot. Becqueville confirma : « C'est R..., mon capitaine... » Il s'agissait de se loger.

III

« Ah, monsieur Leurtillois... mon capitaine, c'est-à-dire... Je vous aurais reconnu entre mille!... »

Le pharmacien était devenu énorme, tout à fait chauve, avec un pinceau de cheveux sur sa calvitie, et le visage encore assez jeune. Sa manche vide avait pris de l'héroïsme avec les années, du fait que Lucien Morel portait maintenant à la boutonnière un vague ruban de couleur passée. Il faisait une chaleur du diable, et il y avait trop à voir d'un coup. La maison de Bérénice, ces gens, la vieille dame dans un fauteuil canné, le chien roux qui aboyait, les hautes plantes vertes... La pharmacie donnait sur la grand'rue, avec une vierge au coin de la ruelle, une bâtisse haute, ancienne, un toit qui avait l'air d'un autre pays; mais la jeune femme en blouse blanche, aux cheveux frisés bruns, avec son corps si voisin sous la blouse qu'on aurait cru qu'elle sortait du bain, avait conduit le capitaine par la porte de la petite rue étroite, en tournant le coin, à l'entrée privée de la demeure des Morel, une porte haute qui donnait sur une cour de plaisance, toute de guingois, prise entre un mur sans fenêtres et la maison. Une cour triangulaire avec des trottoirs de pierre autour d'un centre de petit gravier, les grandes plantes vertes dans des pots verts, une marquise disproportionnée à l'entrée des appartements, des fleurs dans de grands vases bleus et blancs, et des transatlantiques, à côté. Les gens formaient un groupe d'uniformes, de robes légères, et de messieurs en bras de chemise.

« Qu'est-ce que c'est, Gisèle? » avait d'abord demandé le pharmacien, se détachant d'un groupe. Et on avait pu tout de suite voir l'intimité qui régnait entre Gisèle et lui, cet air de propriétaire. Aussi clair comme le jour, que le jeune homme osseux et jaune avec une chemise à carreaux, qui s'était levé, devait souffrir de cette intimité : il tenait à la main de grandes branches avec des feuilles découpées, très vertes. La vieille dame devait être presque aveugle. C'était le docteur Fenestre qui se retournait, et avec lui les deux auxiliaires du G. S. D. Ils firent fête à Leurtillois. Les deux messieurs, qui semblaient là par hasard, se levèrent et esquissèrent un salut.

« Ah, par exemple! »

C'était une vieille maison, du seizième siècle, probablement, pas mal replâtrée, et il y avait dans cette cour abritée, des cages chantantes d'oiseaux. Des canaris tout simplement. Mais ils semblèrent de mille couleurs à Aurélien. Un chat jouait avec la pelote de la vieille dame qui tricotait, habillée de bleu ciel, avec un large ruban noir sur le désastre de son cou. La reconnaissance s'était faite avec bruit. Gisèle se retirait, le pharmacien lui cria : « Gisèle, devine un peu qui c'est? » Gisèle ne devinait pas. « C'est M. Leurtillois, tu sais, Aurélien Leurtillois... » Comme il eût dit Victor Hugo. Aurélien se sentait mal à l'aise. La fièvre plus encore que cette étrange célébrité. Gisèle s'en retournait à la boutique par la maison. Elle marchait un peu à reculons pour mieux voir le célèbre M. Leurtillois. Le type osseux s'était précipité pour lui tenir la porte vitrée qu'un courant d'air inattendu allait faire battre.

« Vous connaissez le capitaine? » dit Fenestre avec stupeur et Prémont, l'un des auxiliaires, céda sa chaise de paille au nouvel arrivant. Il faisait bon s'asseoir. Il y avait trop à voir et trop à entendre. C'était épuisant comme l'exposition d'une pièce de théâtre. Toutes les choses prévues, les mots inutiles et nécessaires, le double menton du pharmacien, la vieille dame qui ne comprend pas, elle voit si mal, qui se fait répéter : « M. Leurtillois? je ne me souviens pas... M. Leurtillois... Est-ce que ce n'est pas un cousin des Brésange? » et Lucien qui explose : « Voyons, maman, voyons, M. Leurtillois... Aurélien! » tout enfin s'explique, il y a des voix mêlées. Fenestre qui insiste : « Alors, ça, une coïncidence! », les questions du petit auxiliaire, le type osseux avec un accent du tonnerre : « Il faut prévenir Bérénice! » On buvait de l'orgeat dans des verres bleus. Tout le monde semblait au courant, jusqu'aux deux messieurs de passage, qui interrogèrent, firent : « Ah? » et regardèrent parallèlement le nouveau venu. L'un avait une loupe sur le front. On entendait la radio dans une maison voisine. Le gravier avait une drôle de couleur, presque orange, à cause, sans doute, d'une poudre de brique qui y était mélangée. La maison avait l'air pleine d'ombre, avec ses jalousies baissées; par la porte ouverte, il y luisait des cuivres.

La vieille dame gémit, et essaya de mieux voir à travers ses lunettes noires le nouvel arrivant : « Excusez-moi, — dit-elle, — ce sont ces mauvais yeux... Alors, vous êtes l'Aurélien de notre Bérénice? » Leurtillois sentait croître le malaise. Qu'est-ce que cela signifiait? Le jeune homme maigre à la grande carcasse se plia en deux sur lui, et murmura : « Ne vous étonnez pas... ici, vous êtes un peu un être de légende... » Le rire agité de Lucien Morel. On avait appelé la bonne, une fille de seize ans, mais forte, qui rapportait de l'orgeat. C'était douceâtre, mais frais. Fenestre s'était remis à raconter sa guerre. Il en était quelque part du côté d'Ablain-Saint-Nazaire. Est-ce qu'on l'écoutait? Oui, une grande fille triste, très brune, assise un peu en retrait, qu'Aurélien n'avait pas tout d'abord remarquée : une robe de toile rayée bise et prune, les bras nus mal brûlés jusqu'à la blancheur d'une manche courte qui devait descendre plus bas que celle-ci... Le monde de Bérénice où avait roulé le casque de Fenestre, traînant à terre près de la caisse verte, à côté d'une carte Michelin mal pliée.

« Tout arrive en même temps, — gloussait Lucien, la voix exaltée. — La guerre, la défaite, tous ces gens qui passent dans ce pays perdu, et M. Leurtillois, après toutes ces années! Vous savez, monsieur Leurtillois qui nous avons eu il n'y a pas trois jours, non, pas trois jours (on ne sait plus comment on vit)... Edmond... oui, Edmond et Carlotta... Les Barbentane... Une voiture, vous auriez dû voir ça! les matelas sur le toit, les couvertures roses, et des malles, des malles! Pas croyable! Carlotta emportait toutes ses robes... Les gens sont fous, ils ont perdu la cervelle! Moi, si les Allemands arrivaient à R...

— Ils n'y arriveront pas! — cria le type osseux.

— Je crains bien », dit Fenestre. Et Lucien reprit : « Enfin, moi, je ne décanille pas d'ici, ira qui voudra... Mais que fait Bérénice? Elle sera folle, quand elle saura... »

Les deux fantoches s'agitèrent. L'un avait une veste de toile bleue mille fois lavée, l'autre était son ombre de dignité, habillé ville à en perdre haleine, et une petite barbe sous la loupe.

« Ne me dites pas, — cria Lucien, — que vous avez pris une chambre ailleurs! Je ne permettrai pas! Laissez, laissez! Votre ordonnance ira chercher vos affaires!

— Avec ça, — dit Fenestre, — que le capitaine est souffrant... »

Alors ce fut le bouquet. La vieille dame se mit de la partie, et cria qu'un bain bien chaud... Il y avait sur tout le monde une sueur jaunâtre. Le pharmacien s'aperçut qu'il ne restait plus de petits biscuits... « Mon Dieu! comme on vous reçoit!... J'ai du marasquin... si, si! mais peut-être l'armagnac serait mieux pour votre état? Docteur? Qu'est-ce que vous en pensez? L'armagnac? Eh bien, mais vous-même qui n'êtes pas malade? Je vais chercher l'armagnac, et toi, Gaston, montre la chambre jaune à M. Leurtillois, un de ces messieurs préviendra votre ordonnance. » Les auxiliaires s'empressèrent. Moi! Non, moi! et se rassirent avec ensemble. Il ne servait à rien de discuter. Au fond, Aurélien avait terriblement l'envie de s'étendre. Il suivit Gaston, puisque Gaston il y avait. La maison, dans son jour tamisé, lui parut pleine d'étoffes sombres, et de meubles de style rustique, des vaisseliers chargés de faïences, et des assiettes au mur. Ah oui, le pharmacien collectionnait les assiettes. Le maigre Gaston essaya, chemin faisant, d'expliquer deux ou trois pièces rares. D'une façon furtive. Il devait prendre avantage sur le maître de maison, lui brûler ses effets. Aurélien l'écoutait à peine. Il traversait la maison de Bérénice dans un sentiment de désarroi qui touchait à la bizarrerie. Tout était trop bien venu, les peintures trop récemment refaites, un goût Trois-Quartiers dans tout ça, ce faux moderne-ancien, cette simplicité à mille détails, des bibelots pas mal, pris séparément. Aurélien se sentait énorme, gigantesque dans ces pièces pas plus hautes, pas plus petites que d'autres. Peut-être à cause de ses bottes sales. Il lui semblait qu'un mouvement maladroit allait tout renverser. C'était si singulier, en pleine guerre, avec le convoi encore ce matin, les renseignements sur l'avance de l'ennemi. Les Allemands à R...! Un cauchemar. Ils n'y étaient pas encore, mais il faudrait bien... La porte s'ouvrit, sur la chambre jaune.

« Mon capitaine, surtout, mettez-vous bien à votre aise... S'il vous manque quelque chose... N'hésitez pas... Mme Morel ne nous pardonnerait pas... »

Ça devait être une chambre de coin, avec une fenêtre sur la ruelle et une sur la grand'rue, au-dessus de la pharmacie. Il y avait des rayons avec des livres, l'Encyclopédie Quillet... Un lit-divan... De grands fauteuils de velours jaune à têtière... Gaston ouvrit une porte sur une manière de cabinet de toilette, une cuvette dans un placard; il fit couler les deux robinets et les referma, comme pour montrer que ça marchait. L'eau courante, quelle merveille! Leurtillois enlevait son baudrier. Il mit sa tête dans ce courant de fraîcheur. L'autre le regardait faire. « Mon capitaine... »

Que voulait-il, cet asticot d'ivoire? De sous le robinet, Aurélien tourna l'œil vers lui. La voix de Gaston avait la gêne d'un disque usé.

« Mon capitaine... Vous m'excuserez de me mêler de ce qui ne me regarde pas, mais... Vous tombez ici sans savoir... Je voudrais vous prévenir... à cause de Bé... de Mme Morel surtout...

— Je vous en prie », dit Aurélien et il se moucha dans l'eau. Il vit que Gaston avait d'assez beaux yeux de chien fidèle, avec une petite veinule éclatée rouge, dans le blanc de l'un d'eux.

Gaston s'assit délibérément sur l'un des fauteuils jaunes et croisa ses longues jambes. Sa main retroussait le pantalon sur une chaussette tire-bouchonnante, et caressait un mollet poilu. Il se pencha pour mieux parler. Il avait une marque de blanchisseuse à l'épaule de sa chemise à petits carreaux verts et mauves sur un fond blanc. Il dit sur le ton de la confidence : « D'abord, il faut savoir que Morel et sa femme sont depuis

des années des étrangers l'un pour l'autre...
Vous avez vu Gisèle, la stagiaire en pharmacie,
vous comprenez? » Il toussa un peu.

« Cela ne me concerne pas », dit sèchement
Aurélien.

L'autre secouait une main. « Si, précisément...
si. Il faut que vous sachiez. Vous allez voir
Mme Morel, elle n'est sortie que pour un instant...
si vous ne saviez pas, un mot de vous peut si
bien tout gâcher... — Il n'acceptait pas les pro-
testations d'Aurélien, il les surmonta d'une
voix subitement aiguë : — Depuis vingt ans
Bérénice vit dans le souvenir... Comprenez-vous?
Non? Vous êtes sa vie, vous avez été toute sa vie...

— C'est stupide! Pourquoi me dites-vous ça?

— C'est ainsi d'abord. Et puis il faut que
vous preniez conscience avant de la rencontrer.
Quand toute la vie d'une femme... »

Il y avait trop à penser. Aurélien s'assit sur
le bord du lit, remarquant sans trop savoir
pourquoi le dessin gaufré de la couverture jaune.
Les pieds lui faisaient mal, il eut de la difficulté
à défaire les nœuds des lacets de ses bottes.
Elles retombèrent l'une sur l'autre, les bottes,
bizarrement humaines, comme des mains croisées.
Leurtillois retirait ses pieds macérés par le cuir,
il les prit l'un après l'autre dans ses mains,
avec la chaussette grise, tachée. Il lui fallut
s'étendre. L'autre continuait à parler : « ... Pendant longtemps Lucien a cherché à la regagner,
il ne voulait pas accepter l'idée... Puis, que
voulez-vous? La vie est la plus forte. Il a eu des
amies. Elle est restée seule. Elle a d'abord pris
cela comme une bénédiction. Maintenant, mais
comment ne l'auriez-vous pas compris au premier regard? Gisèle... Elle étudiait la pharmacie
à Toulouse, elle est venue ici l'an dernier. Une
drôle de fille, vous savez, une chic fille... »

Tout arrivait à Aurélien à travers un brouillard,
une clarté de cauchemar, l'incoordination des
rêves, la logique du sommeil. Cela se mélangeait

à l'amertume des derniers jours, à ce sentiment de chute dans un puits, cette humiliation de la défaite, l'incompréhensible de ce qui se passait... Qu'est-ce que le pharmacien avait dit tout à l'heure d'Edmond et de Carlotta? Il se tortillait, l'asticot, sur un fauteuil. Il avait dans les yeux une passion de jeune homme, il grimaçait de sa bouche malheureuse, une de ces bouches dont les femmes ne veulent pas. Qu'est-ce qu'il disait? Qu'il l'aimait, lui? Qui ça? Cette Gisèle..., non, pas possible? Il était amoureux de Bérénice... Ah, c'était pour ça... Qu'est-ce qu'il disait de sa mère? Aurélien se souvenait vaguement de l'histoire de la mère de Bérénice, partie pour l'Afrique. Il dit quelque chose dans ce sens-là.

« Mais vous l'avez vue, en bas, c'est la vieille dame en bleu! »

Ah. La vieille dame était la mère de Bérénice. Elle était revenue. A en croire Gaston, le roman de sa vie s'était terminé par un fiasco. Son ami l'avait quittée quand elle avait vieilli. Elle était venue auprès de sa fille finir cette existence de condamnée. A vrai dire, s'il ne lui avait arraché les mots, ce Gaston ne lui aurait guère parlé que de lui-même. C'était sa vie que ça lui démangeait de raconter, son enfance, son père un mathématicien distingué... On entendit au loin le bruit d'une explosion. Gaston regarda la fenêtre avec inquiétude : « Qu'est-ce que c'est?

— Bombe d'avion », murmura Aurélien, et il se retourna sur le lit, la main sur les yeux. Il aurait bien voulu dormir.

« Dans son ombre... Depuis six ans que j'ai vécu dans son ombre... avec ce fantôme contre moi... rien à faire contre un fantôme... et vous voilà, je vous parle, vous êtes couché dans la chambre jaune... Je vous ai haï, mais elle vous aime... »

Tout cela était absurde. Georgette. Aurélien appelait à l'aide l'image de Georgette. Mais l'image de Georgette ne se forma pas dans ses yeux fermés. On eût dit que Georgette, les enfants, s'étaient enfoncés dans un coin sombre de sa mémoire. Et ce monde secoué de clameurs La voix obstinée de Gaston. Gaston quoi? d'ailleurs... et puis...

« Alors, je prenais ma petite voiture... J'ai une vieille Wisner, vous savez... et je foutais le camp dans la campagne... Vous connaissez la campagne par ici? »

Aurélien tombait dans une ténèbre flottante. Avec cette mauvaise conscience du dormeur qui sait qu'il ne doit pas dormir. En plein convoi nocturne. Quand, sur le siège à côté du conducteur, on s'efforce de ne pas perdre de vue le carré peint blanc au cul de la voiture qui vous précède, dans l'absence totale de lumière, le carré blanc qui s'éloigne ou se rapproche dangereusement, le carré qui danse, devant les yeux écarquillés, le carré blanc qui n'est plus qu'on en rêve, qu'on le voit, le carré blanc du devoir absurde, de l'impossible veillée...

Où était-il? Sur cette route au nord d'Arras, où s'agitait confusément une masse humaine morcelée, dans cette nuit des terrils menaçants et funèbres, et il flambait quelque part un camion incendié. Un ivrogne s'était jeté sur le marchepied, qui voulait les conduire. Aurélien l'avait rejeté du pied appuyé à la poitrine.

Tout à coup, il sentit l'insolite du silence, comme un drap sur lui qui retombe. Il bougea sur le lit dans un sentiment de malaise. Il n'avait pas besoin d'ouvrir les yeux. Il savait qu'elle était là, que Bérénice était là. Il ouvrit les yeux.

Bérénice était là.

IV

Ils étaient seuls dans la pièce jaune, Gaston s'était évanoui. Il n'y avait plus rien à voir que

Bérénice, mais tout se substituait à elle, en détournait l'attention, une gravure de tempête et de grottes où s'avançaient à la fois des ruines romaines, des pêcheurs, une barque en naufrage dans un cadre noir... Et ce qu'il y avait sur l'étagère à droite dans un brouillard... et Bérénice... et sur un écran de cheminée, le dessin d'un brocard safran aux rayures emmêlées de conques ou de cornes d'abondance avec une écume de fruits ou de fleurs... et Bérénice...

« Vous devriez vous mettre au lit, Aurélien, — dit-elle, — le docteur dit que vous n'êtes pas bien... »

Il frémit de cette voix restée familière. Le lit fuyait sous lui comme un bateau. Il parvint à s'asseoir, hagard, et prit les mains de la femme. Elle lui en abandonna une, mais de l'autre, échappée, elle tirait l'oreiller de sous les couvertures et calait les reins de Leurtillois...

« Bérénice... »

Que pouvait-il bien dire au delà de ce nom qui résumait tant de choses informulables? Elle le comprit, et elle eut un sourire pâle : « Eh bien, oui... Aurélien... cela devait être ainsi... »

Il commençait à la mieux voir. Son visage n'était guère changé, durci peut-être, les maxillaires plus marquées. L'expression était demeurée la même. Mais les paupières étaient lourdes, un peu pigmentées. Il y avait aussi que Bérénice était brûlée du soleil. Ses cheveux étaient coiffés autrement, avec des bouclettes devant, une couronne, où le passage du coiffeur était sensible. Peut-être même étaient-ils décolorés. L'essentiel n'était pas cette légère lourdeur de la taille, mais bien dans le visage : un secret perdu, l'éclat peut-être. Bérénice mettait beaucoup plus de rouge à ses lèvres qu'autrefois. Elle avait dû en remettre avant de rentrer dans la chambre jaune. Aurélien baissa les yeux.

« Cela devait être ainsi... » répéta-t-il, et il remarqua ses pieds déchaussés et eut le sursaut de l'homme qui va se lever. Elle l'arrêta.

« Restez donc tranquille, mon ami, vous n'allez pas faire des manières avec moi... » De vieux amis. Il ne l'avait plus revue depuis Giverny, au printemps vingt-trois, cela faisait quoi? Il dit : « Nous pourrions avoir un fils de dix-sept ans », et elle détourna la tête. Il en profita : « Bérénice... Pourquoi ne m'avoir jamais écrit... jamais répondu?

— Vos lettres sont venues bien tard. Elles tombaient n'importe quand. Et si je vous avais répondu, qu'est-ce que cela aurait changé? D'ailleurs, je vous ai répondu... Je vous ai écrit, Aurélien, tous les jours de ma vie...

— Mais je n'ai jamais rien reçu!

— Bien sûr, puisque je n'ai rien envoyé... Jamais. »

Elle devait avoir quarante-deux ans. Cette robe beige, toute droite, ne l'avantageait pas, ses bras avaient un peu maigri, et la petite pèlerine d'où ils sortaient, sans manche, arrondissait inutilement les épaules. Les doigts fébriles d'Aurélien remontaient lentement sur l'un des bras frais. L'étrange chose! Il ne pouvait plus du tout penser à Georgette. Il ne savait plus de quoi Georgette avait l'air. « Il faudrait, — dit Bérénice, — que votre régiment reste ici assez longtemps pour que vous puissiez vous reposer... »

Tout revint dans cette phrase, la guerre, la retraite, les Allemands qui allaient arriver à R... si l'armistice n'était pas immédiatement signé, et il traînait, cet armistice... et le sentiment de sa faiblesse, à Aurélien, la fièvre dans ses veines... Les circonstances de la rencontre déferlaient sur cette rencontre comme une vague d'équinoxe. Les circonstances prenaient une importance exagérée. Les circonstances. Il allait dire une phrase, il en dit une autre : « Edmond a passé par ici? » Elle fit oui des paupières, de ces paupières brunies où il y avait de petites taches plus claires, des paillettes presque. Ce n'était plus une jeune femme. Elle dut le lire dans ses yeux, elle eut un geste des épaules et des bras, pour protéger ses seins du regard de l'homme. Il dit : « Vous ne m'aviez pas oublié? »

Et, comme le silence était pénible, il dut ajouter : « Nous avons gâché notre vie... » Alors, elle, un peu amère, naturelle pourtant, avec une expression de jadis si nette, si bien *revue* qu'elle évoqua d'un coup un petit café des boulevards, une lumière parisienne de décembre : « Votre femme est belle... on m'a montré sa photographie... celle de vos enfants... »

Enfin, de quoi avait l'air Georgette? Il n'en retrouvait que les robes. Les enfants... Un geste effaça tout cela. La fièvre lui battait aux tempes. Il y avait en Aurélien une force qui le poussait à parler. C'était comme si un autre, pas lui, eût parlé : « Vous ne me croirez pas, si vous voulez, Bérénice... Je n'ai jamais aimé que vous... Vous ne m'avez jamais quitté... Je n'ai rien regretté de ma jeunesse... que vous... que vous... J'aurais voulu vous dire... Pendant toutes ces années, j'avais préparé des phrases pour le jour... et puis le jour est si différent de ce que je l'imaginais... Vous excusez ma tenue? »

Elle rit d'un rire enfantin, gêné. « Voilà, — dit-elle, — ce que vous aviez préparé à me dire? Vous ne savez pas comme j'ai eu peur pour vous. J'avais su que vous étiez mobilisé. Mais rester alors comme ça sans nouvelles. Parce qu'enfin il y a bien quinze ans que vous ne m'écrivez plus... Quand Edmond et Carlotta ont passé ici l'autre jour... Ils ne savaient rien de vous. On disait que vous aviez dû être engagé sur la Somme... Mon Dieu, quel cauchemar! »

Il tenait toujours ce bras nu, le serra. Elle eut toutes les peines du monde à ne pas se mettre à pleurer. Les circonstances encore prenaient sur eux le pas. « Quel monde absurde! — murmura-t-il. — Nous avons gâché notre vie. Pas seulement nous deux. Tous, tout. Notre victoire.

Il aurait fallu.. » Des mots lui revenaient à la gorge, tous ceux que depuis huit jours et plus se ressassaient ces hommes vaincus, ces officiers dans leurs dernières armes, au milieu de la troupe amère et révoltée. Des phrases déjà toutes faites, des explications hâtives, des excuses, des lieux communs naissants, des mots nouveaux déjà figés, qui avaient pris de proche en proche, d'unité en unité, dans cette armée voyant comme une hantise l'avancée progressive des Pyrénées, et se disant : « Et après? », les mots incendiaires et apaisants, qui jetaient les responsabilités de l'horreur sur des mannequins, des fantômes... qui permettaient de continuer à vivre, de tirer son épingle du jeu... Bérénice l'écoutait parler d'autre chose que d'amour. Peut-être sentait-elle vaguement qu'il alliait tous ces naufrages, le leur, et le grand naufrage de tous, et tous les échecs de sa vie, dans ces mots qui n'étaient pas encore des rengaines pour elle, qui n'avaient pas encore ce caractère machinal qu'ils allaient prendre, qu'elle avait encore l'envie de discuter... Une ou deux fois, elle voulut s'insurger contre ces choses qu'il disait, mais ces choses prenaient un peu l'accent d'un délire, il ne fallait pas oublier qu'Aurélien avait la fièvre...

« Il faut vous coucher, mon ami... »

Il développait avec une âpreté soudaine, un ton revendicatif, le thème de la facilité. C'était la première fois que Bérénice entendait cela. Elle oublia un peu qui parlait, la fièvre de Leurtillois, la chambre jaune : « Je ne vous comprends pas, — dit-elle, — pour qui la vie était-elle facile, était-elle si facile que cela? » Elle le regardait soudain comme un étranger, non plus l'Aurélien de ses rêveries, l'Aurélien de jadis, sa jeunesse, un autre homme : un grand type bistré dont les cheveux s'étaient éclaircis, blanchis aux tempes, les traits accusés, long et maigre, comme cordé de ses muscles, un officier français secoué de fièvre, qui avait retiré sa vareuse de capitaine, affalée là-bas, sur un dossier de chaise, enlevé ses bottes aviateur, et qui, assis sur le lit jaune, l'oreiller dans le dos, dans sa chemise kaki et sa culotte lacée aux jambes, disait des mots difficiles à digérer, avec sur le visage des tics inconnus. Était-ce bien Aurélien? Il s'était rasé avant de venir chez elle. Mal rasé, il avait laissé un peu de poil bleuâtre à la pointe du menton. Il accusait la politique maintenant. Elle haussa les épaules : « Aurélien... et nous, nous parlons politique, maintenant? »

Il y avait une grande confusion entre eux.

V

Vers le soir, la fièvre était tombée. Malgré l'avis du toubib, Leurtillois qu'on avait installé chez les Morel se rendit au bureau de la division, voir d'où soufflait le vent. Il fallait remonter la longue rue qui remontait une colline, avec ses maisons mesquines épaulées l'une à l'autre, une longue bâtisse gothique, et soudain un petit hôtel en retrait derrière des grilles grises pleines de roses déjà un peu défleuries. Il y avait un va-et-vient incroyable d'hommes de toutes armes qui ne saluaient guère les officiers. Des Sénégalais aux carrefours. Un groupe de biffins s'engueulait avec une grosse femme qui de sa fenêtre du rez-de-chaussée leur criait sa haine de la troupe, sa hâte que ça finisse, qu'enfin les Allemands viennent mettre de l'ordre là-dedans. En général, les civils n'avaient pas l'air aimable. Il passait de bizarres bagnoles. La division campait dans trois pièces sombres en bas d'une grande demeure qui sentait le moisi, avec, dans l'antichambre obscure, les statues grandeur nature d'un combattant de 70 et d'un Incroyable souriant qui tendait un petit mouchoir à une dame invisible. « Le père de Mme de Grisery était artiste... » murmura le jeune sergent qui introduisait Aurélien chez le commandant Bouillet.

Il était dans les plans directeurs, le commandant, avec sa grosse bonne gueule et ses cheveux gris, il te vous les sabrait de crayon rouge et de crayon bleu, on se serait encore cru aux jours de l'entrée en Belgique. « Ah! c'est vous, Leurtillois... Vous m'excusez, ça a l'air un peu... » Il posa ses crayons et soupira. « Et alors, la santé? » Aurélien affirma qu'il était tout à fait d'attaque. L'autre se frotta les narines. Il avait l'allure d'un dogue sentimental, les bajoues attendrissantes. Il soupira : « Eh bien, on remet ça... Oui... Nous relevons la division qui nous avait relevés hier... On nous avait fait glisser vers le sud, à cause d'une colonne motorisée qui avait percé à l'ouest, à ce que disaient les gens bien renseignés... Puis on l'a cherchée... et pas plus de colonne que dans mon... » Il rigola doucement, mais il avait l'air fatigué. On lui apportait des papiers à signer. Il râla. « On signera encore des paperasses quand on sera à Saint-Sébastien! » Et se retournant vers Aurélien : « Alors on regrimpe... Soixante-quinze kilomètres vers le nord ce soir... Bon Dieu! quand ça finira-t-il, ce casse-pipe pour la peau? Allez dire aux bonshommes de se faire descendre pendant qu'on ouvre les villes, que les pékins nous enguirlandent, et quand on sait que c'est cuit! Je vous laisse ici, Leurtillois, avec vos hommes... Je n'ai pas besoin de vous pour la gymnastique... On vous passe en subsistance aux Sénégalais... Si on redescend par ici vous vous accrocherez à nos cuisines... Demain soir probable... Vous l'avez déjà vue, vous, la Bidassoa? » Il avait le rire mauvais, le commandant Bouillet. Il grimaça, les joues lui retombèrent de partout autour de son nez épaté. « Vous avez fait l'autre guerre, vous, hein? Eh bien, je ne vous conseille pas de trop en parler... »

La chaleur ne tombait pas avec le jour. Mêlée de benzine et de poussière. Le ciel prenait seul de la douceur, entre les maisons, où les rues s'ouvraient sur l'ouest, insensé d'invention pour le satin rose, le saumon des derniers reflets dans les vitres. On voyait des arbres derrière un mur qui avaient l'air de s'éveiller tout juste. Aurélien passa au local de la compagnie. Les types n'étaient pas trop mal lotis. Ils avaient dû attendre assez longtemps, le matin, pour qu'on les laissât entrer, s'arranger, pioncer n'importe comme. Mais ça s'était tassé. Becqueville avait veillé à tout, pendant que le capitaine grelottait dans son pieu. « Vous en faites pas, mon capitaine, ils ont ce qu'il faut... Alors on part? » Non, on restait. « Vous dînez avec nous? La popote s'est arrangée dans l'école... L'institutrice est très gentille... ». Il ne pouvait pas, les Morel l'attendaient. Il aurait préféré partager le dîner avec les siens, le sort des siens. Si au contraire Becqueville venait bouffer avec lui, chez eux? Becqueville refusa, à cause de l'institutrice. C'était un Normand bien nourri, sanglé, pas de défaite qui tînt, c'était un chasseur né, avec les femmes pour gibier : dire qu'on prétend que les Français dégénèrent!

Toute la lenteur que mettait Aurélien à revenir chez les Morel... Ce dîner : il y aurait la vieille mère aveugle, et la petite stagiaire, et l'amoureux de Bérénice, et le pharmacien, et la conversation... Le niveau de cette vie provinciale... Le pharmacien lisait Duhamel et Giraudoux. Il admirait Cézanne. Il savait ce qui compte et ce qui ne compte pas. Puis il y avait les assiettes. Un spécimen italien, attribué à je ne sais qui, de Gubbio... Aurélien se rappela l'avenue de Wagram. Pourquoi l'avenue de Wagram tout à coup? Probable, à cause du « Ceramic Hotel », en face de l'Empire...

673

Le singulier était que Leurtillois ne pouvait se représenter l'avenir, rien de l'avenir, pas le jour suivant, pas la soirée. On est comme ça à vingt ans, mais quand on tire sur les cinquante. Il ne s'imaginait pas poursuivre cette vie de nomade ni l'abandonner. Georgette, les gosses... La distance qui s'était établie entre Georgette, les gosses, et lui... Il lui semblait que jamais il ne reprendrait cette existence d'avant guerre... L'usine détruite, Aurélien ne la regrettait pas, mais du coup c'était un chapitre fermé. Georgette. Toute sa vie pourtant. Comment comparer Bérénice, les quarante ans sonnés de Bérénice à la fraîcheur de cette jeune mère, si blanche, si animale, si plaisante... Il se rendit compte que toute cette journée il avait, sans se le formuler, agi tout le temps comme s'il allait emmener Bérénice, vivre avec Bérénice, oublier tout le reste pour Bérénice. Il subissait l'ascendant de cette femme, de l'amour monstrueux de cette femme. Allons donc! Elle avait dû penser à autre chose qu'à lui, entre-temps. Avait-il oublié Paul Denis? Ce qu'Aurélien se disait comme ça ne portait guère sur lui-même. Il était bouleversé de cet attachement de vingt années, ou presque. Il avait un sentiment de culpabilité envers Bérénice. Il aurait voulu réparer. Il avait beau se jeter Paul Denis dans les pattes... L'amour de Bérénice... Il aurait voulu donner à l'amour de Bérénice cette conclusion, cette apothéose... Il avait le vertige d'être enfin le paradis de quelqu'un. Cette rêverie versait de la grandeur d'une histoire d'amour comme il n'y en a pas à l'égoïsme de l'homme de cinquante ans qui porte en lui l'effroi de la jeunesse de sa femme. Sa femme d'ailleurs, il n'y pensait plus. Tout ce qu'il pouvait y avoir de fané dans Bérénice était un argument de plus en faveur de ce vertige romanesque. Il s'attendrissait sur lui-même en se disant : « Ce qu'elle a changé! »

D'une fenêtre sortit la clameur d'une radio.

Une voix de haine violente, qui criait : « Marquez vos hommes! Suivez les instructions des porteurs de la carte jaune! » De quoi s'agissait-il? Aurélien haussa les épaules.

VI

On dînait dans la cour, autour d'une grande table ronde, avec du linge bleu et trois verres lourds et taillés par personne. Jamais le sol n'avait été plus fortement orangé, qu'à cette heure du dernier soleil, avec déjà des ombres marines comme un goudron qui coupaient la table, et le corps des convives, tout ce qui restait de lumière tombé par dérision sur la vieille dame aveugle, rose vif. Les deux bonnes, la belle et forte fille de seize ans qu'Aurélien avait déjà vue, et une femme pas jeune, usée, avec de longues mèches noires sur un visage de poussière, tournaient autour des dîneurs avec les plats, de l'argenterie, l'odeur de la soupe. Gisèle, dans sa jupe noire, une blouse transparente de linon blanc, sous laquelle couraient des rubans roses, avait cette fraîcheur des brunes très jeunes qui est comme d'une source en montagne. Mais quelque chose de vulgaire dans le sourire. Morel devait en être excessivement amoureux. Il avait beau faire la conversation à la grande fille triste, une cousine, avec ses bras, sa robe rayée bise et prune, qui répondait par monosyllabes, il avait beau se retourner vers le capitaine avec une grande agitation dans les yeux, passer les plats à Bérénice, interpeller les hommes, on voyait bien qu'il ne pensait qu'à Gisèle, à ce qu'elle mangeait, au verre de Gisèle. Il était rond, bouffi et comme il virevoltait, sa manche vide se balançait étrangement. En face de lui, la maigreur de Gaston, ses os luisants aux pommettes,

675

se perdaient dans un mauvais teint luisant, que le crépuscule creusait d'ombres verdâtres. Tout le monde parlait très fort, très faux, même la dame aveugle. Il n'y avait de silence que Bérénice, que la blondeur fanée de Bérénice. Aurélien remarqua les deux plis creusés qui s'amorçaient de chaque côté de la bouche de Bérénice. On pouvait voir chez sa mère ce que ces plis-là deviendraient, ces fossés de déception. Mais Bérénice les effaçait d'un sourire contraint, figé, perpétuel comme le maintien de dix-huit années. Ses paupières pesaient sur le regard noir deviné. Étaient-elles poudrées d'un ocre jurant avec le teint, était-ce un reflet du couchant? Le visage de Bérénice, on n'y aurait plus rien retrouvé du portrait de Zamora, et pourtant, avec un frémissement, Aurélien se rappela l'expression de noyée du masque de plâtre. Bérénice n'avait pas changé de robe pour le dîner, mais avait mis à son cou cinq ou six rangs de corail rose, comme il en pend par brassées aux marchands de souvenirs à Florence. Cela lui tirait la tête en avant. Le chien roux gambadait autour d'elle. Les paroles avaient peu d'importance, la conversation s'échevelait. Dans tout ce qui volait de pensées déchirées, dans ces lambeaux de préoccupations mêlées, ces entre-croisements de vies à des mots vides, Aurélien ne retrouvait qu'un lieu commun à tous, peut-être le reflet de ses songeries secrètes, vainement dépistées. La défaite. On n'en disait rien et pourtant elle teintait les verres et les couverts et les nuances d'un sourire, et l'indifférence des propos. Ce « Ce n'est pas Dieu possible » qu'on retrouvait toujours en soi. Qui avait dit tout à l'heure à Aurélien : « Et imaginez que nous ayons été vainqueurs... » Avec une amertume qui touchait à l'ivresse, il s'essayait à penser que ça aurait été pire d'être vainqueurs. Il fallait se faire à la défaite. La méthode Coué. Comment allait-on s'arranger avec la défaite?

Car on allait s'arranger avec la défaite. Il tressaillit : Bérénice lui parlait. Que lui répondit-il? Cette rencontre après vingt années aussi, c'était une déroute. Il devait se forcer pour reconnaître dans cette femme étrangère l'être même de son amour. Il avait préservé en lui l'idée de Bérénice, mais Bérénice la dérangeait, cette idée. Il pensa à part lui qu'il en était de tout la même chose, la vie avait coulé entre lui et ses enthousiasmes, l'avait emporté dans un pays d'où rien n'était plus reconnaissable. Ni Bérénice ni la France. Était-ce la France de sa jeunesse, celle de l'autre guerre que cette débâcle, cette fuite éperdue par les routes, ces jeunes hommes en vélo, ces filles en short, non, non, non... La République, pas la France... D'où lui était venue cette idée-là? Qui la lui avait soufflée? Il n'aurait pas pu dire, elle l'aidait à vivre, elle était en l'air, elle lui faisait supporter la honte. C'était comme de Bérénice. Ce n'était pas Bérénice. Cette Bérénice vieillie. La sienne, sa Bérénice, c'était ce masque de plâtre, cette jeune morte, belle éternellement. La France aussi qu'il aimait, c'était une morte, pas cette France qu'on pouvait voir. C'est un bonheur d'aimer une morte, on en fait ce qu'on veut, elle ne peut parler et dire soudain une phrase qu'on aurait voulu qu'elle n'eût pas dite... « Avez-vous lu l'affiche du maire? » demandait Bérénice. Il ne l'avait pas vue. Mme Morel s'anima. Elle était presque laide, il y avait de la rage dans ses yeux : « Le maire dit que les Allemands vont entrer dans la ville, et qu'il recommande à leur égard une attitude polie, déférente... et qu'à ce prix on peut espérer du vainqueur de l'indulgence, la compréhension de notre situation, de la courtoisie même... » Les hommes ricanèrent. Le Maire n'était pas aimé, ce n'était pas le maire élu, révoqué l'hiver précédent pour des raisons privées, c'était un radical de droite qui avait attendu toute sa vie l'occasion d'être maire, et qu'on avait nommé par décret. Ah, un radical! Aurélien n'aimait pas les radicaux. Le père Barbentane, par exemple... Il ricana avec les autres. « Je crois, — dit Bérénice, — que nous ne parlons par de la même chose... » Il la regarda : était-ce bien celle qui, dix-huit années, avait vécu dans le souvenir de ces quelques journées de leur jeunesse? Elle qui n'avait eu de soleil que de lui? Un instant encore il en eut une grande ivresse. Comme d'un alcool défendu. Il ferma les yeux, pensa : « Elle n'est plus jeune... Qu'est-ce que ça fait? Je vais lui sacrifier ma vie... Je donnerai à cette histoire cette fin surprenante... Ce caractère de romance... » Il éprouvait toute l'insatisfaction de sa propre vie d'un coup. Il n'y avait jamais songé, mais cela lui remontait à la gorge. Sa femme, ses enfants... Il était prêt à tout quitter, pour renouer avec une rêverie d'autrefois... Du moins, se laissait-il aller à cette tentation, au frisson qui l'en parcourait. Il se disait : « Je partirai avec Bérénice... Je ferai cette femme heureuse... » avec l'orgueil d'une telle pensée. En réalité, il savait bien qu'il n'en ferait rien. Peut-être était-ce lâcheté... « Les Allemands, — dit-il, — nous ont vaincus, parce qu'ils étaient mieux équipés que nous, plus disciplinés surtout... et que chez eux ce n'est pas cette parlote perpétuelle... Tout le monde qui veut commander... »

Les yeux de Bérénice l'arrêtèrent. Il joua avec son couteau. Et Gaston : « Il faut être beau joueur, on a perdu, on a perdu... » Aurélien n'entendit pas ce que criait Gisèle. On servait des liqueurs. Morel trouvait que l'erreur, c'était de l'avoir commencée, cette guerre. Leurtillois s'enfonçait dans le brouhaha des paroles. Il voulut prendre la main de Bérénice. Sans affectation, elle la retira.

Qui avait jeté le premier cette idée absurde dans la conversation? Il y avait déjà belle lurette qu'elle traînait dans les assiettes sales, le désordre du dessert. On avait dû parler de cette équipée dès le début du dîner. Morel peut-être. Ou Gaston. On ne l'avait pas écouté d'abord. On parlait d'autre chose. On se disputait. Peine perdue, elle s'était installée. Déjà on en discutait. Bérénice, furieuse, cria : « Enfin, c'est insensé... Vous ne voudriez pas! Aurélien est encore malade...

— Moi, — dit-il, — pas du tout... La fièvre tombée, on n'en parle plus. » On eût dit qu'il y avait entre tous une manière de conspiration. Une conspiration qui les entourait tous les deux, une complicité. Les amants retrouvés, Morel n'y était pas le dernier. On avait bu pas mal. On éprouvait ce sentiment que tout ce qui se buvait, c'était toujours ça de pris sur l'ennemi. On buvait. Il se dissolvait encore de la lumière dans les verres vides. Le soir ne fraîchissait pas. Il était épais, lourd, comme les bras d'une femme amoureuse. Bérénice se débattait : « Je vous dis que non... Voyons, Aurélien, dites-leur que c'est fou... On ne peut pas circuler sur les routes... — Gaston se faisait persuasif : avec ça! on prendrait la bagnole, sa bagnole, laissez-moi faire, les gendarmes ont d'autres tintouins... — Vous êtes insensé, Gaston! Aurélien est capitaine... si ça lui faisait une histoire... »

Tout le monde s'en foutait, il faut le dire. Le capitaine Leurtillois ne cherchait pas à faire carrière, des fois? Gisèle dit que c'était si joli, la maison de Gaston. Et le plus acharné était Morel. La vieille femme aveugle secoua la tête avec désespoir. Elle demanda : « Est-ce qu'il y a encore du soleil? » Cette phrase dans le chahut des autres, la vulgarité du café apporté, eut cet accent de désespoir profond, réel, où se déchirait une vie. Bérénice avait regardé sa mère et frissonné : « Vous feriez mieux de remonter chez vous, maman... »

Sa voix était différente de celle qu'Aurélien connaissait. Une voix profonde et chuchotée. Une voix de l'enfance, quand la mère et l'enfant se parlaient en cachette de ce père terrible, de cette tempête d'homme dans la grande maison... Toute l'histoire en remontait à Aurélien telle que Bérénice la lui avait racontée à Paris, vingt ans plus tôt... Gaston le prit par les bras : « Mon cher, si vous dites que ça vous amuse... Bérénice... » Et Morel : « Vous n'imaginez pas, monsieur Leurtillois, le jardin de Gaston... une merveille... Il y a de grands châtaigniers... » Qu'est-ce qui emporte une conviction, déchaîne un désir? Il regarda Bérénice conduisant sa mère vers la maison. Et dit que cela l'amusait.

VII

Personne n'avait arrêté la voiture. Par les petites rues, Gaston l'avait conduite hors de la ville avec une habileté de Sioux, ou d'ivrogne. Pas de Sénégalais de faction de ce côté-là. On filait entre des ruines qui s'ouvraient sur une campagne vide, des champs, une bastide, des vignes. Les échalas étaient bleus de sulfate comme si la nuit eût commencé par eux. La route, puisque c'était une route, grimpa la colline comme un chien qui se met de côté pour éviter les roues. Le chien roux... Il les avait accompagnés un instant, puis, quand il avait abandonné, Bérénice s'était penchée et elle l'avait suivi des yeux : « Pauvre vieux, il ne peut plus suivre, lui non plus... » Pas besoin de demander qui non plus. Cela ne s'appliquait à rien, à personne. Cela se comprenait.

Aurélien la sentait contre lui, serrée entre lui et Gaston qui conduisait. Une présence et une absence mêlées. Il avait un bras derrière elle, entourant ses épaules, pour donner plus de place. Il éprouvait la respiration retenue de Bérénice, cet étrange maintien des femmes qui ne s'abandonnent décidément pas. Dans le fond de cette petite Wisner rafistolée que Gaston devait faire durer depuis dix ans au moins, on entendait rire Gisèle entre Morel et la cousine triste, et Morel qui s'agitait, qui parlait beaucoup. Le soir était étouffant. Que signifiait cette partie de campagne, brusquement? Un jour de défaite sur le tard, avec des oiseaux déplongeant des vignes, la poussière sur tout retombée. On avait en vue de boire un petit vin du pays qu'il y avait chez Gaston. Cela tenait de la démence. Et Bérénice dont le sein gonflé pesait contre l'homme qu'elle avait aimé toute sa vie, mais un sein habité d'une idée étrangère. Comme étrangère cette jambe le long de ma jambe, cette lèvre tremblante vers laquelle je ne me pencherai pas. La maison avait beau n'être qu'à guère plus de cinq kilomètres de R..., l'équipée semblait sans fin. Muette, avec les remarques perdues de Gaston, comme des changements de vitesse brusqués.

Que ma vie est pâle derrière moi! Rien ne s'y est inscrit qui en valût la peine. Est-ce ainsi pour tout le monde? Il doit y avoir des destins chargés de soleil, comme les raisins noirs. Pourquoi pas moi? Pourquoi cette fuite en quête de rien, cette longue fausse manœuvre, ma vie? C'est comme l'absurde de cette promenade : une débâcle qui a l'air d'une bordée... J'aurai passé à côté de tout. Est-ce qu'on ne peut pas recommencer, jeter les cartes, crier maldonne? La France, Bérénice, Georgette... Le paysage changeait au-delà d'un dos d'âne de la colline, on tombait dans une cuvette fermée de grands arbres, les perspectives sur la plaine et la ville s'étaient évanouies. Le soir rejoignait doucement la nuit. Aurélien mit une sorte de prière dans l'étreinte qu'il fermait insensiblement sur Bérénice. Elle était comme une morte. Elle semblait ne pas remarquer l'enveloppement de ce bras d'homme. Une fois, elle soupira. Il se pencha vers elle. Elle dit : « La chaleur ne cède pas... » et lui, desserra cette supplication inutile, cette question animale à laquelle un refus de mots avait suffisamment répondu. Le rire idiot de Gisèle. Gaston fulminait contre son moteur qui n'avait plus de reprise : la route grimpait, on tourna, des arbres hauts et noirs rejoignirent leurs mains de feuillage au-dessus des voyageurs. Leur ombre inaugurait la véritable nuit. C'était un pays de terres abandonnées. L'aile nocturne effaçait peu à peu la différence des jachères et des bouts de culture, comme des pièces à un vêtement qui n'en vaudrait pas la dépense. C'était aussi un pays de maisons abandonnées. De petites demeures paysannes dont les pierres commençaient à partir, et qui surgissaient çà et là sous le désordre des tuiles décolorées. Étroites généralement, avec des portes arrachées, le vent là-dedans comme chez lui. Puis d'autres arbres, une descente, des arbres encore... un bruit d'eau... La voiture ralentit. La vulgarité de Gisèle éclata, comme une voix trop forte dans une église : « Mince, — criait-elle, — ça fait soif, Gastounet! » Et à Morel : « Oh, vous, vous me tenez chaud! »

Un pays dévasté sur qui redescend le silence. Dévasté, mais non pas de la guerre. Un pays lentement dévasté par un cancer qu'il porte en lui. Et qui prend les champs, puis les maisons. Un désert. Un désert qu'on croirait encore habité, si on n'y regardait pas de près. Un désert avec des arbres. Et de l'eau. Un désert d'hommes Étrange de tomber là-dedans après les routes de la retraite et de l'exode. Ces arbres-ci, ces chemins, ces murs abandonnés ignorent encore la catastrophe, et le fleuve voisin qui a déferlé sur cette ville, par la nationale là-bas, mais qui laisse de côté ces maisons vides d'un pays plus grand que le malheur. On aurait cru que toute cette terre allait recevoir le reflux de ce peuple et de ces armées, chaque motte, chaque caillou. Allons donc. Il y a dans le paysage des profondeurs qu'on ignorera toujours. Aurélien songeait à ce que lui avait dit l'officier de renseignements des dragons; on parlait d'un gouvernement avec Laval et le Maréchal, alors l'autre : « Tout ce qu'on veut, mais pas Laval! Si c'est Laval, je prends le maquis, je conspire! » Ça devait être un franc-maçon. Pourquoi ai-je pensé à lui? Ah oui, la profondeur du pays... On va entrer dans un temps de conspirations, d'histoires... La profondeur du pays... Il y aura de grands espaces qui n'en sauront rien... Ou au contraire... Pour les hommes traqués...

La voiture se rangeait dans une sente feuillue au fond de laquelle il y avait une barrière de bois, trop neuve pour le mur délabré. On se secouait. Bérénice avait échappé à Aurélien comme à un danger. Il y avait des roses dans le jardin qui fanaient sans être cueillies, un potager carré, du fumier. « Vous verrez, — dit Gaston, — le vrai jardin est de l'autre côté... » On entra dans la maison noire. Il n'y avait pas l'électricité. Gaston tâtonnait dans l'ombre d'une pièce large et basse à la recherche d'une lampe à pétrole. « Antonio! — criait-il. — Où diable s'est-il fourré, ce bougre-là? » Une porte s'ouvrit et la pâleur d'une fenêtre sur le jardin de l'autre côté. « Antonio! » Morel expliqua : « C'est son Espagnol »... Quel Espagnol? La lampe éclairait mal une pièce qui tenait de la cuisine de campagne et de la bibliothèque. Il y avait des rayons chargés de livres poussiéreux, une grande cheminée avec les restes d'un feu dispersé... Aurélien vit le visage de la cousine moins triste à cette lumière de fantôme, enfin dans son élément. Gisèle, comme une habituée, avait ouvert une petite armoire, tiré des verres, s'exclamait parce qu'il n'y avait presque plus de biscuits. « Et on est combien? cinq... six en me comptant! » Devant une petite glace, à cadre doré Louis-

Philippe, Bérénice arrangeait silencieusement ses cheveux.

« Oui, — dit Morel... — son Espagnol.. Antonio... C'est un Républicain qu'il a recueilli pour faire plaisir à Bérénice, après leur défaite... » Il avait mis une emphase toute nouvelle sur ce *leur*-là. Les deux hommes en même temps en éprouvèrent de la gêne. Le pharmacien eut un petit rire de pudeur : « C'est drôle, maintenant nous avons aussi la nôtre... » *Pour faire plaisir à Bérénice*... Il interrogea : « Et pourquoi cela faisait-il plaisir à Bérénice? — Oh, vous savez bien comment elle est, se mettant toujours dans des comités, des histoires... Parce que Gaston, ce n'est pas dans ses idées du tout, il est d'A. F., vous savez... Mais Antonio lui rend bien service, il garde la maison, cultive la terre... Gaston a une chambre en ville... C'est la maison de son père... un grand savant, vous savez... qui faisait aussi des poèmes en langue d'oc... oui, oui... »

Gaston revenait avec un paysan râblé, jeune, un bon visage doux, des yeux noirs, un type pas grand mais solide, avec sa chemise kaki ouverte et les manches roulées, un pantalon de toile bleue. Il parlait un charabia où Gaston avait l'air de se reconnaître, et portait un grand panier de cerises blanches. « Bonjour, Antonio! » cria Gisèle. L'autre s'inclina avec un sourire jusqu'aux oreilles. Aurélien la regardait en se répétant les mots de Morel : *vous savez comment elle est, se mettant de tous les comités...* Il n'y avait pas que le pays pour avoir des profondeurs insoupçonnables. Une deuxième lampe donna presque un air de gaîté à la pièce soudain, où s'aperçurent un portrait de femme du temps de Félix Faure, et un diplôme des Jeux Floraux, que la cousine commenta pour Aurélien. Il voyait cependant Bérénice parler avec l'Espagnol. Il haussa les épaules. Qu'est-ce qu'il allait imaginer? Tout d'un coup il y eut de la musique.

C'était un piano qui venait de s'éveiller dans l'ombre de cette cuisine, sous un tas de cahiers, parmi lesquels une jardinière de faïence tremblait. Gaston jouait du Chopin, le prélude de Minorque. « Du jazz! » cria Gisèle, et se tournant vers Leurtillois : « Vous ne vous faites pas idée, capitaine, ce qu'il est rococo, Gaston : pas de phono, pas de radio ici! — Ah non, — protesta-t-il de son clavier, — pas de radio! » C'était vrai qu'on en avait sa claque, de la radio, pour ce qu'elle vous chantait tous les jours... « Tu te souviens, l'autre printemps, ici, — disait Morel à Gisèle, — tous les lilas... » Gisèle se souvenait, mais ce petit vin, alors, il ne vient pas? Du piano, Gaston dit qu'Antonio était allé le chercher. Il le rapportait d'ailleurs, avec Bérénice qui l'avait accompagné. « Depuis quand Bérénice parle-t-elle l'espagnol? — Oh, — répondit la cousine, — elle l'a appris! Bérénice apprend tout le temps quelque chose... une fois la sténo... une fois l'espagnol... » Trouvait-elle ça bien ou mal, la cousine? Impossible à deviner. Le piano s'arrêta brusquement. « A table! » appelait Gisèle.

Il y avait les cerises, les petits gâteaux, un fromage bleu et le vin blanc. Pour ça, le vin blanc valait le déplacement. Gaston mettait sur la table un marc vous m'en direz des nouvelles, et du marasquin pour ces dames, c'est celui de Morel, du reste, mais tout le monde fut d'avis de repiquer au vin blanc. Si le capitaine voulait en ramener deux bouteilles pour sa popote? Ce n'était pas de refus. Morel parlait beaucoup. De la guerre, des faïences, des souvenirs qu'ils avaient déjà avec Gisèle. La cousine un peu soûle chantonnait un air tiré d'un film, de quel film au juste? Avec Henri Garrat... Où il était étudiant et puis s'en allait en province... Gaston montrait à Aurélien un vieil album de famille, des photos de son père... Il se mit à réciter, la tête renversée, un poème, en provençal à ce qu'il parut à Leurtillois, il s'en gargarisait... Aurélien faisait semblant d'écouter, il avait les yeux sur Bérénice, muette, qui regardait dans le vide, émiettant une gaufrette, avec des saccades nerveuses dans les doigts. Gisèle rit très fort plusieurs fois. L'Espagnol apparut dans la porte et baragouina quelque chose qui fit tourner la tête à Gaston. Non, non, merci, Antonio. Du dehors, il venait un bruit, bleu, entêtant. Des grenouilles.

« Vous ne trouvez pas qu'il fait chaud? » dit Bérénice. A qui s'adressait-elle? A tout le monde et à personne. Pas à Aurélien en tout cas, du moins pas plus particulièrement. Ce fut Gaston qui répondit, et non pas à Bérénice, à Aurélien, à mi-voix : « Vous ne voulez pas voir le jardin? » C'était vrai qu'il faisait chaud. Le vin blanc vous grimpait à la tête. Aurélien traversa la seconde pièce, mal éclairée d'une traîne de lumière venant de la cuisine, et il laissa passer Bérénice devant lui. Ils s'arrêtèrent au seuil du jardin. Ils étaient seuls. Personne ne les avait suivis. Il faisait très noir, pas de lune, ces nuits-là. Le jardin était un puits d'ombre entre des châtaigniers. Tout en longueur avec l'absurdité de deux grands murs bas qui le limitaient, des champs devinés. Une sorte de bosquet de guinguette dans un coin, avec un banc, une table ronde. Tout cela très à la traîne, des herbes folles dans l'allée, des châtaignes roulant leurs bogues sous vos pieds.

Ils avançaient de concert, sans rien dire, comme s'ils avaient voulu une longue distance entre la maison et eux. Tout au bout du jardin, un mur de pierres sèches faisait un balcon sur la campagne. Le fouillis des ombres ne permettait pas de se faire une idée du paysage. La fraîcheur ne se décidait pas à venir. Il bourdonnait des moustiques.

« Comment se fait-il, — dit Aurélien, — que cet Espagnol ne soit pas dans un camp de concentration? »

Il ne tenait pas à la réponse. Il parlait pour chasser une inquiétude. Dans la nuit, Bérénice redevenait la petite Bérénice de 1922, il s'étonna qu'elle eût entendu le moins du monde. Et, oh oui, elle l'avait entendu... Elle disait néanmoins, sans passion particulière : « Gaston a des relations... Il a répondu pour lui... » Il semblait que tout eût pour raison d'être de mesurer cet abîme entre eux. Aurélien frissonna. « Vous ne vous sentez pas bien, mon ami? » Cette question montait dans l'ombre comme la note d'un instrument de musique par hasard heurté. Il aurait voulu lui dire... Avaient-ils le choix, l'un et l'autre? Leur jeunesse ne reviendrait pas, ils étaient la romance l'un de l'autre. Ils ne pourraient pas faire qu'il en fût autrement. Il dit : « Bérénice... » et ce nom mourut lentement dans le silence de tout ce qu'il ne dirait pas, de ce qu'il avait à tout jamais manqué de dire.

« Vous avez des enfants, — dit-elle. — Comme c'est étrange, et comme c'est merveilleux... Je vous envie. J'aimerais les connaître. Peut-être que le garçon vous ressemble, que la petite a des gestes de vous. »

Il murmura : « Le garçon me ressemble... »

Quelque chose volait dans l'air, pas très loin de leurs têtes. Il devina, plus qu'il ne vit, Bérénice porter ses mains sur ses cheveux. Est-ce qu'elle comprit, et à quoi, qu'il avait surpris ce geste : « Ce ne sont pas des chauve-souris? » interrogea-t-elle. Il n'en savait rien. Il prétendit : « Je ne crois pas ».

Rêvait-elle vraiment aux enfants? Il faisait assez noir pour ne pas mentir. Tout ce qu'Aurélien aurait voulu lui dire, histoire d'être à la hauteur de la situation. Toute sa vie, toute sa vie, il avait souffert de n'être pas à la hauteur de la situation, mais jamais avec cette brûlure... de n'être pas à la hauteur...

« Voyez-vous, Bérénice, c'est ici, dans ce jardin, dans cette nuit d'herbes folles, que je devrais... » Il avait voulu dire : « Vous prendre les mains ». Il ne le dit pas. Elle ne lui demanda pas de finir sa phrase. Peut-être la finissait-elle pour lui, et alors comment? Qu'attendait-elle qu'il fît, et dont elle finissait sa phrase, et qu'il ne faisait pas, qu'il ne ferait pas, parce qu'il ignorait que ce fût cela précisément qu'elle attendait de lui... ou tout au moins qu'elle s'attendait qu'il fît.

Il avait voulu dire : « Vous prendre les mains. » Il ne l'avait pas dit. Maintenant il était trop tard, et puis d'autres paroles avaient poussé celles-là par les épaules, d'autres paroles non prononcées, qui tombaient les unes sur les autres dans le silence, comme les pétales d'une rose effeuillée. Et encore, et encore. Il prit sur lui de se jeter à des mots plus graves. Cette fois, il ne dit pas : « Bérénice... » parce qu'il craignit qu'encore une fois ce nom l'arrêtât, comme une pierre trop lourde, un parfum qui coupe la voix.

« Vous avez été ce qu'il y a eu de meilleur, de plus profond dans ma vie... Non, ne m'interrompez pas, j'ai déjà assez de peine à me décider! Vous êtes tout ce qui a jamais chanté dans ma vie... et si je veux pourtant avoir de ma vie une vue... je veux dire... me comprenez-vous? On cherche à se justifier à ses propres yeux. On vieillit. On ne peut pas avoir raté sa romance. Nous ne permettrons pas, n'est-ce pas? J'ai cette nuit devant moi, elle ne peut pas être sans rêve... ou pire, avec le regret d'un rêve gâché... du seul rêve... »

Que voulait-il dire au juste? Il ne semblait pas qu'elle en doutât quand, après un silence, elle dit avec un ton lointain : « Vous ne parlez que de vous... » Il s'y méprit. Il dit qu'il parlait d'elle aussi. Elle avait voulu dire qu'elle trouvait singulier qu'Aurélien eût d'autres pensées que celles de la défaite, de cette aventure terrible de tous, de la France... Le nom de la France parut à Leurtillois sonner faux, grandiloquent, dans cette bouche invisible dont il se souvenait qu'elle avait aux lèvres comme deux petites incisions verticales. Il revit le masque de noyée, jadis, ces pommettes... Et puis, voilà qu'elle disait : la France... Il en ressentait une irritation qu'il s'expliquait

688

mal. Cela le dérangeait, cela lui détruisait sa Bérénice, cela mesurait la distance qu'il y avait entre
la poupée de sa mémoire, et cette femme vivante,
cela mesurait vingt années en dehors de lui...
Tout ce qui s'était passé en ces vingt années-là.
Tout ce qui les séparait. Bérénice parlait : « Je
vous entends, vous et les autres... Qu'un sujet de
conversation vous tombe du ciel, ah, vous ne le
laissez pas échapper!... Je vous entends... Trop
heureux de dérailler ou de briller... tous pareils...
les hommes! Vous avez cette satisfaction du
devoir accompli... On vous a mobilisés... Vous
avez fait votre devoir... Alors qu'est-ce qu'on
vous veut? Maintenant, c'est fini, fini : vous vous
laissez aller... C'est comme si vous ne vous rasiez
plus à cause de la défaite. Vous voilà en bras de
chemise dans la vie...

— Mais... Bérénice, bien sûr que c'est fini...
Qu'est-ce que vous voudriez que nous disions,
que nous fassions? On ne peut tout de même pas
se casser la tête contre les murs!

— Pourquoi pas? Enfin, si vous ne l'avez pas
fait cette fois, il est certain qu'il n'y a pas la plus
petite chance que vous le fassiez jamais! Vos
précieuses têtes! Avouez que vous avez dit
ouf, quand vous avez compris que c'était fini?

— D'abord ce n'est pas encore fini...

— Pas encore? Vous ne l'avez pas entendu,
l'autre?

— Qui ça?

— Le Maréchal... Mes enfants... les larmes dans
la voix, ah bon Dieu!

— Ne parlez pas comme ça. Il était bouleversant, ce vieillard... et puis qu'est-ce que vous vouliez qu'on fasse, au bout du compte? »

Elle ne répondait pas. Il triompha : « Là, vous
voyez bien... » Elle éclata de rage : « Ce que j'aurais
voulu? Qu'on résiste! Qu'on se batte!

— Mais on s'est battu.

— Oui, des malheureux... Qui ont cru que
c'était pour de bon... Tandis que...

— Je ne vous comprends pas : vous dites une chose, puis vous en dites une autre... Il n'y a pas assez de morts, comme ça, pour vous?

— Il y a déjà assez de morts pour qu'on n'ait pas le droit de les trahir, de faire qu'ils soient morts pour rien...

— Alors il aurait fallu se laisser écharper...

— Se battre, je vous dis se battre! Dire qu'on n'a pas défendu Paris!

— Selon vous, il aurait fallu laisser détruire Paris! Oui? Eh bien, merci.

— Il aurait mieux valu détruire Paris.

— Ça vous est facile à dire, vivant à R...

— Ne soyez pas imbécile. On peut aimer Paris de R..., tout autant que de Lille ou de Paris même... et demain s'ils sont à R...

— Vous voulez périr dans les cendres de R...? »

Il s'étonnait lui-même de ce ton de persiflage. Ah. Il se reprit : « Qu'est-ce que nous sommes là à dire? »

Et Bérénice : « Nous disons les seules choses qu'il y ait à dire aujourd'hui... cette nuit... non, ne protestez pas, ne dites pas que vous auriez à me parler d'amour... comme autrefois! »

Tout ce qu'il y avait d'amertume dans les deux derniers mots après une pause. Si Aurélien, à en croire Gaston, avait été toute sa vie pendant ces années mortes, comment se faisait-il qu'aujourd'hui, entre Bérénice et lui il y eût un monde, pis qu'une vie? Un monde de pensées aussi. De pensées qu'il tenait pour ridicules, primaires, mais qui n'en étaient que plus sensibles, plus entêtantes, comme un parfum vulgaire qu'il aurait trouvé sur elle, la déshonorant, salissant le souvenir idéalisé qu'il portait d'elle en lui. Ce fut lui qui rompit le silence : « Bérénice... je vous avais laissée, j'avais laissé une petite fille passion née, spontanée, ignorante du monde, ah, si pro fondément étrangère à ce monde où les hommes se battent, s'opposent, se jettent à la tête des idées, des idées qui cachent mal des intérêts, des intrigues... et puis, je retrouve une femme qui apporte la même passion qu'elle donnait à la vie... à ces choses tachées... fumeuses .. à ces choses qui ont été notre maladie... aussi facilement grisée de ces mots creux qui menaient nos foules que, jadis, la petite fille l'était d'un paysage de Paris, d'une soirée, d'une chanson »

Qu'est-ce que sa voix avait besoin de se faire suppliante? De quoi la priait-elle? Il n'en savait rien lui-même, et Bérénice en eut le sentiment d'une note fausse, d'une hypocrisie. Il n'y avait plus entre eux la jeunesse pour leur donner l'illusion de cet accord merveilleux, dont l'un comme l'autre gardait pourtant le souvenir magnifié. Bérénice avait raison : de quoi auraient-ils parlé cette nuit-là? Les mots qu'ils avaient vaguement attendus l'un de l'autre, comme des nébuleuses, se dissolvaient dans l'ombre. Ces mots bouleversants qui, prononcés, auraient sonné le mensonge. Alors il valait mieux en rester là.

Une voix cria par le carré de lumière flottante de la porte derrière eux : « Qui est-ce qui veut de l'armagnac? Vous voulez de l'armagnac, les amoureux? » On riait là-dedans, le piano allait à la dérive, puis la voix de Gisèle grimpa, une de ces voix qui se mettent au point après quelques notes. Une chanson qui datait un peu, canaille, scandée, dans le style du jazz français :

Qu'est-ce qu'on attend pour être heureux!

» Vous ne croyez pas qu'il va pleuvoir? » demanda Bérénice. Il faisait très lourd, en effet. Aurélien ne voulut pas accepter que cela signifiât : *Rentrons*, et il dit sur le ton bourru qui l'avait turlupiné tout à l'heure « Qu'est-ce qui vous fait vous intéresser, Bérénice, à ces Espagnols, à ces Rouges? » Elle n'eut pas l'air d'avoir cherché sa réponse qui vint avec rapidité : « Leur malheur... », dit-elle, et cela le fâcha. « Voyons, — répliqua-t-il, — le malheur de ceux qui ont tort

691

n'est que la justice... — C'est, — dit-elle, — ce que les Allemands aujourd'hui diraient du nôtre... » Il y eut un trou de silence dans cette dentelle noire qui les entourait. Puis la voix de Bérénice sembla remonter péniblement une berge escarpée . « Il n'y a vraiment plus rien de commun entre vous et moi, mon cher Aurélien, plus rien... Ne le comprenez-vous pas? Je me demande pourquoi il a fallu que nous nous rencontrions ces jours-ci... Peut-être pour cela même, pour que nous sachions cela même, et que nous emportions chacun de notre côté... »

La phrase se perdit murmurée. Le cœur battait à Aurélien. Un mélange furieux de sentiments. L'horreur de se sentir jugé, la certitude d'avoir raison, la colère aussi de retrouver, au lieu de la jeune femme de sa mémoire, cette raisonneuse... Je déteste les raisonneuses... Le souvenir de sa femme, la jeunesse, la fraîcheur de sa femme lui revinrent comme une bouffée de mémoire. Ah, nom de Dieu, Georgette n'était pas comme ça, elle. Il l'avait parfois trouvée limitée, intellectuellement parlant. C'était injuste. Une femme a un autre genre d'intelligence... Quand elles se mêlent de ce qui ne les regarde pas...

« Alors nous aurons gâché nos souvenirs, voilà tout... »

Il disait cela d'un ton détaché. Il reçut pourtant en plein cœur la réponse : « Voilà tout... » Dire qu'il avait pu rêver d'emmener cette Bérénice, de tout rompre à cause d'elle, de cette vieille histoire de dix-sept ans! Il avait la fièvre, il est vrai... Tout de même, pensa-t-il, on ne peut pas rester sur une défaite. Et puis un autre sens de cette phrase le saisit, amèrement, ironiquement et il eut un rire sec, court.

« Cela vous fait rire? » demanda Bérénice.

Il s'excusa : « Non, une idée... autre chose... Cela ne vous fait rien, à vous, que cela soit tout? »

Cette fois-ci, elle laissa flotter cette question dans l'ombre.

« Non... si... On pourrait en parler avec détachement... s'il n'y avait pas ce stupide orgueil masculin, que vous avez comme les autres... mon cher Aurélien... »

Il remarqua qu'elle avait une manière à elle, cette fois comme la précédente, d'appuyer sur le *mon cher*, et pas du tout désinvolte ou agressive : comme si elle avait parlé à un mort : « Mon cher Aurélien... », répéta-t-elle. Et il était bien possible qu'elle pleurât.

VIII

L'armagnac, c'était la surprise de Gaston : il l'avait réservé après le marasquin et le marc, quelconques, comme un effet d'artiste, un coup de théâtre dans la soirée. Les contre-coups en étaient patents. A commencer par Morel sentimental, incroyablement sentimental, et Gisèle oh lala; et je ne parle pas de la cousine... Tout de même il se faisait tard, et, coupant court aux phrases émues de son mari sur les étranges circonstances, les événements inouïs qu'il avait fallu pour amener ici M. Leurtillois, avec cette lumière trop tendre des yeux sur elle, Bérénice disait qu'il se faisait tard, et qu'après tout c'était encore la guerre. Gaston dit qu'évidemment la circulation était interdite sur les routes, mais les gens avaient d'autres chats à fouetter, et la cousine récitait *Polyeucte*, pourquoi *Polyeucte*? c'était *Polyeucte* qu'elle connaissait par cœur et pas *Occupe-toi d'Amélie*.

Ils s'installèrent dans la guimbarde poussiéreuse, et quand Gaston démarra, cela leur fit faire un saut de côté, que ça vous avait un air de plaisanterie. Ils avaient repris les places de l'aller. Et, comme si de rien n'eût été, le bras d'Aurélien entourait les épaules de Mme Morel. Ils avaient tacitement convenu de faire tous les gestes qu'on attendait d'eux pour couper court aux explications. Morel murmurait : « Ils se sont retrouvés, Gisèle, ils se sont retrouvés! C'est à croire en Dieu! » Ce qui agita bizarrement les épaules de Gaston, et la cousine essayait de toucher le pare-brise en affirmant que comme il a l'éclat du verre, il en a la fragilité...

Tout le paysage à reculons, l'itinéraire d'aller à rebrousse-poil, on déplongeait de l'ombre feuillue, pour reprendre cette route encore couverte d'arbres moins serrés, ce vallonnement où serpentait la Wisner. Il ne faisait plus si chaud, le ciel était sombre, de gros nuages devaient courir devant les étoiles. Gaston conduisait un peu nerveusement. On ne peut pas dire qu'il fût soûl. Il avait seulement une hâte de rentrer qui le faisait conduire un peu nerveusement. L'étrangeté de cette route refaite, familière aux autres, mais qu'Aurélien connaissait juste assez pour partager l'énervement de celui qui les conduisait. La noirceur aussi de ce ciel. On enfonçait dans les ténèbres. Après ces nuits de convoi, c'était une drôle de sensation que de rouler sur une bagnole indépendante, cahotante, que ne limitait pas dans ses bonds le grand corps annelé, prolongé hors de portée humaine dans cet obscur danger. Aurélien cherchait à ne plus penser. Il revenait à R... et c'était tout. La fatigue, alourdie encore par l'alcool, parlait plus fort que ce lacis de souvenirs, ces amorces d'idées dans son crâne. Il y avait une crampe dans son bras autour des épaules de Bérénice. Les doigts de cette main-là lui semblaient lointains et douloureux. Pourtant il ne les déplaçait pas. Que se passait-il dans cette femme muette? Ce divorce entre eux enveloppé d'un absurde mensonge, de l'équivoque attendrissement des autres, pas détrompés... Il se dit à un moment ou à l'autre que leur histoire, cet échec si complet de l'amour, ce démenti de la vie à l'amour, et aussi cette illusion de l'amour, incompréhensible, renaissant de dix-huit années d'oubli progressif... il se dit... pas une chose qu'il se disait qui aboutît, qui vînt à bout de soi-même, il se raidit... Voyons : parler de l'échec de l'amour à propos d'une histoire pareille, interrompue à son début, et toute la vie entre elle et moi, sans y penser presque... non, ce n'est pas vrai, j'y ai pensé toujours. Tout de même, ce n'est pas comme si... Les cahots les rejetaient l'un sur l'autre avec une gêne accrue. On a ce sentiment dans un lit avec une femme avec laquelle on s'est disputé, avec qui l'on dort pourtant... Les cahots... Dix-huit années d'oubli. Progressif, mais d'oubli. Il se disait... Il se disait : toute la vie... toute ma vie... absurdement attendri sur lui-même... comme ces gens sur eux deux par erreur... Peut-être était-ce par erreur aussi qu'il s'attendrissait sur lui-même. Une nuit comme celle-ci. Avec ce qui se passe dans le pays. Aurélien se sentait comme un animal dans l'orage, mal caché par les feuilles d'une forêt. Son histoire à lui dans cette histoire. Extrêmement insupportable, extrêmement importante à la fois. Une diversion dans l'incendie. Il y avait un bruit sourd dans le lointain. On marchait vers ce bruit. « Vous entendez? » lui cria Gaston. Oui. Des chars, on dirait des chars. Qu'est-ce que c'est? La division qui revient peut-être, ou est-ce que nous abandonnons la ville? Le bruit se perdait, qui avait été grandissant, s'atténuait dans le coton de l'ombre. On ne devait plus être très loin de R... Le silence de Bérénice pesait au milieu d'eux. Ils essayaient de dire quelque chose, les gens de derrière. Un changement de vitesse, la voiture qui débusque sur la grand'route au croisement. Et alors.

« Qu'est-ce que c'est?... Qu'est-ce que ça veut dire?... Qu'est-ce qui se passe? » Les voix se croisèrent, se cassèrent dans le bruit du coup de frein, l'embardée... Les mitrailleuses. Le bruit de caille des mitrailleuses avec ce feu sur notre droite. « Ça y est, — pensa Aurélien, — je suis blessé. » Son bras était lourd, lourd. Ça ne faisait pas mal. Il devait saigner. Le bras autour de Bérénice. Il cria à Gaston : « Filez, n'arrêtez pas! » Gaston avait embringué la voiture dans le chemin de terre qui continuait en face de celui par lequel... enfin au lieu de tourner sur la grand'route, il avait eu la présence d'esprit... Il y avait eu le bruit de verre du pare-brise. Il avait plu un peu de verre sur eux. « Vous n'avez rien? » demanda l'angoisse dégrisée de Morel. « Non, non », dit Aurélien. Il craignait qu'on s'arrêtât s'il disait... « Bérénice, Gaston? » Et Gaston souffla : « Et vous, derrière? » Derrière, la cousine riait hystériquement, c'était tout. Aurélien dit à Gaston « Accélérez, mon vieux, tant pis... Vous savez où ça mène? Non... Le principal est de sortir de leur chemin...

— De leur chemin? Qui est-ce? »

L'interrogation venait de derrière. Gisèle debout. Asseyez-vous, nom de Dieu, Gisèle! Le pharmacien l'avait tirée bas. Les cahots devenaient fantastiques.

« Les Boches... bien sûr! » dit Aurélien. Il ne bougeait pas son bras. Il devait perdre du sang. Ça devait être une auto-mitrailleuse, une de ces autos qu'ils envoient comme ça en enfant perdu, sonder les chemins. Ces jours-ci, ils font de ces sondages pour éviter des pertes inutiles, ils n'insistent pas quand ils rencontrent l'adversaire, ils filent à droite ou à gauche pour nous tourner par d'autres chemins... Il voulut toucher son bras engourdi dans une douleur lointaine...

Gaston jurait. Les autres derrière criaient des mots affolés : « Est-ce qu'ils nous suivent? — Crois pas, pouvez voir, vous? » Ceci s'adressait à Leurtillois. Lui, tâtonnant, sentit l'humidité du sang qui avait coulé de son bras sur l'épaule de Bérénice. Elle allait s'en apercevoir. Il lui dit : « Bérénice... ne vous effrayez pas... — Je ne

m'effraye pas », murmura-t-elle. C'était la voix
d'autrefois, celle d'un soir dans un taxi parisien.
Aurélien sentait monter en lui un absurde orgueil
d'être blessé. « Ce n'est rien », souffla-t-il tout bas
à sa voisine. Et elle : « Je sais... ce n'est rien... »
si bien que cela le fâcha un peu : il voulait bien
dire, lui, que ce n'était rien, mais elle, comme elle
prenait facilement la chose! Aussi déclara-t-il
pour elle : « Je suis blessé ». Mais Gaston l'avait
entendu, et, comme prévu, il freina : « Blessé?
— Oh, légèrement... » Leurtillois sentit dodeliner
la tête de Bérénice contre lui.

« Il est blessé! — glapissait la cousine, par-
derrière, — M. Leurtillois est blessé! »

Gaston avait sorti sa lampe de poche, et le
pinceau jaune balaya d'abord les genoux, puis
sauta aux visages, cherchant où il y avait à voir.
« Le bras », dit Leurtillois, pour guider la lumière.

Et la lumière tomba sur cette main pendante,
sur cet accolement de faux amoureux, du bras
sanglant qui soutenait Bérénice, et le sang avait
coulé en nappe sur la robe, et la tête de Bérénice
était inclinée.

« Bérénice! »

Ils avaient crié tous ensemble. La main valide
d'Aurélien lui redressa le visage: Elle avait les
yeux à demi fermés, un sourire, le sourire de
l'Inconnue de la Seine... les balles l'avaient traversée comme un grand sautoir de meurtre. Elle
était morte. Aurélien vit tout de suite qu'elle
était morte.

« Et moi, — dit-il, — qui parlais de mon bras! »

Heureusement, on ne l'avait pas entendu.
Gisèle éclatait en sanglots, et le gros pharmacien
criait et gémissait : « Nicette, ce n'est pas vrai!
Nicette! »

La lumière s'était éteinte. La voix blanche de
Gaston dit : « Maintenant il faut la ramener à la
maison... »

ÉPILOGUE

Impression Bussière Camedan Imprimeries
à Saint-Amand (Cher),
le 2 février 2004.
Dépôt légal : février 2004.
1ᵉʳ dépôt légal dans la collection : décembre 1972.
Numéro d'imprimeur : 040486/1.
ISBN 2-07-037750-4./Imprimé en France